Aus Freude am Lesen

btb

Buch

Die junge Amerikanerin Dana Morrow fährt nach London, um Material für ihr nächstes Buchprojekt zu sammeln. Sie möchte über Marianna Hobhouse schreiben, ein legendäres viktorianisches Medium, zu der einst Könige und Künstler kamen, die dann aber unter mysteriösen Umständen von ihrem Mann Henry, einem berühmten Fotografen, für wahnsinnig erklärt wurde, in ein Irrenhaus kam und dort vereinsamt starb. Durch Zufall lernt Dana Daniel Finn kennen, dessen exzentrischer Vater Quentin ein Nachfahre von Henry ist. Selber ein erfolgreicher Fotograf, lebt Quentin in dem Cottage Kerreck Du in Cornwall, das einst Marianna Hobhouse gehörte. Nun erlaubt er Dana, Mariannas bisher geheimgehaltenen Nachlaß zu sichten. Als Dana in Cornwall eintrifft, ist sie von der wildromantischen Landschaft und dem Cottage hoch über den Klippen fasziniert. Aber von Anfang an spürt sie, daß dieser Platz auch etwas Düsteres, Geheimnisvolles, ja Gefährliches ausstrahlt. Ist es die Erinnerung an die unglückliche Marianna? Sind es die Unfälle, die sich in letzter Zeit in der Gegend häufen und bei denen jedesmal Frauen auf einsamen Klippenwegen zu Tode stürzen? Oder ist es der schwierige Künstler Quentin Finn und die eigenartige Entourage, die er um sich versammelt hat? Er scheint diese Menschen zu seiner Inspiration zu brauchen, doch was genau wollen sie von ihm? Immer tiefer verstrickt sich Dana in das Beziehungsgeflecht der Bewohner von Kerreck Du. Und dann kommen wieder Frauen auf den Klippen zu Tode. Doch Dana kann nicht ahnen, daß ihre Nachforschungen über Mariannas Schicksal sie in gefährliche Nähe zu dem Mörder bringen …

Autorin

Caroline Llewellyn, Tochter einer Amerikanerin und eines Walisers, kam in Singapur auf die Welt und verbrachte ihre Kindheit und Jugend in Kanada. Nach längeren Aufenthalten in England, Italien und Deutschland lebt sie heute in Princeton, New Jersey.

Caroline Llewellyn bei btb

Frau im Labyrinth. Roman (72091)
Die verborgene Geschichte. Roman (72003)

Caroline Llewellyn

Ein trügerisches Bild

Roman

Deutsch von Anne Rademacher und Birgit Moosmüller

btb

Die Originalausgabe erschien 1996 unter dem Titel
»False Light« bei Scribner, London

Umwelthinweis:
Alle bedruckten Materialien dieses Taschenbuches
sind chlorfrei und umweltschonend.

btb Taschenbücher erscheinen im Goldmann Verlag,
einem Unternehmen der Verlagsgruppe Bertelsmann.

1. Auflage
Genehmigte Taschenbuchausgabe Juli 1999

Umschlaggestaltung: Design Team München
Umschlagfoto: Artothek/Hinz
Satz: Uhl + Massopust, Aalen
KR · Herstellung: Augustin Wiesbeck
Made in Germany
ISBN 3-442-72493-7

FÜR SARAH FRIZZELL WILLIAMS

1

Die Dunkelkammer war sein Allerheiligstes. Hier suchte er Zuflucht in seinen schwarzen Stunden oder nach der Raserei des Akts. Wenn er die Tür hinter sich verriegelte und das Licht löschte, herrschte Frieden. Er hörte nur noch die Geräusche seiner Arbeit; das rhythmische Schwappen der Entwicklungslösung in ihrer Edelstahlschale, das Plätschern des Wassers, wenn er die Chemikalien abspülte, oder das Surren des Abzugsgebläses. Nichts und niemand konnte ihn hier stören. Für ihn war es der sicherste Ort der Welt.

An diesem Abend jedoch brachte ihm das Löschen des Lichts nicht den erwünschten Frieden. Es war, als hätte er Moleküle seiner vorherigen Tätigkeit mit hineingetragen, auf die der Raum empfindlich reagierte.

Normalerweise achtete er bei diesen Gelegenheiten darauf, vor dem Eintreten jede Spur der Außenwelt zu beseitigen. Er zog sich aus und legte seine Kleider zu einem Bündel zusammen, um es später, wenn es dunkel war, auf dem Abfallhaufen im Garten zu verbrennen. Dann duschte er lange und widmete sich dabei ausgiebig seinen Fingernägeln, die er sorgfältig mit der Bürste säuberte. Nach dem Duschbad zog er sich frische Sachen an, meist ein sauberes weißes Hemd und Baumwollhosen. Nur wenn er sich makellos fühlte, übertrat er die Schwelle zur Dunkelkammer.

Doch diesmal war er in seinem gierigen Verlangen nach dem Bild direkt von den Klippen hereingekommen und hatte nur kurz in der Küche haltgemacht, um sich die Hände zu waschen. Als er jetzt versuchte, den Film aus der Kamera zu nehmen, zitterten sie.

Er wußte, daß es besser wäre zu warten. Doch der Höhepunkt, den er suchte, kam nur, wenn er sah, was er getan hatte. Alles gipfelte in diesem Moment des Schauens. Wenn das Photo fertig war, war auch der Akt, den es zeigte, vollendet. Erst dann fand er seinen Frieden.

Er mußte sehen. Wenn er sah, würde er sich wieder frei fühlen, wenigstens für kurze Zeit.

Mit geschlossenen Augen nahm er den Schwarzweißfilm heraus und legte ihn ins Entwicklungsbad. Weshalb sollte er in solch absoluter Dunkelheit auch die Augen offenhalten? Wenn es sein mußte, konnte er einen Film völlig ohne Licht entwickeln – jeder einzelne Schritt war ihm in Fleisch und Blut übergegangen, und er hielt sein Material immer in perfekter Ordnung. Egal, was er suchte, er brauchte in der Dunkelheit bloß seine Hand auszustrecken, weil er sicher sein konnte, es am richtigen Platz zu finden.

Auch an diesem Abend hatte die Diszipliniertheit sein Handeln bestimmt. Selbst wenn er strafen mußte, beeinträchtigte diese Notwendigkeit nie seine Kontrolle über sich. Alles war genau durchdacht und vorbereitet gewesen. Er überließ nichts dem Zufall. Den Ort des Geschehens hatte er gewählt, weil er Verborgenheit und aus gewissen Blickwinkeln gleichzeitig eine spektakuläre Offenheit bot. Er hatte verschiedene Objektive und Winkel erwogen und sich für die Zeit entschieden, in der er mit dem besten Licht rechnen konnte.

Selbst der andere Unsicherheitsfaktor, das menschliche Element, war auf seiner Seite gewesen. Doch er hatte gewußt, daß sie kommen würde. Menschen waren so vorhersagbar wie der

Prozeß, der sich unter seinen Fingern abspielte. Man mußte nur genau wissen, was man tat.

Diese Überlegungen beruhigten ihn. Als er den Film abspülte und fixierte, waren seine Handgriffe sicher und fest.

Während er arbeitete, ließ er die Ereignisse auf den Klippen noch einmal vor sich ablaufen. Die Bilder entsprachen denen auf dem Film. Dies war eine kritische Phase. Für ihn war sie mehr als nur kathartisch, sie war für das Endergebnis unabdingbar. Hätte er mit jemanden darüber reden können, hätte er den Prozeß – nicht ohne Humor – als emotionale Entwicklung des Bildes beschrieben.

Als der Film trocken war, machte er sich einen Kontaktbogen und suchte darauf die Bilder aus, die sich am besten zur Vergrößerung eigneten. Alle Bilder zeigten dasselbe Objekt, das aus verschiedenen Blickwinkeln und Entfernungen aufgenommen war. Er stellte mehrere Abzüge her und experimentierte mit Papier, Filtern und Belichtungszeiten, bis er zufrieden war.

Jetzt konnte er sich ganz dem Nacherleben des Akts hingeben, der zu diesen Aufnahmen geführt hatte. Die Erinnerung war auf angenehme Weise befreit von den vielen Faktoren, die er bei dem Akt selbst hatte berücksichtigen müssen. Dabei hatte die erfolgreiche Bewältigung der technischen Probleme ihm durchaus Befriedigung und Genugtuung bereitet. Trotzdem hatte sie ihn von der Erlösung abgelenkt, die er brauchte und suchte. Diese Erlösung kam erst jetzt, als er sich in den endgültigen, unveränderlichen Bildern verlor.

Mit einem Seufzen, das wie ein Flüstern klang, sackte er auf dem Stuhl zusammen.

Einige Zeit später erhob er sich und schloß den kleinen, stählernen Aktenschrank auf, der sich hinter der beweglichen Wandverkleidung verbarg. Er stellte die Photographien, die er in sauberes weißes Seidenpapier hüllte, vertikal in den Schrank und trennte sie durch einen Pappkarton von den anderen.

Später in der Nacht verbrannte er die Negative, den Kontaktbogen und die Testabzüge zusammen mit seinen Kleidern. Wie ein unachtsamer Daumen zog der beißende Rauch einen schmierigen grauen Streifen durch die silbernen Töne des mondhellen Nachthimmels. Während er die glühende Asche durchrechte, dachte er über seine Fehler nach. Beim nächstenmal würde er es besser machen.

2

Auf dem Sloane Square schossen die Taxis wie Schwimmkäfer durch den Regen. Manche hielten kurz an, um ihre Fahrgäste vor der Galerie Kazanjian auszuspucken, und eilten gleich weiter. Im Licht der Straßenlaternen glänzten ihre runden Dächer wie schwarze Rückenpanzer.

Aus dem regenverschmierten Fenster der Galerie strahlte den Besuchern ein hellerleuchtetes Schwarzweißposter entgegen. Es zeigte eine runde Masse aus unzähligen winzigen Lichtpunkten, die aus schattenhafter Tiefe aufstiegen – ein Bild, das gleichzeitig mysteriös und vertraut wirkte. Unter der vergrößerten Reproduktion einer Daguerreotypie aus dem Jahr 1851 stand in Großbuchstaben: *Lichtjahre: Eine Ausstellung früher viktorianischer Photographie.* Ein gelber Papierstreifen, der unten an das Poster geheftet worden war, kündigte an, daß an diesem Abend die Ausstellungseröffnung zusammen mit einer Auktion zugunsten der Gesellschaft für die Erhaltung antiquarischer Photographie stattfand.

Dana Morrow trat aus der nahe gelegenen U-Bahn-Haltestelle auf den Gehsteig, sah den Regen und stöhnte. Sie hatte nicht daran gedacht, einen Regenschirm mitzunehmen. Noch vor einer knappen Stunde war es ein milder Maiabend gewesen. Die Schwalben waren um die Dächer gesegelt, und in dem öffentlichen Park hinter dem Haus, in dem sie in diesem Sommer lebte, wurde Kricket gespielt.

Mit gesenktem Kopf, über den sie schützend einen Arm hielt, lief sie auf die Kazanjian-Galerie zu. Im Eingang stieß sie mit einem Mann zusammen, der gerade seinen Regenschirm zusammenfaltete. Er tat ihre Entschuldigung mit einer Handbewegung ab, öffnete die Tür und trat zurück, um sie vor ihm eintreten zu lassen.

Als sie hochblickte, um ihm zu danken, registrierte sie ein prägnantes kantiges Gesicht mit einer aggressiv wirkenden Nase, einem ebensolchen Mund und blauen Augen unter dichten dunklen Augenbrauen. Der flüchtige Gedanke, daß dies ein attraktiver Mann war, wich dem Schrecken, der sie beim Anblick der Menschenmenge in der Galerie überfiel. Sie mußte sich beeilen, wenn sie noch einen Sitzplatz ergattern wollte.

Ein lärmendes Gewühl von Londonern, in dem von topmodisch bis schlampig gekleideten Menschen alles vertreten war, drängte sich in dem runden Foyer mit Marmorboden. Dana zeigte ihre Eintrittskarte vor, gab den Mantel ab und ließ sich für die Auktion registrieren. Sie erhielt einen Katalog und eine kleine Tafel, die sie hochhalten sollte, wenn sie ein Gebot abgeben wollte. Dann ging sie die Wendeltreppe zum Auktionsraum im zweiten Stock hinauf, wo sie in der Mitte einer der vorderen Stuhlreihen noch einen Platz fand.

Während sie versuchte, ihrer wachsenden Aufregung Herr zu werden, blätterte sie blind durch den Ausstellungskatalog. Auch wenn sie auf diesem Gebiet ein Neuling war, hatte sie genug über Auktionen gehört, um zu wissen, wie leicht man sich hinreißen ließ. Eigentlich konnte sie es sich überhaupt nicht leisten, hier zu sein. Allein der Preis der Eintrittskarte hatte ein riesiges Loch in ihr Wochenbudget gerissen. Doch es gab nur ein Stück, das sie wollte, und sie hatte nicht vor, bei der Versteigerung über ihr selbstgesetztes Limit hinauszugehen.

Am Morgen war sie bei der Lektüre des *Independent* über die Ausstellungsankündigung gestolpert. Als sie las, daß zu den Ausstellungsstücken auch Photos von Henry Arlington Hobhouse gehörten und bei der Wohltätigkeitsauktion ein seltenes Porträt der ersten Frau des Photographen versteigert werde, hatte sie den Frühstückstisch fluchtartig verlassen und war direkt zu der öffentlichen Vorschau in die Galerie geeilt. Ein Angestellter hatte sie in ein kleines Zimmer geführt, in dem die für die Ausstellung gestifteten Photographien hingen.

Dort sah sie das Porträt der jungen Frau, mit der sie in den letzten drei Monaten mehr oder weniger zusammengelebt hatte.

Wie eine Madonna aus der viktorianischen Blütezeit starrte ihr Marianna Hobhouse schwermütig aus einem kleinen ovalen Rahmen entgegen. Die Hände hatte sie gegen die Brust gepreßt, und ihre großen dunklen Augen blickten nach oben, als zöge eine himmlische Vision sie in Bann. Das Licht warf einen Heiligenschein um ihr üppiges dunkles Haar, das in der Mitte gescheitelt und nach hinten geschlungen war. Es gab ein ebenmäßiges, leicht ovales Gesicht frei, das dem Schönheitsideal seiner Zeit entsprach.

In der Nachbarschaft von größeren und auf den ersten Blick ansprechenderen Photographien wirkte dieses Bild zunächst unbedeutend. Ein kleines, verblaßtes, kaum zehn Zentimeter großes Monochrom, das an einer Ecke stark eingerissen war und in der unteren Hälfte mehrere Kratzer aufwies. Auch der schlichte Goldrahmen trug die fleckigen Spuren seines Alters.

Doch das alles zählte für Dana nicht. Sie hoffte sogar, daß sich der Zustand des Photos zu ihren Gunsten auswirken würde. Weil es so schlecht erhalten war, würde die allgemeine Aufmerksamkeit sich bestimmt auf reizvollere Bilder richten. Womöglich würde das auch die Summe beeinflussen, die eventuelle Interessenten zu investieren bereit waren. Für Dana jedoch zählte nur eins: Dies war das Photo einer rätselhaften Frau, deren Geschichte ihr mittlerweile ebenso unheimlich wie tragisch erschien.

Ein aufgeregtes Rascheln, wie von Vögeln, die sich zum Schlafen niederlassen, ging durch den Auktionsraum. Als Dana aufblickte, sah sie den Auktionator zu seinem Podium gehen. Die Menge verstummte. Dana spürte, daß sie zitterte.

Der Auktionator erinnerte das Publikum zunächst daran, daß sie hergekommen waren, um die Arbeit der Gesellschaft für die Erhaltung antiquarischer Photographie zu unterstützen, deren Ziel es war, alte Photos vor Zerstörung und Vergessenheit zu bewahren.

»Und Sie werden nicht nur die Befriedigung haben, etwas zum Erhalt unserer Vergangenheit zu tun«, fuhr er mit überzeugendem Ton fort, »sondern auch noch ein greifbares Stück dieser Vergangenheit mit nach Hause nehmen können. Seien Sie großzügig, dann wird Ihnen diese Großzügigkeit vielleicht entlohnt. ›Eine Photographie ist mehr wert als tausend Worte‹ – so lautet ein alter Spruch. Einige der Photographien, die Sie heute abend hier sehen, sind sicherlich ihre tausend Pfund wert. Und eines Tages werden sie vielleicht das Hundertfache dieser Summe kosten.«

Gewandt veräußerte er ein Objekt nach dem anderen. Entsetzt stellte Dana fest, daß die Gebote in der Regel viel höher waren, als sie erwartet hatte. Entweder lockerte der Hang zur Wohltätigkeit die Brieftaschen, oder alte Photos hatten mittlerweile den Status von Kunstobjekten erhalten.

Schließlich kam der Auktionator zu der Photographie von Marianna Hobhouse.

»Meine Damen und Herren, wir kommen jetzt zu Objekt Nummer zwölf. ›Vom Licht berührt.‹ Diese originale Albumin-Photographie aus dem Jahr 1863 stammt von dem bedeutenden Photographen Henry Arlington Hobhouse. Sie ist vom Photographen signiert, betitelt und datiert. Das Bild zeigt höchstwahrscheinlich seine erste Frau Marianna. Von dieser recht mysteriösen Frau ist nur ein einziges weiteres Bild bekannt.

Auch wenn das Photo vielleicht nicht die bemerkenswerte Qualität der besten Porträts von Henry Hobhouse hat, die sich zum Teil sicherlich mit denen von Julia Margaret Cameron messen können, ist es doch ein schönes Beispiel für die Fähigkeit dieses Photographen, den Geist seines Subjekts einzufangen. Ich habe das Wort ›Geist‹ hier ganz bewußt gewählt. Diejenigen von Ihnen, die das Photo im Ausstellungsraum betrachtet haben, konnten vielleicht eine bestimmte, sagen wir spirituelle Qualität feststellen. Wenn ja, dürfen Sie sich zu Ihrer Wahrnehmungsgabe gratulieren. Marianna Hobhouse war zu ihrer Zeit nämlich ein bekanntes Medium und wurde von so herausragenden Viktorianern wie Sir Edward Bulwer-Lytton und Elizabeth Barrett Browning konsultiert. Ihre Karriere soll mit einem Skandal geendet haben, der aber vertuscht wurde. Sie selbst ist verrückt geworden und kurz darauf in einer entsprechenden Anstalt gestorben.«

Dana mißfiel der geschwätzige Illustriertenstil, mit dem Mariannas Leben zusammengefaßt wurde. Es mißfiel ihr sogar, daß ihr Leben überhaupt erwähnt wurde. In den letzen Monaten hatte sie immer mehr das Gefühl bekommen, daß die Geschichte dieses Mediums irgendwie ihr – Danas – persönlicher Besitz sei. Ihre Entdeckung. Und niemand außer ihr hatte ein Recht, darüber zu sprechen. Nicht bevor sie ihre Arbeit abgeschlossen und die Geschichte veröffentlicht hatte.

Natürlich war das eifersüchtiger Unsinn, das besitzergreifende Terrainabstecken einer Forscherin, die nur noch ihre Arbeit sah. Der Auktionator tat nur seine Arbeit. Und jeder, der sich mit Henry Hobhouse auskannte, wußte wahrscheinlich auch etwas über Marianna.

Trotzdem wünschte Dana sich, der Auktionator hätte Marianna nicht so interessant gemacht. Das Publikum kam ihr ziemlich gebildet vor, zumindest wenn man von den vielen Brillenträgern in Strickjacken ausging. Was, wenn seine Rede jemanden so beeindruckt hatte, daß die betreffende Person das Bild besitzen wollte? Schriftsteller waren doch immer auf der Suche nach Stoffen... Jetzt wurde sie wirklich paranoid! Dana zwang sich zur Ruhe.

»Sicher stimmen Sie mit mir überein«, sagte der Auktionator gerade, »daß Mariannas Geschichte diese Photographie besonders interessant macht. Wollen wir mit zweihundert Pfund beginnen?«

In der ersten Reihe schoß eine Tafel hoch.

Der Auktionator nickte. »Höre ich zweihundertundzwanzig?«

Dana hob ihren Block. Ihr Limit lag bei dreihundert Pfund. Verschwenderisch, wenn man von ihrem Gehalt als Dozentin an der New York University ausging, doch in diesem Fall glaubte sie den Luxus rechtfertigen zu können. Allerdings hatten mehrere andere Bieter die Summe bald über ihr Limit hinausgetrieben, und Dana war gezwungen auszusteigen. Die Enttäuschung durchfuhr sie wie ein Fieberschauer und machte ihr erst richtig klar, wie sehr sie das Photo gewollt hatte.

Ein gutgekleideter Japaner bot vierhundert Pfund und wurde sofort von einer in einen roten Schal gehüllten Frau in Danas Nähe überboten. Irgendwo im Hintergrund bot ein anderer Mann vierhundertfünfzig. Seiner Stimme nach war er Amerikaner, ein Landsmann von Dana. Der Japaner reagierte sofort mit fünfhundert.

»Fünfhundertundfünfzig!« rief Dana.

Ich muß verrückt sein, schalt sie sich selbst. Wie kam eine mittellose Dozentin, die noch immer ihren Studienkredit abstotterte, überhaupt dazu, fast achthundert Dollar für ein Photo ausgeben zu wollen? Doch der Gedanke, daß irgend jemand anders Marianna bekommen sollte, war ihr unerträglich geworden.

Die Tafel in der Vorderreihe ging wieder hoch.

»Ich habe sechshundert«, sagte der Auktionator. Er blickte Dana erwartungsvoll an. Es war, als würde er spüren, daß sie zu allem bereit war.

»Siebenhundert!« Sie tat ihm den Gefallen. Dana fühlte sich wie in einem Fiebertaumel, leichtsinnig und verwegen. Um so mehr ihre Chancen, das Photo zu besitzen, schwanden, um so dringender schien sie es haben zu wollen.

Es dauerte nicht lange, bis die Gebote bei tausend Pfund angelangt waren. Jetzt boten nur noch drei Personen: die Frau in dem roten Schal, der Amerikaner im Hintergrund und Dana.

Rotschal bot elfhundert Pfund, und Dana konterte mit zwölfhundert. Der Begleiter von Rotschal, ein Mann in den Fünfzigern mit frischer Gesichtsfarbe, beugte sich hinab und flüsterte ihr etwas zu. Der Mann im Hintergrund blieb still.

»Ich habe zwölfhundert Pfund«, drängte der Auktionator. »Höre ich dreizehn?«

Dana war übel. Sie war noch keine Woche in London, und schon hatte sie mit einem einzigen Wort fast ein Viertel des Stipendiums, das den Forschungsaufenthalt für den ganzen Sommer finanzieren sollte, vergeudet.

»Dreizehn.« Es war der Mann im Hintergrund.

Als sie erleichtert zusammensackte, merkte Dana erst, wie angespannt sie gewesen war. Ihre Arbeit war gerettet, jetzt mußte sie nur noch den Mund halten.

Doch eine warnende Stimme in ihr sagte: »Was du nicht tust, wird dich verfolgen. Es sind die verpaßten Chancen, die man bedauert.« Sie sah Mariannas beseeltes, rätselhaftes Antlitz vor sich. Sie stellte sich vor, was es bedeuten würde, dieses Gesicht bei der Arbeit anzuschauen...

Rotschal wies ihren Begleiter mit einem wütenden Kopfschütteln ab. »Vierzehnhundert«, schnappte sie und ließ ihre Tafel hochschnellen wie eine Fliegenklatsche, die jeden Gegner zerquetschen sollte.

Handle, drängte die innere Stimme. »Fünfzehnhundert!«

Sie mußte die Worte herauszwingen, und in ihrer Atemlosigkeit klangen sie wie ein Keuchen. Ein amüsiertes Raunen ging durch die Menge, und die Gesichter schauten in ihre Richtung. Dana spürte, wie ihr Gesicht vor Verlegenheit flammendrot wurde. Fünfzehnhundert? wiederholte der Auktionator. Sie nickte; sprechen konnte sie nicht.

Jetzt ist es genug, wies sich Dana scharf zurecht, als Rotschal sie mit einem Gebot von sechzehnhundert rettete. Du klingst nicht nur dumm, du bist es auch. Das Buch ist viel wichtiger als jede Photographie, auch wenn sie noch so reizvoll ist. Ohne Geld kann das Buch nicht geschrieben werden, und ohne Buch gibt es keine Beförderung, und das wäre das Ende deiner kurzen akademischen Karriere.

Das Bietgefecht zwischen Rotschal und dem Amerikaner hatte bald Summen erreicht, die Dana sich niemals hätte leisten können. Wenigstens würde sie sich nicht vorwerfen müssen, zu früh aufgegeben zu haben. Jetzt konnte sie nur noch hoffen, daß der Sieger ihr erlauben würde, das Photo in ihrem Buch zu reproduzieren. Sie studierte die Gesichter der beiden Kontrahenten, um sich ihre Chancen auszurechnen.

Rotschal hatte unter ihrem hochgesteckten Blondhaar ein scharfes, teuer zurechtgemachtes Profil. Mit vorgerecktem Kinn und fest aufeinandergepreßten dünnen roten Lippen saß sie leicht vornübergebeugt. Als die Summe bei zweitausend angelangt war, flüsterte der Begleiter ihr noch mal ins Ohr. Sie runzelte die Stirn und hob dann ihre Tafel, um zweitausendfünfhundert zu bieten.

Sofort drehte Dana sich nach dem Amerikaner um und hoffte, daß er zugänglicher aussehen würde.

»Zweitausendachthundert!« rief er. Er stand neben der Tür. Ein dunkelhaariger Mann Anfang Dreißig, in einem legeren, weizenfarbenen Leinenblazer über weißem Hemd und Jeans. Es handelte sich um den Mann, mit dem sie vor der Galerie zusammengestoßen war. Er hatte die Hände in den Taschen vergraben und lehnte mit einer Schulter entspannt im Türrahmen. Er schien bereit, die ganze Nacht dort stehenzubleiben, bis er bekam, was er wollte.

»Dreitausend«, gab die Frau im roten Schal zurück, doch Dana hatte das Gefühl, daß ihre Stimme nicht mehr ganz so sicher klang.

»Dreitausendfünfhundert.« Die Stimme des Mannes hingegen war nach wie vor ruhig. Sie klang, als könne er ewig so weitermachen. Vielleicht spürte seine Rivalin das, denn plötzlich gab sie auf und lehnte sich mit einem leichten Schulterzukken in ihren Stuhl zurück, als würde das Spiel sie jetzt langweilen. Ihr Begleiter versuchte ihr die Schulter zu streicheln, doch sie schlug mit der Tafel nach seiner Hand.

Amüsiert registrierte Dana die Erleichterung, die sie über den Triumph des Amerikaners empfand. Inzwischen wäre es ihr höchst zuwider gewesen, Mariannas Bild in den Händen von Rotschal zu wissen. Und ein Landsmann würde ihrer Bitte um eine Abdruckgenehmigung vielleicht eher nachkommen.

Der Auktionator gratulierte dem Gewinner und ging zum nächsten Objekt über. Als Dana sich durch die enge Stuhlreihe zum Mittelgang kämpfte, sah sie eine der Assistentinnen des Auktionators auf den Amerikaner zugehen. Einen Moment lang standen sie beisammen, während die Assistentin etwas in ihr Notizbuch schrieb. Bis Dana den Mittelgang erreichte, war ihre kurze Unterhaltung jedoch beendet, und der Mann hatte den Raum verlassen. Auch in der Diele vor dem Auktionsraum war er nicht mehr zu sehen. Einen Moment lang blieb Dana am oberen Ende der Treppe stehen und blickte ins zentrale Foyer hinab, doch sie konnte ihn auch in der Menschenmenge unten nicht entdecken. Allerdings hatte die Assistentin des Auktionators bestimmt seinen Namen notiert, und er würde nach der Auktion zurückkommen, um sein Bild zu bezahlen. Auf jeden Fall würde sie herausbekommen, wer er war. In der Zwischenzeit wollte sie gehen und sich von Marianna verabschieden.

3

An der Bar am anderen Ende des Foyers kaufte Dana sich ein Glas Weißwein und bahnte sich dann einen Weg durch die Menschenmenge in den Hauptausstellungsraum.

Als sie am Morgen die Bilder zum erstenmal gesehen hatte, waren die angestrahlten Schwarzweißphotos an den Wänden eine Offenbarung für Dana gewesen. Sie hatte nicht gewußt, daß Photos so schön sein konnten. Hintergründig und heiter, leuchteten sie in sanften Sepia- und Silbertönen sowie einem goldenen Braun und strahlten die ikonenhafte Präsenz des Alters aus. Dana erschienen sie wie geflüsterte Botschaften aus einer besseren, verschwundenen Zeit, denen ein Hauch von Verlust anhaftete.

Doch am Abend, im Gedränge der bunten, schwatzenden und weintrinkenden Menschenmenge, hatten die Bilder an Glanz verloren. Sie waren zu zart und zu leise, um es mit so vielen visuellen Ablenkungen aufnehmen zu können, und hatten sich wie dem Sonnenlicht preisgegebene Meeresgeschöpfe in ihre schimmernden Schalen zurückgezogen.

Dafür entdeckte Dana, während sie sich durch den Raum schob, zwei Photos, die ihr vorher nicht aufgefallen waren. Heiter war ein Wort, das auf diese Exponate ganz sicher nicht zutraf.

Beide Bilder zeigten angespannt lächelnde Frauen mit wirrem

Haar und zerknitterter Kleidung. Die Pupillen ihrer weit aufgerissenen, starrenden Augen stachen aus dem Weiß der riesigen Augäpfel hervor. Wenn in diesem Lächeln Glückseligkeit lag, war sie von einer Art, die Dana lieber nicht erleben wollte. Der Blick dieser Frauen war so beunruhigend, daß sie wegschauen mußte.

Laut Katalog waren die beiden Frauen in den fünfziger Jahren des neunzehnten Jahrhunderts Insassinnen des Surrey County Asylum gewesen, einer Irrenanstalt. Der Direktor dieser Anstalt, ein Dr. Hugh Diamond, gehörte laut Katalog zu den Vorkämpfern, die der photographischen Dokumentation psychischer Reaktionen und Abnormitäten den Weg geebnet hatten. Er selbst hatte Aufnahmen von vielen Patienten gemacht. Hatte Marianna Hobhouse zum Schluß wie eine dieser Frauen ausgesehen? Hatte sie ebenso starr gelächelt und mit leeren Augen in die Kamera geblickt? Der Gedanke war Dana unerträglich.

Sie machte sich auf der Rückseite des Katalogs eine Notiz, um nicht zu vergessen, Dr. Diamond und seine Patienten bei ihren Recherchen zu berücksichtigen. Im Weitergehen fielen ihr zwei modisch gekleidete Frauen auf, die bereitwillig für einen Photographen posierten. Als sie sah, daß der Photograph seine beiden arglosen Opfer so plaziert hatte, daß Diamonds Patientinnen mit auf das Photo kamen, mußte sie über diesen Kommentar zur Londoner Gesellschaftsszene lächeln.

Erleichtert floh Dana in den kleineren Raum, wo die Auktionsphotos hingen. Zum Glück gab es hier weniger Leute und deshalb auch weniger Lärm und Gedränge.

Beim Anblick von Mariannas Photo spürte Dana einen Stich ins Herz. Sie versuchte sich damit zu trösten, daß die Zuschreibung vielleicht falsch war und das Photo gar nicht Marianna zeigte. Doch sie wußte, daß es Marianna war. Das Gesicht hatte zuviel Ähnlichkeit mit dem anderen Photo, das es von dem Medium gab und das sie in einem Buch über das Werk von

Henry Hobhouse gesehen hatte. Es zeigte dieselbe ins Auge fallende Asymmetrie. Außerdem war der Titel, »Vom Licht berührt«, ein Ausdruck, den Marianna selbst benutzt hatte, um zu beschreiben, wie sie sich im Trancezustand fühlte.

Mariannas verschleierter Blick war zum Licht erhoben, das aus einer unsichtbaren Quelle in das Photo hinabfiel. Im Unterschied zu anderen Medien hatte sie ihre Seancen in gut beleuchteten Räumen abgehalten. Die Geister, so hatte sie geschrieben, »drängen zu unserem Licht wie wir zu ihrem«. In ihrem Gesicht konnte Dana noch keine Spur des Wahnsinns entdecken, der Marianna wenige Jahre später heimgesucht haben sollte. Die schmalen Wangen und die hohlen Augen verwiesen auf ihre zarte Gesundheit und die asymmetrische Gesichtsform auf die leichte Epilepsie, unter der sie wahrscheinlich gelitten hatte. Doch verglichen mit den Gesichtern auf den Porträts des Dr. Diamond, wirkte Marianna gesund und bei klarem Verstand. Andererseits, überlegte Dana, ließ sich Wahnsinn nicht unbedingt im Gesicht ablesen.

Während sie das Bild betrachtete, rekonstruierte Dana in Gedanken, was sie über Mariannas Leben wußte. Sah man von seinem tragischen Ende ab, war dieses Leben kaum anders gewesen als das vieler anderer junger Frauen ihrer Klasse und Zeit. Dana hatte die einzelnen Fakten dieses Lebens aus verschiedenen offiziellen Dokumenten zusammengetragen. Zu ihnen gehörten auch die Berichte, welche die Kommission für Geisteskrankheiten, ein Verband, der die Situation der Anstaltsinsassen überwachte, über Mariannas Fall verfaßt hatte. Außerdem hatte sie die von Marianna überlieferten schriftlichen Äußerungen eingesehen, eine im Eigenverlag erschienene Abhandlung, und ihre Briefe an die Kommission für Geisteskrankheiten.

Marianna war die kränkelnde, zarte Tochter eines wohlhabenden Londoner Kaufmanns. Im Jahr 1852, als sie gerade dreizehn war, hatte sie ihre Mutter und ihre drei Brüder verloren, die innerhalb weniger Monate einem Fieber erlegen waren. Weil er sich um das einzige ihm verbliebene Kind sorgte, hatte ihr Vater sie »wie einen Fasan unter Glas gehalten«, wie Marianna es in einem ihrer Briefe formulierte, sie verhätschelt, behütet und eingesperrt. Die Geschichte von Mariannas Leben, das sich in der fast schon klaustrophobischen Enge der dämmrigen, luftdicht verschlossenen Zimmerfluchten des düsteren Familienbesitzes Stanhope Place abgespielt hatte, erinnerte Dana an Elizabeth Barrett Brownings Beschreibung ihres hermetisch verschlossenen, stickigen Zimmers in der Wimpole Street, wo der Staub wie Sand unter den Füßen lag.

Mit siebzehn hatte Marianna ihre Gabe als Medium entdeckt. Bei einer schweren, fieberhaften Erkrankung war sie in eine Trance gefallen, in der ihr die Geister ihrer Mutter und ihrer Brüder in einer Lichtwolke erschienen waren. Sie hatten zu ihr gesprochen und sie zu neuem Leben erweckt. Danach, so schrieb sie, sei ihr Geist zu »einer Art Flüster-Galerie« geworden, in der sie die Stimmen ihrer toten Lieben hören konnte. Sie war noch nicht ganz von ihrer Krankheit genesen, als ihre rechte Hand plötzlich stark zu zittern begann und sie das starke Verlangen zu schreiben verspürte. Wenn sie die Worte aufs Papier strömen ließ, konnte sie sich ebenfalls ihren Geistern nähern und der qualvollen Enge ihres Lebens entfliehen. Sie verbrachte viele Stunden an ihrem Schreibtisch, befragte die Geister und hielt ihre Antworten fest. Mariannas Vater war überglücklich über dieses an ein Wunder grenzende Zeichen dafür, daß seine Frau und seine Söhne auch nach ihrem Tod noch bei ihm weilten, und ermunterte seine Tochter zur Kommunikation mit ihnen. Jedoch erlaubte er ihr nicht, das Elternhaus zu verlassen und sich außerhalb des kleinen Kreises von Freunden und Verwandten, die zu Mariannas Séancen eingeladen wurden, mit irgend jemanden zu treffen.

»Halten Sie sie für eine Schwindlerin?«

Dana fuhr erschreckt herum, als eine bekannte Stimme sie in ihren Gedanken unterbrach. Wein schwappte aus ihrem Glas auf ihr Kleid, ein karamellfarbenes Strickensemble, das sie kurz vor ihrer Abreise aus New York im Schlußverkauf erstanden hatte. Es war teuer gewesen, aber sie hatte nicht widerstehen können, weil die Farbe ihr hellbraunes Haar blonder wirken ließ. Dana unterdrückte den Fluch, der ihr auf den Lippen lag, denn die Stimme gehörte dem neuen Besitzer des Photos, der unbemerkt an ihre Seite getreten war.

»Entschuldigen Sie, ich wollte Sie nicht erschrecken. Hier, nehmen Sie.« Er zog ein zerknülltes Taschentuch aus seiner Jackentasche und reichte es Dana. »Auch wenn es nicht so aussieht, es ist sauber.« Zerknirscht bot er an, ihr die Reinigung zu bezahlen.

»Das ist nicht nötig«, gab Dana steif zurück. Sein plötzliches Auftauchen und ihre eigene Reaktion darauf hatten sie völlig verwirrt. »Weißwein macht keine Flecken.«

Während er ihr Glas und ihren Katalog hielt, tupfte sie den Wein vom Kleid und registrierte ganz nebenbei ein paar Details. Die stechenden blauen Augen; das dichte kastanienbraune Haar, das aus der Ferne so dunkel wirkte, daß sie es für schwarz gehalten hatte; die markante Nase, der feste, humorvolle Mund und die angenehm zurückhaltende Art, die gut zu der anziehenden Stimme paßte. Alles bestätigte ihren ersten Eindruck, daß sie einen attraktiven Mann vor sich hatte. Einen bedeutenden Teil dieser Attraktivität machte allerdings der leichte, aber deutlich sichtbare Widerspruch aus, der zwischen seinen Manieren und dem durchdringenden Blick seiner blauen Augen bestand; ein Widerspruch, der auf eine bewußt zurückgehaltene Stärke schließen ließ. Dana gab ihm das nasse Taschentuch zurück, nahm ihr Weinglas entgegen und steckte den Katalog in ihre Umhängetasche. Dann wandte sie sich wieder Marianna zu. War sie eine Schwindlerin gewesen? Hatte sie auf die Tricks zurückgegriffen, die skrupellose Medien anwandten, um ihre Opfer an der Nase herumzuführen? Am Anfang ihrer Forschungen hatte Dana sich diese Fragen oft selbst gestellt, doch mittlerweile war sie davon überzeugt, daß Marianna fest an ihre spiritistischen Fähigkeiten geglaubt hatte. Die Trancezustände und das automatische Schreiben mochte sie selbst herbeigeführt haben, aber nicht in der Absicht, andere zu betrügen. Marianna hatte sie eingesetzt, um den Umständen ihres Lebens zu entfliehen.

»Nein«, antwortete Dana schließlich. »Nein, ich glaube nicht, daß sie eine Betrügerin war. Und Sie?«

»Sind die Begriffe Medium und Schwindler nicht gleichbedeutend?« Er klang eher neugierig als provokativ.

»Das hängt ganz davon ab, ob ein Medium an sich selbst und seine Fähigkeit glaubt.« Dana trank einen Schluck Wein, um ihre Nervosität in den Griff zu bekommen. Schließlich hatte dieser Mann die Macht, ihre Bitte abzulehnen, Mariannas Bild abzudrucken.

»Ein Zyniker würde behaupten, ein Medium glaube allein an das Geld seines Klienten«, sagte er leichthin.

»Kein Wunder, denn ein Zyniker kann Habsucht besser verstehen als Glauben. Außerdem hat Marianna für ihre Séancen nie Geld genommen. Das hatte sie gar nicht nötig; sie war eine reiche Frau.« Dana war versucht hinzuzufügen, daß Geld für die Medien aus der Mittelklasse selten eine Rolle gespielt hatte, doch sie unterließ es, um nicht den Eindruck zu erwecken, ihn belehren zu wollen.

»Also keine Schwindlerin. Vielleicht einfach einem Wahn verfallen?«

»Oder eine Frau mit einer außergewöhnlichen Begabung, die den Konventionen ihrer Zeit nicht entsprach.«

»Schade, daß Sie nicht ihre Anwältin waren – oder ihre Ärztin. Vielleicht hätten Sie ihr die Anstalt ersparen können. Die Leute, die sie aufsuchte, haben ihr nicht viel geholfen.«

»Wen überrascht das? Schließlich hatte ihr Mann sie ausgesucht.«

Sofort bereute Dana diese Worte und ihren scharfen Tonfall. Daß sie auf seinen Kommentar so defensiv reagierte, verriet, wie sehr sie sich mit Marianna identifizierte. Für sie war Henry Hobhouse Mariannas Verderben gewesen, der Mensch, der für ihre Zerstörung verantwortlich war.

Dieser Mann mochte die Ehe der Hobhouses ganz anders sehen. Womöglich hielt er Henry sogar für Mariannas Rettung, denn als genau das war er Marianna selbst am Anfang erschienen. Dana versuchte in seinem Gesicht zu lesen, ob sie ihn mit ihrer Antwort beleidigt hatte. Sie konnte es sich nicht leisten, ihn zu verärgern.

Sein Gesichtsausdruck ließ lediglich auf Interesse schließen. »Wollen Sie andeuten, daß Henry zu konventionell war, um Marianna zu verstehen?«

»Vielleicht.« Dana hielt sich bedeckt. Ihrer Meinung nach war »konventionell« ein viel zu schwaches Wort, um Henry Hobhouse zu beschreiben. Einige mochten in der Beziehung zwischen Marianna und Henry die klassische Geschichte von der jungen Frau sehen, die eine Form von wohlwollender väterlicher Bevormundung gegen die andere eintauscht, aber für Dana war die Geschichte viel komplizierter und grausamer.

Dabei wirkte Henry eigentlich nicht grausam. Photographien von ihm zeigten einen außergewöhnlichen Mann im mittleren Lebensalter, mit dichtem Bart, einem länglichen, ernsten Gesicht und Augen, denen nichts entging. Attraktiv, aber humorlos. Er war Junggeselle und fast zwanzig Jahre älter als Marianna. Als er nach Stanhope kam, um Mariannas Vater zu photographieren, hatte er nach jahrelanger erfolgloser Arbeit als Kupferstecher gerade begonnen, sich einen Namen als Photograph zu machen. Marianna und er heirateten wenige Monate nach diesem ersten Treffen an ihrem achtzehnten Geburtstag.

Dana war überzeugt, daß diese Ehe ein weiterer Befreiungsversuch Mariannas war – ein Befreiungsversuch, der schließlich zu einer noch viel schlimmeren Form von Gefangenschaft geführt hatte.

Ihrem Gegenüber verriet Dana jedoch nichts davon. Mittlerweile machte sie sich Sorgen, ob seine Bemerkungen nicht bedeuten könnten, daß er ebenfalls an Mariannas Geschichte interessiert war. Wozu sonst hatte er das Photo ersteigert? Womöglich schrieb er gar selbst über sie.

Argwöhnisch bemerkte sie, daß er viel über Marianna Hobhouse zu wissen schien.

»Das kann ich nur zurückgeben.«

Dana beschloß, etwas offener zu sein. »Ich habe ein wenig über weiblichen Spiritismus im England des neunzehnten Jahrhunderts recherchiert. Für ein Buch. Marianna hat mich fasziniert. Deshalb wollte ich ihr Photo.«

»Es tut mir leid, daß ich derjenige bin, der Ihnen diese Enttäuschung bereitet hat.« In seinem offenen Blick schien echtes Bedauern zu stehen, als hätte er verstanden, was ihr das Bild bedeutete. Allerdings hatte sie das mit ihren verrückten Geboten bei der Versteigerung auch ziemlich deutlich gemacht.

»Sie müssen sich nicht entschuldigen. Sie haben mich vor mir selbst gerettet. Der Preis war weit jenseits von allem, was ich mir leisten kann.«

»Die Preise waren generell überzogen. Doch schließlich war es für einen guten Zweck, und der Auktionator war sehr geschickt.« Er lächelte bitter. »Kennen Sie den Spruch nicht? Ein Auktionator ist ein Mann, der mit dem Hammer verkündet, daß er Ihnen mit der Zunge ans Portemonnaie gegangen ist?«

Sie lachte. »Ihnen schien das deutlich weniger auszumachen als mir.«

»Aber nur, weil es sich nicht um mein Portemonnaie handelte. Ich habe für jemand anders gekauft.«

»Oh.« Auch wenn dies ihre Sorge minderte, er könne ein Konkurrent sein, bedeutete es gleichzeitig, daß sich Mariannas Photo wieder ihrem Zugriff entzog. Weil sie jetzt nichts mehr zu verlieren hatte, sagte Dana, sie hoffe, der neue Besitzer würde ihr erlauben, das Photo in ihrem Buch zu reproduzieren.

»Sie können ihn fragen«, antwortete er unverbindlich. »Sein Name lautet Quentin Finn.«

»Der Photograph?«

Er nickte.

Einen Moment lang war Dana sprachlos und überlegte fieberhaft, was diese neue Entwicklung für ihre Forschungen bedeuten könnte. Quentin Finn war nicht nur der Besitzer von Kerreck Du, dem Haus in Cornwall, in das sich Marianna und Henry Hobhouse im Frühjahr des Jahres 1870 nach dem mysteriösen Skandal zurückgezogen hatten, er nannte auch eine beachtliche Sammlung von Henry Hobhouses photographischem Werk und verschiedenen Schriftstücken sein eigen. Sie hatte bereits vorgehabt, ihm zu schreiben. In der Hoffnung, auch Material über Marianna zu finden, wollte sie ihn bitten, seine Sammlung einsehen zu dürfen. Doch Finn, von dem man fast nur mit dem Nachnamen sprach, galt als schwierig und hatte sich seinen Ruf nicht nur als Photograph, sondern auch als Exzentriker erworben. Außerdem sollte er über seine Sammlung genauso streng wachen wie über sein Privatleben.

»Finn wird dich sicher nicht an die Hobhouse-Materialien lassen«, hatte ein Akademikerfreund aus London, der Finn flüchtig kannte, sie gewarnt. »Der Rest der Welt mag die Photos von Henry Hobhouse für viktorianischen Kitsch halten, aber nicht so Finn. Du mußt wissen, daß er ein Nachfahre von Hobhouse ist. Irgendein Großgroßneffe oder so was. Vor Jahren hat er Kerreck Du mit dem gesamten Inventar von einer älteren Cousine erworben, die das Haus wie ein Heiligtum gehütet hat. Es heißt, er arbeite an einem Buch über Hobhouse, um zu beweisen, daß er ein verkanntes Genie war. Finn läßt gewiß nicht jeden seine Sammlung sehen. Wahrscheinlich hat er Angst vor Plagiatoren. Andererseits ist es ja nicht Henry Hobhouse, für den du dich interessierst . . .«

Da Quentin Finn das Photo von Marianna erworben hatte, glaubte Dana, daß er genausoviel Interesse an dem Medium hatte wie sie. Wenn das der Fall war, würde er sicherlich noch weniger bereit sein, ihr Zugang zu seiner Sammlung zu gewähren. Doch als sich ihr Gegenüber jetzt anbot, bei Finn für sie vorzusprechen, schöpfte sie wieder Hoffnung. »Allerdings kann ich nicht versprechen, ob es viel helfen wird. In solchen Dingen ist Finn meist sehr argwöhnisch.«

Dana bedankte sich. Weil ihr aufgefallen war, daß er einige Worte auf ganz besondere Weise betonte, fügte sie spontan hinzu: »Sie sind kein Amerikaner, oder? Ich meine, ich bin Amerikanerin und habe Sie erst für einen Landsmann gehalten, aber so, wie Sie sprechen . . .« Dana merkte, daß sie sich verhaspelte, und schwieg verlegen.

»Ich bin Kanadier. Entschuldigen Sie, ich hätte mich vorstellen sollen.« Er streckte seine rechte Hand aus. »Mein Name ist Daniel Finn. Quentin Finn ist mein Vater.«

»Dana Morrow.« Während sie sich die Hände schüttelten, erinnerte Dana sich, gelesen zu haben, daß Quentin Finn in Vancouver geboren war.

Beide schwiegen eine Weile. Die Gesprächspause zog sich in die Länge, ohne daß ihnen deshalb unbehaglich wurde. Dana sah ihre Chancen bei Quentin Finn steigen. Wenn er nur ein wenig Ähnlichkeit mit seinem Sohn hatte, würde er zugänglicher sein, als die Berichte über ihn vermuten ließen.

»Übrigens«, begann Daniel Finn abrupt, »was das Photo angeht . . .« Als eine junge Frau in schwarzem Hosenanzug auf sie zutrat, brach er ab.

»Daniel!« sagte sie vorwurfsvoll. »Ich habe dich gesucht.«

Sie war eine kühle, selbstbeherrschte Schönheit. Das unverbindliche Partylächeln, das sie Dana zuwarf, entblößte makellos weiße Zähne. Sie beugte sich vor, um das Photo von Marianna genauer zu betrachten. »Meine Güte, Daniel – dreitausendfünfhundert Pfund für so etwas! Sieht doch aus, als hätte die Katze drauf gekotzt. Ich hoffe wirklich, daß es Finn soviel wert ist.« Dann hakte sie sich bei ihm unter. »Komm, Liebling, da ist jemand, den ich dir vorstellen will.«

»Eine Minute, Lynn.« Er zog einen Stift und einen Papierfetzen aus seiner Jackentasche, schrieb etwas auf und reichte es Dana. »Das ist Finns Adresse und meine Londoner Telefonnummer. Ich werde mit Finn sprechen, doch Sie sollten ihm trotzdem schreiben. Erklären Sie ihm, wozu Sie das Photo brauchen, und erzählen Sie vielleicht auch ein wenig über sich selbst. Wenn Sie bei ihm kein Glück haben, lassen Sie es mich wissen.«

»Danke, das werde ich.«

Als sie sich entfernten, hörte Dana, wie die Frau Daniel fragte, worum es denn überhaupt ginge. Daniels Antwort hörte sie nicht mehr. Ja, worum ging es überhaupt? Um mehr als nur ein Photo?

4

Daniel Finn raste auf seinem Motorrad durch den tief eingeschnittenen, von Farnkraut überwucherten Feldweg, der zu seinem Cottage führte. Das Schulhaus aus dem neunzehnten Jahrhundert lag eine Viertelmeile von dem kleinen Dörfchen St. Mawl in Cornwall entfernt. Die Yamaha holperte über die ausgefahrenen Furchen des Weges und schwenkte nach links, um dem tief herabhängenden Ast eines Weißdorns auszuweichen.

Normalerweise genoß Daniel das Ritual seiner Ankunft beim Schulhaus jedesmal von neuem, ließ sich Zeit, während er dem sich dahinschlängelnden Weg durch die saftiggrünen Schatten folgte, in denen hier und da rote Feuernelken und Fingerhut aufleuchteten. Er liebte die Spannung der langsamen Annäherung, liebte es, wie der Weg unvermittelt die letzten Fangarme von Hunds- und Heckenrose einzog, um ohne Vorwarnung in die weite, baumlose Ebene hoch über dem Meer zu münden, auf der das lange, niedrige Rechteck des weißgetünchten Schulhauses stand.

Doch diesmal konnte er es nicht abwarten, mit seiner Kamera auf die Klippen zu kommen, um dem Tag noch etwas abzugewinnen. Eine anstrengende Zehnmeilenwanderung entlang des Küstenpfads würde seine Wut dämpfen, die er nach einem Streit mit Lynn am Morgen vor allem auf sich selbst hatte und die während des Mittagessens in Kerreck Du eher noch größer geworden war. Dana Morrow war ebenfalls eingeladen gewesen, und als sie nicht auftauchte, fiel sein Vater in die verdrießliche Geistesabwesenheit zurück, die er in letzter Zeit immer häufiger an den Tag legte.

In drei Tagen sollte in der Chapel Gallery in Trebartha die Ausstellung eröffnet werden, die eine Retrospektive von Finns photographischem Werk zeigte. Jetzt, wo sich die monatelangen Vorbereitungsarbeiten dem Ende zuneigten, schienen bei Finn wieder die alten Verhaltensmuster durchzubrechen, die er sich seit dem Tod von Solange vor einem Jahr zugelegt hatte. Daniel hatte gehofft, daß Dana Morrows Nachforschungen über das Leben von Marianna Hobhouse Finn genügend interessieren würden, um ihn vor dem unvermeidbaren schwarzen Loch zu retten.

Daniel hatte sich an das Versprechen gehalten, das er Dana vor einer knappen Woche bei der Auktion gegeben hatte, und war seinem Vater gegenüber auf das Photo von Marianna zu sprechen gekommen. Überraschenderweise hatte Finn nicht nur einer Reproduktion des Bildes zugestimmt, sondern war so weit gegangen, Dana nach Kerreck Du einzuladen. Genau das hatte

Daniel erhofft, allerdings nicht damit gerechnet, daß es so schnell gehen würde. Im Moment nämlich war das Leben in Kerreck Du fast so turbulent wie zu Solanges Lebzeiten.

Sein Schreck über Finns spontane Reaktion auf Dana machte Daniel klar, daß er nicht aus reiner Nächstenliebe für sie vorgesprochen hatte. Ihre schlanke, grauäugige Erscheinung und die attraktive Mischung aus Unsicherheit und Selbstbewußtsein waren ihm nicht mehr aus dem Kopf gegangen. Dann erinnerte er sich an Details: an die ausgeprägten Wangenknochen und die feingliedrigen Handgelenke; die glatte blasse Haut mit dem leichten Olivton; an das Licht auf ihrem goldbraunen Haar; und an ihren Blick. In seiner Direktheit nahm dieser Blick sofort Verbindung mit dem Gesprächspartner auf, aber trotzdem blieb der Eindruck bestehen, daß sie etwas zurückhielt. Er wollte sie wiedersehen, aber nicht in Kerreck Du. Finn sollte ihr helfen, aber sich nicht zu sehr für sie interessieren. Doch so, wie es aussah, war die unberechenbare Neugierde seines Vaters bereits geweckt. Und der Korb, den er zum Lunch erhalten hatte, würde sie nur steigern.

Verdammt, dachte Daniel. Verdammt, verdammt.

Das Motorrad rutschte mit einem Ruck in eine tiefe Furche, worauf Daniel die letzten hundert Meter mit der Vorsicht eines Mannes fuhr, der sich daran erinnerte, daß die nächste Werkstatt fünf Meilen entfernt war. Als er nach der letzten Steigung auf die weite, grasbewachsene Hochebene kam, sah er, daß Lynns grauer Volvo noch immer vor dem verriegelten Gattertor am Ende des Wegs zum Schulhaus parkte. Er spürte Enttäuschung, denn er war sich ganz sicher gewesen, daß sie schon fort sein würde.

Daniel hielt neben dem Volvo an und saß eine Zeitlang mit laufendem Motor da. Der Lunch in Kerreck Du war kurz gewesen, und sie hatte ihn vielleicht nicht so früh zurückerwartet. Er konnte einfach wieder fortfahren und den Rest des Nachmittags arbeiten. Die Pentax hatte er immerhin in der Satteltasche des Motorrads. Sie hatte zwar nicht die Schärfe der Leica, seiner Lieblingskamera, doch die lag nun einmal im Schulhaus.

Trotzdem brachte Daniel es nicht übers Herz, wieder zu fahren. Flucht kam ihm feige und, falls Lynn seine Yamaha bereits entdeckt hatte, grausam vor. Außerdem mußten sie sich früher oder später der Tatsache stellen, daß ihre Beziehung nicht funktionierte. Wenn nicht hier, dann in London.

Die plötzliche Einsicht, daß er keinen weiteren Streit mit Lynn aushalten würde, veranlaßte Daniel, den Motor zu drosseln und abzusteigen. Er öffnete das Tor und schob das Motorrad auf das Schulhaus zu.

In den Zeiten, als die Gemeinde noch groß genug war, um sie zu unterhalten, war das winzige weiße Gebäude eine private Grundschule gewesen. Heute wurden die wenigen Kinder aus St. Mawl mit dem Bus ins drei Meilen entfernte Trebartha gebracht. Vor zwei Jahren war das Schulhaus dann zum Verkauf angeboten worden. Allein die Tatsache, daß Finn ihn davon in Kenntnis setzte, hatte Daniel für das Haus eingenommen. Als er es dann sah, abgelegen, vernachlässigt und ohne alle Modernisierungsspuren, wußte er sofort, daß es perfekt war.

Niemand hatte versucht, etwas an der schmucklosen Fassade oder der Nacktheit seiner exponierten Position auf der kahlen Hochebene zu verändern. Der Wind blies ungehindert vom Meer herauf und ließ das lange Gras in grünen und gelben Wellen an die Grundmauern des Hauses schlagen. An einer Wand wuchs ein gekrümmter Wildrosenstock. Das einzige architektonische Merkmal, das sowohl das Äußere des Hauses als auch den großen kahlen Raum im Innern auszeichnete und es schön erscheinen ließ, war ein riesiges, doppeltes Spitzbogenfenster aus Bleiglas an der Südwand. Es ließ eine Flut von Licht hereinströmen und, wie Lynn sofort bemerkt hatte, einen unangenehmen Zug.

Das Schulhaus war Daniels Refugium. Es bot ihm die Einfachheit, die seinem Leben in der Stadt fehlte. In London waren seine Tage voll mit Arbeit. Als freischaffender Photograph, dessen Spezialgebiet die digitale Photographie war, hatte er einen großen, breit gefächerten Kundenkreis. Seine Arbeit interessierte ihn und brachte viel Geld, doch sie ließ ihm kaum noch Zeit für ein Privatleben. Sein Studio, das ihm auch als Wohnung diente, lag im weitläufigen Obergeschoß eines umgebauten Lagerhauses. Es war angefüllt mit Arbeitsmaterialien, Reisemüll und den Computern und anderen technischen Ausrüstungsgegenständen seines Berufs. Während der Arbeitszeit, die sich oft bis in die Nacht hinein erstreckte, teilte er den Raum mit Assistenten, Klienten, Modellen und Freunden.

Hier im Schulhaus konnte er allein sein und tun und lassen, was er wollte. Oft genügte schon der Anblick des Hauses, um seinen Seelenfrieden wiederherzustellen. Termine, geschäftliche Verpflichtungen, Fragen des Geschmacks oder des Preises, alles fiel von ihm ab. Jedesmal, wenn er von London oder einer seiner Reisen hierher zurückkehrte, fragte sich Daniel, ob das Haus in seiner Abwesenheit wohl die Macht über ihn verloren haben mochte. Doch es blieb immer dasselbe, unabhängig vom Wetter oder der Jahreszeit.

Allerdings war er früher immer allein gekommen. Dieses Mal hatte Lynn ihn begleitet. Zu einer Zeit, als ihre Beziehung noch sehr vielversprechend zu sein schien, hatte sie ihn dazu überredet, eine gemeinsame Urlaubswoche im Schulhaus zu verbringen. Er hatte sie gewarnt, daß alles sehr primitiv sei. Das würde ihr nichts ausmachen, hatte sie vergnügt erwidert. Daraufhin hatte er sie daran erinnert, daß erst kürzlich zwei Frauen auf den Klippen zu Tode gekommen waren. Im Ort wurde von Mord geredet. Würde sie das nicht beunruhigen? Nein, hatte sie geantwortet, denn sie habe nicht vor, allein spazierenzugehen.

Doch ihre Affäre, die so verheißungsvoll begonnen hatte, war bald von Auseinandersetzungen belastet worden. Anfangs begriff Daniel gar nicht, wie es überhaupt dazu kam. Er gab sich selbst die Schuld, wenn sie Streit hatten, warf sich Ungeschicktheit und mangelndes Einfühlungsvermögen vor. Dann tat er sein Bestes, wieder neu um Lynn zu werben. Doch mit der Zeit erkannte er, daß Lynn regelrecht Gefallen an ihren Auseinandersetzungen fand. Auf irgendeine Weise schien Streit sie zu erregen, und sie provozierte ihn immer wieder bewußt.

Ein paar Tage vor ihrer geplanten Reise zum Schulhaus war ein neuer Streit ausgebrochen. Als er diesmal nicht mit den erwarteten Schmeicheleien reagierte, hatte ihm Lynn wütend entgegengeschleudert, sie wolle lieber nach Dorset fahren und Freunde besuchen.

Seine Erleichterung war unbeschreiblich.

Doch zwei Tage nach seiner Ankunft im Schulhaus tauchte Lynn plötzlich wieder auf, reumütig und so verführerisch und fröhlich wie nie zuvor. Sie wollte sich mit ihm versöhnen. Wie immer hatte es im Bett geendet, und ein paar friedliche Tage lang hatte er sich vorgemacht, sie hätte sich geändert. Doch an diesem Morgen hatten sie wieder gestritten. Zum letztenmal, wie er sich jetzt vornahm. Er stellte die Yamaha neben der Haustür auf ihren Ständer und ging hinein.

Lynn stand im Licht des Spitzbogenfensters. Sie studierte eine Landkarte, die sie auf der einfachen Holzplatte, die ihm gleichzeitig als Eß- und Schreibtisch diente, ausgebreitet hatte. Sie trug dieselbe Kleidung, in der sie angereist war, ein blaßgelbes Schlauchkleid, dessen Farbe hervorragend zu ihrem Haar paßte. Als Schauspielerin, die sich bereits einen gewissen Ruf erworben hatte, besaß sie ein untrügliches Gespür für dramatische Details, was jetzt an der Wahl der Belichtung und der Requisiten deutlich wurde. Ihr Koffer, über den sie den Regenmantel gelegt hatte, stand neben ihr auf dem Boden.

»Ich habe dich erst später zurückerwartet«, sagte sie mit

tonloser Stimme und ohne aufzublicken. »Ich wollte vor deiner Rückkehr abreisen.« Er glaubte ihr nicht. Sie hatte auf diese letzte Szene gewartet.

»Der Lunch wurde vorzeitig abgebrochen.«

»Also kein Erfolg?«

Sie fragte zwar, doch es klang desinteressiert, und ihr Blick ruhte nach wie vor auf der Landkarte. Er sah ihr Gesicht im Profil, reserviert und von herber Schönheit, und spürte wieder den alten Impuls, es photographieren zu wollen. Dabei wußte er schon lange, daß sich hinter ihrer kühlen, distanzierten Selbstbeherrschung, die er anfangs als geheimnisvoll empfunden hatte, eine Persönlichkeit verbarg, die dem äußeren Schein nicht entsprach.

»Finn hatte lausig schlechte Laune. Der Gast, den er erwartet hat, ist nicht aufgetaucht.« Er konnte es sich jetzt leisten, großzügig zu sein, deshalb fügte er hinzu: »Du hattest recht, nicht mitzukommen.«

Bei ihrem Streit am Morgen war es um die Einladung zum Lunch nach Kerreck Du gegangen. Lynn hatte gesagt, sie habe nicht vor, ihren letzten gemeinsamen Tag in jenem Tollhaus zu verbringen. Bis auf wenige Ausnahmen hielt sie die Menage in Kerreck Du für eine Ansammlung besonders unangenehmer Menschen. Pascale sei auf so stille Weise geschäftig, daß man ihre Anwesenheit kaum bemerkte, und auch John Malzer scheine recht nett zu sein. Aber Karen, die junge Amerikanerin, sei ein ausgekochtes Miststück, der schöne Tim ein Langweiler und das jugoslawische Ehepaar die beste Werbung, die sie jemals gesehen hatte, für ein Leben als Single. Weshalb Nadia Tatevic nach einem Jahr in England die Sprache noch immer nicht konnte, sei ihr einfach unverständlich, besonders wo ihr Kind sie so gut sprach. Daß die Tochter der Tatevics so gut geraten war, sei nur ein Beweis dafür, daß es so etwas wie Wechselbälger gab. Doch am schlimmsten von allen sei Finns selbsternannte Mäzenin. Wenn sie sich noch eine Lobeshymne von Estelle Pinchot auf Finns Kunst anhören müsse, würde sie die Frau erwürgen. »Es ist doch klar, daß sie total in ihn verknallt ist?«

Ja, hatte er geantwortet. Er verriet ihr nicht, daß Estelle es in Wirklichkeit auf John Malzer abgesehen hatte. Und das nicht aus den üblichen Gründen. »Im Moment hat sie sich hier nur eingemietet, doch sie droht damit, sich ein Haus kaufen zu wollen.«

»Wie reagiert Finn darauf?«

»Mit Entsetzen.«

Sie hatte kurz und humorlos aufgelacht. »Geschieht ihm recht.«

Offenbar war Lynn der Meinung, Finn habe es mit seinen Umarmungen mal wieder übertrieben. Sein Vater neigte dazu, seine Mitmenschen ständig zu berühren. Jemanden in den Arm zu nehmen oder zu tätscheln war einfach seine Art, Kontakt aufzunehmen. Doch manchmal führte es zu Mißverständnissen.

Lynns Kritik machte deutlich, daß sie Finn nicht mochte, was sie allerdings Daniel gegenüber zugab. Daniel fragte sich, ob die Sünde seines Vaters in diesem Fall ausnahmsweise eine der Unterlassung war. Finn, der sonst mit jedem flirtete, egal, ob Mann oder Frau, hatte sich bei Lynn erstaunlich zurückgehalten. Wenn es möglich gewesen wäre, über dieses Thema zu reden, hätte er ihr zu erklären versucht, daß Finn sich aus Rücksicht auf seine, Daniels Gefühle, so verhielt. Obwohl er das selbst kaum glauben konnte. Finn nahm fast nie Rücksicht auf die Gefühle anderer Menschen, und auf die von Daniel schon gar nicht.

Da er Lynns Meinung über die Bewohner von Kerreck Du und deren Gefolge fast uneingeschränkt teilte, hatte er erst gar nicht versucht, sie zu überreden, zum Lunch mitzukommen. Er hatte sich noch nicht einmal die Mühe gemacht, ihr zu sagen, daß ein Großteil derer, die sie nicht mochte, abwesend sein würden. Er sagte einfach nur, er würde allein gehen.

Doch sie wollte, daß er bei ihr blieb. Als er sich weigerte und sein Versprechen gegenüber Finn als Grund anführte, war sie wütend geworden und hatte damit gedroht, sofort nach London abzureisen, und nicht, wie geplant, am nächsten Tag. Da war es mit seiner Geduld vorbei gewesen, und er hatte einfach die Tür hinter sich ins Schloß gezogen.

Jetzt faltete Lynn die Karte zusammen und drehte sich zu ihm um.

»Und?«

Er erwiderte ihren Blick, sagte aber nichts. Das Schweigen zwischen ihnen zog sich in die Länge. Dann brach ein Wortschwall über ihn herein. Sie redete, als stünde sie vor einer Hürde, die es schnell und ohne lange nachzudenken zu überwinden galt. »Es ist vorbei, nicht wahr? Darum hast du mich hierbleiben lassen. Damit ich's selbst merke.«

In ihrer Stimme schwang ein leichtes Flehen mit, die unterdrückte Bitte, ihr zu widersprechen. Die Versuchung, die Wahrheit zu verdrängen und ihr den Gefallen zu tun, war immer noch da, doch diesmal widerstand er ihr.

»Ich habe geglaubt, dich zu kennen, Daniel. Bis ich hierhergekommen bin. Jetzt weiß ich nicht mehr, wer du bist. Es ist, als hättest du dich in jemand anders verwandelt. Irgendwie verändert dich Finn. Ich wünschte, du könntest ihm nur ein einziges Mal sagen, er solle zur Hölle fahren.«

Er zuckte die Schultern. Mittlerweile sollte sie eigentlich wissen, daß er dies oft genug getan hatte, wenn auch mit wenig Erfolg. Er und sein Vater hatten sich schon vor langer Zeit auf einen Modus vivendi geeinigt, und wenn Außenstehende damit nicht klarkamen, dann war das deren Problem und nicht seins.

Ihre Augen verengten sich zu Schlitzen. Sie starrte ihn wütend und abschätzig an. »Weißt du was, du solltest dir wirklich ein anderes Arbeitsfeld suchen. Dein eigenes Leben leben, wie diese Schlampe Karen sagen würde.« Jetzt war ihm klar, daß er nicht ungeschoren und ohne Szene davonkommen würde. »Ich will nicht abstreiten, daß du ein brillanter Photograph bist, Daniel. Aber wenn man in die Fußstapfen eines berühmten Vaters tritt, kann das nur Ärger und Probleme geben. Und du forderst es noch zusätzlich heraus, indem du hierherkommst. Obwohl du klug genug bist, Vergleiche zu vermeiden.« Sie warf einen anzüglichen Blick auf die nackten weißen Wände. Daß er seine eigenen Arbeiten nicht im Schulhaus aufhing, hatte aber nicht den Grund, auf den Lynn anspielte.

Für eine so intelligente Frau konnte sie manchmal unwahrscheinlich dumm sein. Doch ihre Worte ließen ihn kalt; sie hatte nicht mehr die Macht, ihn wütend zu machen. Alles, was er fühlte, waren die ersten Anzeichen von Langeweile, die sich in einem kleinen inneren Seufzen bemerkbar machten. Er hätte ihr sagen können, daß sie sich irrte, daß seine Arbeit völlig anders sei und nichts mit Finns Kunst zu tun habe. Alles, was auf sie beide zutraf, sei das Etikett Photograph.

Doch es hatte keinen Sinn zu argumentieren. Er wollte ihre Beziehung nicht im Streit enden lassen; er wollte einfach, daß sie ging. Dabei hätte er eigentlich wissen sollen, daß Schweigen sie auf die Palme bringen würde.

Lynn blickte sich im Zimmer um, als ob sie nach weiterer Munition suche. Die war schnell gefunden: »Weißt du, was das hier ist?« Ihre Stimme klang vorwurfsvoll. »Eine gottverdammte Eremitenzelle.«

Wahrscheinlich hatte sie recht. Er hatte zu dem einen großen Raum nur eine provisorische Küche hinzugefügt und ein Badezimmer, das ihm außerdem als Dunkelkammer diente. Das Mobiliar war einfach, sogar spartanisch, und es gab nur sehr wenige Annehmlichkeiten, die einen Besucher zum Bleiben bewegen konnten. Ein dunkelroter Orientteppich war der einzige Farbtupfer im Zimmer; ansonsten herrschten Weiß- und Grautöne vor. Die Wände waren nackt, weil nichts sich – kein Photo, kein

Druck und kein Gemälde – gegen das riesige Fenster behaupten konnte, das einen Blick auf die Urgewalten von Meer und Himmel bot.

»Das kommt mir nur entgegen«, anwortete er leise, als er sah, daß sie Schweigen nicht akzeptieren würde. Erst als er es ausgesprochen hatte, ging ihm auf, wie grausam die Worte klangen.

Lynn nahm ihren Koffer auf. »Du gibst dir wirklich keine Mühe zu verbergen, daß du mich für ein überflüssiges Gepäckstück hältst.«

Obwohl er wußte, daß dies ein Fehler war, mußte er über diesen Vergleich lächeln. »Für ein Gepäckstück habe ich dich nie gehalten, Lynn.«

»Tu nicht so gönnerhaft! Du weißt genau, was ich meine.« Dann zuckte sie die Schultern. »Ach, was soll's.«

Sie lehnte es ab, sich den Koffer tragen zu lassen, hatte jedoch nichts dagegen, daß er sie zum Auto begleitete. Sie legte ihr Gepäck in den Kofferraum des Volvo und knallte ihn zu. Dann stand sie einen Moment lang neben der Autotür und blickte über die Hochebene zum Meer.

»Ja, es ist schön«, sagte sie nach kurzem Schweigen. »Doch ich glaube, es ist der einsamste Ort, an dem ich jemals gewesen bin. Vielleicht hätte ich das anders gesehen, wenn wir als glückliches Paar hierhergekommen wären.«

Dazu konnte er nichts sagen. Er fühlte sich an ihrem Unglück nicht schuldig.

»Oder wenn nicht so ein Fluch auf der Gegend liegen würde.«

Erst glaubte er, sie würde auf die beiden Frauen anspielen, die auf den Klippen in der Nähe von Trebartha zu Tode gekommen waren. Obwohl sie anfangs so tapfer getan hatte, gab sie später zu, ein wenig Angst zu haben.

Doch sie spielte auf etwas anderes an.

»Es wird Zeit, daß du aufhörst, um Solange zu trauern, Daniel. Sie hat dir sowieso nicht mehr gehört.«

Dieser letzte Pfeil saß. Vor Verblüffung darüber, daß sie von der Geschichte wußte, konnte er Lynn nur anstarren, und sein Gesicht wurde zu einer steifen Maske, hinter der er seine Gefühle zu verbergen versuchte.

Doch in seinen Augen mußte etwas aufgeblitzt haben. Lynn errötete, und ihr Blick wurde plötzlich unsicher, als hätte sie erkannt, daß sie zu weit gegangen war. Abrupt stieg sie ins Auto, ließ den Motor an und setzte mit laut schleifenden Gängen zurück. Sie hob ihre Hand zu einem flüchtigen Abschiedsgruß und fuhr los, ohne ihn noch einmal anzublicken.

Falls er überhaupt Bedauern empfunden hatte, wurde es von diesem letzten Beispiel dafür, daß sie ihn unbedingt verletzen mußte, ausradiert. Jetzt wollte er nur noch auf die Klippen. Er ging ins Schulhaus zurück und zog sich schnell Wanderkleidung und Stiefel an. In dem Moment, als er mit der Leica in der Hand das Haus verlassen wollte, klingelte das Telefon. Anfangs war er versucht, einfach nicht dranzugehen, gab dann aber doch nach und nahm den Hörer auf. Am anderen Ende hörte er Estelle Pinchots schrille, leicht atemlose Stimme. Sie habe schon in Kerreck Du angerufen, erklärte sie, aber dort hebe niemand ab. Ob Daniel ihr sagen könne, wo Finn sei?

Woher, zum Teufel, sollte er das wissen, hätte er sie am liebsten gefragt, doch er unterließ es.

Was die Gefühle anderer anging, war Estelle recht begriffsstutzig, doch sie selbst war nur allzu schnell beleidigt und verletzt. Höflich antwortete Daniel ihr, daß er keine Ahnung habe, wo Finn sich aufhalte.

»Na ja, macht nichts. Bis zum Tee wird er sicher zurück sein. Er weiß, daß John und ich dann vorbeikommen. John hat eine absolut brillante Idee für die Ausstellung. Finn wird hingerissen sein.«

Im stillen bezweifelte Daniel das. John Malzer war ein kluger Mann mit einem ausgemachten Gespür für provokative Ausstellungen, doch Finn hatte eine genaue Vorstellung davon, wie er sein Werk präsentiert haben wollte. Und da ließ er sich nicht reinreden.

»Dann sehen wir uns zum Tee?« fragte Estelle.

»Leider nein. Ich muß mich dringend um ein paar Dinge kümmern.«

»Wie schade. Ich hatte mich so darauf gefreut, Lynn wiederzutreffen. Sie ist wirklich ein nettes Mädchen. Wenn doch Pascale nur ein . . .«

Er unterbrach sie, murmelte irgend etwas über eine Verabredung und legte auf. Er hatte keine Lust, mit Estelle über Lynn zu diskutieren. Oder sich ihre Kommentare über Pascale anzuhören. Er wußte genau, was sie von der Schwägerin seines Vaters hielt. Wie die meisten verstand sie die Beziehung zwischen den beiden falsch und verurteilte Pascale deswegen.

Wenige Minuten später war er beim Klippenpfad angekommen, einem blassen Band aus festgetretener Erde, das sich hoch über dem Meer durch ein Dickicht aus würzig riechendem Stechginster und um große, grasüberwucherte Felsbrocken wand. Unten brandete die See in breiten, smaragdgrünen und türkisen Streifen um den schwarzen Felsen, dem die Schaumkronen der Gischt cremefarbene Spitzenhauben aufsetzten. Während Daniel noch überlegte, welche Richtung er einschlagen sollte, schoß eine einzelne Möwe herab und ließ sich auf einem nahe gelegenen Zaunpfahl nieder, um wie eine aufmerksame Küstenwache auf den Horizont hinauszublicken.

Seine gewohnte Route führte in Richtung Westen an Trebartha vorbei und weiter. Dort photographierte er gerne die riesigen Felsformationen, die wie steinerne Säulen aus dem Meer aufragten und mit dem wandernden Licht immer neue, bizarre Muster bildeten. Diesmal aber bewogen ihn Lynns letzte Worte, den Pfad nach Osten einzuschlagen, der in Richtung Kerreck Du führte. Er wollte noch einmal auf den Ort blicken, an dem Solange gestorben war. Wenn er nur lange genug schaute, würde er die Wunde vielleicht so gründlich ausbrennen, daß sie für alle Zeiten geschlossen blieb.

5

Mitten im Gewirr der engen Straßen und Wege Cornwalls, die so tief zwischen hohen Hecken versanken, daß die überhängenden Äste der Buchen und Ulmen sich wie ein grüner Himmel über sie erhoben, mußte Dana sich eingestehen, daß sie sich verlaufen hatte.

Sie warf einen letzten skeptischen Blick auf die Karte von Quentin Finn, die ihr mittlerweile wenig zuverlässig erschien. Die an den Rand gekritzelte Wegbeschreibung nach Kerreck Du war mehr oder weniger unleserlich. War das mit Absicht geschehen? Zweimal war Dana an ihren Ausgangspunkt zurückgekehrt, um eine andere Richtung einzuschlagen, mit dem Ergebnis, daß sie sich jedesmal an derselben Weggabelung wiederfand. Ihre Entscheidung, von der Bushaltestelle in Trebartha zu laufen, war ein Fehler gewesen. Sie hätte ein Taxi nehmen sollen, auch wenn es teuer geworden wäre. Doch sie hatte dem schönen Morgen und der verlockenden Aussicht, Wege zu gehen, über die einst Marianna Hobhouse geschritten war, nicht widerstehen können.

Nun, Wege hatte sie jetzt genügend kennengelernt, und aus dem schönen Morgen war ein schwülwarmer Nachmittag geworden. Ihre Schultern schmerzten unter dem Gewicht ihres Rucksacks, und das durchgeschwitzte T-Shirt klebte ihr auf der Haut. Dana strich sich das Haar aus der feuchten Stirn. Es war fast zwei, sie würde auf jeden Fall viel zu spät kommen. Resigniert ließ sie den schweren Rucksack von der Schulter gleiten und setzte sich auf einen moosbewachsenen Baumstumpf. Die Luft roch nach Farn und wildem Knoblauch; aus dem Gitterwerk der Äste drangen Sonnenstrahlen und Vogelgesang. Jetzt, wo sie sowieso zu spät war, spielte die Zeit keine Rolle mehr, und für eine kurze Minute ließ Dana sich von der abgeschlossenen grünen Welt des Wegs verzaubern.

Während sie sich die Schultermuskeln massierte, hatte sie das Gefühl, sich von mehr als nur dem Gewicht des Rucksacks befreit zu haben. Die Aussicht auf die Arbeit, die sie erwartete, hatte ihr zusammen mit der fremden und gleichzeitig doch vertrauten Landschaft etwas von der drückenden Last der letzten zwei Jahre genommen. Was machte es da, daß sie sich verlaufen hatte oder die Hobhouse-Sammlung vielleicht niemals zu sehen kriegen würde? Die Entscheidung, hierher zu fahren, war richtig gewesen.

Durch halbgeschlossene Lider starrte sie schläfrig in den grünen Tunnel. Auf dem efeuüberwucherten Stamm einer abgestorbenen Buche brach sich das Licht in einer Art Strahlenkranz. Es hätte der traurige Geist der Marianna Hobhouse sein können, der sich auf einer Woge der Sympathie auf Dana zubewegte. Das Medium war der festen Überzeugung gewesen, daß Tote durch wechselseitige Sympathie zum Leben erweckt werden konnten, und hier draußen war die Strömung zwischen ihnen sicherlich stärker als zwischen düsteren Bibliotheksregalen und Lesetischen. Dana spürte sie jetzt deutlich.

Sie wußte, was es bedeutete, wie Marianna früh ein Elternteil und ein ungeborenes Kind zu verlieren und vor den Ruinen einer Ehe zu stehen. Und sie wußte auch, daß es gerade Mariannas Leiden waren, die sie für das Medium einnahmen. Als Danas eigene Ehe zerbrach, hatte sie gerade an einer Arbeit über Robert und Elizabeth Browning gesessen, in der es um die Reaktion der beiden Dichter auf den Spiritismus ging. Früher einmal hatte sie geglaubt, daß die intellektuelle und emotionale Harmonie, die dieses Ehepaar bis auf den Spiritismus in allen Bereichen verband, der Beziehung zwischen ihr und ihrem Exmann Stewart glich. Als diese Illusion auf brutale Weise zerstört wurde, war ihr das private Glück der Brownings nur noch wie ein ironischer Kommentar zu ihrer Ehe vorgekommen. Sie hatte die Arbeit über das Künstlerehepaar unvollendet beiseite gelegt.

Ohne Halt und unglücklich war sie auf der Suche nach einem anderen Projekt zufällig auf einen kurzen Bericht über Mariannas Rolle als Medium und ihre Verwahrung in der Irrenanstalt gestoßen. Fasziniert hatte sie weitergeforscht, und so hatte Mariannas Geschichte Stück für Stück von ihr Besitz ergriffen. Mariannas Schicksal schien auch Licht auf ihr eigenes Leben zu werfen.

Dana blickte sich um. Eigenartig, daß man selbst an den einsamsten Orten – oder vielleicht gerade an solchen Orten – das sichere Gefühl haben konnte, beobachtet zu werden. Dabei hatte sie in der letzten halben Stunde niemanden gesehen, und es war auch kein Auto an ihr vorbeigefahren. Kerreck Du lag abgelegen von allen größeren Straßen auf einer Halbinsel. Ein Wegweiser, an dem sie vorbeigekommen war, hatte angezeigt, daß Trebartha, die nächste Stadt, mehr als vier Meilen hinter ihr lag. Bis auf einzelne kleine Häuser an der Straße, einem Kirchturm in einem abgelegenen Tal oder ein paar Bauernhäuser, die sie durch die Hecke erspähte, gab es wenige Anzeichen dafür, daß in dieser Landschaft überhaupt Menschen lebten.

Um sich ihrer Einladung zu versichern, nahm sie Finns Brief heraus und las ihn noch einmal.

Es war die Antwort auf ihren eigenen Brief, in dem sie angefragt hatte, ob sie Mariannas Photo in ihr Buch aufnehmen und außerdem die Hobhouse-Sammlung in Kerreck Du einsehen dürfe. Sie hatte ihren akademischen Hintergrund geschildert – ihren Lehrauftrag an der Universität von New York und das

Stipendium, das ihr den Forschungsaufenthalt in London finanzierte. Dann hatte sie ausgeführt, daß sie an einer Arbeit über die Rolle des weiblichen Mediums im England des neunzehnten Jahrhunderts sitze und Mariannas tragisches Schicksal diese komplizierte Thematik geradezu perfekt widerspiegle. Ein Besuch in dem Haus, in dem das Medium mit seinem Mann gelebt habe, ein Blick auf ihre Aufzeichnungen und etwaige andere Besitztümer könnten vielleicht bestimmte Aspekte ihrer Geschichte beleuchten.

Dana hatte versucht, in ihrem Brief unmißverständlich klarzumachen, daß es ihr allein um Marianna ging. Sie wolle in ihrer Arbeit Mariannas Geist heraufbeschwören, hatte sie mit leicht ironischem Unterton geschrieben, um sie für den modernen Leser lebendig zu machen. Das viktorianische Medium habe lange genug im Schatten ihres berühmten Ehemanns gestanden. Das photographische Werk von Henry Hobhouse sei zwar bemerkenswert, interessiere sie aber nur im Zusammenhang mit dem Leben seiner Frau.

Da Mariannas Leben kurz gewesen war, sie wurde nur einunddreißig Jahre alt, und ein Großteil von Henrys Werk nach ihrem Tod entstand, hoffte Dana, daß Quentin Finn sich durch ihre Recherchen nicht in seiner eigenen Arbeit bedroht fühlte.

Seine Antwort kam postwendend.

»Kommen Sie«, hatte es in dem kurzen, elliptischen Schreiben geheißen. Ihr Projekt habe sein Interesse geweckt. Er verspreche nichts, sei aber für alles offen. Er nannte ein Datum in fünf Tagen und sagte, wenn er nichts anderes von ihr höre, werde er sie zum Lunch erwarten. Sie könne in Kerreck Du übernachten. Im Haus sei immer Platz für einen Gast, vorausgesetzt, er könne ein gewisses Chaos tolerieren. Unterzeichnet war der Brief in spitz zulaufender Handschrift und blauer Tinte mit der einen Silbe »Finn«, wobei ein riesiges »F« dominierte.

Dann hatte er noch ein Postskriptum quer über die Seite

geschrieben: »Sie wissen doch: Wenn Sie einen Geist zum Reden bringen wollen, müssen Sie eine Schüssel voll Blut opfern.«

Das klang melodramatisch. Doch Quentin Finn hatte sich seinen Ruf als Photograph nicht zuletzt durch sein Talent zum Schockieren erworben. Er provozierte sein Publikum mit Bildern, die auf das Unvorstellbare verwiesen. Und dieses Talent konnte sich durchaus auch in anderen Bereichen ausdrücken. Außerdem hatte sie selbst auf Mariannas Geist angespielt.

Als sie den Brief zurück in den Umschlag steckte, sah sie drei Kinder um eine Wegbiegung kommen. Ein kleiner Junge und ein Mädchen im frühen Teenageralter, das ein Baby in einem Kinderwagen vor sich herschob. Mit gesenkten Köpfen stapften die in T-Shirts und Shorts gekleideten Kinder auf sie zu. Ihre Aufmerksamkeit richtete sich auf etwas, das der kleine Junge in der Hand hielt. Als sie näher kamen, hörte Dana das elektrische Dudeln eines Computerspiels.

In einer Gegend, die bei Wanderern für ihre Küstenpfade berühmt war, fiel eine Frau mit Rucksack nicht weiter auf. Die Augen des Jungen wanderten nur kurz zu Dana und richteten sich dann wieder auf das Spiel. Er war ungefähr sieben Jahre alt, hatte ein sommersprossiges, kleines Gesicht und glattes braunes Haar. Der Blick des Mädchens jedoch ruhte mit weiblicher Neugier auf ihr. Das Baby lag schlafend im Kinderwagen. Als sie den kleinen Körper erblickte, regte sich in Dana der vertraute Schmerz.

Das Mädchen biß sich auf die Lippen und nickte ihr zu, während der Junge den Kopf hob, um ihr von der Seite einen verstohlenen Blick zuzuwerfen. Als habe sie sein Interesse geweckt, schaltete er das Computerspiel aus.

»Dort haben die verrückten Zugereisten immer ihre Orgien«, sagte er zu dem Mädchen. Er sprach das Wort Orgie mit einem harten »g« aus, und Dana dachte einen Moment lang, er spräche von den Lieblingshunden der Queen.

Das Mädchen errötete und blickte ihn streng an. »Das ist doch alles Quatsch, Ernie.« Sie sprach mit dem verächtlichen Tonfall einer Erwachsenen, den sie vielleicht bei ihrer Mutter aufgeschnappt hatte. Offensichtlich war sie die Schwester des Jungen, denn sie hatte dieselbe kurze Nase und hochgezogene Oberlippe. »Hören Sie nicht auf ihn, er ist noch klein«, sagte sie zu Dana. »Er weiß überhaupt nicht, wovon er redet.«

»Weiß ich doch.« Ärgerlich funkelte er seine Schwester an. »Mick hat es mir erzählt. Er hat sie drüben in Tantry's Cove gesehen. Es waren die Leute, die dort hinten wohnen, und sie hatten keine Kleider an. Sie waren splitternackt«, fügte er hinzu. »Sie hatten eine Orgie. Und haben noch Bilder davon gemacht. Mick hat's gesagt.« Er wandte sich von dem Mädchen ab und blickte zu Dana, als habe er das letzte Wort zur Sache gesprochen.

»Sind Sie Amerikanerin, Miss?«

»Sei nicht so vorlaut, Ernie!« wies ihn das Mädchen scharf zurecht.

Er ignorierte sie. »Ich dachte nur«, fuhr er fort, »weil die drüben auch Ausländer sind.«

Das Mädchen brachte ihn zum Schweigen, indem es ihm die Hand auf den Mund legte. Er kämpfte kurz dagegen an, wurde dann aber still, weil ihn der Anblick einer Kröte ablenkte, die sich auf die gegenüberliegende Hecke zubewegte. Während seine Schwester Dana den Weg nach Kerreck Du beschrieb, machte er sich daran, sie zu untersuchen.

»Gehen Sie immer weiter geradeaus«, sagte das Mädchen. »Nach ungefähr einer Viertelmeile gibt es auf der linken Seite eine Abkürzung. Es ist ein Fußpfad, der durch ein Wäldchen führt und auf einem Feld oben hinter dem Haus endet.« Mit ihrem abgekauten Fingernagel fuhr sie den Weg auf der Karte nach. »Oder Sie gehen den Weg zurück, den Sie gekommen sind, und biegen bei der Kreuzung in die zweite Straße ein. Sehen Sie, da.« Dana hatte bereits vor der Straße gestanden und sie nicht genommen, weil sie in die falsche Richtung zu führen schien. Doch das Mädchen versicherte ihr, auf diesem Weg direkt zur Hauptauffahrt nach Kerreck Du zu kommen, das von der Straße unsichtbar in einem kleinen, sich zum Meer hin neigenden Tal lag.

»Allerdings ist es über die Straße ziemlich weit«, warnte sie. »Über den Pfad geht es schneller.«

Mittlerweile hatte der Junge einen Stock gefunden, mit dem er die Kröte bearbeitete. Seine Schwester war sofort neben ihm, riß ihm den Stock aus der Hand und zog ihn weg.

»Was soll das denn? Das eklige Biest wird noch Gift auf dich spucken!«

Jetzt war es der Junge, der verächtlich klang. »Pah, das tun sie gar nicht. Alles nur Geschichten.«

»Jetzt komm«, drängte sie. »Sonst macht Mum sich Sorgen.«

Auf seinem kleinen Gesicht leuchtete ein seltsam boshaftes Lächeln auf. »Vielleicht denkt sie, die Möwe hätte uns geholt!« Er blickte Dana an, als ob er irgendeine Reaktion von ihr erwartete.

»Fang nicht schon wieder damit an«, wies ihn das Mädchen zurecht.

»Ich bin die Möwe«, kreischte er und sprang mit flatternden Armen vor seiner Schwester hin und her. »Pick, pick, pi . . .« Noch einmal brachte sie ihn mit der Hand zum Schweigen.

»Jetzt halt das Maul, Ernie!« Das Mädchen nahm ihren Bruder fest am Unterarm und zog ihn hinter sich her, während sie mit der anderen Hand den Wagen mit dem schlafenden Baby schob. Der Junge warf einen letzten sehnsüchtigen Blick auf die Kröte, die sich mit einem schwerfälligen Sprung in die Hecke flüchtete, und ließ sich mitziehen. Dana nahm ihren Rucksack auf und schwang ihn über die Schulter. Sie würde es mit dem Pfad versuchen. Alles war besser, als ein drittes Mal denselben Weg zurückzugehen.

Als die Kinder um die nächste Ecke bogen, befreite sich der Junge aus dem Griff seiner Schwester und rief Dana etwas zu.

»Vorsicht vor den verrückten Nackten!«

Seine Schwester packte ihn beim Kragen, und sie verschwanden. Es war ein Witz, schien sein sich entfernendes Lachen zu sagen, ein Witz auf Danas Kosten.

Während sie weiterging, fragte sich Dana, was wohl Quentin Finn von dieser Beschreibung seines Hauses und seiner Bewohner halten würde. Früher, als er seinen haarsträubenden Ruf kultivierte, mochte ihn so etwas amüsiert haben. Aber heute? Bekehrte Lebemänner sollten schließlich die größten Puritaner sein; und Puritaner waren dafür bekannt, keinerlei Sinn für Humor zu haben. Doch vielleicht war Finns Bekehrung noch nicht endgültig abgeschlossen.

Die Neugierde auf den Mann, mit dem sie sich treffen würde, hatte Dana dazu gebracht, mehrere Stunden lang die Zeitschriftenartikel zu studieren, die im Lauf der Jahre über Finn geschrieben worden waren. Sie hoffte, daß er sich als zugänglich erweisen würde, doch was sie dem reichhaltigen Fundus der Klatschspalten, Anekdoten und kritischen Abhandlungen entnahm, war eher einschüchternd als ermutigend. Der übertriebene Jargon der Zeitungen zumindest ließ Quentin Finn als ziemlich furchterregend erscheinen.

In den sechziger Jahren war er aus Kanada nach London ausgewandert und hatte sich dort als Photograph einen Namen und ein kleines Vermögen erworben. Dabei hatte sich vor allem seine ungeheure Fähigkeit ausgezahlt, seine Bilder mit kräftigen sexuellen Botschaften aufzuladen. Dieses Talent schien er nicht auf die Photographie allein beschränkt zu haben. »Alle fanden ihn erotisch«, lautete die Beichte eines ehemaligen Models, das auch zu seinen Geliebten zählte. »Außer unsere Väter, natürlich.«

Außerdem schien er alle Welt zu ungewöhnlichen Kommentaren zu inspirieren. »Er hat einen Hang zum Dämonischen. Er findet es selbst im engelhaftesten Motiv.« Dieser Satz stammte von einem der Bildredakteure, mit denen Finn zusammengearbeitet hatte. »Einige Leute behaupten, daß er zur Seele seines Objekts vordringt und sie ihm stiehlt«, sagte ein ehemaliger Assistent, der Finns Arbeitsmethoden als »diabolisch« beschrieb, weil er den Eindruck hatte, er schlafe nie. Ein alter Intimus, der sich an verschiedene gemeinsame Abenteuer erinnerte, formulierte es etwas weniger romantisch: »Finn ist der beste Beweis für das alte Klischee, daß alle guten Photographen verrückt sind.«

Finns eigene Worte klangen nicht weniger provokant. »Man hat die Photographie als ein Bordell ohne Wände beschrieben«, hatte er zu Beginn seiner Karriere einem Interviewpartner gesagt. »Sie dürfen mich also ›Madame‹ nennen.« Zehn Jahre später hieß es: »Wissen Sie, worum es in den Sechzigern ging? *Nostalgie de la boue* – um die Sehnsucht nach Schmutz. Auf meinen Bildern sah der Dreck gut aus.«

Seine Kamera verwandelte die schönen Frauen, die er für Modezeitschriften photographierte, in Ikonen. Er arbeite am liebsten mit Frauen, hatte er einmal gesagt, weil seine Bilder am besten gelängen, wenn es zwischen ihm und seinen Objekten ein »gewisses Einvernehmen« gäbe. Doch auch männlichen Modellen verlieh er in seinen hoch aufgelösten, kontrastreichen Schwarzweißporträts von Helden der Arbeiterklasse, berüchtigten Salonlöwen und den dandyhaften Sprößlingen des englischen Adels einen düsteren Glanz.

Nebenbei hatte er die ganze Zeit monochromatische Montagen produziert, deren magisch-verträumter Charakter im totalen Kontrast zu seinen kommerziellen Arbeiten stand. Es waren surreale Bilder von öffentlichen oder privaten Gebäuden, die von der Natur zurückerobert wurden. Von Kindern, die unter den freigelegten Wurzeln schwebender Bäume zwischen Farnen schliefen. Von Frauenkörpern, die sich wie Dryaden durch immer wiederkehrende Landschaftsansichten bewegten.

Zum Beispiel durch eine Landschaft wie die, durch die sie gerade ging, dachte Dana jetzt. Wie sein Ahne Henry Hobhouse benutzte Finn die Landschaft um Kerreck Du als Inspiration für seine Arbeit.

Auf technischem Gebiet war er ebenfalls perfekt – man nannte ihn »einen Meister am Vergrößerungsgerät« – und komponierte seine Bilder in der Dunkelkammer aus vielen verschiedenen Negativen. Wie Henry Hobhouse produzierte er Bilder von nahtloser Präzision. Finn weigerte sich, diese Photomontagen zu interpretieren, und gab ihnen lediglich Titel. »Ich liebe Rätsel«, hatte er gesagt. »Die Photos – und auch die Menschen –, die mich am meisten interessieren, haben immer etwas Mysteriöses an sich.«

Jahrelang wurden diese Montagen mehr oder weniger ignoriert und von den Kritikern, die »realistische« Photographie bevorzugten, abgelehnt, weil sie als typisches Produkt der in den Sechzigern vorherrschenden Liebe zur Phantasmagorie galten. »Finns Trickkiste«, so hatte ein unfreundlicher Kritiker sie nach einer Ausstellung in den späten siebziger Jahren genannt und angedeutet, daß er vielleicht zu sehr dem Einfluß seines viktorianischen Ahnen Henry Hobhouse erlegen war.

Beim Durchblättern eines Bandes über Finns photographisches Werk hatte Dana diese Schwarzweißphotos als schön und beunruhigend empfunden. Ihr Ton war opulent, die Motive kompliziert und vieldeutig. Ein Bild war ihr ganz besonders ins Auge gefallen. Es zeigte ein kleines Kind in einem riesigen leeren Raum, vielleicht einem Speicher, dessen Wände unter dem Druck irgendeiner unsichtbaren Präsenz anschwollen. In dem Motiv erkannte Dana einen Alptraum aus eigenen Kindertagen wieder.

Mitte der achtziger Jahre hatte Finn dann die Mode- und Werbearbeit fast ganz aufgegeben, um sich auf die Montagen zu konzentrieren. Mit der Zeit fanden sie auch Anerkennung bei der Kritik und wurden bei Privatleuten und Museen zu begehrten Sammlerstücken. Der Wert seiner Arbeiten stieg dadurch, daß Finn nach drei Abzügen die Negative, die er für das Bild benutzt hatte, zerstörte. »Man muß wissen, wann etwas vollendet ist«, sagte er. »Ich will nicht in Versuchung kommen, noch mal von vorn anzufangen.«

Gleichzeitig schien er seinen vormals chaotischen und absolut öffentlichen Lebensstil zu ändern. Er wurde ruhiger und zog sich ins Privatleben zurück, was ihm nach Maßstäben der Regenbogenpresse den Ruf eines Einsiedlers einbrachte. Aus einer frühen, kurzlebigen Ehe mit einer Jugendliebe war sein einziges Kind Daniel hervorgegangen, der mittlerweile selbst als erfolgreicher Photograph galt. Auf diese Ehe folgte die berüchtigte Phase eines zügellosen Genußlebens, die wiederum in eine lange Reihe scheinbar monogamer Beziehungen mündete. Die letzte dieser Beziehungen hatte im Alter von siebenundfünfzig Jahren zu einer zweiten Ehe geführt. Doch auch diese war kurz gewesen. Dana hatte gelesen, daß Solange Finn vor einem Jahr kurz nach ihrem siebenundzwanzigsten Geburtstag in der Nähe von Kerreck Du zu Tode gestürzt war. Finn und sie waren nur neun Monate verheiratet gewesen.

Als Ergebnis ihrer Nachforschungen hatte Dana jetzt ein wenig Angst vor Finn und machte sich gleichzeitig noch mehr Gedanken über seinen Sohn. Ihr Wunsch, ihn wiederzusehen, wurde immer stärker. Doch sie wollte ihn nicht hier in Kerreck Du treffen. Sie würde schon all ihr Selbstbewußtsein aufbieten müssen, um mit Finn allein fertig zu werden.

In wenigen Minuten hatte sie das Wäldchen erreicht. Es war ein Mischwald aus Eichen, Buchen und Eschen, unter denen ein Dickicht aus Dornengestrüpp und Kletterpflanzen wucherte. Umgrenzt wurde es von einer verfallenen Mauer, deren Steine im Fischgrätenmuster aufeinandergeschichtet waren. Kleine

Büschel aus Farn und gelben Wicken lugten aus den Mauerspalten hervor. Neben einem windschief wirkenden Holzstoß auf der anderen Seite der Mauer begann der Fußpfad, doch es gab keinen Hinweis darauf, daß es ein öffentlicher Pfad war. Dana kletterte trotzdem über die Mauer.

Der Fußpfad führte direkt in den Wald, und Dana war bald von dichtem Unterholz umgeben. Wäßriges Licht sickerte sanft durch die grünen Schatten, ein starker Duft von verrotteten Pflanzen hing in der Luft, und die Vögel zwitscherten laut und ausgelassen. An einigen Stellen war der Pfad total überwuchert, als würde er nur selten benutzt, und Dana mußte sich einen Weg durch klebriges Greiskraut und ineinander verschlungene Efeuranken bahnen.

Sie fragte sich, ob sie wohl über Privatgrund wanderte, und fühlte sich ein wenig unbehaglich. Doch sie verdrängte das instinktive Bedürfnis, zur offenen Straße zurückzugehen. Als sie noch verheiratet waren, hatte Stewart ihr immer wieder gesagt, daß sie sich zu schnell einschüchtern ließe, entweder aus Angst, in die Privatsphäre eines anderen einzudringen, oder weil sie sich nicht einfach an fremdem Eigentum – sei es geistiger oder anderer Natur – vergreifen wollte. Manchmal müsse man einfach bestimmte Grenzen überschreiten, hatte er ihr vorgehalten, insbesondere in der akademischen Welt. Für einen erfolgreichen Forscher sei das Eindringen in fremdes Revier mehr oder weniger ein Sport. Schilder mit der Aufschrift »Verboten« oder »Privat« zeigten doch nur, wo es etwas zu holen gab. Sie forderten einen auf, als erster da zu sein. Die Affäre, die schließlich das Ende ihrer Ehe bedeutete, hatte gezeigt, wie weit Stewart dies faßte.

Ihr hingegen hatte man von klein auf beigebracht, Grenzen aller Art zu beachten. Und was man als Kind lernt, vergißt man nicht so schnell. Manchmal jedoch fragte sie sich, ob sie ihre Lektionen nicht zu gut gelernt hatte. Hinter Höflichkeit konnte sich leicht Feigheit verbergen; und der Respekt vor der Privatsphäre des anderen war eine Möglichkeit, schmerzhaften Erfahrungen aus dem Weg zu gehen.

Während sie weiterlief, lichtete sich der Pfad, und wenige Sekunden später konnte sie rechts von sich den Waldrand erblicken, hinter dem der Himmel blau leuchtete. Sie verließ den Fußpfad, um endlich wieder in offenes Gelände zu kommen und das Meer zu sehen.

Sie war nur wenige Schritte gegangen, als sie plötzlich leicht spöttisches Gelächter hörte. Es klang wie das verzögerte Echo des kleinen Jungen, gehörte aber unmißverständlich einer Frau. Sie mußte sich vor Dana jenseits des Wäldchens befinden.

6

Vorsichtig schlich Dana durch die Bäume, deren Bestand immer spärlicher wurde. Bald fand sie sich zwischen ein paar Schößlingen am Rande eines moosbewachsenen Felsens über einer Lichtung wieder. Am Fuß des Felsens lag eine grüne Mulde von etwa fünfzehn Meter Durchmesser, durch die ein kleiner Bach floß. Gras und Wildblumen wucherten üppig auf diesem sonnenüberfluteten Flecken, der von Bäumen schützend gesäumt wurde. Es war still, doch die Mulde lag nicht verlassen da.

Etwas mehr als sechs Meter unter sich sah Dana einen Mann und eine Frau im Gras der Lichtung liegen. Sie waren nackt und schienen zu schlafen. Bäuchlings ausgestreckt, lagen sie eng beieinander, ohne sich jedoch zu berühren. Ihre Gesichter waren einander zugewandt. Das Sonnenlicht fiel auf ihr weißes Fleisch, das wie Glas glänzte. Innerhalb des üppigen Grüns der Mulde wirkten ihre jungen schlanken Körper wie eine ins Gras gemeißelte Skulptur der Sinnlichkeit.

Dann sah Dana das Schwert.

Es lag zwischen dem nackten Paar, und der blankpolierte Stahl seiner langen, flachen Klinge funkelte im Sonnenlicht. Bei diesem Anblick hatte Dana das Gefühl, daß der Felsboden unter ihren Füßen nachgab. Sie trat zurück und klammerte sich an einen Schößling, um ihr Gleichgewicht wiederzufinden. Das Bild eines Paares, das durch ein Schwert getrennt wurde, vervielfältigte sich vor ihren Augen wie in einem zerbrochenen Spiegel.

»Augen zu, verdammt noch mal!«

Die rauhe Männerstimme schien von unten zu kommen. Dana dachte erst, sie sei gemeint und das Kommando bezöge sich auf ihr Schwindelgefühl. Sie gehorchte. Hinter den geschlossenen Lidern wich der Schwindel allmählich. Als sie wieder hinabblickte, sah sie, daß eine dritte Person zu den mittlerweile erwachten Schläfern getreten war.

Es war Quentin Finn. Sein Bart und die Strähnen des dichten, graumelierten dunklen Haars, das ihm tief in die Stirn fiel, verbargen sein Gesicht fast ganz, doch Dana erkannte den Mann von seinem provokanten Selbstporträt, das ihn im fortgeschrittenen Alter zeigte. Er hatte eine Kamera um den Hals hängen, und eine andere stand direkt unterhalb von Dana auf einem Stativ.

Er hatte nicht mit ihr gesprochen, sondern mit dem Paar. Wild beschimpfte er die beiden, daß sie ihm das Bild verdorben hätten. Dana hatte er noch nicht einmal gesehen. Der junge Mann setzte sich auf und bedeckte seinen Unterleib schützend mit der Hand, während sich das Mädchen auf den Rücken rollte und ausstreckte. Dann stützte sie den Kopf in eine Hand und blickte zu Finn auf. Weder ihre Nacktheit noch sein Schelten schienen ihr etwas auszumachen. Mit der freien Hand fuhr sie sich durch das kurze, rotgoldene Haar, das ihr Gesicht in dichten Kräuseln umrahmte. Die eigentliche Schönheit war ihr Partner mit seinem perfekten Körper und den makellosen Gesichtszügen, doch sie war diejenige, die die Blicke auf sich zog. Sie besaß die provokante Nonchalance von Manets Olympia – Sexualität al fresco – und setzte dies bewußt ein. Doch dominiert wurde die ganze Szene von Quentin Finn, und das nicht nur, weil er angezogen war, stand und herumschrie.

Der stämmige, breitschultrige Mann schritt wild gestikulierend durch die Mulde. Dana spürte die Energie, die von ihm ausging, und empfand sie als beunruhigend. Er brach in das heitere Idyll der Landschaft ein wie ein Satyr in eine verträumte pastorale Szene, doch gleichzeitig erfüllte er sie unvermittelt mit Leben.

Die junge Frau, die auf einem Grashalm kaute, hörte sich seine Tiraden unbewegt an, während ihr Partner ganz offensichtlich immer ärgerlicher wurde. »Meine Güte, Finn«, unterbrach er ihn schließlich im gereizten, leicht exaltierten Tonfall der englischen Oberklasse, »du kannst doch nicht erwarten, daß jemand völlig entspannt neben einem Schwert liegt. Mir läge sehr daran, diesen Ort mit intakten Extremitäten zu verlassen.«

Finn blieb vor ihm stehen. »Und das, mein lieber Tim, ist genau der Grund, weshalb du dich nicht bewegen solltest. Andernfalls könnte ich versucht sein, das Schwert an einer ganz bestimmten Extremität auszuprobieren.« Er sprach jetzt normal und mit dem zähneknirschenden Tonfall, den ein Erwachsener einem trotzigen Kind gegenüber anschlägt.

Das Mädchen lachte. Es war dasselbe Lachen, das Dana schon zuvor gehört hatte. Ihr Partner zog jetzt die Knie an den Körper und sah sich um. Er schien nach etwas zu suchen, womit er seine Blöße bedecken konnte. »Scheiße, ich bin doch nicht hierhergekommen, um mich bedrohen zu lassen . . .«

»Beruhige dich, Tim«, sagte das Mädchen mit lasziv gedehnter Stimme und rieb ihm mit dem nackten Fuß über das Bein. »Finn macht bloß Witze. Außerdem ist er so klein, daß er ihn gar nicht finden würde.« Sie war Amerikanerin, doch die schwach vernehmbare britische Präzision, mit der sie ihre breiten Vokale zusammenzuziehen versuchte, deutete darauf hin, daß sie wie Finn schon länger in England war.

»Alte Hexe.« Der junge Mann warf ihr einen düsteren Blick zu und zog sein Bein unter ihrem Fuß weg. Er murmelte etwas in der Art, daß er überhaupt gern wüßte, was das Schwert bedeuten solle.

»Es ist ein Symbol. Weißt du, so was wie phallisch.« Die betonte Nachsichtigkeit, die in der Stimme des Mädchens mitschwang, war beleidigend, doch er funkelte sie lediglich wütend an und schwieg. »Vielleicht steht es auch für Krankheit oder die Angst vor Verpflichtungen oder das falsche Mundspray. Man kann hineininterpretieren, was einem gefällt, okay?«

Sie verspottete beide Männer, doch Dana hatte das Gefühl, daß jedes ihrer Worte eigentlich nur für den älteren Mann bestimmt war.

Ihn schienen sie jedoch nicht zu berühren. Seine Wut war verflogen, und er konzentrierte sich jetzt auf ein Instrument, das er in der Hand hielt und das wie ein Belichtungsmesser aussah. »Halt dein Maul, Karen, und leg dich hin«, sagte er mit leiser Stimme. »Legt euch beide hin. Diesmal auf die Seite. Während ihr hier redet, verändert sich das Licht.«

Gehorsam drehte die Frau sich auf die linke Seite, streckte einen Arm nach ihrem Partner aus und klopfte aufs Gras. Er jedoch blickte sie nicht an.

»Komm, Timothy, bringen wir es hinter uns«, drängte Finn mit humorvoll werbender Stimme. »›Liebster, gib dein müdes Haupt / Gütig ihr, die treulos ist ...‹«

»Treulos ist ein viel zu schwaches Wort dafür!« schmollte der junge Mann. Doch er nahm seine Position neben ihr ein und schloß die Augen. Schweigend wurde er wieder schön.

Während Dana das Trio unter ihr weiter beobachtete, hockte Finn sich neben das Mädchen und bewegte einen ihrer Arme, um ihn über ihren Schenkel zu legen. Er machte sich an ihren Fingern zu schaffen, bog sie von der offenen Handfläche nach oben und drehte sie, bis sie die gewünschte Form hatten – eine Geste, die Verlassenheit oder Hoffnungslosigkeit ausdrückte. Unterdessen lag sie passiv da und gab vor zu schlafen. Doch dann befreite sich ihre Hand plötzlich aus seinem Griff, schoß hoch und fuhr ihm ins Gesicht, während die Finger noch immer in der von ihm geformten Position verharrten. Bevor die Nägel seine Haut berühren konnten, schnappte er ihr Handgelenk und zwang die Hand auf die Hüfte zurück. Dort blieb sie reglos liegen. Das alles geschah, ohne daß ein Wort gesprochen wurde.

Jetzt stand Finn auf, nahm seine Kamera in die Hand und umkreiste das Paar langsam. Er bewegte sich tänzelnd, hatte die breiten Schultern hochgezogen und sich konzentriert über sein Motiv gebeugt. Dana kam es so vor, als hätten seine Gesten etwas Beschwörendes. Es war, als vollziehe er ein magisches Ritual.

Dann blieb er abrupt stehen. »Gut. Ich glaube, das reicht. Könntet ihr bitte die Ausrüstung zum Haus zurücktragen?« Er ließ die beiden einfach liegen und schlenderte durch die Bäume den Hügel hinauf.

»Leck mich doch, Finn!« rief ihm das Mädchen nach, doch es klang sanft und fast sehnsüchtig. Dann streckte sie einen Arm aus und fuhr ihrem Partner über die Hüfte. Mit einem Stöhnen, in dem sich Wut und Verlangen mischten, rollte er sich auf sie.

Dana drehte sich weg. Als sie zum Fußpfad zurückging, hörte sie wieder das Lachen des Mädchens. Diesmal klang es rauher, doch es hatte denselben spöttischen Unterton. Offensichtlich hatte Dana die nackten Verrückten gefunden.

7

Die abgetrennten Köpfe der Diebe saßen mit geschlossenen Augen auf den flachen Zwischenbalken der ungehobelten Holzbogen, die zwischen Eimern und Stroh in einem Hof standen, der zu einem Farmhaus zu gehören schien. Um den Hals eines jeden Kopfes war ein Schal geschlungen. Als könnten die armen Teufel sich noch erkälten, dachte Thomas Attery mit grimmigem Humor. Zwischen den Köpfen und einer Tannenzeile im Hintergrund hing eine alptraumartige Vogelscheuche – es war der gekreuzigte, von Gasen aufgeblähte Körper eines Mörders.

Mit der Befriedigung eines Mannes, der gerade einen langersehnten Preis erhalten hat, betrachtete Thomas Attery seine jüngste Erwerbung.

Die von Felice Beato im Jahr 1870 in Japan aufgenommene Photographie auf Albumin und Silber trug den Titel »Gehenkter, das Exekutionsgelände« und war seines Wissens eine Rarität. Es gab nur einen anderen Abzug in einer amerikanischen Universitätssammlung, und der war nachträglich von Hand koloriert worden. Sein Monochrombild war das echte, der Negativplatte treue Original, bestätigte er sich stolz. Er hatte einen hohen Preis für das Photo gezahlt, viel mehr, als er ursprünglich ausgeben wollte, doch es war jeden einzelnen Penny wert.

Er nahm seine Brille ab, um das Bild aus der Nähe zu betrachten. Die Komposition war wirklich brillant. Er grübelte noch eine Weile über das, was die Photographie zeigte, nach und trug sie in sein Arbeitszimmer. Als sie vor zehn Jahren wegen ihrer Gesundheit von London nach Trebartha zogen, hatte seine Frau sich wegen des großen Gartens für dieses Haus entschieden, doch er hatte dem Kauf wegen des Arbeitszimmers zugestimmt. Zusammen mit dem großen Vorraum nahm es einen eigenen Flügel des Hauses ein, von dem es durch einen kurzen Flur getrennt war. Das Arbeitszimmer wurde zu seiner Domäne, so wie der Garten zu ihrer. Er konnte sich nicht erinnern, daß seine Frau jemals die Schwelle zu seinem Reich überschritten hätte.

Das milde Klima an Cornwalls Südküste hatte ihr Leben nicht verlängern können, und sie war bereits zwei Jahre nach dem Umzug gestorben. Der Garten war zu einer sporadisch gepflegten Wildnis geworden, in der sich die Katzen der Nachbarschaft ein Stelldichein gaben. Seine Schuldgefühle wegen des verwahrlosten Zustands fanden ein Gegengewicht in dem Ärger, der in ihm aufstieg, wenn er sich an ihre Vorwürfe erinnerte. Nur weil er keine Freude am Gärtnern fand, hatte sie behauptet, die Natur sei ihm völlig gleichgültig. Sie hatte die schlechte Angewohnheit, alles zu verallgemeinern, was seiner Meinung nach ein typisch weiblicher Wesenszug war.

Seine Frau war groß und kräftig gewesen, hübsch auf eine eher maskuline Art. Er selbst war ein kleiner, fast zierlicher Mann von zweiundfünfzig Jahren, eine schlanke, elegante Erscheinung mit ebenmäßigen Gesichtszügen. Das Alter hatte ihm die Farbe entzogen. Sein kurzgeschnittenes Haar war jetzt grau und die Haut von Leberflecken überzogen, doch das gab ihm eher den Anschein von Distinguiertheit, den er durch seinen Kleiderstil noch betonte. Unter leichten grauen Woll- oder Leinenblazern trug er schwarze Seidenrollis, und die blassen, schrägstehenden Augen mit ihren winzigen Pupillen glänzten hinter seiner goldgerahmten Brille opak wie die eines Vogels. Viele Menschen fanden diese Augen beunruhigend, weil ihnen nichts zu entgehen schien.

Er ging ins Vorzimmer, das ihm als Büro diente. Von hier führte er über Computer, Fax und Telefon seine Geschäfte als Finanzberater. Er zog es vor, zu Hause zu arbeiten, wo er allein war.

Im Büro schloß er die Verbindungstür zum eigentlichen Arbeitszimmer auf. Beim Eintreten führten seine Augen automatisch eine gründliche Bestandsaufnahme durch. Er kannte seine an den Wänden hängende und auf Regalen und Tischen arrangierte Sammlung von Photographien aus dem neunzehnten Jahrhundert so gut, daß ihm sofort aufgefallen wäre, wenn ein Bild gefehlt hätte.

Jemand anders hätte dieses Arbeitszimmer vielleicht mit viktorianischen Antiquitäten und Nippes vollgestellt, um den Geist der Epoche heraufzubeschwören, aus der die Photos stammten. Wenn Attery gefragt wurde, warum er dies nicht gemacht hatte, antwortete er immer, daß seine Sammlung sechzig Jahre umspanne. Die Entscheidung für einen besonderen Einrichtungsstil hätte die Betonung einer bestimmten Periode zur Folge gehabt, und das Zusammenwürfeln verschiedener Perioden entspräche einfach nicht seinem Geschmack.

Deshalb hatte er das Arbeitszimmer mit schlichten modernen Holzmöbeln und Naturmaterialien ausgestattet. Die Wände waren mit einer grobgewebten, beigefarbenen Leinentapete bedeckt. Das Tageslicht wurde durch transparentes Reispapier gefiltert, das vor den Fenstern und dem großen Oberlicht angebracht war. Der Raum war makellos und rein, frei von jeglicher Unordnung, von Staub und schädlichem Sonnenlicht. Das Auge wurde durch nichts von den Photographien abgelenkt, und nichts konnte sie gefährden.

Die Photographien repräsentierten verschiedene frühe Entwicklungsverfahren – unter anderen Daguerreotypien, Kalotypien und Abzüge auf Salzpapier – und zeigten eine Vielfalt von Schattierungen, vom satten Siena der Kohledrucke über den Gold- und Purpurstrich des Albuminverfahrens bis hin zum Silbergrau des Platins. Das kleinste Exponat war ein Visitenkartenphoto und stammte von einem anonymen Photographen, das größte war eine fünfundfünfzig mal fünfundsiebzig Zentimeter große Kombinationskopie von Rejlander.

Bei aller Unterschiedlichkeit hatten die Photographien einen gemeinsamen Nenner. Der Tod war, implizit oder explizit, das Thema sämtlicher Exponate.

Vorsichtig hängte Thomas den Beato an die leere Stelle, die er an der Wand für ihn freigelassen hatte. Dann trat er zurück, um den Effekt zu überprüfen. Mit der einen Hand umfaßte er stützend den Ellbogen des Gegenarms, während er sich mit der anderen rhythmisch übers Kinn strich, um zu begutachten, ob er für das neue Juwel seiner Sammlung den richtigen Platz gewählt hatte.

Kein anderer Aspekt des Lebens konnte Attery die Mischung aus Vergnügen und Risiko bieten, die er im Sammeln alter Photographien fand. In ihrer Zartheit und ihrem schwebenden Charakter glichen sie Schmetterlingen. Sie bescherten ihm Rätsel und unerwartete Abenteuer und erforderten gleichzeitig Hartnäckigkeit und absolutes Feingefühl.

Er wandte sich von dem Beato ab und ließ seinen Blick an seinen Schätzen entlangwandern. Mit der Behutsamkeit, die er sich im Lauf der Jahre angeeignet hatte, nahm er die Daguerreotypie eines bemerkenswert schönen Kindes auf, das aussah, als würde es schlafen. Der viktorianische Betrachter jedoch hätte an den überkreuzten Beinen, dem Signal des Photographen, erkannt, daß dieses Kind nicht schlief, sondern tot war. Eine unachtsame Hand könnte dieses Bild leicht zerstören, so wie der Tod das Leben des Kindes zerstört hatte. Es empfahl sich, beim Betrachten einer Daguerreotypie allein zu sein und bei künstlichem Licht die Hülle nicht ganz zu öffnen. Man mußte sich ihr nähern wie einem Geheimnis.

Während er in Gedanken vertieft vor dem Bild stand, klingelte das Telefon auf dem Schreibtisch im Vorraum. Leicht verärgert über die Störung ging er hinaus, um abzunehmen.

»Attery.«

»Hier spricht Clement. Ich wollte Ihnen nur mitteilen, daß gestern eine vierundzwanziger Fujicolor-Rolle eingetroffen ist.

Amateurarbeit, aber es sind ein paar nette Aufnahmen dabei. Alle vom selben Objekt, und sie ist eine Schönheit. So wie sie aussieht noch ein Teenager.«

»Ich komme morgen vormittag vorbei, so gegen zehn.«

»Noch etwas«, fügte der andere schnell hinzu, bevor Attery einhängen konnte. »Meine Preise sind gestiegen.« Als Attery darauf nichts erwiderte, fuhr Clement weinerlich fort: »Ich meine, für so was kann ich rausgeschmissen werden. Für den Preis, den Sie mir zahlen, kann ich das nicht mehr machen. Schließlich ist da auch noch mein Cousin mit seinem Anteil.«

»Wieviel wollen Sie?«

Clement nannte eine Summe. Nach kurzem Zögern willigte Attery ein. »Aber mehr zahle ich nicht. Wenn Sie noch mehr fordern, werde ich mir eine andere Quelle suchen.«

Der Mann am anderen Ende der Leitung lachte höhnisch auf. »Dann finden Sie mal jemanden, der einen Cousin mit einem Bestattungsunternehmen hat.«

Natürlich hatte der Kerl recht, dachte Attery, als er den Hörer auflegte. Es amüsierte ihn, wenn er sich Clements unbekannten Cousin bei der Arbeit vorstellte. Wie er seinen trauernden Kunden mit salbungsvoller Stimme vorschlug, ob sie als letzte Erinnerung nicht ein Photo von ihren verstorbenen Lieben machen wollten. Er könne jemanden empfehlen, der den Film hervorragend entwickeln würde und gleichzeitig den privaten Charakter der Aufnahmen respektiere. Bei den großen Labors heutzutage könne man schließlich nicht vorsichtig genug sein. Dieser Hinweis genügte meist, um die trauernden Angehörigen zu Clement zu schicken. Nur wenige wußten, daß die Filme in den großen Labors automatisch entwickelt wurden und ein Computer die Ergebnisse überprüfte. Menschen bekamen das fertige Produkt in der Regel nicht zu sehen.

Thomas stand am Telefon und überlegte, ob er die Verbindung zu Clement ganz aufgeben sollte. Er war die Amateuraufnahmen von Toten sowieso leid. Verglichen mit den exquisiten Kunstwerken im Nebenzimmer wirkten sie unbeholfen und stümperhaft. Auch spürte er nicht mehr die verhohlene, süchtig machende Erregung, die diese Photos früher einmal in ihm hervorgerufen hatten. Der Umgang mit einem Mann wie Clement kam ihm jetzt eher schmutzig als abenteuerlich vor, und die Photos wiederholten sich eigenartigerweise immer wieder. Ein Blick genügte ihm jetzt.

Außerdem gab es da noch das Problem mit Karen Cody. Er hatte gewußt, daß es gefährlich war, einen Zulieferer aus Trebartha zu benutzen, doch das bemerkenswerte Angebot, das Clement ihm unter der Hand machte, als er von seiner Sammlung hörte, hatte ihn in Versuchung geführt. Vor zwei Wochen war Karen dann ausgerechnet in dem Moment in das Geschäft von Clement gekommen, als Thomas seine Bilder abholte. In ihrer amerikanischen Direktheit hatte sie gefragt, ob sie die Photos sehen dürfe. Als er sich weigerte, hatte sie ihn neckend gefragt, ob er etwas vor ihr zu verbergen habe. Einen kurzen Moment war er verunsichert gewesen und hatte sich in dieser Situation ungeschickt verhalten. Während Clement sie mit nachdenklichem Gesichtsausdruck beobachtete, war er immer ärgerlicher geworden.

Karen war sogar zuzutrauen, daß sie Clement bestochen hatte, damit er ihr erzählte, was es mit den Photos auf sich hatte. Und Clement, daß er darauf eingegangen war. Seit dem Vorfall in dem Geschäft tat Karen immer so, als wüßte sie ein peinliches Geheimnis über ihn.

Thomas hatte nicht nur die Sorge, daß seine Leidenschaft für Schnappschüsse von Leichen ans Licht kommen könnte. Mehrere fehlgeschlagene Investitionen und die astronomischen Preise einiger Ankäufe, wie zum Beispiel der des Beato-Bildes, hatten ihn gezwungen, kurzfristig auf das Vermögen seiner Klienten zurückzugreifen. Ungeschickterweise hatte er vor allem Finns Konto geplündert, und jetzt begann Finn, Fragen zu stellen.

Aber dies war nur ein kurzfristiger Engpaß, beruhigte sich Thomas. Sicher würde er die Umleitung der Mittel vertuschen können, bevor Antworten auf diese Fragen unvermeidbar wurden.

Es klopfte an der Haustür. Wahrscheinlich war es John Malzer, der ihn zum Tee in Kerreck Du abholen wollte. Thomas' Auto befand sich zur Reparatur in der Werkstatt. Er freute sich, auf diese Weise einen Grund zu haben, Malzer zu sich kommen zu lassen, denn er wollte ihm unbedingt das Beato-Bild zeigen. Neben Finn war John der einzige Mensch, der den Wert des Bildes beurteilen konnte.

Während er zur Haustür ging, gestand Thomas sich ein, daß er seinen jungen Freund vermißt hatte. Da ihn die Vorbereitungen zu Finns Retrospektive im Moment völlig in Anspruch nahmen, hatte John sich von ihrem wöchentlichen gemeinsamen Abendessen, das immer mittwochs stattfand, entschuldigt. Für die langen Spaziergänge und Unterhaltungen, die Thomas so wichtig geworden waren, fehlte ihm ebenfalls die Zeit. Außerdem hatte er das Gefühl, daß sich John in seiner spärlichen Freizeit immer mehr Estelle Pinchot widmete, die nur von seiner Seite wich, um nach Finns Pfeife zu tanzen.

Thomas war ein analytisch denkender Mensch und wußte deshalb, daß seine Abneigung Estelle gegenüber darin begründet lag, daß sie ihn an seine verstorbene Ehefrau erinnerte. Ihr übermütiger, mädchenhafter Enthusiasmus, hinter dem sich die eiserne Entschlossenheit verbarg, den eigenen Willen durchzusetzen, erinnerte ihn ebenso an seine Frau wie Estelles Umgang mit Geld, das sie denen als Köder vorhielt, die ihre Marotten leid waren. Und jetzt war auch John ihr in die Falle gegangen! Wenigstens würde er diesmal ein wenig mit seinem Freund allein sein können, bevor sie ihren unvermeidbaren Besuch in

Kerreck Du abstatteten. Als er jedoch die Tür öffnete, stand Estelle neben John auf der Treppe.

Thomas zeigte nur selten Gefühle, und auch diesmal fiel es ihm leicht, seinen Ärger hinter einem Willkommenslächeln zu verbergen und sie hereinzubitten. Unablässig redend und mit klirrenden goldenen Armreifen stürzte Estelle ins Haus. John, der hinter ihr herging, warf Thomas ein hilfloses Lächeln zu. Was sollte ich machen?

»Wir haben über den richtigen Platz für eins von Finns Bildern diskutiert«, sagte Estelle zu Thomas, während sie ihm zwei Küsse neben die beiden Wangen hauchte. Sie war immer viel zu stark parfümiert, dachte Thomas und schüttelte sich innerlich vor Ekel. »Vielleicht könntest du uns auf der Fahrt nach Kerreck Du helfen, ein gutes Argument zu finden, um ihn zu überreden. Du bist immer so vernünftig, Thomas.«

Er wandte sich von ihr ab und gab vor, ein Bild an der Wand neben der Treppe zurechtzurücken, doch sie verfolgte ihn. Ihr dünner Körper schien immer in Hektik zu sein und fast nie stillzustehen. Er verlieh ihr eine trügerische Verletzbarkeit, die einige wohl als anziehend empfanden, obwohl sie damit nur allzu deutlich um Sympathie warb. Sie war eine resolute blonde Frau Anfang Fünfzig mit feinen, verwelkten Gesichtszügen, die jedoch unter der überwältigenden Pracht ihres stets perfekt frisierten Haars fast verschwanden. An diesem Tag trug sie ein blaßgrünes Leinenkleid, das am Hals, an den Handgelenken und am Saum mit einem Band aus dunkelgrünem Material eingefaßt war. Thomas entging nicht, daß die Farbe für ihre helle, alternde Haut unvorteilhaft war.

»Mich wundert, daß außer Finn überhaupt jemand sagen darf, was wohin soll«, sagte Thomas an John Malzer gewandt. »Hat er nicht darauf bestanden, alles selbst zu entscheiden?«

»Mehr oder weniger«, sagte Malzer. »Zumindest, was die wichtigen Bilder angeht. Doch das Beiwerk dürfen wir kommentieren.« Er lächelte Attery an. Er war ein großer, leicht plump wirkender Mann von achtundzwanzig Jahren mit einem runden, jungenhaften Gesicht, braunen Augen und dunkelbraunem Haar, das ihm bis über den Kragen fiel. Eines seiner Augenlider hing leicht nach unten, was ihm einen verschlafenen, verwirrten Blick gab, den Attery eigenartig rührend fand. Sein Hemd war wie bei einem kleinen Jungen zerknittert und hing ihm halb aus den ausgebeulten Kordhosen. Attery hätte es ihm am liebsten glattgestrichen.

Estelle sagte, sie wolle sich vor der Abfahrt noch die Nase pudern, und verschwand in der Gästetoilette. Es lag Thomas auf der Zunge, sich bei John über ihre Gegenwart zu beklagen, doch er unterdrückte diesen Impuls. Er wußte, daß er vorsichtig sein mußte. Estelle hatte eine große Geldsumme gestiftet, um die Ausstellung von Finns Werk in Johns Galerie zu unterstützen – viel mehr als er selbst. Finns Photo von Estelles Tochter Barbara sollte in der Ausstellung hängen. Sie hatte ihm Modell gestanden, bevor sie vor drei Jahren an einer Überdosis Rauschgift starb. John hielt dieses Bild für eins von Finns Meisterwerken. Ohne Finns Wissen war er vor mehreren Monaten nach London gefahren, um Estelle zu überreden, es für die Ausstellung auszuleihen. Zu Thomas' Leidwesen war er nicht nur mit dem Bild nach Trebartha zurückgekehrt, sondern auch mit dessen Besitzerin, die sich sofort ein nahe gelegenes Haus gemietet hatte. Finns Reaktion auf Estelle war Thomas ein Rätsel. Er, der Mäzenen und dummen Frauen normalerweise wenig Respekt entgegenbrachte, behandelte diese Frau mit mehr Freundlichkeit, als ihr Benehmen nach Thomas' Meinung rechtfertigte.

Malzer drehte sich zu ihm um. »Wo ist die Neuerwerbung, von der du mir erzählt hast?«

Thomas zögerte. Lieber hätte er gewartet, bis er mit John allein gewesen wäre, doch vielleicht war dies die einzige Gelegenheit, die sich ihm bis zur Vernissage bot. »Ich habe es bereits neben die anderen gehängt.« Er wandte sich zur Tür des Arbeitszimmers.

Der jüngere Mann legte ihm eine Hand auf den Arm. »Vielleicht sollte ich es mir doch lieber ein anderes Mal anschauen, Thomas. Estelle wird deiner Sammlung nichts abgewinnen können.«

»Sie ist beschäftigt«, erklärte Thomas. »Und es wird nicht lang dauern.« Außerdem wäre es sicher amüsant, Estelles Reaktion auf seine Photosammlung zu beobachten. Den unangenehmen Realitäten des Lebens gegenüber war sie ausgesprochen empfindlich.

Malzers Reaktion auf das Beato-Bild entsprach den Erwartungen seines Besitzers. Er kommentierte nicht nur die außergewöhnlichen Qualitäten des Photos, sondern auch die geschickte Hand, die Thomas mit der Erwerbung bewiesen hatte. Nachdem er seiner Bewunderung Ausdruck verliehen hatte, schwieg Malzer einen Moment und fügte dann hinzu: »Es muß ein Vermögen gekostet haben, Thomas.«

Thomas zuckte mit den Schultern. »Vielleicht mehr, als ich hätte zahlen sollen. Aber ich mußte es einfach haben. Du wirst das verstehen.«

Bevor der andere Mann antworten konnte, war Estelle zu ihnen getreten. Die Photos schienen sie nicht weiter zu beeindrucken, denn sie blickte sich lediglich mit höflichem Interesse um. Thomas war überrascht, bis ihm einfiel, daß sie ohne Brille extrem kurzsichtig war. Daß sie sich weigerte, eine Brille zu tragen, war für Thomas nur ein weiteres Zeichen weiblicher Eitelkeit.

Sie ging auf eine große Porträtstudie in ihrer Nähe zu und betrachtete sie genauer. »Wer ist denn dieses himmlische Wesen?«

Amüsiert stellte Thomas fest, daß sie Nadars Porträt von Étienne Bazin anstarrte.

Er ließ Malzer mit dem Beato-Bild allein und ging zu Estelle hinüber. Das Photo zeigte einen jungen Mann vor schlichtgrauem Hintergrund, über dessen einer Schulter ein Cape drapiert war und der mürrisch in die Kamera blickte. Mit seinen dunklen, fließenden Locken und den romantischen Gesichtszügen war er eine engelgleiche Erscheinung und glich dem Helden aus einem George-Sand-Roman.

»Nicht schlecht, oder?« stimmte Attery zu. »Dies ist ein besonders gelungenes Beispiel für das Metalldruckverfahren. Ein recht interessanter Prozeß . . .«

»Oh, bitte verschone mich mit deinen Erklärungen«, unterbrach ihn Estelle. »Ich verstehe dieses technische Kauderwelsch sowieso nicht. Für mich zählt allein das Ergebnis, und das ist wundervoll.«

»Wundervoll ist leider nur der äußere Schein.« Attery erklärte, daß Étienne Bazin ein unbedeutender Schauspieler an der Comédie-Française gewesen sei. Der berühmte Photograph Nadar war zufällig über ihn gestolpert, als er eine Serie von Schauspielerporträts anfertigte. »Als Schauspieler war Bazin sicherlich zweitklassig. In seinem wahren Metier jedoch war er ausgesprochen erfolgreich. Er war nämlich ein erstklassiger Mörder.«

Estelle runzelte die Stirn und schaute noch mal auf das Photo. Dann trat sie einen Schritt zurück.

Attery erzählte weiter. Zwei Jahre lang, von 1859 bis 1861, habe Bazin Paris terrorisiert und mehr als ein Dutzend Frauen zu Tode gebracht. Die meisten seiner Opfer habe er in dem grotesken Versuch, eine eigene Katakombe zu errichten, in die Tunnel unter der Stadt geschleppt. In einem entlegenen und fast unzugänglichen Teil der Katakomben habe die Polizei nach seiner Festnahme neun Leichen gefunden. Sie saßen in einer Krypta, die wie die Miniaturversion eines Amphitheaters gestaltet war.

»Es war eine Ironie der Geschichte, daß ausgerechnet Nadar

gerade in der Nähe arbeitete. Er war einer der ersten Photographen, die mit künstlichem Licht experimentierten. Die Polizei bat Nadar, Bazins Katakombe als Beweismittel zu photographieren. Hier ist das Ergebnis.« Thomas deutete auf das Photo neben dem Porträt. Es war ein schauerliches Gegenstück und zeigte die weiblichen Opfer, die wie die Zuschauer einer grotesken Theateraufführung in dem kleinen Amphitheater saßen.

Estelle schlug die Hand vor den Mund. Dann erklärte sie, sie wolle draußen im Auto warten, und eilte aus dem Zimmer, ohne einen der Männer eines Blickes zu würdigen.

»Sie ist mit den Nerven am Ende«, sagte Malzer. »Diese Geschichte mit der Möwe nimmt sie ziemlich mit. Ich gehe besser zu ihr raus.«

Als er seinen Freund hinter Estelle aus dem Arbeitszimmer verschwinden sah, stieg die Wut in Thomas hoch. Seine Augen trafen die des Mörders. Schade, daß Bazin jetzt nicht da war, dachte er mit grimmigem Humor. Er hätte ihm gerne Estelle vorgestellt.

Als Thomas auf dem Rücksitz von Malzers Wagen Platz nahm, wandte Estelle sich zu ihm um und sagte: »Das war wirklich abstoßend, Thomas. Ich verstehe nicht, wie du dir solche Bilder anschauen kannst.« Ihr weiches, schlaffwangiges Gesicht drückte Vorwurf aus.

Thomas unterdrückte eine scharfe Antwort und sagte: »Ich finde, man kann einige Schlüsse daraus ziehen, wie wir mit dem Tod umgehen oder eben nicht umgehen.«

Estelle blickte jetzt stur geradeaus, so daß er nur ihren sorgfältig ondulierten goldenen Haarhelm sah. Einen kurzen Moment später antwortete sie dann mit leiser Stimme: »Warum sollte man sich mit etwas so Quälendem beschäftigen? Es sei denn, es bietet uns irgendeine Form von Hoffnung. Doch in dem Bild, das du uns gerade gezeigt hast, konnte ich keinerlei Hoffnung erkennen.«

»Dann überrascht mich deine Begeisterung für Finns Photographie«, gab er zurück. »Die würde ich kaum als hoffnungsvoll bezeichnen.«

»Aber sie ist lebensbejahend«, lenkte John ein. »Und für diese Qualität in einem Kunstwerk hat Estelle ein Auge. Ich würde es sogar als einen siebten Sinn bezeichnen.«

Thomas sah, wie Estelle John einen dankbaren Blick zuwarf. Er spürte förmlich, wie sie sich aufplusterte. Manchmal war es direkt ekelerregend, wie John dieser Frau schmeichelte.

»Thomas, weißt du eigentlich, daß Finn an einem neuen Kombinationsbild für unsere Ausstellung arbeitet«, sagte John über die Schulter. Er schien die Verärgerung des älteren Mannes zu spüren und das Thema wechseln zu wollen. »Es wird eine Art Hommage an die Hobhouse-Serie zur Tristan-Legende.«

»Allerdings ist mir nicht klar, warum Finn sich mit einer deutschen Oper beschäftigt«, sagte Estelle.

»Genaugenommen ist es eine kornische Legende«, erklärte ihr John rasch, um einer schärferen Reaktion von Thomas zuvorzukommen.

»Ach so. Die Namen sagen mir natürlich etwas, doch ich muß zugeben, daß ich die Geschichte nicht besonders gut kenne.« Sie blickte in ihren Taschenspiegel und zog sich die Lippen in einem hellen Orangeton nach, den Thomas ausgesprochen widerlich fand.

John wandte den Blick von der Straße ab, um sie anzuschauen. »Ein wunderbar romantischer Stoff, Estelle. Du solltest es lesen.«

Sie senkte den Spiegel und antwortete mit affektiertem Augenaufschlag: »Ich würde sie viel lieber von dir hören, John.«

»Eigentlich ist es eine ganz einfache Geschichte. König Marke von Cornwall schickt seinen Neffen Tristan nach Irland, um seine Braut Isolde zur Hochzeit zu holen. Doch während der Seereise trinken Tristan und Isolde irrtümlicherweise von einem Zaubertrank und verlieben sich leidenschaftlich ineinander. Natürlich muß Isolde Marke heiraten, doch heimlich trifft sie sich weiterhin mit Tristan. Als sie entdeckt werden, beschließt Marke, Isolde auf dem Scheiterhaufen zu verbrennen. Tristan rettet sie rechtzeitig, und sie fliehen zusammen in die Wälder. Dort findet Marke das schlafende Paar, zwischen dem Tristans Schwert liegt . . .«

»Der arme gehörnte Narr denkt tatsächlich, dies bedeute, daß sie gar nichts miteinander hatten«, warf Thomas ein. Er selbst hielt diesen Stoff für eine schwarze Komödie der Irrungen und der Lust und amüsierte sich köstlich über den Versuch seines Freundes, Estelle eine harmlose Variante zu erzählen.

»Deshalb begnadigt er sie«, fuhr John fort. »Doch es gelingt dem Paar nicht, alle Hindernisse, die sich ihnen in den Weg stellen, zu überwinden, und Tristan stirbt in der Überzeugung, daß Isolde ihn nicht mehr liebt.«

»Doch vorher«, erklärte Thomas, »treiben sie es noch in den Bäumen, an matschigen Flußufern und in mehlüberstäubten Betten, wobei ihnen ein böser Zwerg und mehrere dumme Barone zuschauen.«

Estelle verzog ihre frisch geschminkten Lippen zu einem Schmollmund. »Ich glaube, bei dir würde selbst *Romeo und Julia* schmutzig klingen, Thomas. Und was Finn an dem Stoff interessiert, verstehe ich immer noch nicht.«

Thomas glaubte, daß Estelle sich manchmal bewußt dumm stellte. »Was könnte interessanter sein als Sex und Tod?« sagte er laut. »Besonders für einen Mann wie Finn. Außerdem kommt man an der Geschichte kaum vorbei, wenn man in dieser Gegend lebt.«

Er ratterte eine Liste von Ortsnamen herunter, die alle auf den Tristan-und-Isolde-Stoff anspielten, und nannte als letzten die Bucht vor Kerreck Du. »Tantry's Cove ist eine Verballhornung von Tantric. Und das ist nur ein anderer Name für Tristam oder Tristan oder wie immer man ihn nennen mag.«

Estelle schraubte die Hülle ihres Lippenstifts auf. »John, du mußt mir einmal eine Lektion zur Lokalgeschichte erteilen. Jetzt, wo ich hier lebe, würde ich wirklich gern mehr über die Gegend wissen.«

»Ich dachte, du willst nach London zurück?« wunderte sich Thomas.

»Ich schwanke noch. John meint, ich solle mir nicht immer so viele Sorgen machen. Doch wenn man so allein lebt wie ich . . .«

»Ich werde nicht zulassen, daß du uns verläßt, Estelle.« Johns linke Hand ließ das Steuerrad los und legte sich über ihre Hand. Thomas mußte mitansehen, wie ein liebevolles Lächeln ihr Gesicht noch dümmer aussehen ließ.

»Hast du schon in die Zeitung geschaut, John?« fragte er gehässig. Er wußte, daß dies Estelle treffen würde. »Sie haben die Frau endlich identifizieren können. Ich meine die, die letzten Monat auf den Klippen ermordet wurde.«

John nickte. »Ja, ich hab's gelesen. Keiner hat sie als vermißt gemeldet, weil ihre Nachbarn dachten, sie sei verreist.«

»In dem Artikel klang durch, es sei ein Segen, daß sie und das andere Opfer nicht aus der Gegend stammen. Soll ich jetzt besser schlafen, weil der Mörder es nur auf Fremde abgesehen hat?«

»Die Vermutung, daß der Mörder mit ihr gekommen ist, könnte tatsächlich beruhigend sein.« John blinkte und bog dann in die Zufahrt von Kerreck Du ab. Linker Hand lichtete sich der Wald, der sich über die Hügelspitze erstreckte, zu einem offenen Feld mit wogenden Gräsern. Dann kamen die silbernen Dächer und grauen Wände von Kerreck Du in Sicht, das eingebettet zwischen dem Hügel und den fernen Klippen in einem kleinen grünen Oval lag.

»Und was ist mit dem ersten Opfer? Das ist doch wirklich etwas weit hergeholt?« Thomas lachte kurz auf, als ihm ein neuer Gedanke kam. »Vielleicht ist der Mörder jemand von hier, der Touristen haßt? Wenn das zuträfe, müßte die Polizei halb Cornwall verhören.«

»Ist sich die Polizei denn sicher, daß die Mordfälle miteinander zu tun haben? Ich dachte, im ersten Fall gehen sie von einem Unfall aus?«

»Um Himmels willen!« unterbrach Estelle sie. »Könnt ihr denn über nichts anderes reden als Mord und Tod?«

Dem Schweigen, das sich daraufhin über das Auto senkte, war zu entnehmen, daß sie dies anscheinend wirklich nicht konnten. Doch jetzt waren sie endlich in Kerreck Du angekommen.

8

Der Fußpfad führte Dana hinaus auf den Kamm eines grünen Hügels. Unter ihr schimmerten im Sonnenlicht die Schieferdächer von Kerreck Du, das in einer engen Talmulde lag. Das Wohnhaus stand am Eingang des Tals und blickte auf eine kleine Bucht hinaus, die auf beiden Seiten von hohen Klippen begrenzt wurde. Von der Hügelspitze konnte Dana einen schmalen Streifen Meer erkennen, der blau in der Sonne glitzerte. Der rechteckige georgianische Granitbau und die langen, niedrigen Nebengebäude hätten riesige Felsbrocken sein können, die von den Flutwellen eines sturmaufgewühlten Meeres ins Landesinnere geworfen worden waren. Im Westen des Hauses floß ein Bach durch den Talboden auf die Bucht zu, dessen schmales Band vor dem grünen Hintergrund wie Quecksilber schimmerte.

Es verblüffte Dana, diesen Ort in Farbe zu sehen. Sie hatte ihn sich in den Grautönen einer Schwarzweißaufnahme vorgestellt, so wie er auf den alten Photos von Henry Hobhouse aussah.

Als sie den Hügel hinunterging, sah sie vor dem Eingang zur Bucht die Umrisse eines Menschen. Wie ein Wollknäuel im

Wind trieb der weiße Fleck auf das Haus zu. Die Brise trug einen spitzen, herzzerreißenden Schrei zu ihr hinauf. Er war durchdringend wie der einer Möwe.

Wie gebannt starrte Dana auf die Szene hinab. Für sie war es eine unheimliche Nachstellung von Mariannas Flucht aus Kerreck Du – wenn auch in die entgegengesetzte Richtung. An einem stürmischen Oktobertag hatte Marianna erfahren, daß ihr Mann sie in eine Anstalt bringen wollte, und war nur mit dem weißen Baumwollkleid ihrer Séancen bekleidet davongerannt. Ihre Verfolger hatten sie am Rand des Kliffs gefunden. Dort stand sie zitternd, das dünne Kleid klebte ihr durchnäßt am zierlichen Körper, und das lange schwarze Haar flatterte aufgelöst im Wind.

Die plötzliche Heraufbeschwörung dieses Bildes und der markerschütternde Schrei erschreckten und lähmten Dana. Am liebsten hätte sie sich umgedreht und wäre den Pfad zurück in Richtung London gerannt. Doch statt dessen lief sie den Hügel hinab.

Das Wesen verschwand bald aus ihrem Blickfeld, vermutlich ins Haus, doch der schrille Schrei wurde lauter, je näher Dana Kerreck Du kam. Als sie die kiesbestreute Zufahrt erreichte, klang er auf bizarre Weise vorwurfsvoll.

»Find!« rief die Frau immer wieder. »Find!«

In der Steinmauer befand sich ein breites, zweiflügeliges Holztor, das offen stand. Dana trat hindurch und kam in einen großen kopfsteingepflasterten Hof. Er wurde von der Mauer, der Nordwand des Hauses und ein paar Nebengebäuden begrenzt. In einem offenen Schuppen standen zwei Autos und ein kleiner Traktor; auf dem Pflaster lag ein pinkfarbenes Kinderfahrrad.

Die Stimme der Frau kam aus dem Innern des Haupthauses, mal war sie laut, mal wurde sie schwächer, als würde sie von einem Zimmer ins andere hasten. Vielleicht schleuderte sie den vorwurfsvollen Ton der Stille entgegen, die die einzige Reaktion auf ihr Rufen war. Außer ihnen beiden schien Kerreck Du völlig verlassen zu sein.

Die theatralische Szene in dem Wäldchen hatte Dana voreingenommen gemacht, und sie reagierte jetzt langsam und skeptisch. Sie glaubte in der Stimme einen opernhaften Unterton zu hören, der so wild dramatisch war wie die grellbunten Fuchsien, die sich aus einem Hängekorb über die weißgetünchte Wand ergossen. Wahrscheinlich sah sie schon wieder einer von Kerreck Dus Privatinszenierungen zu.

Während sie noch zögerte, schrie die Frau ein paar Wörter, die Dana deutlich als Namen erkannte. Unter anderem rief sie Tim, den nackten jungen Mann aus der Mulde. Tieem, sprach sie es aus, und Dana erkannte, daß sie mit »Find« Finn gemeint haben mußte.

Eine Nebentür des Haupthauses stand ein wenig offen. Bevor Dana einen Schritt tun konnte, wurde sie weit aufgestoßen, und eine übergewichtige Frau in einem weißen Sonnenkleid stürzte in den Hof. In einem von roten Sommersprossen übersäten Gesicht wölbten sich braune vorstehende Augen, und Strähnen ihres schlecht gefärbten, ausgelaugten blonden Haares klebten an ihrer schweißnassen Stirn. Als sie Dana erblickte, schoß die Frau auf sie zu und stammelte etwas in einer fremden, offensichtlich slawischen Sprache.

»Was ist passiert?« fragte Dana und trat vorsichtig zurück, um den Händen, die sich ihr entgegenstreckten, auszuweichen.

Doch die Frau sprach kein Englisch, und als Dana dieselbe Frage auf französisch und deutsch wiederholte, verzog sich ihr Gesicht nur zu einer verzweifelten Grimasse, während sie die Hände an den Seiten herabsinken ließ. Sie stöhnte auf und wandte sich dann abrupt um, rannte auf eins der Nebengebäude zu, riß die Tür auf und verschwand im Innern. Dana wollte ihr gerade folgen, als die Frau fast sofort wieder mit einem großen

Nylonseil, das sie sich über eine Schulter geworfen hatte, auftauchte. Bevor Dana ihr erneut ausweichen konnte, wurde ihr Arm von einer kräftigen Hand ergriffen, die sie über den Hof zog.

Unten in der Bucht mußte irgend etwas passiert sein, soviel war klar. Als Dana der Frau zu verstehen gegeben hatte, daß sie ihr folgen würde, verschwand der verzweifelt flehende Gesichtsausdruck aus dem runden Gesicht. Sie gab Danas Arm frei und lief durch einen schmalen Gang, der zur Vorderseite des Hauses führte. Dana warf ihren Rucksack auf den Boden und folgte ihr.

Eine niedrige Steinmauer trennte das kurzgemähte Gras des Vorgartens von der wild wuchernden Wiese davor, durch die ein Pfad zur Bucht führte. Nach ungefähr zwanzig Metern gabelte sich der Weg. Der eine wand sich in die Bucht hinab, während sich der andere über ein Feld mit wiegenden Gräsern an einem Stacheldrahtzaun entlang steil zum Kliff hinaufschlängelte. Anders als Dana erwartet hatte, rannte die Frau nicht zur Bucht hinunter, sondern bog in Richtung Kliff ab. Ärgerlich verfluchte Dana sich, daß sie der Frau nicht irgendeine Form von Erklärung abgerungen hatte, solange sie sich noch in der Nähe eines Telefons befanden.

Als sie den Pfad ein Stück hochgerannt waren, kamen sie an einen hölzernen Tritt, der über den Zaun führte. Auf der anderen Seite ging der Pfad auf einem grasbewachsenen Streifen in etwa anderthalb Meter Abstand zum Steilufer in östlicher Richtung weiter. Sie hatten den höchsten und steilsten Abschnitt des Kliffs erreicht.

In Augenhöhe kreisten Seevögel im Wind, und ungefähr sechzig Meter unter sich sah Dana die kleine Bucht liegen, auf die man von Kerreck Du blickte. Der Bach aus den Hügeln floß durch ein Kiesbett dem Meer zu und teilte das Halbrund des gelbfarbenen Strandes in zwei Hälften. Auf beiden Seiten verlief der Küstenstreifen als Teil eines großen Meerbusens weiter, der immer wieder von ähnlichen kleinen Buchten unterbrochen wurde, die durch die grünen, sich ins Meer schiebenden Landvorsprünge entstanden waren.

Die Frau kletterte über den Tritt, ließ sich auf die Knie fallen und krabbelte an den Rand des Kliffs. Kurz vor dem Abgrund ließ sie die Seilrolle von ihrer Schulter gleiten, legte sich flach auf den Boden und robbte vorwärts, bis sie über die Kante sehen konnte. Das, was sie sah, schien sie zu beruhigen. Als sie sich nach Dana umschaute, um sie herbeizuwinken, huschte ein ängstliches Lächeln über ihr Gesicht.

Von einem schlimmen Sturz, den Dana als Teenager bei einem Kletterkurs in den Bergen erlitten hatten, war ihr nicht nur ein schwaches linkes Fußgelenk geblieben, sondern auch eine Höhenangst, die sie nie wieder richtig losgeworden war. Als sie jetzt auf den Rand der Klippe zukroch, wobei sie sich vorsichtig außerhalb der Reichweite der Frau hielt, spürte sie den Schweiß auf ihrem Körper. Das bisherige Verhalten der Frau hatte in Dana nicht die Zuversicht wecken können, daß sie sich am Rande dieses Abgrunds vernünftig verhalten würde.

Dana folgte der Richtung, in die der Finger der Frau wies, und blickte hinab. Anfangs sah sie nur die Front der Klippe, die steil zum weit unten gelegenen Strand abfiel. Streifen von Farngestrüpp zogen sich über ihre Flanken und trafen sich auf dem nackten Stein am Fuß der Klippe, wo riesige Felsquader ihre rauhen flachen Oberseiten dem Himmel zukehrten.

»Elvina!« rief die Frau leise.

Als Antwort kam ein Wimmern, das Geräusch eines zu Tode erschrockenen Kindes.

Lieber Gott, dachte Dana, als sie das Kind sah. Ungefähr fünf Meter unter ihnen stand gegen den Felsen gedrückt ein kleines Mädchen. Es hatte die dünnen Arme weit ausgestreckt und das Gesicht dem Kliff zugewandt. Von oben hätte man den kleinen blonden Kopf, der von den Pflanzen, die um sie wucherten, halb verdeckt wurde, leicht übersehen könne. Sie schien acht oder neun Jahre alt zu sein, eine schmächtige Erscheinung in einem gelben T-Shirt und Jeans.

Mit der einen Hand hielt sie sich an einem Busch fest, mit der anderen am nackten Felsen. Sie schien auf einem breiten Büschel pinkfarbener Grasnelken zu stehen, die ein oder zwei Meter über einem etwa halbmetertiefen Felsvorsprung aus dem Kliff wuchsen. Ungefähr einen Meter links von ihr lag inmitten einiger losgelöster Schiefersteine ein weiterer Busch, der an den Wurzeln herausgezogen war.

Dana nahm an, daß das Mädchen von dem Felsvorsprung zu den Nelken geklettert war, wobei sie sich an den Büschen festgehalten hatte. Dann hatte sich einer der Büsche aus der Erde gelöst und sie an der Stelle festgenagelt, an der sie sich jetzt, entweder verletzt oder völlig verängstigt, befand. Doch wie war sie dorthin gekommen? Dana hielt es für unwahrscheinlich, daß ein so kleines Kind auf die Idee kommen konnte, diese steile Klippe hinaufzuklettern. Auch hätte es sich bestimmt nicht freiwillig von oben über einen so gefährlich aussehenden Abgrund wie diesen begeben. Von Danas Standort aus schien das Kliff fast vertikal nach unten zu fallen.

Nach dem wortlosen Angstgeräusch blieb das Mädchen still und bewegungslos. Sie hob weder den Kopf, um zu ihnen aufzublicken, noch antwortete sie, als ihre Mutter sie jetzt mit leiser, ängstlicher Stimme ansprach.

Solange sie sich nicht bewegte, schien sie sich nicht in unmittelbarer Gefahr zu befinden.

Die Frau setzte sich auf und begann verzweifelt und ungeschickt, eine Schlinge ins Ende des Nylonseils zu knoten. »Lassen Sie mich«, sagte Dana und streckte ihre Hand aus. Mit verwirrtem Blick reichte die Frau ihr das Seil.

Während ihre Finger automatisch mehrere Knoten knüpften,

überlegte Dana, wie sie das Seil am besten einsetzen sollte. Sie konnten es zu dem Mädchen hinabwerfen, doch sie mußten ihr Ziel genau treffen, und das Kind würde eine Hand loslassen müssen, um das Seil zu fangen. Wenn es sich an einem Stein oder in einem Busch verfing, hatten sie ihre Chance verspielt. Und wenn das Mädchen das Gleichgewicht verlor, würde es mit großer Sicherheit in die Tiefe stürzen.

Am besten wäre es, wenn jemand das Seil zu ihr brächte oder neben ihr stünde, um es zu fangen und um sie zu legen. Wenn sie nicht verletzt war, würde sie mit Hilfe des Seils und einer Stütze von unten wieder hochklettern können.

Voller Unbehagen blickte Dana die Klippe hinab. In dem Kurs hatte sie gelernt, daß ein Kletterer am besten mit felsabgewandtem Blick absteigt, um, möglichst sitzend und mit dem Rücken zur Felswand, nach sicheren Tritten Ausschau halten zu können. Die Kraft des Griffs, Gegengewicht und ein tiefes Schwerpunktzentrum sollten den Körper daran hindern, nach vorn zu kippen. Doch das Kliff fiel an seinem Gipfel so steil ab, daß ein solcher Abstieg nicht in Frage kam. Der Retter mußte mit dem Gesicht zum Felsen mit Händen und Füßen blind seinen Weg von Tritt zu Tritt ertasten. Er konnte sich dabei nur am Felsen selbst festhalten, da Büsche und Farne wahrscheinlich zu flach verwurzelt waren, um festen Halt zu geben. Die losgelösten Schiefersteine jedoch ließen auch den Felsen wenig vertrauenerweckend erscheinen.

Möglicherweise wäre es leichter, den Felsen hinaufzuklettern. Doch um sich dem Kind von unten zu nähern, müßte man den Pfad zurück in die Bucht gehen und eine sichere Route das Kliff hinauf suchen. Das würde viel zu lange dauern. Vielleicht länger, als das Kind aushalten konnte.

Was sollte sie machen? Dana fühlte sich nicht in der Lage, zu dem Kind hinabzuklettern. Dazu hatte sie zuviel Angst.

Reichte die Zeit, um zum Haus zurückzulaufen und telefonisch Hilfe herbeizurufen? Anschließend könnte sie Finn und die anderen suchen. Doch bevor sie die Frage richtig zu Ende gedacht hatte, erübrigte sich eine Antwort.

Das Grasbüschel, auf dem das Mädchen stand, brach plötzlich ab und klatschte auf den Felsvorsprung unter ihr. Die Hand, die sich an dem Felsen festklammerte, rutschte ab, und einen schrecklichen Moment lang sah es so aus, als würde sie wie ein ungefiederter Vogel in die Tiefe stürzen.

»Elvina!« Der Schrei der Mutter war schrill vor Verzweiflung. Dana selbst blieb jeder Laut im Hals stecken.

Die Körperbeherrschung, die man oft bei jungen Mädchen findet, rettete das Kind. Trotz des harten Rucks, der durch ihren Körper ging, klammerte sich die linke Hand fest um den Busch, und nach einer Drehbewegung in den Schultern führte sie die rechte Hand daneben, so daß sie sich jetzt mit beiden Händen im Busch festhielt. Mit einem ihrer in Slippern steckenden Füße scharrte sie wild am Felsen, bis es ihr irgendwie gelang, einen stützenden Halt zu finden, was einen Teil des Gewichts von ihren Armen nahm. Der andere Fuß hing wie der einer Lumpenpuppe frei in der Luft.

Während des ganzen Vorgangs war sie unheimlich ruhig geblieben. Doch neben Dana saß die laut stöhnende Mutter. Sie hatte sich die Fäuste in den Mund gerammt und machte schaukelnde Bewegungen, wie jemand, der unter starken Schmerzen litt.

Dana warf der Frau das Seil zu und drückte ihr das freie Ende in die Hand. Sie versuchte ihr zu erklären, daß sie es festhalten und auf ein Signal hin das Ende mit der Schlinge hinabwerfen sollte. Dann legte sie sich auf den Bauch und suchte mit dem Fuß nach einem Halt. Als die Frau begriff, was sie vorhatte, wich die Hysterie in ihren Augen einer wilden Hoffnung.

Der Gedanke an das Kind und ein Adrenalinstoß, der wie eine Flutwelle durch ihre Adern schoß, ließen Dana ihre Furcht vor der Leere unter ihr vergessen und trieben sie die Klippe hinab. Sie drückte sich gegen den Fels und suchte nach Rissen und Spalten, die breit genug waren, um ihren Fingern und Zehen Halt zu geben. Bei jedem unsicheren Tritt spürte sie ihre Füße in den weichen, gummibesohlten Wanderschuhen leicht rutschen.

Über ihr hatte die Mutter ihren verzweifelten Redeschwall wiederaufgenommen. Der Tonfall verriet, daß sie das Kind anflehte, nicht loszulassen, und ihm die nahende Hilfe ankündigte.

Doch wie lange würde es dauern, bis die Kraft in den Armen des Mädchens nachließ oder ihr Gewicht die Wurzeln des Busches aus dem Stein riß? Was, wenn das Unvermeidbare geschah? Wenn sie Glück hatte, würde sie auf dem Felsvorsprung landen, doch wenn sie panisch reagierte, würde sie sicher in die Tiefe stürzen.

Dana verdrängte diese Gedanken. Vor Angst, den kleinen hängenden Körper abstürzen zu sehen, hielt sie den Blick auf der Suche nach dem nächsten Halt fest auf den Felsen vor und unter sich gerichtet. Spitze Steine und Dornengestrüpp zerkratzten ihre Haut, und aus einem Schnitt in der Backe rann ihr das Blut auf die Lippen.

Als ihr rechter Fuß endlich Tritt auf dem Felsvorsprung faßte, wurde aus dem Wortschwall über ihr ein Schrei. Instinktiv wandte Dana sich nach dem Kind um.

Zu spät erkannte sie ihren Fehler. Sie hätte zuerst überprüfen müssen, ob der Vorsprung frei von Geröll war, denn als sie sich jetzt umdrehte, kam ihr linker Fuß auf einem steinigen Lehmballen aus dem herausgebrochenen Grasbüschel zu stehen. Er rutschte ab, und der Fuß knickte um. Ihr fester Griff und die Breite des Vorsprungs verhinderten, daß sie abstürzte, doch der Schmerz gab ihr die Gewißheit, daß der Fußknöchel verletzt war.

Gleichzeitig sah sie den Körper des Kindes neben sich hängen. Die Füße befanden sich auf Höhe ihrer Taille. Dana stand jetzt mit beiden Beinen fest auf dem Vorsprung. Mit der rechten Hand klammerte sie sich an einem Stein fest und umschlang mit dem linken Arm die Oberschenkel des Mädchens.

Ein Zittern lief durch den kleinen dünnen Körper. Erst versteifte sich das Kind, um sich dann langsam zu entspannen. Mit den Händen hielt es sich allerdings weiterhin krampfhaft im Busch fest. Über ihnen schrie die Mutter, doch Dana hörte sie kaum.

»Alles ist gut«, sagte sie. Mit den Worten wollte sie sich genauso beruhigen wie das Mädchen, denn sie fühlte sich den Tränen nahe. »Du bist in Sicherheit. Alles ist gut.«

Das Kind wollte nicht loslassen.

»Elvina? Ist das dein Name?« Dana blickte von der Seite zu ihr hoch, um dem abgewandten Gesicht irgendeine Form von Reaktion zu entlocken. Da entdeckte sie, daß das Kind eine Kamera um den Hals hängen hatte. »Sprichst du Englisch, Elvina?«

»Ja.« Die Antwort war kaum hörbar.

»Laß los.« Dana sprach langsam und betonte jedes einzelne Wort. »Ich lasse dich nicht fallen.«

»Ich kann nicht.« Es war ein verzweifeltes Flüstern. Dana erkannte, daß sich die Hände des Kindes so lange um den Busch gekrampft hatten, daß sie jetzt förmlich daran festgeschweißt zu sein schienen.

Das Kreischen der Möwen, die sich durch die Gegenwart der beiden Menschen gestört fühlten, das Donnern der Wellen und die heiße Sonne auf dem Felsen, die den süß-sauren Geruch des Kinderkörpers und den stechenden Duft des Ginsters verstärkte, ließen in Dana ein Gefühl des Schwindels aufkommen. Außerdem spürte sie den Schmerz in ihrem Fußgelenk immer stärker werden. Wenn sie nicht bald das Gewicht von diesem Fuß nehmen und die Position ihres linken Arms und der Schulter ändern konnte, die sich in einem verdrehten Winkel nach oben streckten, um das Mädchen zu halten, würde sie nicht mehr die Kraft aufbringen, ihm beim Hinauf- oder Hinabklettern zu helfen.

Dana bemühte sich, die Verzweiflung in ihrer Stimme zu unterdrücken, und begann mit dem Mädchen zu plaudern, damit es sich entspannte. »Du hast eine Kamera dabei. Bist du hier hochgeklettert, um etwas zu photographieren?«

Endlich drehte sich das Mädchen um und blickte auf Dana hinab. Die Angst stand ihr auf der Stirn geschrieben. Ihre Unterlippe war angeschwollen und blutete, als hätte sie darauf gebissen. Sie nickte. »Den Vogel.« Sie fügte etwas in ihrer Muttersprache hinzu, das wie der Name des Vogels klang.

Kleine schmerzende Flammen flackerten in Danas Fußgelenk und den Muskeln ihres Oberkörpers auf. Wenn das Kind den Ast nicht bald von sich aus losließ, würde sie sich etwas anderes ausdenken müssen, um seine Finger zu lösen. Die verkrampfte Position, mit der sie Elvina hielt, wurde immer unerträglicher.

«Wo hast du ihn gesehen?« fragte Dana.

»Dort.« Automatisch nahm das Mädchen eine Hand vom Ast, um mit dem Finger die Richtung zu zeigen. Mit einem überraschten Seufzer begriff sie, was sie getan hatte, und ließ auch die andere los. Ihr Körper plumpste plötzlich gegen Dana. Einen Moment lang schien das zusätzliche Gewicht Dana aus dem Gleichgewicht zu bringen und sie beide in die Tiefe zu reißen, doch dann glitt das Mädchen an ihrer Seite hinab auf den Felsvorsprung. Sie schien die instinktive Gabe zu haben, sich selbst zu retten.

Dana half ihr, sich umzudrehen und sich langsam mit untergeschlagenen Beinen und dem Rücken zum Felsen hinzusetzen. Dann ließ sie sich neben ihr nieder.

Die ganze Zeit über hatte sie den Lärm von oben einfach ausgeblendet. Das Geschrei, das sie hatte glauben machen, das Mädchen stürze ab, war mit wechselnden Tonlagen eine Zeitlang weitergegangen und dann irgendwann verstummt. Jetzt rief die Mutter den Namen ihrer Tochter. Sie blickten hoch und sahen ihr ekstatisches Gesicht. Ein Wortschwall brach auf sie herein, dann verschwand sie aus ihrem Gesichtskreis.

»Mein Vater kommt«, sagte das kleine Mädchen. In ihrer Stimme schwangen Erleichterung und Respekt.

Keuchend und erschöpft saßen sie nebeneinander. Das Kind hielt den Kopf gesenkt und hatte die Hände vorne in ihr T-Shirt vergraben. Während ihr Adrenalinspiegel langsam zurückging, spürte Dana ihre Sinne scharf und überempfindlich reagieren. Alles schien eine neue Bedeutung zu haben: das Geschrei der Seevögel, das rauhe, steinige Gefühl des Felsen unter ihren Händen, das Licht, das sich mit glitzernder, blendender Brillanz auf der Wasseroberfläche brach.

Sie schloß die Augen und hob ihr Gesicht der Sonne entgegen. Die Wärme auf ihrer Haut erschien ihr wie ein Segen des Himmels.

Als sie die Augen wieder öffnete, sah sie, daß das Mädchen sie wie gebannt anstarrte. Das einzige Zeichen ihrer Not war das Schimmern von ungeweinten Tränen in ihren Augen. Dana lächelte, und das Mädchen lächelte zurück, wobei sie die Tränen wegblinzelte. Es war das komplizenhafte Lächeln zweier Menschen, die wußten, daß sie gerade etwas Bemerkenswertes vollbracht hatten.

Jetzt, wo die Belastung von ihrem Fußgelenk genommen war, ging der Schmerz langsam zurück und verwandelte sich in ein dumpfes Pochen. Als Dana das Mädchen fragte, ob es verletzt sei, hielt dieses ihr als Antwort ihre Handflächen entgegen. Die Finger bogen sich wie kleine Krallen, und das Fleisch war weiß, weil alles Blut aus ihnen gewichen war. »Und hier«, sagte sie und berührte ihre Schultern.

Während Dana ihr erklärte, es sei das zurückschießende Blut, das den krampfhaften Schmerz verursache, der bald nachlassen werde, rief die Mutter ihnen etwas zu. Sie blickten nach oben und sahen zwei Männer neben ihr. Einer der beiden war Daniel Finn.

Alle drei hatten sich auf den Bauch gelegt, um zu ihnen hinabzuschauen, deshalb konnten sie nur ihre Gesichter und Schulterpartien sehen. Das Gesicht des Mannes, der links neben der Frau lag, war hohlwangig und so groß, daß es fast unförmig wirkte. Er blickte mit der düsteren Intensität einer Statue von den Osterinseln auf sie hinab, und seine Augen lagen tief unter der vorspringenden Stirn.

»Elvina!« rief er mit rauher Stimme.

»Papi!« Die Gefühle des Kindes, das sich bis jetzt so zurückgehalten hatte, machten sich in einem leidenschaftlichen Wortschwall Luft. Dana befürchtete, sie könnte vor lauter Aufregung das Gleichgewicht verlieren, und legte die Hand auf ihren Arm.

Während er seiner Tochter zuhörte, entspannte sich der Gesichtsausdruck des Mannes. Hin und wieder wanderte sein Blick zu Dana. Als das Kind endlich still war, begannen er und seine Frau gleichzeitig zu sprechen, doch seine Stimme setzte sich gegenüber der schrillen, lauten Frauenstimme durch. Nachdem er dem Mädchen ein paar Fragen gestellt hatte, wandte er sich an Daniel Finn. Eine kurze, unverständliche Unterredung folgte. Dann rief Daniel Finn zu ihnen herab und fragte, ob Dana verletzt sei.

Dana antwortete, daß sie sich den Knöchel verstaucht habe, und die beiden Männer sprachen noch einmal miteinander. Daniel Finn erklärte Dana, er wolle zu ihnen hinaufsteigen, und verschwand. In der Zwischenzeit hatte die Frau begonnen, mit ihrer Tochter zu reden, wobei sich liebevoller Zuspruch und jammernde Vorwürfe ablösten. Elvina hielt den Blick fest auf den Horizont gerichtet, wo sich die Umrisse eines Schiffs langsam in Richtung Westen schoben.

Während Dana sich das Fußgelenk massierte, bemerkte sie

ihre anderen Verletzungen. Sie hatte sich eine Backe am Felsen aufgekratzt, die jetzt vor Schmerz pochte. Hemd und Hose waren völlig zerrissen und von unzähligen Schnitten und Kratzern blutverschmiert. Doch das alles zählte nicht. Sie fühlte einen inneren Frieden und eine Ruhe, die sie schon lange nicht mehr gekannt hatte. Es war, als sei irgendein Versagen wiedergutgemacht worden.

Wenige Minuten später tauchte Daniel Finn am Strand unter ihnen auf. Mit der Ruhe des erfahrenen Kletterers blickte er an der Klippe hinauf und bewegte sich dann so schnell nach oben, daß Dana annahm, er benutze eine bekannte Route. Er stemmte sich neben Elvina auf den Vorsprung, fuhr ihr lächelnd durch die Haare und schaute dann zu Dana hinüber. Im Sonnenlicht sah sie, daß seine blauen Augen kleine grüne Flecken aufwiesen.

»Jetzt weiß ich, warum Sie nicht pünktlich zum Lunch erschienen sind«, sagte er ganz ernsthaft.

»Ich befürchte, das lag mehr an meinen Künsten im Kartenlesen. Ich habe mich leider verlaufen.«

»Es ist auch gar nicht so einfach, Kerreck Du zu finden«, fuhr er mit gespielter Förmlichkeit fort. »Ich freue mich, Sie wiederzusehen.«

Sie beugte sich vor, um einen Blick in die Tiefe unter ihnen zu werfen, und wandte sich dann wieder zu ihm. »Sicherlich bei weitem nicht so sehr, wie ich mich freue, Sie zu sehen.«

Er lächelte. »Darüber können wir später streiten, wenn Sie sich nicht mehr in einer so nachteiligen Position befinden.« Er erklärte, er wolle zunächst Elvina beim Abstieg helfen. In Danas Fall sei es vielleicht besser, Hilfe herbeizuholen. »In Trebartha gibt es einen Rettungsdienst. Wenn ihr Fußgelenk ernsthaft verletzt ist, wäre es sicherer, seine Hilfe in Anspruch zu nehmen.« Er formulierte es eher wie eine Feststellung und nicht wie einen Befehl. Offensichtlich wollte er ihr die Entscheidung überlassen.

Danas Fußgelenk fühlte sich etwas besser an, und sie wollte nicht noch länger auf dem Vorsprung sitzenbleiben. »Wenn Sie nichts dagegen haben, würde ich lieber nicht auf sie warten.«

»Wie Sie wollen. Das ist Ihre Entscheidung.« Hinter seiner ruhigen Art glaubte sie Erleichterung zu hören, als habe er es genauso eilig wie sie, von dem Vorsprung herunterzukommen. »Mico«, rief er dem anderen Mann zu, »schmeiß das Seil runter!«

Er fing es mit einer Hand auf und legte die Schlinge um Elvinas Brust. Dann überprüfte er sorgfältig den Halt. Mit beruhigender Stimme erklärte er dem Mädchen, daß er es jetzt mit nach unten nehmen werde und danach Dana holen wolle. »Fertig?« fragte er, nachdem er sich überzeugt hatte, daß sie seine Anweisungen verstanden hatte. Sie biß sich auf die Lippe und nickte. Er lachte und schien etwas in ihrer Muttersprache zu ihr zu sagen, worauf sie ein schüchternes Lachen von sich gab.

So, wie er sich in der Felswand bewegte, schien Elvina in guten Händen zu sein. Selbst ihre Mutter, die jetzt im Sand am Fuß der Klippe stand und zusah, schien dies erkannt zu haben, denn sie war plötzlich ganz ruhig geworden und hatte alle Theatralik abgelegt. Als die beiden sicher unten angekommen waren, nahm sie ihre Tochter so fest in die Arme, daß das Mädchen von oben nicht mehr zu sehen war. Dann ließ sie sie wieder los, stemmte die Hände in die Hüften und beugte den Kopf vor – die Haltung aller Mütter, wenn sie mit ihrem Kind schimpften.

Als Daniel sich nach seinem zweiten Aufstieg neben Dana niederließ, spürte sie die Hitze, die von ihm ausging, an ihrem Arm. Ein paar Sekunden lang saß er still neben ihr und blickte auf den Strand hinab. Seine Handflächen ruhten fest auf dem Boden, während seine Beine über die Kante baumelten. Er schien weder außer Atem noch besonders erschöpft zu sein, einfach nur abwesend. Ein kaum wahrnehmbares Zucken auf seiner Stirn und etwas an seiner Gleichgültigkeit gegenüber dem

Abgrund vor ihr, weckten in Dana den Verdacht, daß er mit den Gedanken ganz woanders war.

Im Profil wirkten die Züge seines Gesichts schärfer, ja sogar härter. Die Nase war leicht gebogen, und der Schwung seiner Augenbrauen spiegelte die feste, entschlossene Linie seines Mundes. Es war ein einzigartiges Gesicht – distanziert und trotzdem anziehend. Vielleicht war es auch gerade diese Distanziertheit, die es so attraktiv machte, dachte Dana. Es war eine Reserviertheit, die man unbedingt durchbrechen wollte.

Sie glaubte, ihn jetzt lange genug betrachtet zu haben, und konzentrierte sich auf die Wellen, die sich auf dem kleinen Strand unter ihr wie cremefarbene Schleier brachen.

»Also«, sagte er nun mit einem leichten Ausatmen. »Wohin soll es gehen?«

Sie war verwirrt, denn dies klang wie das Echo einer Frage in ihrem Innern. »Wie meinen Sie das?«

»Wie sollen wir klettern? Welche Richtung ist Ihnen lieber? Nach oben oder nach unten?«

In seinen Augen blitzte Humor auf, doch äußerlich verharrte er in seiner unverbindlichen Höflichkeit.

»Nach oben.« Ein Aufstieg bedeutete, daß sie ihren verletzten Fuß nicht so lange belasten mußte. Mit Daniels Hilfe und der des Seils würde es nicht zu schwierig sein. Er hatte es beim Aufstieg wieder eingerollt, und jetzt lag es zwischen ihnen, während Elvinas Vater noch immer das obere Ende hielt.

Sie irrte sich. Wäre Daniel ihr nicht schnell zu Hilfe gekommen, hätte sie mehr als einmal am Seil gebaumelt. Doch Daniel streckte seine Hand schon nach ihr aus, bevor sie überhaupt bemerkte, daß sie in Schwierigkeiten war. Als sie sich nach langen Minuten endlich über die Kante ins Gras stemmte, wußte sie nicht nur die horizontale Lage ganz neu zu schätzen, sondern hatte auch das verschwommene Gefühl, sich mit ihrer Rettungsaktion in Lebensgefahr gebracht zu haben.

Elvina und ihre Mutter warteten bei dem Holztritt. Die Frau rannte auf Dana zu und hockte sich neben sie ins Gras. Sie ergriff ihre Hand und überschüttete Dana mit leidenschaftlichen, unverständlichen Dankesbezeugungen, während ihr die Tränen über das Gesicht liefen. Das Kind wandte sich ab und begann an den Holzsplittern des Tritts zu zupfen.

»Nadia!« wies der Mann seine Frau scharf zurecht. Ein paar knappe Worte in ihrer Muttersprache genügten, um sie rot anlaufen zu lassen. Sie richtete sich auf und stand trotzig schweigend da, während er eine pompöse kleine Rede hielt, in der es hieß, daß die Familie Tatevic für immer in Danas Schuld stünde. Sein Englisch, das er mit einem starken Akzent sprach, war sehr gut und sogar idiomatisch. Doch diese Flüssigkeit der Rede beschränkte sich auf seine Worte. Die entschlossene und trotzige Kantigkeit seiner Kinnpartie paßte zu der finsteren Stirn und dem steifen, schweren Körper. Sein Ausdruck kam Dana eher gequält als dankbar vor; er schien es zu bedauern, in ihrer Schuld zu stehen, und sei es für das Leben seiner Tochter.

Daniel hatte mittlerweile die Tasche mit seiner Kameraausrüstung, die an einem Zaunpfosten hing, geholt und stöberte darin herum. Auch Mico Tatevic hatte eine Kamera um den Hals hängen. Es war wie eine Art Ausweis, dachte Dana. In Kerreck Du mußten selbst Kinder eine tragen.

Mit leichten Abänderungen wiederholte Tatevic seine Rede Daniel gegenüber, der ihn jedoch mit dem Hinweis unterbrach, daß Danas Verletzungen versorgt werden müßten und sie besser zurück nach Kerreck Du gingen.

Mit einem kleinen Lappen in der Hand kniete er neben ihr nieder. Er sei zum Linsenreinigen, erklärte er ihr, aber neu und unbenutzt. »In dem Schnitt auf ihrer Backe ist Schmutz. Halten Sie still.« Er faßte sie am Kinn und drehte ihr Gesicht zu sich. Seine Berührung war leicht und fühlte sich kühl auf ihrer Haut an. Einen kurzen Moment trafen sich ihre Augen. Aus irgendeinem Grund mußte Dana daran denken, wie Quentin Finn die Hand der jungen Frau geformt hatte. Sie wandte den Blick ab und sah auf das Feld hinaus, während er mit geschickten, sanften Fingern den Schnitt abtupfte.

Dana mußte an einen Satz von Marianna Hobhouse denken. Fleisch, das Fleisch berührt, bereitet dem Geist den Weg, hatte das Medium geschrieben. Die ineinander verschränkten Hände am Séancetisch erlaubten den Geistern der Toten, durch diese fleischlichen Leitungen zu fließen. Unreinheiten wie Sünden oder Zweifel hemmten diesen Fluß oder verstopften den Kanal sogar ganz. Am besten glitten die Geister natürlich von einem reinen Herzen zum anderen.

Dana stellte sich nicht mehr die Frage, ob das nun Unsinn sei, genausowenig wie sie überlegte, ob sie an Geister glaubte. Ihr Geist jedenfalls schien außergewöhnlich rein zu sein, denn sie spürte jetzt, wie er ganz ungehindert Daniel Finn zufloß.

Die beiden Männer halfen ihr auf die Beine. Da sie allein nicht gehen konnte, legte jeder von ihnen einen Arm um ihre Taille, während sie die Arme auf die Schultern der Männer stützte. Elvina lief vor ihnen her. Sie schien es eilig zu haben, von der Klippe wegzukommen – oder von den Erwachsenen.

Was den Körper von Mico Tatevic anging, der links von ihr ging, war er für Dana wie eine Holzkrücke. Doch Daniel Finn war deutlich aus Fleisch und Blut. Unter ihrer Hand spürte sie die Linie seines Schultermuskels, während seine Hand auf ihrer Taille lag und seine feste Hüfte die ihre streifte.

Schließlich kamen sie an das Tor. Die strenge Schönheit des Hauses mit seiner glatten Steinfront wurde von einem kleinen weißen Säulenportal aufgelockert. Weiße Steinstufen führten auf eine Terrasse hinab, auf der Korbstühle um einen Tisch mit einer Tischdecke gruppiert waren. Auf dem Rasen neben der Terrasse war eine blau-weiß gestreifte Decke ausgebreitet, und über der Lehne eines Stuhls hing ein grellpinker Blazer, dessen

Farbton eine Nuance dunkler war als die Mohnblumen in dem Holzfaß neben der Treppe.

Daniel stöhnte auf. »Die Teezeremonie. *La belle dame sans merci* scheint dazusein.«

»Wer?« fragte Mico Tatevic.

»So hat Finn Estelle getauft. Weil sie einfach gnadenlos ist.«

Ja, sie sei da, antwortete Tatevic jetzt mit einem grimmigen Lächeln. Deshalb sei er ja auf die Klippen hinausgegangen. »Estelle sagt nie danke. Doch am liebsten würde sie es die ganze Zeit hören.« Erst als Daniel lachte, bemerkte Dana, daß Tatevic einen Witz gemacht hatte. Sie war überrascht. Humor hätte sie ihm gar nicht zugetraut.

»Irgendwann hat man es satt, dankbar zu sein«, fügte Tatevic mit rauher Stimme hinzu. Als befürchte er, sein Gegenüber könnte ihn mißverstehen, fügte er hastig hinzu: »Das trifft natürlich nicht auf Finn zu. Er läßt uns nicht spüren, was er alles für uns getan hat.«

»Du weißt doch, was er von deiner Arbeit hält, Mico. Du ...« Daniel Finn unterbrach sich, und Dana spürte, wie sein Arm sich hinter ihrem Rücken versteifte. Sein Vater war aus dem Haus getreten.

Daniel bat sie stehenzubleiben und auf ihn zu warten. Dann ging er auf seinen Vater zu und fing ihn ab, bevor er ihnen entgegengehen konnte. Die beiden wechselten ein paar Worte, doch alles, was Dana verstehen konnte, war Quentin Finns wütende Frage: »Was, zum Teufel, hatte sie dort zu suchen?« Er hörte sich die Antwort seines Sohnes an und zuckte mit den Schultern. Dann drehte er sich ruckartig um und kam auf sie zu. Sein Gesichtsausdruck hinter dem Bart war nicht zu erkennen. Nadia Tatevic rief Elvina zu sich und legte eine schützende Hand auf die Schulter des Kindes.

Finn blieb vor der kleinen Gruppe stehen und ließ seine Augen über sie wandern.

Vor nicht allzulanger Zeit hatte ein wenig freundlich gesinnter Interviewpartner über ihn geschrieben, daß Finn im mittleren Lebensalter das »ruinierte, nackte Gesicht eines abgehalfterten Chorknaben« bekommen hätte. Dana erkannte jetzt, worauf er anspielte. Das jungenhaft gute Aussehen war einem verlebten Ausdruck gewichen; die wulstigen Lippen zeugten von einem ausschweifenden Lebenswandel, die herabhängenden Wangen waren rotgeädert, und die Haut unter seinen Augen sah tiefviolett wie ein Bluterguß aus. Doch die Augen selbst straften das kaputte Gesicht Lügen. Sie waren leuchtendblau und strahlten in jugendlicher Frische. Außerdem schienen sie wirklich zu sehen und nicht bloß zu schauen. In ihnen blitzte die Neugier eines wissensdurstigen Kindes auf. Es war, als hätte Finn sich in den Augen einen letzten Rest Unschuld gegenüber all den sinnlichen Verführungen der Welt bewahrt.

Er blickte auf Elvina hinab. Nadia Tatevic zog das Kind enger an sich heran, während ihr Mann schnell sagte: »Es tut Elvina leid, Finn. Sie weiß, daß es falsch war, was sie getan hat.« Zum erstenmal hörte Dana so etwas wie Angst in seiner Stimme.

»Aber dir fehlt nichts?« fragte Finn das Kind, das daraufhin nickte. Er lächelte sie an, und Dana sah, daß dieses Lächeln selbst bei dem Kind einen starken Eindruck hinterließ. Dann klopfte er Mico Tatevic auf die Schulter. »Na, Gott sei Dank. Das ist doch das Wichtigste. Und was ist mit Ihnen?« fügte er fast im selben Atemzug hinzu und richtete seinen forschenden Blick auf Dana. Sie fühlte sich durch seine Art herausgefordert, doch zu was, konnte sie nicht sagen. »Daniel hat mir gesagt, Sie seien eine Heldin. Aber Sie haben sich das Fußgelenk verletzt?«

»Nur eine Verstauchung. Nichts Ernstes.«

»Können Sie laufen?«

»Nein.«

Er blickte seinen Sohn an. »Wir holen besser Dr. Penelly, damit er es sich anschaut. Ruf ihn bitte an und sag ihm, er soll sofort herkommen. Er schuldet mir noch einen Gefallen. Und sag Pascale, daß sie ein Antiseptikum und ein paar Pflaster bringen soll.«

Daniel nickte. Als er sich zum Gehen wandte, fügte Finn noch hinzu: »Oh, und Daniel . . .?«

»Ja?«

»Estelle ist drinnen. Beim Organisieren. Pascale ist nicht gerade bester Laune. Schau mal, ob du sie ein wenig besänftigen kannst.«

»Da ist Estelle doch«, sagte plötzlich Mico Tatevic, bevor Daniel etwas antworten konnte.

Dana sah eine in grün gekleidete Frau mit toupiertem Goldhaar aus dem Haus auf die Terrasse treten. Sie trug ein schwerbeladenes Tablett und blickte auf den Boden, um sich kurzsichtig auf die Stufen und unebenen Steinplatten zu konzentrieren. Das Sonnenlicht ließ ihre baumelnden Goldohrringe und die zahlreichen Armreifen aufleuchten. Vorsichtig stellte sie das Tablett auf dem Tisch ab. Sie nahm die Teekanne hoch und blickte dann auf. Jetzt endlich sah sie die anderen.

»Da seid ihr ja!« rief sie und hob die freie Hand, um zu winken. Ihre Armreifen klirrten. Sie wollte gerade die Teekanne abstellen, als sie Dana bemerkte. Zusammen mit einem erschreckten Aufschrei hörte man das Porzellan auf dem Steinboden zerschellen.

Doch es waren ihre Worte, die Dana verblüfften.

»Oh, mein Gott!« stöhnte sie. »Die Möwe!«

9

Später, als es wichtig wurde, sich daran zu erinnern, konnte Dana die Szene rekonstruieren, die auf den Schrei der Frau gefolgt war. Aus dem ihr damals unübersichtlich erscheinenden

Gewirr von unbekannten Gesichtern und sich überschneidenden Stimmen hatte sie sich ein lebhaftes Bild von den Bewohnern Kerreck Dus und deren Gästen bewahrt.

Rückblickend schien ihr damals nichts entgangen zu sein.

Sie hörte Finn leise fluchen und sah den schnellen Blick, der zwischen Vater und Sohn gewechselt wurde. Sie sah, wie Nadia Tatevic sich hinabbeugte und ihrer Tochter etwas ins Ohr flüsterte, und sie sah, wie sich das Gesicht der Mutter verdüsterte, nachdem das Kind ihr eine Antwort gegeben hatte. Außerdem spürte sie, wie sich der Arm von Mico Tatevic, der sie noch immer stützte, versteifte, als sei seine einzige Reaktion auf den Schrei, sich noch mehr zu verschließen.

»Was ist passiert?« fragte die Frau hysterisch. »Sagt bitte nicht, er hat wieder zugeschlagen. Ich ertrage es nicht.«

»Ganz ruhig, Estelle«, sagte Finn, der sich deutlich bemühte, seine Verärgerung zu verbergen. »Elvina ist in Schwierigkeiten geraten und brauchte Hilfe. Das ist alles.«

Er und Tatevic halfen Dana über den Rasen zu einem altmodischen Holzliegestuhl auf der Terrasse, während Daniel ins Haus ging, um den Doktor anzurufen. Estelle Pinchot stand noch immer reglos neben dem Tisch. Der Tee war auf ihren Rock gespritzt und hatte Flecken auf dem grünen Stoff hinterlassen. Jetzt begann sie diese Flecken mit einer Stoffserviette hektisch abzutupfen.

In dem Moment, als Dana dankbar in den Stuhl sank, traten vier Menschen aus dem Haus. Es kam ihr eigenartig vor, daß gerade sechs Leute aus einem Haus gekommen waren, in dem noch vor kurzer Zeit keine Menschenseele zu sein schien. War das Haus wirklich verlassen gewesen, als Nadia Tatevic um Hilfe schrie? Oder hatte Nadia ihre Glaubwürdigkeit schon vorher mit ähnlichem Panikgeschrei verspielt, weshalb man sie nicht mehr beachtete?

Zwei der Männer hatte sie noch nie zuvor gesehen. Später

erfuhr sie, daß der ältere Thomas Attery war, Finns Finanzberater, und der andere John Malzer, der Galeriebesitzer. Das junge Paar neben ihnen erkannte sie sofort.

Finns Modelle waren jetzt angezogen. Wie bei einem Pfauenpaar verblaßte die Frau neben dem Gefieder ihres Partners. Über weißen Hosen trug Tim Sundy ein pinkgestreiftes Seidenhemd, und sein blondes Haar fiel ihm in einer glatten weichen Linie bis auf die Schultern. Karen Cody hingegen hatte ein einfaches beigefarbenes Hemdkleid an. Als sie jedoch ins Sonnenlicht trat, erkannte Dana, daß das Kleid gar nicht so unscheinbar war, denn jetzt war deutlich zu sehen, daß sie unter dem dünnen Stoff außer einem Höschen nichts trug.

»Was ist passiert, Finn?« rief Thomas Attery mit einem Blick auf das zerschlagene Porzellan von der Treppe. »Daniel sagt, es hätte eine Art Unfall gegeben.«

In seiner Stimme hörte Dana mehr Neugierde als Besorgnis. Durch seine goldgerahmte Brille blickte er sie an, als sei sie ein interessanter Fund, den man vom Meer mit heraufgebracht hatte. Das messerkurz geschnittene, eisengraue Haar gab seinem sonst blutleeren und übertrieben vergeistigten Gesicht eine brutale Note.

»Ich erzähle es dir gleich, Thomas«, antwortete Finn, während er Dana die Rückenlehne des Liegestuhls arretierte. Ganz leise, so daß nur sie es hören konnte, fragte er, ob sie lieber ins Haus wolle. »Sie müssen nicht an dieser verrückten Teeparty teilnehmen.«

»Jetzt, wo die Teekanne zerbrochen ist, kann eigentlich nicht mehr viel passieren«, antwortete Dana und drehte sich leicht zu ihm um.

Die blauen Augen leuchteten amüsiert auf.

Karen war mittlerweile die Treppe heruntergekommen. Sie strahlte noch immer etwas von der lasziven Sinnlichkeit aus, die in der grünen Mulde von ihr ausgegangen war. Das kurzgeschnittene rotgoldene Haar kräuselte sich frech um ihr Gesicht, und ihre Bewegungen waren auf eine träge, schlafwandlerische Art graziös. Mit dem Zeh stieß sie an eine der Porzellanscherben auf dem Steinboden. »Ich wußte doch, daß Finn eines Tages mit etwas nach Estelle schmeißen würde«, sagte sie sotto voce, aber so, daß alle es hören konnten, zu Tim.

»Sei still, Karen!« John Malzer drängte sich an den anderen vorbei und legte einen Arm um Estelles Schultern. Mit der Besorgnis eines Sohnes fragte er sie, ob alles in Ordnung sei. Seine kindlich-weichen Gesichtszüge erinnerten Dana tatsächlich an einen kleinen Jungen. Er schien nicht erwachsen, sondern einfach größer geworden zu sein.

In dem Moment kam eine schlanke Frau mittleren Alters um die Hausecke gebogen, die einen flachen, mit Blumen gefüllten Korb in der Hand trug. Das sei seine Schwägerin, erklärte Finn mit einer Spur von Erleichterung in der Stimme. Während er sie bekannt machte, mußte Dana sich zwingen, die andere Frau nicht anzustarren. Pascale Silvy hatte das Gesicht einer Modigliani-Frau; extrem schmal, lang und unergründlich, mit Augen wie schwarze Oliven und einem spitz zulaufenden Kinn. Es war ein Gesicht, das nichts verriet, was seine Besitzerin verbergen wollte.

»Du siehst schon, daß wir uns um Dana kümmern müssen, Pascale«, sagte Finn. »Daniel ruft gerade Dr. Penelly an, damit er ihr Fußgelenk untersucht. Doch in der Zwischenzeit könntest du ihre Schnittwunde behandeln.« Er wandte sich zu Dana um. »Pascale ist Heilkundlerin. Vor dreihundert Jahren hätten sie sie als Hexe verbrannt.«

Allein für das Gesicht, dachte Dana.

»Finn übertreibt«, erwiderte Pascale mit starkem, französischem Akzent. »Eine antibiotische Salbe ist mein einziges Geheimnis.« Ihre Stimme klang warm und anziehend, so anziehend, daß das beunruhigende Gesicht sofort harmonischer wirkte.

»Komm, Pascale«, sagte Karen ungeduldig. »Willst du nicht

fragen, was passiert ist? Wenn du es nicht tust, frage ich.« Erwartungsvoll wandte sie sich an Dana, doch Finn wies sie barsch zurecht, sie solle Dana eine Chance geben, sich zu erholen, bevor sie sie durchlöcherte. Dann faßte er kurz zusammen, was geschehen war.

Voller Unbehagen stellte Dana fest, daß sie während Finns Bericht von allen angestarrt wurde. Sie blickte zu Nadia Tatevic hinüber und fragte sich, wieviel sie von allem verstand. Die Frau hatte sich von den anderen abgesondert und stand jetzt ganz allein da. Das Nachmittagslicht, das den Rasen schimmern und die weißen Säulen des Treppenportals wie Marmor aufleuchten ließ, fiel hart auf ihre massige Figur, die sie zusammen mit der Sprache von den anderen zu isolieren schien.

Als Finn zu reden aufhörte, mimte Karen übertriebenes Erstaunen. »Unglaublich«, sagte sie und betonte dabei die erste Silbe, als meine sie das wirklich wörtlich. »Ich dachte, ich sei die einzige Frau hier, die sich von der Möwe nicht von den Klippen vertreiben läßt.«

Nach Estelle Pinchots Aufschrei und den Worten des Jungen auf dem Feldweg überzeugte diese dritte Anspielung auf die Möwe Dana davon, daß es hier nicht um einen Vogel ging. Ihr fiel ein, wie die Schwester den Jungen ängstlich zum Schweigen gebracht hatte, und sie dachte an die Panik in Estelles Stimme.

»Ja, ja, wir wissen alle, wie mutig du bist, Karen«, sagte Thomas Attery mit trockener Stimme. »Obwohl tollkühn vielleicht das bessere Wort wäre. Nur, daß du deine Risiken nicht aus Nächstenliebe eingehst, oder?«

Während Pascale ging, um die Salbe zu holen, gab Finn ein paar rasche Anweisungen. Er schickte John Malzer nach einem Eisbeutel für Danas verletzten Fuß und Tim nach einem Kissen, auf das sie ihn legen konnte. Karen sollte die Sandwiches aus der Küche holen. Dann sagte er zu Mico Tatevic, er wolle allein mit ihm sprechen, doch bevor er ihn wegzog, fügte er hinzu: »Und könnte bitte irgend jemand diese Schweinerei entfernen.« Eine Woge der Aktivität rollte über die Terrasse, denn alle beeilten sich, seinen Befehlen nachzukommen.

Lediglich Thomas Attery und Nadia Tatevic blieben unbeteiligt zurück. Er ließ sich auf einen Stuhl sinken, schlug die Beine übereinander und zündete sich eine Zigarette an. Die Frau stand am äußersten Rand der Terrasse und blickte aufs Meer hinaus. Ihre Schultern fielen nach vorn, so daß sich der Stoff ihres zerknitterten Sonnenkleids über den fleischigen Rücken spannte. Sie kam Dana verlassen und traurig vor. Nur die Sprachbarriere zwischen ihnen und ihr verletzter Knöchel hinderten sie daran, zu der Frau hinüberzugehen.

Oder vielleicht wäre sie trotzdem sitzengeblieben, überlegte sie dann. Nadia Tatevic hatte etwas Abschreckendes an sich, sogar ihre Dankbarkeit wirkte so.

Während Elvina die größeren Porzellanscherben in eine Kehrschaufel sammelte, mühte sich Estelle Pinchot ungelenk mit einem Besen ab. Dann beugte sie sich mit klirrenden Armreifen nieder, um die Tülle der Teekanne aufzuheben. Wie einen wertvollen Gegenstand trug sie sie in der offenen Handfläche zu Finn hinüber.

»Es war fürchterlich dumm von mir, so hysterisch zu reagieren«, sagte sie und unterbrach ihn in seiner Unterhaltung mit Tatevic. »War die Teekanne wertvoll?« Sie umklammerte die Tülle mit den Fingern und blickte zu ihm auf. Die Mischung von mädchenhafter Zerknirschtheit und wimpernklimpernder Koketterie war fast schon grotesk. In dem Moment kam Pascale mit der Salbentube zurück auf die Terrasse, und Dana sah, wie sie die ältere Frau im Vorbeigehen mit einem kalten Blick aus Olivenaugen bedachte. Er war alles andere als freundlich.

»Ja, sehr kostbar«, antwortete Finn ernst und nahm die Tülle aus Estelles Hand. »Die beste, die ich bei Woolworth finden konnte.« Er ließ die Tülle in Elvinas Kehrblech fallen. »Mach dir deshalb keine Sorgen, Estelle. Ich war noch nie ein großer Teetrinker. Wir sollten lieber unsere Heldin feiern.«

Lächelnd blickte er zu Dana hinüber. Jetzt verstand sie, warum er so großen Erfolg bei Frauen hatte. Seine Augen und der Tonfall der spontan wirkenden Äußerung vermittelten ihr das Gefühl, auserwählt zu sein. Sie schien ihn zu interessieren, doch dieses Interesse war sicherlich komplizierter, als Finns Ruf vermuten ließ.

Karen Cody stellte einen Teller mit Sandwiches und einen Kuchen auf den Tisch, während Tim ein Kissen unter Danas Fuß zurechtrückte. »Sie haben Finn sehr glücklich gemacht«, sagte Karen zu Dana. »Denn jetzt hat er einen Grund zu trinken . . .« Sie ließ das einen Moment so stehen und fügte dann händeklatschend hinzu: »Champagner am Nachmittag!« Tim reagierte mit einem unterdrückten Lachen und sah zu Finn hinüber.

Doch Finn schien sie nicht gehört zu haben. Er sprach jetzt mit Thomas Attery und John Malzer, der mit einem Eisbeutel zurückgekommen war. Pascale aber war der Unterton von Karens Bemerkung nicht entgangen. Obwohl sie gerade angefangen hatte, Salbe auf Danas Wange zu streichen, richtete sie sich auf und arbeitete erst weiter, als Karen ihren Satz beendet hatte. Dann erhob sie sich und musterte die Wunde kritisch. »Der Schnitt wird schnell heilen«, sagte sie, während sie die Tube zudrehte. »Er ist nicht tief.«

In dem Moment kam Daniel mit der Nachricht, daß der Doktor unterwegs sei. »Er ist selbst Kletterer«, sagte er zu Dana und holte ihr ein paar Schinken- und Kresse-Sandwiches und eine kleine Flasche Mineralwasser vom Tisch. »Als er hörte, daß eine Lebensretterin ihn braucht, hat er sich sofort auf den Weg gemacht.« Er reichte ihr den Teller mit den Sandwiches und stellte die Wasserflasche in Danas Reichweite auf den Steinboden. Dann ließ er sich in einen Stuhl neben ihr sinken und fragte, wie es ihrem Fuß gehe.

»Besser. Ich spüre ihn kaum noch. Es gibt hier einfach zuviel, das mich ablenkt.«

Er lächelte. »Und verwirrt?«

Als sie nickte, erklärte er ihr in knappen Worten, wer die Menschen auf der Terrasse waren. Die Tatevics stammten aus dem ehemaligen Jugoslawien und waren vor einem Jahr mit Finns finanzieller Unterstützung nach Kerreck Du gekommen. Mico war ein bedeutender Photograph. Karen und Tim, fuhr er fort, seien Modedesigner, die für mehrere exklusive Boutiquen in London arbeiteten und in Trebartha ein eigenes kleines Geschäft betrieben. Sie standen Finn Modell, weil er im Gegenzug seine Kontakte zur Londoner Modewelt für sie spielen ließ. Thomas verwaltete Finns Geld, und John besaß eine Galerie in Trebartha, in der demnächst eine Retrospektive zu Finns Werk stattfinden würde.

Estelle hatte unterdessen angeregt mit John Malzer geflüstert. Während er ihr zuhörte, biß er sich auf die Unterlippe und ließ gleichzeitig seine Fingerknöchel knacken. Dana zuckte bei dem Geräusch zusammen. Als er eine von Estelles Fragen mit einem Kopfschütteln beantwortete, wandte sich diese an Daniel und fragte ihn, wo Elvinas Unfall passiert sei. Auf Daniels Antwort hin schlug sie sich die Hand vor den Mund: »O nein. Wie fürchterlich. Armer Finn. Ich muß . . .« Sie blickte sich suchend um, und ihre Stimme verlor sich.

Finn ging gerade die Treppe zum Haus hinauf. »Karen, könntest du dich bitte um Dana kümmern?« rief er, bevor er drinnen verschwand. »Sie hat den Lunch verpaßt und wird hungrig sein.«

Hinter seinem Rücken machte sie eine spöttische Verbeugung. »Stets zu Ihren Diensten, mein Herr und Meister.«

»Finn!« rief Estelle und eilte hinter ihm her.

»Dieser Dame sollte er auch mal ein paar Anweisungen geben«, sagte Karen. »Hinsetzen. Hiergeblieben. Stillgestanden.«

Malzer beugte sich vor und nahm ein Sandwich von dem Teller auf dem Tisch. »Reichen Mäzeninnen gibt man keine Befehle.«

»Zumindest nicht, bevor der letzte Scheck ausgeschrieben ist«, fügte Thomas Attery mit einem dünnen Lächeln hinzu. Er nahm seine Brille ab und rieb sich den Nasenrücken.

Dana wandte sich an Daniel. »Was meinte sie eigentlich vorhin, als sie fragte, ob er wieder zugeschlagen habe?«

»Vor ein paar Wochen ist eine Frau in der Nähe von Trebartha ums Leben gekommen. Sie ist von der Klippe gestürzt. Einige Leute glauben, sie sei ermordet worden.«

»Es war bereits die zweite Frau, die in jüngster Zeit in der Nähe des Küstenpfads umgekommen ist«, erklärte Attery. »Estelle ist davon überzeugt, daß sich da draußen irgendein Wahnsinniger herumtreibt.« Er deutete mit seiner Brille zu den Klippen.

»Die dritte Frau, wenn man Solange mitzählt«, sagte Karen, ohne aufzublicken. Sie war damit beschäftigt, auf einem Teller, der bereits mit mehreren Sandwiches und einer Riesenscheibe Pastete belegt war, ein paar Cracker zu einem komplizierten Muster zu arrangieren. »Wenn die Frauen hier weiterhin so von den Klippen stürzen, werden wir noch von einer Lawine gelangweilter Ehemänner überrollt werden, die ihre Frauen zu einem hübschen kleinen Spaziergang ausführen wollen. ›Komm, noch ein Photo, Schatzi. Ein bißchen näher an die Kante. Noch ein bißchen. Wunderbar … Hoppla!‹«

Tim Sundy kicherte, doch die anderen reagierten mit unbehaglichem Schweigen. Die Beine von Daniels Stuhl kratzten über den Steinboden, als er abrupt aufstand. »Bitte entschuldigen Sie mich einen Moment«, sagte er zu Dana und ging ins Haus.

»O Gott. Bin ich ins Fettnäpfchen getreten?« fragte Karen mit gespielter Unschuld. »Pascale, du glaubst doch hoffentlich nicht ...« Die Französin zuckte mit den Schultern, als wollte sie sagen, das sei doch völlig unwichtig. Karen plazierte noch ein großes Stück Schokoladenkuchen auf dem randvollen Teller und trug ihn zu Dana hinüber. »Finn hat gesagt, Sie seien hungrig.«

»Danke, aber ich habe bereits etwas zu essen.« Sie hielt den Teller hoch, den Daniel ihr gegeben hatte.

»Ach. Ich wette, daß Sie beide schaffen«, sagte Karen und stellte ihr den Teller auf den Schoß.

Pascale nahm ihn ihr wieder ab und stellte ihn neben das Mineralwasser auf den Steinboden. Sie blickte Karen nach und sagte dann zu Dana: »Ich habe gehört, daß sie und Tim Probleme mit ihrem Geschäft haben. Das entschuldigt ihr Benehmen zwar nicht, ist aber vielleicht eine Erklärung.«

Doch Dana wurde vom Anblick der Tatevics abgelenkt, die am Rand der Terrasse standen und sich über den Kopf ihrer Tochter hinweg anstarrten. Sein maskenhaftes Gesicht war jetzt noch länger und abschreckender geworden, während sie mit den Tränen zu kämpfen schien.

Auch Pascale hatte die Tatevics bemerkt. Sie rief Elvina zu, sie solle schnell etwas Kuchen essen, bevor er verschwunden sei. Das Kind zog seinen Vater am Arm, und er nickte. Während seine Frau sich tieftraurig auf der blau-weißen Decke niederließ, die auf dem Rasen lag, trat er mit dem Kind näher.

»Ich habe heute etwas Außergewöhnliches gesehen«, hörte man plötzlich Tatevics laute, kehlige Stimme. Er nahm sich ein Stück Kuchen und beschrieb, wie er eine riesige Möwe mit schwarzem Rücken beobachtet hatte, die mit einem Fisch spielte, den sie verschlingen wollte. Der Fisch war zu groß, um durch die Gurgel des Vogels zu passen, und so warf sie ihn immer wieder hoch. In der Zwischenzeit war eine Silbermöwe aufgetaucht, die versuchte, ihr den Fisch wegzuschnappen.

»Der Schwarzrücken war ein riesiger Vogel, wirklich ein gewaltiges Biest und ein grausamer Killer«, fuhr Tatevic fort. »Aber auch die Silbermöwe ist ein großer, wilder Vogel. Am Anfang hat der Schwarzrücken sie einfach ignoriert und nur wie eine lästige Zuschauerin behandelt. Doch die Silbermöwe ließ sich nicht vertreiben. Sie wurde immer aufgeregter und wollte nicht aufgeben. Plötzlich stürzte sich der Schwarzrücken ohne Vorwarnung auf sie und hackte einmal mit dem Schnabel zu. Die Silbermöwe schrie kurz auf und war tot. Der Schwarzrükken wandte sich wieder dem Fisch zu und spielte weiter, als sei nichts geschehen.

»Wißt ihr, was ich dachte?« fragte Tatevic und blickte langsam in die Runde. »Ich dachte, so tötet eine bestimmte Sorte Mensch. Wie nebenbei, um sich eines lästigen Quälgeists zu entledigen, der ihn bei seinen Vergnügungen stört. Oder kaltblütig, als glaube er fest daran, aus gutem Grund zu töten.«

In der Stille, die eintrat, nahm Tatevic seinen Kuchen und ging, um sich neben seiner Frau und seiner Tochter auf der Decke niederzulassen.

»Wir müssen Mico wirklich in der Kunst des britischen Small talk unterweisen«, sagte Attery mit saurem Lächeln.

Als hätte die Geschichte von Tatevic ihn dazu angeregt, kam Tim jetzt wieder auf die toten Frauen zu sprechen. Er weigere sich zu glauben, daß dies das Werk eines Mörders sei, sagte er. Wenn unerfahrene Touristen so dumm waren, allein dort oben herumzuwandern, müßten einfach Unfälle geschehen. »Und die Polizei hat nicht gesagt, daß es Mord war.«

»Aber die Zeitungen«, gab Karen zurück. »Oder zumindest haben sie es angedeutet.« Sie wandte sich an Dana und fügte im Plauderton hinzu: »Sie haben wahrscheinlich noch gar nichts von unserem Mörder hier gehört. Er wird ›Die Möwe‹ genannt. Wissen Sie, warum?«

»Bitte paß auf, Karen.« Pascale Silvy deutete mit dem Kopf auf Elvina. »Man kann nie wissen, wieviel sie versteht?«

Karen beugte sich vor und sagte mit leiser, verschwörerischer Stimme zu Dana: »Einem seiner Opfer hat er nämlich die Augen ausgestochen. Genau wie eine Möwe.«

Sie lehnte sich wieder zurück, strich mit einem Finger die Kuchencreme von der Tortenschaufel und steckte sich den schokoladeüberzogenen Finger in den Mund. Genüßlich leckte sie ihn sauber, um ihn dann mit einem kleinen Ploppgeräusch wieder aus dem Mund zu ziehen.

Obwohl bei dieser Beschreibung die Übelkeit in ihr hochstieg, aß Dana weiter von ihrem Sandwich. Langsam begann sie, Karen Cody zu hassen.

»Du bist wirklich fürchterlich makaber, Karen«, sagte Malzer. »Das könnten genausogut Vögel gewesen sein. Schließlich hat man die Leiche nicht sofort gefunden.«

»Und außerdem bist du eine Sexistin.« Thomas Attery steckte sich eine neue Zigarette an. »Noch nicht einmal in den Zeitungen wurde erwähnt, daß der mögliche Mörder unbedingt ein Mann sein muß.«

Karen starrte ihn an und erwiderte dann mit einem boshaften Funkeln in den Augen: »Vielleicht haben sie mit eindeutigen Geschlechtszuweisungen dieselben Probleme wie einige von uns.«

Gerade, als sie dies sagte, ging Mico Tatevic an Attery vorbei, um eine Serviette für Elvina vom Tisch zu holen. In seinem Gesicht stand lediglich Langeweile geschrieben, während er an seiner Zigarette zog.

»Estelle wollte wissen, ob die Frauen vorher belästigt wurden«, sagte Malzer. »Die arme Frau kann vor lauter Angst nachts nicht mehr schlafen.«

»Vielleicht sollte mal jemand Estelle ›belästigen‹«, sagte Karen zu ihm und betonte seine vornehme Umschreibung. »Das könnte vielleicht ihre Schlafprobleme lösen.«

Malzer runzelte die Stirn. »Warum mußt du immer so gehässig sein, Karen? Schließlich hat sie Finns Ausstellung überhaupt erst ermöglicht.« Er schaute sich nach den Tatevics um und fuhr dann mit gedämpfter Stimme fort: »Und zufällig weiß ich auch, daß sie sich Mico und Nadia gegenüber als sehr großzügig erwiesen hat.«

»Die Ausstellung findet statt, weil Finn es so will«, sagte Karen. »Wenn es nicht ihr Geld wäre, käme es von jemand anderem. Und die Tatevics unterstützt sie nur, weil Finn sie überzeugt hat, daß Mico ein Genie ist. In so einem Fall spielt sie gern die gute Fee. Für Flüchtlinge interessiert sie sich nicht die Bohne.«

Dana fiel auf, daß Pascale Silvy während des gesamten Wortwechsels mit gesenktem Kopf und im Schoß gefalteten Händen dagesessen hatte. Das feine kurze Haar betonte ihren wohlgeformten Hinterkopf und den graziösen Hals. Im Profil fiel ihre zu schmale Gesichtsform nicht auf, und sie war plötzlich schön. Dana überlegte, welche Rolle sie in Kerreck Du spielen mochte. Sie hatte sich nicht am Hickhack und den Streitereien der anderen beteiligt, wie eine vertraute Freundin das vielleicht getan hätte, aber genausowenig hatte sie versucht, als taktvolle Gastgeberin schlichtend einzugreifen. Lediglich für Elvina hatte sie sich einmal eingemischt.

Als Finn jetzt mit zwei großen, am Verschluß mit Silberfolie geschmückten Flaschen herauskam, dicht gefolgt von Estelle, die ein Tablett mit Gläsern trug, hob Pascale den Kopf. Einen Moment lang starrte sie ihn an, und Dana glaubte so etwas wie Trauer im Gesicht der Französin zu erkennen. Als sie aufstand, um beim Verteilen der Gläser zu helfen, war dieser Ausdruck wieder verschwunden.

Tim Sundy griff nach dem pinkfarbenen Leinenblazer, der über einer Stuhllehne hing, und zog ihn an. Dana sah, daß er wunderbar geschnitten war, mit langen, verspielten Revers und umgeschlagenen Manschetten. Auf John Malzers bewundernden Kommentar hin erklärte er, er habe das Kleidungsstück für einen Kunden entworfen, dann aber beschlossen, es selbst zu behalten.

»Das sind schlechte Geschäftspraktiken, Tim«, warnte ihn Thomas Attery. »Wie bei einem alkoholsüchtigen Wirt, der sich um seinen Gewinn säuft.«

Der junge Mann errötete. Bevor er etwas erwidern konnte, sagte Karen kühl zu Attery: »Wenigstens ist es *sein* Gewinn, und er verschwendet nicht das Geld anderer Leute.« Wie ihren ersten Seitenhieb quittierte Attery auch diese Bemerkung mit Schweigen, doch die schmalen schwarzen Augen hinter den Brillengläsern blickten sie so konzentriert und durchdringend an, daß jetzt sie errötete und wegschaute.

Finn hob sein Glas und sprach einen Trinkspruch auf Elvinas Rettung und Dana aus. »Hört, hört«, folgte ein allgemeines Gemurmel. Dann trat Stille ein, weil alle tranken. Das Schweigen zog sich in die Länge, und langsam merkte Dana, daß alle in ihre Richtung blickten. Erwarteten sie eine Rede von ihr? Dann sah sie, daß Nadia Tatevic näher getreten war. Sie stand jetzt neben ihr und starrte intensiv und ohne zu lächeln auf sie herab. Einen beunruhigenden Moment lang befürchtete Dana, die Frau irgendwie beleidigt zu haben.

Dann ließ Nadia sich plötzlich auf die Knie fallen, nahm eine von Danas Händen zwischen ihre Hände und drückte sie gegen die Brust. Unter den verwirrenden Gefühlen, die auf sie einstürmten, spürte Dana Peinlichkeit, aber vor allem großes Mitleid mit dieser Frau.

»Der Dank einer Mutter«, kommentierte Karen mit nicht zu überhörendem Sarkasmus. »Was für ein wunderbares Motiv. Will denn keiner von unseren Photographen es festhalten?«

Nadia schien an Karens Tonfall den Tenor ihrer Bemerkung erkannt zu haben, denn plötzlich war sie wieder auf den Beinen und stand mit zwei langen Schritten vor ihr. Das Mädchen schreckte zurück, als würde es einen Schlag erwarten, doch bevor irgend etwas passieren konnte, legte Finn den Arm um Nadias Taille und führte sie zu ihrem Mann, der sie hastig fortzog.

In dem Moment trat der Arzt auf die Terrasse.

10

Während Denholm Penelly Danas Fußgelenk untersuchte, stand Finn bei den anderen auf der Terrasse. Dana konzentrierte sich ganz auf die tastenden Finger des Arztes, und Finn nutzte die Gelegenheit, um sie genauer zu betrachten. Wie immer, wenn es etwas Neues zu entdecken gab, war er fasziniert. Der Schwung ihres glänzenden Haars, das sich dunkel von den blassen Wangen abhob, eine gewisse Unschuld im intelligenten Blick und ihre Haltung erinnerten ihn an das alte photographische Klischee des Nautilus. Unter der glatten, perlmuttfarbenen Schönheit verbargen sich Windungen und Geheimnisse, die sich dem forschenden Blick entzogen. Oder zu Entdeckungen reizten.

Es war richtig gewesen, sie nach Kerreck Du einzuladen. Die Woge von Langeweile und Verzweiflung, die jedesmal über ihm zusammenzubrechen drohte, wenn er nicht arbeiten konnte, war zurückgewichen.

Mit seiner spontanen Einwilligung, ihr Einblick in die Hobhouse-Materialien zu gewähren, hatte er Daniel offensichtlich überrascht. Doch sein Sohn bat ihn so selten um etwas, daß er mit seiner Fürsprache für Dana Finns Neugier geweckt hatte. Und wenn er ehrlich zu sich war, hatte er die Chance begrüßt, Lynn ein wenig zu beunruhigen. Von allen Freundinnen Daniels hielt er sie für die am wenigsten attraktive Frau. Und als er von Dana Morrow sprach, hatte etwas in Daniels Stimme, eine erzwungene Gleichgültigkeit, in Finn den Verdacht geweckt, sie könne eine Bedrohung für Lynn sein.

Doch es gab einen weiteren Grund für seine Neugier, und der war stärker als alle anderen. Aus dem wenigen, das Daniel ihm über diese Frau und ihren Versuch, das Photo von Marianna Hobhouse zu erwerben, erzählt hatte, konnte er entnehmen, daß auch sie von etwas besessen war. Und andere Besessene hatten ihn schon immer interessiert.

Daniel und Pascale hatten beide vorgeschlagen, er solle mit seiner Einladung nach Kerreck Du lieber bis nach der Ausstellungseröffnung warten, doch er wollte sie jetzt hier haben. Er mochte es, wenn etwas los war. Am besten konnte er mitten im Chaos arbeiten, wenn alles leicht außer Kontrolle zu sein schien. Nichts inspirierte ihn so sehr wie das Unkalkulierbare.

Er betrachtete die anderen Menschen auf der Terrasse. Die meisten von ihnen waren genau das: unkalkulierbare Elemente, unter deren scheinbar zivilisierter Oberfläche sich eine enorme Sprengkraft verbarg.

Karen, die ihre Zunge am schlechtesten im Zaum halten konnte, war ein gutes Beispiel. Doch selbst John, der von allen die besten Manieren hatte, ließ dunkle Abgründe vermuten. Und auch Pascale konnte er nicht ausschließen.

Nur Daniel blieb ihm ein Rätsel.

Beim Anblick seines Sohns, der ein wenig abgesondert von den anderen auf der unteren Terrassenmauer saß, fühlte Finn die übliche Mischung aus Ärger und Zuneigung. Schon seit einigen Jahren wich Daniel ihm aus. Seine immer besser werdende Fähigkeit, sich mit Höflichkeit und Humor aus fast jeder Situation zu ziehen, brachte Finn auf die Palme und verunsicherte ihn. Manchmal sehnte er sich förmlich danach, bei Daniel irgendeine Art von Reaktion hervorzurufen – Schmerz, Wut, Vorwürfe, alles war besser als diese unnachgiebige Selbstbeherrschung. Wenn er sich an den begeisterten Achtzehnjährigen erinnerte, der seine Mutter verlassen hatte und nach England gekommen war, um ihn ausfindig zu machen, spürte er einen

Stich. Einen Stich, der von Bedauern oder Schuld rühren könnte, wenn er sich eins dieser Gefühle erlaubt hätte.

Im Zeitalter nach Freud gab es keine unkomplizierten Beziehungen mehr, dachte Finn, und die zum eigenen Kind war sicher eine der kompliziertesten. Was sollte er davon halten, daß Daniel ausgerechnet die Photographie zu seinem Arbeitsfeld erkoren hatte? Und dann noch diese besondere Form ihrer Kunst, die digitale Photographie, die er selbst verachtete. Sollte er das als subtile Art der Auflehnung interpretieren oder als den Versuch, nicht in seinen Bereich einzudringen?

Was den anderen Verdacht anging, die Eifersucht... Finn verdrängte den Gedanken, weil er sich nicht damit auseinandersetzen wollte. Wozu auch?

»Es ist nichts Ernstes«, sagte Penelly zu Dana Morrow. »Nur eine Verstauchung.« Er nahm eine Gipsschiene aus seiner Tasche und legte sie um Danas Fußgelenk. Mit dieser Stütze müsse sie gehen können, erklärte er. »Doch ein oder zwei Tage Ruhe würden Ihrem Fuß guttun. Sie haben Glück, daß kein Knochen gebrochen ist.«

»Und kein Nacken«, sagte sie. »Heute muß ein Schutzengel auf der Klippe Wache gehalten haben.« Schüchtern lächelnd blickte sie in die Runde.

Betroffenes Schweigen war die Reaktion auf ihre Bemerkung. Finn sah, wie sich ihr Blick umwölkte, als sie erkannte, daß ihre Worte aus irgendeinem Grund falsch waren.

»Das liegt daran, daß wir streng nach der Bibel leben«, sagte er zu ihr. »Speiset die Fremden. Man kann nie wissen, wann sich einer als verkleideter Engel entpuppt.«

Dieses vollendete Kompliment war ihm automatisch über die Lippen gekommen. Es war einerseits eine Reaktion auf die Stille, aber auch ein Mittel, mit seinem Schmerz fertig zu werden. Dana jedoch blickte ihn unsicher an, als würde er sich über sie lustig machen, und auch Daniel schaute argwöhnisch. Sollen sie doch zum Teufel gehen, dachte Finn ärgerlich. Er rieb sich den Nacken und knetete den Punkt, der ihm immer zusetzte. Wahrscheinlich ein eingeklemmter Nerv oder ein verletzter Muskel. Vielleicht sollte er mit Penelly darüber sprechen, doch der würde ihn wieder auf den Untersuchungstisch zwingen.

Penelly ließ das Schloß seiner Tasche zuschnappen und stand auf. »Also, denken Sie dran: Die nächsten ein oder zwei Tage den Fuß so wenig wie möglich belasten«, sagte er zu Dana Morrow. »Wenn der Schmerz nicht aufhört, lassen Sie es mich bitte sofort wissen.«

»Eine hübsche junge Frau ist das«, kommentierte er, als Finn ihn zum Auto begleitete. »Wenn auch ein wenig taktlos. Oder wußte sie vielleicht nicht, daß Solange genau dort umgekommen ist?«

»Um Himmels willen, nein! Natürlich weiß sie das nicht. Ich habe doch kein Schild aufgestellt: ›An diesem Ort stürzte Solange Finn und brach sich den Hals‹.«

»Nein, natürlich nicht«, erwiderte Penelly ruhig. Finn spürte, wie er ihn aus seinen pfiffigen braunen Augen forschend anblickte. Einen Moment später fragte Penelly dann beiläufig, wie es ihm ginge.

»Alles wieder ganz normal. Soweit man hier von normal reden kann.«

»Hervorragend. Die Pillen helfen also?«

Finn gab ein unverbindliches Geräusch von sich. Er hatte schon vor einem Monat aufgehört, die Pillen zu nehmen. Trotz der schwarzen Löcher, in die er gelegentlich stürzte, zog er die verheißungsvollen Gipfel im unsteten Auf und Ab seines Innenlebens der sicheren flachen Landschaft des faden Wohlgefühls vor, das ihm die Medikamente verschafften. Außerdem vermißte er den Whiskey zu sehr.

»Und was ist mit den Erinnerungslücken?« fragte Penelly, während er ins Auto stieg.

»Keine mehr, soweit ich weiß. Aber wie zum Teufel soll ich das beurteilen?«

Penelly sah aus dem offenen Fenster zu ihm hoch. Seine runde Hornbrille paßte gut zu dem braunen Haarkranz, der seine glänzende Glatze umgab, und dem kleinen Bauch, mit dem er ans Lenkrad stieß. Finn hatte den Eindruck, daß er ganz aus Kurven und Kreisen bestand. »Sie müssen doch ziemlich unter Druck stehen«, fuhr er jetzt fort. »So kurz vor Ihrer Ausstellung.«

»Druck ist nicht das Problem. Eigentlich finde ich ihn sogar anregend.« Wollte der Mann denn überhaupt nicht gehen?

»Trotzdem«, beharrte der Arzt, »Sie sollten in den nächsten Tagen besser mal bei mir vorbeischauen. Ihren letzten Termin haben Sie gar nicht wahrgenommen.«

Finn verschwieg, daß er statt dessen zu einem Spezialisten in London gegangen war, jemanden, der zu weit weg war, um ihm regelmäßig Vorschriften zu machen.

Penelly ließ den Motor an. »Ich muß los. Ein paar Fischer haben in ihrem Makrelennetz heute morgen eine Leiche mit an Land gezogen. Die Polizei in Trebartha will, daß ich einen Blick auf das werfe, was von ihr übriggeblieben ist. Offensichtlich nicht viel. Sie befürchten, der Bursche, den die Zeitungen ›Die Möwe‹ nennen, könnte dafür verantwortlich sein.«

Finn spürte, wie der Knoten in seinem Nacken sich zusammenzog. »Ist das wahrscheinlich?«

»Eher nicht. Die machen einfach gern ein bißchen Wind. Wenn Sie mich fragen, haben die Polizisten zu wenig zu tun.« Penelly hob die Hand zu einem Abschiedsgruß und fuhr über den Hügel davon.

Jetzt hatte Finn auch noch Kopfschmerzen. Er brauchte einen Drink. In einer seiner launischen Kehrtwendungen wünschte er alle Gäste zum Teufel. Sie stahlen ihm nur die Zeit! Warum, in Gottes Namen, gab er sich überhaupt mit ihnen ab? Pascale hatte recht: In letzter Zeit war das Haus einfach zu übervölkert gewesen. Er brauchte Ruhe, um mit seinen Arbeiten für die Ausstellung fertig zu werden. Während er zurück hinters Haus ging, schwor er sich, sie alle loszuwerden.

Doch auf der Terrasse fand er nur noch Daniel und Dana Morrow vor. Sie stand auf Daniels Arm gestützt und probierte ihre Schiene aus. Daniel blickte auf ihren gesenkten Kopf hinab. Finn wußte sofort, was der Gesichtsausdruck seines Sohnes zu bedeuten hatte, genauso, wie er das seltene Gefühl wiedererkannte, das ihn bei diesem Anblick überkam. Ich bin eifersüchtig, dachte er verwundert. Aber auf was?

Sie schauten auf und sahen ihn. Die anderen waren in verschiedene Richtungen fortgegangen. Pascale trug Danas Rucksack ins Gästezimmer, Estelle spülte das Teegeschirr, und der Rest schaute sich Micos jüngstes Werk an.

»Also«, sagte Finn zu Dana Morrow. »Was machen wir jetzt mit Ihnen?« Er hörte seine schlechte Laune aus diesen Worten heraus und sah, wie Daniels Augenbraue kurz hochschoß.

Sie wirkte jedoch nicht beleidigt und antwortete einfach: »Lassen Sie mich mit meiner Arbeit beginnen.« Der Eifer in ihren Worten, als sei der Tag noch jung und ihre Kraft endlos, ließen Finn voll Bitterkeit daran denken, wieviel er selbst früher bewältigen konnte. Verdammt, er konnte es noch immer.

»Na gut«, sagte er jetzt wieder energisch und reichte ihr seinen Arm. »Wir werden Sie in Henrys Glashaus führen.« »Glashaus«, erklärte er, sei der viktorianische Ausdruck für das Atelier eines Photographen gewesen. Es befand sich im Nordflügel des Hauses, wo auch die Gäste untergebracht wurden. »Ihr Zimmer ist gleich auf der anderen Seite des Korridors.«

Die Großnichte von Henry Hobhouse, die alte Miss Hobhouse, hatte das Atelier ihres Ahnen voller Ehrfurcht genauso gelassen, wie der Photograph es verlassen hatte. Als Finn es vor mehr als fünfundzwanzig Jahren zum erstenmal sah, fiel sein

Entschluß, Kerreck Du zu kaufen. An jenem Tag hatte er das Gefühl, in ein vergangenes Zeitalter zu treten und dort einen verwandten Geist anzutreffen.

Das nach den Entwürfen von Hobhouse gebaute Atelier war ein holzgetäfelter länglicher Raum, dessen Nordostwand fast ganz aus Fenstern bestand. Auch in die schiefe Decke des Raums waren mehrere Oberlichter eingelassen. Es gab ein paar Möbelstücke von William Morris – einen Schreibtisch mit Arbeitssessel, zwei Holzstühle, einen großen Schrank und ein Regal, in dem die Bücher, die Hobhouse veröffentlicht hatte, standen. Außerdem befanden sich in dem Raum noch alte Ausrüstungsgegenstände: mehrere Kameras aus verschiedenen Perioden, eine Kiste mit Glasplatten und sogar eine zusammenklappbare Dunkelkammer auf einer Schubkarre.

Die verschiedenen Vorhänge und Segeltuchbahnen ließen sich wie in einem Theater durch ein System von Seilrollen bewegen. An einer Wand befand sich ein großer Kamin, an der anderen drängten sich dicht an dicht gerahmte Photographien von Hobhouse. Die dritte Wand schließlich wurde ganz von einer riesigen bemalten Leinwand auf Rollen eingenommen.

Diese Leinwand war das Prunkstück des Raums. Als Finn damals näher trat, um sie genauer zu betrachten, hatte die alte Miss Hobhouse ihm stolz erklärt, ihr Onkel habe sie selbst angefertigt. Auf ihr war die feindetaillierte Innenansicht eines großen, herrschaftlichen Saals zu sehen, in dem sich viele Menschen in mittelalterlich-viktorianischer Kleidung drängten. Hobhouse hatte diese Figuren jedoch nicht gemalt, sondern handkolorierte Photos seiner Zeitgenossen benutzt, die er ausgeschnitten und an den richtigen Stellen eingefügt hatte. Im Zentrum des Bildes stand etwas abgesondert von den anderen ein junges Paar mit gesenkten Köpfen. Finn erkannte in dem Bild irgendeine Gerichtsszene oder sonstige Konfrontation, und die beiden Personen in der Mitte wirkten wie Ausgestoßene.

Auch auf den Photos an der Wand waren gestellte mittelalterliche Szenen im Stil der Präraffaeliten zu sehen, die alle zum selben Geschichtszyklus gehören mußten. Gesichter von der Leinwand tauchten auch auf den Photos auf. Viele von ihnen schienen ein Vergehen, eine Versöhnung oder eine Bestrafung zu symbolisieren.

An jenem längst vergangenen Tag hatte Finn erkannt, daß in diesem Glashaus ein Mann seine Besessenheit ausgelebt hatte. Damals faszinierte ihn der Raum, doch heute erschreckte er ihn.

Er ging voran, um die Tür zum Glashaus aufzuschließen, während Dana sich im Gästebadezimmer frisch machte und Daniel im Flur auf sie wartete. Wenige Minuten später traten sie zusammen ins Glashaus. Ihr spontanes, freudig überraschtes Lächeln erinnerte Finn an die Reaktion von Daniel, als er ihn zum erstenmal in diesen Raum geführt hatte. In jenem Moment hatte er gewußt, daß er mit diesem fremden achtzehnjährigen Jungen irgendeine Form von Beziehung würde aufbauen können.

Auf einem Stativ neben der Tür stand eine von Hobhouses ersten Kameras, ein Mahagonimonster für Naßplatten, das mit dem dazugehörigen schwarzen Tuch drapiert war. Dana streckte die Hand aus, um sie zu berühren. »Ein Stück aus einer verschwundenen Welt«, sagte sie mehr zu sich.

»Tot und begraben, Gott sei Dank«, sagte Finn rauh. Er haßte den sentimentalen Umgang mit der Vergangenheit. Die meisten Menschen könnten sich nicht vorstellen, was ein Photograph alles in Kauf nehmen mußte, um ein Bild zu machen, erklärte er Dana. »Ihre Hände wurden von den Chemikalien schwarz. Ihre Kleider stanken danach. Manchmal wurden die armen Kerle auch krank davon und starben. Es stimmt schon, mit der Naßplatte ließen sich wunderbare Schattierungen und Details erzielen. Doch es war eine teuflische Methode.

Die Ausrüstung, die man brauchte, um eine einzige Glasplatte zu produzieren und zu entwickeln, konnte gut ihre hundert Pfund wiegen«, fuhr er fort. »Und wenn man irgend etwas außerhalb des Hauses aufnehmen wollte, mußte man alles mitschleppen: Kameras, Objektive, Glasplatten, Stativ, die Dunkelkammer im Zelt, mehrere Wasserkanister, Reagenzgläser … Innerhalb weniger Minuten mußte die Platte bedeckt, wieder aufgedeckt, entwickelt und fixiert werden. Ohne Rücksicht auf das, was um einen herum passierte. Ein Sturm, zum Beispiel, oder Krieg. Fenton hat im Krimkrieg seinen Photowagen mitten auf ein Schlachtfeld gestellt. Hobhouse hat London aus einem Ballon heraus photographiert und die Bilder noch in der Luft entwickelt, während er wegen des Höhenschwindels sein Frühstück wieder auskotzte.«

Dana Morrow lächelte. »›Mystisch, schrecklich war das alles.‹«

Er starrte sie an und fühlte sich einen Moment lang verunsichert. Machte sie sich über ihn lustig? Irgendwo hatte er das schon einmal gehört. Dann erkannte er, von wem der Satz stammte, und er lachte auf. Es war Lewis Carrolls Parodie von Longfellows »Hiawatha Photographing«. »Sie wissen also darüber Bescheid«, sagte er zu ihr.

»Nur den witzigen Unsinn aus dem Gedicht. Nicht, was Sie gerade beschrieben haben, die Leiden der Photographen.«

Obwohl sie ganz ernst blickte, verdächtigte er sie wieder der Ironie. Es gefiel ihm an ihr, daß sie ihn so in der Schwebe hielt.

»Wir sollten nicht vergessen, daß auch die Modelle manchmal leiden mußten«, sagte Daniel. »Das Dienstmädchen von Julia Margaret Cameron mußte einmal zwei Stunden auf dem Fußboden liegen und den Fuß des Pförtners umklammern. Sie sollte Guinièvre darstellen, wie sie Artus anfleht.«

»Das gehört zu den Dingen, die ich an den Viktorianern so interessant finde«, antwortete Dana. »Ihre Liebe zum Verkleiden und zum Theaterspielen. Mit Hilfe von Verkleidungen konnten sie ihre wahren Gefühle verbergen und gleichzeitig zeigen.«

»Zeichen und Symbole«, sagte Finn. »Darauf läuft letzten Endes doch alles hinaus. Wer richtig sehen kann, kann auch erkennen. Heutzutage haben wir so wenig Phantasie, daß wir alles für bare Münze nehmen. Und dann beschweren wir uns, daß man uns langweilt.« Abrupt deutete er auf ein Hobhouse-Photo hinter Dana. »Schauen Sie mal. Wissen Sie, was die spielen?«

Sie starrte das Paar einen Moment lang an und drehte sich dann mit einem zögernden Lächeln zu ihm. »Tristan und Isolde?«

Sie hatte es schneller erkannt als er damals. Er hatte erst den Kommentar eines mit der Geschichte vertrauten Freundes gebraucht, der ihm den Zusammenhang zwischen den Bildern erklärte. Ihm war die Botschaft der Einzelbilder wichtiger gewesen, oder zumindest das, was er für ihre Botschaft hielt.

»In Wahrheit geht es in diesen Bildern natürlich um den Tod«, sagte er laut.

Links von ihm wandte sich Daniel plötzlich ab und ging zum Schreibtisch hinüber, wo ein Stapel mit Hobhouse-Dokumenten lag: Papiere, Umschläge aus Manilapapier und kleine Archivkästen. Er zog den Stuhl für Dana zurück. »Sie sollten sich setzen.«

»Um nichts anderes geht es in Tristan und Isolde«, antwortete sie mit dem ihr eigenen Eifer, während sie Platz nahm. Dann fuhr sie wie die kluge Studentin, die sie sicher gewesen war, fort: »Liebende suchen nicht die Zweisamkeit, denn es ist die Abwesenheit des anderen, die die Liebe wachsen läßt. Und der Tod ist die beste Abwesenheit. Die Realität steht einem nicht mehr im Weg, und der tote Geliebte ist immer bei uns. Außerdem gibt es keine Eifersucht mehr.«

»Genau«, sagte Finn. »Hobhouse wußte das.« Und mehr,

dachte er. Seine Photos zeigten Tristan und Isolde als betrügerische Täter, die die Dummheit des gehörnten Königs Marke ausnutzten. Erst der Tod machte aus den beiden ein romantisches Paar; im Leben waren sie lüstern, falsch und manchmal sogar lächerlich, wenn sie sich in Mehl oder Schlamm wälzten.

»Eine wirklich perverse Vorstellung von Liebe«, bemerkte Dana.

»Aber eine sehr menschliche, meinen Sie nicht?«

»Vielleicht. Obwohl ich mit jemandem, der diese Einstellung hat, lieber nichts zu tun haben möchte.« Sie blickte noch einmal auf die Photos und beugte sich dann mit nachdenklich gerunzelter Stirn vor: »Irgend etwas kommt mir bekannt vor...« Mit einem überraschten Aufschrei deutete sie auf das Photo, auf dem Isolde mit gefesselten Händen zum Scheiterhaufen geführt wird. »Das ist Marianna Hobhouse, oder?«

»Zumindest ihr Kopf«, antwortete Finn. »Marianna starb Jahre bevor Hobhouse die Isolde-Photos machte. Dies sind Kombinationsbilder.« Er erklärte ihr, daß Kombinationsbilder Photos waren, bei denen aus mehreren Negativen ein Bild hergestellt wurde.

Sie blickte zu ihm auf. »Wie bei Ihren Arbeiten?«

Er nickte. Die Unterschiede waren natürlich riesig, taten aber nichts zur Sache.

Sie starrte die anderen Photos von Isolde an. Auf vielen war ihr Gesicht entweder verdeckt oder verdunkelt, doch auf einigen war Marianna Hobhouse deutlich zu erkennen. »Warum nur hat er sie auf diese Art porträtiert?« fragte sie. »War sie...?« Mitten im Satz hielt sie errötend inne.

Er zuckte die Schultern und wirkte plötzlich gelangweilt. »Vielleicht finden Sie dort die Antwort«, sagte er und deutete auf die Papiere auf dem Schreibtisch.

Doch sie schaute noch immer um sich. »Und Mariannas Photo, das von der Auktion...?« Sie zögerte wieder.

Er blickte zu Daniel hinüber, der mit den Schultern zuckte, als wolle er sagen: »Deine Entscheidung.« Na gut, dachte er, warum auch nicht? Irgendwann würde er sowieso damit herauskommen müssen. Warum sollte nicht diese Frau die erste sein, die es erfuhr? Immerhin war sie nicht wie die anderen, die hier bereits herumgeschnüffelt hatten.

Er ging zu einem verschlossenen Schrank hinüber und sperrte ihn auf. Dann nahm er eine große, lederne viktorianische Photoschatulle heraus und brachte sie zum Schreibtisch. Sie enthielt zwei Schwarzweißaufnahmen. Die eine war das Porträt von Marianna, das Daniel für seinen Vater bei der Auktion ersteigert hatte. Ihm war ein anderes Bild gegenübergestellt, das eine jüngere Marianna zeigte. Es war vielleicht kurz nach ihrer Hochzeit aufgenommen worden. Auf diesem Photo befand sich Marianna allerdings nicht allein, sondern zusammen mit einer Frau mittleren Alters und einem etwa neun oder zehn Jahre alten Jungen.

Finn hörte, wie Dana Morrow geräuschvoll die Luft einsog. Sie blickte fast ängstlich zu ihm auf, als befürchte sie, er könne leugnen, was sie mit eigenen Augen sah. Er nickte zustimmend. Die Frau neben Marianna war Elizabeth Barrett Browning und der Junge Brownings Sohn.

Das längliche, intelligente Gesicht der Dichterin, dessen Wangen unter ihren Ringellocken halb verborgen waren, der humorvolle Mund und die von Krankheit gezeichneten Augen waren unverkennbar. Zusammen mit Marianna saß sie auf einem verschnörkelten Sofa. Sie hatten die Köpfe zueinander geneigt, so daß sie im Dreiviertelprofil in die Kamera blickten. Brownings Sohn war wie ein junger Edelmann gekleidet, und die langen Locken fielen ihm bis auf den weißen Spitzenkragen. Seine Hand ruhte auf der Schulter der Dichterin, die wiederum Mariannas linke Hand auf dem schwarzen Stoff ihres weiten Rocks fest in ihren Händen hielt.

»Das habe ich noch nicht gesehen.« Dana Morrows Stimme klang verwundert.

»Es ist auch noch nicht veröffentlicht worden.«

Sie starrte ihn an, und er sah, wie in ihren Augen eine erstaunte Hoffnung aufglimmte. »Das ist wie ein Wunder für mich«, sagte sie leise. »Ja, ich wußte, daß Elizabeth Barrett Browning eine von Mariannas Séancen besucht hat. So bin ich überhaupt erst auf Marianna gestoßen. Aber diesem Bild nach zu urteilen, standen die beiden Frauen sich näher, als ich vermutete. Wissen Sie, Elizabeth mußte ihrem Mann Robert Browning versprechen, seinen Sohn von ihren spiritistischen Freunden fernzuhalten. Wenn sie Hobhouse erlaubt hat, ihn zusammen mit Marianna zu photographieren, muß ihre Freundschaft über Mariannas Begabung als Medium hinausgegangen sein.«

Dana erzählte Finn, daß Robert Browning wegen der spiritistischen Verbindungen seiner Frau sehr um ihren zukünftigen Ruf besorgt gewesen sei. Deshalb habe er versucht, nach ihrem Tod alle ihre Briefe und andere Schriften zurückzubekommen, um sie zu zerstören. »Er hätte vielleicht auch dieses Photo zerstört, wenn Elizabeth einen Abzug davon besessen hätte.«

Finn zuckte mit den Schultern. Das interessierte ihn nicht besonders; lediglich Brownings Wunsch, das Andenken seiner Frau zu bewahren, konnte er nachvollziehen. Biographen waren heutzutage wie Schakale, die ihre toten oder verwundeten Opfer beschnüffelten. In seinem eigenen Leben wollte er ihre blutigen Schnauzen nicht herumwühlen sehen. Alles, was er zu hinterlassen gedachte, waren seine Bilder. Daraus sollten die Biographen machen, was sie wollten.

Daniel schob einen zweiten Stuhl an den Schreibtisch und beugte sich vor, um Dana zu erklären, was die verschiedenen Stapel enthielten. Finn fiel ein, daß Daniel mehr über dieses Material wußte als er. Als Daniel mit einundzwanzig Jahren zum zweitenmal nach Kerreck Du gekommen war, hatte er hart gearbeitet, um die Spuren des Lebens von Henry Hobhouse aufzudecken. Er hatte alte Kommoden auf dem Dachboden durchwühlt und in Truhen vergrabene und vergessene Papiere, Photoalben und andere Erinnerungsstücke aufgestöbert. Jeden Abend war er zu Finn gekommen, um ihm von den Entdeckungen des Tages zu berichten. Irgendwann hatte Finn aufgehört zuzuhören. Damals hatten ihn die Einzelheiten von Hobhouses Privatleben nicht sonderlich interessiert. Für ihn zählten nur die Photos.

Was ihn anfangs zum Werk von Henry Hobhouse hingezogen hatte, war der Umstand, daß auch dieser stets mit Symbolen arbeitete. Als junger Mann liebte Finn es, Rätsel aufzugeben. Später, als er älter wurde, wollte er sie dann lösen. Mittlerweile war er zu der Überzeugung gelangt, daß es keine Lösungen gab, zumindest keine endgültigen. Nur immer neue Rätsel.

Solange war für ihn das größte aller Rätsel gewesen. Warum hatte er von allen Frauen, die er hätte haben können, ausgerechnet sie gewollt? Nein, von Wollen konnte nicht die Rede sein. Für ihn hatte sich nie die Frage gestellt, ob er Solange wollte oder nicht. Er hatte sie einfach geliebt.

Er blickte sich im Zimmer um. Sie hatten sich hier geliebt, im Glashaus. Es war ein heißer Sommerabend gewesen, an dem vom Meer ein schwüler Duft zu ihnen heraufstieg. Sie hatten die Fenster des Glashauses eines nach dem anderen aufgerissen, wie ungeduldige Kinder einen Adventskalender. Solange hatte ihre Kleider einfach von sich gleiten lassen, erst für seine Kamera und dann, als das Licht der Nacht wich, für ihn. Ihre Haut war weich gewesen, doch die Knochen unter dem zarten Fleisch fühlten sich hart und fest an. Damals hatte er sie für unzerbrechlich gehalten, weil sie so mühelos sein Gewicht trugen.

Ihr letztes Zusammensein trug er in sich wie eine Wunde, eine Wunde, die niemals heilen würde. In jener Nacht hatte der Wind den Regen durch die offenen Fenster getrieben. Lachend hatte sie geklagt, daß sie sich von dem feuchten Teppich, auf dem sie lagen, noch Rheuma holen würde. Doch das würde sie im Alter glücklich machen, denn der Schmerz in den Knochen wäre eine Erinnerung an ihre Liebesstunden. Wenn ihn jetzt bei feuchtem Wetter seine Knochen plagten, hatte Finn das Gefühl, daß sie um Solange trauerten.

Er hatte jeden Zentimeter von ihr photographiert, wie besessen, als wüßte er, daß er sie verlieren würde. Er hatte sie bei jedem Licht photographiert. Heute fragte er sich, ob das Licht, in dem er sie sah, aufnahm und besaß, ihn betrogen hatte. War es vielleicht ein völlig falsches Licht gewesen? Es hatte so viel von ihr beleuchtet, aber eins hatte es nie gezeigt – die Wahrheit.

»Der Mensch wird gern eine Lüge glauben, sieht er nicht durch, sondern mit den Augen.« Wie alle in den sechziger Jahren hatte er ein wenig William Blake gelesen – genug, um ihn mißzuverstehen, wie er später erkannte. Jahrelang hatte er diese auf die Rückseite eines ungültigen Schecks gekritzelten Worte in seiner Brieftasche mit sich herumgetragen. Sie waren eines der Leitmotive für seine Arbeit gewesen. Doch Solange ließ ihn ihre Weisheit vergessen.

Plötzlich überkam ihn wieder Müdigkeit und Ungeduld. Er wußte aus Erfahrung, daß er die Hilfe eines guten steifen Scotch brauchte, um gegen diese Gefühle anzukämpfen. Oder, genaugenommen, mehrere Gläser Scotch. Als er noch einmal zum Schreibtisch sah, merkte er, daß Dana und Daniel ihn ganz vergessen hatten. Er drehte sich um und verließ das Zimmer.

11

Daniel sah die verschwommenen Umrisse seines Vaters über das Glas der Fensterfront huschen und verschwinden. Er spürte schon an der veränderten Atmosphäre, wenn Finn ein Zimmer verlassen hatte. Es war, als würde sich ein Tiefdruckgebiet auflösen.

Finns Stimmungen waren in letzter Zeit immer düsterer geworden. Vielleicht wühlte die Retrospektive Gedanken an seine eigene Sterblichkeit auf oder Erinnerungen, die besser unterdrückt geblieben wären. Vielleicht hatte er auch von irgend jemandem erfahren, daß Solange... Nein, das war unmöglich, beruhigte Daniel sich. Das hätte er gewußt.

Wenn Solange noch leben würde, hätte sie die Idee zu einer Retrospektive als selbstverliebte Nabelschau und absurde Verschwendung von Zeit und Energie abgetan. Oder, noch schlimmer, als Alterserscheinung. Warum zurückschauen? hätte sie Finn gefragt. Was wollte er beweisen?

Als John Malzer die Ausstellung zu Finns Werk vorschlug, hatte Daniel sich mit seiner Meinung zurückgehalten. Als hätte er Daniels Vorbehalte gespürt, fragte Finn ihn auch nicht danach. Sie waren beide bemüht, Themen zu vermeiden, die zu Meinungsverschiedenheiten und Vorwürfen führen konnten. Was wiederum dazu führte, daß sie so wenig Interessantes zu besprechen hatten, daß sie oft zusammen schwiegen.

Manchmal genügte schon ein Blick, um Daniel davon zu überzeugen, daß Finn ihn nicht ausstehen konnte. Dann war es für Daniel das beste, den Mund zu halten. Er zwang sich zu kilometerlangen Wanderungen über die Klippen, bis der Impuls, sich von Finn freizumachen, wieder verschwunden war. Wenn er sich beruhigt hatte, redete er sich ein, es sei für Finn wahrscheinlich leichter, auf die Menschen, denen er etwas angetan hatte, wütend zu sein, als Schuldgefühle zu haben. Wie konnte er seinen Vater nur davon überzeugen, daß er keinen Schaden angerichtet hatte, wenn so vieles zwischen ihnen totgeschwiegen wurde?

Neben ihm ging Dana die Liste durch, die er über den Inhalt der verschiedenen Umschläge und Archivkästen auf dem Schreibtisch angelegt hatte. Auf dem freigeschobenen Platz für ihre Unterlagen stand die offene Photoschatulle mit den beiden Aufnahmen von Marianna vor ihr. Sie hielt den Kopf so geneigt, daß ihr goldbraunes Haar nach vorn fiel und ihr Gesicht verdeckte. Am liebsten hätte er es zurückgestrichen.

Sie blickte von dem Papierbogen auf und sah ihn enttäuscht an: »Das ist alles über Henry.«

»Laut Liste schon. Aber es ist auch was von Marianna dabei.« Er deutete auf die Papierstapel. »Henry wurde nur deshalb so ausführlich dokumentiert, weil seine Sachen augenfälliger sind.«

»Und weil er überlebt hat. So konnte er die Unterlagen manipulieren.«

»Wenn er das getan hat, hat die Zeit ihm dabei geholfen. Diese Dokumente befanden sich in einem chaotischen Zustand.« Für den Fund, der auf dem Schreibtisch vor ihr lag, habe er zahllose Kisten voller Gerümpel durchwühlen müssen. In Kleidertruhen habe er Briefe und Rechnungen gefunden und schubladenweise alte Rezepte und handgeschriebene Zettel gesichtet.

»Ich bin mir vorgekommen wie Herakles im Stall des Augias. Es gab einen Punkt, da hätte ich wie er am liebsten zwei Flüsse durch das Haus geleitet, um alles loszuwerden.« Noch immer roch er den modrigen Gestank der Truhen mit den verrottenden Lederbeschlägen und den schwachen Teeduft im Holz der Kommoden. »Doch damals war ich einundzwanzig und dickköpfig. Ich wollte nicht aufgeben. Ich habe den ganzen Winter gebraucht, doch ich bin fertig geworden.« Er erinnerte sich an das

Triumphgefühl, die müde Begeisterung, als hätte er es endlich geschafft, beim Ringen einen schlüpfrigen Gegner auf die Matte zu zwingen.

»Ihr Vater muß beeindruckt gewesen sein.« Sie lächelte, und er sah, daß einer ihrer Vorderzähne ein wenig schief stand, ein Makel, der sie aus irgendeinem Grund nur noch attraktiver machte.

»Eher verblüfft«, antwortete er. »Er hat nicht begriffen, weshalb ich mich so darin verbissen habe.« Warum hatte er das? fragte sich Daniel jetzt wieder. Um Finn zu beweisen, daß er genauso unnachgiebig und entschlossen sein konnte wie er? Daß er der Sohn seines Vaters war? Oder wollte er ihm einfach beweisen, daß er auch zu etwas nutz war?

Mit achtzehn hatte er noch zu träumen gewagt, daß Finn einen großen Photographen aus ihm machen würde. Aus keinem anderen Grund war er nach London gekommen, obwohl seine Mutter ihn gewarnt hatte, er würde damit seine Zeit verschwenden. Schon früh hatte er gelernt, daß auf ihr Urteil genausowenig Verlaß war wie auf ihre Gegenwart, doch in diesem Fall behielt sie recht.

»Fahr wieder nach Hause«, hatte Finn ihm gesagt. »Studier etwas. Ich habe immer bereut, daß ich das nie getan habe.« Wenn er sich im Sommer mit Jobs über Wasser halten würde, wolle er ihm die Studiengebühren bezahlen. Und dann könne man vielleicht sehen, was er für ihn tun könne... Mit diesem Quentchen an Zuspruch im Rücken war Daniel an die Universität gegangen und hatte seine gesamte freie Zeit mit Photographieren verbracht. Als er vier Jahre später wieder zu Finn kam, hatte er einen Abschluß in Geschichte und eine Mappe mit eigenen Werken.

Rückblickend war Finns Reaktion auf Daniels Photos wohlmeinend gewesen. »Nicht schlecht«, hatte er gesagt und durch die Mappe geblättert, während er in der Pause eines Mode-

Shootings einen Stehlunch einnahm. Heute wußte Daniel, daß sie in Wirklichkeit grauenhaft gewesen waren. Bis auf ein oder zwei Aufnahmen vielleicht: ein dramatisches, kontrastreiches Porträt seiner lachenden Mutter, das sich nicht nur an Finns Frühwerk anlehnte, und ein Bild, das er an einem Ferienwochenende am Strand aufgenommen hatte. Mit Hilfe einer langen Belichtungszeit konnte er die Figuren verschwimmen lassen, und der Strand hatte trotz der Menschenmassen etwas Verlassenes.

»Aber«, fuhr Finn damals fort, während er die Mappe schloß und es offenbar eilig hatte, wieder an die Arbeit zu kommen, »ich arbeite allein und lasse mir in der Dunkelkammer niemals über die Schulter schauen. Von niemandem. Da mache ich keine Ausnahmen.« Er habe jedoch einen Freund, einen Photographen namens Malcolm Eldredge, der vielleicht bereit war, Daniel das eine oder andere beizubringen.

Wie sich herausstellte, kannte sich Malcolm nicht nur mit der Kamera aus, sondern wußte auch das eine oder andere über Computer. Daniel hatte bei ihm mehr gelernt, als Finn vielleicht lieb war. Die Methoden seines Vaters, der seine Bilder nach wie vor in der Dunkelkammer entwickelte, wurden langsam altmodisch, eine künstlerische Sackgasse. Die Zukunft lag woanders.

Trotzdem hatte Daniel am Ende seiner Lehrzeit das Angebot, Malcolms Assistent zu werden, abgelehnt und war abermals zu seinem Vater zurückgekehrt. Heute staunte er selbst über seine damalige Unverfrorenheit. Als habe er erzwingen wollen, daß Finn ihn nicht nur durch Worte, sondern auch durch Taten als Sohn anerkannte.

Mittlerweile war bereits das kurze Stadium in Finns Leben angebrochen, in dem er sich wie ein Eremit zurückzog und London verlassen hatte, um ganz in Kerreck Du zu leben. Jetzt stand das Schild »Betreten verboten« nicht nur vor seiner Dunkelkammer, sondern vor seinem ganzen Leben. Manchmal dachte Daniel, daß er es allein Finns Neugier zu verdanken hatte, daß er ihn nicht völlig fallenließ. Etwas an seiner Hartnäckigkeit, die von Finn so wenig ermutigt wurde, mußte dessen Interesse geweckt haben. Daniel hätte schwören können, daß väterliche Gefühle dabei nicht im Spiel waren.

Er erzählte Dana davon, und zwar mehr, als er vorgehabt hatte. Sie hörte aufmerksam zu. Ein Bleistift hing locker zwischen ihren Fingern, während sie die Hand auf dem Schreibtisch aufstützte. Das Material, das sie so dringend sehen und studieren wollte, schien plötzlich alles Interesse für sie verloren zu haben. Während er sprach, betrachtete er die zarte Form ihres Handgelenks und den Nagellack auf ihren kleinen, starken Fingern. Auf dem Rücken der einen Hand breitete sich ein großer Bluterguß aus. Sie hatte ihn von Anfang an angezogen, schon in der Galerie. Auf den Klippen hatte er diese Anziehung dann noch intensiver gespürt. Jetzt gestand er sich ein, daß er sie stärker begehrte, als er seit langer Zeit irgend jemand begehrt hatte. Doch er würde ihr das nicht hier zeigen, nicht in Kerreck Du.

»Finn wußte nicht, was er mit mir anfangen sollte«, fuhr er fort. Er wollte nicht ungerecht sein und beschrieb jetzt, auf Ausgleich bedacht, Finns Geduld angesichts dieses Übergriffs auf sein Privatleben. »Wohl aus lauter Verzweiflung sagte er, ich solle ein Inventar der Photos von Hobhouse erstellen und dann nach weiteren Bildern suchen, die vielleicht irgendwo anders verstaut worden waren. Er meinte, ich könne dabei möglicherweise von Henry lernen.«

»Und? Haben Sie etwas gelernt?«

Er hörte die Neugier in ihrer Stimme, doch er hielt seine Antwort bewußt vage. »Von ihm und über ihn, beides. Er war ein brillanter Photograph, sowohl in technischer als auch in künstlerischer Hinsicht. Und ein schwieriger Mensch. Vielleicht war er sogar ein bißchen verrückt.« Als er dies seinem Vater gegenüber erwähnte, hatte Finn gesagt, Hobhouses Persönlichkeit und Privatleben wären irrelevant. Alles, was zählte, sei seine Arbeit. Doch schließlich wußte Finn aus eigener Erfahrung, was es bedeutete, wenn die Leute das Leben eines Künstlers anhand seines Werkes interpretierten.

Dana runzelte die Stirn und klopfte mit ihrem Bleistift auf die Schreibtischplatte. »Ich glaube nicht, daß er verrückt war. Obwohl er derjenige war, den man hätte einsperren sollen. Nicht Marianna.«

»Ich meine nicht verrückt im Sinn von geistesgestört. Vielleicht ist besessen das bessere Wort. Wenn die Bedingungen stimmten, entstanden aus dieser Besessenheit Kunstwerke. Wenn sie nicht stimmten ... gut, es entstanden immer noch Kunstwerke, doch sie gingen mit viel Leid einher.«

Sie hob den Kopf, um ihn aus zusammengekniffenen grauen Augen anzublicken. »Was waren denn das für Bedingungen, die nicht stimmten?« fragte sie. »Die Ehe mit Marianna?«

»Vielleicht. Zumindest ab einem gewissen Zeitpunkt.« Er wich ihrem Blick aus und schaute aus dem Fenster auf die kleine Wildnis aus Brombeersträuchern und Unkraut, die in dem Garten hinter dem Glashaus wucherte. Früher oder später produzierte jede Ehe die falschen Bedingungen, dachte er. Er schob den Stuhl vom Schreibtisch weg und stand auf. »Ich sollte Sie besser arbeiten lassen.«

Er wollte gerade das Zimmer verlassen, als ihm einfiel, daß sie ihren verletzten Fuß, der am Boden stand, hochlegen sollte. Während er einen Papierkorb umdrehte und unter den Schreibtisch stellte, sagte er: »Wissen Sie, ich habe mich immer gefragt, warum Mariannas Vater der Ehe mit Hobhouse zustimmte. Wer war Hobhouse denn? Ein verkrachter Künstler, der sich als Photograph durchschlug; zwanzig Jahre älter als Marianna und ohne einen Pfennig in der Tasche. Warum bestand ihr Vater nicht darauf, daß sie nach einer besseren Partie Ausschau hielt? Das hätte man doch von ihm erwartet.«

»Es sei denn, sie war Epileptikerin«, erwiderte Dana ruhig und legte ihren Fuß auf den Papierkorb.

Überrascht fragte er, woher sie das wußte.

»Ich habe einfach zwei und zwei zusammengezählt. Außerdem scheint es nach ihren eigenen Beschreibungen der Symptome wahrscheinlich. Sie hörte Stimmen, hatte Visionen, fiel in Trancezustände und litt unter unkontrollierbarem Zittern. Sie sah ihre Mutter und ihre Brüder in einem Lichterkranz. Oder hatte Visionen vom Paradies. So hat sie einen bestimmten Ort beschrieben, den sie immer wieder sah. Sie schrieb, daß das ekstatische Gefühl, das sie dabei empfand, fast unerträglich gewesen sei.«

Mariannas Epilepsie sei nicht die akute Variante mit Grand-mal-Anfällen gewesen, erklärte Dana, sondern hatte einen milderen Verlauf, in dessen Folge beim Kranken eher Bewußtseinsveränderungen als Ohnmachtszustände eintraten. »Man nennt es Temporallappen-Epilepsie.«

»Ich habe davon gehört.« Das Interesse an Lewis Carrolls photographischem Werk habe ihn veranlaßt, die Biographie des Schriftstellers zu lesen. Dort wurde behauptet, Carroll habe an dieser Form der Epilepsie gelitten. Er erinnerte sich an die Erklärung des Biographen, daß eine Verletzung in dem Gehirnteil, der Gefühle und das Erinnerungsvermögen steuert, eine Reaktionsstörung zur Folge habe, welche zu Carrolls Anfällen führte.

Dana kannte Carrolls Geschichte. »Sowohl in *Alice im Wunderland* als auch in *Alice hinter den Spiegeln* werden solche Zustände beschrieben. Das Gefühl, in ein Loch hinabzustürzen, zusammenzuschrumpfen oder über sich hinauszuwachsen. Der Aufruhr in Alices Gefühlen, ihre Panikattacken und ihre Launen. Die Seligkeit, die sie empfindet, wenn sie schwebt. Das sind alles Symptome.«

Sie drehte sich in ihrem Stuhl um und zeigte auf die Wand, an der die Photographien von Hobhouse hingen. »Schauen Sie sich Mariannas Gesicht auf dem mittleren der Photos dort an«, sagte sie. »Das, auf dem man ihr ganzes Gesicht sieht. Auch ein Symptom.«

Er ging zu dem Photo hinüber, das Isolde auf dem Scheiterhaufen zeigte. Er sah sofort, was sie meinte. Mariannas Gesicht war auffallend asymmetrisch, genau wie das von Lewis Carroll. Dessen Biograph hatte geschrieben, dies sei zusammen mit den anderen Symptomen ein Hinweis auf die geschädigte Gehirnhälfte.

»Glauben Sie, die Epilepsie erklärt Mariannas spiritistische Veranlagung?« fragte er.

Dana zögerte einen Moment, bevor sie antwortete: »Einige Menschen würden das behaupten. Die Ärzte, die sie in die Irrenanstalt einwiesen, haben das sicher getan. Im dreizehnten Jahrhundert haben die Ärzte die gemeinsamen Merkmale von Spiritismus und Epilepsie verglichen – die Trancezustände, krampfhaften Körperverrenkungen, das unzusammenhängende Sprechen – und die religiöse Ekstase des Mediums als Krankheitszustand erklärt.

Wahrscheinlich ist sogar das automatische Schreiben, das man bei Medien findet, ein Symptom«, fuhr sie fort. »Bei der Temporallappen-Epilepsie steht der Kranke oft unter dem Zwang zu schreiben. Man nennt das Hypergraphie. Marianna hat ungeheure Mengen an Schriftstücken produziert, außerdem hat sie ihr Leben lang Tage- und Notizbücher geführt. Das meiste davon ist verschwunden – wahrscheinlich hat Henry es nach ihrem Tod vernichtet. Doch sie veröffentlichte eine Abhandlung über spiritistische Praktiken, und die hat überlebt. Außerdem existieren noch ihre Briefe aus der Irrenanstalt. Aus ihnen geht hervor, daß es vielleicht noch andere Gründe gibt, die Marianna zum Medium werden ließen.

Ich kann Mariannas Überzeugungen nur aus ihrem Verhalten

ableiten«, fuhr Dana fort, »und das schien aufrichtig zu sein. Sie hat an die Existenz der Geister geglaubt. Außerdem glaube ich nicht, daß es nur eine oder eine einfache Erklärung dafür gibt, wie Frauen wie Marianna zum Spiritismus kamen. Man muß sich nur daran erinnern, was zur Mitte des Jahrhunderts passierte.«

»Sie meinen den Darwinismus? Die Geschichte vom großen Affen, die Darwin dem etablierten Christentum in *Die Entstehung der Arten* vor die Füße warf?«

Sie lächelte. »Und all die Entdeckungen in der Wissenschaft.«

»Was dazu führte, daß die Leute den wissenschaftlichen Beweis für ihre Unsterblichkeit wollten.«

»Ja, genau. Und in einer Séance wurde das geboten. Zumindest ein sichtbarer Beweis. Vor allem, wenn die Geister sich konkret manifestierten. Damit will ich nicht sagen, daß Marianna sich so verkaufte«, fügte sie schnell hinzu. »An ihrem Tisch gab es keine ektoplasmischen Erscheinungen oder Geisterhände. Aber im Zusammenhang mit Marianna muß man auch an die damals komplizierte Stellung der Frau denken. Was bedeuteten die dramatischen Veränderungen in der Gesellschaft für Frauen? Es ging um Macht und Freiheit.«

Er wußte, daß in England die Frauen damals in der Überzahl gewesen waren. »Was bedeutet, daß die Ehe für viele Frauen keine Option war.«

»Und für Mädchen aus der Mittelklasse waren die Alternativen ziemlich trostlos. Ein Leben als Gouvernante oder als alte Jungfer im Elternhaus? Von Macht oder Freiheit kann da nicht die Rede sein.«

»Aber ein Medium . . .?«

»Hatte beides. Und wenn man wie Marianna ein privates Medium war, wurde man auch respektiert. Der Spiritismus bot den Frauen eine aktive professionelle und religiöse Rolle, die ihnen in fast allen anderen Bereichen verwehrt wurde.«

Als er so mit Dana sprach, fiel Daniel wieder ein, warum er sich entschlossen hatte, Geschichte zu studieren, auch wenn das damals weltfremd wirken mußte. Ihre Begeisterung war anstekkend. Und sie gab ihm das Gefühl, daß sein Interesse ihr etwas bedeutete, daß sie gemeinsam auf diese Entdeckungsreise gingen. Es war schon lange, ja sehr lange her, daß er mit einer Frau so ein Gespräch geführt hatte.

Dana kehrte zur Ausgangsfrage zurück. »Wenn Marianna Epileptikerin war, wird sie nicht als gute Partie gegolten haben. Vielleicht glaubte ihr Vater, Henry sei das Beste, was sie kriegen könne.« Ihre Stimme, die noch vor wenigen Sekunden voller Kraft war, klang jetzt deutlich gedämpft.

Er fragte sich, ob ihr der Fuß noch weh tat. Eigentlich sollte er gehen und sie in Ruhe arbeiten lassen. Doch es war so angenehm und unkompliziert, sich mit ihr zu unterhalten. Er sah ihr Gesicht im Profil, die dunklen Wimpern, die die Augen halb verdeckten, den Schwung ihres Mundes. Sie war ein zierlicher Typ mit feinen Gesichtszügen, doch sie hatte auch etwas Starkes, Tatkräftiges an sich.

»Was hat Marianna wohl in Henry gesehen?« fragte er.

Sie drehte sich wieder zu ihm um und lächelte wehmütig. »Vielleicht hat sie ihn irrtümlich als ihren Befreier betrachtet. Den Quellen zufolge hat ihr Vater sie nach dem Tod von Mutter und Brüdern wie eine Gefangene gehalten. Möglicherweise wollte er sie so vor der Krankheit schützen, an der die anderen gestorben waren. Oder er hatte Angst, sie könnte in der Öffentlichkeit einen Anfall haben und ihm Schande bereiten. Was immer der Grund gewesen sein mag, sie war fast die ganze Zeit im Haus ihres Vaters eingeschlossen.

Es ist eine Ironie des Schicksals, daß ihr Vater nur ein Jahr nach ihrer Hochzeit starb. Hätte sie noch ein wenig gewartet, wäre sie frei gewesen und hätte über ihr eigenes Geld verfügen können. Aber so hat sie alles verloren.«

»Man kann Ihnen wirklich nicht vorwerfen, eine Romantikerin zu sein. Das Geld hat doch ihr gehört, oder?«

Sie schüttelte den Kopf. »Das Gesetz, das verheirateten Frauen die alleinige Verfügung über ihr Vermögen zuspricht, gab es damals noch nicht. Es gehörte ihm genauso wie ihr. Wenn man die Macht eines Ehemanns berücksichtigt, gehörte es ihm sogar mehr.«

»So wie Sie es darstellen, hatte Henry nichts anderes im Sinn, als das Geld ihres Vaters.«

»Damals nicht. Ihr Vater scheint wie seine Frau und seine Söhne an einem Fieber gestorben zu sein. Wahrscheinlich waren die Wasserleitungen für all die Todesfälle verantwortlich. Damals befanden sich die Faulbehälter in vielen Gärten direkt neben dem Brunnen und wurden zahlreichen Viktorianern aus der Mittelklasse zum Verhängnis. Ihnen ist nie klargeworden, daß die Sanitäranlagen im Haus, auf die sie so stolz waren, sie letztendlich umbrachten.«

In diesem Fall, meinte Daniel, könne man behaupten, Hobhouse habe Marianna das Leben gerettet, indem er sie aus dem todbringenden Haus der Familie wegführte. »Aber was meinen Sie mit ›damals nicht‹?«

Sie zuckte nur mit den Schultern. »Vielleicht sollte ich kein so düsteres Bild zeichnen. Am Anfang mag sie das Leben als verheiratete Frau sogar genossen haben. In einem Brief hat sie geschrieben, daß Henry sie in den ersten Ehejahren als Medium ermutigte. Zu ihren Séancen kamen berühmte Zeitgenossen. Charles Dickens, Fanny Trollope, Elizabeth Barrett Browning.« Ihr Blick ruhte auf dem Photo. »Henry hat einige von ihnen photographiert, was seinen Ruf förderte. Doch um so erfolgreicher er wurde, um so mehr gelangte er zu der Überzeugung, daß der Spiritismus etwas Anstößiges war. Irgendwann begann er dann, dagegen anzukämpfen.«

»Möglicherweise wollte er sie nur schützen. Vielleicht sah er voraus, daß sie entlarvt werden würde und es einen Skandal geben könnte.« Daniel spielte für Henry den Advocatus Diaboli, denn er war neugierig, wie weit Danas deutliche Parteinahme für Marianna ging.

»Man weiß nicht, ob es bei dem Skandal überhaupt darum ging, daß sie als Betrügerin entlarvt wurde. Das war nur ein Gerücht. Doch was immer es mit dem Skandal auf sich hatte, er ermöglichte es Henry, den Séancen ein Ende zu bereiten und Marianna nach Kerreck Du zu bringen. Dort behauptete er dann bald, sie sei verrückt geworden, und ließ sie in eine Anstalt einweisen. Bequemerweise ist sie kurz darauf gestorben. Und der trauernde Witwer machte da weiter, wo er aufgehört hatte, und wurde immer reicher und berühmter.«

»Sie scheinen Henry nicht zu mögen.«

»Mir gefällt nicht, daß für ihn alles so gut ausgegangen ist und für Marianna so schlecht.«

»Wenn er sie geliebt hat, ist es auch für Henry nicht besonders gut ausgegangen.«

Ungläubig hob sie eine Augenbraue. »Sicher.«

»Es gibt einige Beweisstücke, die nahelegen, daß er sie geliebt hat. Die frühen Aufnahmen, die er von ihr gemacht hat, zum Beispiel. Sogar die dort.« Er nickte zu den Bildern an der Wand. »Sie sind doch das Werk einer nachträglichen Eifersucht, meinen Sie nicht?« Wobei er nicht behaupten wolle, daß Eifersucht immer Liebe impliziere, fügte er schnell hinzu.

»Diese Photos behaupten, daß sie ihm untreu war, oder?«

»Ja, das glaube ich.«

»Dann könnte der Grund für den Skandal nicht die Entlarvung als Betrügerin gewesen sein, sondern eine Affäre, die sie hatte.« Sie biß sich auf die Lippen und runzelte die Stirn. Jetzt sah sie müde aus, und ein Schatten lag auf der blassen Haut unter ihren Augen. Plötzlich erkannte er schuldbewußt, was sie an diesem Tag schon durchgemacht hatte.

»Sie sollten sich ausruhen«, sagte er. »Das hier hat doch Zeit.«

»Aber ich habe noch nicht mal angefangen ...« Sie deutete vage auf den Papierstapel. Doch dann gab sie ihre Müdigkeit zu und ließ sich überreden. Sie verschlossen die Glashaustür, und er führte sie über den Flur zum Gästezimmer.

Während er ihr alles zeigte, war sie sehr still, fast ein wenig geistesabwesend. Höflich und mit einer Spur von Formalität dankte sie ihm. Doch kurz bevor er das Zimmer verließ, sagte sie plötzlich fast flehend: »Ich glaube es nicht. Das ist nur eine von Hobhouses Phantasien. Er wollte sie so sehen: als wahnsinnige, treulose Ehefrau. Auf diese Weise mußte er sich nicht schuldig fühlen.«

Während er die Tür hinter sich schloß, hatte Daniel das Gefühl, sie zu betrügen, weil er ihr die Wahrheit über Marianna vorenthielt. Doch er wollte unbedingt wissen, ob sie zu denselben Schlüssen kommen würde wie er. Irgendwann würde er ihr erzählen, was er wußte, aber nicht jetzt. Er wollte, daß die gemeinsame Entdeckungsreise noch weiterging.

12

Nachdem sie Kerreck Du verlassen hatten, setzte John Malzer Thomas und Estelle bei ihren jeweiligen Häusern ab. Dann fuhr er zum indischen Schnellimbiß am Kai von Trebartha, um sich ein Hühnercurry zu kaufen. Wie graue Steinpalisaden schützten die Kaimauern den kleinen Hafen, in dem Fischerboote, Dingis und Ausflugsdampfer in der Dämmerung vor Anker lagen. Auf den Hellingen und Molen warteten Hummerkörbe und verblichene Orangennetze auf den mageren Fang des nächsten Tages, und zwischen modernden Abfallhaufen lag als Erinnerung an bessere Tage ein riesiger, verrosteter Eisenanker.

Malzer fuhr langsam zur Chapel Gallery zurück. Die engen

kopfsteingepflasterten Straßen stiegen so steil an, daß die Häuser aufeinander zu stehen schienen. Plötzlich überfiel ihn Müdigkeit, und er gähnte ausgiebig. Er hatte sich länger bei Estelle aufgehalten, als er wollte. Sie müsse mit ihm reden, hatte sie gemeint. Jetzt, wo es an der Zeit war, sich von dem Photo ihrer Tochter zu trennen, habe sie plötzlich das Gefühl, Barbara noch einmal zu verlieren. Malzer war sich sicher, daß es in Wirklichkeit nicht um diese plötzliche Erkenntnis ging. Estelle wollte einfach Mitleid. Es hatte ihn erschöpft, den erwarteten Trost zu spenden. Erst als er sie auf seinen Arbeitsdruck hingewiesen hatte, konnte er sie überreden, ihm das gemeinsame Abendessen zu ersparen.

Doch es war die Mühe wert gewesen, dachte John jetzt und blickte auf das große Paket, das eingeschnürt auf dem Beifahrersitz neben ihm lag. Er hatte nie daran gezweifelt, daß Estelle ihm das Photo überlassen würde. Sie wollte nur den Prozeß des Werbens in die Länge ziehen und ihn noch ein wenig nach ihrer Pfeife tanzen lassen.

Er ließ die linke Hand auf dem Einschlagpapier ruhen und bildete sich einen Moment lang ein, er könne die starke Ausstrahlung des Bildes darunter spüren. »Sie besaß die unselige Fähigkeit, den Eindruck von Zerstörung zu vermitteln«, hatte Finn einmal über Barbara Pinchot gesagt. »Und zwar in zweifacher Hinsicht. Man mußte sie nur ansehen, um zu erkennen, daß sie verzogen war, irgendwie korrupt. Und daß sie zerbrach. Es hat den Bildern von ihr diese nervöse Note gegeben.« John würde diese Worte nie vergessen. Auch nicht, wie Finn sie ausgesprochen hatte, unbeteiligt und fast wie eine klinische Diagnose.

Das Auto kämpfte sich die steile Straße hinauf, bis es den Kamm des Hügels erreicht hatte. Auf der linken Seite tauchte sofort die Galerie auf, deren seltsam zusammengewürfelter Gebäudekomplex sich scharf konturiert vor dem schwindenden Licht im Westen abzeichnete.

Manchmal bereitete ihm der Anblick der Galerie ein nahezu sinnliches Vergnügen. Er bildete sich ein, daß die originelle Form und die komplizierte Vergangenheit des Gebäudekomplexes etwas von ihm selbst widerspiegelte: vielleicht die Art, wie er sich seine Identität nach und nach neu erfunden hatte. An diesem Abend schien er die Galerie jedoch mit den Augen eines Fremden zu sehen, als würde sie ihm nicht mehr gehören. Er interpretierte dieses seltsame Gefühl damit, daß er bereits Abschied von ihr nahm.

Nachdem er das Auto abgestellt hatte, stand er ein paar Minuten lang nachdenklich vor der bizarren Fassade, um sie sich genau einzuprägen.

Die Galerie bestand aus drei Teilen, die in unterschiedlichen architektonischen Stilen erbaut waren. Jeder war in einem anderen Jahrhundert zu einem anderen Zweck errichtet worden. »Die einzige Gemeinsamkeit zwischen ihnen ist die Verachtung des Bauherrn für die armen Schweine, die darin leben mußten«, hatte Thomas einmal zu ihm gesagt. Sie sei das perfekte Symbol, hatte er mit seiner spitzen Zunge fortgeführt, für die eigensinnig abweichlerische und typisch kornische Dreieinigkeit: Kirche, Staat und Militär.

Obwohl er die geistreichen Bemerkungen von Thomas witzig fand, gab Malzer sie in dem kleinen historischen Abriß über seine Galerie, den er interessierten Besuchern zuweilen vortrug, nicht zum besten. Wozu sollte er die Leute unnötig beleidigen?

Der älteste Teil der Galerie hatte sein Leben im achtzehnten Jahrhundert als kleine, an einer Kreuzung gelegene Dissidentenkapelle begonnen. Von daher stammte auch ihr Name, Kapellen-Galerie, der allein schon ein Witz war. Ungefähr fünfzehn Meter neben der Kapelle wurde in der Mitte des neunzehnten Jahrhunderts eine kleine Reihe von Arbeiterunterkünften errichtet, womit ein methodistischer Bürgermeister aus Trebartha ein Wahlversprechen einlöste. Abgesehen von den silberglänzenden

Schieferdächern waren sie recht häßlich. Man hatte die drei winzigen, miteinander verbundenen Häuser auf die letzte ebene Fläche vor dem Steilabhang zum Hafen gequetscht. Im Archiv der lokalen Historiengesellschaft hatte John ein altes Bild gesehen, auf dem sich das schmucklose Granitquadrat der Kapelle, die so düster wirkte wie die Botschaften, die in ihr gepredigt wurden, finster drohend über die armselige kleine Häusergruppe erhob. Malzer hatte dabei an einen Tyrannen und seine Opfer denken müssen.

Gegen Ende des neunzehnten Jahrhunderts hatte die Armut die Bewohner der Unterkünfte nach Kanada und Australien flüchten lassen, um dort Arbeit zu finden. Der sich durchsetzende Methodismus wiederum hatte den Bau einer größeren und noch häßlicheren Kapelle in der Stadtmitte zur Folge. Irgendwann kaufte dann ein ortsansässiger Bauer die verlassene Kapelle mit den dazugehörigen Häusern und machte sie zu einem Schafpferch und Wollager. Während des Zweiten Weltkriegs beschlagnahmte dann die Armee den Besitz für undurchsichtige Zwecke und errichtete noch eine Nissenhütte. Der lange Halbzylinder der Wellblechbaracke verband die Kapelle mit den Arbeiterunterkünften. Im Ort ging das Gerücht um, daß deutsche Kriegsgefangene in dem Gebäudekomplex untergebracht werden sollten, doch sie trafen dort nie ein. Nach dem Krieg hatte das Gebäude ein kurzes und erfolgloses Zwischenspiel als Gasthaus, bevor es wieder zu Lagerzwecken genutzt wurde und dann jahrelang verlassen dalag. Kaufinteressenten wurden von den Denkmalschutzbedingungen, die für die Kapelle galten, vom baufälligen Zustand der Häuser und vielleicht auch einfach von ihrer Häßlichkeit abgeschreckt.

Doch John hatte das Potential in ihnen erkannt. Möglichkeiten zu sehen und auch andere davon zu überzeugen, gehörte zu seinen besonderen Gaben.

Das Objekt war erschwinglich, interessant und für seine Bedürfnisse perfekt gelegen. Er hatte nach einem Haus in Trebartha Ausschau gehalten, doch es sollte nicht in der Stadtmitte liegen. Er wollte etwas Abgelegenes, das trotzdem für Touristen erreichbar war. Dieses Gebäude schien alle Bedingungen zu erfüllen. Die nächsten Nachbarn befanden sich mehrere hundert Meter entfernt am Fuß des Hügels. Man sah nur die Dächer ihrer Häuser. Gegenüber der Galerie befand sich der Parkplatz, auf dem Besucher und Touristen ihre Fahrzeuge abstellen mußten, bevor sie durch die steilen Gassen in die Stadt hinabgingen. Alle, die Trebartha besuchten, mußten an seiner Galerie vorbei.

Er stellte Dachdecker ein, doch einen Großteil der Renovierungsarbeiten übernahm er selbst und verlegte auch alle elektrischen Leitungen. Das größte Gebäude, die Kapelle, wurde der Hauptausstellungsraum mit weißgetünchten Gipswänden. Ins lange Halbrund der Nissenhütte baute er auf verschiedenen Ebenen ein Sperrholzlabyrinth aus offenen Kabinen, die durch eine leicht geneigte, mit Industrieteppich ausgelegte Rampe verbunden waren. Besucher betraten das Foyer der Galerie durch die Doppeltür der Baracke und mußten über die langsam ansteigende Rampe an den winzigen Schauräumen vorbei, bis sie sich dann im großen, offenen Raum der Kapelle wiederfanden. Die ersten beiden Arbeiterhütten hatte Malzer sich als Wohnung und Büro eingerichtet, die dritte beherbergte einen Abstellraum und eine Dunkelkammer.

Irgendwann – wahrscheinlich in der Zeit als Armeebesitz – waren aus unerfindlichen Gründen riesige Metallrohre unter die Decken der drei Häuser und der Baracke gelegt worden. In den Ausstellungsräumen hatte er die sichtbaren Rohre im Kontrast zu den weißen Wänden und schwarzen Böden knallgelb gestrichen und sie auf diese Weise zu einem Bestandteil des für die Galerie typischen Designs gemacht.

Als Malzer mit der Renovierung fertig war, erstrahlte das Innere der Galerie in schönstem Glanz, doch es war nur ein schöner Schein. Er hatte die billigsten Materialien verwendet, die er kriegen konnte. Auf den ersten Blick sah alles gut aus, und mehr wollte er nicht. Er hatte nicht für einen längeren Zeitraum geplant, drei oder vier Jahre würden völlig ausreichend sein. Obwohl ihm sein Werk durchaus gefiel – vor allem der eingeschlossene Charakter, dieses Gefühl von Privatheit, ja fast Unsichtbarkeit, das die Galerie ihm gab –, hätte er es schon morgen in Rauch aufgehen sehen können, ohne auch nur mit der Wimper zu zucken. Er hing nicht an materiellen Gütern, wie groß sie auch sein mochten, und verachtete alle, die es taten.

Ein kühler Wind, der vom Meer heraufwehte, weckte ihn aus seinen Träumereien. Auf dem Hochland war es bereits dunkel geworden, und plötzlich fror er und hatte großen Hunger. Er nahm das Hühnercurry und das Paket mit dem Bild aus dem Auto und ging zur ersten Tür des Gebäudeflügels, in dem sich seine Privatwohnung befand.

Er knipste das Licht in dem Raum an, der ihm gleichzeitig als Schlafzimmer, Wohnzimmer und Büro diente, schob auf dem Schlafsofa einen Haufen mit Zeitungen und frischer Wäsche beiseite und stellte das eingewickelte Photo darauf. Linker Hand, in der Wand zum mittleren Haus, führte ein Durchgang zu Küche und Badezimmer. Das dritte, abgelegenste Haus konnte nur durch eine eigene Tür betreten werden.

In der Küche roch es leicht nach saurer Milch und einem überquellenden Abfalleimer. Auf dem Buffet stand ein halbleerer Joghurtbecher, und im Spülbecken türmte sich das schmutzige Geschirr der letzten beiden Tage, doch Malzer ignorierte es. Er löffelte das Curry auf einen Teller, nahm sich etwas übriggebliebenen Salat und ein Bier aus dem Kühlschrank und trug alles auf einem Tablett ins andere Zimmer. Sein Schreibtisch diente ihm auch als Eßtisch. Während er aß, dachte er darüber nach, wie schnell sich seine Pläne entwickelt hatten; schneller als er gehofft hatte. Vier Jahre waren eine sehr pessimistische Schätzung gewesen, denn jetzt hatte er bereits eine andere, größere Galerie in London im Auge.

Früher wollte er selbst Photograph werden. Damals war er Kunststudent an Londons Polytechnischer Hochschule gewesen. Das Werk von Quentin Finn wurde für ihn zur großen Inspiration und der Mann selbst zu einer Art Gott. Schon immer hatte John alles, was ihn interessierte, mit leidenschaftlicher Hingabe betrieben, und diese richtete er jetzt ganz auf das Studium von Finns Werk. Eines Tages hörte er dann, daß Finn für einen kleinen Kreis von Auserwählten eine Meisterklasse geben würde. Bewerben mußte man sich mit einer Werkmappe. Das Mädchen, mit dem er zusammenlebte, bestand darauf, die Werkmappe persönlich in Finns Studio zu bringen, um ihm einen Vorsprung vor den anderen Studenten zu verschaffen.

Wochen vergingen. Seine Mappe blieb bei Finn, und obwohl er nichts von ihm hörte, gab ihm das Hoffnung. Einen Monat später wurde dann die Teilnehmerliste der Meisterklasse bekanntgegeben. Malzers Name stand nicht darauf.

Da es gleichzeitig zu einer Beziehungskrise mit dem Mädchen kam, war seine Enttäuschung nur noch niederschmetternder. Sie hatte die Werkmappe, die sie bei Finn wieder abgeholt hatte, zusammen mit einem Abschiedsbrief auf ihrem gemeinsamen Bett zurückgelassen. Auch wenn er sie damals überreden konnte, es sich noch einmal zu überlegen, war die Sache nicht gut ausgegangen. Ein paar Tage später erfuhr er dann noch, daß Finn einige seiner Photos in der Meisterklasse als Beispiel für photographische Unfähigkeit benutzt hatte. Finn hatte die Quelle nicht genannt, doch der Mitstudent, der ihm davon erzählte, erkannte seine Arbeiten. Die Photos litten an einem »sentimentalen Schielen im Photographenauge«, hatte Finn gesagt. Und das sei noch einer der netteren Kommentare gewesen, hatte der Student ihm mit kaum verhohlener Schadenfreude anvertraut.

Malzer ging mit seiner Mappe auf die Tower Bridge und ließ die

Bilder eins nach dem andern in den Fluß hinabsegeln. Dann verließ er die Polytechnische Hochschule.

Er war Finn dankbar, redete er sich später gerne ein, denn ohne diesen Tritt in den Hintern hätte er seine wahre Berufung nie erkannt. Doch niemand erfuhr von diesem frustrierenden Erlebnis in seiner Vergangenheit, und er gab sich nach wie vor als großer Bewunderer von Finns Werk aus.

Als sie sich vor achtzehn Monaten in Trebartha persönlich kennenlernten, hatte er Finn ungeschickterweise gesagt, er habe seine Entwicklung als Künstler stets mit tiefer Bewunderung verfolgt. Doch er wußte, daß Finn ihn niemals mit der »schielenden Werkmappe« in Verbindung bringen würde. Außerdem hatte er seit seiner Zeit als Kunststudent seinen Namen geändert.

Finns Reaktion war sarkastisch gewesen, was typisch für ihn war. Er hatte seine Zeigefinger vor Malzer gekreuzt, als wolle er einen Vampir abwehren, und halb lachend gesagt: »Wissen Sie, es sind die Bewunderer und die Zuschauer, die uns zu all unseren Verrücktheiten provozieren.« So, wie er das sagte, klang es wie ein Zitat. Von den Titeln, die Finn seinen Bildern gab, wußte John, daß er obskure Zitate liebte.

Die Chapel Gallery – die Kapellengalerie – war sofort erfolgreich. Mit seinem Gespür für Wirkung glich Malzer einem Showmaster. Er wußte, wie man eine Ausstellung aufbauen mußte, um den Appetit des Zuschauers mit strategisch plazierten Stücken anzuregen. Und unter den lokalen Künstlern stand er bald in dem Ruf, ein Mensch zu sein, der unermüdlich für sie arbeiten würde. Außerdem bedeutete seine Verbindung zu mehreren Galeriebesitzern in London, daß eine erfolgreiche Ausstellung in der Chapel Gallery vielleicht auch in die Hauptstadt wandern würde.

Zum Vergnügen photographierte er jetzt kaum noch, aber zu Werbe- und Versicherungszwecken wie auch für die Kataloge machte er Bilder von seinen Ausstellungsobjekten. Außerdem lichtete er die Touristenmotive in der Stadt und ihrer Umgebung ab, um sie als Postkarten zu vermarkten. Und da er seine Bilder am liebsten selbst entwickelte, wie er behauptete, brauchte er natürlich auch eine Dunkelkammer.

Als er erfuhr, daß es im September in London eine Retrospektive zu Finns Werk geben würde, überredete er Finn, vorher eine kleinere Auswahl seiner Werke in der Chapel Gallery zu zeigen. Sozusagen als Probelauf. Sie einigten sich darauf, die Ausstellung Ende Mai zu eröffnen, da eine Woche Schulferien zu dem Termin viele Touristen nach Trebartha bringen würde.

Er wolle seine besten Bilder, hatte er zu Finn gesagt, aber auch seine Entwicklung über die Jahre hinweg dokumentieren. Er erwähnte ein Photo, das er einmal gesehen hatte. Ob er es noch habe? Nein, es sei zerstört worden, gab Finn kurz angebunden zurück. Gab es andere Versionen? Eine, antwortete Finn. Das Bild gehöre allerdings der Mutter des Mädchens, das ihm damals Modell gestanden habe, und die wolle er nicht ansprechen. Er erlaubte John jedoch, es auf eigene Faust zu versuchen. Also fuhr Malzer nach London, suchte dort Estelle Pinchot auf und überredete sie nicht nur, das Bild auszuleihen, sondern auch die Ausstellung zu finanzieren. Er hatte das Gefühl, einen Geniestreich gelandet zu haben. Estelle versprach er, daß das Photo von Barbara, das eindeutig Finns Meisterwerk sei, das Zentrum der Ausstellung bilden würde.

Malzer blickte über den Schreibtisch zu dem Paket auf dem Schlafsofa. Es stand aufrecht, und so wie das Licht auf das glatte braune Papier fiel, sah es aus, als würde es auf ihn warten. Er schob sein halbgegessenes Curry beiseite.

Da klingelte es an der Tür. Einen Moment lang war er versucht, nicht zu öffnen und so zu tun, als sei er nicht da. Doch wer immer es auch sein mochte – und er hatte eine Ahnung, wer es war –, die Person würde sein Auto und das Licht gesehen haben.

Resigniert stand er auf. Bevor er zur Tür ging, versteckte er das Paket im Kleiderschrank.

Wie er erwartet hatte, stand Thomas Attery vor der Tür. Er wußte, daß dieser enttäuscht war, weil sie sich in den letzten Tagen nicht mehr allein gesehen hatten.

»Thomas!« sagte er und ließ seine Stimme erfreut klingen. »Komm rein, komm rein.«

Thomas schien sich über diese Begrüßung zu freuen und wirkte fast ein wenig schüchtern. Er blickte sich um, schnalzte mit der Zunge und sagte dann auf die trockene Art, hinter der er, wie Malzer mittlerweile wußte, seine Gefühle zu verbergen suchte: »Wirklich John, du lebst wie ein Student.« Er klang wie ein liebevoller, aber ärgerlicher Vater, der zu seinem Kind spricht. Ein Tonfall, den er sich nur erlaubte, wenn er mit Malzer allein war.

»Die Galerie halte ich sehr sauber und ordentlich«, erwiderte Malzer. »Und nur darauf kommt es an. Möchtest du etwas essen? Oder ein Bier?«

Thomas schüttelte den Kopf. »Einen Drink. Aber nicht hier. Iß fertig, und dann gehen wir in den Pickled Herring runter.« Der Pickled Herring, ein Pub in den Gassen hinter dem Hafen, war die Stammkneipe der lokalen Künstlergemeinde.

Während Malzer sich wieder an sein Curry machte, schob Thomas ein zerknittertes Hemd von einem Sofaeck ins andere und setzte sich. Mit einer wegwerfenden Handbewegung kommentierte er das verwahrloste Zimmer. »Mir ist einfach unbegreiflich, wie jemand mit deinem Talent zum Aufbauen von Ausstellungen so wenig Interesse an seiner persönlichen Umgebung haben kann.«

Malzer hatte das schon so oft von ihm gehört, daß er sich eine Antwort sparte. Mit geheimem Vergnügen beobachtete er, wie der andere Mann sich ein Hemd über den Schoß legte, die Ärmel glättete, es ordentlich zusammenlegte und sich dann an den restlichen Wäschestapel machte. Irgendwie wirkte Thomas mitgenommen, seine Haut war noch grauer als sonst, und um die Augen spannte sich ein feines Faltennetz, als habe er zuwenig geschlafen.

»Na, was hältst du von Finns Neuer?« fragte Thomas einen Moment später. Dana Morrow, erklärte er, als Malzer vorgab, nicht zu wissen, wovon er sprach.

Er interessiere sich für jeden Menschen, für den sich Finn interessiere, hätte Malzer am liebsten geantwortet. Estelle hatte bereits geklagt, diese Frau sei wirklich ein Ärgernis, weil sie ausgerechnet jetzt auftauche, wo Finn alle Hände voll zu tun habe. Doch er war anderer Meinung. Wenn Finn in sie verliebt war oder auch nur mit ihr schlief, würde ihre Gegenwart alles noch interessanter machen.

Sie scheine ein nettes Mädchen zu sein, war jedoch alles, was er auf Thomas' Frage antwortete. »Hübsch. Auf eine unspektakuläre Art. Aber wie kommst du darauf, daß sie was miteinander haben?«

»Sonst würde er sie sicher nicht in sein Allerheiligstes lassen.«

Das war auch Johns Vermutung. Er kratzte die letzten Reste seines Currys zusammen, kaute einen Moment lang und bemerkte dann mit nachdenklicher Stimme: »Irgendwie scheint sie gut zu dieser Hobhouse-Periode von ihm zu passen, meinst du nicht?«

In den letzten Monaten hatte sich Finn fast ausschließlich mit Themen aus dem Werk von Henry Hobhouse beschäftigt. Bis jetzt hatte noch niemand die Ergebnisse gesehen, doch er hatte Malzer die zwei oder drei besten Bilder für die Ausstellung versprochen, zusammen mit den Begleitstücken von Hobhouse.

»Wir wissen ja wohl beide, warum er sich ausgerechnet Hobhouse als Steckenpferd ausgesucht hat, oder?« erwiderte Thomas trocken. »Man muß sich nur die alten Bilder von Hobhouses Ehefrau anschauen. Das Ebenbild von Solange. Sie sah ihr viel ähnlicher als Pascale.« Er nahm einen Socken, fand das Gegenstück und rollte sie mit wilder Entschlossenheit zusammen. »Wenn der Charakter von Marianna Hobhouse dem ihrer Doppelgängerin auch nur annähernd glich, ist es kein Wunder, daß Henry sie hinter Schloß und Riegel gebracht hat.«

Thomas hatte Solange nicht gemocht. Kurz vor ihrem Tod hatte er John anvertraut, daß sie Finn sicher gegen ihn einnahm. Auch wenn Thomas das nicht ausdrücklich sagte, war John klar, daß er befürchtete, Finn als Kunden zu verlieren. Seinen wichtigsten Kunden.

Als er Malzers leeren Teller sah, stand Thomas auf. »Kommst du?«

Malzer stimmte nur zu, weil er Thomas im Pub leichter wieder loswerden konnte als in seiner Wohnung. Er mochte den Pickled Herring vor allem deshalb, weil die Touristen in der Regel einen Bogen um dieses Pub machten. Anders als die Konkurrenz am Ort, versuchten seine Betreiber nicht, den Schankraum mit Fischernetzen oder alten Hummerkörben unter der Decke und Faksimilesteckbriefen von ehemaligen Schmugglern anheimelnd zu gestalten. Wenn sich Fremde dort hineinverirrten, trafen sie oft auf ein eisiges Schweigen, das sie sofort wieder kehrtmachen ließ.

Im Pub schob Thomas ihn entschlossen auf einen leeren Tisch zu, während er für die bekannten Gesichter ringsum nur ein kurzes Kopfnicken übrig hatte. Dann ging er zur Bar, um ihre Drinks zu holen. Da er an diesem Abend sowieso nicht in geselliger Laune war, fand Malzer die besitzergreifende Art von Thomas eher amüsant als ärgerlich. Außerdem war er neugierig, was Thomas auf dem Herzen hatte. Bald wußte er es. Als er sein Glas mit Portwein halb geleert hatte, holte Thomas zu einer gehässigen Tirade über Estelle aus.

»Die Frau ist einfach hysterisch«, schloß er und trank sein Glas leer.

»Sie regt sich leicht auf«, stimmte Malzer zu. »Aber ich denke, das ist verständlich. Sie fühlt sich am Tod ihrer Tochter mitschuldig. Laut Totenschein war es kein Selbstmord, doch offensichtlich stand sie so knapp davor, daß es keinen Unterschied macht.«

Die Reaktion von Thomas war typisch. »Kein Wunder«, sagte er sofort, »bei so einer Mutter. Und wenn das ein Hilferuf von Estelle sein soll, kommt er bei mir leider nicht an. Ich verstehe immer noch nicht, warum Finn sich mit dieser Frau abgibt.«

Malzer zögerte einen Moment und sagte dann: »Vielleicht hat er auch Schuldgefühle wegen Barbaras Tod.«

»Warum sollte er das?«

»Als es passierte, stand sie gerade für ihn Modell. Er hat damals vor allem Akte photographiert. Und das hat ihr in ihrem instabilen Zustand vielleicht nicht gutgetan.«

Thomas warf ihm über den Rand seiner Brille hinweg einen verschmitzten Blick zu: »Vielleicht war sie ja mehr als nur sein Modell.«

»Oh, ich glaube nicht, daß Estelle so einen Verdacht hegt. Sonst würde sie die Ausstellung wohl kaum unterstützen. Obwohl . . .«, fügte er langsam, wie gegen seinen Willen hinzu, »ich mir selbst schon Gedanken über Finn und Barbara gemacht habe.« Er lachte leise und wehmütig. »Falls Estelle anfangen sollte, darüber nachzudenken, würde ich lieber nicht in seiner Haut stecken wollen. Sie könnte mit dem Hackbeil auf ihn losgehen.«

»Mit anderen Worten«, sagte Thomas mit einem triumphierenden Lächeln, »du stimmst mir zu, daß sie keine besonders ausgeglichene Person ist.« Malzer ging nicht darauf ein.

»Woher weißt du das alles?« fragte Thomas dann. Seine Stimme klang neugierig. »Von Estelle?«

Er nickte. »Manchmal vertraut sie sich mir an.«

»Du armer Mann.« Das klang wieder bissig. Dann fügte er

wütend hinzu: »Mußt du immer mit den Knöcheln knacken? Du wirst noch Arthritis bekommen.«

John legte die Hände in seinen Schoß. »Wenn du sie besser kennen würdest, würdest du sehen, daß sie gar nicht so schlimm ist.«

Thomas erschauerte übertrieben. »Ich hoffe aufrichtig, daß ich sie nicht näher kennenlernen muß. Vielleicht tut die Möwe mir den Gefallen und schnappt sie.«

Als Malzer leise aufseufzte, beugte Thomas sich vor und legte ihm eine Hand auf den Jackenärmel.

»Entschuldigung, John. Ich weiß, du verabscheust solches Gerede.« Dann lehnte er sich wieder zurück. »Das muß die Klostererziehung sein. Hast du mir nicht mal gesagt, du seist Klosterschüler gewesen?«

Malzer antwortete wieder nicht. Thomas wußte genau, daß er nichts dergleichen gesagt hatte. Doch es war keine schlechte Vermutung. Thomas war nicht auf den Kopf gefallen, und Malzer hatte ihm einmal erzählt, seine Vergangenheit sei so langweilig, daß er sie vergessen habe. Klosterschüler stimmte zwar nicht ganz, doch es kam der Wahrheit ziemlich nahe. Er hatte seine frühe Kindheit in verschiedenen Waisenhäusern verbracht, an die er sich lieber nicht mehr erinnerte.

Mit einem riesigen Schluck leerte er seinen Orangensaft. »Ich muß heim.«

»Jetzt habe ich dich beleidigt«, sagte Thomas zerknirscht.

Er wirkte so niedergeschlagen, daß er Malzer leid tat. »Nein, das ist es nicht. Ich muß einfach arbeiten. Aber wenn du morgen abend hingehst, können wir gemeinsam fahren.« Auf Thomas verständnislosen Blick hin fügte er hinzu: »Finns Dinnerparty, erinnerst du dich nicht?«

»O verdammt, die habe ich ganz vergessen. Ich sollte wohl hingehen. Obwohl Finn es im Moment sicher lieber sähe, wenn ich wegbliebe.« Mit dem Gesichtsausdruck eines Mannes, der eine schwierige Beichte abzulegen hat, erklärte er: »Weißt du, ich habe gerade in größerem Stil ein paar Investitionen in den Sand gesetzt. Ich mußte es ihm heute sagen, kurz bevor wir gegangen sind. Er hat es allerdings relativ gut aufgenommen.« Hastig fügte er hinzu: »Aber das bleibt natürlich unter uns.«

Es war so untypisch für Thomas, irgendwelche Probleme zuzugeben, daß Malzer den Verlust für ziemlich beachtlich hielt. Er beugte sich vor und berührte Thomas' Schulter. Es war eine genau kalkulierte Geste; er hatte den anderen Mann noch nie zuvor berührt. »Mach dir nicht zuviel Sorgen, Thomas. Du hast eine gute Hand mit Geld und wirst das schon wieder in Ordnung bringen. Außerdem geht der Preis für Finns Bilder ständig hoch. Er wird schon nicht am Hungertuch nagen.«

Thomas' Reaktion war ein geradezu pathetisch dankbares Lächeln. »Offen gestanden mache ich mir mehr Sorgen um mich selbst«, fügte er dann schnell hinzu. »Es gibt da einen Händler in London, bei dem ich ziemlich in der Kreide stehe.«

»Das Beato-Bild?«

Thomas nickte. »Ich mußte es haben.«

»Wieviel?« fragte Malzer. Als Thomas ihm die Summe nannte, begann er das Ausmaß des Problems zu verstehen.

Als er später den Hügel hinaufstieg, dachte Malzer über Thomas nach. Es wurde immer deutlicher, daß er allmählich die Kontrolle verlor. Ein wenig tat er Malzer leid, doch dieses Mitleid war nicht frei von Verachtung. Er bildete sich viel auf seine Selbstdisziplin ein. Im Unterschied zu Thomas konnte er auf das, was er wollte, warten.

Er nahm das Photo, das noch immer in dem Packpapier steckte, mit in die ehemalige Kapelle. Er liebte es, sich die schaurigen Moralpredigten vorzustellen, die Feuer und Schwefel von der Kanzel verkündigten und im starken Kontrast zu dem nüchternen weißen Rechteck des Raums standen. Vergeltung war auch sein Credo. Trotzdem amüsierte ihn die Vorstellung, was die Prediger wohl von seiner Umwandlung ihrer Gebetsstätte gehalten hätten. Schönheit war ein relativer Begriff, für jene frühen Methodisten war sie jedoch in jeder Form ein absolutes Anathem. Er konnte sich ihre Reaktion auf das Bild, das er gerade aufhängen wollte, sehr gut vorstellen.

Malzer riß das Papier herunter, rückte das große Photo an seinem Platz zurecht und trat ein paar Schritte zurück. Das Bild war in jeder Hinsicht eine Tour de force. Die Farbtöne bewegten sich vom cremigen Weiß einer Perle über sanfte Grautöne bis zu einem satten, samtenen Schwarz, wobei die Übergänge nahtlos und unsichtbar waren. Ihn jedoch beeindruckten nicht nur die ästhetischen Qualitäten des Bildes.

Das Photo zeigte eine schlanke junge Frau, die nackt in einem langen Flur stand, der sich hinter ihr in der Dunkelheit verlor. Dort, wo der Boden hätte sein sollen, floß unter ihren Füßen ein schmaler Wasserlauf durch den Flur. Die Hände hatte sie mit auswärts gekehrten Handflächen an ihre Seiten gelegt, und ein Fuß stand ein wenig vor dem anderen. Ihr dunkles Haar fiel nach vorn und verbarg ihr Gesicht, während sie auf ihr Spiegelbild im Wasser starrte, einen kopflosen Schatten. Links und rechts von ihr befanden sich offene Türen, und in jeder stand dasselbe Mädchen in verschiedenen Größen und Positionen, manchmal nackt, manchmal bekleidet, aber immer mit dem Blick auf die Figur im Zentrum, ihrem Doppel. Über dem Ganzen befand sich statt einer Zimmerdecke ein weiter, wolkenbedeckter Himmel.

Während Malzer das Bild anstarrte, mußte er an einen Roman von Agatha Christie denken, den er einmal gelesen hatte. Die Figuren in dem Buch hatten darüber diskutiert, welche Gründe ein Mensch haben könnte, ein Photo aufzubewahren. Poirot hatte die Erklärung gegeben, die Malzer am besten gefiel: um den Wunsch nach Rache lebendig zu halten.

13

Verwirrt und desorientiert erwachte Dana aus tiefem Schlaf. Erschreckt fuhr sie im Bett hoch. Sie hatte keine Ahnung, wo sie war oder warum ihr alles so weh tat. Erst als sie den Verband an ihrem Fuß sah, fiel ihr alles wieder ein, und sie ließ sich erleichtert in die Kissen zurücksinken. Da bemerkte sie das Tablett mit zugedeckten Tellern, das auf ihrem Nachttisch stand. Irgend jemand, wahrscheinlich Pascale, hatte ihr das Abendessen gebracht. Oder war es das Frühstück? Die Vorhänge waren vor die Fenster gezogen, und im Zimmer war es dämmrig. Das einzige Licht kam von einer kleinen Lampe auf einer Kommode. Ein Blick auf die Armbanduhr verriet ihr, daß es kurz nach zehn war. Also das Abendessen.

Inzwischen schmerzte nicht nur ihr Fuß, sondern es taten auch der Arm und die Schultermuskeln weh. Erschöpft griff sie nach dem Schmerzmittel, das der Arzt ihr dagelassen hatte, und hob dann das Tablett auf ihren Schoß. Sie deckte die Teller auf und begann langsam das kalte Roastbeef und den Salat zu essen. Obwohl sie noch halb schlief, wußte sie, daß sie hungrig war, auch wenn sie kaum etwas schmeckte. Bilder des vorangegangenen Tages purzelten vor ihrem inneren Auge durcheinander wie in einem Traum. Ihre Bedeutung war nicht genau zu fassen, doch irgendwie wirkten sie tiefgründig.

Um sich abzulenken, blickte Dana sich in dem Schlafzimmer um, das sie vorher kaum registriert hatte. Es war hübsch, wenn auch recht klein, und mit dunklen Möbeln aus dem neunzehnten Jahrhundert eingerichtet, die zu groß für den Raum waren. Außer dem Bett gab es eine Kommode, einen Sessel mit einem geblümten Bezug und ein Regal mit Büchern, die ein Gast, der nur ein oder zwei Nächte lang blieb, interessant finden könnte: Erzählsammlungen, Gedichte und Essays. Der Zeitschriftenstapel neben ihrem Bett, eine bunte Mischung aus Mode-, Literatur-, Rock- und Klatschblättern, kündete davon, daß Finn recht unterschiedliche Menschen zu seinen Gästen zählte. Vor dem Flügelfenster hingen dunkelblaue Samtvorhänge. Auf dem dunklen Holzboden lag kein Teppich, was Dana zusammen mit den Möbeln und der leicht klaustrophobischen Atmosphäre im Zimmer bezeichnend fand. Bei aller Rücksicht auf ihre Vorlieben wollte man es den Gästen in Kerreck Du nicht so behaglich machen, daß sie in Versuchung gerieten, länger zu bleiben, als ihren Gastgebern lieb war.

Das Badezimmer mit der riesigen, auf Klauenfüßen stehenden Badewanne und den Stapeln weicher Handtücher war allerdings recht luxuriös. Das lange, einschläfernde Bad, das sie am frühen Abend genommen hatte, konnte die schlimmsten Schmerzen ein wenig lindern. Danach hatte sie sich auf dem Bett ausgestreckt, um ein wenig auszuruhen, und war auf der Stelle eingeschlafen.

Das Dessert auf dem Teller war eine Crème Caramel. Während sie die letzten Reste des Sirups zusammenkratzte, fiel ihr auf, daß ihr anfängliches Gefühl von Desorientiertheit einer Aufregung gewichen war, die sich mit plötzlichem Unbehagen mischte.

Die Aufregung war leicht zu erklären. Das Photo, das Marianna Hobhouse zusammen mit Elizabeth Barrett Browning zeigte, war mehr, als sie in Kerreck Du zu entdecken gehofft hatte. Zu diesem bemerkenswerten Photo kamen leider die Bilder aus Henrys Tristan-und-Isolde-Serie hinzu, die Marianna in einem so schlechten Licht zeigten. Am vielversprechendsten war jedoch der Stapel mit Dokumenten, der auf sie wartete und in dem sich als Ergänzung zu den Photos vielleicht dramatische Entdeckungen verbargen.

Ihr Unbehagen rührte von all dem, was sie auf der Terrasse gesehen und gehört hatte. Hinzu kamen noch die düsteren Gespräche über die Möwe. Einerseits fühlte sie sich von Kerreck

Du und allem, was es vielleicht für sie bereithielt, stark angezogen, doch gleichzeitig drängte ihr Instinkt sie, ihre Arbeit so schnell wie möglich zu beenden. Sie wollte sich nicht in den Strudel der anderen Leben hineinziehen und von deren Ängsten anstecken lassen.

Es gab noch eine andere Quelle für ihre Aufregung und das Gefühl von Unbehagen – Daniel Finn. Ihre Unterhaltung im Glashaus und die spontane Harmonie zwischen ihnen erinnerte Dana an vergangene Illusionen, an die naiven Erwartungen, die sie einst an ihre Ehe hatte. Sie sollte ein langer, leidenschaftlicher Austausch mit dem Mann sein, der sie genauso liebte – sexuell, intellektuell, spirituell – wie sie ihn. Eine Beziehung, in der kein Partner den anderen dominierte oder unterdrückte. Eine Ehe, die der zwischen Elizabeth und Robert Browning glich, mit gemeinsamen Leidenschaften, gleicher Macht und gleichem Wissen.

Stewart, eine anerkannte Autorität auf dem Gebiet des Gegenwartsdramas, war älter, erfahrener, kulturell auf dem laufenden und zudem gutaussehend gewesen. Für sie war er damals die Verkörperung der Perfektion.

Als sie an ihre verboten romantischen Vorstellungen von Liebe dachte, rutschte Dana unbehaglich im Bett herum. Ihr fiel eine Zeile aus einem vergessenen Gedicht ein: »Wir haben das Herz mit Träumen genährt / die Kost ließ es verrohen.« Sie hoffte, daß ihr eigenes Herz noch nicht verroht war, doch es war nicht mehr so vertrauensvoll wie früher.

Wie ein Gegenmittel für den Schmerz fiel ihr plötzlich der Moment ein, als sie die Hand nach Elvinas zierlichem Körper ausstreckte und ihn gegen sich drückte. Wieder spürte sie die Woge der Freude, die sie überrollt hatte, als sie wußte, daß das Kind in Sicherheit war. Welchen Schaden sie mit ihren schwärmerischen, egoistischen Vorstellungen auch für sich und ihre Ehe angerichtet haben mochte, jetzt gab es eine große, unbestreitbar gute Tat, die sie alle ihren Verfehlungen entgegenhalten konnte.

Sie stellte das Tablett zurück auf den Nachttisch und schwang ihre Beine aus dem Bett. Ihr linker Knöchel schmerzte zwar noch, aber nicht so sehr, wie sie erwartet hatte. Sie schlüpfte in ihre Sandalen, nahm den Schlüssel zum Glashaus von der Kommode, stützte sich mit einer Hand an den Wänden ab und ging in den Flur hinaus. Es war jetzt kurz vor elf, doch solange sie nicht schlafen konnte, wollte sie ihre Neugier auf den Dokumentenstapel nicht mehr länger zurückhalten.

Das lange, pinkfarbene T-Shirt-Kleid, das ihr auch als Nachthemd diente, fiel ihr fast bis auf die Füße – sittsam genug, falls ihr jemand begegnen sollte. Doch da die Küche den Glashausflügel vom Rest des Hauses trennte, war das eher unwahrscheinlich. Genauso unwahrscheinlich war es, daß sie jemanden stören würde.

Im Glashaus setzte sie sich an den Schreibtisch und starrte eine Zeitlang die offene Photoschatulle an. »Halte den Schatten fest, bevor die Materie verblaßt«, hatte Elizabeth Barrett Browning einem Freund geschrieben und ihn gedrängt, seine Lieben photographieren zu lassen, bevor sie starben. In einer frühen Werbekampagne hatte man sich ihre Ermahnung geschäftstüchtig zu eigen gemacht und sie genutzt, um Daguerreotypien zu verkaufen. Doch die Dichterin hatte auch nach Möglichkeiten gesucht, die Schatten derer festzuhalten, deren Materie schon längst verblaßt war. Zu ihnen gehörte ihre tote Mutter und der ertrunkene Bruder. Mit dieser Hoffnung war sie zu Marianna gekommen.

Dana legte einen Teil des Materials zur Seite. Briefe wollte sie an diesem Abend nicht lesen; das hatte Zeit bis morgen. Ausgeschlafen würde sie sich besser konzentrieren können. Dann schloß sie die Augen und ließ ihre Hand entscheiden. Sie schwebte über den restlichen, auf dem Schreibtisch ausgebreiteten Papieren und Kästen wie bei spiritistischen Sitzungen die Planchette über einer Alphabettafel.

Ihre Hand blieb auf der glatten Oberfläche eines flachen grauen Archivkastens liegen. In ihm fand sie ein altes, in rotes Safianleder gebundenes Photoalbum mit einer Goldprägung aus ineinander verschlungenen Weinranken. Sie wendete die Seiten und entdeckte, daß das Album fast zwei Dutzend Photographien enthielt. Jede von ihnen nahm eine einzelne Seite ein, war mit einer goldenen Linie umrandet und mit einem Bogen Seidenpapier geschützt. Und jede einzelne war von Henry Arlington Hobhouse signiert und auf das Jahr 1870 datiert. Mariannas Todesjahr. Es waren Gruppenporträts von zwei bis vier Menschen, und alle waren in demselben kleinen, mit Gobelins und schweren Vorhängen reich geschmückten Raum aufgenommen worden. Dana spürte, wie sie vor Aufregung eine Gänsehaut bekam.

Die Menschen auf Hobhouses Bildern waren deutlich von einem tiefen inneren Erlebnis ergriffen. Die meisten saßen schicklich um einen kleinen Tisch herum; eine ausgestreckte oder gegen die Brust gedrückte Hand war die ausgefallenste Geste. Das Drama – denn dies waren hochdramatische Bilder – spielte sich allein in den Gesichtern ab, und Dana wußte, daß sie Photos von einer sehr privaten Zusammenkunft vor sich hatte: einer Séance. Genauer gesagt handelte es sich um eine Serie von Séancen, denen Marianna Hobhouse vorstand.

Das Medium war auf jedem Bild zu sehen. Oft wandten die anderen Gesichter sich ihr zu. Ihre schlanke, aufrechte Erscheinung und das schlichte weiße Kleid verstärkten den Eindruck, daß sie bei irgendeinem geheimnisvollen Ritus als Priesterin fungierte.

Die anderen am Tisch sahen aus, als läge ein Bann über ihnen. Sie hatten die Köpfe zurückgeworfen oder auf die Brust geneigt, starrten wild ins Leere oder hatten die Augen geschlossen. Manche Gesichter waren ekstatisch verzogen. Dana fragte sich, wie der Photograph die Teilnehmer hatte überreden können, sich in diesem unkontrollierten Zustand der Kamera anzuvertrauen.

Die Bilder übten auf Dana einen unwiderstehlichen, fast schon hypnotischen Sog aus. Sie konnte den Blick nicht mehr von ihnen abwenden, und das nicht nur wegen des Themas darauf. Die Details waren von augenfälliger Sinnlichkeit und die Strukturen fast greifbar. Der üppige Flor der Samtvorhänge, die den Raum verdunkelten, das Schimmern von Damast und Satin, das dicke weiche Wollknäuel des langen Bartes eines alten Mannes, alles war mit künstlerischer Brillanz festgehalten. Dort, wo das Licht auf etwas fiel, meist im Zentrum des Bildes, schien der Gegenstand oder die Person zu glühen. Doch der Hintergrund war auf fast allen Photos undeutlich, und die Wandbehänge verschwammen zu einem dichten Nebel.

Zusammen mit der Größe des Séancezimmers hatte dies den Effekt, die eingeschlossene, erdrückende Atmosphäre eines Gewächshauses entstehen zu lassen. Viktorianische Stadtbewohner waren es gewohnt, sich in überladenen Zimmern mit fest verschlossenen Fenstern aufzuhalten, um sich vor der infektiösen, rußhaltigen Luft zu schützen. Trotzdem fragte Dana sich, ob die Menschen auf den Bildern den Raum wohl als genauso klaustrophobisch empfunden hatten, wie sie es jetzt tat.

Die meisten Gäste von Marianna waren Frauen. Männer waren nur auf zwei Photos zu sehen. Auf einem Bild sah man einen älteren Mann in Begleitung von zwei älteren Frauen. Doch auf dem anderen Bild, dem letzten im Album, saß Marianna allein mit einem jungen Mann zusammen, dessen Gesicht teils von der Kamera weggewandt war und der nicht viel älter als zwanzig sein konnte.

Während sie dieses letzte Bild anstarrte, spürte Dana, wie sie in die weichen Tiefen des kleinen Zimmers hineingezogen wurde. Sie wollte dort sein und mit dem Paar verschmelzen, um zu verstehen, was in diesem Moment zwischen ihnen vorging. Sie sah von dem Photo weg auf eins der Bleiglasfenster, dessen dunkle Glasdiamanten schwarz eingerahmt waren. Die Schreibtischlampe tauchte Dana in eine Lache aus Licht, doch das Zimmer um sie herum war düster und voller Schatten. Auch die Glashaube über ihrem Kopf war schwarz. Das Gewicht der Dunkelheit und die Stille schienen sie zu erdrücken.

Sie dachte daran, wie einsam Kerreck Du in dem kleinen Tal lag. Es war von Wäldern und dem Meer umgeben, und zu Mariannas Zeiten mußte es wie das Ende der Welt gewirkt haben. Hatte Marianna nicht aufgeschrien, ihr Licht sei verschwunden und ihre Sünde habe ihr die Gabe genommen? Doch um welche Sünde handelte es sich? Was war in der Zeit zwischen diesen Aufnahmen und dem Tag im Oktober, an dem sie starb, passiert?

14

Das Schlafzimmer von Estelle Pinchot war verschwenderisch und komfortabel ausgestattet. Die apricotfarbenen Wände leuchteten mild in der Morgensonne und tauchten den Raum in ein Licht, das der Haut schmeichelte. Der cremefarbene Teppichboden fühlte sich weich unter den Füßen an, und auf dem mit Chintzstoff bezogenen Diwan türmten sich die Kissen und luden zum müßigen Verweilen ein. Über dem Himmelbett wölbte sich ein mit Quasten geschmückter Baldachin, der in Regennächten eine behagliche, warme Atmosphäre schuf.

Dieses verführerische Zimmer war zusammen mit dem großzügigen, pink-weiß-gekachelten modernen Badezimmer einer der Gründe für Estelle gewesen, das Haus zu mieten, als sie vor drei Monaten erstmals nach Trebartha kam. Die Leichtigkeit und Wärme, die sie dort umfingen, hatten sie angezogen. Nie war es ihr gelungen, dem großen Schlafzimmer in ihrem Londoner Haus eine solche Behaglichkeit zu geben. Dort hatte sie immer ein wenig gefröstelt.

Anfangs war ihr das kleine Haus, von dessen Schlafzimmerfenster aus man über den Hafen blickte, so sicher erschienen. Hier gab es keine Erinnerungen, die sich vorwurfsvoll in ihr Bewußtsein drängten. Estelle gefiel die Eleganz des Hauses, die Art, wie es auf seiner Anhöhe über der kleinen Stadt unten thronte. Die Straße lag ein Stück entfernt hinter einer hohen Hecke aus glänzendem Immergrün. Niemals hätte sie daran gedacht, daß etwas Schreckliches wie die Möwe ihr die Nächte mit Alpträumen verleiden könnte oder das Haus ihr für eine alleinstehende Frau als zu groß erscheinen würde. Zu groß und zu abgelegen, vor allem nach Einbruch der Dunkelheit.

Sie öffnete die Spiegeltüren ihres Schlafzimmerschranks und wühlte durch ihre Kleider. Sie zog ein Kleid nach dem anderen heraus, hielt es sich vor dem Spiegel an den Körper und schob es wieder zurück: Das eine war zu hell, das andere zu dunkel. Einige glitten von ihren Bügeln und fielen auf den Schrankboden. Estelle ließ sie dort liegen. Mrs. Pargeter, ihre Zugehfrau, würde sie wieder aufhängen. Schließlich entschied sie sich für ein blaßrosa Kostüm im Chanelstil und wählte dazu eine cremefarbene Bluse.

Während sie mit dem Reißverschluß des Rocks kämpfte, der sich in ihrem Unterrock verfangen hatte, beschloß sie, endlich etwas zu unternehmen, um John Malzer zu bewegen, bei ihr einzuziehen. Das nämlich war ihr sehnlichster Wunsch. Seine beengte Junggesellenbude in der Chapel Gallery war dunkel und verwahrlost. Soweit sie das beurteilen konnte, gab er fast nichts für sich und seine Bedürfnisse aus. Sein ganzes Geld floß in die Galerie. Und es war nicht gut, wenn man wie er über oder, in diesem Fall, neben dem Geschäft wohnte. Die Arbeit ließ einen dann nie los. Hier, würde sie ihm erklären, hätte er seinen eigenen Eingang, seine Privatsphäre und seine Unabhängigkeit. Sie würde sich um ihn kümmern, aber er könnte kommen und gehen, wie es ihm gefiel.

Sie stand da und träumte ein wenig vor sich hin. Mit einer Hand strich sie über den glatten Seidenstoff ihrer Bluse und stellte sich dabei das Zusammenleben mit ihm vor. Immer wenn er sie besuchen kam, würde sie ihn mit den kleinen Annehmlichkeiten, die er so liebte, verwöhnen. Sardellentoast, Petits fours und ein Feuer im Kamin. Sie würde seine verknitterten Hemden bügeln. Ihm die Locken aus der Stirn streichen. Ihm die Familie, die Mutter sein, die er nie hatte...

Als sie merkte, wohin ihre Gedanken sie geführt hatten, griff sie sich an den Hals. Ein heißer Schauer lief über ihren Körper. Nie und nimmer durfte sie John diese Gedanken offenbaren; sie könnten ihn abschrecken.

Nein, sie mußte mit ihrer gegenseitigen Sympathie und dem Einverständnis zwischen ihnen argumentieren, das sich über Alter und Geschlecht hinwegsetzte. Sie würde auf seine außerordentliche Gabe anspielen, diese seltene Pflanze, die sie hegen und pflegen wollte. Sie mußte ihn davon überzeugen, daß sie ihn und sein Talent fördern wollte und daß er ihr absolut vertrauen konnte.

Alle glaubten, daß sie sich für Finn interessierte, doch in Wirklichkeit ging es ihr nur um John. Sie war mit ihrer Rolle als Patronin von Johns Galerie durchaus zufrieden. In den Augen der anderen hatte sie mit ihm außer der Bewunderung für Finns Werk nicht viel gemeinsam. Doch die Wahrheit war natürlich viel komplizierter und interessanter. Bei dem Gedanken an ihr gemeinsames Geheimnis stieg eine freudige Erregung in ihr auf.

Über sie lachte sicherlich niemand, weil sie sich in einen jüngeren Mann vernarrt hatte, so wie man es bei Thomas tat. Bei dem Gedanken an Thomas Attery legte sich ihre Stirn in

Falten. Dieser ausgetrocknete Stecken von einem Mann! Er war wie ein Insekt, dem alle Lebenssäfte ausgesaugt worden waren. Und dann diese fürchterliche Sammlung von ihm...

Endlich bekam sie den verhakten Reißverschluß aus dem Unterrock und zog sich fertig an. Als sie ihre kleine, juwelenbesetzte Armbanduhr zusammen mit den Armreifen überstreifte, bemerkte sie, daß es bereits zehn Uhr war. Sie mußte sich beeilen. Sie hatte noch viel vor.

Als sie gerade die Eier für ein Omelette aufschlug, kam Mrs. Pargeter. Sie hatte Mrs. Pargeter zusammen mit dem Haus übernommen. Die Besitzer hatten ihre Stunden im Mietvertrag festgehalten und bezahlten sie von der Mietsumme, die Estelle für absolut überteuert hielt. Sie hätte es vorgezogen, sich ihre eigene Hilfe zu suchen, obwohl die Frau sehr gründlich war. Allerdings neigte sie auch zum Klatschen über das Geschehen in der Stadt und die ortsansässigen Familien.

»Sie sehen heute morgen ein bißchen blaß um die Nase aus«, sagte sie zu Estelle, während sie sich die Fahrradklammer aus dem rechten Hosenbein zog. Sie kam immer mit dem Fahrrad. Zusammen mit ihrer Familie lebte sie in einem Cottage an der Hauptstraße, ungefähr eine Meile von Estelles Haus entfernt. Jedesmal wenn Estelle dort vorbeifuhr, war der Vorgarten voller ausgelassener Kinder. Drei davon gehörten den Pargeters, und das jüngste steckte noch in den Windeln. Die anderen waren vermutlich Kinder aus der Nachbarschaft, die von den verrosteten Autos und Motorrädern angelockt wurden, die in verschiedenen Reparaturstadien im Hof herumstanden. Das älteste Kind, ein Mädchen, schien recht vernünftig zu sein, doch was Mrs. Pargeter von den Streichen ihres Sohnes Ernie erzählte, bestätigte nur Estelles Vorurteile über kleine Jungen und ihre schlechten Manieren. Mrs. Pargeter jedoch war ungeheuer stolz auf Ernie, um den fast all ihre Unterhaltungen kreisten. Von ihrer Tochter hingegen erzählte sie nur wenig.

Estelle ignorierte die Bemerkung über ihr Aussehen. Mrs. Pargeter war wohl kaum jemand, der sich darüber ein Urteil erlauben konnte. Wie pummelig sie war! Dabei hätte sie durchaus attraktiv sein können, wenn sie sich nur die Mühe gemacht hätte, etwas abzunehmen. Und dann das Haar, das in alle Richtungen abstand, als würde sie es nie bürsten. Und die schrecklichen Nylonblusen in Bonbonfarben, die sich mit ihrem roten Lippenstift bissen.

»Das wundert mich nicht«, ging Mrs. Pargeter über Estelles Schweigen hinweg. »Ich meine, Ihre blasse Nase. Sicher ist es die Geschichte mit der Möwe. Da muß man als Frau nicht allein leben, um Alpträume zu kriegen.« Während Mrs. Pargeter sich die Schürze umband, erzählte sie Estelle von der Begegnung, die ihr Sohn Ernie mit einer jungen Frau hatte, die den Weg nach Kerreck Du suchte. »Eine Amerikanerin. Sie hatte sich verlaufen. Na ja, Sie kennen die doch. Laufen immer durch die Gegend und haben keine Ahnung, wo es langgeht.«

Das war sicher Dana Morrow, dachte Estelle.

»Ernie hat ihr den Weg gezeigt«, sagte Mrs. Pargeter. Klappernd nahm sie einen Mop, einen Eimer und Putztücher aus dem Schrank. »Er hat sie auch wegen der Möwe gewarnt. Na ja, was ich so gehört habe, wird das sicherlich nicht ihr einziger Schrecken sein, wenn sie nach Kerreck Du kommt.«

Da sie grundsätzlich nicht mit Dienstboten über Privatangelegenheiten diskutierte, dachte Estelle, Mrs. Pargeter wisse vielleicht nicht, daß sie selbst oft in Kerreck Du war. Doch das war eher unwahrscheinlich. Schließlich schien die Frau fast alles mitzubekommen, was in der Gegend geschah. Estelle preßte die Lippen zusammen und schwieg. Auf dem Herd begann die Butter in der Pfanne zu zischen. Sie goß die aufgeschlagenen Eier hinein.

»Na ja, sie sind schließlich Künstler, die Leute in Kerreck Du, oder?« fuhr Mrs. Pargeter fort. »Und alle Künstler sind verrückt. Das sagt Fred immer. Wahrscheinlich ist die Möwe auch ein Künstler, sagt er.« Mrs. Pargeter machte sich oft Gedanken über Künstler. Sei seien über Trebartha hergefallen wie die Kopfläuse, hatte sie einmal zu Estelle gesagt. Bei diesem Bild mußte Estelle sofort an Ernie denken; sicherlich kannte Mrs. Pargeter Kopfläuse nur zu gut aus eigener Erfahrung.

Fred war der Mann von Mrs. Pargeter. Im Sommer verkaufte er den Touristen aus einem klapprigen Wagen auf dem Parkplatz über der Stadt kleine Snacks; im Winter arbeitete er als Automechaniker in einer lokalen Werkstatt und, wie Mrs. Pargeter andeutete, betrank sich. Estelle hatte ihn einmal getroffen. Er hatte ein verkniffenes kleines Gesicht mit vorstehenden Kaninchenzähnen, einen ungepflegten Schnurrbart und trug ölverschmierte Jeans.

Auch ihr Mann, Bertrand, hatte einen Schnurrbart getragen, doch der war genauso ordentlich gewesen wie Bertrand selbst. In letzter Zeit hatte sie kaum noch an ihn gedacht; sie wollte es nicht. Die Erinnerung an ihn weckte in ihr eine Mischung aus Scham und Schuldgefühlen. Sie hätte sich gegen ihn auflehnen müssen, das wußte sie. Er war ein Tyrann gewesen, und sie, was schlimmer war, ein Feigling. Sie war nicht in der Lage gewesen, ihr Kind vor ihm in Schutz zu nehmen.

Bertrand, ein allseits bewunderter, erfolgreicher Geschäftsmann und Lokalpolitiker, war zu Hause ein unbeherrschter Despot, der seine Familie tyrannisierte, nur um seine Macht über seine Frau und seine Tochter zu demonstrieren. Der Thermostat der Heizung durfte selbst an den kältesten Tagen nie über achtzehn Grad eingestellt werden, obwohl sie es sich durchaus hätten leisten können, ihn ständig auf achtundzwanzig Grad stehen zu lassen. Sein Frühstücksei mußte exakt drei Minuten und zehn Sekunden lang gekocht werden – keine Sekunde mehr oder weniger. Einmal hatte er es gegen die Wand geworfen, weil es zu lange im Wasser war. Nur sie durfte seine Hemden waschen und bügeln – in den Wäschereien benutzten sie immer zuviel oder zuwenig Stärke.

Mit seiner Tyrannei und seinen unberechenbaren Wutanfällen, die unvermittelt in überzogene Demonstrationen von Großzügigkeit umschlagen konnten, für die er größte Dankbarkeit erwartete, hatte er ihr Familienleben zur Hölle gemacht. In einem Moment schrie er die elfjährige Barbara noch an, weil sie schmutzige Fingernägel hatte, um ihr gleich darauf völlig unpassende elegante und sehr teure Kleider zu kaufen. Dann schloß er sich mit ihr ins Kinderzimmer ein, während sie die Kleider anprobierte. Als sie ein kleines Mädchen war, war er stolz auf ihre Schönheit gewesen. Er hatte es übertrieben, dachte Estelle. Ständig nahm er sie mit in die Firma, um mit ihr anzugeben. Einmal hatte sie gehört, wie er einem Bekannten gegenüber bemerkte, es müsse für eine Frau, deren eigene Schönheit langsam verblasse, sicher schwer sein mitanzusehen, wie die ihrer Tochter immer mehr erstrahlte.

Als Barbara älter wurde, änderte sich alles. Die Pubertät hatte aus dem hübschen Kind ein linkisches, reizloses Mädchen gemacht. Sie wuchs zu schnell, bekam Pickel, wurde fett. Bertrand verlor das Interesse an ihr. Er schämte sich für sie und machte sich nicht die Mühe, es zu verbergen. Und er ignorierte sie.

Estelle hatte erwartet, daß Barbara über Bertrands nachlassende Aufmerksamkeit genauso erleichtert sein würde wie sie. Doch zu ihrem Entsetzen schien Barbara sie zu vermissen. Verzweifelt versuchte sie, ihn zurückzugewinnen, indem sie auf lächerliche Weise mit ihm flirtete. Dann zog Bertrand sie wegen ihres Aussehens auf. Wenn sie weinte, reagierte er erst mit Ekel und dann mit Wut. Als Vergeltung begann Barbara, sich bewußt zu entstellen. Nasenringe gehörten zu Bullen und Schweinen, tobte Bertrand dann, und grün sei die natürliche Farbe von Gras, nicht von Haar. Estelle war hilflos. Barbara schien ihr mehr Schuld zu geben als Bertrand.

»Vorsicht, Sie lassen es anbrennen!«

Auf Mrs. Pargeters Warnung hin widmete Estelle ihre Aufmerksamkeit wieder dem Omelett. Sie ließ es auf einen Teller gleiten und floh ins Eßzimmer, um Mrs. Pargeter die Küche zu überlassen. Das Omelett war ledrig geworden, fast ungenießbar, doch sie schmeckte es kaum. Sie aß mechanisch und kehrte zu ihren Erinnerungen zurück.

Mit siebzehn war Barbara nach einem schrecklichen Streit verschwunden. Über ein Jahr lang hörten sie nichts von ihr; Estelles einziger Trost war, daß ihr Kind vor Bertrand sicher war. Als sie wieder auftauchte, hatte sie sich noch einmal verwandelt. Sie war schön. Über ihr Leben im zurückliegenden Jahr verlor sie kein Wort und erklärte ihnen nur, sie arbeite jetzt als Modell für Künstler, hoffe aber, bald ins Modegeschäft einsteigen zu können. Das alte Kinderspiel mit dem Verkleiden hinter verschlossenen Türen wurde wiederaufgenommen, mit einem kleinen Unterschied. Diesmal schien Barbara die Oberhand zu haben. Und sie wußte es.

Sechs Monate später starb Bertrand an einem Schlaganfall. Barbara reagierte lediglich mit einer verkniffenen kleinen Grimasse, die sowohl Schmerz als auch Befriedigung bedeuten konnte. Sie zog wieder aus, sagte Estelle aber nicht, wo sie lebte. Manchmal kam sie vorbei, um ein Kleidungsstück oder eine Kassette zu holen, doch sie blieb nie lange. Bei jedem Besuch schien sie dünner geworden zu sein, und ihre Schönheit wirkte immer transparenter und verletzlicher.

Dann kam der stürmische Märznachmittag, an dem Estelle von einem Einkaufsbummel bei Harrod's zurückgekehrt war und eine Polizistin in Zivil vor ihrem Haus wartete. Quentin Finn saß ebenfalls im Auto. Sie brachten ihr die Nachricht von Barbaras Tod.

Barbara sei zu einer Photosession in sein Studio gekommen, brachte Finn ihr vorsichtig bei, doch ihm sei sofort klargewesen, daß sie nicht in der Lage war zu arbeiten. Er wollte sie gerade mit einem Taxi nach Hause schicken, als sie zusammenbrach. Sie sei auf dem Weg zum Krankenhaus im Rettungswagen gestorben. Estelle hörte die Polizistin, die ihr Details über die Todesursache berichtete, nicht mehr. Sie wußte nur, daß Barbara tot war.

Nachdem die Polizistin gegangen war, blieb Finn bei ihr, bis ihr Bruder und seine Frau eintrafen. Estelle stand ihnen nicht besonders nahe, doch es waren die einzigen Verwandten, die sie hatte. Die nächsten Wochen versanken in ihrer Erinnerung in einem gnädigen Nebel. Fremde brachten Barbaras wenige Besitztümer aus dem besetzten Haus, in dem sie gelebt hatte, zurück, doch Estelle stellte ihnen keine Fragen. Sie fürchtete sich zu sehr vor ihren Antworten. Der stillen Beerdigung wohnten auf Estelles Bitte nur die Verwandten und ein paar enge Freunde bei. Dann folgten die langen Tage des Vergessens, in denen sie allein in dem großen Haus saß und alle Angebote von Trost und Hilfe ablehnte.

Als sie eines Morgens gelangweilt durch eine Frauenzeitschrift blätterte, stieß sie auf einen Artikel über eine Parapsychologin, die von Gesellschaftsgrößen aufgesucht wurde. Auch wenn Estelle selten in die Kirche ging, hatte sie einen vagen, wenn auch schwankenden Glauben. Es war mehr die Sehnsucht nach etwas, das sie nicht in Worte fassen konnte, als der Glaube an eine der etablierten Religionen. Sie wußte nicht sicher, wo Bertrand und Barbara jetzt waren, doch sie glaubte daran, daß ihr Geist auf irgendeiner höheren Ebene weiterlebte. Auch wenn sie keinerlei Verlangen hatte, Bertrand wiederzutreffen, sehnte sie sich verzweifelt nach einer Möglichkeit, mit Barbara Kontakt aufzunehmen, um ein Zeichen des Verzeihens von ihr zu erhalten.

Sie war zu der Parapsychologin gegangen. Die Frau, die beruhigend gut und teuer gekleidet war, spürte zwar ihr sehnsüchtiges Verlangen nach einem verstorbenen lieben Menschen, blieb aber in ihren Antworten zu abstrakt, um Estelle zufriedenzustellen. Sie sagte lediglich, Estelle könne in der näheren Zukunft mit einem wunderbaren Zeichen der Hoffnung rechnen. Die Begegnung brachte Estelle zwar nicht den Trost, den sie erhoffte, doch sie hatte trotzdem das Gefühl, einen kleinen Schritt in die richtige Richtung getan zu haben.

Zu ihrer Freude und Verwunderung war das von der Parapsychologin vorhergesagte Zeichen fast sofort gekommen. Am Tag darauf hatte Quentin Finn angerufen und gefragt, ob er sie besuchen dürfe. Er wollte ihr ein Bild schenken, das er von Barbara gemacht hatte.

Als sie das Photo sah und erkannte, daß dieser Mann ihr Kind besser verstanden hatte als sie, mußte sie weinen. Finn hatte sie in die Arme genommen, und plötzlich erzählte sie ihm, was sie bisher niemandem hatte erzählen können. Er versuchte nicht, sie mit leeren Worten zu trösten, sondern hielt sie einfach im Arm. Er fühlte sich so warm an, so wunderbar warm, in einer Zeit eisiger Kälte.

Die Umarmung hatte nie auch nur die Andeutung von etwas Komplizierterem in sich getragen. Sie erinnerte sich an eine ganz natürliche, selbstverständliche Geste des Trostes. Sie hatte sich nach dieser Wärme gesehnt, und er hatte sie ihr gegeben. Und wie ein Beruhigungsmittel hatte sie für kurze Zeit ihren Schmerz gelindert.

15

Die Morgensonne durchflutete das Glashaus mit Licht. Dana setzte sich wieder an den Schreibtisch und legte ihr Bein auf den Papierkorb. Dann breitete sie das aus London mitgebrachte Material aus. Sie hatte alle Unterlagen dabei, die auch nur im geringsten mit Mariannas Geschichte in Zusammenhang standen: ihre eigenen Aufzeichnungen, eine Kopie der Abhandlung »Vom Licht berührt: Oder wie die Toten zu uns zurückkehren können«, die Marianna 1867 im Eigenverlag herausgebracht hatte; und Photokopien der wenigen von Marianna überlieferten Briefe, die sie aus der Irrenanstalt an die Kommission für Geisteskrankheiten geschrieben hatte, um gegen ihre Verwahrung zu protestieren.

Dana ließ die Ereignisse in Mariannas kurzem Leben vor ihrem geistigen Auge ablaufen: den Tod von Mutter und Brüdern im Jahr 1852, als sie dreizehn war; vier Jahre später die Entdeckung ihrer spiritistischen Gabe; im Jahr 1857, da war sie achtzehn, die Heirat mit Henry Hobhouse; in den sechziger Jahren der steigende Ruhm als Medium, aber auch zwei Totgeburten und das allmähliche Zerbrechen ihrer Ehe; und 1870 schließlich ein Skandal und ihr Tod. Die bekannten Tatsachen quälten und frustrierten Dana, da sie viel andeuteten, aber nichts verrieten.

Mit ihren Unterlagen vor sich auf dem Schreibtisch fühlte Dana sich wieder ruhiger und glaubte, alles unter Kontrolle zu haben. Ihr Gefühlsaufruhr vom Vorabend hatte sie erschreckt, doch jetzt erkannte sie ihn als ein Ergebnis der vielen verworrenen Bilder und neuen Eindrücke des zurückliegenden Tages, die mit einer außergewöhnlichen Erschöpfung, den Nebenwirkungen der Medikamente und ihren Schmerzen verbunden waren.

Am Morgen war ihre alte Energie zurückgekehrt. Sie konnte es kaum erwarten weiterzuarbeiten und spürte den leichten Schmerz in ihrem Fußgelenk kaum noch. Sie wollte alles aus ihrem Kopf verdrängen, das nicht mit dem vor ihr liegenden Thema zu tun hatte. Nichts und niemand würde sie an diesem Morgen stören können, noch nicht einmal Daniel Finn.

Als sie nach dem Briefbündel griff, das sie auf Daniels Rat hin als erstes lesen sollte, spürte sie die vertraute Erregung in sich wach werden. Gleich würde sie Worte aus einer Vergangenheit lesen, die ihr manchmal wirklicher vorkam als ihr eigenes Leben. Es mochte eine tote Vergangenheit sein, doch von Worten wie denen, die sie in Händen hielt, konnte sie wieder zum Leben erweckt werden.

An das Briefbündel war ein Zettel geheftet, auf den Daniel entweder für sich oder für Finn mit Bleistift ein paar Notizen hingekritzelt hatte.

> *Briefe an Henry Hobhouse aus einer Faltmappe mit dem Jahresdatum 1870. Sie befand sich zusammen mit Dutzenden solcher Mappen in einer Teekiste. Diese vollgestopften Mappen enthielten Geschäftskorrespondenz aus jeweils einem Jahr. Ansonsten ging es in ihnen um Hobhouses photographisches Werk: Verkäufe, Ausstellungen, den Erwerb von Ausrüstung und Materialien und ähnliche Dinge. Keine persönlichen Briefe, die es aus dieser Zeit fast nicht zu geben scheint. Diese Briefe befanden sich also an einem völlig falschen Platz. Man könnte meinen, daß jemand – Hobhouse? – sie bewußt dort versteckt hat. Kein Wunder.*

Neben dieser letzten kryptischen Bemerkung signalisierte für Dana schon die Datierung der Mappe, daß diese Briefe Enthüllungen enthalten könnten: 1870, das Jahr, in dem Henry Marianna in eine Anstalt stecken ließ, und auch ihr Todesjahr.

Vorsichtig öffnete sie den Umschlag des obersten Briefs und zog ihn heraus. Die Handschrift, die ordentlich von Rand zu Rand floß, war klein und mit Schmuckversalien versehen. Als sie die Unterschrift am Fuß der Seite sah, stockte Dana der Atem: »Theophilus Veasey«. Der Arzt, dem Henry Hobhouse seine Frau anvertraut hatte.

In dem Bündel befanden sich zehn Briefe, die alle von Veasey geschrieben worden waren. Als Dana sie zu lesen begann, wich ihre erregte Erwartung immer mehr einem Gefühl von Entsetzen und Mitleid. Nachdem der letzte Brief aus ihren Fingern zurück auf den Schreibtisch geglitten war, lehnte sie sich wie betäubt zurück. Die Wahrheit war komplizierter – und banaler – als sie vermutet hatte. Sie bestätigte, was die Bilder an der Wand neben dem Schreibtisch andeuteten. Und sie bestätigten ihren Verdacht, daß Henry Hobhouse und Theophilus Veasey Marianna gemeinsam auf dem Gewissen hatten.

Ihrer Meinung nach traf Henry die Hauptschuld. Unter allen Ärzten, die seine Frau hätten behandeln können, hatte er sich für den entschieden, der ihre Rolle als Medium sicher als Beweis für ihren Wahnsinn sehen würde. Diese Wahl war bestimmt nicht unbeabsichtigt geschehen.

Bei ihren Forschungen war Dana immer wieder einmal auf Theophilus Veaseys schrille Stimme gestoßen, die über weiblichen Spiritismus geiferte. Er hatte viel über den Zusammenhang zwischen Spiritismus und krankem oder schwachem Geist geschrieben – in den Unterlagen vor ihr befanden sich mindestens ein Dutzend Beispiele dafür. Jetzt fiel ihr eine besonders ungeheuerliche Passage ein: »Es ist eine allseits bekannte Tatsache, daß Medien als ausgezehrte Idioten enden. Sie werden verrückt oder dumm.«

Veaseys erster Brief an Henry deutete bereits an, was geschehen würde. Er war unter dem 30. September 1870 datiert, dem Tag nach Mariannas Ankunft in Beacon House.

Mein lieber Hobhouse,

Mrs. Hobhouse traf gestern am frühen Abend bei uns ein. Nach dem Abendessen wirkte sie von der Reise sehr mitgenommen und zeigte wenig Neigung zu einer Unterhaltung. Ich schlug deshalb vor, es sei am besten, wenn sie sich sofort in ihrem Zimmer zur Ruhe legen würde. Wie von Ihnen erbeten, haben wir ihr ein großes, komfortables Zimmer mit Blick auf die Insel gegeben. Sie erregte sich sehr, als sie erfuhr, daß die Wärterin bei ihr im Zimmer schlafen würde, daß man die Tür verschließen und das Licht löschen müsse. Aus offensichtlichen Gründen sind wir angehalten, dies von all unseren Patienten zu verlangen. Am meisten lehnte sich Ihre Frau gegen die Dunkelheit bei Nacht auf, doch ich erklärte ihr, daß wir wegen der Feuergefahr nicht erlauben können, daß Kerzen oder Lampen die Nacht über in den Patientenzimmern brennen.

Heute scheint Mrs. H. sehr gedrückter Stimmung zu sein. Sie zeigt Anzeichen einer von Ruhelosigkeit geprägten Melancholie und wünscht immer ein Licht in ihrer Nähe zu haben. Vielleicht liegt es an dem trüben, etwas düsteren Tag. Sie spricht sehr wenig. In Beacon House halten sich zur Zeit noch elf andere Frauen auf. Sie stammen alle aus guten Familien, sind ruhig und harmlos. Vielleicht wird Ihre Frau unter ihnen eine Freundin finden.

Schlecht unterrichtete Personen werden die Frage, ob Mrs. H. nun bei gesundem Verstand ist oder nicht, für streitbar halten, ich meine jedoch, daß es klug von Ihnen war, sie unserer Pflege anzuvertrauen. Erlaubt man dieser Störung, sich auszubreiten, wird sie sich zu einer chronischen Krankheit entwickeln! Gibt eine Frau das Privileg auf und enthebt sich der Pflicht, ihre Vorstellungen nach dem zu formen, was sie Wahrnehmung und Erfahrung lehren, gefährdet sie ihren Verstand.

Mrs. H. hängt mit einer Hartnäckigkeit an ihren Wahnvorstellungen, die einem ungewöhnlich erscheinen würde, wäre nicht allseits bekannt, daß der menschliche Verstand – und insbesondere der weibliche – unter dem Einfluß des Spiritismus in einen Abgrund der Glaubensschwärmerei stürzen kann, aus dem er fast nicht mehr zu retten ist. Ihre Frau neigt zur Hysterie, und in der einen oder anderen ihrer vielgestaltigen Ausformungen ist dies sicherlich das Leiden, das dem Spiritismus mehr als jedes andere einen fruchtbaren Nährboden bereitet.

Es ist wahrlich zu bedauern, daß diese einstmals kultivierte und reine Frau durch das Übel der Mediomanie in einen solchen Zustand gesunken ist. Seien Sie versichert, daß ich mich bemühen werde, dieses Übel mit all meinen Fähigkeiten und Mitteln zu bekämpfen.

Ihr ergebener Diener,
Theophilus Veasey

Mediomanie. Dana kannte das Wort nur zu gut. Zu Mariannas Zeit war es für viele Ärzte gleichbedeutend mit Uteromanie, der veralteten und gemeinen Theorie, daß eine aus dem Gleichgewicht geratene Gebärmutter zur weiblichen Hysterie führe. Damals war schon die weibliche Sexualität an sich suspekt. Dr. Veasey ging so weit zu behaupten, daß perverse sexuelle Praktiken für krampfhafte Anfälle und Trancezustände verantwortlich seien. Diejenigen, die unter der Mediomanie litten, so schrieb er, zeigten einen »ausgeprägten Hang zu Erotik, Egoismus und Religion«.

Wie ein selbsternannter Hexenjäger hatte Veasey sich der von ihm ins Leben gerufenen Kampagne verschrieben, die alle Medien ins Irrenhaus bringen wollte. »Es kommt der Tag«, hatte er in einer seiner Abhandlungen geschrieben, »an dem wir das Übel an der Wurzel packen und all diejenigen ausrotten müssen, die diese ansteckende Geisteskrankheit verbreitet haben, die unsere gesellschaftliche Ordnung so sehr verderbt.« Frauen, so argumentierte er, seien wegen ihrer angeborenen Passivität und der fehlenden männlichen Willenskraft für die Lockungen des Spiritismus noch anfälliger.

Jede Versuchung, über die Absurdität solcher Behauptungen zu lachen, blieb Dana im Halse stecken, wenn sie daran dachte, welch entsetzliche Folgen die Diagnose »Mediomanie« oft hatte.

Zu den vorgeschriebenen Behandlungsmethoden für Frauen, bei denen man diese Krankheit erkannt zu haben glaubte, gehörten Magensonden, rektale Untersuchungen und Einläufe. Besonders »hysterische« Frauen wurden der Obhut männlicher Wärter unterstellt. Veasey selbst prahlte damit, eine zu Trancezuständen neigende weibliche Patientin erfolgreich behandelt zu haben, indem er sie durch die Gabe von Kaliumbromid von ihren Geistern befreit habe. Kaliumbromid war unter anderem auch als Beruhigungsmittel und zum Entwickeln von Photographien benutzt worden. »Die Chemikalie wirkte so stark und erschütternd auf ihren Körper«, schrieb Veasey, »daß die Geister ihn zu ihren Manifestationen nicht länger nutzen wollten.«

Dana rutschte unbehaglich auf ihrem Stuhl herum, und ein stechender Schmerz schoß in ihr Fußgelenk. Doch sie spürte ihn kaum, so sehr erfüllte der Gedanke an das, was Marianna unter Veasey hatte erleiden müssen, sie mit Wut und Ekel.

Bis auf drei Exemplare trugen alle Briefe Veaseys den Absender Beacon House. Das war der Name des kleinen Privatsanatoriums, das er als profitables Zusatzgeschäft zu seiner Praxis betrieb.

Dana hatte verschiedene Beschreibungen dieser Einrichtung gelesen. In der gediegenen Backsteinvilla in dem Städtchen Trevena an der Nordküste Cornwalls wurden »exzentrische« Damen aus guten, sehr vermögenden Familien betreut. Die Lage des Hauses hoch oben auf den Klippen war atemberaubend und bot einen Blick über das Meer und auf eine kleine Insel mit den Ruinen einer alten Burg, die durch einen Damm mit dem Festland verbunden war. Dr. Veasey verwies stets darauf, welch heilende Wirkung die Seeluft für seine Patientinnen habe.

Doch neben dem Ozongehalt der Luft gab es noch andere Gründe, weshalb die Familien der Patientinnen Beacon House attraktiv fanden. So sehr Dana den Betreiber der Anstalt auch verabscheuen mochte, zu seiner Zeit galt er als anerkanntes

Mitglied des medizinischen Establishments. Allen Berichten zufolge war er mit seiner ruhigen, patriarchalischen Art eine beeindruckende Erscheinung gewesen. Außerdem lag die Villa völlig abgelegen. 1870 war Trevena noch ein winziges Dorf ohne Zuganschluß oder Telegraphen, dessen Bevölkerung von der Landwirtschaft, dem Fischen und einem Steinbruch lebte. Die Straßen waren schlecht, und die Boote am Strand der kleinen Bucht wurden oft von der Flut zertrümmert.

Beacon House war eine Einrichtung, in der Verwandte ihre Lieben mit reinem Gewissen abliefern konnten und trotzdem die beruhigende Gewißheit hatten, daß diese Lieben ihnen von dort aus kaum noch Probleme bereiten würden.

Allerdings wußte Dana, daß kulturell gebildete Familien der Mittelklasse noch einen anderen Grund hatten, sich für Beacon House zu entscheiden. Die Burgruine auf der Insel war Tintagel, die legendäre Festung König Markes, Geburtsort von König Artus und Schauplatz des Ehebruchs zweier Königinnen. Inspiriert durch Tennysons »Idylls of the King«, pilgerten schon im neunzehnten Jahrhundert viele Touristen nach Trevena. Im Jahr 1900 änderte Trevena seinen Namen offiziell in Tintagel um, was ein Reiseführer als »Geniestreich« bezeichnete, der den Werbestrategien des zwanzigsten Jahrhunderts in nichts nachstünde. Ob es den Verwandten ein Trost war, ihre verrückten Familienmitglieder in einer solch romantischen Umgebung zu wissen?

Sie hatte vermutet, daß Henry sich wegen der Person Veaseys für die Anstalt entschieden hatte. Im Licht der Photographien, die sie umgaben, erkannte Dana die Ironie dieser Wahl. Der Mann, der seine Ehefrau zwanzig Jahre später als untreue Isolde porträtieren sollte, hatte sie dort einsperren lassen, wo sie einen Blick auf den Schauplatz von Isoldes Ehebruch hatte. Vielleicht hatte Tintagel ihn sogar zu dem Vergleich zwischen Marianna und Isolde inspiriert und ihn später mit den Mitteln seiner Kunst Rache am Andenken seiner Frau nehmen lassen. Oder hatte er

Beacon House gerade deshalb gewählt, weil es auf Tintagel blickte? Wenn dem so war, mußte er Marianna bereits damals für untreu gehalten haben. War es dann nicht nur die Gier nach ihrem Geld, sondern auch Eifersucht wegen einer Affäre, die ihn dazu trieb, sie für verrückt erklären zu lassen? Veaseys Briefe überzeugten Dana davon, daß dies der Wahrheit näher kam.

Doch ob sein Motiv nun Geldgier oder Eifersucht war oder ob er tatsächlich glaubte, Marianna sei wahnsinnig, es dürfte ihm nicht weiter schwergefallen sein, seine Frau für verrückt erklären zu lassen. 1870, zwölf Jahre vor dem Gesetz, das Frauen den Zugriff auf ihr eigenes Geld ermöglichte, war eine Frau ihrem Ehemann völlig ausgeliefert. Marianna hatte nicht mehr Rechte als ein Kind, ein Krimineller oder eben ein Geisteskranker. Henry hätte gar keine Bestätigung von zwei begutachtenden Ärzten gebraucht, um sie gegen ihren Willen einliefern zu lassen.

Marianna hatte sich an die Kommission für Geisteskrankheiten gewandt und beschrieben, wie es zu ihrer Einlieferung als Patientin in Beacon House gekommen war. Dana suchte die Photokopie dieses Briefes aus den mitgebrachten Unterlagen heraus und las ihn noch einmal.

Mit Ausnahme unseres letzten Ehejahres zeigte sich mein Mann mit der Ausübung meiner Gabe einverstanden. Niemals gab er mir durch irgendein Zeichen zu verstehen, daß er nicht an sie glaube. Als unsere Ehe jedoch so unglücklich wurde, daß ich sie zu beenden wünschte, gab er vor, von Anfang an Zweifel an mir gehabt zu haben.

An dem Morgen, als ich ihm mitteilte, daß ich ihn verlassen würde, drehte er sich zu mir um und sagte, er glaube wirklich, ich sei verrückt. Bald darauf bekamen wir zu unterschiedlichen Zeiten Besuch von zwei Ärzten, Bekannte von Mr. Hobhouse. Damals glaubte ich, diese Besu-

che hätten rein gesellschaftlichen Charakter, und bemerkte nicht, daß ich von diesen Herren beobachtet wurde. Mit ihrer Beihilfe gelang es Mr. Hobhouse, mich zu diesem langsamen Sterben zu verdammen, dieser moralischen Folter zwischen lauter Verrückten. Mein Leib, ja sogar mein Leben, sind der Gnade meiner Wärter unterworfen und meine Freiheit meinem Kerkermeister.

Mein Leben lang habe ich nur nach dem streben wollen, was rein, gut und wahr ist. Ich habe mir die Worte des heiligen Johannes zu Herzen genommen: »Ihr Lieben, glaubet nicht jedem Geist, sondern fragt die Geister, ob sie von Gott kommen.« Paulus hat uns gelehrt, um die Gabe zu beten, die Geisterstimmen, die wir hören, zu verstehen, und nach diesem Gebot habe ich immer gelebt. Ich habe dafür gebetet, lieber die Hand zu verlieren, die den Stift führt, und das Auge, das das heilige Licht sieht, als mich auch nur im geringsten täuschen zu lassen.

Ach, meine Gebete wurden erhört, und jetzt werde ich für meine Sünden bestraft. Doch ich bin nicht verrückt. Und wäre ich irregeleitet wie keine andere Frau in England; wäre der Spiritismus als reine Hexerei überführt: Ich habe ein Recht auf meine Freiheit.

Nachdem man sie in Beacon House eingesperrt hatte, war Mariannas einzige Hoffnung die Kommission für Geisteskrankheiten, deren Aufgabe es war, die Patienten in den Anstalten alle drei Monate zu besuchen. Briefe von Anstaltsinsassen an die Kommission mußten ungeöffnet weitergeleitet werden. In einem ihrer Briefe an diese Kommission, den sie am 10. Oktober 1870 geschrieben hatte, schilderte Marianna ihre Tage und Nächte in Beacon House.

Tagsüber lese und schreibe ich oder gehe im Garten spazieren. Ich höre dem monotonen Rauschen der See zu, deren gleichmäßige, beruhigende Melodie klingt, als würde das Fundament der Säule, um das die Erde sich dreht, dort unten am Fuß der Klippen zermalmt.

Meine Mitpatientinnen, diese armen Kreaturen, sitzen lächelnd und schweigend da oder zwitschern wie die Möwen, Lunde, Sturmvögel und Seeschwalben, die die Klippen bevölkern. Diese Vögel, von denen man glaubt, sie seien die Geister all derer, die auf den Felsen Schiffbruch erlitten haben, werden hier schwarze oder weiße Seelen genannt. Die Seelen in Beacon House sind nicht so glücklich wie sie, ihnen fehlen die Flügel zur Flucht, und so sind sie verurteilt, in ihrem irdischen Gefängnis zu verweilen.

Um neun Uhr abends werde ich in mein Zimmer gesperrt. Man gibt mir nur eine Kerze, die meine Vorbereitungen für die Nachtruhe erleuchtet. Das scharrende Geräusch des Schlüssels, der sich im Schlosse dreht, erinnert mich schmerzlich daran, daß die Freiheit meiner Tagesstunden nichts als eine Illusion ist. Kurz darauf dreht sich der Schlüssel ein weiteres Mal, wenn nachgeschaut wird, ob meine Kerze gelöscht ist. Eine Stunde später dreht er sich wieder, um die Nachtwächterin einzulassen. Mein Schlaf wird ständig vom Stöhnen der Patientinnen aus den Nachbarzimmern und vom Schnarchen der Wärterin unterbrochen. Ich würde darum bitten, mir diese Nachtwächterin zu erlassen, doch dann wäre ich bei jeder Not, Gefahr oder Krankheit bis zur ersten Morgenrunde hilflos eingesperrt. Auch fürchte ich die absolute Dunkelheit meiner Kammer.

Ich kann alles ertragen, nur die Dunkelheit nicht.

Marianna schrieb weiter, daß ein Teich im Garten, in den die Abwässer des Hauses geleitet wurden, die Luft »verpeste«. Im

Haus selbst herrsche, so gediegen es auch wirken möge, überall »Fäulnis und Schmutz«. Veasey sei oft abwesend und überlasse seine Patientinnen den Händen ihrer Wärterinnen.

Veasey war zwar rechtlich verpflichtet, Mariannas Briefe an die Kommission weiterzuleiten, Briefe an andere Adressaten durften jedoch geöffnet und für den Besuch der Kommission aufbewahrt werden. Aus einem von Veaseys Briefen an Henry ging deutlich hervor, daß dieser es so erbeten hatte. Doch ein anderer Brief Veaseys an Henry machte genauso klar, daß mehrere von Mariannas Briefen offensichtlich an dieser Zensur vorbeigeschmuggelt worden waren, was katastrophale Konsequenzen hatte.

Lieber Hobhouse,
heute ist es zu einem äußerst besorgniserregenden Vorfall gekommen, für den ich mir selbst die Schuld geben muß. Ich war zu großzügig, zu vertrauensvoll. Zu meiner Verteidigung muß ich jedoch sagen, daß Ihre Frau sich immer sehr umgänglich und gehorsam gezeigt hat. Kurzum: Sie hat mich dazu gebracht, ihr zu erlauben, ohne Begleitung zur Körperertüchtigung und Erbauung in Trevena spazierenzugehen. Da ich mir stets Ihrer Besorgnis bewußt bin, hatte ich glücklicherweise ihre Wärterin Mrs. Biddicombe angewiesen, Ihrer Frau auf Schritt und Tritt zu folgen und mir über jedes ungewöhnliche oder besorgniserregende Verhalten Bericht zu erstatten.

Heute nachmittag machte sich Mrs. H. kurz nach dem Dinner zu ihrem täglichen Spaziergang auf. Da das Wetter unbeständig war und ein kalter, kräftiger Nordwind blies, hatte sie sich fest in einen Schal und eine Haube gehüllt. Es war der Tag des jährlichen Viehmarkts, weshalb viele Leute in die Stadt gekommen waren. Mrs. B. hatte Schwierigkeiten, ihre Patientin immer im Auge zu behalten und sie von ähnlich gekleideten Frauen zu unterscheiden. Für kurze Zeit verlor sie sie ganz aus den Augen und entdeckte sie erst nach etwa zwanzig Minuten wieder, als sie gerade aus dem Shorncliff Arms trat.

Sie werden nachvollziehen können, wie überrascht die Wärterin war, als sie Mrs. H. nicht allein, sondern in Gesellschaft eines jungen Mannes vorfand. Wie Mrs. B. mir später berichtete, waren sie so sehr in ein Gespräch vertieft, daß sie die Menschen in ihrer Umgebung nicht wahrzunehmen schienen. Mrs. H. schien sehr aufgewühlt zu sein und wandte sich mehrmals von dem jungen Mann ab, der ihr dann nacheilte und ihr die Hand auf den Arm legte. Nach einer kurzen Unterredung gingen sie auf die Insel zu.

Sie stiegen den engen, steinigen Weg in die Schlucht zum Pförtner-Cottage hinab, das in einem kleinen Tal unterhalb des vom Volksmund als König Artus' Bergfried bezeichneten Hügels liegt. Unsicher, ob sie nun wie angewiesen weiter beobachten oder für weitere Anweisungen nach Beacon House zurückkehren solle, folgte Mrs. B. dem Paar, bis der Weg für eine Frau ihres Körperumfangs zu schwierig wurde. Auch machte der starke Wind jeden Schritt außergewöhnlich gefährlich. Sie versuchte also nicht weiterzugehen, beobachtete das Paar aber aus der Ferne und wartete auf ihre Rückkunft.

Nachdem der junge Mann von der Tochter des Pförtners einen Schlüssel zur Burg erhalten hatte, ging das Paar weiter, um den Damm über das Meer zu überqueren. Als Mrs. B. ihrer wieder ansichtig wurde, standen sie auf einem kleinen Plateau über der See. Dann mußte sie beobachten, wie sich das Paar entweder umarmte oder miteinander kämpfte, was sie veranlaßte, zum Beacon House zurückzueilen. Glücklicherweise war ich gerade von meinen Pflichten in London zurückgekehrt. Sofort rief ich Edgar zu mir, der mir zur Hand geht, wenn eine Patientin sich zu sehr erregt, und eilte zu der Insel. Wir trafen das schuldige Paar an, als es den Pfad zur Stadt zurückging. Meine Befürchtungen bestätigten sich, als ich in Mrs. H.s Begleiter P.B. erkannte, den jungen Mann, auf den sie solch großen Einfluß hat.

Anfangs blies er sich auf und drohte, sie in der Kutsche, die beim Hotel auf ihn wartete, mitzunehmen. Doch Edgar ist kein Mann, mit dem man gerne streitet, und so konnten wir P.B. überzeugen, daß Mrs. H. besser mit uns nach Beacon House zurückkehre. Als sie seine Entschlossenheit, sie mitzunehmen, schwinden sah, gab auch sie nach. Obwohl sie darüber deutlich bekümmert war, kam sie ruhig mit. Erst als wir das Haus betraten, verlor sie die Beherrschung, und die Hysterie brach durch. Es war später Nachmittag und man hatte die Lichter noch nicht angezündet, deshalb war es im Haus recht dunkel. Das schien ihr die Fassung zu rauben. Sie schrie nach Licht und ließ sich auch nicht beruhigen, als man ihr eine Lampe brachte.

Obwohl Edgar sie drängte, nach oben in ihr Zimmer zu gehen, weigerte sie sich und bekam einen ihrer Anfälle. In dem Handgemenge, das folgte, stürzte sie die Treppe hinab. Sie war Gott sei Dank nur leicht verletzt; ein Bluterguß an der Hüfte und ein Schnitt an der Stirn. Erst nach einer Gabe von Kaliumbromid, das sich bei solchen Gelegenheiten als sehr wirksam erwiesen hat, ließ sie sich beruhigen und sank schließlich in Schlaf.

Auf meine ausführlichen Nachforschungen hin erfuhr ich, daß ein von der Patientin bestochenes Küchenmädchen regelmäßig Briefe zur Post gebracht hat. Das Mädchen ist natürlich sofort entlassen worden.

Weiterhin schrieb Dr. Veasey, daß der Vorfall ihn zwinge, über Mariannas weiteren Aufenthalt als Patientin in Beacon House nachzudenken. Er warf Henry vor, ihn über die Art der Beziehung zwischen Marianna und dem mysteriösen P. B. getäuscht zu haben. Sie scheine »wärmer« zu sein, als Henry ihn habe glauben machen. »Dieser Beweis für ihre verderbten Instinkte, wie man sie so oft bei denen findet, die an der Mediomanie leiden, läßt mich zu der Überzeugung gelangen, daß Ihre Frau kein guter Umgang für die anderen Patientinnen in meinem Hause ist«, schloß er seinen Brief.

Zwei Tage später folgte ein weiterer Brief. Er begann mit einer seltsamen Mitteilung.

Ich habe einen Brief von unserem berühmten gemeinsamen Bekannten erhalten, den ich von der unseligen Geschichte in Kenntnis setzte. Verständlicherweise ist er besorgt und bittet mich, alles in meiner Kraft Stehende zu tun, um Mrs. Hobhouse daran zu hindern, eine Wiederholung dieser Begegnung in die Wege zu leiten. Ich habe ihm versichert, daß wir die emotionale Unausgeglichenheit im Zustand von Mrs. H. allmählich beheben werden. Er wiederum hat mir versichert, den betreffenden jungen Mann mehrere Monate nach Frankreich zu schicken.

Der vorletzte Brief, der am nächsten Tag geschrieben wurde, war kurz.

Ihre Frau ist in der Nacht sehr krank geworden. Sie war schwanger – meiner Meinung nach im fünften Monat –, aber es ist vorbei. Eine traurige Angelegenheit. Wenn Ihnen ihr Zustand bekannt war, hätten Sie es mir sagen müssen. Sie selbst will nicht darüber sprechen. Sie will überhaupt nicht sprechen und ruft ständig nach Licht, obwohl ihr

Zimmer ausreichend beleuchtet ist. Jetzt hat sie Fieber bekommen, und ich befürchte, daß ihre Kräfte schnell schwinden. Ich empfehle Ihnen, sofort zu kommen.

Der letzte Brief war ein formelles Kondolenzschreiben, mit dem er Henry von Mariannas Tod in Kenntnis setzte.

16

Mit schnellen Schritten ging Daniel den Weg von den Klippen nach Kerreck Du. Seevögel wirbelten wie Wolkenfetzen am stürmisch blauen Himmel dahin. Plötzlich schrie direkt über seinem Kopf eine Möwe. Erschrocken blickte er nach oben, doch die Morgensonne blendete ihn. Er riß seine Kamera hoch und folgte dem Vogel auf seinem Weg durch den Himmel, bis ein günstiger Moment für ein paar Schnappschüsse gekommen war. Angewinkelte Flügel vor einer Dreiergruppe keilförmiger Wolken.

Der Anblick dieser Formation rief ihm schlagartig ein lebhaftes Bild aus der Vergangenheit ins Gedächtnis: ein Paar Hände, aneinandergelegt, als wollten sie beten oder um etwas flehen. Solanges Hände. Perlmuttrosa Fleisch auf scheinbar knochenlosen Fingern. Sie hätten einer Heiligen auf einem Cranach-Gemälde gehören können, oder einer Venus. Er hatte einmal versucht, ihre erotische Macht, jene perverse Kombination aus Unschuld und Verruchtheit, in einem Photo einzufangen.

»Was du hier hast, sind lebende Oxymora«, hatte er zu ihr gesagt, als er ihre Hände unter dem Licht arrangierte. Sie hatte eine Grimasse geschnitten und die Hände weggezogen. »Das Wort klingt aber nicht besonders nett, Daniel.« Als er es ihr erklärte, lachte sie und begann sein Hemd aufzuknöpfen. »Wenn du das so siehst«, sagte sie, während sie ihm das Hemd von den Schultern zog, »dann will ich dir nicht widersprechen.«

Das Bild aus der Erinnerung erreichte seine größte Schärfe. Dann begann es zu verschwimmen und sich langsam aufzulösen.

Er stolperte über einen Stein auf dem Weg. Automatisch riß er eine Hand hoch, um die Kamera zu schützen. Dabei merkte er, daß er die Abdeckkappe der Linse verloren hatte. Noch immer hatte Solange die Macht, ihm ein Bein zu stellen, dachte er. Noch immer war sie in der Lage, Schaden anzurichten.

Während er umkehrte und den Blick suchend über den Boden schweifen ließ, überlegte er, ob er die Hände nicht zu einer Art Exorzismus verwenden könnte. Er stellte sie sich als Teil einer Montage vor: als Hintergrund ein makellos blauer Himmel und davor drei übereinander angeordnete Winkel aus Händen, Flügeln und Wolken, die wie Pfeilspitzen gen Himmel gerichtet waren. Vielleicht eine gute Idee für dieses Naturschutzposter.

Oder für eine Postkarte, ergänzte er in einem plötzlichen Anfall von Ekel. Wie kam es, daß seine Erinnerungen an Solange nur Klischees erzeugten?

Die schwarze Plastikkappe lag wie ein Ochsenauge in einem Polster aus rotem Klee. Als er sich hinunterbeugte, um sie aufzuheben, knurrte sein Magen vor Hunger. Er war schon seit fünf unterwegs und hatte als Frühstück nur einen Apfel gegessen. Im Schulhaus stand er immer zeitig auf, um das besondere Licht des frühen Morgens zum Photographieren zu nutzen. Hier unten hatte er nur selten ein festes Programm und dachte kaum an die Wünsche seiner Kunden. Er ließ einzig und allein sein Auge entscheiden, ohne Rücksicht darauf, ob er ein bestimmtes Motiv brauchen konnte oder nicht. Indem er seinem Spürsinn folgte, entstanden früher oder später Aufnahmen, wie eben die von der Möwe, die er für seine Arbeit verwerten konnte.

Als er über den Rasen auf das Haus zuging, hörte er durch ein offenes Wohnzimmerfenster Musik dringen. Das konnte nur Nadia Tatevic sein. Sie setzte sich oft schon frühmorgens ans Klavier, um zu üben. Nachmittags gab sie Elvina Unterricht. Sie spielte ein Stück von Brahms, das er als Variation eines Händel-Themas erkannte. Ihr Tempo war schnell, fast schon rasend. Die Musik schien an diesem Ort ihre einzige Zuflucht zu sein. Sie weigerte sich, Englisch zu lernen, mit anderen zu sprechen oder sich mit jemanden anzufreunden.

Es gab Zeiten, da empfand er so etwas wie Sympathie für diese Frau, wenn er sie spielen hörte. Ihre Musik konnte vergessen machen, wie schwierig sie selbst war. Jetzt aber erschien ihm der verzweifelte Unterton ihres Spiels zu sehr wie ein Widerhall ihrer Persönlichkeit.

Er ging die Stufen zum Eingang hinauf. Die Tür stand offen. Plötzlich wurde ihm bewußt, daß er zum erstenmal seit zwei Jahren wirklich den Wunsch hatte, diese Schwelle zu überschreiten. Normalerweise empfand er dabei fast so etwas wie Angst. Nur eine Mischung aus Stolz, selbstauferlegtem Pflichtgefühl und grundsätzlichem Optimismus zwang ihn zu kommen – als würden seine Besuche irgendeine Rolle spielen. Heute dagegen war ziemlich klar, welchem Zweck er folgte. Er wollte Dana Morrow wiedersehen.

Er versuchte zu analysieren, warum er sie so faszinierend fand, warum ihre besondere Kombination von Eigenschaften ihn so stark ansprach. Ihr offensichtlicher Mut, gepaart mit zurückhaltendem Zögern, ihr schwermütiger Ernst, der immer wieder von ihrem aufblitzenden Humor durchbrochen wurde, ihre zarte Schönheit – all das zog ihn an und bewirkte, daß er sie begehrte. Er wußte, daß er bereits zu einem gewissen Grad von ihr besessen war.

»Daniel!«

Er sah sich um. Pascale war hinter ihm in die Diele getreten. Über ihrem Arm hing ein Korb mit Gemüse aus dem Garten. Sie streckte ihm ihr Gesicht entgegen, und sie küßten sich auf die

Wange. Ihre olivfarbene Haut fühlte sich unter seinen Lippen glatt und kühl an.

»Endlich können wir mal ungestört reden«, sagte sie. Sie nahm ihn an der Hand und zog ihn in die warme Küche, wo es nach frisch gebackenem Brot duftete. Als sie die Tür schloß, um die Musik auszusperren, schnitt sie eine Grimasse. »Quel fracas!«

»Aber gesellschaftlich akzeptabler als Mord, meinst du nicht auch?« Der gewaltsame Unterton von Nadias Spiel stand seiner Meinung nach in direktem Zusammenhang mit dem Blick, den sie am Vorabend Karen Cody zugeworfen hatte.

Pascale lachte. »Du meinst, dieser Lärm ist eine Art Katharsis? Vielleicht hast du recht. Obwohl ich nicht einsehe, warum wir für Karens Sünden büßen sollen.«

Während sie das Gemüse wusch und beiseite legte, machte er Kaffee. Er war froh über diese Gelegenheit, allein mit ihr zu sprechen. Nur durch sie bekam er einen Eindruck davon, wie es seinem Vater ging. Außerdem genoß er ihre Gesellschaft; ihre beißenden, scharfsichtigen Kommentare amüsierten ihn und überraschten ihn immer wieder aufs neue. Er goß den Kaffee in große Tassen. Sie tranken ihn beide gern schwarz und so stark, daß er wie Rauch roch. Pascale stellte ihre Tasse neben ein Küchenbrett und begann Lauch für die Suppe zu schneiden. Geschickt bewegte sie das schwarze Messer die Lauchstange entlang, bis am einen Ende des Holzbretts ein kleiner Haufen aus weißen Scheiben lag. Wie immer lehnte sie seine Hilfe ab.

Er setzte sich und ließ den Blick durch die Küche schweifen. Das narbige, auf Hochglanz polierte Holz leuchtete in der Sonne, ebenso wie die abgenutzten Töpfe, die über dem Herd hingen, und die lackierten Krüge voller Holzlöffel oder getrockneter Kräuter. Die große, lichtdurchflutete Küche war der älteste Raum des Hauses. Mit ihrer von Balken durchzogenen Decke, den rauh verputzten Wänden und dem urigen, mit Holz geheiztem Herd, in dem Pascale täglich frisches Brot buk, war sie Daniels Lieblingsraum.

»Ich sterbe vor Hunger. Darf ich?« Er deutete auf die Brotwecken, die auf der Küchentheke auskühlten. Als sie nickte, nahm er sich den kleinsten, brach ihn in Stücke und träufelte Honig über das heiße Brot. Er bot ihr ein Stück an, aber sie lehnte ab.

»Ich habe schon gefrühstückt, mit Dana Morrow. Sie ist jetzt im Glashaus und hat darum gebeten, bei der Arbeit nicht gestört zu werden.« Ein kleines Lächeln huschte über ihr Gesicht. »Kein Wunder, nach dem gestrigen Tag.«

Dann würde er sie an diesem Vormittag also doch nicht zu sehen bekommen. Es überraschte ihn, wie groß seine Enttäuschung war. »Wie geht es ihrem Knöchel?« fragte er nach einer kurzen Pause.

»So gut, daß sie damit gehen kann. Finn hat sie eingeladen, bis zur Ausstellung zu bleiben. Ich denke, die Sache gestern war letztendlich ein Glücksfall für sie.« Ihre Stimme klang sehr trocken.

»Du glaubst, sie simuliert nur?«

»Das habe ich nicht gesagt.«

»Das brauchst du auch nicht zu sagen.« Er trank einen Schluck Kaffee. »Ich bin mir sicher, daß sie nicht simuliert. Und außerdem – wieso sollte sie sich überhaupt die Mühe machen? Nach allem, was sie getan hat, kann Finn sie schlecht wieder wegschicken.«

»Welchen Grund sollte er haben, ihr dankbar zu sein?« konterte sie in nüchternem Ton. »Elvina ist die Tochter von Mico und Nadia, nicht die von Finn.«

»Trotzdem . . .«

Mit der Handkante fegte sie das Häufchen Lauch in eine Schüssel und drehte sich dann zu ihm um. Ihr ungewöhnliches Gesicht sah aus wie eine geschnitzte afrikanische Maske, dachte er, lang und ernst, schön in seiner Einzigartigkeit. »Sie nutzen ihn aus.«

»Mico und Nadia? Vielleicht. Aber ich glaube nicht, daß ihm das etwas ausmacht. Micos Arbeit rechtfertigt es. Du weißt, daß Finn für seine Akte der Nächstenliebe immer ein Motiv hat.«

»Du meinst diese absurde Vorstellung, sich Engel ins Haus zu holen?« Sie stieß ein kurzes Lachen aus. »Dann schon eher Teufel. Ich glaube manchmal, die sind mehr nach seinem Geschmack.« Während sie sich abwandte, um einen Meßbecher von seinem Haken im Schrank zu nehmen, fügte sie hinzu: »Aber ich habe sie alle gemeint, nicht nur Mico und Nadia. Sie wollen alle etwas von ihm.«

Da hatte sie wahrscheinlich recht, überlegte er, während er auf seinem letzten Stück Brot mit Honig herumkaute. John Malzer hatte unbedingt gewollt, daß diese Ausstellung stattfand. Die Publicity würde seiner Galerie guttun. Karen und Tim wollten von Finns Verbindungen zur Londoner Modewelt profitieren. Estelle wollte seine Aufmerksamkeit.

»Was ist mit Thomas?« fragte er. »Er macht Finn das Leben leichter. Oder siehst du das anders?« Finn hatte nicht die Geduld, sich mit der geschäftlichen Seite seiner Arbeit abzugeben.

Pascale tat seinen Einwand mit einem Schulterzucken ab. Sie mochte Thomas Attery nicht. Daniel selbst mochte den Mann auch nicht besonders. Er war ihm zu kalt. Genau der Typ Mann, meinte Finn, der einen kühlen Kopf behielt, wenn es um Geld ging. Daß Finn es sich erlauben konnte, Werbeaufträge abzulehnen, hatte er in erster Linie der Tatsache zu verdanken, daß Thomas sein Geld in den letzten zehn Jahren so gewinnbringend angelegt hatte.

»Thomas würde gern Finns gesamtes Geld verwalten«, erklärte sie, während sie Kartoffeln aus einem tiefen Schrankschubfach klaubte und in ein Sieb fallen ließ. »Ich glaube, deinem Vater wird allmählich klar, daß er sich selbst mehr um solche Dinge kümmern muß.«

Das bestätigte, was Daniel bereits vermutet hatte: daß Finn in letzter Zeit eine Spur weniger Vertrauen in Atterys Talent zu haben schien. In Trebartha ging das Gerücht um, Thomas kaufe bei einem bestimmten Londoner Händler ein, der dafür bekannt sei, sich auf sehr alte – und extrem teure – Photographien spezialisiert zu haben. Wenn Thomas die Photos für sich selbst kaufte, wo kam das Geld dann her? Auch wenn es ihm finanziell recht gutging, war er doch kein reicher Mann.

Pascales Worte unterbrachen seine Gedanken. »Dein Vater sollte in Ruhe arbeiten können. All diese Leute lenken ihn bloß ab.«

Obwohl ihr Ton kühl blieb, kam das für Pascales Verhältnisse einem Gefühlsausbruch nahe. Irgend etwas hatte ihr die Laune verdorben. Er fragte sich, ob sie eifersüchtig auf die neueste Ablenkung war. Finn war eindeutig an Dana Morrow interessiert, aber Daniel spürte, daß sein Interesse nichts mit den offensichtlicheren Gründen zu tun hatte. Sein Vater machte normalerweise kein Hehl daraus, wenn er eine Frau körperlich anziehend fand. Auch wenn sein Vorgehen niemals grob war, war es doch immer offen.

Aber das war in der Vergangenheit gewesen, vor Solange. Soweit Daniel wußte, hatte es seitdem keine Frau mehr gegeben. Außer vielleicht Pascale selbst – obwohl es schwierig zu beurteilen war, wie weit ihre Beziehung ging. Er sah, daß die beiden einander brauchten, voneinander abhängig waren und sich bis zu einem gewissen Grad gegenseitig benutzten. Er hatte keine Ahnung, was darüber hinaus zwischen ihnen ablief.

Er wußte lediglich, daß Solange zwar die Arbeit seines Vaters neu belebt hatte, Pascale aber trotzdem besser für ihn war, allein schon deswegen, weil sie sich um ihn kümmerte.

Solange war schön, verführerisch, flatterhaft, ungestüm, unzuverlässig und kein bißchen häuslich gewesen. Während sie Hausherrin war, strahlte Kerreck Du einen wilden, abenteuerlichen Glanz aus, aber versprochene Mahlzeiten kamen oft nicht auf den Tisch, Hausangestellte kündigten, und das Chaos wuchs. Es wurde entweder gefeiert oder gehungert, je nach Solanges momentaner Laune oder Beschäftigung. Furchtlos und unersättlich neugierig, hatte sie mit Vollgas gelebt und von Finn erwartet, daß er mit ihr Schritt hielt. Meist hatte sein Vater das auch getan. Aber dabei hatte er sich überanstrengt und wieder zu trinken begonnen. Seine Dunkelkammer hatte ihn vor ihren schlimmsten Exzessen bewahrt.

Pascale war gerade auf Besuch gewesen, als ihre Schwester starb. Danach war sie einfach geblieben. Während Finn tagelang in seiner Dunkelkammer verschwand, hatte sie alles in die Hand genommen. In gewisser Weise hatte sie Finn gerettet, überlegte Daniel.

Außerdem hatte sie seine Beziehung zu Finn gerettet. Sie war ihre Übersetzerin, die ihnen beiden erklärte, was im anderen vorging. Es war, als hätte ihr die Arbeit, mit der sie ihren Lebensunterhalt verdiente – sie übersetzte englische Texte für Universitätsverlage ins Französische –, ein besonderes Verständnis für die Bedeutungen gegeben, die sich nicht nur hinter dem geschriebenen Wort, sondern auch hinter gesprochenen Worten und hinter Taten verbargen. Es war hauptsächlich ihr zu verdanken, daß er und Finn sich noch sahen und es nach wie vor schafften, an den Bruchstücken der Beziehung festzuhalten, die sie vor Solange aufzubauen begonnen hatten.

Ihre eigene Freundschaft – die zwischen ihm und Pascale – beruhte auf einer unausgesprochenen Komplizenschaft: dem gemeinsamen Wunsch, Finn und seine Erinnerungen an Solange zu schützen.

Als hätte sie seine Gedanken gelesen, sagte Pascale leise: »Ich wünschte, Elvinas Unfall wäre nicht ausgerechnet dort passiert.« Mit »dort« meinte sie die Stelle, an der Solange gestorben war.

Dasselbe konnte er von sich nicht behaupten. Auf irgendeine seltsame Weise, die er selbst nicht ganz verstand und die er ihr nicht erklären konnte, hatte die Rettung des Kindes ihm geholfen, seinen eigenen Horror vor diesem Ort zu überwinden. Als er neben Dana auf dem Felsvorsprung saß und einen Blick in die Tiefe warf, hatte er nur Felsen und Stechginster gesehen. Das gräßliche Bild von Solanges zerschmettertem Körper, das für immer dort eingeprägt schien, war verschwunden.

»Wie hat Finn reagiert, als er davon erfuhr?« fragte Pascale. Sie war inzwischen damit beschäftigt, Kartoffeln zu schälen, und die Schale kringelte sich in einer perfekten Spirale von ihrem Messer. Ihre Bewegungen waren immer extrem effektiv und sparsam.

»Eher wütend als aufgeregt. Er hat Mico aufgefordert, Nadia und Elvina nicht mehr allein in die Bucht gehen zu lassen, bis geklärt ist, wie diese Frauen ums Leben gekommen sind. Aber Mico und Nadia weigern sich, Elvina wegen der Möwe zu warnen. Sie sagen, das Mädchen habe schon genug Sorgen. Ein Argument, das ich durchaus verstehe.«

Sie fügte etwas auf französisch hinzu, das er nicht verstand.

»Übersetzung?«

»Dieses Gerede von Mord und Möwen ist doch bloß Unsinn, der die Auflagen der Zeitungen steigern soll. Und wir lassen uns alle davon verrückt machen.«

»Damit seid Karen und du ausnahmsweise mal einer Meinung.« Er war sich sicher, daß Pascales Ungerührtheit echt war. Karen Codys Kaltblütigkeit hingegen erschien ihm fraglicher. Er hatte den Verdacht, daß sie in Wirklichkeit gar nicht so mutig war, sondern nur so tat, um Estelle Pinchot zu quälen.

»Ich freue mich jedenfalls schon auf den Tag, an dem wir hier wieder ein normales Leben führen können.«

»Normal? Mit Finn?«

Sie lachte. »Ja, du hast recht. Aber ich ziehe seine Version von Verrücktheit der aller anderen vor.«

Mit ruhiger Stimme antwortete er: »Seine Version ändert sich ständig. Er geht nie zurück, Pascale.«

Sie sah ihn scharf an. »Was willst du damit sagen?«

»Es gibt da ein Zitat, das Finn gern anbringt. Daß wir, um glücklich zu sein, Beschäftigung und Veränderung brauchen. Bertrand Russel, glaube ich.«

Sie schnaubte verächtlich. »Die Philosophie eines mehrmals verheirateten Mannes. Ich frage mich, wie viele Mrs. Russells sich das anhören mußten, als er sie verließ.«

Jetzt mußte Daniel lachen. »Du bist eine Zynikerin, Pascale.« Er fragte sich manchmal, warum sie nie geheiratet hatte. Vielleicht mußte sie zu früh Verantwortung übernehmen, so daß ihr die Lust auf ein eigenes Familienleben vergangen war. Ihre Mutter war gestorben, als sie sechzehn und Solange zwei war. Ihr Vater, ein Professor für englische Literatur an der Sorbonne, hatte die Erziehung seiner jüngeren Tochter ganz der älteren überlassen. Ein gesellschaftliches Leben, ein weiterführendes Studium und persönlicher Freiraum – auf all das hatte Pascale offenbar bereitwillig verzichtet.

Jetzt sagte sie: »Wie könnte ich in Sachen Ehe keine Zynikerin sein? Ich brauche mich doch bloß umzusehen. Die Tatevics zum Beispiel. Sie ist fest entschlossen, unglücklich zu sein.« Sie gab ein Stück Butter in eine Bratpfanne. Dann schwieg sie einen Augenblick, während sie beide zusahen, wie die Butter in der Pfanne zischend schmolz. Er fragte sich, ob auch sie dabei noch an eine andere Ehe dachte, die von Finn und ihrer Schwester. Schließlich sagte sie in vorsichtigem Ton: »Dann ist Lynn also nach London zurückgefahren.«

Er lachte. »Normalerweise bist du ein bißchen subtiler, Pascale.« Trotzdem erzählte er ihr, was zwischen Lynn und ihm vorgefallen war. Obwohl sie ihm selten persönliche Fragen stellte, ertappte er sich oft dabei, wie er ihr Dinge erzählte, über die er mit niemandem sonst sprach.

Mit nüchterner Stimme berichtete er von Lynns letztem Vorwurf: daß er um Solange trauere. »Ich weiß nicht, wie sie von unserer Affäre erfahren hat.«

»Karen hat es ihr erzählt. Lynn hat mich gefragt, ob es wahr sei – ich nehme an, ihre Meinung von Karen entsprach in etwa der meinen. Ich habe ihr geantwortet, sie solle sich mit ihren Fragen an dich selbst wenden.«

Das war typisch für Pascale, dachte er, während er seine Tasse zum Spülbecken hinübertrug. Sie achtete sehr darauf, sein Privatleben zu respektieren. Auch wenn er sich ihr anvertraute, leitete sie daraus nie das Recht ab, für ihn zu sprechen. Für Karen war das Ganze ebenfalls typisch, und einen Moment lang erfüllte ihn dieser neue Beweis für ihre boshafte Zunge mit Wut. Irgendwann sollte ihr mal jemand… fing er an, dachte den Gedanken aber nicht zu Ende. Karen konnte sein Interesse nie lange wachhalten.

Ob er vorhabe, bis zur Eröffnung von Finns Ausstellung zu bleiben, fragte Pascale gerade.

»Ich weiß es nicht.« Er spülte seine Tasse kurz mit Wasser aus und stellte sie auf den Ablauf, bevor er weitersprach. »Wir scheinen immer knapp an einem Streit vorbeizuschrammen, Finn und ich. Das letzte, was er jetzt brauchen kann, ist eine weitere Belastung.«

»Wie rücksichtsvoll von dir«, antwortete sie hinter seinem Rücken. Ihre Stimme klang spöttisch.

Betroffen drehte er sich zu ihr um und erwiderte hitziger, als er vorgehabt hatte: »Glaubst du denn, ich möchte nicht bleiben? Er braucht bloß zu sagen, daß er mich hierhaben will. Mehr verlange ich doch gar nicht.« Er spürte, wie der alte Frust wieder in ihm hochstieg. Und noch während er sprach, wurde ihm bewußt, wie seine Worte klangen: wie die eines pubertären Vierzehnjährigen, der voller Selbstmitleid um Anerkennung winselte.

Ruhig gab sie einen Schuß Wein in die Pfanne. »Aber du mußt hiersein, um es mitzubekommen.«

Er wußte sofort, was sie meinte: daß Finn die Worte nicht direkt sagen, aber vielleicht ein Zeichen geben würde. Zeichen waren schließlich Finns Spezialität, dachte er, während er ironisch in sich hineinlächelte.

»Ich führe mein eigenes Leben, Pascale«, sagte er, während er sich zum Gehen wandte. »Ich kann nicht ewig hier herumhängen, um auf Zeichen und Omen zu warten.«

»Dann läufst du Gefahr, ein paar Wunder zu verpassen«, hörte er sie noch sagen, ehe er ging.

17

Solche Wunder hatte sie nicht gemeint! Stirnrunzelnd stand Pascale am Küchenfenster und sah Daniel nach, während er über den Hof ging. Wie melodramatisch ihre letzten Worte in seinen Ohren geklungen haben mußten! Diese Art verbaler Extravaganz war normalerweise nicht ihr Stil, und sie mischte sich sonst auch nie in seine Angelegenheiten. Ihre Schwester Solange hatte sie gelehrt, wie töricht es war, unaufgefordert Ratschläge zu erteilen.

Sie wandte sich vom Fenster ab und widmete sich wieder ihren Kochtöpfen. Normalerweise genoß sie die Gespräche mit Daniel, aber dieses hatte bei ihr ein ungutes Gefühl hinterlassen. Ihre eigenen Äußerungen erschienen ihr im nachhinein als übellaunig, und seine als rätselhaft oder unpassend, was eigentlich ganz untypisch für ihn war. Die spannungsgeladene Atmosphäre in Kerreck Du, die sie beide bisher zu ignorieren versucht hatten, schien ihnen nun doch aufs Gemüt geschlagen zu sein.

Warum, so fragte sie sich bitter, hielt er es für nötig, diese ominöse Warnung auszusprechen? Gerade er sollte doch wissen, daß sie sich durchaus darüber im klaren war, daß Finn sich vorwärts bewegen mußte. Die Vergangenheit war nicht sicher. Ihr war doch einzig und allein an Finns Sicherheit gelegen, vor allem jetzt, in diesen gefährlichen Zeiten.

Während sie Petersilie und Schnittlauch für die Suppe schnitt, trockenes Brot für Croûtons würfelte und den Geschirrspüler vollräumte, nagte Daniels Bemerkung weiter an ihr. Wollte er damit sagen, daß Finn sich ohne sie vorwärts bewegen würde? Sie weigerte sich, das zu glauben. Bestimmt hatte er bloß gemeint, daß Finn, sobald die Vorbereitungen für die Ausstellung abgeschlossen waren, etwas anderes finden würde, das ihn völlig in Anspruch nahm, und daß sie sich darauf einstellen sollte. Nun, sie konnte sich auf alles einstellen. Außer darauf, ihn zu verlassen. Sie konnte und wollte nicht in das Ödland ihres früheren Lebens zurückkehren.

Mit achtzehn hatte Solange sich von ihr zu entfernen begonnen und sich in eine Reihe von Liebesaffären gestürzt. Als Kind hatte sie Pascale alles gesagt; nun hatte sie plötzlich Geheimnisse vor ihr. Pascale war dafür fast dankbar. Sie wollte Solanges beunruhigende Geständnisse nicht mehr hören, denn inzwischen fehlte ihnen der naive Charme der Kindheit. An seine Stelle war eine gewisse Zügellosigkeit getreten, und die Einblicke, die Pascale in den Charakter ihrer erwachsenen Schwester bekam, beunruhigten sie. Sie gab sich selbst die Schuld; sie hatte Solange zu sehr verwöhnt. Aber als Solange dann mit fünfundzwanzig von Paris nach London zog, fühlte sie sich allein gelassen. Um diese Zeit näherte sich auch ihre eigene Liebesgeschichte, eine lange, hoffnungslose Beziehung mit einem verheirateten Lehrer, der seine ständig kranke Frau nicht verlassen wollte, ihrem erschöpften Ende. Pascale stellte sich darauf ein, daß ihre mittleren Jahre einsam und leidenschaftslos verlaufen würden.

Dann rief Solange eines Tages aus London an, um ihr mitzuteilen, daß sie geheiratet habe. »Du darfst mir nicht böse sein, Pascale«, bettelte sie mit ihrer Kleinmädchenstimme. »Wir haben es niemandem gesagt. Nicht einmal Daniel, Finns Sohn. Wir wollten kein Aufsehen.«

Warum sollte sie böse sein, gab ihr Pascale ruhig zur Antwort, wenn Solange glücklich war? Das war nicht ganz ehrlich. Sie wußte, daß ihre Schwester mit Männern oft katastrophale Erfahrungen gemacht hatte, und was sie über Quentin Finns Ruf wußte, war nicht sehr beruhigend. Als sie ihn aber ein paar Wochen später kennenlernte, kam sie zu dem Schluß, daß ihre Schwester doch eine gute Wahl getroffen hatte und dieser Mann vielleicht der sichere Hafen war, den sie sich für Solange so verzweifelt wünschte. Er war charmant, intelligent und als erfahrener Mann der Vaterersatz, den Solange in ihren Geliebten stets suchte. Er war ihr gegenüber zärtlich, geduldig und tolerant, auch wenn Pascale spürte, daß es normalerweise nicht in seinem Wesen lag, so zu sein.

Sie spürte noch etwas anderes, etwas, das sie erschreckte. Sie hätte sich leicht in den Mann ihrer Schwester verlieben können.

Acht Monate später rief Solange wieder an, diesmal aus Kerreck Du. Es war weit nach Mitternacht, und aus ihrer Stimme klang jener verwegene Unterton, der Pascale so vertraut war, jene rasende Aufregung, die bei ihrer Schwester oft eine emotionale Katastrophe ankündigte. Nach einem unzusammenhängenden, einseitigen Gespräch, in dem sie begeistert von ihren neuesten Passionen und den Freuden des Ehelebens erzählte, bat sie Pascale, auf Besuch zu kommen. Als Pascale zögerte, sagte sie düster: »Du *mußt* kommen. Ich brauche dich.« Mehr war aus ihr nicht herauszubekommen.

Als Pascale eine Woche später in Kerreck Du eintraf, fand sie das Haus in chaotischem Zustand vor. Die Leute kamen und gingen zu den unmöglichsten Zeiten, gegessen wurde im Vorbeigehen, kalt oder aus der Mikrowelle, und die letzte Haushälterin war einfach weggeblieben, nachdem sie, wie Pascale erfuhr, vom bacchantischen Verhalten einer Gruppe von Gästen aus dem Haus getrieben worden war. Solange ähnelte einer Spiralfeder, die in der Lage zu sein schien, sich endlos zu immer neuen, komplizierteren Windungen zu verdrehen. Finn selbst, der vielleicht durch das Eintreffen der Tatevics abgelenkt war, schien das Chaos nicht zu stören.

Obwohl ihre Bitte am Telefon so dringend geklungen hatte, schien Solange jetzt nicht mit Pascale reden zu wollen, ihr fast aus dem Weg zu gehen. Vielleicht hatte Finn das mitbekommen, denn er schlug vor, zu dritt nach London zu fahren, um ins Theater zu gehen und Freunde zu besuchen. Außerdem war vor kurzem eine Ausstellung zeitgenössischer Photographien eröffnet worden, bei der auch ein paar seiner eigenen Werke gezeigt wurden. Finn sagte, er würde sich die Ausstellung gern ansehen.

Im letzten Moment aber machte Solange einen Rückzieher. Sie spüre, daß eine Grippe im Anzug sei, und wolle ein paar Tage Ruhe und Frieden, sagte sie. Sie werde das Telefon ausstecken, die Tür hinter sich zusperren und mit einem Stapel Zeitschriften ins Bett kriechen. Sie bestand darauf, daß sie ohne sie fuhren.

In London stellte Pascale fest, daß es sie zu sehr anstrengte, Finns Geistesabwesenheit mit dem gleichen Maß an Distanz zu begegnen. Sie machte sich Sorgen um Solange. Nachts quälten sie die Art Träume, die sie schon geplagt hatten, als Solange noch ein Kind war – Träume, in denen ihre Schwester in Gefahr war. Am nächsten Morgen erwachte sie mit dem festen Vorsatz, nach Kerreck Du zurückzukehren. Als sie versuchte, Solange anzurufen, um ihr Bescheid zu geben, ging wie angekündigt niemand ans Telefon. Sie hatte keine Zeit, es noch mal zu versuchen, wenn sie den Frühzug erwischen wollte, der sie gegen Einbruch der Dunkelheit nach Kerreck Du zurückbringen würde.

Finn wirkte erleichtert, als sie ihm ihre Entscheidung mitteilte. Entweder machte er sich auch Sorgen um seine Frau, oder es war ihm bereits lästig geworden, für die Unterhaltung seiner Schwägerin sorgen zu müssen. Er versprach, im Lauf des Tages noch einmal zu versuchen, Solange anzurufen, um sie wissen zu lassen, daß Pascale zurückkam.

Gegen Abend brachte sie das Taxi bei strömendem Regen zurück nach Kerreck Du. An der Vorderseite des Hauses brannte kein Licht. Nur in dem Cottage, das die Tatevics bewohnten, war ein Fenster beleuchtet. Außer dem Klatschen des Regens und den Schreien der Krähen in den Bäumen war nichts zu hören. Im dämmrigen Zwielicht wirkte das Haus mit seiner flachen, grauen, in Efeu und Schweigen gehüllten Fassade alles andere als einladend.

Nachdem Pascale den Fahrer bezahlt hatte, nahm sie ihren Koffer und ging zur Tür. Finn hatte ihr seinen Schlüssel gegeben.

In der Stille der Diele hörte sie ein schwaches, gedämpftes Pochen, das wie entfernter Donner oder ihr eigener Herzschlag klang. Zuerst dachte sie, es wäre vielleicht die Heizung, aber der Heizkörper war kalt. Als sie den Namen ihrer Schwester rief, kam keine Antwort. Während sie nach oben ging, um dort nach ihr zu suchen, begann sie sich Sorgen zu machen, daß ihre Schwester ernstlich krank sein könnte.

Das Chaos in Solanges Schlafzimmer erschreckte sie. Das Bett war zerwühlt, und überall lagen ihre Sachen verstreut. Jemand hatte einen Handabdruck in der Schicht aus verschüttetem Talkumpuder hinterlassen, die die Glasplatte der Kommode überzog. Pascale hielt ihre eigene Hand darüber und stellte fest, daß der Abdruck kleiner war und daher nicht von Solange stammen konnte, da ihre Hände gleich groß waren. Verwirrt starrte sie einen Moment lang auf den Abdruck, ehe sie ihn wegwischte.

Sie durchsuchte einen Raum nach dem anderen, aber ohne Erfolg. Als sie schließlich den Gang betrat, der von der Küche ins Glashaus führte, wurde ihr klar, daß es sich bei dem gleichmäßigen Pochen um Musik handelte, den Beat von Hardrock. Als sie sich der geschlossenen Tür des Glashauses näherte, wurde das Geräusch lauter.

Ihre Hand lag bereits auf dem Messingknauf, als sie einen Moment lang zögerte, fast als hätte sie Angst. Dann öffnete sie die unverschlossene Tür und trat in den Raum.

Die dröhnende Musik, die ihr entgegenschlug, die erdrükkende Mischung aus Rauch und Hitze, die Irrealität der Szene vor ihr – all das verwirrte sie. Aber noch während ihr Verstand sich weigerte, die Wahrheit zur Kenntnis zu nehmen, registrierten ihre Augen sämtliche Einzelheiten. Die bleichen Körper der beiden nackten Frauen, die mit einem Kissen unter dem Bauch auf dem Boden lagen. Den Spiegel, den sie von der Wand abgenommen und zwischen sich auf den Boden gelegt hatten – ein großes Oval aus Glas, das aussah wie ein Teich, in den sie wie Narziß' Zwillingsschwestern hinabzustarren schienen. Und auf der Oberfläche des Spiegels, wie die Spur einer Schnecke, eine lange weiße Linie aus pudrigem Pulver.

Solange und Karen lagen einander gegenüber, ein dunkler und ein heller Kopf. Jede hielt in der einen Hand einen Strohhalm. Sie waren so mit dem Spiegel und dem Kokain beschäftigt, daß sie Pascale zuerst gar nicht bemerkten. Sie kicherten wie ungezogene Kinder, die über einer Limo die Köpfe zusammensteckten und irgendein verbotenes Spiel spielten.

Karen entdeckte sie als erste. Sie neigte lediglich den Kopf zur Seite und lächelte dann aus zusammengekniffenen Augen. Ansonsten zeigte sie keine Reaktion. Als Solange aufblickte, wandte Pascale sich bereits zum Gehen. Hinter sich hörte sie ihre

Schwester einen Schrei ausstoßen, der wie ein Schmerzensschrei klang, aber das ließ sie weder umkehren noch stehenbleiben. Sie hatte bereits die Küche erreicht, als Solange halb angezogen und in Panik hinter ihr hergestolpert kam. Angst entstellte das schöne Gesicht, so daß die hysterischen Worte, die sie ausstieß, von einer häßlichen Fremden zu kommen schienen.

Verzweifelt hielt Pascale ihr mit der Hand den Mund zu. »Sei still!« schrie sie der Fremden ins Gesicht. »Sei still, sei endlich still!«

Die Reaktion ihrer Schwester ließ Solange etwas zu sich kommen. Mit einem Wimmern schob sie die Hand ihrer Schwester weg und ließ sich auf einen Stuhl fallen. »Verstehst du denn nicht«, flüsterte sie, »daß das überhaupt nichts zu bedeuten hat? Sie bedeutet mir nichts. Finn bedeutet mir nichts. Nur du zählst, Pascale.« Sie schwieg einen Augenblick, um dann mit einem verzerrten Lächeln, das so grotesk wirkte, daß Pascale übel davon wurde, hinzuzufügen: »Mon semblable, ma sœur.«

Baudelaires Worte sollten Pascales Wut verrauchen lassen und sie zum Lachen bringen, wie sie es in der Vergangenheit immer getan hatten. Ein Trick, den sie mit zwölf gelernt hatte. Dieses Mal gab Pascale Solange eine Ohrfeige. »Wir sind uns nicht ähnlich. Was da drinnen vor sich gegangen ist« – ihre Stimme zitterte, während sie den Gang hinunter in Richtung Glashaus deutete –, »widert mich an. Mir wird richtig schlecht davon.«

»Aber du wirst es niemandem erzählen, oder? Ich möchte nicht, daß Finn davon erfährt.« Vor Angst ganz blaß, hatte Solange wieder das hohläugige Gesicht eines Kindes, ein Anblick, der Pascale immer die Tränen in die Augen trieb.

»Natürlich werde ich es ihm nicht erzählen. Aber die da wird es tun.« Sie deutete mit dem Kopf auf Karen, die inzwischen in der Tür stand und sie beobachtete. Wieviel die andere Frau von ihrem Gespräch verstanden hatte, war schwer zu sagen; sie sprachen Französisch miteinander. »Oh, Solange, wie kannst du nur so dumm sein? Du hast einmal zu mir gesagt, daß du dir bloß jemanden wünscht, der dich liebt. Genau das hast du hier. Warum willst du es zerstören?«

Solange zuckte apathisch mit den Schultern. »Weil ich festgestellt habe, daß es mich langweilt.«

»Mein Gott! Wirst du denn nie erwachsen?« Es war hoffnungslos, dachte sie. Für Solange war der sichere Hafen nur eine Falle.

Finn kam wutentbrannt aus London zurück. Beim Besuch der Ausstellung hatte er feststellen müssen, daß seine Photos einem Akt des Vandalismus zum Opfer gefallen waren. Jemand hatte flüssige Säure auf das Glas gesprüht. Bis man darauf aufmerksam wurde, hatte sich die Säure bereits bis zum Photo durchgefressen. Niemand hatte gesehen, wie es passiert war.

Wie ein Kind, das entschlossen ist, seine Sünden wieder wettzumachen, linderte Solange seine Wut und tröstete ihn. Ein Zustand der Ruhe war über sie gekommen, eine Heiterkeit, die sich ihrer jedesmal bemächtigte, wenn sie vorher etwas besonders Empörendes getan hatte. Die alte Hoffnung begann sich erneut in Pascale zu regen: Vielleicht hatte Solange diesmal ihre Lektion gelernt.

Aber zwei Tage später war Solange tot. Und Pascale mußte sich eingestehen, daß sich in ihren Schmerz eine Spur von Erleichterung mischte. Nun mußte sie keine Angst mehr um ihre Schwester haben.

Solanges Tod fror jenes letzte Bild, das der liebenden, zärtlichen Ehefrau, in Finns Erinnerung ein und sperrte Pascale in eine Falle der Lüge. Pascale sagte sich, daß sie Finn für diese Täuschung und für Solanges Betrug entschädigen konnte, indem sie für ihn sorgte. Das war die Form, die ihre Liebe für ihn annehmen würde. Aber ihre Entscheidung, in Kerreck Du zu bleiben, bedeutete auch, daß sie Karens Gegenwart und die damit verbundene Angst in Kauf nehmen mußte. Wenn Finn die Wahrheit erfuhr, würde er Pascale vielleicht vorwerfen, ihn zusammen mit Solange betrogen zu haben, und sie irgendwann dafür hassen. Sie würde alles in ihrer Macht Stehende tun, um das zu verhindern. Allerdings war sie sich ziemlich sicher, daß Karen den Mund halten würde, solange sie etwas von Finn wollte.

Also war sie gezwungen, mit Karen zu kollaborieren, um die Wahrheit von Finn fernzuhalten, wie sie es auch mit Daniel tat, wenn auch aus anderen Gründen. Aber sie haßte Karen so abgrundtief, daß sie sich manchmal sogar ihren Tod wünschte.

Um diesen Gedanken und dem hartnäckigen, unangenehmen Klang von Nadias Klavierspiel zu entkommen, schaltete sie das Radio ein. Auf einen Bericht über den Tunnel unter dem Ärmelkanal folgten die lokalen Nachrichten.

»Es gibt neue Erkenntnisse im Fall des jüngsten Opfers des Mörders, den die Regenbogenpresse als ›die Möwe‹ bezeichnet. Polizeiberichten zufolge wurde die kürzlich aufgefundene Tote, die achtunddreißigjährige Rita Becker aus Leeds, tatsächlich ermordet. Die Autopsie hat außerdem ergeben, daß Miss Becker nicht sexuell mißbraucht worden ist, wie zunächst vermutet wurde. Eine Leiche, die gestern von ortsansässigen Fischern entdeckt wurde, konnte inzwischen als die einer jungen Frau identifiziert werden, die letzten Dienstag bei einem Segelunfall in der Nähe von Fowey über Bord gegangen ist. Eine plötzliche Sturmbö . . .«

Pascale stand mit einem Holzlöffel voll Suppe neben dem Radio und hörte zu. Sie hatte eigentlich vorgehabt, die kochende Brühe abkühlen zu lassen, bevor sie probierte. Statt dessen führte sie jetzt, ohne darüber nachzudenken, den Löffel an die Lippen. Sie stieß einen Schmerzensschrei aus, warf den Löffel dann in einem Anfall von Ekel ins Spülbecken, drehte unter mehreren Töpfen die Temperatur niedriger und ging in den

Garten hinaus. Obwohl sie am Morgen bereits eine Stunde damit zugebracht hatte, dort herumzugraben, nahm sie erneut ihren Pflanzenheber, kniete sich auf den Boden und vergrub ihre behandschuhten Hände tief in der lehmigen Erde.

Der Welt und ihren Tragödien konnte sie auf diese Weise vielleicht entkommen, aber heute war es ihr nicht möglich, ihren Gedanken zu entrinnen, nicht einmal hier im Garten, wo sie normalerweise Frieden fand.

In den Tagen nach Solanges Tod war es ihr wie ein Geschenk des Himmels erschienen, als sie die Überreste des von Mauern umgebenen Kräutergartens von Kerreck Du entdeckte. Die Kräuter und Blumen, die die Fensterbretter ihrer Pariser Wohnung bevölkerten, waren ein schwacher Ersatz für den Garten gewesen, von dem sie immer geträumt hatte. Sofort machte sie sich an die Arbeit, mähte das lange Gras, riß Dornensträucher und Brennesseln aus und fuhr mit dem Schubkarren eine Traktorladung voll Mist herein, die ein benachbarter Bauer in die Auffahrt gekippt hatte. Von demselben Bauern kaufte sie ein paar schwarzweiße Hühner. Sie baute ihnen gleich neben der Gartenmauer einen Stall.

Und sie machte sich daran, in Kerreck Du Ordnung zu schaffen. Sie bezahlte die Rechnungen, die Finn ignorierte, kaufte ein, kochte, kümmerte sich um die Besucher, die er nicht sehen wollte, und beantwortete die Anrufe, die er nicht annehmen wollte. Wortlos unterzeichnete er die Schecks, die sie ihm auf den Schreibtisch legte, aß die Mahlzeiten, die sie kochte, und akzeptierte auch ihre übrigen Aktivitäten.

Die körperliche Anstrengung, die ihr all das abverlangte, laugte sie so aus, daß sie gar keine Kraft mehr hatte, sich Sorgen zu machen, wütend zu sein oder auch nur nachzudenken. Die Arroganz ihres Tuns – die implizite Mitteilung, daß sie jetzt anstelle ihrer Schwester in Kerreck Du leben würde – wurde ihr erst viel später bewußt. Sie tat einfach, was getan werden mußte.

Falls Daniel ihr Verhalten aufdringlich fand, hatte er es jedenfalls nicht gezeigt. Statt dessen machte er ihr und allen anderen klar, daß er für ihre Gegenwart dankbar war. Dafür liebte sie ihn. Aber erst später, als er ihr erzählte, wie Finn und Solange sich kennengelernt hatten, konnte sie richtig beurteilen, wie bemerkenswert sein Verhalten tatsächlich war. Festzustellen, daß er die Wahrheit über Solange ebenfalls kannte – und genau wie sie fest entschlossen war, sie Finn zu ersparen –, bedeutete für sie eine ungemeine Erleichterung.

In der Zwischenzeit fuhr Finn fort, in aller Stille um Solange zu trauern. Er verbrachte die Sommertage in seiner Dunkelkammer, um erst abends wieder herauszukommen, als könne er das Tageslicht nicht ertragen. Pascale stellte ihm sein Essen vor die Tür, klopfte und ging wieder. Später kam sie zurück, um das Tablett mit dem schmutzigen Geschirr abzuholen. In den frühen Morgenstunden hörte sie oft seine Schritte die Gänge hinunterhallen, wenn er durch das Haus wanderte.

Im Hochsommer quoll der Garten von Blumen und Gemüse fast über. Eine Kletterpflanze, die aus einem einzelgängerischen Samenkorn aufgegangen war, schlang ihre dicken, sich windenden Stengel kreuz und quer durch die Maschendrahtabdeckung des Hühnerstalls, während die allmählich immer breiter werdenden Blätter die Sonne aussperrten. Im September hingen blaßgrüne Kürbisse, die im dämmrigen Licht fast zu leuchten schienen, durch das Drahtgeflecht über den Köpfen der Hühner, die herumstolzierten und nach Futter pickten, ohne sich der Gefahr bewußt zu sein.

Eines Abends fragte Finn sie fast förmlich, ob er ihr beim Abendessen Gesellschaft leisten dürfe. Sein Gesicht war aschfahl, und das Licht aus seinen Augen verschwunden. Jedes Wort schien ihn große Anstrengung zu kosten. Während der Nachspeise gestand er ihr, daß ihn sogar die Dunkelkammer im Stich gelassen hatte. »Ich konnte nicht arbeiten. Ständig habe ich aus den Augenwinkeln irgendwelches Ungeziefer gesehen. Man nennt sie Photographenmaden. Sie kommen, wenn man sich zu lange im Dunkeln aufhält.«

Seine Niedergeschlagenheit machte ihr angst. Als sie sprach, bemühte sie sich um einen lockeren, bewußt scherzhaften Ton. »Es wird Zeit, daß du mal wieder eine richtige Made siehst.« Sie schob ihren Stuhl zurück und stand auf. »Komm mit, ich zeig sie dir.«

Er ließ sich von ihr nach draußen führen, in die goldene Sonne eines warmen Septemberabends, der intensiv nach Heu und Rosen duftete. In der klaren Luft schwebten Mücken und winzige Grassamen. Finn blinzelte wie jemand, der wochenlang unter Tage gewesen war. Sie hatte eigentlich vorgehabt, ihn in den Garten zu führen, aber vor dem Hühnerstall blieb er wie gebannt stehen.

In dem schattigen Licht waren die Stiele der Kürbisse nicht zu sehen, so daß sie in der Luft dahinzutreiben schienen wie auf einer dicken Flüssigkeit. Ein schräger Sonnenstrahl vergoldete die geschwollene Seite des größten Kürbisses, so daß er leuchtete und vor Leben zu pulsieren schien. Direkt darunter machte es sich ein schläfriges Huhn gerade in seiner Schale aus Staub gemütlich. Mit leisem Gackern protestierte es gegen die Störung.

Finn stieß einen kehligen Laut aus, halb Lachen, halb anerkennendes Grunzen. Er murmelte irgend etwas über seine Kamera und machte auf dem Absatz kehrt. Ein paar Minuten später kam er zurück, kauerte sich neben den Stall und begann zu photographieren. Er hörte erst auf, als es dunkel wurde. Damit war der Bann der Dunkelkammer offenbar gebrochen. Er begann wieder, draußen zu arbeiten, Leute zu treffen, zu leben.

Er machte nie viele Worte über den Garten oder das Haus oder alles andere, was sie für ihn getan hatte. Er nahm es einfach hin. Ohne lange darüber zu diskutieren, waren sie in ihre jetzige

Lebensweise hineingeglitten. Pascale sprach regelmäßig mit ihrer Nachbarin in Paris über ihre Wohnung, arbeitete weiter freiberuflich als Übersetzerin und fuhr gelegentlich nach London, um alte Freunde zu treffen. Auf ihr Pariser Leben verzichtete sie. Von Zeit zu Zeit schenkte Finn ihr Photos, wertvolle Photos, zum Teil eigene Arbeiten, zum Teil die anderer Photographen. Vielleicht war das seine Art, zum Ausdruck zu bringen, was er nicht in Worte fassen konnte. Aber er fragte sie nie, warum sie blieb.

Sie nahm an, daß die meisten Leute sie für ein Liebespaar hielten. Sie hätten auch eines werden können. Drei Monate zuvor hatte es mal einen Abend gegeben, an dem sich ein freundschaftlicher Kuß, den sie sich ohne Hintergedanken gegeben hatten, in etwas anderes, Süßeres verwandelt hatte. Aber dann klingelte grausamerweise das Telefon, und sie machte den Fehler hinzugehen. Die Frau am anderen Ende der Leitung stellte sich als Estelle Pinchot vor und sagte, sie sei eine alte Freundin Finns aus London. Ob sie wohl mit ihm reden könne?

»Estelle Pinchot?« sagte sie und hielt Finn den Hörer hin. Sie hoffte, daß er den Kopf schütteln und sie bitten würde, die Frau abzuwimmeln. Statt dessen stand er einen Augenblick mit erstarrter Miene da. Dann sagte er, er werde den Anruf in seinem Zimmer entgegennehmen. Sie hatte stundenlang in ihrem eigenen Zimmer auf ihn gewartet, aber er war nicht gekommen.

Inzwischen brannte die Sonne heiß auf ihren Schultern. Sie richtete sich auf, zog die Handschuhe aus, wischte sich mit dem Handrücken den Schweiß von der Nase, stand dann auf und streckte sich. Der Schmerz in ihren Knochen, ihrem ganzen Sein, war ihr mittlerweile so vertraut, daß sie nur noch seine Abwesenheit bemerkte.

»Ich habe mir schon gedacht, daß ich dich hier finden würde.«

Erschrocken drehte sie sich um. Finn stand am Gartentor, als hätten ihre Gedanken und die Macht ihrer Sehnsucht ihn herbeigerufen. Der finstere Ausdruck auf seinem Gesicht machte ihr angst.

»Es tut mir leid, Pascale«, begann er schnell und gereizt, bevor sie etwas sagen konnte, »aber heute abend kommt die ganze Bagage zum Abendessen. John, Estelle, Thomas, Tim, Karen. Estelle hat gerade angerufen, um zu fragen, wann sie erwartet würden. Es war mir völlig entfallen, daß ich sie eingeladen hatte.«

Erleichtert lächelte sie. Es sah ihm ähnlich, so etwas zu vergessen; er war oft recht schluderig, wenn es um gesellschaftliche Verpflichtungen ging, die ihm nichts bedeuteten. Vorsichtig stieg sie über die Zwiebelpflanzen zu ihm hinüber. »Das ist schon in Ordnung«, sagte sie. »Ich habe es nicht vergessen.«

»Gott sei Dank. Kannst du dich auch daran erinnern, warum in Gottes Namen ich sie eingeladen habe?« Jetzt, da er wußte, daß sie sich um sein neuestes Ärgernis kümmern würde, machte seine Gereiztheit einer reuevollen Zerknirschung Platz. Sie kannte das schon.

»Weil du von Estelles Vorschlag, hier nach der Eröffnung eine große Party zu geben, alles andere als begeistert warst«, antwortete sie trocken. »Du hast zu ihr gesagt, du würdest lieber vorab ein Abendessen im kleinen Kreis veranstalten, nur für besonders gute Freunde. Die anderen waren auch dabei, deswegen warst du natürlich gezwungen, sie ebenfalls einzuladen.«

»›Besonders gute Freunde‹?« Er zog die Augenbraue hoch. »Ich muß betrunken gewesen sein.«

»Vielleicht ein bißchen.«

»Vous l'avez voulu, Quentin Finn, vous l'avez voulu«, zitierte er, während er mit übertrieben schuldbewußter Miene den Kopf schüttelte. Sein Akzent war schrecklich.

Sie lachte wie erwartet und begann ihm dann gut zuzureden, denn sie wußte, wie sehr ihm vor dem Abend graute, den er sich durch seine eigene Impulsivität eingebrockt hatte. Sie sagte ihm, was sie den Gästen vorzusetzen gedenke. Sie sprachen darüber, welche Weine sie anbieten würden und ob das Essen am Tisch oder als Buffet serviert werden sollte. Als Buffet, beschloß er; auf diese Weise konnten potentielle Opfer ihren Peinigern entkommen, falls es nötig werden sollte.

»Vielleicht genießen es die Opfer, gepeinigt zu werden.« Sie dachte an Mico und Tim mit Karen.

Aus irgendeinem Grund ließ ihn das innehalten und sie ansehen. Dann berührte er ihren rechten Wangenknochen leicht mit der Seite seines Daumens. Es war die spekulative Geste eines Malers, der sein Werk begutachtete, um abzuschätzen, was noch zu tun war. »Wenn das alles vorbei ist, die Eröffnung und das ganze Theater drumrum, dann mußt du Urlaub machen, mal wieder wegfahren.«

Er hatte in der Einzahl gesprochen, dachte sie verzweifelt. Du, nicht wir. Aber als sie ihm antwortete, bemühte sie sich, ihre Stimme nicht verletzt klingen zu lassen. »Vielleicht fahre ich nach Paris.«

»Du willst zurück?«

Der plötzliche Ausdruck von Panik auf seinem Gesicht tröstete sie ein wenig. Sie interpretierte ihn als Furcht, daß sie ihn verlassen könnte.

»Nur für einen Besuch. Ich muß endlich entscheiden, ob ich die Wohnung vermieten soll oder nicht.« Sie fragte sich, ob Rita Becker aus Leeds, das Opfer der Möwe, ihr Zuhause vielleicht auch »für längere Zeit« verlassen hatte, weil sie dem Bann irgendeines Mannes erlegen war. Aber du bist kein Opfer, sagte sie zu sich selbst. Vous l'avez voulu.

»Außerdem«, fuhr sie fort, »gibt es ein paar Dinge, die ich gern mal wieder sehen würde.« Aber in dem Moment konnte sie sich nicht daran erinnern, was das für Dinge waren.

Er schwieg erneut einen Augenblick, ehe er sagte: »Ich war in letzter Zeit ein ziemlich egoistischer Hurensohn, Pascale.«

»Du und egoistisch?« entgegnete sie und hob den Kopf, um ihn anzulächeln. »Nie im Leben!«

Da mußte er grinsen. »Du kannst dir nicht vorstellen, was für eine Wohltat es ist, mit jemandem zusammenzusein, der sich keine Illusionen über mich macht.«

Sie blickte auf ihre Hände hinunter und tat, als würde sie ein wenig angetrocknete Erde von ihrer Handfläche wischen. »Nein, ich mache mir keine Illusionen«, antwortete sie sanft. Aber er war bereits vorausgegangen, um ihr das Gartentor aufzuhalten, und hörte nicht mehr, was sie sagte.

Bevor sie sich trennten, fragte sie ihn, ob er Daniel ebenfalls zum Abendessen eingeladen habe. Er schüttelte den Kopf. »Er war damals nicht hier. Warum rufst du ihn nicht an?«

Warum machst du das nicht selbst, hätte sie am liebsten erwidert. »Daniel wird wahrscheinlich nein sagen, wenn er hört, wer kommt.«

»Er wird kommen.« Finns Stimme klang boshaft. »Schließlich wird Dana Morrow zu unseren Gästen gehören.« Als sie ihn fragend anstarrte, fügte er hinzu: »Er ist schon halb in sie verliebt.«

»Woher willst du das wissen?«

Er zuckte mit den Schultern. »Intuition. Das war auch der Grund, warum ich sie eingeladen habe herzukommen.«

Sie mußte an Daniels Stimme in der Küche denken, als er Dana Morrow verteidigte, nachdem sie sie verdächtigt hatte, ihre Verletzung nur vorzutäuschen. Natürlich, dachte sie. Aber wie bemerkenswert, daß Finn so viel verstanden hatte, viel mehr als sie, und dementsprechend gehandelt hatte... Dann war sie plötzlich wütend. Nur Finn war so anmaßend, sich einzubilden, daß er zwei Leute einander schenken konnte, als wäre er Gott! Glaubst du, daß du sie zusammensetzen kannst wie eines deiner Photos? hätte sie ihn am liebsten angeschrien. Liebe ist schließlich keine Photomontage!

Dann wurde ihr plötzlich klar, daß er wahrscheinlich versuchte, alte Sünden wiedergutzumachen. Dabei war das gar nicht nötig. Sie hätte ihm sagen können, daß Daniel Solange nie geliebt hatte.

Aber es war unmöglich, irgend etwas davon zu sagen, und deshalb sagte sie bloß, daß sie Daniel wegen des Abendessens Bescheid geben werde.

18

An diesem Abend war Mico Tatevic gegen sieben Uhr draußen auf den Klippen, seine Kameratasche über der Schulter und die Leica vor der Brust. Nadias schrille, vorwurfsvolle Schreie klangen ihm noch immer in den Ohren. Er war aus dem Haus geflohen, um diesen Schreien zu entkommen. Größtenteils waren die Vorwürfe gegen sie selbst gerichtet gewesen, aber auch gegen ihn und – unverzeihlicherweise – sogar gegen Elvina. Sie hatte Elvina früh ins Bett geschickt, um sie dafür zu bestrafen, daß sie gestern so ungehorsam gewesen und auf die Klippen geklettert war. Er hatte das Haus verlassen, während sie noch oben war und die Abendgebete ihrer Tochter überwachte. Gebete, dachte er bitter, an deren Macht Nadia noch immer beharrlich glaubte.

Er war ihr fast dankbar dafür, daß sie ihn gezwungen hatte hinauszugehen. Das Licht lag wie ein Photographentraum von Klarheit über der stillen Landschaft. Es ließ die Berge in der Ferne schärfer hervortreten, formte die Granithaufen unten an der Küste, die normalerweise im Dunst verschwammen, zu kubischen Blöcken und verstärkte alle Farben.

Trotz all seiner photogenen Brillanz erschien ihm dieses Licht irgendwie trügerisch. Durch seine unnatürliche Intensität verlieh es der Landschaft etwas Bedrohliches, eine fast gespenstische Aura. Es war ein spannungsgeladenes Licht, dachte er, ein Licht, in dem alles passieren konnte. Seine Möglichkeiten erregten ihn.

Er stieg über den Zaun auf den Küstenpfad und starrte an der Stelle, wo Elvina gerettet worden war, die Klippen hinunter. Ein Gefühl von Übelkeit raubte ihm den Atem, als er daran dachte, wie knapp sie zum zweitenmal dem Tod entronnen war. Sie habe nach dem Wespenbussard Ausschau gehalten, hatte sie hinterher erklärt. Nadia machte ihm deswegen Vorwürfe, während er ihr Vorwürfe machte, weil sie nicht besser auf ihr Kind aufgepaßt hatte. Sie gab zu, am Strand eingedöst zu sein. Sie habe die Nacht zuvor schlecht geschlafen, erklärte sie ihm mit vorwurfsvoller Stimme. Er sei so spät ins Bett gekommen. Wie immer.

Das war Absicht. In die reizbaren Überreste seiner Liebe mischte sich Mitleid mit seiner Frau, aber er empfand kein Verlangen mehr nach ihr, und wenn sie ihm im Bett stumpfsinnig den Rücken zukehrte, erfüllte ihn dieser Anblick mit Schuldgefühlen. Ihre Hysterie – angesichts dessen, was mit ihrem Land, ihrem Kind und ihnen selbst passierte – hatte ihre Zärtlichkeit und sein Verlangen nach ihr getötet. Manchmal brachte ihn seine Wut dazu, sie zu hassen, sie zu betrügen.

Er hatte nicht nur seine Frau betrogen, dachte Mico verzweifelt, sondern auch sein Land und seinen Freund. Die Schuld, die er deswegen empfand, war eine unerträgliche Last, die nur durch Arbeit leichter wurde. Seine Arbeit mußte den Betrug rechtfertigen. Aber je mehr er arbeitete, desto wütender wurde Nadia und desto unerträglicher wurde ihr Familienleben. Er fühlte sich wie eine Ratte im Käfig – als wäre er gezwungen, in einem schrecklichen Rad zu laufen, das ihn für kurze Zeit ins Licht hinauftragen würde, um ihn anschließend wieder in die Dunkelheit hinabzustürzen.

Er blieb stehen und wischte sich mit der Hand übers Gesicht. Er hätte sein Land nie verlassen dürfen. Aber Nadia und Elvina hätten nicht ohne ihn gehen können, und er wollte Elvina nicht dazu verdammen, als Teil jenes Teufelskreises aus Gewalt und Gegengewalt aufzuwachsen, in dem ihr Land gefangen war.

Aus dem Tal hinter ihm drang der Ruf eines einsamen Kukkucks. Er wandte sich um und ging den Weg entlang, der nach Trebartha führte. Während seine Augen automatisch die Klippen und den Himmel nach in Frage kommenden Motiven absuchten, rezitierte eine innere Stimme die vertraute Litanei: In deinem eigenen Land warst du jemand, aber jetzt bist du ein anderer; du bist nicht mehr der, für den du dich einmal gehalten hast, und deswegen gehören die Taten, die du begehst, zu jener anderen Person, der, die du geworden bist.

Nur wenn er Photos machte, fühlte er sich wieder eins mit sich selbst, seinem früheren, wirklichen Ich. In diesen Momenten konnte er sich einreden, daß sich nichts geändert hatte.

Nach zehn Minuten schnellen Gehens sah er den Weg vor sich eine scharfe Kurve machen, um eine schmale Einbuchtung im Gestein der Klippe zu umrunden. An dieser Stelle wurde der Abhang durch eine Hecke aus Stechginster und Gestrüpp verdeckt, und der tief im Schatten liegende Fels türmte sich neben dem Weg zu einem konkaven Bogen auf, der an eine überschwappende schwarze Welle erinnerte. Die Trostlosigkeit dieses Ortes überraschte ihn jedesmal wieder.

Ein anderer Photograph, vielleicht Finn, hätte etwas daraus machen können, dachte er. Aber das war nicht sein Stil.

Kurz darauf kehrte der Pfad an den Rand der Klippe zurück, und Mico fand den Platz, den er suchte. Jenseits des Zauns erstreckten sich hier zwei Felder Seite an Seite einen sanft abfallenden Hügel hinunter. Das eine war ein brachliegendes Band aus wogendem Gras, das andere von Schafen zu einer filzigen Stoppelschicht kurzgefressen. Die beiden Felder wurden durch die schmutziggelbe Narbe einer Stechginsterhecke voneinander getrennt. Mico schraubte ein Teleobjektiv auf seine

Leica und ging neben einem Zaunpfosten zwischen hohen Farnen in Deckung. Als ein Paar Goldammern aus der Hecke flogen, von denen sich eine durch die kräftig gelbe Farbe von Kopf und Brust als Männchen zu erkennen gab, wurde sein geduldiges Warten belohnt.

Das Männchen verfolgte das Weibchen in schnellem Flug. In einem wilden Wirbel aus goldgestreiften Federn gelang es ihr zunächst, ihm zu entkommen, indem sie knapp über dem hohen Gras dahinflog und sich dann spiralenförmig in den Himmel schraubte. Aber er drängte sie immer wieder gnadenlos nach unten, bis sie müde wurde und es ihm gelang, sie auf den Boden zu zwingen und sich, vor Blicken geschützt, im hohen Gras neben der Hecke mit ihr zu paaren. Ganz in der Nähe ragte ein Fingerhut wie ein blutroter Speer vor der Hecke auf.

Vorsichtig und in geduckter Haltung schlich er sich an das Vogelpaar heran, während er den Sucher seiner Kamera immer auf den Fingerhut gerichtet hielt. Dank dieses Wegweisers war es ihm ein leichtes, die beiden zu entdecken. Der gelbe Kopf des Männchens leuchtete vor dem Grün des Grases wie ein Fleck Kadmium. Während er immer wieder auf den Auslöser drückte, stolzierte das Männchen mit aufgerichtetem Federschopf um das passive Weibchen herum und spreizte triumphierend Flügel und Schwanz.

Er wußte, daß dies außergewöhnliche Photos werden würden. Ein Gefühl von Ekstase durchflutete ihn. Nur dafür lebte er: für diese Momente unbändiger Freude, die seine Arbeit ihm bescherte. Verglichen damit kam ihm die flüchtige Lust seiner gestrigen Vereinigung mit Karen wie ein rein reflexartiger Krampf vor, die großspurige Befriedigung eines tierischen Instinkts. Mit einem plötzlichen Gefühl wilder Entschlossenheit sagte er sich, daß er wieder jener andere, vergessene Mensch werden konnte, sogar hier, trotz allem, was passiert war. Als erstes mußte er mit Karen brechen. Wenigstens das schuldete er

Nadia. Er liebte Karen nicht, und sie war ihm alles andere als sympathisch. Er begehrte sie nur. Was ihn anging, war ihre Affäre nicht mehr als ein Impuls des Fleisches, und er zweifelte nicht daran, daß sie das genauso sah.

Nachdem er diesen Entschluß gefaßt hatte, besserte sich seine Laune schlagartig. Das Licht schien alles zu vereinfachen und komplizierte Strukturen auf klare Umrisse zu reduzieren, so daß sie nicht länger zweideutig oder undurchsichtig wirkten, sondern für das Auge leicht faßbar wurden.

Er schob die Kappe auf die Linse seiner Kamera, setzte sich ins Gras, nahm sein Notizbuch aus seiner Kameratasche und hielt in seiner eigenen Version von Stenoschrift die Kette von Entscheidungen fest, die er für jedes Photo getroffen hatte. Filmqualität, Belichtungsstärke, verwendete Linse, Blende und Belichtungszeiten. Dann verschränkte er die Arme im Nacken und legte sich zurück. Über ihm schwebten kleine weiße Wolken, die unten einen leichten Graustich hatten. Er schloß die Augen. Der Geruch von Gras und Erde stieg ihm in die Nase. In der Hecke begann das Goldammermännchen eine Melodie aus schnellen, harten Tönen zu singen, die jedesmal mit einem langen Pfeifton endete. Irgendwann hatte Elvina ihm gesagt, wie die englischen Worte zu diesem Lied lauteten: »Little bit of bread and no cheese.«

Elvina. Sein verwundetes Kind. Heimtückisch und unaufhaltsam drang die Erinnerung an den Tag, der wahrscheinlich eine bleibende Narbe in ihrem zarten Leben hinterlassen hatte, durch die Dämme, die er dagegen errichtet hatte, und flutete in sein Bewußtsein.

Es war an einem Nachmittag im letzten Frühjahr gewesen, dessen drückende Schwüle selbst mehrere Gewitter nicht hatten lindern können. Er und Nadia waren zu Hause und stritten. Irgendein banaler Streit wegen Socken – daß er sie einfach schmutzig unter dem Bett liegen ließ und Nadia sie nach dem

Waschen nie sortierte, sondern als ineinander verhedderten Haufen in seine Schublade kippte. Als ihr Geschrei so laut wurde, daß Elvina, ihre Puppe an die Brust gedrückt, aus ihrem Zimmer kam, sagten sie zu ihr, sie solle nach oben in die Wohnung ihrer Freundin Alia gehen, die zwei Stockwerke über der ihren lag. Wieder sah er vor seinem geistigen Auge ihre kleine Gestalt unwillig zögern und seine eigene ungeduldige Stimme im Befehlston sagen, sie solle sofort gehorchen.

Nadia und er stritten immer noch, als eine halbe Stunde später die ersten Bomben fielen. Einen Augenblick lang hielt er das dumpfe Grollen irrtümlicherweise für erneuten Donner, aber als ihr Haus erzitterte, wußte er sofort, daß die Geschütze in den Bergen auf den Teil der Stadt gerichtet sein mußten, in dem sie wohnten. Und dann, während sie auf den Gang hinausliefen, krachte irgendwo über ihnen eine Bombe in ihr eigenes Haus. Er spürte den Schlag als starkes Erzittern von Beton und Stahl. Verputzbrocken regneten auf sie herab, während ganze Betonstücke von den Wänden brachen.

»Elvina!« schrie Nadia. Er rief ihr zu, sie solle in den Keller hinunterlaufen, aber sie ignorierte ihn und riß die schwere Feuertür, die zur Treppe führte, so heftig auf, daß sie mit einem Knall gegen die Wand krachte. Er schob sie zur Seite und nahm jeweils zwei Stufen auf einmal.

Die Tür zu Alias Wohnung stand offen. Die Explosion hatte die obere Angel einfach weggerissen. Einen Moment lang stand er wie gelähmt in der Tür, und während seine Augen verzweifelt nach Elvina suchten, registrierten sie die bizarren Einzelheiten, die ihn später in seinen Träumen verfolgen würden. Eine einzige Rauchwolke, umgeben von blauem Himmel, wo früher die Wohnzimmerwand gewesen war. Das umgestürzte Sofa, gespickt mit Glas- und Porzellanscherben aus der zerborstenen Vitrine. Und ein menschlicher Arm, der reglos und weiß wie Gips unter einem umgestürzten Bücherregal hervorragte, das seine zerfledderte Bücherlast über den Boden verteilt hatte – ein Arm, der Gott sei Dank zu groß war, um einem Kind zu gehören.

Er kämpfte sich durch die Trümmer und rief immer wieder Elvinas Namen. Alles war mit einer dicken Schicht des Staubes überzogen, der immer noch durch die Luft wirbelte. Seine Stimme war davon schon so rauh, daß sie wie das heisere Krächzen einer Krähe klang. Dann tauchte Elvina wie durch ein Wunder aus einem der Schlafzimmer auf, vor Staub oder Angst weiß wie ein Gespenst. Ihr Mund öffnete und schloß sich immer wieder, aber sie gab keinen Laut von sich. Schweigend und reglos stand sie in der Tür. Mit der einen Hand hielt sie ihre baumelnde Puppe, die andere streckte sie ihm entgegen, als hätte sich zwischen ihnen ein Abgrund aufgetan, den sie nicht überqueren konnte.

Mit einem erleichterten Stöhnen riß er sie in die Arme und gab sie dann an Nadia weiter, die es irgendwie schaffte, sie nach draußen in Sicherheit zu bringen, während er sich abmühte, die Körper von Alia und ihrer Familie aus den Trümmern zu bergen. Nur der Vater war noch am Leben, wenn man das so nennen konnte, aber er starb kurz darauf im Operationssaal. Alia, ihre Schwester und ihre Mutter hatte die Explosion sofort getötet. Er fand die Leichen der Kinder in Alias Zimmer. Alia erkannte er nur an der Spange auf ihren Zähnen. Später erzählte ihm Elvina, daß sie unter Alias Bett gewesen war, als die Bomben kamen. Sie hatte sich daruntergezwängt, um ihre Puppe zu retten, die hinter dem Bett zu Boden gefallen war, und war einfach dort geblieben, die Arme über dem Kopf, zu verschreckt, um sich zu bewegen, bis sie ihn ihren Namen rufen hörte.

Anfangs versuchten er und Nadia mit Elvina über den Tod ihrer Freunde zu sprechen, aber sie wandte bloß den Kopf ab, starrte mit glasigem Blick auf die Wand und gab keine Antwort. Wenn sie sie zu sehr bedrängten, verfiel sie in ein Schweigen, das

Stunden dauern konnte. Er spürte, daß das eine Fortsetzung jenes ersten, stummen Hilferufs war, aber es kam ihm vor, als hätte sie die Hand, die sie ihm damals entgegengestreckt hatte, inzwischen sinken lassen, als hätte sie den Glauben daran verloren, daß er sie retten konnte.

Bei dem Gedanken an das Entsetzen, das sie gestern nachmittag einmal mehr empfunden haben mußte, als sie an jenem Ast hing und damit rechnete, jeden Augenblick abzustürzen, zog sich vor Kummer seine Kehle zusammen. Plötzlich hatte er einen sauren Geschmack im Mund. Schon wieder hatte er seine Tochter im Stich gelassen, sie nicht gerettet, dieses Mal vor sich selbst. Nur dem Zufall und dem Mut einer Fremden war es zu verdanken, daß sie noch lebte.

Er würde alles tun, um für die Sicherheit seines Kindes zu sorgen, aber angesichts der Hoffnungslosigkeit dieser Aufgabe empfand er eine ohnmächtige Verzweiflung. Wenn das Schicksal entschied, einem das Kind wegzunehmen, dachte er, dann konnte man nichts dagegen tun. Zweimal hatte es sie nun schon verschont. Wie konnte er da noch auf mehr hoffen?

Irgend etwas berührte seine Wange. Erschrocken öffnete er die Augen und fuhr hoch. Karen stand lachend über ihm, einen langen Grashalm in der Hand.

»Du hast eben ein ganz seltsames Gesicht gemacht. Hattest du einen Alptraum?«

Als Antwort brummte er nur und rieb sich die Wange, weil er das kitzelnde Gras noch immer auf seiner Haut spürte. Bevor er aufstehen konnte, hatte sie sich bereits neben ihm niedergelassen und die Beine seitwärts unter den Körper gezogen. Sie strich ihr kurzes Kleid über den Schenkeln glatt und ließ dann ihre nach oben gedrehte Handfläche einladend in der Vertiefung zwischen ihren Beinen ruhen.

»Ich habe dich beobachtet, wie du bei diesen Vögeln den Spanner gespielt hast«, sagte sie mit amüsierter Miene. »Was hast du mit den Photos vor? Willst du sie an *News of the World* verkaufen? Ich sehe die Schlagzeile schon vor mir. ›Turteltauben in Liebesnest überrascht.‹«

»Goldammern.«

»Was?«

Er schüttelte den Kopf. »Egal.« Wie immer, wenn sie in seiner Nähe war, fühlte er sich benommen und träge. Die Klarheit des Lichts entglitt ihm, während es gleichzeitig die Lebendigkeit ihres Fleisches unterstrich und die feinen goldenen Härchen an ihrem Arm zum Schimmern brachte. Sie roch dunkel nach Sandelholz und warmer, leicht schwitzender Haut.

Er raffte zusammen, was von seinem Entschluß noch übrig war, und erklärte barsch, daß es heute abend ungünstig sei und er sie nicht sehen könne. Sofort verfluchte er sich wegen seiner Unbeholfenheit.

Sie schwieg ein paar Augenblicke, während sie einen weiteren Grashalm ausriß und sich nach vorn beugte, als wolle sie das Ende des Halms mit ihrem Daumennagel spalten. Ihr Haar verdeckte ihr Gesicht, so daß er ihren mißmutigen Ausdruck mehr ahnte als sah. Einen Moment später warf sie ihm durch den Vorhang aus fransigem Haar einen schrägen Blick zu.

»Warum ist es heute abend ungünstig?«

Er murmelte etwas darüber, daß er seine Frau nicht verletzen wolle. Er schämte sich, weil er Nadia auf diese Weise als Ausrede mißbrauchte.

»Ach ja, richtig. Als ob sie nicht schon längst über mich Bescheid wüßte.« Sie warf den Grashalm zur Seite und drehte sich mit einem ironischen Lächeln zu ihm um. »Und über Solange.«

Er packte sie am Arm. »Was sagst du da?«

»Das tut weh.« Mit einem Ruck lehnte sie sich zurück und schüttelte seine Hand ab. »Komm schon, Mico, du brauchst gar nicht so zu tun.« Sie sprach auf die lässige, gelangweilte Art, die sie manchmal an den Tag legte – als würde sie jedes Wort anstrengen. Das trieb ihn zur Weißglut, aber er hielt seine Zunge im Zaum und wartete, bis sie schließlich weitersprach, diesmal eine Spur ungeduldig. »Solange hat mir erzählt, daß sie mit dir geschlafen hat.«

Einen Moment lang konnte er sie nur verblüfft anstarren. »Warum hätte sie das tun sollen?«

Amüsiert sah sie ihn an. »Es mir erzählen, meinst du? Oder mit dir schlafen?« Dann, wahrscheinlich als Reaktion auf die Wut, die seine Miene offenbar verriet, fügte sie schnell hinzu: »Sie hat mir viele Dinge erzählt. Zum Beispiel, daß du nervös wie ein Kaninchen warst. Als hättest du Angst, daß Finn euch in flagranti erwischen könnte. Natürlich hattest du allen Grund, nervös zu sein. Es war schließlich die Frau deines Wohltäters, die du da gefickt hast.«

Nur ein einziges Mal, hätte er am liebsten wie ein Kind geschrien, und eigentlich wollte ich es gar nicht.

Es passierte ein paar Tage nach ihrer Ankunft in Kerreck Du. Er hatte eines Abends zuviel getrunken, nachdem in den Abendnachrichten Bilder seiner verwüsteten Heimatstadt gesendet worden waren. Er schämte sich, weil er so feige gewesen war, sein heimgesuchtes Land zu verlassen, und haderte mit allen, die ihn zum Weggehen überredet hatten, insbesondere Finn. Finn war nicht da, und Solange suchte offensichtlich nach einem Zeitvertreib. Es hatte ihr nichts bedeutet, da machte er sich nichts vor. Vielleicht hatte sie es auch nur aus Rache getan. Er verdächtigte damals Finn, mit Karen ins Bett zu gehen. Hinterher plagte ihn ein schrecklich schlechtes Gewissen. Wie konnte er so etwas ausgerechnet dem Mann antun, der seine Familie gerettet hatte? Von da an achtete er sehr darauf, nie mit Solange allein zu sein. Ihr Tod hatte ihn von einer schrecklichen Angst befreit. Finn würde nie von seinem Verrat erfahren.

Aber jetzt, da er wußte, daß jemand sein Geheimnis kannte.

… Innerlich stöhnte er auf. Karen würde es Finn früher oder später erzählen. Es grenzte an ein Wunder, daß sie es noch nicht getan hatte.

»Ach, schau nicht so finster«, sagte sie ungeduldig.

»Glaubst du, Finn ist ein Heiliger?«

Ihre Worte bestätigten seinen Verdacht, daß sie mit Finn geschlafen hatte. Er lachte bitter. *»La Ronde.«*

»Was soll das heißen?«

»Ich habe mit seiner Frau geschlafen, während er mit dir geschlafen hat. Und jetzt schlafen wir beide miteinander.«

Sie heuchelte Überraschung. »Ich soll mit Finn geschlafen haben?« Dann lächelte sie in sich hinein, als hätte er gerade einen Witz gemacht, den nur sie verstand. »Ich nehme an, in gewisser Weise habe ich tatsächlich mit ihm geschlafen. Zumindest indirekt.«

Bevor er sie fragen konnte, wie sie das meinte, sagte sie: »Zu schade, daß es heute abend nicht klappt.« Sie bog den Rücken durch, fuhr mit beiden Händen in ihre wirre Haarmähne und nahm sie im Nacken hoch. Er konnte sehen, wie sich ihre Brustwarzen unter dem dünnen Stoff ihres Kleides abzeichneten.

Sie brauchte ihn nur kurz anzusehen, um zu wissen, daß sie ihr Ziel erreicht hatte. Sie lächelte. »Weißt du, was dein Problem ist, Mico? Du nimmst alles so verdammt ernst. Sogar das Vögeln. Dabei soll es doch Spaß machen.«

Das war ihre ehrliche Meinung; sie selbst empfand keine Schuld. Genau das machte einen großen Teil ihrer Anziehungskraft auf ihn aus. Das, und die Art, wie sie ihm klargemacht hatte, daß an ihre Affäre keinerlei Bedingungen geknüpft waren. Keiner schuldete dem anderen etwas, hatte sie gleich zu Beginn gesagt, als hätte sie verstanden, daß er sich in einem Netz aus Verpflichtungen gefangen fühlte, aus dem es kein Entrinnen gab. Mit jeder Bewegung schien er die klebrigen Fäden dieses Netzes noch fester um sich zu wickeln.

»Spaß«, wiederholte sie. »Wie das hier.« Sie ließ einen Finger an seinem Unterarm hinuntergleiten, um dann der blauen Linie einer Vene durch die dunklen Haare auf seinem Handrücken zu folgen. Als er gegen seinen Willen erschauderte, lächelte sie. »Nur besser.«

»Trotzdem . . .« Er hatte einen Kloß im Hals und räusperte sich. »Es geht mir nicht nur um Nadia. Finn könnte . . .« Er sah an ihrer Miene, daß er einen Fehler gemacht hatte, und hielt inne.

»Lieber Himmel!« Sie stieß seine Hand weg. »Weißt du, allmählich geht es mir ganz schön auf die Nerven, daß wir alle tun, als wäre Finn Gott und Sonne seiner kleinen Welt. Dieser ganze Mist über seine außergewöhnliche Wahrnehmungsfähigkeit. Dabei steht er so daneben, daß ich manchmal gute Lust hätte, ihm die Augen zu öffnen. Er hat doch nicht mal gemerkt, daß Solange –«

»Hör auf!« fiel er ihr verzweifelt ins Wort. »Du darfst es ihm nicht erzählen. Es würde seine gute Meinung von ihr zunichte machen.« Und von mir, fügte er im Geist hinzu. Er spürte, wie das heiße, atemlose Gefühl in ihm immer stärker wurde und die Vene an seiner Schläfe zu pochen begann. Er zwang sich, ihr mit ruhiger Stimme zu erklären, daß Finn auch in Zukunft nichts davon wissen dürfe, wenn sie wolle, daß sie sich weiterhin trafen.

Ihre Mundwinkel zogen sich nach oben. In diesem Moment kam sie ihm vor wie eine Raubkatze, und er selbst sich wie deren vor Schreck erstarrte Beute. Er fühlte sich erniedrigt und wurde plötzlich wütend. Grob zog er sie zu sich heran. Als seine Finger die weiche Haut an ihrem Oberarm berührten, flackerte eine kleine Flamme der Erregung in ihm auf.

Mit einem leisen Lachen versuchte sie sich aus seinem Griff zu winden, aber er hielt sie an den Schultern fest und zwang sie auf den Boden. Als sie mit gerötetem Gesicht und erwartungsvoll glänzenden Augen unter ihm lag, ging ihm durch den Kopf, wie leicht es wäre, dafür zu sorgen, daß sie nie jemandem erzählte, was zwischen ihm und Solange vorgefallen war.

Dann legte sie ihre Hände auf seine Brust und schob ihn sanft weg. »Nicht jetzt. Heute abend. Okay?«

Er ließ sie los und rollte sich zur Seite, weg von ihr. Mit einem Lächeln, das seltsam zufrieden wirkte, als hätte sie sich selbst etwas bewiesen, setzte sie sich auf. Er barg seinen Kopf in den Händen.

»Okay?« wiederholte sie.

Er hob den Kopf. »Ja. Ja, ich werde kommen.«

Grinsend stand sie auf. »Natürlich wirst du kommen. Das tust du doch immer.«

Als sie sich zum Gehen wandte, wollte er ihr fast zurufen, daß es leichtsinnig war, allein zu den Klippen hinauszugehen. Aber die Worte erstarben in seiner Kehle.

19

Dana stand in der breiten Tür des Wohnzimmers von Kerreck Du. In anderen Teilen des Hauses hörte sie Stimmen, aber dieser Raum, in dem sie sich alle zum Abendessen versammeln sollten, war noch leer. Sie war froh, einen Moment allein zu sein, um sich alles in Ruhe ansehen zu können. Im Dämmerlicht hatte der lange, niedere Raum mit seiner schimmernden Holzvertäfelung etwas vom überladenen, exzentrischen Reichtum der Höhle Aladins. Auf mehreren Tischen und dem großen Flügel waren kugelförmige, halb mit Öl gefüllte Glaslampen verteilt. Die Flammen ihrer brennenden Dochte und das Holzfeuer im Kamin warfen ein weiches goldenes Licht auf eine Überfülle von großen und kleinen Gegenständen, die vom Erlesenen bis zum absolut Billigen und Bizarren reichten. Der Boden war mit verschlissenen, rosa-blau gemusterten Perserteppichen bedeckt. An den

Wänden hingen gerahmte Photos. Sämtliche Flächen waren mit Fossilien, kleinen modernen Skulpturen, Stapeln von Zeitschriften oder Büchern übersät, die aufgeschlagen herumlagen oder mit Papierfetzen eingemerkt waren. Auf dem Tisch neben Dana stand eine Sammlung von Briefbeschwerern, deren gläserne Kuppeln kleine, polierte Vogelschädel umschlossen. In einer Ecke stand ein lebensgroßer rosa Plastikflamingo auf einem Bein. Von seinem Hals hingen mehrere Kameras. Überall waren Blumen verteilt, hier die schweren Köpfe rosa geränderter Pfingstrosen, dort ein großer Strauß gelber Lilien. Ihr Duft vermischte sich mit dem des Jasmins, den die milde Abendluft durch die offenen Verandatüren hereintrug.

Dana spürte ein leichtes Kribbeln im Bauch. Nachdem sie den ganzen Tag allein im Glashaus gearbeitet hatte, freute sie sich auf Gesellschaft, sogar auf eine, die so streitsüchtig war wie Finns übrige Gäste. Und sie freute sich darauf, Daniel wiederzusehen.

Sie versuchte sich einzureden, daß sie einfach nur Dr. Veaseys Briefe mit ihm diskutieren wollte. Aber es gab noch einen anderen, wichtigeren Grund. Sie mußte herausfinden, ob jenes verführerische Band, das sie am Vortag zwischen sich und Daniel gespürt hatte, nur in ihrer Einbildung existierte.

Währenddessen hörte sie in ihrem Innern ständig eine mißtrauische Stimme, die sie davor warnte, ihr eigenes Leben von den Gefühlen beeinflussen zu lassen, die Mariannas Geschichte in ihr aufgewühlt hatte. Mit diesem romantischen Unsinn hatte sie längst abgeschlossen. Sie war erwachsen geworden.

Aber sie konnte eine gewisse Aufregung nicht unterdrücken, und sie empfand ein Gefühl von Zufriedenheit, wie sie es seit den Monaten ihrer Schwangerschaft nicht mehr gekannt hatte: die Aussicht auf ungeahnte Möglichkeiten und reichen Lohn. Plötzlich schien die Zukunft sie stärker anzuziehen als die Vergangenheit, und das hatte sie Daniel Finn zu verdanken. Ohne ihn wäre sie wahrscheinlich nie nach Kerreck Du gekommen, um die Wahrheit über Marianna herauszufinden.

Als sie heute die übrigen Dokumente auf dem Schreibtisch im Glashaus aufmerksam durchgesehen hatte, hatte sie unter anderem den von Veasey ausgestellten Totenschein Mariannas gefunden, in dem als Todesursache ein »Schlaganfall« genannt wurde, außerdem mehrere Beileidsbriefe und einen kurzen, nicht sehr aussagekräftigen Nachruf in der *Times.* Nichts, was an die Enthüllungen von Veaseys Briefen herangekommen wäre. Zusammen mit den Photos, die Henry von Marianne gemacht hatte, überstiegen diese Briefe Danas kühnste Erwartungen. Sie verfügte nun über Material, das, falls Finn ihr erlaubte, es zu benutzen, den Tenor ihrer Arbeit grundlegend verändern und vielleicht sogar die wichtigste Grundlage für ihr Buch sein würde.

Pascale kam mit einem schwer beladenen Tablett ins Wohnzimmer. Mit ihrem weißen Seidenhemd, der schwarzen Hose und der engen Kette aus silbernen Perlen, die sie um ihren langen Hals trug, repräsentierte sie die verhaltene Eleganz, die in Danas Augen allein den Französinnen ihres Alters und Typs vorbehalten war. Danas Angebot, ihr zu helfen, lehnte sie ab. Statt dessen forderte sie sie in energischem Ton auf, sich hinzusetzen; sie werde ihr das Essen bringen. Schnell begann sie auf dem großen Tisch, der an eine Wand des Zimmers geschoben war, ein Buffet anzurichten.

»Ich fürchte, ich mache Ihnen eine Menge zusätzliche Arbeit«, sagte Dana. Pascale hatte ihr bereits das Mittagessen ins Glashaus gebracht, außerdem ihre zerrissenen Sachen von gestern gewaschen und geflickt und ihren Dank mit der trockenen Bemerkung beiseite gewischt, daß von den Gästen, die nach Kerreck Du kamen, nicht erwartet werde, daß sie ihr Leben aufs Spiel setzten oder beim Abspülen halfen.

»Einen so unsichtbaren Gast, wie Sie es heute gewesen sind,

kann man kaum als Arbeit bezeichnen«, gab ihr Pascale jetzt zur Antwort. Sie warf einen Blick auf Danas Kleid, ein königsblaues, in winzige Falten gelegtes Kasackkleid aus einem Material, das sie in ihren Rucksack stopfen und völlig knitterfrei wieder herausziehen konnte. »Ein hübsches Kleid haben Sie da an. Die Farbe steht Ihnen.« Während sie sich zum Gehen wandte, blieb Dana mit dem Gefühl zurück, daß Pascale mit ihrem Kompliment nicht nur ihr Kleid gemeint hatte.

Allmählich begannen die anderen einzutrudeln. Während sie Pascale halfen oder herumstanden und sich unterhielten, humpelte Dana langsam auf eines der beiden Sofas neben dem Kamin zu. Hätte sie noch Zweifel gehabt, dann hätte ihr ein willkürlicher Griff in den nahen Bücherschrank ebenso wie der Raum selbst bestätigt, daß Finn ein komplizierter Mann mit eklektischen Interessen war. Sontag, Borge, Barthes, Foucault, Trollope und Hardy standen Seite an Seite mit Gedichtbänden und Werken über die Geschichte der Photographie.

Als sie sich setzte, sah sie, daß Daniel mit Pascale sprach. Er trug das weizenfarbene Sakko, das er auch am Abend der Auktion angehabt hatte, und dazu ein lässiges olivgrünes Hemd, dessen Farbe den satten Kastanienton seines Haars und die leichte Bräune seiner Haut gut zur Geltung brachte. Die Art, wie ihr Körper auf seinen Anblick reagierte, sagte ihr, daß sie längst über den Punkt hinaus war, wo sie noch in der Lage gewesen wäre, ein gelassenes Urteil über ihre Beziehung zu fällen, ob nun eingebildet oder nicht.

Ein Glas Wein in jeder Hand, kam er zu ihr herüber. »Pascale schickt mich, Sie zu fragen, was Sie bevorzugen: kalten Kalbsbraten oder warme Krabbenkasserolle. Ich würde zu beidem raten. Pascale kocht vorzüglich.«

»Dann werde ich Ihren Rat befolgen. Ich bin sehr hungrig.«

»Das überrascht mich nicht. Wie ich höre, haben Sie hart gearbeitet.« Er zog einen Lederschemel heran, um ihn unter ihren Fuß zu schieben, und fragte mit einem kleinen Grinsen, ob ihr Tag produktiv gewesen sei.

Sie erwiderte sein Lächeln. »Das wissen Sie doch. Ein kleiner Raum voll unendlicher Reichtümer. Davon muß ich mich erst mal erholen. Allein die Briefe ... als ich sie las, wußte ich nicht recht, ob ich vor Freude jubeln oder weinen sollte. Es ist wundervoll, die Antworten auf so viele Fragen zu bekommen. Aber wenn ich an das denke, was Marianna durchgemacht hat, um mir diesen akademischen Genuß zu ermöglichen ...« Mit einem Ausdruck des Bedauerns nahm sie einen kleinen Schluck von ihrem Wein.

Er ließ sich neben ihr auf dem Sofa nieder. »Sie reden manchmal über sie, als wäre sie noch am Leben.«

»Manchmal kommt es mir so vor.«

»Warum ist sie so wichtig für Sie?«

»Beruflich gesehen ist ihre Geschichte für mich ein Geschenk des Himmels. Sie wissen ja, wie das ist: Wer nichts veröffentlicht hat, kann gleich einpacken.« Sie fragte sich, ob sie eines Tages in der Lage sein würde, ihm die ganze Wahrheit zu erzählen, die Geschichte ihrer Fehlgeburt und Scheidung.

Er warf einen Blick auf ihren Knöchel und dann auf den Schnitt in ihrem Gesicht. »Wie geht's denn Ihren Verletzungen? Heilen sie gut?«

Alles mögliche heilt, hätte sie am liebsten geantwortet, aber sie nickte nur. »Sie haben sich sehr nett um mich gekümmert. Sie alle.«

»Als Heldin haben Sie das auch verdient.« Er ließ den Wein in seinem Glas sanft kreisen und fügte dann in ernsterem Ton hinzu: »Gut, daß Sie so mutig sind. Zur Zeit braucht jeder, der sich in Kerreck Du aufhält, ein gewisses Maß an Mut.«

Sie nahm an, daß er damit auf die Möwe anspielte, und deutete auf ihren Knöchel. »Der wird mich davon abhalten, irgendwelche Risiken einzugehen.«

»Ich habe damit eigentlich gemeint, daß die Vorbereitungen für die Ausstellung meines Vaters aus diesem Ort ein nicht gerade friedliches Königreich gemacht haben. Sie sollten sich auf ein gewisses Maß an Unruhe einstellen. Was aber nicht heißen soll«, fügte er mit einem schnellen Lächeln hinzu, ehe er sie verließ, um Pascale ihre Essenswünsche zu übermitteln, »daß es vorher besonders friedlich zugegangen ist.«

Seine Worte klangen wie eine Warnung. Aber sie hatte in ihrer kurzen Zeit in Kerreck Du genug gesehen, um zu wissen, daß die Beziehungen zwischen diesen Leuten genauso unbeständig waren wie die Leute selbst. Und daß Quentin Finn vielleicht der Unbeständigste von allen war. Nur Pascale und Daniel selbst schienen von den Turbulenzen nicht berührt zu werden.

Er hatte Kerreck Du ein Königreich genannt. Wenn sie sich so umsah, fand sie es nicht schwierig, sich Quentin Finn als den Herrn dieses Miniaturreichs vorzustellen. Es gab hier sämtliche Insignien eines Autokraten: den für einen solchen Herrscher typischen Luxus, seine Handschrift auf allen Dingen, eine Schar von Höflingen, zum Teil treu ergeben, zum Teil vielleicht unzufrieden. Dazu jene leichte, aber unverkennbare Spannung in der Luft, die an keinem Hof fehlen durfte.

Ihr Blick heftete sich auf zwei Photographien, die Seite an Seite an der Wand rechts vom Kamin hingen, eine viktorianische Monochromaufnahme und ein modernes Schwarzweißphoto, beide etwa sechzig auf achtzig Zentimeter groß. Die alte Aufnahme war zweifellos ein Hobhouse. Sie zeigte ein in Umhänge gehülltes Paar, das mit dem Rücken zum Betrachter unter einem ausladenden, dichtbelaubten Baum stand, in dessen schattigen Ästen die bärtige Gestalt eines weißhaarigen alten Mannes kauerte. König Marke, dachte sie, wie er im Obstgarten von Tintagel Tristan und Isolde belauscht, in der Hoffnung, sie als Liebespaar zu überführen.

Pascale stellte Danas Teller auf den Tisch neben ihr. »Das im

Baum ist Hobhouse selbst«, sagte sie, als sie die Richtung von Danas Blick bemerkte.

»Der zu dem Zeitpunkt, als er das Photo machte, schon nicht mehr alle Tassen im Schrank hatte«, fügte John Malzer hinzu, während Pascale sich wieder entfernte. Er blieb einen Moment lang stehen, um die Aufnahme zu betrachten, setzte sich dann auf das Sofa, das gegenüber dem von Dana auf der anderen Seite des Kamins stand, und begann sich hungrig über sein Essen herzumachen. Leicht über seinen Teller gebeugt, widmete er ihm seine volle Konzentration.

Estelle hatte sich in Malzers Nähe auf einem Sessel niedergelassen. Ihre goldenen Armreifen klirrten, während sie ihre Serviette auf dem Schoß ihres langen, türkisfarbenen Kleides ausbreitete, einen Pilz von ihrem Teller spießte und mit mißtrauischer Miene daran roch. »Knoblauch. Ich wünschte, Pascale würde nicht darauf bestehen, so viel davon zu verwenden. Sie weiß, wie sehr ich ihn verabscheue.«

Dana wandte sich ihrem eigenen Teller zu. »Sind Sie sicher, daß Sie Henry Hobhouse nicht mit seiner ersten Frau verwechseln?« fragte sie Malzer. Sie war bei ihrer Lektüre noch auf niemanden gestoßen, der den Photographen beschuldigt hätte, selbst nicht ganz richtig im Kopf gewesen zu sein. Er wurde oft als arrogant charakterisiert, als aggressiv und aufgeblasen, ja sogar als rücksichtslos, wenn es darum ging, andere Photographen auszustechen, aber nie als verrückt.

»Ich glaube nicht«, antwortete Malzer mit vollem Mund. »Aber da fragen Sie wohl besser Finn.« Er hielt nach ihm Ausschau, aber Finn stand noch immer am anderen Ende des Raums neben dem großen Tisch und sprach mit Daniel und Mico Tatevic, der gerade eingetroffen war. Nadia werde vielleicht später nachkommen, wenn Elvina eingeschlafen sei, hörte Dana Tatevic sagen. In letzter Zeit sei das Kind sehr nervös und brauche lange, um zur Ruhe zu kommen.

Karen Cody ließ sich auf dem Boden vor dem Kamin nieder, die Beine seitlich unter den Körper gezogen. In der einen Hand hielt sie ein mit Kalbsbraten belegtes Brötchen, in der anderen ein großes Weinglas. »Finn hat gestern mal wieder eine von seinen seltsamen Hobhouse-Variationen geschossen«, erzählte sie ihnen. »Timothy und ich, splitterfasernackt an ein Schwert gekuschelt.«

»Wir hatten Glück, daß wir nicht aufgespießt wurden«, fügte Sundy gereizt hinzu. Er trug an diesem Abend wieder den pinkfarbenen Blazer, und Dana fragte sich, ob das wohl eine Trotzreaktion auf Thomas Atterys gestrige Bemerkung war. Als Sundy sich einen von den Schemeln herbeizog, um neben Karen Platz zu nehmen, wich sie ein kleines Stück zurück – weit genug, um ihn ein finsteres Gesicht machen zu lassen.

Während Attery sich zu Malzer aufs Sofa gesellte, hörte er die letzten Bemerkungen von Karen und Tim. Ihre Beschreibung der Aufnahme, sagte er mit beißender Stimme, lasse ihn an einen besonders unappetitlichen Kebab denken.

»Unappetitlich?« Karen sah ihn scharf an. »Ich werde dir mal sagen, was unappetitlich ist. Schnappschüsse von Toten zu machen. Das ist unappetitlich. Oder vielleicht ist ›erbärmlich‹ ein besseres Wort dafür.«

In die Stille hinein, die auf diese Bemerkung folgte, fragte Dana, ob die moderne Schwarzweißaufnahme neben dem Hobhouse-Photo von Finn sei. Es war jedenfalls sein Stil, dachte sie. Aus einem Baum tauchte dryadengleich der nackte Oberkörper einer Frau auf, die sich mit beiden Händen aus dem Baumstamm herauszudrücken versuchte. Ihr langes dunkles Haar ergoß sich nach hinten über die Rinde, so daß man nicht unterscheiden konnte, wo das eine aufhörte und das andere anfing. Das nach oben gerichtete Gesicht, das im Profil die zarte, fein gezeichnete Schönheit einer Botticelli-Figur besaß, erinnerte auffallend an das von Marianna.

»Das ist Solange«, erklärte Karen. »Finn nennt es ›Grüne Vereinigung‹. Ich nenne es ›Analverkehr mit einer Birke‹.«

Timothy Sundy schnaubte amüsiert, während Malzer eine leicht mißbilligende Miene aufsetzte und Estelle so tat, als würde es ihre ganze Aufmerksamkeit in Anspruch nehmen, die Falten ihres türkisfarbenen Kleides glattzustreichen. Dana fiel auf, daß Karens skandalöse Bemerkungen immer von einem verschmitzten Seitenblick begleitet wurden, wie bei einem Kind, das es darauf anlegt, die Erwachsenen zu schockieren. Diesmal ging der Blick in ihre Richtung, aber Dana zeigte keine Reaktion. Sie bemerkte lediglich, daß der Baum ihrer Meinung nach eher wie eine Eiche aussehe.

Finn kam herüber und ließ sich neben Dana aufs Sofa fallen. Er schien nichts zu essen, hatte aber ein großes geschliffenes Whiskyglas in der Hand. Daniel, der zusammen mit seinem Vater herübergekommen war, lehnte sich ganz in ihrer Nähe an einen Bücherschrank und begann, den Teller auf eine Hand gestützt, zu essen. Obwohl er nach außen hin entspannt wirkte, hatte Dana irgendwie den Eindruck, daß er über sie wachte. Als wäre er eine Art Schutzengel, der ständig ein Auge auf sie hatte, dachte sie.

Am häufigsten ruhte dieses Auge allerdings auf seinem Vater. Finn saß mit ausgestreckten Beinen neben ihr. An diesem Abend wirkte seine Kleidung eine Spur dandyhaft. Er trug ein blaues Seidenhemd, dazu eine wild gemusterte rot-lila Krawatte und Schuhe aus weinrotem Leder. Mit den Fingern der einen Hand trommelte er nervös auf der Lehne des Sofas herum, während er mit der anderen in regelmäßigen Abständen sein Whiskyglas zum Mund führte.

Als sie sagte, wie sehr ihr der Raum gefalle, wandte er ihr mit einer trägen Bewegung den Kopf zu. Amüsiert blickte er sie aus seinen blauen Augen an. »All diese Dinge könnten ebensogut gegen mich verwendet werden. Meine Kritiker werfen mir seit jeher vor, daß ich nur an Objekten interessiert bin. ›Obskure Objekte des Begehrens, mit der Betonung auf obskur.‹ So hat es mal einer von ihnen ausgedrückt.« Er schnaubte verächtlich. »Es ist nicht die Aufgabe des Künstlers, die Geheimnisse des Lebens aufzudecken. Vor allem nicht für die Kritiker.«

»Die Viktorianer hätten vollstes Verständnis gehabt«, meinte sie. »Sie hatten eine Schwäche für alles Kuriose.«

»Weil es ihnen einen Ersatz für das echte Leben bot, nur deswegen. Die verdammten Viktorianer betrachteten die Welt als eine einzige große Ausstellung, veranstaltet zu ihrem Amüsement und ihrer Erbauung. Denken Sie bloß an die Photographen, die im neunzehnten Jahrhundert ins Unbekannte aufbrachen, um für die Leute zu Hause Bilder zu sammeln. Fenton, Du Camp, Frith. Ein paar von ihnen waren unglaublich mutig. Haben immer wieder ihr Leben aufs Spiel gesetzt.«

»Damit ein Nottinghamer Fabrikbesitzer seinen eigenen Kristallpalast im Photoalbum haben konnte.«

»Genau. Trophäen für das Auge des Betrachters.«

Sie lächelten sich an. Sie erkannte Daniels Lächeln in dem seines Vaters wieder und empfand einen Augenblick lang dieselbe Sympathie für ihn. Aber nur ganz kurz. Finn war eigentlich nicht ihr Typ. Er war viel zu schwierig, wenn auch auf eine interessante Weise. Selbst seine Art zu sprechen war schwierig. Er sprach die Worte abgehackt und stoßweise aus, mit einer stakkatohaften Bestimmtheit, die er durch witzige Kommentare, veralteten Slang und gelegentliche Obszönitäten akzentuierte. Seine Sprechweise konnte scharf und direkt sein, aber auch elliptisch, fast wie Stenographie, so daß Dana sich gelegentlich anstrengen mußte, um überhaupt zu verstehen, worauf er hinauswollte. Erst später wurde ihr klar, daß er zu dem Zeitpunkt schon ziemlich betrunken war.

Als sie sich nach ihrem Weinglas umdrehte, ertappte sie John Malzer dabei, wie er sie anstarrte. Er betrachtete sie mit nachdenklichem Interesse, verlagerte seine Aufmerksamkeit aber sofort auf Estelle, die ihm gerade eine Frage stellte. Während er ihr zuhörte, zupfte er ein paar Krümel von seiner schwarzen Kordhose, zu der er einen marineblauen Pulli trug. Sowohl die Hose als auch der Pulli schlackerten locker um seine große Gestalt, aber irgend etwas an ihm, eine Art stille Beherrschtheit, sagte Dana, daß er kein schlampiger Mensch war.

»Irgend jemand hat mal gesagt, Photos seien Ersatzformen des Besitzens, die einen ganz schön zum Narren halten könnten. Ich habe vergessen, wer es war, aber er hatte recht«, erklärte Finn gerade. In sich zusammengesunken saß er da und starrte auf das Photo von seiner Frau. Sein Gesicht wirkte plötzlich traurig. Mit einer Stimme, die kaum mehr als ein Flüsterton war, fügte er hinzu. »Und wie sie einen zum Narren halten können!«

Er richtete sich auf, stellte sein Glas neben sich auf den Teppich und sprach mit lauter Stimme weiter. »Da wir gerade von Formen des Besitzens sprechen – es dürfte euch vielleicht interessieren, daß Marianna ihre letzte Séance hier in diesem Zimmer abgehalten hat. Vielleicht hat sie sogar diesen Tisch dort benutzt.« Er nickte zu einem runden viktorianischen Spieltisch hinüber, der neben den Verandatüren stand. »Ich habe dieses Haus mit allem Drum und Dran von Henrys Großnichte gekauft. Ein erstaunliches altes Mädchen. Ein bißchen antiquiert, aber noch völlig klar im Kopf. Sie hat mir erzählt, der Tisch habe Marianna gehört.«

»Sie haben ihn an den richtigen Platz gestellt«, meinte Dana. »Marianna hielt ihre Séancen gerne neben einem Fenster oder einer offenen Tür ab. Sie wollte soviel Licht wie möglich.«

»Ich war immer der Meinung, daß Medien am liebsten in verdunkelten Räumen arbeiten«, bemerkte Attery. Sein weißer Seidenrollkragenpullover und das graue Sakko schienen seine bleiche Haut und seine auffallend schwarzen Augen noch zu unterstreichen. In einem Raum, der so reich war an Farben, hob er sich durch seine Farblosigkeit von allen anderen ab. Aber vielleicht lag es auch nur an seiner kühlen Reserviertheit.

»Bei den meisten war das auch so«, antwortete Dana.

»Marianna war eine Ausnahme. Sie glaubte, daß die Geister vom Licht angezogen würden. ›Wir sind alle durch ein breites Band aus Licht miteinander verbunden‹, hat sie mal geschrieben.« Für Dana war diese Philosophie eine der ansprechendsten Seiten in Mariannas Charakter.

»Außerdem hatte sie Angst vor der Dunkelheit, nicht wahr?« sagte Daniel, während er ein weiteres Scheit ins Feuer legte.

Sie fragte sich, woher er das wissen konnte, bis ihr einfiel, daß er Veaseys Briefe natürlich auch gelesen hatte. »Ja, panische Angst. Das war einer der Punkte, der nach ihrer Einweisung in die Anstalt gegen sie verwendet wurde, als Beweis dafür, daß sie verrückt sei – die Tatsache, daß sie keinen dunklen Raum betreten wollte.«

»Ich verstehe wirklich nicht, wieso Sie Ihre Zeit mit einem solchen Mist verschwenden«, erklärte Karen trocken. Sie gähnte ausgiebig und schob den Teller mit dem Rest ihres Brötchens weg. »Ich meine, die Frau muß entweder verrückt gewesen sein oder eine Betrügerin. Was sonst könnte ein Medium sein?«

Dana warf einen Blick zu Daniel hinüber, der dieses Echo seiner eigenen Worte mit einem sarkastischen Lächeln kommentierte. Sie sagte zu Karen: »Das kommt auf die Perspektive an. Meiner Meinung nach hat Marianna wirklich daran geglaubt, daß sie mit Geistern kommunizieren konnte. Ob die Geister echt waren oder nicht, ist eine andere Frage. Marianna war wahrscheinlich Epileptikerin. Vielleicht verleiht die Epilepsie ihren Opfern ein stärkeres Bewußtsein für Dinge, die über unsere normale Wahrnehmung hinausgehen.«

»Was meinen Sie mit ›wahrscheinlich Epileptikerin‹?« fragte Tim, der gerade im Begriff gewesen war, eine große Gabel voll Salat zum Mund zu führen. »Steht das denn nicht fest?«

Daniel meldete sich zu Wort, ehe sie antworten konnte. »Es gibt dafür keinen Beweis«, erklärte er Tim. »Wir können bloß versuchen, anhand der Beschreibung ihrer Symptome eine intelligente Schlußfolgerung zu ziehen, aber im neunzehnten Jahrhundert gaben die Leute nicht zu, unter Epilepsie zu leiden.« Dana, der das »wir« nicht entgangen war, warf ihm einen dankbaren Blick zu.

»Schon allein deswegen, weil man damals davon ausging, daß Epilepsie durch Onanie beziehungsweise Masturbation ausgelöst wurde«, erklärte Attery mit einem Blick in die Runde. Die seltsam vogelähnlichen Augen hinter der Goldrandbrille glitzerten amüsiert. »Die Behandlung bestand unter Umständen in Kastration oder der weiblichen Entsprechung dazu. Kein Wunder, daß die Leute den Mund hielten.«

»Um Himmels willen, Thomas! War es wirklich nötig, uns das zu erzählen?« Estelle schlug ihr Messer und ihre Gabel aneinander und verzog angeekelt das Gesicht, als hätte gerade ein übler Geruch ihre Nase beleidigt.

Aus dem unbestimmten Bedürfnis heraus, Marianna durch ihre gesellschaftlichen Verbindungen Glaubwürdigkeit zu verleihen, erzählte Dana den anderen, daß viele berühmte Viktorianer an Mariannas Séancen teilgenommen hätten, unter anderem Elizabeth Barrett Browning, und daß sich nie jemand darüber beschwert habe, von dem Medium hinters Licht geführt worden zu sein.

»Hat Marianna diese Séancen bei sich zu Hause oder in den Häusern ihrer Freunde abgehalten?« fragte Attery. Beides, antwortete sie, obwohl sie bereits wußte, daß er darauf hinweisen würde – was er auch prompt tat –, daß das ziemlich clever von Marianna war, weil es den Leuten widerstreben würde, ihre Gastgeberin des Betrugs zu bezichtigen oder ihre eigenen Freunde zu beschuldigen, einem solchen Betrug Vorschub geleistet zu haben.

»Und E. B. B. war in Sachen Spiritismus selbst ziemlich leichtgläubig, nicht wahr?« fuhr er fort, während er sich den Mund sorgfältig mit seiner Serviette abwischte. Dann stellte er seinen leeren Teller auf das Tablett, das Pascale ihm hinhielt. »Robert Browning betrachtete den Spiritismus natürlich als einen Haufen Unsinn. Er hat ein satirisches Gedicht über das Thema geschrieben, ›Mr. Sludge, the Medium‹. Browning sagt, daß nur hysterische Bastarde als Medien geeignet sind.«

»Er sagt das nicht selbst, sondern läßt es Sludge sagen«, korrigierte ihn Dana in sachlichem Ton. »Und Sludge sagt weiter, daß es nun mal so sei, daß ausgeglichenere Typen nicht ›das nötige Feuer‹ zustande brächten.«

»Jetzt hat sie es dir aber gegeben, Thomas.« Lächelnd stand Finn auf. Er ging zum Klavier hinüber, auf dem mehrere gerahmte Photographien lagen, suchte eine heraus und brachte sie ihnen. Zuerst hielt er sie Dana hin. »Eine Aufnahme, die Hobhouse von Daniel Dunglas Home gemacht hat, dem berühmten Medium, Brownings realem Sludge. Ich nehme an, das Photo war ironisch gemeint.« Es handle sich um eine Kombinationskopie, fügte er hinzu, das aus mehr als einem Dutzend Negativen zusammengesetzt sei.

Die kleine Monochromaufnahme zeigte einen attraktiven, wenn auch etwas weichlich wirkenden jungen Mann, der von geisterhaften Wesen umgeben war. Sie füllten die Luft um ihn herum, schwebten über seinem Kopf und lagen auf dem Teppich zu seinen Füßen. Einer schraubte sich sogar aus seiner Brusttasche. Mit ihren weichen Grautönen war die Aufnahme sehr hübsch anzusehen, darüber hinaus aber auch technisch bemerkenswert. Als Dana das Photo an Thomas Attery weiterreichte, meinte sie, daß es bestimmt ein paar Leute dazu gebracht habe, an die Existenz von Geistern zu glauben.

Zweifellos, antwortete Finn. Aber im Gegensatz zu den echten Geisterphotographen – er legte eine ironische Betonung auf das Adjektiv – habe Hobhouse nie die Absicht gehabt, den Betrachter hinters Licht zu führen.

Für Dana war das ironische Photo eine weitere Bestätigung für ihre These, daß Henrys Einstellung zu Mariannas Spiritismus von Anfang an von zynischem Opportunismus gekennzeichnet war. Zu Beginn seiner Karriere war ihm Marianna nützlich gewesen, aber nachdem er sich einen Namen gemacht hatte, bedeutete sie für ihn nur noch ein lästiges Anhängsel.

Pascale erschien mit der Nachspeise. Wer lieber Obst oder Käse wolle, solle sich am Buffet bedienen, meinte sie. Während Dana ihr Kuchenstück entgegennahm, ging ihr durch den Kopf, daß sich die Französin kaum einmal setzte oder am Gespräch beteiligte, sondern sich statt dessen im Hintergrund hielt und ruhig dafür sorgte, daß alle hatten, was sie brauchten. Dabei machte sie auf Dana keinen besonders schüchternen Eindruck; vielleicht lag es einfach daran, daß sie es vorzog, sich von Finns Gästen fernzuhalten. Dana verstand durchaus, warum.

»Und diese echten Geisterphotographen«, wandte sich Karen gerade an Finn, »wie haben die es gemacht?«

»Hauptsächlich mit Zaubertricks«, meine er achselzuckend. Er beschrieb, wie manche skrupellosen Photographen die Originale durch bereits belichtete Platten oder Filme ersetzten. Andere bemalten den Hintergrund mit einem Sulfat aus in Schwefelsäure aufgelöstem Chinin, das für das Auge unsichtbar war, von der Kamera jedoch erfaßt werden konnte. Oder sie machten vor einem rabenschwarzen Hintergrund ein sehr unterbelichtetes Photo von dem »Geist« und verwendeten dieselbe Platte dann noch einmal für eine andere Aufnahme.

»Wie erklärten es sich diejenigen, die daran glaubten?« fragte Tim Sundy mit vollem Mund.

Finn warf Dana einen schnellen Blick zu, als wollte er sagen: Dafür sind Sie zuständig. Sie sagte: »Ich habe mal von einem Mann gelesen, der die Meinung vertrat, daß die Geister ihr Bild auf eine photographische Platte aufpreßten, indem sie mehrere magnetische Schichten darauf hinterließen. Natürlich mußte der Photograph eine gewisse Affinität zu den Geistern haben – also eine Art Medium sein –, damit das überhaupt möglich war.«

»Warum hat sich Hobhouse dann mit so etwas abgegeben?« fragte Sundy und hielt das Photo hoch. Der Schokoladenrand an seiner Oberlippe sah aus wie ein dünner Schnurrbart. Er ließ ihn älter wirken und ein bißchen lächerlich. Dana sah, wie Karen zu kichern begann, als sie ihn bemerkte.

Finn zuckte mit den Achseln. »Wer weiß? Ich kann es nicht ausstehen, daß wir immer jedes Rätsel lösen, jedes Geheimnis lüften wollen. Das ist ein Symptom für die Unsicherheit unserer Zeit. Wir wollen immer alles erklärt bekommen; niemand will mehr selbst denken. Gott sei Dank ist die Kunst einer der wenigen Bereiche, wo es mehr als nur eine richtige Antwort gibt.«

»Das hier ist Kunst?« fragte Karen mit einem Blick auf das Photo, das sie Tim abgenommen hatte.

»Auf seine Art.«

»Es fällt auf keinen Fall in den Bereich der klassischen Photographie«, erklärte John Malzer mit einem Lächeln.

Das provozierte einen weiteren Ausbruch von Finn.

»Klassische Photographie! Als ob es eine Tugend wäre, für jeden durchschaubar zu sein!«

»So daß es auch die Masse versteht?« wandte sich Daniel mit einem spöttischen Lächeln an seinen Vater.

»Daniel will damit sagen, daß man mir vorgeworfen hat, zu elitär zu sein. Aber sogar die Masse sehnt sich nach Allegorien, Symbolen, Mythen. Wir alle tun das. Heutzutage sind bloß die meisten von uns zu dumm, um sie zu erkennen.«

»Der Meinung bin ich auch«, pflichtete Estelle ihm mit ihrer schrillen Stimme eifrig bei. Sie hatte während dieser Unterhaltung kaum etwas gesagt, aber aus der Art, wie sie zugehört hatte

– so aufmerksam, daß sich zwischen ihren Augen eine steile Falte gebildet hatte –, schloß Dana, daß das Thema sie beunruhigte. »Wir sind in jeder Hinsicht so schrecklich materialistisch. Es gibt in unserem Leben einfach zu wenig Spirituelles.«

Karen streckte sich schläfrig und stand dann auf. »Ich weiß nicht, warum dieses Wort in mir immer den Wunsch weckt, sofort pinkeln zu gehen.«

Während sie den Raum verließ, sagte Tim: »Ich kann mir nicht vorstellen, daß heutzutage noch jemand auf Geisterphotos hereinfällt. Wir wissen doch alle zu gut, welche Tricks uns eine Kamera spielen kann.«

»Da bin ich anderer Meinung«, entgegnete Dana schnell. »Die meisten Leute wissen gar nicht so viel über Photographie und haben keine Vorstellung, was man damit alles machen kann. Erst kürzlich habe ich von einem älteren Paar gelesen, aus ... Wo war es noch mal? O ja, ein Ort namens Scunthorpe. Wie konnte ich das bloß vergessen. Die beiden sind einem Mann auf den Leim gegangen, der ihnen Photos vom Geist ihres toten Sohnes gezeigt hat. Sie haben ihm ihr gesamtes Erspartes gegeben.«

»Solche Leute wollen, daß man sie hereinlegt«, sagte Attery verächtlich. »Sie sind bereit, alles zu glauben, nur, um der Wahrheit nicht ins Gesicht sehen zu müssen. Wenn der Zauberer seine Arbeit gut macht, ist sein Opfer stets sein Mitverschwörer. Darauf haben Medien wie Ihre Marianna natürlich gebaut.«

Dana spürte, wie sie allmählich wütend wurde. »Ich glaube nicht, daß man das Echte verdammen kann, bloß weil irgendwelche Betrüger es nachmachen. Außerdem sind dem Empirismus durchaus Grenzen gesetzt.«

»Aber nicht der Gutgläubigkeit der Leute«, konterte Attery schnell.

»Andere nennen es vielleicht Glauben«, sagte Daniel ruhig. »Und hat man uns nicht beigebracht, daß dem Glauben keine Grenzen gesetzt sein sollten?«

John Malzer nahm sich gerade ein zweites Stück Kuchen. »Bei diesem Wort wird den meisten von uns himmelangst. Wir scheuen uns nicht, jedes noch so obszöne Wort in den Mund zu nehmen, aber kaum erwähnt jemand das Wort Glauben, werden wir alle rot und verlegen.« Estelle beugte sich zu ihm hinüber und legte ihre Hand auf seine. Er sah sie mit einem seltsamen tröstenden Lächeln an.

»›Man glaubt an das, was man noch nicht sieht; der Lohn für diesen Glauben ist, das zu sehen, woran man glaubt.‹« Finn hatte den Kopf auf die Sofakissen zurückgelegt und starrte zur Decke hinauf. »Wunderbar zweideutige Worte.« Er schloß die Augen.

»Redet ihr immer noch über Geister?« Karen war zurück. Rastlos durchquerte sie den Raum und griff nach einer der Glaskugeln. Ihre Augen glitzerten, und von ihrer Schläfrigkeit war nichts mehr zu spüren.

Thomas Attery lehnte sich zu Malzer hinüber. Mit ruhiger, boshafter Stimme sagte er: »Erstaunlich, welch belebende Wirkung so ein Ausflug aufs Klo haben kann. Es muß an diesem weißen Scheuerpulver liegen.« Tims Kopf fuhr herum, und er forderte Attery in scharfem Ton auf, den Mund zu halten.

Karen hielt sich die Lichtkugel unters Kinn, so daß sie ihren Zügen ein unwirkliches, maskenhaftes Aussehen verlieh, und begann zu singen: »Double bubble, toil and trouble . . .« Ein Gesang, der Shakespeares Worte wie eine Werbung für Kaugummi klingen ließ, dachte Dana. Als sie sich mitten im Singsang der Hexen verhaspelte, hielt Karen inne, um den anderen vorzuschlagen, eine Séance abzuhalten. »Wir könnten die Geister der Frauen herbeirufen, die auf den Klippen ums Leben gekommen sind. Sie fragen, ob sie gefallen sind oder gestoßen wurden.«

»Also wirklich, Karen!« sagte Estelle in strengem Ton. »Über so etwas sollte man keine Witze machen!«

»Du willst mir doch wohl nicht erzählen, daß du Angst vor

Geistern hast?« fragte die jüngere Frau. Mit ihrem dünnen, durchsichtigen Kleid, dem metallisch schimmernden Haar, das über ihrem Kopf knisterte, und den markanten Gesichtszügen, die durch die Flamme noch zusätzlich hervorgehoben wurden, kam sie Dana selbst wie die Verkörperung eines bösen Geistes vor. Mit schlangenhafter Bedächtigkeit begann sie den Raum zu umkreisen, wobei sie die Kugel mit dem Licht wie eine Priesterin vor sich her trug.

»Als nächstes wird sie nach der Alphabettafel verlangen! Gott stehe uns bei!« murmelte Attery, während er aufstand, um sich am Buffet eine Portion Käse zu holen.

Karen war vor Daniel stehengeblieben. »Bestimmt gibt es einen Geist, den du gerne herbeirufen würdest, Daniel.« Sie blickte mit einem höhnischen Lächeln zu ihm auf. Er schüttelte ganz leicht den Kopf. Noch immer stand er gegen den Bücherschrank gelehnt, die Hände in den Hosentaschen. Seine Miene wirkte amüsiert und argwöhnisch zugleich, aber darüber hinaus zeigte er keine Reaktion.

»Zu schade«, sagte das Mädchen über die Schulter zu ihm, während sie sich von ihm abwandte. »Ich wette, für dich würde sie kommen.«

Dana sah, daß Daniel einen schnellen Blick zu seinem Vater hinüberwarf. Aber Finns Augen waren noch immer geschlossen. Sie fragte sich, ob er eingeschlafen war oder ob er es einfach vorzog, Karens Vorstellung zu ignorieren. Am liebsten hätte sie es ihm gleichgetan. Die Hitze des Feuers und der Wein bewirkten, daß sich ihr Kopf seltsam leicht anfühlte. Der Raum schien an ihr vorbeizutreiben wie ein großes, außer Kontrolle geratenes Schiff, dessen Kapitän am Steuer eingeschlafen war.

Als nächstes trat Karen an Mico Tatevic heran. Er war etwas abseits von den anderen so still in einem Sessel gesessen, daß Dana seine Gegenwart fast vergessen hatte. Seine großen Hände ruhten auf seinen Knien, während er Karen betrachtete, und sein Osterinselgesicht blieb völlig ausdruckslos, so daß es aussah wie aus Stein gemeißelt.

»Ich spüre, wie sich ein Geist in mir regt, Mico«, sagte Karen in vielsagendem Ton. »Spürst du es auch?«

Während er dasaß und zu dem Mädchen aufsah, wurde Dana klar, daß er irgendwie von ihr fasziniert war. Aber aus seinem betörten Blick sprach etwas vom hypnotisierten Stillhalten eines Vogels vor einer Schlange, mehr Furcht als Freude. Die Atmosphäre im Raum hatte sich verändert, wirkte plötzlich elektrisch aufgeladen. Timothy Sundy wandte sich wütend ab. Neben Dana hatte Finn die Lider nur einen Spalt weit geöffnet und starrte Karen aus zusammengekniffenen Augen an. Dana dachte: Ich kenne diese Leute überhaupt nicht. Plötzlich hatte sie das Gefühl, daß sie zu allem fähig waren.

20

»Mico!«

Die fordernde Stimme schnitt in die Stille des Raums wie ein Peitschenknall. Alle drehten sich um und starrten Nadia Tatevic an, die in der Verandatür stand. Mico schüttelte sich, als müßte er erst einen klaren Kopf bekommen, und ging an Karen vorbei auf seine Frau zu. Sein Gang wirkte unsicher, wie bei einem Schlafwandler, der gerade aufgewacht ist und nicht so recht weiß, wie ihm geschieht. Mit leiser, bitterer Stimme und wutverzerrtem Gesicht sprach Nadia auf ihn ein. Er gab ihr keine Antwort, ging aber schweigend mit ihr in die Nacht hinaus.

»Ich habe nicht damit gerechnet, daß der Teufel höchstpersönlich erscheinen würde«, sagte Karen mit einem nervösen Lachen. Sie stellte das Licht ab und fuhr sich mit den Händen über die nackten Arme. Dana sah, wie sie erschauderte, aber ob aus Kälte, Angst oder Aufregung, konnte sie nicht sagen. Sie empfand Karens Verhalten gegenüber Tatevic als eine seltsame Mischung aus Provokation und nervöser, gespielter Tapferkeit.

Plötzlich kam Bewegung in Finn, und er stand auf. »In Gottes Namen, Pascale, müssen wir hier im Dunkeln sitzen?« Während sie herumging und die Lampen einschaltete, schenkte er sich einen weiteren Drink ein, murmelte irgend etwas davon, daß er frische Luft brauche, und ging auf die Terrasse hinaus. Kurz darauf folgte ihm Pascale. Die anderen schüttelten währenddessen die Lethargie ab, die sie alle befallen zu haben schien, und wanderten zum Buffet hinüber, um sich Wein nachzuschenken oder eine weitere Portion von der Nachspeise zu holen.

Dana fragte sich, wie lange Nadia wohl schon draußen gestanden hatte. Die Vorstellung, daß die Frau dort in der Dunkelheit stand und sie beobachtete, fand sie nicht nur traurig, sondern auch ein wenig beunruhigend.

»Arme Nadia«, sagte Malzer. Seine Stimme kam Dana wie ein Echo ihrer Gedanken vor. »Sie wirkt nicht besonders glücklich.«

»Ist das ein Wunder?« Thomas Attery schluckte ein letztes Stück Käse hinunter und stellte dann seinen Teller beiseite. Er warf einen vielsagenden Blick zu Karen hinüber, die am anderen Ende des Raums in einen Streit mit Tim verstrickt schien. »Hier sind die Bomben anders verpackt. Aber ich nehme an, sie findet sie genauso zerstörerisch.«

In diesem Moment kam Pascale wieder ins Zimmer, um ihnen von Finn auszurichten, er wolle, daß sie alle nach draußen kämen, weil der Mond von einem wolkenlosen Himmel herableuchte und alles in ein unirdisches Licht tauche. »Er sagt, das müßt ihr unbedingt sehen. Ihr wißt ja, wie Finn ist, wenn es um Licht geht«, fügte sie mit einem leicht amüsierten Schulterzucken hinzu.

Obwohl einige murrten, standen sie gehorsam auf. Aber als

Dana Anstalten machte, ebenfalls aufzustehen, um den anderen zu folgen, erklärte ihr Daniel, daß sie entschuldigt sei. »Es sei denn, Sie sind besonders erpicht darauf, den Mond zu sehen ...?«

»Ich warte, bis die Terrasse nicht mehr ganz so bevölkert ist.« Sie ließ sich wieder in ihre Sofaecke sinken und streckte ihren linken Arm über der Rückenlehne aus.

Er nahm neben ihr auf dem Sofa Platz, wo vorher sein Vater gesessen hatte. »Ich könnte eine private Besichtigung arrangieren.« Er sagte das leichthin, legte dabei aber seinen Arm ebenfalls auf die Rückenlehne des Sofas, so daß seine Hand neben der ihren zu liegen kam und ihre Finger sich fast berührten. Sein Blick war ernst.

»Als ich zum letztenmal etwas besichtigt habe«, sagte sie genauso leichthin, schaffte es aber nicht, seinen Blick zu erwidern, »habe ich etwas gesehen, das ich haben wollte. Leider war ich nicht die einzige, die es wollte.« Sie sprach jetzt nicht nur von Mariannas Photo.

»Das heißt aber nicht, daß Sie so schnell aufgeben sollten.« Irgend etwas an der Art, wie er das sagte, ließ sie ahnen, daß seine Worte genauso doppeldeutig waren wie ihre.

Da sah sie ihn direkt an und fragte mit einem Lachen: »Was reden wir da eigentlich für Unsinn? Ob uns der Mond schon den Geist verwirrt hat?«

»Das hängt ganz von Ihnen ab.«

In die Stille, die nun folgte, drang Atterys Stimme durch die Verandatür herein. »Whiskywolken hinter uns herziehend, folgen wir deinem Ruf, Finn. Ich hoffe bloß, du erwartest nicht von uns, daß wir den visionären Schein sehen. Wir besitzen nicht deine Unschuld.«

Daniel zog eine Augenbraue hoch. »Thomas hat manchmal eine grausame Art, sich auszudrücken. Aber er ist auch ein sehr guter Beobachter.«

»Was die Unschuld betrifft?« Dana bemühte sich, ihre Stimme nicht allzu ungläubig klingen zu lassen.

»Nicht gerade ein Wort, das sich im Zusammenhang mit Finn aufdrängt, nicht wahr? Aber es stimmt, daß er die Dinge mit einem unschuldigen Blick betrachtet. Er sieht sie, als sähe er sie zum erstenmal. Wie ein Kind.«

»Und der visionäre Schein?«

»Das ist Finns Regenbogen, hinter dem er ständig herjagt.«

»Mit Erfolg?«

Daniels Augen glitten zu dem Photo von Solange hinüber. »Manchmal. Dann entgleitet er ihm wieder.«

»Sie war sehr schön.«

»Ja.« Er sagte diese eine Silbe mit ausdrucksloser Stimme. Einen Augenblick später fügte er hinzu, daß Finn erst wieder angefangen habe, das menschliche Gesicht zu photographieren, nachdem er Solange getroffen habe. »Sie hat seine Kreativität ungeheuer beflügelt. Ihn gerade in dem Augenblick in eine neue Richtung gelenkt, als er dabei war, das Interesse an der alten zu verlieren.«

Dana fragte ihn, wie die beiden sich kennengelernt hatten, bereute ihre Frage aber sofort, als sie sah, wie sich sein Blick verdüsterte. Offenbar war ihm diese Frage unangenehm.

»Durch mich«, antwortete er nach einem Moment des Zögerns. »Solange und ich waren... Freunde. Sie kam her, um mich im Schulhaus zu besuchen.« Dann, als wäre es ihm wichtig, daß er ehrlich zu ihr war und sie ihn verstand, fügte er in nüchternem Ton hinzu: »Die Wahrheit ist, wir hatten eine Affäre. Nichts Ernstes, weder von ihrer noch von meiner Seite. Sie war nie wirklich in mich verliebt, und Finn war alles, wonach sie suchte. Geliebter, Ehemann, Vaterfigur...«

Reich und berühmt, fügte Dana in Gedanken hinzu. Ihre eigene Reaktion überraschte sie. Fast hatte sie das Gefühl, eifersüchtig auf die Tote zu sein. Und sie fragte sich, ob Daniels scheinbare Distanz – er selbst schien keine Eifersucht zu verspüren – um einen Preis erkauft war, den er immer noch bezahlte. Es war bestimmt nicht leicht, dachte sie, seine Geliebte an den eigenen Vater zu verlieren.

Aber bevor sie antworten konnte, kam Estelle von draußen herein. Sie beklagte, daß plötzlich ein kühler Wind gehe, und fragte Daniel, ob er ihr die Jacke aus der Diele holen könne. Sobald er gegangen war, durchquerte sie mit schnellen Schritten den Raum und blieb vor Dana stehen. Sie wirkte beunruhigt, fast unsicher, und von ihrer sonst so geschäftigen, anpackenden Art war nichts mehr zu spüren. Sogar die Armreifen an ihren langen, knochigen Handgelenken waren zum Stillstand gekommen.

»Sie haben vorhin gesagt«, begann sie eilig, »daß man für spirituelle Dinge offenbleiben sollte. Darüber würde ich sehr gern mit Ihnen reden. Hätten Sie Lust, morgen mit mir zu Mittag zu essen, bei mir zu Hause?«

Dana war froh, ihren Knöchel als Ausrede vorschieben zu können. Das letzte, was sie wollte, war, ihre Lektüre der Hobhouse-Papiere für ein Rendezvous mit Estelle Pinchot zu unterbrechen.

Die ältere Frau runzelte die Stirn. »Das mit Ihrem Knöchel habe ich ganz vergessen. Dann besuche ich Sie eben hier. Finn wird bestimmt nichts dagegen haben.«

Da sie nun gezwungen war, deutlicher zu werden, erklärte Dana, daß ihre Zeit in Kerreck Du leider begrenzt sei und sie deswegen das Gefühl habe, diese Zeit auf ihre Recherchen verwenden zu müssen.

»Ja, natürlich, das verstehe ich durchaus«, sagte Estelle ungeduldig. »Aber es ist wirklich wichtig.« Sie trat noch einen Schritt näher. Dana konnte ihr schweres Parfüm riechen, das genauso erdrückend war wie die Frau selbst. Gleichzeitig schlug ihr ein Schwall von schlechtem Atem entgegen. »Das ältere Paar, das

Sie vorher erwähnt haben«, fuhr Estelle mit leiser Stimme fort, »die Leute, die ihr ganzes Erspartes verloren haben ... ich wollte Sie fragen –« Sie brach ab, weil in dem Moment die anderen wieder hereinkamen.

»Es wird Zeit, daß wir gehen, Estelle!« rief ihr John Malzer zu.

»Ja, ja, ich komme schon.« Sie starrte unverwandt auf Dana hinunter. »Dann also morgen. Ich verspreche, daß ich Sie nicht lange stören werde.«

»Also, ich ...« Danas Blick wanderte zu Finn, der neben Estelle getreten war.

»Nun, Estelle, wie ist es?« mischte er sich gewandt in ihr Gespräch. »Du wolltest uns doch morgen ein wenig in der Galerie helfen. Gegen elf?« Dabei manövrierte er sie unauffällig zu den anderen hinüber, die gerade den Raum verließen. Karen und Tim boten Daniel an, ihn mit zum Schulhaus zu nehmen, aber er schüttelte den Kopf und sagte, er werde den Klippenpfad zurückgehen.

Estelle, der Daniel gerade in die Jacke half, hielt mitten in der Bewegung inne und drehte sich zu ihm um. »Ist das nicht sehr leichtsinnig?«

»In einer dunklen Nacht vielleicht schon«, antwortete er ruhig. »Aber bei diesem Vollmond ... Außerdem kenne ich den Weg wie meine Westentasche.«

»Das habe ich nicht gemeint«, begann Estelle.

Karen unterbrach sie. »Warum sollte Daniel aufhören, den Weg über die Klippen zu nehmen? Bloß weil manche Leute gern Schauermärchen erzählen? Ich werde mich davon bestimmt nicht ins Bockshorn jagen lassen. Außerdem«, fügte sie mit einem grausamen, für die ältere Frau bestimmten Lächeln hinzu, »sind Daniel und ich zu jung für die Möwe. Er mag sein Fleisch gut abgehangen.«

Finn forderte sie in scharfem Ton auf, sich zu benehmen, und scheuchte sie dann alle in die Diele hinaus. Dana blieb mit

Daniel und Pascale zurück. »Karen ist unmöglich«, sagte Pascale, während sie sich hinunterbeugte, um ein benutztes Weinglas aufzuheben, das jemand neben einem Stuhlbein auf den Boden gestellt hatte. Ihr französischer Akzent verschaffte dem Adjektiv zusätzlichen Nachdruck.

»Es wäre besser, sie würde ihr Geschick mit der Nadel auf ihre Arbeit beschränken«, pflichtete Daniel ihr trocken bei, während er sich daran machte, Pascale zu helfen.

»Nadeln können auch diejenigen stechen, die sie benutzen«, bemerkte Pascale. »Karen sollte sich in acht nehmen.«

Finn kam ins Zimmer zurück und verkündete laut, wie erleichtert er sei, daß seine Gäste endlich gegangen seien. Dann sagte er beiläufig zu Daniel: »Besser, du bleibst heute nacht hier. Der Wind eben hat mir gar nicht gefallen.«

Daniel schien die Besorgtheit seines Vaters zu überraschen. »Wenn das so ist«, sagte er, »würde ich mich über ein Bett in Kerreck Du sehr freuen.«

»Gut.« Finn füllte sein Glas mit Whisky und ließ sich in einen Sessel sinken. Die Whiskyflasche stellte er auf den Tisch neben sich. Dana sah, wie Pascale Daniel einen Blick zuwarf, den er mit einem fast unmerklichen Achselzucken beantwortete. Finn hatte das offenbar mitbekommen, denn er deutete auf die Flasche und sagte in gereiztem Ton: »Rein medizinisch. Thomas *und* Karen schaffen mich. Ich habe rasende Kopfschmerzen.«

Pascale zeigte kein Mitleid. »Selber schuld. Was mußtest du sie auch zum Essen einladen?«

Er ignorierte ihren Kommentar. »Die Milch der menschlichen Güte ist in Thomas' Adern schon immer ziemlich spärlich geflossen, und das bißchen, das er davon hat, scheint allmählich zu gerinnen. Er kommt mir neuerdings ziemlich säuerlich vor.« Mit der freien Hand rieb er sich den Nacken. Sofort eilte Pascale hinter seinen Sessel, um ihm die Schultern zu massieren.

»Er ist unglaublich verliebt«, sagte Daniel.

Finn schnaubte verächtlich: »Thomas' einzige Liebe ist das Geld. Und seine Sammlung. Alles andere ist nur eine vorübergehende Verirrung. Wahrscheinlich kommt er in die Wechseljahre. Obwohl mir wirklich schleierhaft ist, was er an John findet. Der Typ sieht doch aus wie eine große braune Schnecke.« Als Pascale etwas von der Milch der menschlichen Güte murmelte, lachte er. »Ja, ja, ich weiß. Ein Esel schimpft den anderen Langohr.«

»Jedenfalls«, meinte sie, »glaube ich nicht, daß das etwas Sexuelles ist. Schon eher ein Fall von frustrierter Vaterschaft.«

»Zu dem Thema könnte ich ihm weiß Gott einiges erzählen. Zum Beispiel, daß die Vaterschaft an sich eine einzige Frustration ist.« Finns Ton klang eher scherzhaft.

»Vielleicht ist die Vaterschaft eine Fertigkeit wie jede andere auch», meinte Daniel kühl. »Vielleicht ist sie nur dann frustrierend, wenn man zu wenig übt.«

Einen Moment lang starrten sich die beiden Männer an. Der Blick des jüngeren wirkte amüsiert, aber in den Augen des älteren glaubte Dana ein gefährliches Licht aufflackern zu sehen. Doch Finn lachte nur und gab seinem Sohn zur Antwort, er hoffe, Daniel werde genügend Gelegenheit zum Üben haben, wenn er selbst an der Reihe sei. Als er weitersprach, klang seine Stimme plötzlich ernst. »Karen fängt wieder mit ihren alten Spielchen an, oder?«

»Drogen, meinst du?« antwortete Daniel. »Heute abend hat es ganz danach ausgesehen.«

»Diese Närrin. Sie hat eine Menge Talent, aber keine Selbstdisziplin. In ihrem Alter war ich auch kein Heiliger, aber wenigstens habe ich damals verdammt hart gearbeitet. Damals wie heute. Von meiner Arbeit lasse ich mich durch nichts ablenken. Von dieser Ausstellung mal abgesehen.« Er kratzte sich heftig am Bart, als würde er ihn stören, und drehte sich dann zu seiner

Schwägerin um. »Hilf mir mal auf die Sprünge, Pascale. Warum habe ich mich dazu überreden lassen?«

»Weil John dir Honig ums Maul geschmiert hat, bis du nicht mehr nein sagen konntest. Und jetzt halt endlich still.«

»Autsch!« Er sah zu Dana hinüber. »Ging ich eben recht in der Annahme, daß Sie vor *la belle dame sans merci* gerettet werden wollten?«

»Ich wollte nicht unhöflich sein. Aber da mir hier nicht viel Zeit bleibt –«

»Unsinn. Alle Zeit der Welt.« Die ausladende Geste, mit der er das sagte, ließ sein Glas überschwappen, so daß ein wenig Whisky auf der Sofalehne landete. Finn ignorierte es, aber Pascale unterbrach ihre Massage, um einen Lappen zu holen. »Estelle scheint einen Narren an Ihnen gefressen zu haben«, fügte er hinzu.

»Sie hat gesagt, sie wolle sich mit mir über das Thema Spiritismus unterhalten. Sie schien wegen irgend etwas aufgeregt.«

»Estelle ist immer wegen irgend etwas aufgeregt«, meinte Pascale spöttisch, während sie den verschütteten Whisky auftupfte. »Genau wie Nadia.«

»Kümmert euch einfach nicht um sie. Oder das.« Finn legte seine Hand auf die von Pascale, so daß sie nicht länger an dem Fleck herumreiben konnte. Seine Worte klangen etwas schroff, aber er ließ seine Hand für einen Moment auf ihrer liegen – eine Geste, die auf Dana eher liebevoll als tyrannisch wirkte. Als Pascale ihren Platz hinter seinem Sessel verließ, wandte er sich an seinen Sohn. »Du hast mir noch gar nichts von deinem neuen Projekt erzählt.«

»Ich bin mir nicht sicher, ob es dich besonders interessieren wird. Eigentlich ist es nicht so ganz dein Ding.« Offenbar hatte er Pascales leichtes, warnendes Kopfschütteln bemerkt, denn er fügte rasch hinzu: »Weißt du, es ist ziemlich langweilig, wenn man nicht –«

Finn ließ seine Hand auf die Sessellehne niedersausen. »Verdammt noch mal! Erzähl mir nicht, was mein Ding ist und was nicht!« Er streckte den Arm nach der Whiskyflasche aus und stieß dabei das Glas auf dem Tisch um. Pascale machte einen Schritt auf ihn zu, aber er winkte ab, stellte das heil gebliebene Glas wieder auf und schenkte sich noch einmal großzügig nach. Die Französin bekam einen harten Zug um den Mund.

Mit unergründlicher Miene starrte Daniel auf einen Punkt in der Ferne. Nach einer kurzen Pause sagte er: »Es ist nur so, daß du dich immer recht unmißverständlich geäußert hast, was digitale Bilder angeht.«

»Stimmt. Momentan taugt das Ganze auch noch nichts. Das heißt aber nicht, daß der Mist nicht eines Tages Rosen hervorbringen wird. Aber sie werden nach nichts duften, diese Rosen.«

»Ich glaube, es ist zum Teil bloß eine Frage der Gewöhnung«, antwortete Daniel kühl. »Vor hundertfünfzig Jahren beklagten sich die Leute, als man von der Daguerreotypie zum Albuminprozeß überging. Die Leute sagten, das Bild sei nicht mehr so perfekt, und sie hatten recht. Aber das Albuminphoto besitzt seine eigene Schönheit. Wir müssen für den digitalen Prozeß auch erst eine neue Ästhetik entwickeln. Das wird um so leichter, je besser die Technik wird. Schon jetzt ist man mit der Farbe viel flexibler.«

»Die Farbe ist die Zuflucht derer, die am Ende ihrer Kreativität angelangt sind«, meinte Finn verächtlich.

Daniel lächelte. »Wie in: ›Wenn du es nicht gut machen kannst, dann mach es rot‹?«

Aber Finn erwiderte sein Lächeln nicht. »Das Schwarzweißmedium erfordert einen Akt der künstlerischen Abstraktion. Egal, wie man über Farbe denkt, sie lenkt auf jeden Fall ab. Außerdem wird dich deine Technologie sowieso im Stich lassen. Du kannst Tintenstrahldruck und Farbe noch so sehr perfektionieren, an die Subtilität des silbergetönten Bildes wirst du damit niemals herankommen.«

»Möglich. Aber vielleicht wird uns diese Technologie etwas anderes, ebenso Schönes bescheren. Außerdem – ist es nicht unsere Aufgabe, die Bedeutung unseres Zeitalters mit Hilfe der modernen Medien zum Ausdruck zu bringen? Unsere neue Sprache ist nun mal digital.«

»Gott bewahre!«

Dana, die das Wortgefecht zwischen Vater und Sohn aufmerksam verfolgte, fand es interessant zu beobachten, wie Finns Wut langsam verrauchte, während Daniel ruhig an seiner Position festhielt. Für sie bestand kein Zweifel daran, daß Finn trotz der starken Emotionen, die dieses Thema in ihm weckte, großen Respekt vor Daniels Hartnäckigkeit hatte, ebenso wie vor seinem Standpunkt.

Nachdem Finn einen weiteren Schluck aus seinem Glas genommen hatte, verzog er das Gesicht, als hätte sich der Geschmack des Whiskys plötzlich verändert. Er blickte zu seinem Sohn auf. »Tut mir leid, Daniel. Deine Arbeit ist kein Mist. Sie ist sogar sehr gut. Eine erstaunliche Technik.«

»Aber nicht authentisch?« Daniel klang weder wütend noch aggressiv, sondern nur neugierig, als würden sie über irgendein unwichtiges Thema sprechen, das sie selbst nicht betraf.

Finn schüttelte langsam den Kopf. »Wenn deine Arbeit nicht authentisch ist, ist es meine auch nicht. Wir unterscheiden uns nur in unseren Methoden. Und die meinen sind zum Aussterben verdammt. Ich bin ein Dinosaurier, müssen Sie wissen«, sagte er zu Dana. Er wirkte plötzlich sehr müde und außerdem älter, als er war. Der Mann, den sie gestern nachmittag auf der Lichtung gesehen hatte, war ein viel jüngerer Finn gewesen, dachte sie.

»Die Schwarzweißphotographie aus der Dunkelkammer hat keine Zukunft mehr«, erklärte er ihr. »In ein paar Jahren werden die Hersteller zu dem Schluß kommen, daß es nicht mehr profitabel ist, die Materialien herzustellen, die ich verwende, und das war's dann. Wenn ich Glück habe, bin ich bis dahin tot.« Er leerte sein Glas und stand dann auf. »Ihr müßt mich entschuldigen. Die Arbeit ruft. Mit anderen Worten«, fügte er an Pascale gewandt hinzu, »ich bin in der Dunkelkammer. Ich muß noch ein paar Sachen fertig machen.« Unsicheren Schritts verließ er den Raum. Dana fragte sich, wie er da in der Dunkelkammer zurechtkommen sollte.

»Egal, wieviel er getrunken hat«, erklärte Daniel, als hätte er ihre Gedanken gelesen, »seine Hände zittern nie.« Dann wandte er sich an Pascale und fügte geheimnisvoll hinzu: »Zeichen und Omen?«

»Ich glaube schon«, antwortete sie mit einem kleinen Lächeln. »Und ich bin froh, daß du hier warst und sie sehen konntest.«

21

Karen stand neben dem Rover in der Auffahrt von Kerreck Du, während Tim in seinen Taschen nach dem Autoschlüssel suchte und wegen ihres Verhaltens gegenüber Mico leise mit ihr schimpfte. Er hielt sein wütendes Gesicht so nahe vor ihres, daß sie den anschwellenden Pickel auf seinem Nasenflügel sehen konnte. Aber sein Zorn schien von ganz weit her zu kommen, von zu weit her, um sie zu berühren. Das leichte Brummen in ihrem Kopf, eine Nachwirkung des Kokains, das sie genommen hatte, dämpfte jede Emotion auf angenehme Weise.

Aus der offenen Tür hinter ihnen fiel ein Fächer aus Licht auf den kiesbedeckten Vorhof. Die anderen verabschiedeten sich gerade von Finn. Sie hörte, wie ihm Estelle mit ihrer hohen, schrillen Stimme für den wunderschönen Abend dankte. Der Abend war auf seine Weise recht unterhaltsam gewesen, dachte Karen, aber wohl kaum wunderschön. Obwohl es ihr großen

Spaß gemacht hatte, Thomas mit dem zu quälen, was sie über ihn wußte. Er tat so, als würde ihn das gar nicht berühren, aber sie wußte, daß er sich innerlich wand. Als ob sich irgend jemand für seine widerlichen kleinen Vorlieben interessierte.

»... immer mußt du eine Show abziehen«, sagte Tim gerade wütend. Er schien vom vielen Wein eine schwere Zunge zu haben.

Das sei doch der Sinn der Sache, hätte sie am liebsten zu ihm gesagt: eine Show abzuziehen, die Dinge ein wenig zu beleben. Aber es war ihr viel zu anstrengend, ihm das zu erklären. Er dachte so konventionell, daß er es sowieso nicht verstanden hätte.

Der Fächer aus Licht zog sich zusammen und verschwand schließlich ganz, als die Haustür geschlossen wurde. Einen Moment später hörte sie Schritte über den Kies auf Johns Fiesta zukommen, der gleich neben dem Rover parkte. Sie drehte sich um und sah, daß Estelle und Thomas John in ihre Mitte genommen hatten. Den Gegenstand ihrer Liebe. Sie kicherte laut.

Tim dachte offenbar, daß sie über ihn kicherte. Etwas in seinem Gesicht warnte sie, aber noch ehe sie reagieren konnte, hatte er eine Hand hochgerissen und ihr eine Ohrfeige gegeben. Nicht fest, sie spürte es kaum, aber plötzlich war John an Tims Seite und packte ihn am Ärmel seines pinkfarbenen Blazers.

»Laß das bleiben!«

»Ach, zieh Leine und kümmere dich um deinen eigenen Dreck!« Tim wollte seinen Arm wegziehen, aber einer von den Manschettenknöpfen des Blazers verhakte sich in Johns locker gestricktem Baumwollpulli, und die beiden Männer mußten feststellen, daß sie nicht mehr auseinanderkamen. Als Thomas auf sie zutrat, um ihnen zu helfen, löste sich der Knopf plötzlich aus den Maschen des Pullis, und Thomas bekam Tims Arm mit voller Wucht ins Gesicht. Mit einem Schmerzensschrei schlug er die Hand vor die Nase.

Karen brach in wildes Gelächter aus. »Wißt ihr, wie ihr ausseht? Wie die drei Stooges! Curly, Larry und Moe.« Sie bog sich vor Lachen und mußte sich mit einer Hand am Rover festhalten, um nicht das Gleichgewicht zu verlieren. Vorübergehend ernüchtert, versuchte sich Tim bei Thomas zu entschuldigen, aber der ältere Mann winkte bloß ab und nahm auf dem Rücksitz von Johns Wagen Platz, ein Taschentuch gegen die Nase gepreßt. Estelle lehnte sich aus dem offenen Fenster auf der Beifahrerseite und winkte Malzer hektisch zu. »Komm schon, John! Siehst du denn nicht, daß die beiden betrunken sind?«

Zögernd blieb John neben Karen stehen, während er auf seiner Unterlippe kaute. Als er sie schließlich fragte, ob alles in Ordnung sei, klang seine Stimme so ernst, als würde er sich nach ihrem Seelenheil erkundigen. »Vielleicht solltest du besser mit uns fahren.«

Das war wirklich das letzte, was sie wollte. Sie setzte ein ebenso ernstes Gesicht auf wie er, legte eine Hand auf seine Schulter, um ihn näher zu sich heranzuziehen, und flüsterte in vertraulichem Ton: »Es ist bloß Sex, John. Du weißt ja, wie das ist.«

Die schlammbraunen Augen blinzelten. Einen solchen Ausdruck hatte sie bei ihm noch nie gesehen, und einen Moment lang brachte sie das aus der Fassung. Vielleicht war er ja doch interessanter, als es auf den ersten Blick den Anschein hatte. Konnte es sein, daß die seltsame Geschichte, die er ihr erzählt hatte, der Wahrheit entsprach? Aber schon im nächsten Moment war er wieder ganz der alte und sah sie wie erwartet mit mißbilligend verkniffenen Lippen an.

Trotzdem zögerte er noch immer. Sie wußte, daß er sich wahrscheinlich nichts sehnlicher wünschte, als sie mit Tim davonfahren zu sehen, gleichzeitig aber Angst vor späteren Gewissensbissen hatte, falls ihnen etwas zustoßen sollte. Sie erklärte ihm, er könne getrost nach Hause fahren, sie komme schon zurecht. Tim sei gar nicht so betrunken, sondern nur wütend auf sie. »Wir müssen uns bloß aussprechen, das ist alles. Er ist durchaus noch fahrtüchtig.« John nickte. Ihm war anzusehen, wie froh er war, das zu hören. Er war wirklich ein Jammerlappen. Bestimmt hatte er sich seine Geschichte nur ausgedacht, um sie zu beeindrucken.

Inzwischen hatte Tim seinen Schlüssel gefunden. Während die anderen davonfuhren, zog er seinen pinkfarbenen Blazer aus, inspizierte die Manschettenknöpfe und legte ihn dann vorsichtig auf den Rücksitz. Sogar wenn er betrunken und wütend war, behandelte er seine Sachen mit großem Respekt. Mit mehr Respekt, als er mich behandelt, dachte Karen.

»Weißt du, Tim«, sagte sie, als sie sich auf den Beifahrersitz sinken ließ, »ich wette, wenn du auf einem sinkenden Schiff wärst und die Wahl hättest, mich zu retten oder einen Armani-Anzug, kämst du ins Grübeln.«

Er warf ihr einen grimmigen Blick zu. »Ich würde mich nicht darauf verlassen.«

Lachend schlüpfte sie aus den Schuhen und stemmte ihre nackten Füße gegen das Armaturenbrett, während er den Schlüssel ins Schloß fummelte. Eigentlich sollte sie lieber selbst fahren, dachte sie. Er war wirklich sturzbetrunken. Aber wenn sie darauf beharrte, würde er bloß noch wütender werden, und sie hatte ihn an diesem Abend schon genug gereizt. Außerdem war sie selbst nicht in viel besserer Verfassung, auch wenn sie zu John etwas anderes gesagt hatte.

»Schnall dich an!« befahl er ihr in schroffem Ton. Er war sehr pingelig, was Dinge wie Sicherheitsgurte, Rauchmelder und Zahnseide betraf.

Sie ignorierte den Befehl. Statt dessen stöberte sie durch die Schachtel mit Kassetten, die er auf dem Boden stehen hatte, fand eine Proclaimers-Kassette und lehnte sich vor, um sie in den Recorder zu schieben und auf volle Lautstärke zu drehen.

Tim nannte sie die Profaners. Er hörte lieber New-Age-Musik. Sein Musikgeschmack war einer der Punkte, die ein Zusammenleben mit ihm unmöglich machten. Als der dröhnende Rhythmus den Wagen durchflutete, verzog er sein Gesicht, sagte aber nichts. Das war ein Teil seines Verhaltensmusters: die plötzliche Kapitulation. Nach einem Streit war er für kurze Zeit verärgert und schmollte, dann tat es ihm leid, und schließlich – wenn sie sich weigerte, ihm zu vergeben – schlug seine anfängliche Wut in Niedergeschlagenheit um.

Als sie aus der Auffahrt bogen, glitten die Scheinwerfer des Rovers über die wellige Hecke, die neben dem Weg wie eine Mauer aufragte. Die Bäume, deren Äste sich über ihnen wölbten, machten aus der Straße einen Tunnel, der Karen so stickig erschien, daß sie fast Platzangst bekam. In der Luft hing jener eigenartige Geruch, den Pilze verströmten, wenn man sie zu lange im Kühlschrank liegenließ. Sie haßte diese dunklen, sich windenden Straßen, die sich ewig hinzogen, bevor sie einen ans Ziel brachten. Es waren schmale Straßen, auf denen man nur langsam vorankam, und sie erschienen ihr genauso heimlichtuerisch wie die Leute, die zu beiden Seiten wohnten. Sie sehnte sich plötzlich nach einem Bulldozer.

Gott sei Dank fuhr Tim vorsichtig. Er war schon in nüchternem Zustand ziemlich nachtblind. Sie warf einen Blick auf sein schweigendes, makelloses Profil, sein glattes, glänzendes blondes Haar. Er war so schön, daß er sich einbildete, jede Frau wolle mit ihm schlafen, aber bei der Auswahl seiner Kleidung entfaltete er mehr Phantasie als im Bett. Er gönne sich den Luxus, sich lieben zu *lassen*. Zuerst hatte sie es aufregend gefunden, die aktive Rolle zu übernehmen, aber diese Aufregung hatte sich bald gelegt. Inzwischen langweilte er sie. Allerdings machte es ihr noch immer Spaß, ihn zu ärgern. Er ließ sich so leicht provozieren.

Sie sehnte sich nach Abwechslung, dem scharfen sexuellen

Kick des Unerwarteten. Während ihrer Collegezeit hatte ihr mal ein Liebhaber vorgeworfen, sie benutze Sex wie die Fernbedienung eines Fernsehers. Sobald sie mit einem Orgasmus fertig sei, schalte sie auf einen anderen Sender um, bereit für den nächsten. Warum auch nicht, hatte sie geantwortet; Männer taten das die ganze Zeit. Und sie verstand auch, warum. Wenn man zu lange den selben Sender sah, war irgendwann zwangsläufig der Punkt erreicht, wo man vorhersagen konnte, was als nächstes kam. Genauso war es ihr mit Tim ergangen.

Und mit Mico. Zuerst hatte sie seine Leidenschaft für seine Arbeit sexy gefunden. Sie fühlte sich zu Männern hingezogen, die von ihrer Arbeit besessen waren. Wenn es ihr gelang, sie davon wegzulocken, hatte sie immer das Gefühl, einen Sieg errungen zu haben. Wenn solche Männer – wie Mico – außerdem verheiratet waren, empfand sie es als doppelten Triumph. Aber das mit Mico war nur ein Spiel – ein bißchen Spaß, bevor sie wegging.

Sie hatte die Hand am Rahmen des offenen Fensters liegen und klopfte den Rhythmus der Musik mit. Manche Männer mittleren Alters bettelten praktisch darum, verführt zu werden, dachte sie. Es war, als würde ihnen in ihren Vierzigern plötzlich bewußt, daß sie doch sterblich waren. Sie wollten mit jemandem zusammensein, der ihnen die Illusion von Unsterblichkeit zurückgab. Andererseits – für einen Mann, der mit Nadia Tatevic verheiratet war, konnte der Tod eigentlich gar keine so schlimme Aussicht sein. Als sie an das Gesicht dachte, das Nadia an diesem Abend gemacht hatte, mußte sie lachen. Der arme Mico. »Du findest heute aber oft Grund zum Lachen«, sagte Tim mürrisch.

Sie wandte sich zu ihm, packte ihn mit einer Hand am Kinn und drehte sein Gesicht in ihre Richtung, so daß er die Straße nur noch aus den Augenwinkeln sah.

»In Gottes Namen, Karen, deinetwegen kommen wir noch

von der Straße ab!« Als sie ihn trotzdem nicht losließ, fragte er: »Was ist?«

»Sag, daß es dir leid tut.«

Er versuchte sich loszureißen, aber sie hielt ihn fest, indem sie ihre Fingernägel leicht in seine Haut grub. »Los! Sag's schon!«

»Es tut mir leid. Nein, wirklich, es tut mir leid. Ich weiß, ich hätte dich nicht schlagen dürfen.«

Er sagte das mit seiner passiven Stimme, der mit dem weinerlichen Unterton – der Stimme, die sie insgeheim als »stubenrein« bezeichnete. Zufrieden ließ sie sein Gesicht los und lehnte den Kopf gegen die Nackenstütze, während er sich am Kinn rieb.

»Es wird nicht mehr vorkommen«, sagte er nach einer kurzen Pause und sah sie von der Seite an. Sein linkes Auge war halb von seinem locker ins Gesicht fallenden Haar verdeckt. Ein Geisha-Blick. »Das verspreche ich dir.«

Es wird tatsächlich nicht mehr vorkommen, dachte sie und lächelte in sich hinein. Er würde sie schon deswegen nicht mehr schlagen, weil sie ihm keine Gelegenheit mehr dazu geben würde. Es war vorbei, finito. Sie würde Trebartha verlassen. Es war ein guter Ort gewesen, um ihre Karriere zu starten, aber es hatte keinen Sinn, länger zu bleiben – nicht, wenn ein Job in London auf sie wartete.

Sie wollte nur deswegen bis zu Finns Ausstellung bleiben, weil es amüsant werden würde, ihm vor versammelter Mannschaft die Wahrheit über Solange zu sagen und ihm auf diese Weise all die kleinen Demütigungen heimzuzahlen, die er ihr im Lauf der Zeit angetan hatte. Aber am nächsten Tag wäre sie weg. Tim würde Amok laufen, aber er würde es akzeptieren müssen. Genau, wie er auch akzeptieren hatte müssen, daß sie aus seiner Wohnung ausgezogen war.

Als hätte Tim gespürt, was sie gerade dachte, fragte er sie abrupt, ob sie Neuigkeiten von Pippa habe, der Freundin, bei der sie im Moment wohnte.

»Eine Postkarte aus Paris. Sie schreibt, daß sie noch eine Woche anhängt.«

»Das heißt, du kannst weiter in ihrer Wohnung bleiben?« Seine Stimme klang dumpf, wahrscheinlich vor Enttäuschung. Er zählte darauf, daß sie bald gezwungen sein würde, wieder bei ihm einzuziehen, weil sie es sich nicht leisten konnte, Miete zu zahlen.

Sie nickte.

»Aber das wirst du nicht tun, stimmt's?«

Diesmal hatte seine Stimme einen so scharfen Unterton, daß sie sich ihm überrascht zuwandte. Um mehr Zeit zum Nachdenken zu haben, legte sie eine Hand ans Ohr, als hätte sie ihn nicht verstanden.

Er schaltete den Kassettenrecorder aus. Mit dem Wind strömte Stille in den Wagen, aber trotz seiner vorherigen Bemerkung schien es Tim jetzt zu widerstreben, das Schweigen zu brechen. Schließlich sagte er: »Das war nicht bloß eine Drohung, als du gesagt hast, du gehst nach London, oder? Du gehst wirklich.«

Warum sollte sie es leugnen? Sie konnte ihren Streit genausogut jetzt gleich hinter sich bringen. »Tasha Delibe hat mich angerufen. Du weißt schon, die Designerin. Sie sagt, meine Sachen gefallen ihr, und sie möchte, daß ich für sie arbeite. Ich habe ja gesagt.« Sie hoffte, ihr nüchterner Bericht würde ihn dazu bringen, die Neuigkeit zu akzeptieren. Aber sie sah, wie die Knöchel seiner Finger am Lenkrad weiß wurden.

»Und was soll aus Sundy Best werden?«

»Ich habe dir immer gesagt, daß der Laden dein Baby ist, nicht meins. Er trägt schließlich auch deinen Namen.« Von Anfang an hatte sie der Name geärgert, den er nicht ändern wollte. Außerdem fand sie ihn schon immer blöde.

»Und das gibt dir das Recht, es zu töten?«

»Sei nicht so melodramatisch! Außerdem wäre es sowieso ein

Gnadenstoß. Du weißt genausogut wie ich, daß wir beide nicht das Geld haben, um den Laden am Laufen zu halten.«

Er fuhr schon eine Weile nicht mehr so vorsichtig wie am Anfang, aber jetzt wurde sein Fahrstil plötzlich hektisch. Der Wagen brach für einen Moment zur Seite aus, um sich gleich darauf mit einem Ruck wieder einzupendeln, so daß Karen erst gegen Tim und dann gegen die Beifahrertür geschleudert wurde. Sie tastete nach dem Sicherheitsgurt und schnallte sich an.

»Jetzt hör aber auf, Tim! Du hast doch gewußt, daß es nicht ewig dauern würde. Du brauchst jetzt gar nicht so zu tun.«

»Woher hätte ich das wissen sollen? Du bist eine Verpflichtung eingegangen. Ich erwarte, daß du dich daran hältst.«

Er konnte sich manchmal so gespreizt ausdrücken, als wäre er der steifste aller Briten. Ein kalifornischer Haarschnitt, aber darunter das Roastbeef des alten England, das Produkt eines Bankier-Vaters und einer Mutter, die Barsois züchtete. Er hatte ihr mal erzählt, daß seine Mutter ihn als kleinen Jungen an der Leine herumgeführt habe wie einen ihrer Hunde. Obwohl sie auf sein gutes Aussehen stolz war, hatte sie ständig an ihm herumkritisiert und ihm das Gefühl gegeben, daß er nur vorübergehend »bester Hund der Show« war und jederzeit ein besserer kommen konnte. Sein Vater war nur selten zu Hause, und wenn, dann kam es gelegentlich vor, daß er Tim versehentlich beim Namen eines der Hunde rief. Geld und gute Erziehung waren laut Tim das einzige, was in ihrer Familie eine Rolle gespielt hatte. Wenigstens habe er eine Familie, hatte sie ohne Mitleid geantwortet. Ihre eigene hatte nur aus Vormunden bestanden, die mehr an ihrem Bankkonto als an ihr selbst interessiert waren. Als sie sich dank ihrer Fehlinvestitionen irgendwann auch um ihr Geld keine Sorgen mehr zu machen brauchten, hatten sie sich ganz zurückgezogen.

»Immerhin schuldest du mir eine gewisse Summe«, sagte er in ihr Schweigen hinein.

»Das hast du aber nicht schriftlich. Und ich bin kein Gentleman.« Plötzlich roch die Luft nach Mist und verfaulendem Heu. Bestimmt fuhren sie gerade an einem Bauernhof vorbei, dachte sie.

»Aber ich liebe dich.« Er sagte das, als gäbe ihm das ein Recht auf sie. Als würde das etwas ändern.

Entnervt sah sie zu ihm hinüber. Das losgelöste, schwebende Gefühl, das die Droge hinterlassen hatte, machte sie leichtsinnig. »Ja, und?«

Seine einzige Reaktion bestand darin, heftig aufs Gaspedal zu treten. Der Rover machte einen Satz nach vorn, so daß sich der Sicherheitsgurt straffte und ihren Oberkörper nach hinten riß. Sie wollte gerade den Mund aufmachen, um zu protestieren, als die Räder auf eine rutschige Stelle trafen – eine Öl- oder Lehmspur, die ein Traktor auf der Straße hinterlassen hatte – und der Wagen zu schleudern begann. Während sie in einer Schlangenlinie die Straße entlangschlitterten, fiel das Scheinwerferlicht erst auf eine Steinmauer und dann in die breite Einfahrt eines dunklen Bauernhofs. Karen sah vor sich die schwarzen Umrisse eines Traktors auftauchen und dahinter die gebogenen, spitzen Zähne eines hochgeklappten Pflugs, die aussahen wie das riesige Maul eines schaurigen Ungeheuers, auf das der Wagen unaufhaltsam zuglitt.

Der Viehrost vor der Einfahrt rettete sie. Mit einem klappernden Geräusch, das ihren Schrei übertönte, griffen die Metallstäbe des Rostes nach den Reifen. Karen wurde so heftig zurückgerissen, daß sie sich die Zunge blutig biß. Endlich begannen die Bremsen zu greifen, und der Wagen kam vor den Spitzen des Pflugs zum Stehen. Erschrocken saßen sie und Tim einen Moment lang da, zu betäubt, um etwas zu sagen. Dann drang vom Haus ein lauter Schrei herüber, und aus einer aufgerissenen Tür fiel eine Raute aus Licht.

»Mist!« Tim legte den Rückwärtsgang ein und ließ den Wagen

mit röhrendem Motor nach hinten über den Rost und wieder hinaus auf die Staße schießen. Als Karen ihn anschrie, vorsichtig zu sein, bremste er ab, legte den ersten Gang ein und beschleunigte erst, als sie das rutschige Stück hinter sich gebracht hatten. Während der Wagen davonbrauste, warf Karen einen Blick zurück und sah die schwarze Gestalt des Bauern hinter ihnen herrennen und mit zunehmender Entfernung langsam in der Dunkelheit verschwinden.

»Du kannst jetzt anhalten«, verkündete sie, als der Mann nicht mehr zu sehen war.

Er bremste ab und brachte den Wagen an einer Ausweichstelle neben der Straße zum Stehen. Sie öffnete ihren Sicherheitsgurt. »Ich fahre weiter.«

Ohne zu protestieren, überließ er ihr die Schlüssel und saß den Rest der Strecke schweigend neben ihr auf dem Beifahrersitz, ohne sie eines Blickes zu würdigen. Als sie vor Sundy Best anhielt, erklärte sie ihm, daß sie den Rover noch kurz brauche. »Ich habe noch etwas zu erledigen. In ein paar Stunden bringe ich ihn dir zurück. Ich werfe die Schlüssel durch den Briefschlitz. In Ordnung? Nachdem du mich eben fast umgebracht hast, bist du mir das schuldig.«

Sie rechnete mit Widerspruch, aber er nickte nur und nahm seine Jacke vom Rücksitz. In dem Moment kam er ihr vor wie ein Schlafwandler oder wie jemand, der unter Schock stand. Als sie losfuhr, warf sie einen Blick in den Rückspiegel. Er stand noch immer an derselben Stelle und sah ihr nach. Genauso vergeblich wie dieser Bauer, dachte sie.

22

Von der Tür aus betrachtete Daniel das Wohnzimmer von Kerreck Du, in dem sich jetzt nur noch ein einziger Gast aufhielt. Endlich herrschte wieder Friede in dem Raum. Finn hatte sich in seine Dunkelkammer zurückgezogen, Pascale war in die Küche verschwunden, und die anderen waren in die Nacht hinausgefahren, um sich zu streiten wie übermüdete Kinder. Nur Dana saß noch auf dem Sofa, den Blick auf die Glut im Kamin gerichtet. Zum erstenmal an diesem Abend empfand Daniel den Raum als einen Ort, an dem er sein wollte.

Dana schien ihn nicht gehört zu haben, und er gab dem Drang nach, sie schweigend zu betrachten, ohne von ihr bemerkt zu werden. Das Licht der Tischlampe strähnte ihr Haar golden. Ihre Hände lagen gefaltet in ihrem Schoß. Sie saß reglos und mit nachdenklichem Gesichtsausdruck da, während der Anflug eines Lächelns um ihre Lippen spielte. Er mußte sich eingestehen, daß er gern gewußt hätte, was sie gerade dachte.

Nach der Hektik des Abends erschien ihm ihr nachdenkliches Schweigen anziehender denn je. Sie erinnerte ihn an die Ausgeglichenheit von Pascale, die immer heiter und friedlich wirkte. Aber er glaubte in Dana noch etwas anderes zu sehen, eine gewisse romantische Impulsivität, die eigentlich gar nicht zu ihrer ruhigen Art paßte. Er mußte an ein Meer denken, das unter einem sommerlichen Vollmond trügerisch glatt dalag und unter dessen hell beleuchteter Oberfläche sich geheimnisvolle Tiefen und Strömungen verbargen, Kühle und Wärme. Er stellte sich vor, wie leicht es wäre, in sie einzutauchen und sich mit ihr treiben zu lassen, bis die Vergangenheit sich auflöste.

Eine kleine Bewegung seinerseits mußte sie auf ihn aufmerksam gemacht haben. Sie wandte den Kopf, entdeckte ihn und lächelte.

»Jetzt wissen Sie, was ich gemeint habe, als ich sagte, hier bräuchte man Mut«, sagte er, während er zu ihr hinüberging.

Sie blickte zu ihm auf. »Wie schaffen Sie es, in diesem Rummel so ruhig zu bleiben?«

»Es hilft, wenn man sich auf Bilder konzentriert, nicht auf Worte.«

»Wahrscheinlich braucht man eine Linse für Nahaufnahmen, um ignorieren zu können, was rund ums Bild vorgeht.« Sie nahm die Hände aus dem Schoß und streckte ihm eine entgegen, damit er ihr aufhalf.

Er lachte. »Am besten geht es mit einer Makrolinse. Die blendet eine Menge aus.«

Seine Hand schloß sich um ihre, und einmal mehr fiel ihm auf, wie zart die Knochen ihrer Hand waren und wie stark und zuversichtlich sie trotzdem zupacken konnten. Als er eine Hand um ihren Ellbogen legte, um sie zu stützen, bis sie ihr Gewicht auf den gesunden Fuß verlagert hatte, stieg ihm ein Hauch von ihrem Parfüm in die Nase, irgendein blumiger Duft, der sich mit dem Holzgeruch des Feuers vermischte.

Einen Moment lang standen sie so da, von Angesicht zu Angesicht, und sahen sich an. Irgendwo im Raum flatterte eine Motte gegen einen Lampenschirm; in der Stille waren ihre weichen, verzweifelten Flügelschläge laut zu hören. Unter seiner Hand fühlte sich die warme Haut von Danas nacktem Arm weich und leicht samtig an, wie der Flügel einer Motte.

Konzentriere dich auf das Bild, ermahnte er sich. Denk nur an den Arm, nicht an seine Besitzerin. Aber es hatte keinen Sinn, er wußte nur zu gut, zu wem der Arm gehörte.

Als sein Blick auf seine eigene Hand fiel, wurde ihm bewußt, daß sie seine Hilfe jetzt, da sie stand, wirklich nicht mehr brauchte. Er ließ sie los und trat einen Schritt zurück, unterdrückte aber den Impuls, sich zu entschuldigen.

»Ich sollte Pascale beim Abwasch helfen«, sagte sie ein wenig verlegen. Sie fummelte an den blauen Falten ihres Kleides herum, strich eine nach der anderen glatt.

»Ich habe strenge Anweisung, Sie nicht in die Küche zu lassen. Pascale arbeitet am liebsten allein.«

»Wie Ihr Vater.«

»In mancher Hinsicht sind sich die beiden sehr ähnlich.«

»Und Sie? Sind Sie auch wie Ihr Vater?«

»Gott behüte.« Er sagte das mit so viel Nachdruck, daß sie beide lachen mußten. »Na ja«, räumte er ein, »in mancher Hinsicht wahrscheinlich schon. Aber um meines Seelenfriedens willen versuche ich das zu ignorieren.«

Sie legte den Kopf ein wenig schräg und sah ihn an. »Ihr seht euch ähnlich. Nicht auf den ersten Blick. Aber eine gewisse Ähnlichkeit ist durchaus vorhanden.«

Um das Thema zu wechseln, bei dem ihm zunehmend unbehaglich wurde, sagte er: »Wie ich hörte, ist der Mond heute sehenswert. Und die Terrasse ist inzwischen leer. Keine Menschenmassen mehr, die die Aussicht versperren.«

»Ich nehme an, wir sollten ihn uns ansehen. Um Finn eine Freude zu machen.«

Bemüht, sich seine Verärgerung nicht anmerken zu lassen, sagte er zu ihr, sie solle sich wegen Finn keine Sorgen machen. »Finn wäre der erste, der Ihnen raten würde, lieber an sich zu denken.«

»Dann mache ich das«, sagte sie mit plötzlicher Entschiedenheit und fügte in gespieltem Befehlston hinzu, während sie sich bei ihm einhakte: »Also, zeigen Sie mir den Mond!«

Er zog amüsiert eine Augenbraue hoch. »Es wäre mir ein Vergnügen.«

Während sie auf die Terrasse hinausgingen, fragte er sich, ob sie wohl beabsichtigt hatte, daß er so viel in ihre Worte hineininterpretierte, wie er gerne hineininterpretiert hätte. Aber er erlaubte seinen Gedanken nicht, bei dieser Hoffnung zu verweilen

– als könnte sie irgendwie sogar seinen unausgesprochenen Wunsch spüren und sich deswegen von ihm zurückziehen.

Das schimmernde Mondlicht überzog den grauen Stein der Terrasse und das schwere Gras des Gartens mit einer glänzenden Schicht aus Silber. In diesem Licht kamen Daniel die Überreste der Klippen in der Ferne wie die zerbröckelnden Überreste einer von Mauern umgebenen Stadt vor. Jenseits ihrer Befestigungsmauer konnte er das gedämpfte Tosen des Meeres hören. Das Geräusch ließ ihn an einen Rammbock denken, bemannt von Truppen, die im Moment zu müde waren, um den Zutritt zur Stadt zu erzwingen. Finn hatte mit seiner Warnung recht gehabt: Inzwischen war es ziemlich stürmisch, und am östlichen Horizont jagten ein paar Wolkenfetzen über einen Himmel, der wie marineblaue Seide schimmerte.

»Marianna hat ihre Séancen gern bei Vollmond abgehalten«, erklärte Dana. »Sie meinte, die Geister kämen dann leichter.«

»Ich habe mal von einer Krankenschwester in einem Sanatorium gehört, die den Vollmond jedesmal im Kalender angestrichen hat, um das restliche Pflegepersonal zu warnen. Ihr zufolge ging es den Patienten bei Vollmond immer besonders schlecht. Was aber nicht heißen soll, daß das bei Marianna auch so war«, fügte er schnell hinzu, als er den leicht unwilligen Zug um ihren Mund bemerkte. »Ich will damit nur sagen, daß wir oft gar nicht wissen, welche Macht der Mond über uns hat.«

Sie nickte. »Als ich ein Kind war, hat meine Großmutter mir einen Reim beigebracht, den ich immer bei Vollmond aufsagen sollte. ›Ich sehe den Mond, und der Mond sieht mich. Gott segne den Mond, und Gott segne mich.‹ So eine Art Zauberspruch, der mich davor bewahren sollte, mondsüchtig zu werden. Und ich habe ihn immer brav aufgesagt, weil ich glaubte, daß es für den Mond, der ja schließlich in der Lage war, das Meer zu sich heranzuziehen, überhaupt kein Problem sein würde, mich zu sich in den Weltraum hinaufzuziehen, wenn er wollte.«

Sie schauderte. Mit einem kleinen, leicht verlegenen Lachen sah sie ihn an. Er war versucht, ihr den Arm um die Schulter zu legen und sie näher an sich zu ziehen, zwang sich aber, diesem Impuls nicht nachzugeben. Irgend etwas an ihr – eine Spur von Zurückhaltung oder Unsicherheit, als wäre sie selbst noch unentschlossen – ließ ihn zögern.

»Ist Ihnen kalt?« fragte er.

»Das ist mir ganz recht. Es hilft mir, wieder einen klaren Kopf zu bekommen. Drinnen war es mir fast zu warm. Ein- oder zweimal ist mir vor Hitze fast schwindlig geworden.«

»Kerreck Du hat manchmal diese Wirkung.«

»Kerreck Du und seine Bewohner. Vor allem Finn.«

»Eine richtige Ein-Mann-Hitzewelle, dieser Finn.«

Die Worte waren draußen, bevor er darüber nachdenken konnte, wie sie klangen. Sofort bereute er seinen Sarkasmus.

Sie sah ihn an, als wäre sie nicht sicher, wie seine Worte gemeint waren. Als könnte ihr sein Gesicht Aufschluß darüber geben. Nach einer kurzen Pause sagte sie: »Ich wollte damit nur sagen, daß er so schnell ist. Seine Gedanken, die Art, wie er spricht . . .« Zögernd suchte sie nach dem richtigen Wort. »Es ist nicht immer leicht, da mitzuhalten. Und doch weckt er in einem den Wunsch, es zumindest zu versuchen.«

Er ärgerte sich über sich selbst, weil ihre wiederholten Anspielungen auf Finn bewirkten, daß er einen ganz leichten, aber deutlich erkennbaren Anflug von Eifersucht in sich verspürte. Er hatte diese Mischung aus Neugier und Bewunderung schon in den Stimmen anderer Frauen gehört, wenn sie von Finn sprachen. Sie war ihm inzwischen so vertraut, daß er eigentlich dagegen immun sein sollte. Natürlich fand Dana Finn attraktiv. Alle Frauen taten das.

Sie starrte wieder zum Mond hinauf. Die sanften, klaren Linien ihres Gesichts wirkten in dem durchdringenden Licht wie gemeißelt. Wenn er sie jetzt küßte, würde das Finn aus ihren

Gedanken treiben? Er hätte sie so gern geküßt, und das nicht nur, um sie davon abzuhalten, weiter an seinen Vater zu denken. Er rang noch mit sich selbst, als sie den Mund weit öffnete und gähnte. Erschrocken klappte sie die Hand vor den Mund und warf ihm einen verlegenen Seitenblick zu. »Die Sonne kann einem zum Gähnen bringen, wenn man sie zu lange ansieht, aber mir war nicht bewußt, daß das beim Mond auch so ist.«

»Wir gehen besser hinein, bevor Sie völlig mondsüchtig werden.«

Als sie über die Schwelle traten, stolperte sie ein wenig. »Vielleicht bin ich es schon«, sagte sie mit einem kläglichen Lachen.

Instinktiv hatte er sich ihr zugewandt, so daß sein Mund ihr Haar streifte, als sie gegen seine Seite stieß. Falls sie die Berührung gespürt hatte, ließ sie sich nichts anmerken, und im gleichen Augenblick kam Pascale ins Wohnzimmer, um ihnen gute Nacht zu sagen. Nach ein paar Sätzen höflichen Small talks gingen die beiden Frauen zu Bett und ließen Daniel allein zurück, den Blick ins Feuer gerichtet.

23

Bekümmert starrte Estelle in den Spiegel über ihrer Kommode. Das Gesicht, das ihr entgegenblickte, wirkte schlaff, die Augen waren blutunterlaufen, die Haut darunter dunkel und faltig. Sie fand, daß sie schreckliche Ähnlichkeit mit jenem Schnappschuß aufwies, der kurz nach Barbaras Begräbnis von ihr gemacht worden war. Anhand dieses Photos fiel es ihr wie Schuppen von den Augen, daß der Tod ihrer Tochter sie in eine alte Frau verwandelt hatte.

Sie nahm etwas Cold Cream aus einem Tiegel und massierte sie in ihre Haut ein, während ihre Gedanken unablässig um die

Gespräche kreisten, die an diesem Abend in Kerreck Du geführt worden waren. Die Geisterphotos; Dana Morrows Beschreibung des älteren Ehepaars, das um seine Ersparnisse betrogen worden war; die widerlichen Kommentare von Thomas ... Immer wieder mußte sie daran denken. Es war, als würde sie ständig mit der Zunge an einen entzündeten Zahn stoßen – ein Zwang, der ihr nur Schmerz einbrachte.

Mit zitternden Händen entfernte sie die Tusche von ihren Wimpern. Ihr Gesicht war von der Creme ganz weiß, und auf ihrem linken Augenlid prangte ein dicker, verschmierter schwarzer Strich. Jetzt sah sie aus wie ein Clown. Sie spürte, wie ihr Tränen des Selbstmitleids in die Augen stiegen.

In diesem Moment begann das Telefon auf dem Nachttisch neben dem Bett zu läuten. Schrill durchbrach sein Insektenpiepsen die Stille. Estelle erschrak so sehr, daß sie automatisch aufstand, um abzuheben, dann aber mit der Hand über dem Hörer unsicher zögerte, fast schon ängstlich. Um diese Zeit konnte es nur John sein.

Sie und Thomas waren nach dem Abendessen in Kerreck Du mit ihm nach Trebartha zurückgefahren. Da ihr Haus vor dem von Thomas lag, hatte John sie natürlich zuerst abgesetzt, so daß sie keine Gelegenheit gehabt hatte, allein mit ihm zu sprechen, worüber sie einerseits traurig, andererseits aber fast erleichtert gewesen war. Obwohl sie sich nach seinen beruhigenden Worten sehnte, hatte sie gleichzeitig schreckliche Angst, daß er nicht in der Lage sein würde, ihre Zweifel zu zerstreuen. Falls ihm das nicht gelänge, wäre sie wirklich verloren.

Ihr warmes, luxuriöses Schlafzimmer erschien ihr plötzlich kalt. Sie schauderte unter der dünnen Seide ihres Morgenmantels und spürte, wie sie eine Gänsehaut bekam. Währenddessen läutete das Telefon erbarmungslos weiter.

Sie durfte nicht so feige sein, sagte sie sich. Dieselbe Schwäche hatte sie schon einmal um ihr Glück gebracht. Während ihre

Hand nach dem Hörer griff, schwor sie sich, nicht zuzulassen, daß ihre Feigheit noch einmal ihr Leben vergiftete.

Aber es war zu spät. In dem Moment, als sie das Telefon berührte, hörte es zu läuten auf, fast als wollte es sie bestrafen. Plötzlich hatte sie einen dicken Kloß im Hals. Sie fühlte sich erbärmlich und machte sich Vorwürfe. Sie hätte mit ihm sprechen sollen. Warum hatte sie sich um den Trost gebracht, den er ihr gespendet hätte? Die Tränen, die ihr schon zuvor in die Augen gestiegen waren, liefen ihr jetzt über die Wangen.

Sie riß das Telefon hoch und hackte auf die kleinen quadratischen Plastikziffern ein, als könnte allein schon die Kraft ihrer Finger ihr vorheriges Zögern ungeschehen machen. Nach dem dritten Klingeln schaltete sich der Anrufbeantworter ein, und sie wurde von Johns aufgezeichneter Stimme aufgefordert, nach dem Signalton eine Nachricht zu hinterlassen. Mit einem verzweifelten Stöhnen legte sie auf. Niedergeschlagen und wütend auf sich selbst, schleuderte sie das nutzlose Gerät aufs Bett und warf sich schluchzend hinterher.

Lange Zeit blieb sie liegen und weinte, bis sie vor lauter Tränen keine Luft mehr bekam und gezwungen war, sich aufzusetzen. Dann ging sie ins Bad, sprenkelte sich kaltes Wasser ins Gesicht und trank durstig einen Schluck, wobei sie die ganze Zeit vermied, einen Blick auf ihr Spiegelbild über dem Waschbecken zu werfen.

Sie hatte nicht verdient, mit John zu sprechen, dachte sie, während sie mit einer Schachtel Kleenex in der Hand über den dicken Teppich zu ihrem Bett zurücktapste. Sie hatte an ihm gezweifelt. Zweifel war etwas Schreckliches, gemein und destruktiv. Sie wußte, daß es an ihrer Feigheit lag, an ihrer Unfähigkeit, den Mund aufzumachen und zu sagen: Daran glaube ich.

Um ihr Glück zu finden und die einzige wichtige Beziehung ihres Lebens zu retten, mußte sie dem Zweifel trotzen und ihren Glauben und ihr Vertrauen wiedergewinnen.

Inzwischen hatte sie sich etwas beruhigt. Sie stellte das Telefon auf seinen Platz auf dem Nachttisch zurück, ging dann zu ihrer Kommode hinüber und zog aus der obersten Schublade eine kleine, flache, mit Messingscharnieren versehene Schatulle. Es war ein alter Daguerreotypienbehälter. Mit geschlossenen Augen ließ sie ihre Finger über den abgegriffenen blauen Samtüberzug des Deckels gleiten. Das leichte Kratzen des Samts unter ihren Fingernägeln ließ sie erneut schaudern.

John hatte ihr die Schatulle vor zwei Wochen gegeben. Das sei sein Geschenk für sie, hatte er gesagt, während er ihre Hände um die Schatulle faltete und anschließend seine über ihre legte. Die Geste hatte den feierlichen Charakter eines Sakraments. Während sie sich vorbeugte, um ihm einen Kuß auf die Wange zu geben, protestierte sie, daß das zuviel sei und daß er ihr das allergrößte Geschenk bereits gemacht habe: das Photo, das sich jetzt im Innern der Schatulle befand.

In dem sanften Licht, das die Nachttischlampe mit dem cremefarbenen Pergamentschirm verbreitete, setzte sie sich aufs Bett und holte tief Luft. Ängstlich, aber auch voller Vorfreude, öffnete sie die Schatulle. Und wieder einmal bewirkte der Anblick des Wunders, daß das zermürbende Schwanken zwischen Hoffnung und Angst einem tiefen Frieden wich.

Das unheimlich aussehende Infrarotphoto in der Schatulle war ein Porträt von ihr selbst, wie sie steif auf einem schmiedeeisernen Stuhl im Garten saß und mit den Händen die geschwungene Vorderseite der Armlehnen umklammerte. Über ihrem Kopf hing ein dunkler, von großen, unheilvollen Wolken verhangener Himmel. Der seltsam leuchtende Efeu, der sich hinter ihrem Rücken über die Gartenmauer rankte, sah aus wie ein lebendes, vielarmiges Wesen. Zu ihrer Linken reckte ein Rhododendronbusch seine üppigen gelben Blüten empor, die wie Leuchtkugeln in den Himmel zu explodieren schienen.

Zu ihrer Rechten – und das war das Wunder – stand Barbara.

Ihre leuchtende, durchscheinende Gestalt wirkte elfenhaft und mitleiderregend dünn, aber die großen, tiefliegenden Augen, die auf dem Photo besonders deutlich hervortraten, lachten. Sie hielt die rechte Hand über den Kopf ihrer Mutter, als wollte sie sie segnen.

Das Photo war knapp einen Monat alt. Barbara war zu dem Zeitpunkt bereits drei Jahre tot.

Kurz nach ihrem Umzug nach Trebartha hatte Estelle John zu ihrer eigenen Überraschung anvertraut, wieviel Kummer und Reue sie wegen Barbaras Tod empfand. Seine Sympathie und sein Verständnis, das fast schon an ein intuitives Wissen um ihr Leid grenzte, ließen sie ihre ganze Zurückhaltung vergessen. Oder zumindest fast. Sie verriet ihm nichts von ihrer eigenen, jahrelangen Feigheit, sondern erzählte ihm statt dessen, Barbara habe sie erst kurz vor ihrem Tod über das Verhalten ihres Vaters aufgeklärt. Als Estelle ihm von ihrem Besuch bei dem Medium berichtete, lachte er sie nicht aus. Vielmehr erzählte er ihr zu ihrer großen Freude, daß er selbst mit den Geistern seiner toten Eltern in Verbindung stehe. Daß es ihm einmal sogar gelungen sei, ein Photo von ihnen zu machen. Die Aufnahme sei, so erzählte er ihr, sein wertvollster Besitz.

Sofort war eine wilde Hoffnung in ihrem Herzen aufgekeimt. Erst nach Tagen hatte sie es fertiggebracht, mit ihm darüber zu sprechen, und dann hatte sie noch einmal viele Tage auf ihn einreden müssen, bis er endlich bereit war, es zu versuchen.

Er erklärte ihr, daß er Angst habe, es könnte ihrer Freundschaft schaden, falls er scheiterte. Ihre gerade erst aufgekeimte Hoffnung könnte wieder zunichte gemacht werden, was es für sie nur noch schlimmer machen würde. Daraufhin hatte sie ihm wieder und wieder versichert, daß sie ihm weder Vorwürfe machen noch in irgendeiner Weise die Schuld dafür geben würde, sondern ihm allein schon für den Versuch dankbar sei.

Schließlich hatte er widerwillig nachgegeben. Er werde versuchen, Barbaras Geist auf Film zu bannen. Nach zahllosen Versuchen – drinnen und draußen, in London und in Trebartha –, als sie schon fast die Hoffnung aufgegeben hatte, war es ihm endlich geglückt.

Er hatte eine von ihm selbst entwickelte Technik angewandt, bei der er eine Polaroidkamera so modifiziert hatte, daß er eine besondere Art von Infrarotfilm einlegen konnte. Infrarotfilm, so hatte er ihr erklärt, werde für gewöhnlich immer dann verwendet, wenn es darum gehe, das Leuchten unsichtbaren Lebens einzufangen. Seine besondere Sensibilität sehe mehr als das bloße Auge. Er sei in der Lage, gewisse Auren zu registrieren, unsichtbare Strahlen, die jenseits der violetten Strahlung lägen, jenseits der Grenzen des Spektrums. Wo das menschliche Auge nichts als Dunkelheit sehe, erklärte er, da erkenne die Kamera noch Licht.

Obwohl er sein Bestes getan hatte, um ihr den Prozeß begreifbar zu machen, hatte sie seine Erklärungen unverständlich und letztendlich bedeutungslos gefunden. Alles, was zählte, war das Ergebnis, und das ließ sich nicht bestreiten.

Sie starrte auf das Photo, zehrte von dem Wunder. Es war erstaunlich, wie stark sie Barbaras Präsenz seitdem spürte. Sie brauchte nur einen Blick auf dieses wunderbare Photo zu werfen, um zu wissen, daß sie ihr Kind zurückhatte. Natürlich machte sie sich nichts vor. Barbaras Tod war nun mal eine Tatsache. Aber war dieses Photo nicht trotzdem ein Beweis dafür, daß sie zu Recht daran glaubte, daß die Toten etwas von sich zurückließen, um antworten zu können, wenn der Ruf der Lebenden stark genug war?

Sie rief sich ins Gedächtnis, wie John immer direkt vor ihren Augen gearbeitet hatte. Sie dachte an die zahllosen Fehlversuche, ihr eigenes Drängen, es noch einmal zu versuchen, seine sanfte Beharrlichkeit und Zuversicht. Plötzlich schämte sie sich, weil sie an ihm gezweifelt hatte. Er durfte nie davon erfahren.

Krampfhaft überlegte sie, ob er vielleicht mitbekommen hatte, wie sie Dana Morrow nach jenem älteren Ehepaar aus Scunthorpe befragt hatte. Bestimmt war er zu diesem Zeitpunkt mit Finn und den anderen draußen gewesen. Wann war er wieder hereingekommen? Später? Ja, erst später. Gott sei Dank hatte Dana Morrow sich geweigert, sich morgen mit ihr zu treffen.

»Ich habe recht, an meinem Glauben festzuhalten«, sagte sie laut zu sich selbst, während sie die Schatulle schloß und in die Schublade zurücklegte. Dana Morrow hatte selbst darauf hingewiesen, daß die Arbeit eines Scharlatans zwar Schaden anrichten konnte, letztendlich aber nicht in der Lage war, die Wahrheit zu korrumpieren.

Da sie viel zu nervös war, um sich schlafen zu legen, ging sie zum Fenster hinüber, zog die schweren Brokatvorhänge zur Seite und starrte in die Schwärze hinaus. Die Lichter von Trebartha, die vom Fuß des Hügels herauffunkelten, schienen genausoweit entfernt wie die Sterne. Sie spürte die eisige Kälte der Einsamkeit. Aber als sie John heute gebeten hatte, zu ihr zu ziehen, hatte er ihre Hand in die seine genommen und ihr erklärt, wie wundervoll er es fände, daß sie ihn bei sich haben wolle, und er hatte ihr versprochen, sehr ernsthaft darüber nachzudenken. Es bestand also noch Hoffnung.

Während der Wind raschelnd durch den Efeu strich und einen Ast über das Dach kratzen ließ, krochen schaurige Nachtgedanken in ihren Kopf. Schnell zog sie die Vorhänge zu, um diese Gespenster auszusperren. Sie war fest entschlossen, nicht an die Möwe zu denken. Aber ausgerechnet jetzt fiel ihr jene seltsame Bemerkung von Karen wieder ein, ihr sarkastischer Kommentar über das Photographieren von Toten. Karen hatte das zu Thomas gesagt, der sie klugerweise ignorierte. Trotzdem hatten diese Worte, die Karen mit ihrer ganzen, doch recht beträchtlichen Bosheit aussprach, Estelle erstarren lassen. Sie war nicht einmal mehr in der Lage gewesen, zu John hinüberzusehen.

War es möglich, daß Karen irgendwie erfahren hatte, was John für sie getan hatte? Was, wenn sie von Barbaras Photo wußte und sich über John und sie lustig machte? Eine unerträgliche Vorstellung, dachte Estelle, während sie ihre Arme so fest mit den Händen umklammerte, daß sich die Nägel in ihr Fleisch gruben. Falls Karen sie verspottete, wäre das eine Art Sakrileg.

Barbara, dachte sie, beschütze mich.

24

Er war nervös. An diesem Abend gelang es ihm einfach nicht, sich von dem Druck zu befreien, den er in sich wachsen spürte. Der Tag hatte so gut begonnen, aber katastrophal geendet. Sobald er ein Problem aus der Welt geschafft hatte, schien bereits das nächste auf ihn zu warten. Rund um ihn herum schossen die Probleme nur so aus dem Boden und zwangen ihn zum Handeln.

War es einfach nur Pech, daß Dana Morrow das Paar in Scunthorpe erwähnt hatte, oder war es Absicht gewesen? Nein, keine Absicht. Ihr das zu unterstellen, wäre paranoid. Es war nun mal mehr als wahrscheinlich, daß sie bei ihren Recherchen auch auf neuere Beispiele stieß. Außerdem war sie durch die Fragen der anderen zu dieser Bemerkung veranlaßt worden; sie hatte sie nicht einfach in den Raum gestellt, um seine Reaktion zu beobachten. Ganz im Gegenteil, sie hatte dabei überhaupt nicht in seine Richtung gesehen.

Dann war es also Pech. Großes Pech. Karens Neugier war bereits geweckt, und sie kam der Wahrheit schon viel zu nahe. Dabei hatte er wenigstens in einer Hinsicht Glück gehabt: Sie war nicht im Zimmer gewesen, als der Scunthorpe-Fall erwähnt wurde. Aber wenn sie durch einen dummen Zufall davon erfahren sollte, könnte sie unter Umständen Rückschlüsse auf Rita ziehen.

Mehr als einen Monat zuvor war er am Schaufenster von Sundy Best vorbeigegangen, als es zu regnen begonnen hatte. Karen, die gerade das Fenster umdekorierte, sah ihn und winkte ihn herein. Er war der Meinung, sie wolle ihm Schutz vor dem Regen anbieten. Aber dann erklärte sie ihm im Flüsterton, daß sie eine Kundin in der Umkleidekabine habe, eine richtige Landpomeranze. »Aus Scunthorpe. Und sie ist auch noch stolz darauf. Das muß man sich mal vorstellen!« Nach einer kurzen Pause fügte sie hinzu: »Du hast mir nie erzählt, daß du Freunde in Scunthorpe hast.«

Irgend etwas – das boshafte Funkeln in Karens Augen oder einfach Intuition – hatten ihn gewarnt. Deshalb traf es ihn nicht völlig unvorbereitet, als Rita mit einem Kleid über dem Arm aus der Kabine trat. Eine Rita, die in den fünf Jahren, seit er sie das letzte Mal gesehen hatte, fett und grau geworden war. Von ihrem früheren guten Aussehen war nicht mehr viel übriggeblieben, aber die scharfen kleinen Augen hinter ihrer Brille sahen noch immer aus wie kleine schwarze Johannisbeeren.

»Das Kleid ist sehr hübsch, meine Liebe«, hatte sie begonnen, »aber ein bißchen zu . . .« Sie verstummte, als sie ihn sah, aber da sie nie der Typ gewesen war, der sich leicht aus der Fassung bringen ließ, hatte sie sich schnell wieder gefangen und begrüßte ihn in gelassenem Ton, als wäre es erst fünf Wochen her und nicht fünf Jahre, seit sie sich das letzte Mal gesehen hatten.

»Hallo, mein Lieber. Gerade hatte ich nach dir gefragt.«

»Ich habe ihn vorbeigehen sehen«, sagte Karen. »Wenn das kein glücklicher Zufall ist!« Sie lächelte ihn boshaft an. »Ich konnte deiner Bekannten nicht genau sagen –« Sie wandte sich an Rita. »Entschuldigung, ich weiß noch gar nicht, wie Sie heißen . . .«

»Da haben Sie recht, meine Liebe, das wissen Sie nicht«, hatte

Rita gelassen geantwortet und Karen das Kleid gereicht. Zu ihm sagte sie: »Hättest du Lust auf einen Spaziergang?«

Zusammen waren sie in den strömenden Regen hinausgegangen.

Rita, seine frühere Seniorpartnerin und Lehrerin, hatte ihm erklärt, daß sie sich seine Adresse besorgt habe, um ihn zu überreden, wieder ihr Partner zu werden. Sie lebe inzwischen in Leeds, wo die Ausbeute recht gut sei. Er hätte ihr antworten können, daß er sich mittlerweile auf eine andere Richtung verlegt habe, aber dann hätte sie darauf beharrt, bei dieser neuen Richtung mitzumachen. Das kam für ihn nicht in Frage.

Sie war davon ausgegangen, daß er wie früher leicht zu beeinflussen war. Das hatte sie unvorsichtig und leichtgläubig gemacht. Es war nicht schwer gewesen, sie auf die Klippen hinauszulocken.

Als er Karen das nächste Mal sah, fragte sie ihn, wie es seiner Freundin aus Scunthorpe gehe. Leider sehr schlecht, hätte er am liebsten geantwortet, sagte aber nur: »Sie ist keine Freundin. Unsere Beziehung war rein geschäftlicher Natur.« Er verzichtete darauf hinzuzufügen, daß er gezwungen gewesen sei, die Beziehung zu beenden. Allerdings war er sich nie ganz sicher, ob Karen ihm geglaubt hatte.

Er hatte in zweifacher Hinsicht unglaubliches Glück gehabt. Als man Ritas Leiche schließlich identifiziert und die Presse informiert hatte, wurde als ihr Wohnort Leeds genannt. Daß sie ursprünglich aus Scunthorpe stammte, wurde mit keinem Wort erwähnt. Der zweite Glücksfall war das in den Zeitungen veröffentlichte Photo, eine ältere, schmeichelhaftere Aufnahme, die keinerlei Ähnlichkeit mit der Frau aufwies, die mit Brille und regennassem Haar zu Karen in den Laden gekommen war. Das verschaffte ihm ein bißchen Zeit.

Er ging in die Dunkelkammer, um zu arbeiten, aber seine Hände zitterten. Er hielt sie unter das rote Licht der Dunkelkammerlampe und konzentrierte sich so lange auf seine gespreizten Finger, bis das Zittern aufhörte. Seine Hände konnten sehr geschickt und vorsichtig arbeiten, konnten in ihrer Effizienz aber auch sehr brutal wirken. Bei solchen Gelegenheiten hatte er oft das Gefühl, als würden sie gar nicht zu seinem Körper gehören. Jetzt legte er sie um die große Flasche mit Fixierflüssigkeit, die vor ihm auf der Ablage stand. Die kühle Rundung des Glases unter seinen Handflächen, das Plätschern des Wassers, mit dem sich das Waschbecken füllte, der Geruch des Entwicklers – all das trug dazu bei, daß er langsam ruhiger wurde.

Es bestand kein Anlaß, in Panik zu geraten oder seine Pläne aufzugeben, wenn eine einzige Tat ihn von dem inneren Druck und den schlimmsten Gefahren für seinen Seelenfrieden befreien konnte. Um die anderen Gefahren würde er sich zu gegebener Zeit kümmern, wie er es auch in der Vergangenheit immer getan hatte. Aber heute nacht mußte er handeln.

Er erledigte den nötigen Anruf. Wie leicht es doch war. Ja, sie sei allein, erklärte sie ihm, und ja, sie wolle kommen. Warum er sie nicht schon viel eher gefragt habe?

Hinterher zog er sich um. Er entschied sich für dunkle Sachen, einen bequemen schwarzen Pulli, der bereits ein paar Mottenlöcher aufwies, und eine alte Hose, um die es ihm ebenfalls nicht leid tat, wenn er sie später verbrennen mußte. Er zog seine Wanderstiefel an und schnürte sie fest zu. Dann wand er mit einer theatralischen Geste einen langen Seidenschal um den Hals. Ein Blick in den Spiegel sagte ihm, daß der Schal ein Fehler war, weil er nicht seinem Stil entsprach. Sie würde ihn seltsam finden. Er nahm ihn wieder ab, faltete ihn zu einem kleinen Quadrat und schob ihn statt dessen in seine Hosentasche. Auf diese Weise würde er sowieso schneller an ihn herankommen. In die andere Hosentasche steckte er ein Paar Gummihandschuhe, wie sie von Ärzten benutzt wurden.

Er nahm seine Kameratasche aus dem Schrank. Da er in

allem, was seine Arbeit betraf, sehr pingelig war, standen die Segeltuchbeutel mit seinen verschiedenen Kameras, Linsen, Blitzlichtern, Batterien und Filmen säuberlich aufgereiht in einem Regalfach, jederzeit griffbereit. Er wählte aus, was er brauchte, packte alles in die Tasche und befestigte dann den tragbaren Akku an seinem Gürtel.

Bevor er ging, machte er den ersten Eintrag in dieses neue Kapitel in seinem Notizbuch. Vor der Tat spekulierte er gerne über die perfekte Aufnahme. Hinterher verglich er das, was er geschrieben hatte, mit den fertigen Photos, um zu sehen, wie nahe seine Vorstellungskraft an die Realität heranreichte. Diese Vorgehensweise verlieh seinem Tun eine gewisse Struktur und kanalisierte die Energie, die ihn erfüllte, wenn er an das dachte, was vor ihm lag. Er war wie ein Skifahrer, überlegte er. Ein Skifahrer, der jede einzelne Kurve und Biegung der Strecke im Geist durchging, bevor er sich auf die Piste begab.

Draußen war es mondhell. Es war nicht nötig, eine Taschenlampe mitzunehmen. Der Wind trug einen Hauch von Kreosot zu ihm herüber, einen Geruch, den er haßte, weil er unangenehme Erinnerungen in ihm weckte. So hatte es immer gerochen, als er noch ein Kind war, in jener schmuddeligen Vorstadt, wo die Gehsteige mit Hundekot verschmiert waren und alle Leute als anständig galten, die gestärkte Tüllgardinen und ordentlich geschnittene Ligusterhecken besaßen, egal, was sich dahinter verbarg.

Während er die Tür abschloß, mußte er an das Wort denken, das beim Abendessen immer wieder gefallen war. Betrug. Seine Faust umklammerte den Schlüssel so fest, daß sich die Kanten des Metalls in sein Fleisch gruben. Solch ein grausames Wort, viel zu grausam für das, was im wesentlichen sein erster kreativer Akt gewesen war. Die alten Begriffe waren besser: Illusionist, Zauberkünstler, Taschenspieler. Vor allem letzterer. Denn seine Finger waren flink, fast so schnell wie sein Verstand.

Wenn Finger und Verstand perfekt zusammenarbeiteten, bekam das Schaffen einer Illusion etwas Künstlerisches, Ästhetisches. Die einzelnen Stücke fügten sich dann nahtlos ineinander, ohne daß man die Verbindungsstellen sah. Seine besten Illusionen machten die Leute wirklich glücklich, womit sie genau ihren Zweck erfüllten. Warum sonst war er so reich belohnt worden?

Zu argumentieren, wie es diese idiotische Nichte getan hatte, daß er gelogen und betrogen habe, war das eigennützige Hirngespinst eines Menschen, der in seinen Erwartungen enttäuscht worden war. Die letzten Monate der Sterbenden waren von einem Glück erfüllt gewesen, das ihr niemand sonst hatte geben können. Was war so schlimm daran, wenn dieser Trost von einer Illusion kam, die durch einen kleinen Taschenspielertrick geschaffen worden war? Sein Trick hatte dort Erfolg gehabt, wo das geschriebene und gesprochene Wort versagt hatten. Er hatte nur bekommen, was jedem wahren Künstler zustand: eine materielle Würdigung seines Talents.

Der Kies knirschte unter seinen Füßen, während er den Pfad hinunterging. Vor ihm erstreckte sich sein langgezogener Schatten, an dem sich die wuchtige Form der Kameratasche wie ein Auswuchs an der Hüfte eines unterernährten Riesen ausnahm.

Es wäre interessant, mit Dana Morrow über ihre Arbeit zu sprechen, dachte er. Sie schien ein Mensch zu sein, der auch die obskureren Formen von Kreativität zu schätzen wußte. Sie hatte Marianna Hobhouse nicht verurteilt; im Gegenteil, sie schien großes Mitgefühl für das Medium zu haben. Wenn er vorsichtig war, konnte er mit ihr über alle möglichen Fragen diskutieren. Außerdem war sie für ihn noch aus einem anderen Grund interessant: Falls er recht ging in der Annahme, daß sie nicht nur wegen Marianna Hobhouse in Kerreck Du war, konnte er sie unter Umständen für seinen Rachefeldzug benutzen. Er lächelte in sich hinein. Es war ein gefährlicher Fehler, jemandem Gefühle entgegenzubringen. Es machte einen verwundbar. Ihm hatte nie jemand Gefühle entgegengebracht, und deswegen war er frei. Er hatte diese Lektion zweimal lernen müssen, erst als Kind und dann noch einmal vor drei Jahren. Beim erstenmal, als kleiner Junge, war er immer wieder für seine Vergeßlichkeit bestraft worden. Aber beim zweitenmal war er in der Lage gewesen, seinerseits zu strafen.

Doch daran wollte er gar nicht mehr denken. Schließlich hatte er nicht wissen können, daß es so enden würde. Er hatte nicht vorgehabt, sie zu töten. Nein, er hatte sie nur daran erinnern wollen, daß sie ihn brauchte. Er hatte sie wirklich geliebt. Als er sie über ihre Kindheit reden hörte, hatte er das Gefühl gehabt, daß ihr Leiden sein eigenes irgendwie leichter machte. Trotzdem hatte sie es verdient zu sterben. Sie hatte ihn lächerlich gemacht.

Er betrat den Parkplatz auf dem Hügel oberhalb von Trebartha. Zu dieser späten Stunde stand dort nur der kleine, rostende Wohnwagen, den ein ortsansässiger Geschäftsmann tagsüber als Imbißstand benutzte. Seine Nächte verbrachte der Mann in seinem Haus auf der anderen Seite der Stadt. Vor seinen Füßen wehte eine leere Chipstüte vorbei. Der Wind trug sie zu den Büschen am Rand des Parkplatzes hinüber, in denen schon eine Menge anderer Müll hing. Die Oberfläche des Asphalts war von langen Rissen durchzogen, die sich fächerförmig von einem Gully in der Mitte des Parkplatzes ausbreiteten. Im Mondlicht sahen sie aus wie das zerrissene Netz einer riesigen Spinne.

Karen wartete bereits auf ihn. Sie stand auf der anderen Seite des Parkplatzes neben einer Gruppe verkrüppelter Kiefern. Im Mondlicht wirkte ihr Gesicht bleich, und ihre Augen waren so groß und leuchtend wie die eines Maki. Die Hände in die Taschen ihrer Jacke geschoben, lehnte sie lässig an einer der Kiefern, als müßte sie ihren Mut demonstrieren. Aber als er sie erreichte, sagte sie: »Gott sei Dank bist du pünktlich. Ich wäre keine Sekunde länger hiergeblieben.«

»Hast du dich gefürchtet?«

»Nein.« Die Makiaugen erwiderten seinen Blick, ohne mit der Wimper zu zucken. »Ich habe mich bloß gefragt, ob du mir mit deiner Geschichte nicht doch einen Bären aufgebunden hast.«

»Warum hätte ich das tun sollen?«

»Um mich zu beeindrucken.«

»Bist du so leicht zu beeindrucken?«

»Kommt darauf an.« Die Art, wie sie ihn mit schräg gelegtem Kopf ansah, erinnerte ihn an Estelle. »Wie sehr willst du mich denn beeindrucken?«

»Warum läßt du dich nicht einfach überraschen?«

Sie antwortete mit einem leisen, kehligen Lachen und hakte sich bei ihm unter. Ihre Berührung stieß ihn ab, wie so vieles an ihr, aber er ertrug sie. Schweigend gingen sie die kurze Strecke bis zu dem Fußweg, der sich am Rand der Klippen entlangzog. Irgendwo bellte ein Hund. Sein Kläffen klang schrill wie das eines Fuchses, aber weit entfernt und daher nicht bedrohlich.

Kaum zu glauben, wie eingebildet sie war, dachte er. Wie er erwartet hatte, war es diese Eigenschaft gewesen, die sie – zusammen mit ihrer stark ausgeprägten Neugier, was die perverseren Aspekte der menschlichen Natur betraf – heute hierher gebracht hatte. Er vermutete, daß das Ganze für sie nur eine neue Form der Verführung war. Deswegen war sie auch bereit gewesen, ihr Treffen geheimzuhalten. Sie hatte ein Faible für Geheimnisse, egal, ob sie ihr freiwillig oder unter Druck erzählt wurden.

Ehe sie durch das Tor auf den Pfad traten, fragte er sie, ob sie ganz sicher sei, daß sie mitkommen wolle. Er legte eine Spur von Besorgnis in seine Stimme und zog dabei die Stirn kraus. »Es besteht zumindest die entfernte Möglichkeit, daß es gefährlich werden könnte.«

Damit hatte er sie am Haken. »Das möchte ich auf keinen Fall verpassen.« Ihre Augen funkelten vor Aufregung. »Außerdem habe ich eine Vorliebe für alles Phantastische, das weißt du ja.

Und was könnte phantastischer sein als deine Arbeit für die – wie hast du es genannt?«

»Küstenkontrolle. Aber wie ich dir schon gesagt habe – ich mache das bloß ehrenamtlich.«

Er war wütend und dann selbst amüsiert über seine Reaktion auf ihren Ton. Als ob es irgendeine Rolle spielte, daß sie die Vorstellung nach wie vor lächerlich fand. Alles, was zählte, war, daß sie ihm glaubte.

Anfangs hatte sie das nicht getan. Er hatte ihr einen Beweis liefern müssen: das offizielle Bestätigungsschreiben, die Broschüren, die er bekommen hatte, damit er die Silhouetten der Boote und Flugzeuge identifizieren konnte, das geheime Codesignal.

Der Schmuggel nehme drastisch zu, seit die EG die meisten Grenzkontrollen abgeschafft habe, hatte er ihr erklärt. Billiger Whisky und Zigaretten vom Festland würden Englands Schwarzmarkt überfluten. Einen Großteil davon brächten die Leute mit dem Auto, Wohnwagen oder Boot aus dem Urlaub zurück, um die Waren anschließend an Pubs und Geschäfte zu verkaufen. In ihrem Bemühen, diesen illegalen Warenverkehr zu bekämpfen, hätten die Zollbehörden eine Art Bürgerwehr rekrutiert, die die Küste überwachen und berichten sollte, wenn nachts verdächtige Boote anlegten oder Flugzeuge ohne Licht flogen.

»Genau wie im Zweiten Weltkrieg«, hatte er erklärend hinzugefügt. Aber ihre Geschichtskenntnisse reichten nicht über die Grenzen ihres eigenen Landes hinaus, und er hatte ihr die Parallelen ausführlich erläutern müssen.

Sie hatte das alles höchst faszinierend gefunden, wenn auch reichlich absurd. Wahrscheinlich war es genau diese Absurdität, die sie – zusammen mit den Dokumenten – letztendlich überzeugt hatte. Das Ganze war zu lächerlich, um nicht wahr zu sein. Und er hatte sich große Mühe gegeben, es so aussehen zu lassen, als versuche er, sie zu beeindrucken, genau wie sie angedeutet hatte.

Als er betont hatte, daß die Sache ihr Geheimnis bleiben müsse, war sie sofort einverstanden gewesen. Soweit er wußte, hatte sie Wort gehalten. Aber wenn sie mit den anderen zusammen waren, sah sie ihn oft mit jenem verschwörerischen Blick an, den er so entnervend fand.

Er war gezwungen gewesen, ihr davon zu erzählen, weil sie ihn eines Tages, kurz vor dem ersten Zwischenfall, draußen auf den Klippen gesehen hatte.

Offenbar legte sie sich sogar im Winter gerne nackt in die Sonne und hatte ein warmes Plätzchen auf den Klippen gefunden, wohin sie sich, vor dem Wind und neugierigen Blicken geschützt, mit ihrem Skizzenblock zurückzog. Dort entstünden ihre besten Entwürfe, hatte sie ihm erzählt. Als sie an jenem Nachmittag aufstand, um sich anzuziehen, hatte sie ihn gesehen. Sie erzählte ihm das erst, als es bereits zu spät war, mehrere Tage nach dem Vorfall, aber lange bevor die Leiche gefunden wurde. Zum Glück hatten die Zeitungen nicht über den genauen Fundort berichtet.

»Ich habe dich beobachtet«, sagte sie ganz beiläufig. »Du hast dich so seltsam benommen. Immer wieder hast du dich über den Rand der Klippen gebeugt und bist auf Felsen gesprungen. Was hast du dort gemacht?«

Nach einem geeigneten Gelände Ausschau gehalten, hätte er ihr antworten können. Statt dessen hatte er ihr scheinbar widerwillig von seiner Arbeit für die Küstenkontrolle erzählt. Die Geschichte hatte den Vorteil, daß sie schlicht und ergreifend den Tatsachen entsprach. Ein Zeitungsartikel über die Arbeit von Freiwilligen hatte seine Aufmerksamkeit erregt. Als ihm klarwurde, daß ihm das die perfekte Ausrede lieferte, sich Tag und Nacht auf den Klippen herumzutreiben, hatte er sofort seine Dienste angeboten.

Jetzt ging er auf dem Fußweg vor ihr her, einem bleichen Band gekiester Erde, das abwechselnd anstieg und abfiel, während es sich den Trebartha Point entlangschlängelte. Der Weg war nicht breit genug, um nebeneinander zu gehen, und dafür war er dankbar. Ihre Hand auf seinem Arm hatte sich wie ein Fangeisen angefühlt. Zu ihrer Linken reckten sich riesige Felsblöcke wie geballte Fäuste gen Himmel. Die dicke Grasdecke, mit der sie überzogen waren, wirkte fast schwarz. Nur das Meer unter ihnen, das im Schatten der Klippen lag, sah noch schwärzer aus, wie das aufgerissene Maul eines großen Tiers, das glucksend an den Felsen leckte. Ein falscher Schritt, und man konnte leicht hineinstürzen.

Nachdem sie ein paar Minuten zügig marschiert waren, erreichten sie die Stelle, wo die Klippen am weitesten ins Meer hinausragten. Sie blieben stehen, um einen letzten Blick auf den Ort zu werfen, der sich behaglich in seine Bucht zu kuscheln schien. Das Wasser des Hafens war von Lichtern übersät. Im Vergleich zu diesen grellen Farbflecken erschien ihm die Dunkelheit jenseits der Klippen wie etwas Reines und Begehrenswertes, ein Ort des Friedens.

»Es sieht aus wie Pailletten auf Lurex«, sagte Karen plötzlich mit harter Stimme in die Stille hinein. »Eine richtige Mogelpakkung.«

Verblüfft fragte er sie, wie sie das meinte.

»Von hier aus könnte man glatt meinen, es wäre ein Ort voller Leben. Aber mir ist heute abend kein einziger Mensch begegnet. Sie sind entweder alle schon im Bett oder lassen sich vollaufen, damit sie morgen einen Kater vorschieben können, um nicht arbeiten zu müssen. Lauter Versager, die so tun, als wären sie Genies.« Er fragte sich, wen aus ihrer Gruppe sie in dieses harte Urteil miteinschloß. Vielleicht alle.

»Dann gehst du also nach London?«

Wenn sie mit Ja antwortete und erzählte, sie fahre morgen wie angekündigt nach London, konnte er es sich dann leisten, sie zu verschonen? Nein, konnte er nicht. Sie konnte ihm sogar in London schaden.

Sie schüttelte den Kopf und strich ein paar an ihrem Lippenstift festgeklebte Haarsträhnen zurück, die ihr der Wind ins Gesicht geblasen hatte. »Ich war bloß wütend, weiter nichts. Ich kann noch nicht weg, ich habe noch ein paar Dinge zu erledigen. Außerdem«, fügte sie mit einem Seitenblick auf ihn hinzu, »wie kann ich gehen, wenn du die Dinge hier so interessant machst?«

Alles, was sie sagte, klang zweideutig. Aber sie hätte sich nie bereit erklärt, ihn heute abend zu begleiten, wenn sie auch nur den Hauch eines Verdachts gehabt hätte. Er zwang sich, mit ruhiger Stimme zu sprechen. »Wie gesagt, es sind größtenteils Routinekontrollen. Nichts Dramatisches. Zumindest bis jetzt noch nicht.«

Während sie dem Weg um die Landzunge herum folgten, verschwanden die Lichter allmählich, und die Landschaft wurde zu einer Studie in Grautönen. Der Mond überzog die abgerundeten Felsformen mit einer Schicht aus Silber, ließ das Meer wie frisch poliert schimmern und machte Metallmasken aus ihren Gesichtern. Er hatte das Gefühl, als würden die Mondstrahlen wie eisige Nadelstiche in sein Blut dringen. Jetzt, nachdem sie die großen, schützenden Felsen von Trebartha Point hinter sich gelassen hatten, blies der Wind stärker. Er zerrte an seinen Kleidern, streckte flehend die Finger nach ihm aus. Wie jene anderen, dachte er, die in seinen Träumen zu ihm kamen, ja es manchmal sogar wagten, ihn bei Tageslicht heimzusuchen.

Er schob diese Gedanken beiseite. Er wollte nicht an Geister glauben. Er war nicht wie Marianna Hobhouse; im Gegensatz zu ihr verlor er nie die Kontrolle, verwechselte die Illusion nie mit der Realität.

Als Karen seinen Arm berührte, wirbelte er erschrocken herum.

Sie zuckte zurück. »Mein Gott, du siehst aus, als hättest du Angst, ich könnte dir etwas tun! Hast du mich denn nicht gehört? Du gehst zu schnell, ich komme nicht mehr nach. Außerdem muß ich etwas mit meinem Haar unternehmen. Ich drehe sonst noch durch.«

Er wartete, während sie ihr wehendes Haar einfing und gekonnt feststeckte. Ihr schlanker Hals, den sie dabei ungewohnt sanftmütig beugte, schimmerte im bleichen Mondlicht. Er wandte sich ab, weil er Angst hatte, daß sein Gesicht ihr verraten könnte, was er dachte. Weit draußen auf dem Ärmelkanal waren die winzigen Lichter von Schiffen zu sehen, die sich langsam in Richtung Westen bewegten.

Als sie schließlich den Kopf hob, funkelten ihre Augen wieder unternehmungslustig. »Also los, gehen wir weiter. Aber diesmal nicht so schnell. Ich will mir nicht den Hals brechen.«

Er hatte ihr erzählt, daß er schon zweimal gesehen habe, wie sich zwei Fischerboote an einer Stelle nicht weit von Trebartha Point trafen. Falls sie heute nacht wieder dort sein sollten, wolle er sie photographieren. Ob das Blitzlicht die Leute an Bord denn nicht warnen werde, hatte sie gefragt. Das spiele keine Rolle, hatte er geantwortet; sie und er wären oben auf den Klippen ziemlich sicher, und wenn sie sich beeilten, würden sie es schaffen, die Polizei rechtzeitig zu verständigen, so daß sie die Boote noch erwischen könnten.

»Weißt du, du überraschst mich wirklich«, erklärte sie, nachdem sie eine Weile schweigend weitergegangen waren. »Ich hätte nicht im Traum gedacht, daß du solche Sachen machst.«

Kein Wunder, dachte er. Sie hatte schließlich nicht besonders viel Phantasie. Nur in den Kleidern, die sie entwarf, zeigte sie einen Funken von Kreativität.

»Im Grunde bin ich so eine Art Trainspotter«, sagte er. »Bloß, daß ich im Gegensatz zu den Eisenbahnfans nach Booten und Flugzeugen Ausschau halte.«

Sie lachte. »Du bist schon ein seltsamer Typ, weißt du das? Aber das erklärt so einiges, was mir an dir aufgefallen ist.«

Er zwang sich weiterzugehen und seine Stimme nicht allzu neugierig klingen zu lassen. »Zum Beispiel?«

»Oh, alles mögliche.«

Jetzt wird sie es gleich sagen, dachte er: Zum Beispiel habe ich mich gefragt, was die Frau, die sich damals nach dir erkundigt hat, wirklich von dir wollte.

»Alles mögliche«, wiederholte sie. »Vor allem, warum du so ganz anders wirkst als alle anderen. Als hättest du eine Mission oder so etwas. Aber die hast du ja wohl auch«, fügte sie mit einem Lachen hinzu. Er würde froh sein, wenn er dieses Lachen nie mehr zu hören brauchte.

Schließlich kamen sie zu der Stelle, an der ein tiefer Riß das Gestein der Klippe spaltete. Der Weg machte eine scharfe Kurve um den schmalen, keilförmigen Felsspalt. Von oben war die Stelle durch überhängende Büsche abgeschirmt, vom Meer her durch riesige Felsblöcke, die sich wie ein Palisadenzaun aus dem Wasser erhoben. Kein Boot würde sich je hier heranwagen, es war viel zu gefährlich. Aber das wußte sie nicht. Sie hatte ihm selbst erzählt, daß sie leicht seekrank wurde und Boote langweilig fand.

Das laute Klatschen des Meeres, das zwischen den Felsen ans Ufer schwappte und wieder zurückwich, erregte ihn. Jetzt, da der Moment gekommen war, spürte er wieder jene Mischung aus Widerwillen und Fatalismus, als unterwerfe er einen Teil von sich dem Unvermeidlichen.

Sie stand mit dem Rücken zu ihm, die Hände in die Taschen ihrer Jacke versenkt, und starrte aufs Meer hinaus. »Also«, sagte sie, »was machen wir jetzt? Warten?«

Nein, dachte er, während er den Schal aus der Tasche zog und auf sie zutrat. Nein, ich warte nicht gern.

Später im Bett begann ein kleiner Zweifel an ihm zu nagen. Wenn aus irgendeinem Grund doch jemand beschloß, an genau dieser Stelle nach unten zu blicken, war die Leiche dann zu sehen? Es erschien ihm unwahrscheinlich. Trotzdem mußte er sichergehen. Er mußte vor allen anderen aufstehen und im Morgengrauen noch einmal hinausgehen, um das zu überprüfen. Falls irgend etwas von der Leiche zu sehen war, würde er es problemlos mit dem Stechginster verdecken können, der dort wuchs.

Er stellte seinen Wecker auf fünf, rollte sich auf die andere Seite und schlief sofort ein.

25

Ein gewisses Chaos tolerieren. Als Dana am Waschbecken stand und sich fürs Bett fertig machte, fielen ihr Finns Worte wieder ein.

Ein Gast in Kerreck Du sollte ein gewisses Chaos tolerieren können, hatte er in seinem Brief an sie geschrieben. Sie hatte diese Worte für eine scherzhaft gemeinte Warnung vor häuslichem Durcheinander aufgefaßt. Aber die vergangenen zwei Tage hatten ihr gezeigt, daß er dabei weder an unregelmäßige Essenszeiten noch an ungemachte Betten oder das Klischee vom Freibrief des Künstlers in puncto Sauberkeit gedacht hatte. Das Chaos in Kerreck Du war emotionaler Natur.

Und es war ansteckend. Schon jetzt fühlte sie sich infiziert. Wenn sie an ihr eigenes emotionales Durcheinander und ihr Verlangen nach Daniel dachte, wurde ihr ganz schwindlig. Sie drückte den heißen Waschlappen gegen ihr Gesicht, atmete den feuchten Geruch nach Seife ein und kühlte ihre Haut dann mit kaltem Wasser. Ihre verschwommenen Gesichtszüge starrten sie aus dem angelaufenen Spiegel an. Was hatte Finn in jenem theatralischen Postskriptum zu seinem Brief geschrieben? Irgend etwas darüber, daß man einem Geist eine Schüssel voll Blut zu trinken geben müsse, wenn man ihn zum Sprechen bringen wolle. Sie lächelte. Jeder Geist, der heute nacht von ihrem Blut tränke, bekäme mit Sicherheit eine Magenverstimmung.

Ihr Lächeln verschwand, als sie an die Geister von Kerreck Du dachte – Marianna, Solange Finn und die beiden auf den Klippen ermordeten Frauen, deren Stimmen durch einen vorzeitigen Tod auf brutale Weise zum Schweigen gebracht worden waren. Dann mußte sie an ihren eigenen Geist denken, dessen Bild sie immer bei sich trug.

Langsam wischte sie den Spiegel sauber. Dann drehte sie sich um, schaltete das Licht aus und verließ das Bad. Als sie schließlich in ihrem Schlafzimmer stand, öffnete sie das Fenster, um die frische Nachtluft einzuatmen. Ein kühler Wind bewegte die schweren Vorhänge und brachte ein paar Papiere zum Rascheln, die sie auf dem Schreibtisch hatte liegenlassen.

Sie nahm das Photo vom Fetus ihres ungeborenen Kindes aus ihrer Brieftasche. Lange Zeit saß sie auf der Bettkante und starrte auf jene schemenhafte Spur eines Wesens hinunter, dessen Leben sie nicht hatte erhalten können.

Dann steckte sie das Photo weg und begann sich auszuziehen, indem sie ihre Sachen einfach auf den Boden fallen ließ. Mit geschlossenen Augen legte sie eine Hand auf die warme flache Haut ihres Bauches, erinnerte sich an die Zeit, als er, geschwollen und hart, das stille – irgendwann *zu* stille – Leben in ihrem Innern geschützt hatte. Sie erinnerte sich auch daran, wie ihr nach dem Unfall ihr eigener, gegen ihren Willen geretteter Körper unnatürlich vorgekommen war, fast wie ein Vorwurf.

Ein plötzliches Geräusch von draußen bewirkte, daß sich die nackte Haut unter ihrer Hand zusammenzog. Es war ein unheimlicher, durchdringender Schrei, wie der Ruf eines Seetauchers, den sie als Kind einmal gehört hatte. Schaudernd schlüpfte sie in ihr langes, rosafarbenes T-Shirt-Nachthemd, ging dann zum Fenster hinüber und lauschte in die Nacht hinaus. Als der Schrei ein zweites Mal ertönte, erkannte sie ihn eindeutig als Nadia Tatevics Stimme, die vor Eifersucht und Wut ganz schrill klang.

Nachdem sie eine Efeuranke weggeschoben hatte, die sich um das Scharnier eines Fensterflügels geschlungen hatte, schloß sie das Fenster. Vielleicht hätte ich damals auch so heulen sollen, sagte sie zu sich selbst; wenn ich Stewart angeschrien oder mit Geschirr geworfen hätte, hätte uns das vielleicht retten können, uns und das Baby. Aber es lag nicht in ihrer Natur zu schreien oder mit Tellern zu werfen.

Trotz des geschlossenen Fensters drang der Kummer in Nadias Stimme weiter in den Raum. Um ihm zu entkommen, zog sie ihre Sandalen an, schiente ihren Knöchel und nahm den Schlüssel zur Tür des Glashauses aus der Schublade ihres Schreibtisches. Wahrscheinlich würde sie nicht mehr viel zustande bringen, dachte sie, aber sie konnte auch nicht hierbleiben und diesem mitleiderregenden Schreien lauschen. Diesmal gab es nichts, was sie tun konnte, um zu helfen.

Als sie in die Diele hinaustrat, sah sie, daß aus der offenen Tür des Glashauses eine schwache Raute aus Licht auf die dunkle Holzvertäfelung fiel. Sie mußte an Pascales Warnung denken, daß Finn oft mitten in der Nacht durch das Haus wandere und daß sie seine ruhelosen Schritte nicht mit denen eines Hausgeistes verwechseln solle. Vielleicht war er wie sie auf die Idee gekommen, im Glashaus vor Nadias Schreien Zuflucht zu suchen. Falls dem so war, würde sie ihn dort nicht stören.

Aber bevor sie sich in ihr Zimmer zurückziehen konnte, tauchte er in der Tür auf. Einen langen Augenblick starrten sie sich bloß an. Der Mann, der ihr dort gegenüberstand, sah aus wie die Verkörperung von Nadias Schmerzensschrei. Seine müden blauen Augen waren blutunterlaufen, seine Schultern nach vorn gebeugt, während er sich an den Türrahmen klammerte, als würde er sonst umfallen. Sie machte einen Schritt auf ihn zu und fragte, ohne nachzudenken: »Was kann ich tun?« Vielleicht reagierte sie damit auf die Schreie, die so verzweifelt durch die Nacht geklungen waren, oder auf Finns eigenen Kummer, der so offensichtlich war, daß sie ihn als Kraft zwischen ihnen spüren konnte.

Sein Mund verzog sich zu einem grimassenhaften Lächeln. Er streckte den Arm aus und schloß seine Hand fest um ihre. Diese Geste hatte nichts von der Berührung eines Geliebten; sie fühlte sich eher an wie der Griff eines Menschen, der am Rande eines Abgrunds steht und Angst davor hat hinunterzustürzen.

Mit heiserer Stimme sagte er: »Bleiben Sie einfach eine Weile bei mir. Wollen Sie das für mich tun?«

Sie nickte. Sie hatte das Gefühl, als wäre ihr eigener Wille aufgehoben, vorübergehend durch seinen ersetzt.

Während er ihre Hand weiterhin fest umklammert hielt, führte er sie in den Hof hinaus, dessen kiesbedeckte Fläche im Mondlicht wie gebleicht aussah. Auf ihrem erhitzten Gesicht fühlte sich die Nachtluft angenehm kühl an, und sie genoß den frischen Geruch des Meeres. Wegen ihres Knöchels mußten sie sehr langsam gehen, aber das schien ihm nichts auszumachen. Er selbst ging mit gesenktem Kopf und steif wie ein Schlafwandler oder wie jemand, der von zuviel Alkohol oder zu vielen Tränen weiche Knie bekommen hat. Abgesehen vom Klang ihrer Schritte störte nun nichts mehr die nächtliche Stille. Keiner von ihnen sagte etwas, bis sie zu einem erleuchteten Fenster des umgebauten Stallgebäudes hinaufsah, in dem die Tatevics wohnten.

Er mußte gespürt haben, in welche Richtung sie blickte, denn plötzlich hob er den Kopf. »Sie haben es gehört?« fragte er sie.

»Ja.«

»Ein Sprichwort sagt: Bevor man heiratet, muß man die Augen offenhalten, aber hinterher muß man sie halb schließen. Das hat Nadia noch nicht gelernt.« Aus seiner Stimme klang ein so bitterer Unterton, daß Dana sich fragte, ob er wirklich nur von Nadia Tatevic sprach.

»Was macht man, wenn der Partner einen zwingt, die Augen aufzumachen?« fragte sie und dachte dabei an sich selbst. »Wegsehen?«

»Ja, verdammt noch mal!«

Er war abrupt stehengeblieben und hatte sich ihr zugewandt. Sein Blick war so wild wie sein Ton. Sie starrte zurück, zu verblüfft, um etwas zu sagen. Dann hob er die Hand, mit der er die ihre umklammerte, und schüttelte sie leicht, fast als wollte er sie warnen. In sanfterem Ton fügte er hinzu: »Ja, genau das tut man in einem solchen Fall. Wenn man klug ist.«

Und wenn ein Kind da ist, dachte sie. Aber sie war nicht klug gewesen, und es hatte auch kein Kind gegeben.

Inzwischen hatten sie eine Tür am Ende des Stallgebäudes erreicht. Er ließ ihre Hand los, nahm einen Schlüssel aus der Hosentasche, schloß auf und ging hinein. Als er ein weiches gelbes Licht einschaltete, wurde ihr klar, daß der schattige Raum dahinter seine Dunkelkammer war, und sie wäre beinahe zurückgewichen. Es ist schon spät, hätte sie am liebsten gesagt, ich bin müde. Statt dessen folgte sie ihm hinein.

Der große, fensterlose rechteckige Raum erschien ihr wie der luxuriöse Bunker eines einsiedlerischen Wissenschaftlers. Ein leichter, nicht unangenehmer Geruch nach Chemikalien verstärkte diesen Eindruck noch. Mehr als ein Dutzend Vergrößerungsapparate waren wie riesige, mißgestaltete Mikroskope entlang der Arbeitsflächen aufgereiht. Ein Paar gelbe Gummihandschuhe hingen schlapp über der Seite eines langen Metalltrogs, der mit einer Reihe von Plastikbecken und -tabletts gefüllt war und als eine Art Raumteiler fungierte. In den Regalen reihten sich Flaschen, Pfannen, Zangen und Instrumente aneinander, deren Verwendungszweck ihr völlig schleierhaft war. Es gab mehrere lederüberzogene Stühle, einen Sessel, einen CD-Player, sogar einen Kühlschrank. Ein dicker Teppich dämpfte ihre Schritte.

Finn deutete zu dem Sessel hinüber, was sie als Aufforderung verstand, sich zu setzen. Als er die Tür schloß, war die Stille vollkommen. So vollkommen, wie auch die Dunkelheit sein würde, dachte sie, wenn erst einmal die Lichter aus waren.

Wortlos begann er zu arbeiten. Aus einem Metallschränkchen nahm er einen großen Pergaminumschlag und legte ihn neben einen der Vergrößerungsapparate. Dann zog er ein Paar weißer Baumwollhandschuhe an. Sie war zu müde, um ihn zu fragen, was er da tat. Selbst wenn er es ihr erklärt hätte, wäre sie zu müde gewesen, um es zu verstehen. Sie blieb einfach in der dämmrigen Wärme sitzen und schwebte irgendwo zwischen Schlafen und Wachen, während sie seine Bewegungen beobachtete und dem beruhigenden Geräusch laufenden Wassers lauschte. Sie war überzeugt, daß er ihre Anwesenheit völlig vergessen hatte. Jetzt, hier in seinem Reich, schien er die Kraft und die Jugendlichkeit zurückzugewinnen, die ihr gestern an ihm aufgefallen waren, als sie ihn auf der Lichtung bei der Arbeit beobachtet hatte. Seine Bewegungen waren sicher, fließend und präzise. Aus ihnen sprach der leichte Rhythmus langjähriger Übung.

Inzwischen waren wohl Stunden vergangen, vielleicht hatte sie sogar geschlafen. Hin und wieder ließ sie ein Geräusch aufschrecken und zu ihm hinübersehen, das Klirren von Glas, wenn er eine Flasche öffnete, das Klatschen von Wasser, das Klicken und Surren des Vergrößerungsapparats.

Ihr ging durch den Kopf, daß seine Dunkelkammer wie das Labor eines modernen Alchemisten war. In diesem Raum hatte er die Macht, aus Licht, Chemikalien und Papier eine neue Wirklichkeit zu gestalten, Faksimiles des Lebens zu schaffen, die so echt wirkten, daß sie fast zu atmen und sich zu offenbaren schienen. Dabei war seine Geschicklichkeit so groß, daß er es schaffte, den Betrachter dazu zu bringen, mit ihm zusammen an der Illusion mitzuwirken. Sie mußte wieder an etwas denken, das er beim Abendessen gesagt hatte. Photographien, hatte er gesagt, seien Ersatzformen des Besitzens. Fragte sich nur, wer da von wem besessen wurde.

Sie dachte an ihr eigenes trauriges Faksimile, das in ihrem Zimmer lag, den irrealen Widerschein eines Lebens, das kein Alchemist wieder auferstehen lassen konnte, wie sehr sie auch von diesem Leben besessen war.

Finn trug einen Abzug zu dem Trockengitter, das in der Nähe ihres Sessels stand. Er legte das Photo darauf und zog sich dann einen der Stühle heran, um sich ihr gegenüber hinzusetzen. »Sie sehen traurig aus«, sagte er. »Warum?«

Vielleicht war es der ungewohnt zärtliche Unterton in seiner Stimme, der sie zum Sprechen brachte. Vielleicht war es aber auch der plötzliche Impuls, es endlich einmal jemandem zu erzählen. Warum also nicht diesem Mann, der ebenfalls einen Verlust erlitten und ihr sein eigenes Leben offenbart hatte? Die Dunkelkammer mit ihrer in sich abgeschlossenen, hermetischen Stille hätte genausogut ein Beichtstuhl sein können.

»Ich habe gerade an ein Photo gedacht«, begann sie, und ehe sie sich's versah, erzählte sie ihm die Geschichte vom Tod ihres ungeborenen Babys und dem Ende ihrer Ehe.

Es war in Connecticut passiert, wo sie und Stewart ein Winterwochenende verbringen wollten. »Freunde hatten uns ihr Haus auf dem Land überlassen. Wir waren allein, nur wir beide, endlich einmal ungestört. In den Wochen zuvor hatten wir so viel gearbeitet, daß wir nur selten Zeit füreinander gehabt hatten. Er war viel auf Reisen, und ich versuchte panisch, noch möglichst viel wegzuarbeiten, bevor das Baby kam.« Allmählich hatte sie diesen Zustand als beunruhigend empfunden; sie war diejenige gewesen, die auf einem Urlaub bestanden hatte.

»Ich war im sechsten Monat schwanger, hatte aber noch immer eine Menge Energie. Wir wollten ein bißchen wandern. Wir wußten, daß es wahrscheinlich für lange Zeit die letzte Gelegenheit war.«

Es war ein altes viktorianisches Haus mit einer breiten, um das ganze Gebäude verlaufenden Veranda und ziemlich steilen Treppen. Zwei Tage vor ihrer Ankunft hatte ein Wintersturm gewütet, so daß aus dem Wandern nicht viel wurde, weil eine dünne Eiskruste über dem Schnee das Gehen gefährlich machte. »Stewart warnte mich ständig, vorsichtig zu sein. Draußen und im Haus. Er war so besorgt, daß ich ihn schließlich fragte, ob er ein schlechtes Gewissen habe.« Sie hielt inne und sah zu Finn hoch. »Eigentlich wollte ich damit nur einen Scherz machen.«

Sie und Stewart waren zu dem Zeitpunkt in der Küche und bereiteten das Abendessen zu. Sie wollte gerade auf den TrittHocker steigen, um das Olivenöl aus dem Schrank zu holen, als er sie zurückhielt und ihr erklärte, er werde das tun. Er wollte, daß sie sich hinsetze, meinte er, und sich von ihm bedienen lasse.

»Was hat das alles zu bedeuten?« protestierte sie lachend, während sie mit einem Fuß noch auf der untersten Stufe des Hockers stand. »Das kann nicht bloß am Baby liegen. Bestimmt hast du etwas angestellt.«

Stewart wurde blaß. »O Gott.«

Sie hörte zu lachen auf und packte seinen Arm. »Was ist los? Was hast du?« Einen Augenblick lang dachte sie, daß ihm übel war oder daß er Probleme mit dem Herzen hatte. Er war Ende Vierzig, viel älter als sie.

Die Erleichterung, die sie empfand, als er sie beruhigte, ihr sagte, daß es das nicht sei, war nur von kurzer Dauer. Als müßte er sich selbst Mut machen, ins kalte Wasser zu springen, fügte er atemlos hinzu: »Ich möchte nicht, daß das ewig zwischen uns steht, Dana. Ich möchte dir die Wahrheit sagen.«

Wieder sah sie zu Finn auf. Sein Blick wirkte jetzt nüchterner, schärfer. Er sah sie an, als würde ihm ihre Geschichte etwas bedeuten, dachte sie.

»Natürlich hatte Stewart eine Affäre gehabt«, sagte sie. Eine Frau, die er bei einer Konferenz kennengelernt hatte, keine, die sie kannte. Es sei vorbei, er habe die Sache beendet, sagte er, als würde das alles wiedergutmachen.

Verblüfft hatte sie Stewart angestarrt. Sie beide hatten sich ebenfalls auf einer Konferenz kennengelernt, kurz nachdem Stewart sich von seiner ersten Frau getrennt hatte. Die Ironie des Ganzen machte es noch schlimmer. Plötzlich sah sie sich nur als eine in einer endlosen Reihe konferenzbesuchender Gelegenheiten. Stewart, der eine Koryphäe auf seinem Gebiet war, würde noch viele, viele Konferenzen besuchen. Sie drehte sich um, griff nach ihrem Mantel und ihrer Tasche und ging. Sie konnte nicht sprechen, konnte keine Sekunde länger bei ihm bleiben. Sie wollte nur noch weg, so weit weg von ihm wie möglich.

»Ich wollte den Wagen nehmen und nach New York zurückfahren«, erklärte sie Finn. »Ihn einfach dort zurücklassen. Sollte er doch sehen, wie er wieder nach Hause kam. In diesem Augenblick haßte ich ihn.«

Sie war so mitgenommen von Stewarts Geständnis und ihrem eigenen Schmerz, daß sie einen Moment lang nicht aufpaßte. Inzwischen war es dunkel geworden. Die Außenbeleuchtung war nicht eingeschaltet, die Haustreppe mit einer dünnen Schneeschicht überzogen, so daß die eisige Stelle nicht zu sehen war. Auf der obersten Stufe, gerade als sie nach dem Geländer greifen wollte, glitt sie mit einem Absatz aus. Obwohl sie den Sturz nicht mehr verhindern konnte, schaffte sie es noch, sich zu drehen, so daß sie auf dem Rücken landete.

Ihr Schrei ließ Stewart aus dem Haus stürzen. Er trug sie zum Wagen und fuhr die dreißig Kilometer zum nächsten Krankenhaus, als wären alle Teufel der Hölle hinter ihm her. Aber es war zu spät.

»Es ist nicht Ihre Schuld«, hatte der Arzt erklärt, als sie weinend ausrief, daß ihre eigene Unachtsamkeit das Baby getötet habe. Mit dem Kind sei etwas nicht in Ordnung gewesen; es wäre früher oder später sowieso zu einer Fehlgeburt gekommen. Sie hatte ihm nicht geglaubt, und sie war nicht in der Lage gewesen, Stewart zu verzeihen.

Ihr Blick begegnete dem von Finn. Leise sagte sie: »Ich möchte nie wieder ein solches Geständnis hören. Von niemandem.«

Einen Moment lang war ihr Atem das einzige Geräusch in der Dunkelkammer. Sie keuchte, als hätte sie gerade einen Sprint hinter sich. Schließlich sagte Finn: »Und wenn er es Ihnen nicht gestanden hätte? Wäre Ihr Kind dann noch am Leben?«

Langsam schüttelte sie den Kopf. »Es war nicht der Sturz. Das habe ich inzwischen akzeptiert. Dadurch passierte es bloß eher.«

»Und?«

»Vielleicht würde ich ihn noch immer lieben.« Aber zum erstenmal klangen die Worte sogar in ihren Ohren falsch. Sie begann zu verstehen, daß die Kluft zwischen ihren Illusionen und der Realität von ihr selbst geschaffen worden war, nicht von Stewart, und daß das ihre Ehe genauso zerstört hatte wie seine Untreue. Gleichzeitig wurde ihr noch etwas anderes klar: Sie empfand wegen dieser Desillusionierung keinen Schmerz mehr.

Finn stand steif auf, als würde er von einer Last zu Boden gedrückt, und ging zu dem Ständer mit den Gittern hinüber, auf denen die Abzüge trockneten. Er drehte einen um und starrte ihn einen Moment lang an. Dann wandte er sich wieder Dana zu. Sein Blick war scharf, fast sezierend. »Sie konnten ihn also nur lieben, solange er Ihnen die Wahrheit ersparte? Nein, seien Sie bitte nicht beleidigt. Es interessiert mich wirklich.«

»Wissen Sie«, fuhr er fort, ehe sie antworten konnte, »Solange hat mir die Wahrheit über sich gesagt. Ich wollte sie auch nicht hören. Ich konnte ihr ebensowenig verzeihen wie Sie Ihrem Mann.«

Sein Gesicht wirkte jetzt wieder leidend. Sie bereute nicht, mit ihm gesprochen zu haben, denn sie spürte, daß ihre Enthüllung für ihn irgendwie wichtig gewesen war, und sie wünschte, sie hätte den Heilungsprozeß, der seit Elvinas Rettung in ihr eingesetzt hatte, auf ihn übertragen können.

»Meine Strafe besteht darin«, sagte er, während er auf das Photo auf dem Ständer hinunterblickte, »nicht zu wissen, ob ihr Sturz ein Unfall war. Oder . . .«

Er sprach den Satz nicht zu Ende, sondern zuckte bloß mit den Schultern. Ihr ging durch den Kopf, daß das, was er nicht ausgesprochen hatte – sein Verdacht, sie könnte Selbstmord begangen haben –, vielleicht ein Schicksal war, das er für sich selbst auch befürchtete, und daß das der Grund war, warum er sie an diesem Abend bei sich haben wollte, als eine Art Wache, die ihn vor Kurzschlußhandlungen bewahren sollte. Als sie sich aus dem Sessel erhob, zu ihm hinüberging und sich neben ihn stellte, sah sie, daß das Photo auf dem Plastikgitter eine kaum erkennbare Studie von Solange Finn war. Ein baconeskes Porträt ihres Gesichts und ihrer nackten Schultern, grotesk verzerrt. Ihr aufgerissener Mund sah aus, als würde sie schreien. »›My Last Duchess‹«, sagte Finn mit einem kurzen, bitteren Lachen.

Aber das Photo und die Art, wie Finn es anstarrte, ließen Dana an ein anderes Gedicht von Browning denken, »The Mesmerist«, dessen besessener, gequälter Erzähler seine tote Geliebte anruft und durch die Kraft seiner Sehnsucht ihren Geist »der Leere« aufprägt, fast wie ein Photograph.

Finn nahm das Photo in die Hand. »Ich habe es an dem Tag gemacht, bevor sie starb. Ich habe zu ihr gesagt, ich wolle, daß sie an ihren eigenen Tod denke. Gott helfe mir!« Mit einer heftigen Bewegung zerriß er das Photo und ging dann zur Tür hinüber. Die Fetzen ließ er einfach auf dem Boden liegen.

Zusammen verließen sie die Dunkelkammer. Dana hatte das Gefühl, als hätte sie wie eins von Finns Photos eine Verwandlung durchgemacht, als hätte er einen Teil ihrer selbst unter den Vergrößerungsapparat seines Auges gehalten, um sie genau zu studieren und anschließend einer Metamorphose zu unterziehen. Das Bild der Frau, die in dieser Nacht die Dunkelkammer betreten hatte, veränderte sich. Der Schmerz, der so dunkel gewesen war wie ein Sonnenfleck, ließ langsam nach.

Als sie gemächlich und Arm in Arm über den Hof zurückgingen, entdeckte sie plötzlich auf den Stufen zur Küchentür die dunkle Gestalt eines Mannes. Es war Daniel. Instinktiv ließ sie Finns Arm los. Zu spät wurde ihr klar, wie diese Geste auf Daniel wirken mußte.

Schweigend und mit ausdrucksloser Miene sah er ihnen entgegen.

»Daniel –«, begann Finn.

Aber Daniel schnitt ihm das Wort ab. »Ich habe beschlossen, doch noch zum Schulhaus zurückzugehen«, erklärte er seinem Vater kurz angebunden. Mit einem schnellen, schwer zu deutenden Blick in ihre Richtung sagte er gute Nacht und ging dann an ihnen vorbei über den Hof.

Dana sah ihm nach, bis er durch das Tor auf den Weg trat, der zu den Klippen führte. Sie wollte ihm hinterherrufen, um ihm alles zu erklären, aber er war bereits verschwunden.

26

Elvina lag schlaflos in ihrem Zimmer unter dem Dach. Unten hörte sie ihre Mutter wieder schreien.

Während sie an den Blasen in ihren Handflächen herumzupfte, summte sie vor sich hin, um nichts hören zu müssen. Es war der alte Streit, den sie schon seit Monaten führten, vielleicht schon seit Jahren. Sie glaubte sich an eine Zeit erinnern zu können, als sie nie stritten, aber sie war sich nicht sicher. Sie wußte nur, daß ihre Mutter Angst hatte. Angst vor dem Zurückgehen, vor dem Hierbleiben, vor einer anderen, noch schrecklicheren Bedrohung. Inzwischen schien ihre Mutter vor allem Angst zu haben.

Sie zog die Decke fest über ihren Kopf und machte mit den Knien ein Zelt daraus. Im dämmrigen Zeltinneren roch es nach Waschmittel, der Berührung des Bügeleisens und ihrer eigenen warmen Haut. Sie atmete mit offenem Mund aus, um das Zelt mit ihrem Atem zu füllen und keinen Raum für ein anderes Geräusch zu lassen. Aber Baumwolle atmete ebenfalls, hatte mal jemand zu ihr gesagt, und mit dem Atem des Stoffs drangen auch die Geräusche des Streits zu ihr herein.

Manchmal stritten ihre Eltern ihretwegen. Zu Hause hatten sie sich wegen ihrer Sicherheit gestritten – darüber, was mit ihr geschehen sollte, wenn wegen der Bomben die Schulen geschlossen wurden –, wegen der Musik, die sie auf ihrem Walkman hörte, ja sogar wegen der Photos, die sie aus Zeitungen ausgeschnitten und an die Wände ihres Zimmers geklebt hatte. Hier stritten sie darüber, wer oder was für das Schweigen verantwortlich war.

Wenn das Schweigen von ihr Besitz ergriff und sie oft stundenlang, manchmal sogar einen ganzen Tag lang nicht sprechen konnte, hatte ihr Vater große Geduld mit ihr, aber ihre Mutter flehte oder schrie sie an und beschuldigte sie, ihnen absichtlich weh zu tun. Sie begriff nicht, daß Elvina keine Macht über das Schweigen hatte. Daß es sie beherrschte.

Laß sie in Ruhe, sagte ihr Vater dann immer. Das wird schon wieder; nach allem, was sie durchgemacht hat, ist es nur natürlich, wenn sie nicht reden will. Oft durfte sie ihn begleiten, wenn er Vögel photographieren ging, oder er nahm sie mit in seine Dunkelkammer, damit ihre Mutter sie nicht zu sehen brauchte. Dafür liebte sie ihren Vater so sehr, daß sie alles für ihn getan hätte. Es spielte keine Rolle, daß sie so weit von zu Hause, ihren Verwandten und Freunden weg waren und an einem Ort leben mußten, wo alles anders war. Hier war er sicher.

Der Kummer ihrer Mutter erfüllte das Cottage, kroch wie Rauch unter der Tür hindurch in ihr winziges Zimmer. Wenn sie die Hände über die Ohren legte, schien das gedämpfte Geräusch von einem leidenden Tier zu kommen, nicht von einem Menschen.

Sie ließ das Zelt zusammenbrechen und drehte sich auf die Seite, um in den Schrank zu sehen, wo Madonna auf ihrer Pritsche aus Stroh saß. Das weiche Licht ihrer Nachtlampe schien in den Schrank, dessen Tür immer offenstand. Auf diese Weise war es sicherer.

Madonna erwiderte ihren Blick, ohne mit der Wimper zu zucken. Das Lächeln auf ihrem rosafarbenen Gummigesicht wirkte kühl, ihre glasigen blauen Augen eisig, als würde sie das, was unten vor sich ging, mißbilligen. Sie trug ein altes weißes T-Shirt von Elvina und als Gürtel eine Schnur um die Taille. Ihr flachsblondes Haar war mit einer Efeuranke zusammengebunden, die Elvina von einer Mauer abgeschnitten hatte. Auf ihrem Schoß lag ein Strauß verwelkter Feldblumen.

Der Schrank war Madonnas Tempel, und die Nachtlampe das ewige Licht, das sie für Elvina hütete. Wenn sie es nachts ausgehen ließ, wäre Elvina gezwungen, sie lebendig zu begraben. Auf diese Weise wurden vestalische Jungfrauen bestraft. Elvina hatte das in einem Buch über die Römer gelesen.

Als Gegenleistung verlangte Madonna Rituale und Opfer. Solange sie zufrieden war, hielt sie die Schatten in Zaum und gestattete Elvina, ohne Alpträume zu schlafen. Aber wenn Elvina sich nicht peinlich genau an die Rituale hielt oder Madonna die Opfer unakzeptabel fand, kamen die Schatten und die Alpträume, und das Schweigen ergriff von Elvina Besitz.

Sie glaubte zu wissen, was ihre Eltern taten, wenn sie Angst hatten. Ihre Mutter spielte Klavier und wurde wütend. Ihr Vater arbeitete. Seine Dunkelkammer war seine Art von Tempel, wo sich der Zauber nur vollzog, wenn die entsprechenden Rituale befolgt wurden. Sie fragte sich, ob er ebenfalls Alpträume hatte, wenn mit seinen Ritualen etwas schiefging. Sie wußte, daß auch er Opfer brachte. Ihre Eltern brachten beide Opfer. Das hatten sie ihr erzählt.

Für ihre Sicherheit, hatte ihr Vater gesagt, sei kein Opfer zu groß. Und ihre Mutter hatte schon oft geklagt, welche Opfer sie gebracht habe, indem sie hierhergekommen sei, in dieses Puppenhaus in den alten Ställen. So nannte ihre Mutter das Cottage, dessen Decke so niedrig war, daß ihr Vater sie mit dem Kopf fast berührte. Aber obwohl er seinen Rücken krumm machen mußte wie ein alter Mann, wenn er die steilen Treppen hinauf- oder hinunterging, beklagte er sich nie. Er hatte seine Dunkelkammer und war glücklich.

Ihre Mutter war selten glücklich, weder, was das Haus, noch, was ihre Familie betraf. Nur wenn sie Klavier spielte, wurde es etwas leichter. Elvinas neueste Angst war, daß der Zorn ihrer Mutter ihren Vater aus dem Haus treiben könnte. Manchmal schien es, als würde ihre Mutter diese Angst teilen, aber statt ihre Wut zu zügeln, wurde sie nur noch zorniger, als würde die Angst ihre Wut noch steigern.

Sie erinnerte sich daran, wie ihre Mutter in ihrer alten Wohnung am Klavier gesessen hatte, allein oder mit ihren Schülern. Damals hatte ihr Gesicht rund und zufrieden gewirkt. Es war eine große, helle Wohnung in der Nähe des Flusses gewesen, mit hohen Zimmerdecken und Blick auf die Berge. Elvinas beste Freundin Alia hatte im selben Haus gewohnt.

Aber sie wollte nicht an Alia denken oder in ihre alte Wohnung zurückkehren, selbst wenn es sie noch gegeben hätte.

Sie wickelte sich fest in ihre Bettdecke und zog sie so weit hoch, daß nur noch ihr Gesicht herausschaute. Das half ihr normalerweise, ruhiger zu werden und einzuschlafen. Diesmal aber war der Streit zu schlimm, um ihn zu ignorieren. Sie begann sich Sorgen zu machen, daß die Schreie ihrer Mutter quer über den Hof bis zum Haupthaus hinüberdringen könnten. Niemand würde verstehen, worum es bei dem Streit ging, weil sie in ihrer Muttersprache redeten, aber wenn der Lärm Finn störte, würde er vielleicht auch ärgerlich werden. Vielleicht verlangte er sogar von ihnen, Kerreck Du zu verlassen. Wo sollten sie dann hingehen? Sie hatten Glück, hier sein zu dürfen, sagte ihr Vater oft. Glück, Finn zum Freund zu haben.

Trotzdem machte Finn ihr manchmal angst. Sie spürte, daß in ihm eine Wut wie die ihrer Mutter brodelte, obwohl er versuchte, sie mit Scherzen und freundlichen Worten zu überspielen.

Schatten zuckten über die gegenüberliegende Wand, während die Vorhänge ihres offenen Fensters in der Nachtluft wehten. Wenn sie lange genug hinstarrte, begannen sich Gesichter zu bilden, und aus den Schatten wurden Alia und ihre Familie. Wie immer, wenn sie kamen, spürte sie den kalkigen Geschmack von Mörtel in ihrem Mund.

Sie warf einen flehenden Blick zu Madonna hinüber, aber die Puppe starrte an ihr vorbei.

Da sie mit jenen anderen nicht allein im Zimmer sein wollte, kämpfte sie sich aus ihrer Bettdecke und schlich sich leise auf den Gang hinaus, wo sie sich auf die oberste Stufe setzte und die Knie bis zum Kinn hochzog. Die Stimme ihres Vaters klang wie leiser Donner. Er sagte etwas über London.

»Du kannst nicht ohne uns gehen, Mico«, unterbrach ihn ihre Mutter in flehendem Ton. »Wie kannst du an so etwas auch nur denken?«

»Warum kannst du nicht mal ein bißchen Geduld aufbringen?« fragte er sie. »Ich werde euch bald nachkommen lassen. In London wirst du Freunde finden, Leute wie uns, und du wirst dich nicht mehr so allein fühlen.«

»Nein, nein, ich bleibe nicht hier!« Die Stimme ihrer Mutter wurde panisch. »Du mußt uns mitnehmen! Ich kann hier mit niemandem außer dir reden, ich habe keine Arbeit, nichts, was mir gehört. Wie soll ich das ohne dich aushalten?«

»Ich muß gehen. Sei vernünftig, Nadia. Die Arbeit, die Finn für mich gefunden hat, kann nicht warten. Und wir können nicht alle in London wohnen, das ist zu teuer. Außerdem muß Elvina erst das Schuljahr fertig machen. Aber mit ein bißchen Glück wird aus der Sache ein fester Job, und dann könnt ihr nachkommen. Ein paar Monate, länger wird es nicht dauern. Höchstens zwei.«

»Wenn du uns dann noch willst.«

Die Stimme ihrer Mutter klang so sarkastisch, daß Elvina zusammenzuckte. Nicht, hätte sie am liebsten gerufen, er kann es nicht ausstehen, wenn du so redest. Aber er sagte es für sie.

»Nicht, Nadia. Es hat keinen Sinn –«

»Warum nicht? Glaubst du, ich weiß nicht, warum du allein gehen willst? Sie wird dort sein, nicht wahr? Dieses Flittchen Karen. Nein, gib dir keine Mühe, du brauchst nicht zu lügen, natürlich wird sie dort sein, sie –«

»Um Himmels willen, hör endlich auf damit! Ich kann es nicht mehr hören. In deiner Eifersucht gebärdest du dich wie eine Wahnsinnige.«

Je länger sie stritten, desto lauter wurden ihre Stimmen, bis sie schließlich beide schrien. Elvina hatte die Arme um ihren Körper geschlungen und wiegte sich auf der Treppe vor und zurück. Es war schon schlimm genug, wenn ihre Mutter schrie, aber irgendwie noch schlimmer, wenn es ihr Vater tat, weil er so selten die Stimme erhob. Am liebsten hätte sie hinuntergerufen, daß sie aufhören sollten, weil sie sich sonst übergeben mußte. Aber dann würden sie wissen, daß sie gelauscht hatte. Statt dessen rannte sie in ihr Zimmer zurück und griff nach einem Fetzen Papier und einem Stift. »Lieber Papi«, schrieb sie. Ihre Finger waren vor Angst so kalt, daß sie den Stift kaum halten konnte. »Bitte verlaß uns nicht. Ich liebe dich. Elvina.«

Sie ging in das Schlafzimmer ihrer Eltern, trat an die Truhe mit den Schubladen und zog diejenige heraus, in der ihr Vater seine Socken und seine Unterwäsche aufbewahrte. Sie schob die Nachricht in einen der Socken. Wenn er wirklich wegging, so überlegte sie, würde er Socken mitnehmen müssen.

Gerade, als sie sich wieder ins Bett legte, kam ihre Mutter die Treppe heraufgerannt. Die Schlafzimmertür ihrer Eltern wurde zugeworfen. Durch die Wand hörte Elvina ihre Mutter weinen. Als würde sie ersticken. Er würde ihr nicht nachkommen, dachte Elvina; das tat er nie, wenn sie weinte. Sie konnte es ihm nicht verdenken. Die Tränen ihrer Mutter stießen sie ab.

Unten hörte sie die Haustür mit einem Ächzen aufgehen und leise wieder zufallen. Er verläßt uns, ohne zu packen, dachte sie in plötzlicher Panik. Er wird meine Nachricht nicht finden! Sie warf die Decke zurück und lief leise nach unten, öffnete die Haustür und glitt nach draußen.

Der Mond hing wie eine kalte weiße Sonne am Himmel, hell und riesig. Sein Glanz ließ die dunklen Stellen noch dunkler erscheinen, obwohl er das Haus und das Feld dahinter in ein so gleißendes Licht tauchte, daß Kerreck Du in einer Pfütze aus Silber dazuliegen schien.

Ihr Vater war schon weit weg. Schnell bewegte sich seine dunkle Gestalt die Auffahrt hinauf, verfolgt von seinem langen Schatten. Sie konnte rufen, aber dann würden die anderen sie vielleicht auch hören und herauskommen. Solange sie hier waren, sagte ihr Vater immer, gingen ihre Sorgen nur sie selbst etwas an. Seine Worte hatten wie eine Warnung geklungen.

Die Straße wand sich in einer Kurve den schwarzen Hügel hinauf, so daß ihr Vater bald nicht mehr zu sehen war. Sie rannte hinter ihm her, blieb dabei aber auf dem Grasrand, um ihre nackten Füße zu schonen. Aber das feuchte, harte Gras war erst kürzlich gemäht worden und hatte scharfe Stoppeln. Außerdem war es voller Steine, die von vorbeifahrenden Wagen herübergeschleudert worden waren. Einmal trat sie auf einen scharfkantigen Stein, aber sie spürte kaum, wie er ihr in die Fußsohle schnitt. Auch die Tatsache, daß sie Seitenstechen hatte, registrierte sie kaum. Wenn sie die Kurve hinter sich gebracht hatte, so daß niemand sie hören konnte, würde sie ihn rufen, dachte sie. Er kam immer, wenn sie ihn rief.

Aber als die Straße schließlich den Blick freigab, sah sie ihren Vater neben einem Auto stehen. In dem Wagen saß eine Frau. Karen.

Also war die Angst ihrer Mutter begründet gewesen.

Sie sah, wie ihr Vater in das Auto stieg und mit Karen davonfuhr. Als Elvina daran dachte, ihn zu rufen, war es zu spät.

Ihr Kopf schien voller Blut zu sein, als wüßte ihr Herz nicht, wohin es das Blut sonst pumpen sollte. Sie schmeckte seinen Geschmack in ihrer Kehle, hörte es in ihren Ohren rauschen. Während sie müde zurückging, begann sie zu schaudern, und ihre Seite schmerzte.

Wieder in ihrem Schlafzimmer, kauerte sie sich neben der offenen Schranktür auf den Boden und begann an der aufgeplatzten Haut ihrer rechten Handfläche zu reißen, bis Blut aus der Wunde rann. Sie ließ das Blut auf die Feldblumen auf

Madonnas Schoß tropfen und betete währenddessen, daß ihr Vater zurückkommen möge. Und daß Karen sterben solle.

Hinterher lag sie im Bett und wünschte sich, wieder in ihrer alten Wohnung zu sein, wo es so leicht gewesen war zu sterben. Aber es gab auch in Kerreck Du Wege zu sterben: die Klippen zum Beispiel, oder die Chemikalien in der Dunkelkammer. Wenn ihr Vater nicht zurückkam ... Ihre Gedanken verwandelten sich in unruhige Träume. Einer dieser Träume, der schlimmer war als die anderen, weckte sie vor dem Morgengrauen. Als ihr wieder einfiel, was passiert war, kletterte sie aus dem Bett und ging leise ins Schlafzimmer ihrer Eltern hinüber.

Er war da. Schlafend lag er neben ihrer Mutter, ein Bein unter der Decke hervorgestreckt. Sie sah ihn eine Weile an, um sicherzugehen, daß er es auch wirklich war. Einmal seufzte er und drehte sich halb um, als würde ihn ein Traum quälen, während ihre Mutter reglos dalag, ihr wirres Haar fächerförmig auf dem Kissen ausgebreitet. Der Raum roch nach ihnen beiden, einer Mischung aus ihren Körpern, ihrem Haar und ihren Kleidern, dem sicheren Geruch des Vertrauten. Wenn sie so früh aufwachte, kletterte sie normalerweise zu ihnen ins Bett, um sich zwischen sie zu kuscheln und wieder einzuschlafen. Diesmal aber wandte sie sich ab. Die beiden waren zusammen, und sie wollte sie nicht trennen. Ehe sie leise den Raum verließ, um sie nicht zu stören, entfernte sie ihre Nachricht aus der Socke. Inzwischen war ihr der Gedanke, er könne sie finden und lesen, irgendwie peinlich.

Sie kniete vor Madonna nieder, um ihr zu danken. Rostrote Tropfen getrockneten Bluts sprenkelten das weiße T-Shirt und die Blütenblätter der Blumen. Irgendwie war ein Tropfen Blut auf Madonnas Wange geraten. Sie leckte über ihren Finger, rubbelte das Blut weg und schob den Finger anschließend in den Mund. Der Geschmack erinnerte sie an ihr zweites Gebet. Aber daran wollte sie nicht denken.

Statt dessen fragte sie Madonna, was sie tun konnte, damit ihr Vater bei ihr blieb. Zuerst gab ihr die Puppe keine Antwort. Erst nachdem Elvina ihr das richtige Opfer versprochen hatte – ihr Taschengeld für die nächsten zwei Monate –, ließ sich Madonna zu einer Antwort herab.

Sie müsse noch mehr Photos machen, erklärte ihr die Puppe. Sie müsse ihm zeigen, daß sie alles lerne, was er ihr beibringe. Wenn sie ein Photo schießen würde, das gut genug wäre, würde er vielleicht bleiben.

Es gebe ein einziges Photo, das ihn halten würde, fügte Madonna hinzu.

Dieses Photo zu machen hieß jedoch, wieder auf die Klippen zu gehen, und das hatte ihr die Mutter verboten. Aber der Vogel war dort. Ihr Vater glaubte, daß sie ihn mit einem anderen verwechselt hatte, aber wenn es ihr gelänge, ihn zu photographieren, würde er wissen, daß sie recht hatte, und dann würde er bleiben wollen, um selbst Photos von dem Vogel zu machen. Es konnte ja nicht schaden, den Weg am Rand der Klippen entlangzugehen. Sie würde längst wieder zu Hause sein, wenn die anderen aufwachten. Ihre Mutter würde es nie erfahren.

Sie sah Madonna an. Sie werde es tun, erklärte sie ihr. Im grauen Morgenlicht wirkte das Lächeln der Puppe zufrieden, der Blick ihrer Augen so sanft wie bei jeder anderen Puppe. Elvina nahm die Feldblumen von ihrem Schoß, schloß Madonnas Augen und legte sie auf die Seite.

»Träume süß!« flüsterte sie.

Nachdem sie sich angezogen hatte, holte sie ihren Koffer unter dem Bett hervor. Zur Strafe für ihre Klettertour auf den Klippen hatte ihre Mutter die Canon konfisziert. Aber der Koffer enthielt neben ein paar Büchern und ihren Wintersachen auch eine Sofortbildkamera, die sie zum Geburtstag geschenkt bekommen hatte. Es war erst die Hälfte der Photos verknipst.

In der Küche nahm sie sich einen Apfel aus der Obstschale.

Draußen begann der Himmel allmählich heller zu werden, und die Vögel in den Bäumen sangen bereits laut. Das lange Gras neben dem Weg strich feucht und kalt über ihre unbestrumpften Beine, und ihre Leinenschuhe waren bald klatschnaß. Der Schnitt in ihrer Fußsohle begann wieder zu schmerzen. Sie hätte einen Verband anlegen sollen, dachte sie.

Sie ging nach Westen, in Richtung Trebartha. Im frühen Morgenlicht wirkte das Meer ruhig und grau. Am Horizont hing ein milchiger Dunst, der sich in der Nähe der Felsen in Gischt verwandelte. Das rhythmische Pulsieren der heranrauschenden, sich brechenden und wieder zurückflutenden Wellen ließ sie daran denken, wie ihr Blut letzte Nacht in ihren Ohren gerauscht hatte. Nach etwa fünf Minuten sah sie den Vogel. Sie hatte damit gerechnet – Madonna hatte es ihr versprochen –, so daß sie keineswegs überrascht war.

Er saß mit dem Rücken zum Meer auf einem Pfosten und beobachtete ein Feld. Instinktiv riß sie die Kamera hoch und photographierte ihn. Im nächsten Augenblick flog der Vogel davon. Während er sich in den Himmel erhob, photographierte sie ihn noch einmal. Auf den langen, hängenden Flügeln und am Ansatz des Schwanzes konnte sie die auffallenden Streifen sehen, an denen er als das zu erkennen war, was er war: ein Wespenbussard, genau wie ihr Vater ihn beschrieben hatte. Inzwischen flog der Vogel zu hoch für ihre Kamera. Auf der Suche nach Beute zog er gemächlich seine weiten Kreise über dem Feld. Ihre Augen folgten ihm, während sein Jagdradius immer größer wurde.

Der Bussard mußte etwas entdeckt haben, irgendein Tier im langen Gras, denn er stieß herab, strich über das Gras und stieg dann wieder auf, ein winziges Wesen in den Fängen. Er flog auf eine Baumgruppe in der Ferne zu und war bald außer Sicht.

Erst jetzt merkte sie, wie hungrig sie war. Sie dachte an den Apfel in ihrer Tasche, suchte sich neben dem Weg eine geschützte Stelle im Windschatten eines Felsens und ließ sich nieder, um ihn zu verspeisen. Hinterher schloß sie in dem beruhigenden Wissen, nun alles Nötige zu besitzen, die Augen und schlief ein.

Plötzlich ließ sie das Geschrei der Möwen hochschrecken. Sie stand auf und streckte sich. Etwa hundert Meter entfernt sah sie einen Mann neben ein paar Büschen am Rand der Klippen stehen.

Plötzlich tat der Mann etwas Seltsames. Er nahm eine kleine Säge aus seinem Rucksack, schnitt einen von den Büschen ab, hielt ihn einen Moment lang über den Abgrund und ließ ihn fallen. Dann schnitt er den nächsten ab. Da es so lustig aussah, wie er den Busch über den Rand der Klippen hielt, photographierte ihn Elvina diesmal.

In dem Moment drehte er sich um, als hätte er ihre Gegenwart gespürt. Sie erkannte ihn und winkte. Nach kurzem Zögern winkte er zurück. Dann ließ er den zweiten Busch den Abgrund hinunterfallen und kam auf sie zu.

27

Es hatte Daniel wie ein mächtiger Schlag getroffen, Dana und Finn aus der Dunkelkammer seines Vaters treten zu sehen. Am nächsten Morgen spürte er den Schmerz noch immer wie einen Bluterguß in seiner Brust. Aber das Ganze hatte ihm geholfen, einen klaren Kopf zu bekommen. Er wußte jetzt, wie intensiv seine Gefühle für Dana waren und daß er sich endgültig von seinem Vater freimachen mußte.

Er war ein Narr gewesen, sagte er zu sich selbst, weil er Finn gegenüber nicht offen über sein Interesse an Dana gesprochen hatte. Er hatte zu sehr auf Finns Intuition vertraut und auf seine eigene Überzeugung, daß Finn nach Solange nie wieder etwas mit einer Frau anfangen würde, die auch nur im entferntesten mit ihm zu tun hatte. Finns Verhalten Lynn gegenüber schien das zu bestätigen.

Er duschte, rasierte sich, zog sich an und machte Kaffee. All diese Rituale brachte er mit städtischer Eile hinter sich, obwohl er sich normalerweise gern Zeit dafür ließ, wenn er hier draußen auf dem Land war. Aber in ein, zwei Stunden, sobald er das Schulhaus dichtgemacht hatte, würde er nach London aufbrechen – und zwar für immer. Er konnte nicht bleiben, konnte nicht länger so tun, als böte ihm dieses Haus Zuflucht oder Hoffnung. Es war mit zu vielen Unklarheiten und Niederlagen behaftet.

Damals, als er die Papiere unterschrieb, die das Schulhaus zu seinem Eigentum machten, hatte er gehofft, daß seine Nähe zu Kerreck Du mehr als nur geographischer Art sein würde. Allein die Tatsache, daß Finn ihm erzählt hatte, daß das Haus zum Verkauf stehe, schien damals zu implizieren, daß er diesen Wunsch teilte. Inzwischen waren die eineinhalb Kilometer Felsenküste, die sich zwischen ihnen erstreckten, nur noch ein Symbol für ein beiderseitiges Scheitern.

Systematisch notierte er, welche kleineren Reparaturen nötig waren, ehe das Haus zum Verkauf angeboten werden konnte, kritzelte Listen mit Dingen, die er noch erledigen mußte, und packte seine Habseligkeiten zusammen. Er versuchte, sich auf diese Aufgaben zu konzentrieren, aber trotz seiner Entschlossenheit wegzugehen, spürte er ein Bedauern, das zu mächtig war, um ignoriert zu werden. Vielleicht wäre alles anders gekommen, dachte er, wenn Solange nicht gewesen wäre. Und jetzt Dana.

Während er Cornflakes in eine Schüssel schüttete, ging ihm durch den Kopf, daß seine Reaktion auf den vermeintlichen Verlust von Solange bei Finn vielleicht einen falschen Eindruck hinterlassen hatte. Das Ende ihrer Affäre ließ ihn ziemlich kalt, wenn man davon absah, daß er sich damals schweigend und widerwillig mit einer Lüge einverstanden erklärt hatte. Im Grunde wäre er über das Ende ihrer Beziehung sogar erleichtert gewesen, wäre sein Rivale nicht ausgerechnet Finn gewesen. Er konnte damals aber das Feld räumen und gute Miene zum bösen Spiel machen; vielleicht *zu* gute Miene für Finns Geschmack. Vielleicht war Finn zu der Überzeugung gelangt, daß Daniel immer das Feld räumen würde. Falls dem so war, würde er Finn auf seinen Irrtum hinweisen müssen.

Plötzlich konnte er es kaum mehr erwarten aufzubrechen. Er kippte die Schüssel mit den Cornflakes, die er noch gar nicht angerührt hatte, in den Müll – essen konnte er auch später, irgendwo unterwegs –, packte rasch sein Rasierzeug weg, stopfte seine Photoausrüstung und den Rest seiner Kleidung in die Satteltaschen seiner Yamaha und sah sich ein letztes Mal um.

Ein kleiner, an Dana adressierter Umschlag lag auf seinem Schreibtisch. Er schob ihn in die Innentasche seiner Lederjacke. Nachdem er die Haustür abgeschlossen hatte, schob er sein Motorrad den Weg hinunter. Er sah bewußt nicht zurück, und er wollte sich auch nicht eingestehen, was der Verlust des Schulhauses für ihn bedeutete. Im Moment hatte er nur den Wunsch, sich aus der verfahrenen Beziehung zu seinem Vater zu befreien. Er hatte die Nase voll von Schweigen und Subtilität und von dem ständigen Bemühen, seinen Vater zu verstehen.

Die Yamaha holperte vom Weg auf die Straße. Er blieb stehen, um Helm und Jacke anzuziehen, schwang dann ein Bein über den Sattel und ließ den Motor an. Als er die Rückspiegel einstellte, reflektierte der rechte einen Augenblick lang das Schulhaus, als wolle es ihn daran erinnern, daß die Vergangenheit nicht einfach verschwinden würde, nur, weil er ihr den Rücken zukehrte. Er zwang sich weiterzufahren, wenn auch zunächst langsam, weil die Straße so zerfurcht war. Erst beim Einbiegen in die Hauptstraße gab er röhrend Gas.

Er war unterwegs nach Trebartha, zur Chapel Gallery. Finn hatte John Malzer beim gestrigen Abendessen versprochen, daß er den Vormittag dort verbringen und den Aufbau der Ausstellung überwachen werde. Daniel wollte Finn noch einmal sehen, um ihm persönlich Lebewohl zu sagen. Vielleicht würde das ihrer Trennung einen endgültigeren Charakter verleihen.

Aber er hatte noch einen anderen, dringenderen Beweggrund. Er hatte vor, seinem Vater seine Gefühle für Dana unmißverständlich klarzumachen. Egal, was am Vorabend in der Dunkelkammer passiert war oder nicht, er wollte, daß Finn zumindest Bescheid wußte, damit Mißverständnisse ausgeschlossen waren.

Finns roter Bentley stand gleich neben Estelles Rover auf dem Parkplatz gegenüber der Galerie. Während Daniel wartete, bis das Auto vor ihm, das einen Wohnwagen hinter sich herzog, die Kurve in den Parkplatz geschafft hatte, betrachtete er Malzers architektonischen Kreuzungsversuch. Für ihn war das Haus schon immer eines von jenen hybriden englischen Gebäuden gewesen, die das architektonische Pendant zu einem gewissen Typ des älteren Exzentrikers darstellten. Seltsam, aber irgendwie durch ihr Alter entschuldigt. Normalerweise wußte er solche Häuser als visuelle Methapern zu schätzen, als Symbole einer menschlichen Komplexität, die in diesem Land so oft verborgen blieb. Aber Malzers Galerie spiegelte zu sehr die Eigenheiten ihres Besitzers wider. Daniel fand, daß bei diesem Gebäudekomplex absolut nichts stimmte, weder seine Übergänge noch seine Widersprüchlichkeiten. Ihm erschien alles, was damit zu tun hatte, reichlich fragwürdig.

Er mußte an das kalte, amüsierte Glitzern denken, das er ein paarmal in Malzers schlammbraunen Augen entdeckt hatte, wenn er Finn ansah. Als hätte er vor, auf Finns Kosten irgendeinen grimmigen kleinen Scherz zu machen. Der plötzliche Verdacht, Malzers scheinbares Wohlwollen Finn gegenüber könne nur gespielt sein, ließ ihn überlegen, ob er doch noch ein, zwei Tage länger bleiben sollte, zumindest, bis die Ausstellung anlief.

Während er von der Yamaha stieg, sagte er voller Ungeduld zu sich selbst, daß seine Zweifel absurd waren. Vielleicht war Malzer manchmal weniger von Finn und seiner Arbeit fasziniert, als er vorgab, aber Heuchelei allein bedeutete noch längst nicht, daß jemand etwas Böses im Schilde führte. Außerdem war Finn durchaus in der Lage, selbst auf sich aufzupassen. Er schwang seine Lederjacke über die Schulter und ging zum Eingang der Galerie hinüber.

Er fand Malzer mit Thomas und Estelle in der kleinen Eingangshalle, einem niedrigen, schüsselförmigen Raum, der die Rampe umschloß, die zu den Ausstellungsräumen führte. Offensichtlich steckten die drei gerade mitten in einem Streit. Zumindest stritten Thomas und Estelle, während Malzer zwischen ihnen stand und auf das Stück Papier hinunterstarrte, das er in der Hand hielt. Malzer blickte auf und lächelte, wobei er leicht mit den Schultern zuckte, als müßte er sich von seinen streitsüchtigen Freunden distanzieren. Die anderen beiden nahmen Daniel kaum zur Kenntnis; sie waren zu sehr mit ihrem Disput beschäftigt, bei dem es um Wein zu gehen schien.

»Bitte keinen Sauvignon!« Estelle klopfte mit einem langen organgefarbenen Fingernagel rhythmisch auf eine Stelle von Malzers Papier. »Den soll es nämlich hinterher auf meinem Fest geben. Ich habe schon eine Kiste davon bestellt.« Daniel hatte ganz vergessen, daß sie nach der Vernissage eine kleine Party in ihrem Haus gab. Er würde sich entschuldigen müssen.

Thomas' schmale Lippen wurden noch schmäler. Er wandte sich an seinen Freund. »Ich habe mich nur deswegen bereit erklärt, mich um die Verpflegung zu kümmern, weil ich davon ausgegangen bin, freie Hand zu haben. Falls ich da falsch liege . . .«

Bevor Daniel ihr Gespräch unterbrechen konnte, um zu fragen, wo er Finn finden könne, kam Timothy hereingestürzt und fragte ohne Einleitung, ob jemand von ihnen Karen gesehen habe. Aus Tims gewohnt verdrießlicher Stimme hörte Daniel einen ehrlich besorgten Unterton heraus.

Estelle und Thomas starrten ihn überrascht an, während Malzer, der sich offenbar ganz auf seine Liste konzentrierte, nur den Kopf schüttelte. Daniel war der erste, der etwas sagte. »Nein«, gab er dem anderen Mann zur Antwort, »seit gestern abend nicht mehr.«

»Warum fragst du?« Estelle runzelte die Stirn. Sie sah müde aus, dachte Daniel. Ihr golden gefärbtes Haar wirkte leblos und stumpf, der grellorangefarbene Lippenstift hob sich wie eine Wunde von ihrer fahlen Haut ab. Aber ihm fiel auf, daß die goldenen Armreifen mehr geworden waren, als müßten sie alles andere kompensieren.

»Sie ist heute morgen nicht im Laden erschienen«, antwortete Tim. »Dabei hatte sie um neun einen Anprobetermin für ein Hochzeitskleid. Die Kundin schäumt vor Wut. In ihrer Wohnung war ich schon, aber da ist sie nicht.«

Mit aalglatter Boshaftigkeit meinte Thomas leise: »Sie hat mal was von London erwähnt, Tim. Wenn ich mich richtig erinnere.« Mit einem dünnen Finger schob er sich die Brille hoch, die ihm auf die Nase gerutscht war.

Sundy starrte ihn finster an. »Sie hat das bloß gesagt, weil wir uns vorher gestritten hatten, aber inzwischen haben wir uns längst wieder versöhnt. Wenn du es schon so genau wissen mußt.« Er wirkte bekümmert. Daniel hatte sich immer gefragt, warum Tim sich Karens Behandlung gefallen ließ. Jetzt wurde ihm klar, daß er sie wahrscheinlich liebte. Allerdings war er sich ziemlich sicher, daß Karen Tim nicht liebte.

»Hast du nachgesehen, ob ein Koffer fehlt?« fragte ihn Estelle.

Gereizt drehte sich Sundy zu ihr um. »Sie ist nicht nach London gefahren, das kannst du mir glauben. Sonst hätte sie mich das wissen lassen.« Eines von den kleinen Photos, die bereits ihren Platz an der Wand hinter Estelle einnahmen, schien plötzlich seine Aufmerksamkeit zu erregen. Er ging an ihr vorbei, um es eingehender zu betrachten. Daniel sah, daß es sich dabei um eine nicht ganz ernstgemeinte Arbeit handelte, eine männliche Aktaufnahme im Stil der Bilder, die der Maler Arcimboldo im sechzehnten Jahrhundert gemalt hatte: gewisse Körperteile waren durch verschiedene Gemüsesorten ersetzt, die man als Kommentare zum Original lesen konnte. Eine große Zucchini, flankiert von zwei Zwiebeln, nahm den Platz des Kopfes ein. Daniel glaubte sich daran erinnern zu können, daß Finn mal davon gesprochen hatte. Er war sich ziemlich sicher, daß der Torso Tim gehörte.

»Ich verstehe das einfach nicht«, murmelte Sundy.

Thomas und Malzer sahen sich an. Thomas meinte: »Ich würde mir deswegen keine Gedanken machen, Tim.«

»Das tue ich aber«, antwortete er, weil er Thomas' Bemerkung ganz anders verstanden hatte. »Es sieht Karen gar nicht ähnlich, einfach so davonzurennen.«

Niemand sagte etwas. Daniel ging durch den Kopf, daß in dem Moment wahrscheinlich alle das gleiche dachten: daß es Karen absolut ähnlich sah.

»Wo ist Finn?« fragte Timothy laut, vielleicht, weil er das spürte.

»Hier.«

Alle blickten auf. Er stand oben an der Rampe, dort, wo sie nach links abzweigte. Mit seinem schwarzen Sweatshirt, der schwarzen Jeans, seinem lockigen grauen Haar und den breiten Schultern kam er Daniel wie ein alternder Stier vor: noch immer kampfeslustig und von nervöser, aggressiver Energie erfüllt.

Timothy wiederholte seine Frage wegen Karen, aber Finn antwortete gleichgültig, daß er sie nicht gesehen habe. Dann wandte er sich an Daniel. »Ich bin froh, daß du da bist. Eigentlich wollte ich später bei dir im Schulhaus vorbeischauen. Komm mit, ich möchte dir etwas zeigen.« Er drehte sich um und verschwand.

Während Daniel die Rampe hochging und Finn durch den Komplex aus kleinen Räumen folgte, sagte er sich, daß es ihm inzwischen egal war, was sein Vater ihm zu sagen oder zu zeigen hatte. Trotzdem konnte er die Neugier, die Finn immer in ihm weckte, ebensowenig unterdrücken wie die Überzeugung, daß sich das große Rätsel um ihre Beziehung sofort von selbst aufklären würde, wenn er bloß aufmerksamer zuhörte, genauer hinsah und mehr Bereitschaft zeigte, seinem Vater auf halbem Weg oder noch weiter entgegenzukommen. Er fragte sich, wie lange es dauern würde, bis diese alten Impulse an Nahrungsmangel starben.

Er fand Finn im letzten und kleinsten Ausstellungsraum, durch den man in den weiten Raum der alten Kapelle gelangte. Finn kauerte vor ein paar gerahmten Photographien, die neben ihm an der Wand lehnten. Daniel bemühte sich, sich seine Verärgerung nicht anmerken zu lassen – er hatte nicht vor, für Finn den Photokritiker zu spielen.

»Raus damit, und dann nichts wie weg«, sagte er zu sich selbst.

An Finns Rücken gewandt, versuchte er seine Stimme möglichst nüchtern und ausdruckslos klingen zu lassen. »Ich bin gekommen, um dir Glück für die Ausstellung zu wünschen. Ich werde nicht hiersein, wenn sie beginnt. Ich fahre zurück nach London.« Finns einzige Reaktion bestand in einem kurzen Brummen. Nachdem er eines der Photos herausgezogen hatte, stand er auf und drehte sich zu Daniel um. »Ich möchte dir noch etwas sagen, bevor ich gehe«, fuhr Daniel fort. »Etwas, das du wissen solltest.«

»Ach ja?« Sowohl aus Finns Stimme als auch aus seiner Miene sprach nur ein mildes, fast wohlwollendes Interesse.

»Ich fühle mich zu Dana hingezogen. Mehr als das. Ich glaube, ich bin gerade dabei, mich in sie zu verlieben.«

Er hatte nicht von Liebe reden wollen. Das Wort war ihm so herausgerutscht, er hatte es ganz automatisch benutzt. Aber er bereute es nicht. Es war, wie er sich selbst eingestehen mußte, einfach die Wahrheit.

Finns blaue Augen starrten ihn an, ohne mit der Wimper zu zucken. »Ja, das habe ich mir schon gedacht.«

»Du hast es dir gedacht? Warum zum Teufel hast du dann – ?« Daniel kämpfte seine Wut nieder, zwang sich ruhig zu sprechen. »Ich möchte nur, daß du eines weißt: Wenn sie wieder in London ist, werde ich alles in meiner Macht Stehende tun, damit sie sich auch in mich verliebt.«

»Gut.«

Diese eine Silbe, die Finn in demselben freundlich wohlwollenden Tonfall ausgesprochen hatte wie die Worte zuvor, brachte Daniel für einen Moment aus der Fassung, aber dann wurde ihm klar, daß auch das wieder eins von Finns Rätseln war, das verbale Äquivalent zu seinen Photos. Finde heraus, was ich im Schilde führe, wenn du schlau genug bist. Nun, er hatte die Nase voll von Finns Spielchen. Er zog den Umschlag aus der Innentasche seiner Jacke und streckte ihn Finn hin. Bemüht, denselben sanften Tonfall anzuschlagen wie zuvor sein Vater, bat er ihn höflich, den Umschlag Dana zu geben. »Sag ihr, daß es sich dabei um das letzte Teilchen des Hobhouse-Puzzles handelt.«

Finn zog eine Augenbraue hoch, nahm den Umschlag aber nicht entgegen. »Vielleicht ist es an der Zeit, daß ich dir das mit heute nacht erkläre.«

»Nicht«, sagte Daniel schnell und hob dabei die Hand mit dem Brief, als wollte er alles abwehren, was Finn sagen wollte. »Das Unklare, Obskure hat auf dich immer mehr Reiz ausgeübt als auf mich, aber dieses eine Mal wäre es mir, glaube ich, lieber, die

Dinge im unklaren zu lassen.« Sofort bereute er seinen Sarkasmus. Seine Worte hatten wie die eines schmollenden Teenagers geklungen.

»Trotzdem«, antwortete Finn ruhig, »sollten wir für ein bißchen Klarheit sorgen.«

Er ging zu der Wand hinüber, neben der Daniel stand, hob das Photo hoch, das er die ganze Zeit über gehalten hatte, und hängte es an seinen Platz. Dann stellte er sich neben Daniel, um es zu betrachten.

Daniel warf einen kurzen Blick darauf. Es zeigte zwei leuchtende, gewundene Gestalten auf einem dunklen, fast schwarzen Untergrund. Sie wurden durch einen silbrigen Schimmer voneinander getrennt, der so kerzengerade war wie die Klinge eines Schwerts. Kleine Kugeln, die aussahen wie winzige Planeten am Nachthimmel, schienen um die beiden Gestalten herumzuschweben. Die Szene war von oben aufgenommen, so daß sie fast klinisch wirkte, und in silbrigen, sehr kalten Tönen gehalten.

Klarheit? Für Daniel sah das nach einer weiteren Form von Unklarheit aus, einer weiteren von Finns schönen Ausflüchten. Wütend wandte er sich zum Gehen.

Hinter ihm sagte Finn nachdenklich: »Ich könnte es ›Schlangen im Gras‹ nennen. Oder einfach ›Solange und Karen‹. Was meinst du?«

Schockiert drehte Daniel sich um. Um mehr Zeit zum Nachdenken zu haben, starrte er auf das Bild. Jetzt sah er, daß die beiden großen Gestalten weibliche Körper waren, zwei S-Formen, die so verzerrt und in die Länge gezogen waren, daß sie mehr Ähnlichkeit mit Schlangen als mit menschlichen Wesen hatten. Beide Frauen schienen auf der Seite zu liegen, den Kopf, der mit dem darunterliegenden ausgestreckten Arm verschmolz, neben den Füßen der anderen. Die andere Hand lag mit der Handfläche nach oben auf der Hüfte. Erst jetzt fiel ihm auf, daß auf jeder Handfläche das deutlich erkennbare Kerngehäuse eines Apfels lag. Vielleicht sollten die kleinen Kugeln, mit denen der Boden übersät war, so etwas wie Fallobst darstellen.

»Solange und Karen?« Er drehte sich zu Finn um. »Karen?« wiederholte er, immer noch ungläubig.

»Unter anderen. Solange war sehr vielseitig interessiert. Wie du vielleicht weißt.«

Ihre Blicke trafen sich. »Von Karen habe ich nichts gewußt«, antwortete Daniel nach kurzem Zögern. Irgend etwas am Gesichtsausdruck seines Vaters, eine Aufforderung, endlich die Wahrheit zu sagen, ließ ihn weitersprechen und sagen, was er wußte. So vorsichtig wie möglich schilderte er, wie er Solanges Untreue entdeckt hatte. Erst viel zu spät, als ihre Affäre bereits vorbei war, hatte er erfahren, wie schamlos sie ihn betrogen hatte. »Ich bildete mir ein, daß wir, du und ich, nur eine Chance hätten, wenn ich den Mund hielte. Außerdem hoffte ich ... na ja, daß sie bei dir anders sein würde. Daß sie dich wirklich lieben würde.«

Mit gesenktem Kopf, als hätte er gerade einen Schlag einstekken müssen, rieb sich Finn müde den Nacken. »Ich glaube, das hat sie auch getan. Auf ihre Weise.«

»Wie hast du es herausgefunden? Das mit Karen, meine ich.«

»Solange hat es mir erzählt. Erst dachte ich, sie wollte, daß ich ihr verzeihe. Inzwischen ist mir klargeworden, daß sie mich verlassen wollte.«

Obwohl ihm sein Vater leid tat, konnte Daniel nicht umhin, sich zu fragen, was Finn mehr zugesetzt hatte: sein verletzter Stolz oder das Gefühl, betrogen worden zu sein. Er, der unmoralisches Verhalten bei anderen tolerierte und sich kaum darum scherte, was in sexueller Hinsicht erlaubt oder nicht erlaubt war, hatte es vielleicht deswegen so leicht gefunden, tolerant zu sein, weil er immer derjenige gewesen war, der ging.

Daniel mußte auch an die Monate denken, in denen die unausgesprochene Wahrheit wie eine Wand zwischen ihnen gestanden hatte. Es gab so viel, was er sagen und wissen wollte, aber er konnte nur das fragen, was am wenigsten mit ihm selbst zu tun hatte. »Die ganze Zeit über ist Karen weiter nach Kerreck Du gekommen«, sagte er. »Du hast sie weiterhin eingeladen und als Model für dich arbeiten lassen. Warum?«

Finn zuckte mit den Achseln. »Um mich selbst zu bestrafen? Um einen Weg zu finden, mich zu rächen? Gott weiß, warum. Vielleicht wollte ich das Ganze einfach nur verstehen. Letztendlich scheint mir das da« – er deutete auf das Photo – »Rache genug zu sein.« Er starrte das Photo einen Moment lang kritisch an und trat dann noch einmal an die Wand, um es ganz gerade zu hängen.

»Ich habe es letzte Nacht fertig gemacht«, sagte er über die Schulter zu Daniel. »Dana hat mir in der Dunkelkammer Gesellschaft geleistet, während ich gearbeitet habe. Sie schien zu verstehen, daß ich dabei nicht allein sein wollte.« Als er sich umdrehte, wirkte er nicht mehr so ernst, schien fast zu lächeln. »Fahr zu ihr, Daniel. Gib ihr dein Puzzleteil selbst.« Als sein Lächeln schließlich durchbrach, war es süffisant und leicht spöttisch. »Und erzähl du mir nicht, daß du keine Vorliebe für Rätsel hast.«

Bevor Daniel antworten konnte, kam Malzer in den Raum, flankiert von Thomas und Estelle, die beide aussahen, als wären sie fest entschlossen, dem anderen keinen Vorteil einzuräumen. »Hör zu, Finn«, fing Malzer an, »wegen der Änderung, die wir besprochen haben. Ich glaube wirklich nicht ...«

Da Daniel Finns Enthüllung noch immer nicht ganz verdaut hatte, war er fast dankbar für die Unterbrechung. Er brauchte Zeit zum Nachdenken. Seine Fragen konnten warten. Außerdem war es sowieso eher unwahrscheinlich, daß Finn sie sofort beantworten würde. Im Moment fühlte er sich zutiefst erleichtert, und daran merkte er, wie wenig er den Bruch mit seinem

Vater eigentlich gewollt hatte und wie glücklich er darüber war, daß der Weg zu Dana nicht durch Finn verstellt wurde.

»Ich schere mich einen Dreck um den Katalog«, sagte Finn gerade zu Malzer, während sie alle zusammen den Raum verließen. »Die Leute kommen nicht, um einen Katalog zu lesen, sondern, um sich die Bilder anzusehen. Allein die Photos zählen und nicht so ein dämlicher Katalog. Wenn ich ein Photo durch ein anderes ersetzen möchte, dann tue ich das einfach.«

Attery drehte sich zu Daniel um und meinte spöttisch: »Turner hat noch an seinen Bildern herumgepinselt, als sie schon an der Wand hingen. John hat Glück, daß Finn sich hier keine Dunkelkammer hat einrichten lassen.«

Als Daniel die Galerie verließ, stellte er zu seiner Überraschung fest, daß Tim auf ihn wartete. Sobald er Daniel sah, sprudelte er los. »Von denen da drinnen bekomme ich keine ehrliche Antwort«, sagte er mit einer Kopfbewegung in Richtung Galerie. »Aber ich weiß, daß du offen mit mir reden wirst.«

»Worüber?«

»Karen. Sie hat gestern meinen Wagen genommen und gesagt, sie wolle sich noch mit jemandem treffen. Ist sie zurück nach Kerreck Du gefahren?«

Daniel brauchte nicht zu fragen, wieso Tim glaubte, Karen könnte nach Kerreck Du zurückgekehrt sein. »Falls sie das getan hat«, antwortete er vorsichtig, »habe ich sie nicht gesehen. Vermißt du dein Auto?«

Tim schüttelte den Kopf. »Jemand hat es zurückgebracht. Und einfach die Autoschlüssel steckenlassen.« Empörung kroch in seine Stimme. »Es hätte gestohlen werden können, in Gottes Namen!«

Daniel bemerkte die Spur von Paranoia. Jemand, nicht Karen selbst. Dabei war es so typisch für Karen, die Schlüssel im Wagen zu lassen.

»Du brauchst nicht zu glauben, daß ich blind bin«, fuhr Tim

beharrlich fort. »Ich habe gesehen, was zwischen Tatevic und Karen lief. Ich weiß, daß sie sich letzte Nacht mit ihm treffen wollte.«

Da hatte er wahrscheinlich recht, dachte Daniel, als er die Szene beim Abendessen nochmals Revue passieren ließ. Plötzlich empfand er Mitleid mit dem anderen Mann, aber auch ein leichtes Schuldgefühl, weil ihn die Situation zugleich amüsierte. Man konnte Tims Eifersucht auch als ironischen Kommentar zu seinem eigenen Eifersuchtsanfall sehen.

Abrupt platzte Tim heraus: »Warum tun wir eigentlich alle so, als sähen wir nicht, was direkt vor unseren Augen abläuft? Man braucht sich doch bloß anzusehen, was alles passiert ist, seit Tatevic hier ist. Erst Solange, dann die beiden anderen Frauen, und jetzt Karen.«

»Jetzt hör aber auf, Tim«, sagte Daniel halb ungläubig, halb erschrocken. »Du kannst doch nicht allen Ernstes glauben, daß Mico und die Möwe ein und derselbe –?«

»Warum kann ich das nicht? Natürlich kann ich! Ich weiß genau, was ihr alle denkt: daß Karen sich einfach aus dem Staub gemacht hat. Aber ich glaube das nicht. Ihr ist etwas zugestoßen. Und ich weiß, wer dafür verantwortlich ist. Nur damit ihr Bescheid wißt: Ich gehe jetzt zur Polizei.« Mit diesen Worten eilte er den Hügel hinunter.

Verdammt, dachte Daniel, während er ihm nachsah. Er hatte das Gefühl, falsch reagiert zu haben. Aber die absurde Anschuldigung war so unerwartet gekommen, daß sie ihn völlig aus der Fassung gebracht hatte. Er hatte Tim nie besonders ernst genommen, der Mann war zu eitel und zu beschränkt, aber er konnte ihm nachfühlen, daß er sich um Karen sorgte. Die Angst vor der Möwe machte jedes unerklärliche Verschwinden zu einer ernsten Sache. Aber zu glauben, daß Mico …

Nun, die Polizei war dafür ausgebildet, mit wilden Anschuldigungen umzugehen. Mit etwas Glück würden sie Tim beruhigen, so daß er wieder zur Vernunft kam. Daniel überlegte kurz, ob er es den anderen sagen sollte, verwarf den Gedanken aber gleich wieder. Das würde der ohnehin schon brisanten Situation nur noch ein weiteres kritisches Element hinzufügen. Allerdings würde er Mico mit ein paar ruhigen Worten vorwarnen, sobald er in Kerreck Du war.

28

»Elvina!«

Dana saß gerade auf der Terrasse von Kerreck Du und frühstückte, als sie das Kind entdeckte. Sie hatte verschlafen und das stille Haus verwaist vorgefunden. Eine Nachricht, die Pascale in der Küche hinterlassen hatte, klärte sie darüber auf, daß sie und Finn nach Trebartha gefahren seien – sie zum Einkaufen, Finn in die Chapel Gallery – und möglicherweise erst spät zurückkommen würden. Dana solle sich zum Frühstück und Mittagessen nehmen, was sie wolle. Scones, Eier, eine Schüssel Kompott und ein halbes Dutzend verschiedener Cornflakes- und Müslisorten standen auf der Küchentheke bereit, aber ihr war nur nach Tee und Toast zumute.

Die Sonne stand bereits hoch. Eine schläfrige, leicht feuchte Wärme erfüllte die Luft, die nur von einer ganz sanften Brise bewegt wurde. Ein hauchdünner, transparenter Grauschleier ließ das Blau des Himmels dunstig und matt wirken. Dana überkam ein Gefühl der Lethargie, das ihr jede Lust am Arbeiten, ja sogar am Denken nahm.

Sie zerbröselte ihren Toast und verfütterte die Krümel an einen Spatz, der über die Steinplatten hüpfte. Sie hatte Kopfschmerzen, die teilweise auf den Weingenuß der Nacht, teilweise wohl auch auf das Wetter zurückzuführen waren, in erster Linie aber darauf, daß sie ständig an jene letzte kurze Szene mit Daniel und Finn denken mußte. Die Zweideutigkeit dieser Szene beunruhigte sie. Hatte Daniel das Ganze falsch aufgefaßt? Hatte er womöglich geglaubt, daß sie und Finn ...? Und wenn ja, spielte das überhaupt eine Rolle?

Ja, und ob.

In dem Augenblick sah sie Elvina langsam über den Rasen gehen. Sie kam aus der Richtung des Gartens und hielt ihre Puppe gegen die Brust gedrückt.

Als sie noch einmal ihren Namen rief, diesmal lauter, hob Elvina den Kopf. Dana fiel auf, daß das bleiche kleine Gesicht des Mädchens vor Konzentration fast grimmig wirkte. Ihr hohläugiger, starrer Blick schien so wenig von ihrer Umgebung wahrzunehmen, daß Dana das Gefühl hatte, für das Mädchen regelrecht unsichtbar zu sein. Sie bemerkte, daß im blonden Haar der Puppe Blätter und Erdbrocken hingen und daß ihr inzwischen ein Arm fehlte. Aus irgendeinem Grund beunruhigte sie das fast genauso wie der Anblick von Elvinas Gesicht.

»Alles in Ordnung, Elvina?«

Ohne eine Antwort ging das Kind an ihr vorbei und trat durch das Tor in den Hof. Dana biß sich auf die Lippe, weil sie nicht wußte, ob sie ihr folgen sollte, um herauszufinden, was los war. Allerdings war das nicht allzuschwer zu erraten. Der Kummer der Mutter spiegelte sich deutlich auf dem verstörten Gesicht der Tochter wieder.

»Sie dürfen ihr nicht böse sein. Es liegt nicht an Ihnen.«

Als sie sich in ihrem Stuhl umdrehte, sah sie Daniel mit einer Tasse in der Hand die Treppe herunterkommen. Die Erleichterung, die sie bei seinem Anblick empfand, war fast so groß wie ihre Freude. Dann hatte er das gestern also doch nicht mißverstanden. Sie hatte einfach zu viel in die Szene hineininterpretiert. Kein Wunder, zu so nächtlicher Stunde, wo sich die Wahrnehmung ohnehin schon verzerrte.

»Hin und wieder verstummt Elvina einfach«, fuhr Daniel mit

seiner Erklärung fort. »Manchmal spricht sie tagelang kein Wort. Ihre Eltern machen den Krieg dafür verantwortlich, aber ich bezweifle, daß das der einzige Grund ist.« Er zog sich einen Stuhl heran, stellte die Tasse auf den Tisch und setzte sich. Obwohl seine Stimme nüchtern klang, sprach aus seinem Gesicht Mitgefühl.

»Sie glauben, daß sie über Karen und ihren Vater Bescheid weiß?«

»Wie sollte sie davor die Augen verschließen?«

Und was, fragte sich Dana, konnte man ihr sagen, um sie zu trösten? Daß der Krieg eines Tages zu Ende sein würde? Daß die Frau, in die ihr Vater vernarrt war, nicht zur treuen Sorte gehörte? Für ein Kind war »eines Tages« womöglich mit »nie« gleichzusetzen, und jene erste Erfahrung mit verratener Liebe würde sie bestimmt nicht vergessen.

Daniels Stimme drang durch ihre Gedanken, und sie sah zu ihm hinüber. Er saß mit ausgestreckten Beinen da, hatte beide Hände um seine Tasse gelegt und blickte sie aus zusammengekniffenen Augen an. Das gleißende Sonnenlicht ließ sein dunkles, rotbraunes Haar wie Metall glänzen und unterstrich den Kontrast zwischen seiner gebräunten Haut und seinem weißen Hemd.

»Ihr Knöchel«, wiederholte er. »Wie geht es ihm?«

»Gut.« Lächelnd streckte sie ihr Bein unter dem Tisch hervor und zog ihre Hose ein kleines Stück hoch, um ihm den Knöchel zu zeigen. Mit einem gespielt koketten Seitenblick wackelte sie mit dem Fuß. »Sehen Sie: keine Schiene.«

»Großartig«, sagte er und paßte sich ihrem scherzhaften Ton an, »weil ich nämlich hier bin, um Sie in Versuchung zu führen.«

»Und dazu muß ich mobil sein?«

»Für diese besondere Art der Verführung schon. Ich möchte, daß Sie heute die Schule schwänzen. Ich habe mir gedacht, wir könnten uns Tintagel ansehen. Nichts Anstrengendes, keine Wanderung zu den Burgruinen. Nur mal sehen, was aus Beacon House geworden ist.«

Die Idee sagte ihr sofort zu. Jetzt, nachdem sie die Briefe von Theopilus Veasey kannte, war sie besonders neugierig zu sehen, wo Marianna Hobhouse ihre letzten Tage verbracht hatte. Und sie freute sich darauf, aus Kerreck Du wegzukommen, auch wenn es nur für ein paar Stunden war. Vielleicht half ihr die räumliche Distanz, diesen Ort mit etwas mehr Abstand zu betrachten, als es ihr bisher möglich war.

Daniels Vorschlag war auch noch aus einem anderen Grund reizvoll. Er bedeutete, daß sie längere Zeit mit ihm allein sein würde, und zwar an einem Ort, an dem er nicht im Schatten seines Vaters stehen würde. Sie würde ihn losgelöst von Finn erleben, so, wie sie ihn in der Londoner Kazanjian-Galerie kennengelernt hatte.

Als sie ihm zur Antwort gab, daß sie Tintagel sehr gern sehen würde, warnte er sie, sich ja nicht zuviel zu versprechen. Sie sollte sich auf Touristenhorden einstellen, den König-Artus-Parkplatz, Lanzelots Bed & Breakfast und das ganze andere Drumherum eines blühenden Geschäftszweiges, der es darauf abgesehen hatte, die Geister der Vergangenheit zu vertreiben. »Aber wenn man der Stadt den Rücken kehrt, ist es trotzdem ein reizvoller, geschichtsträchtiger Ort. Selbst dann, wenn man Geoffrey of Monmouth und Malory vergißt, sämtliche Phantasien streicht und die Burg lediglich als den Versuch eines mittelalterlichen Grafen sieht, die Einheimischen zu beeindrucken.«

»Streichen Sie, was Sie wollen«, sagte sie trocken, »aber lassen Sie mir meine Phantasien.«

Er sah sie verblüfft an und grinste dann. »Und die wären …?«

»Im Stil von Tennyson natürlich. ›Mystisch, wundervoll‹.« Sie lächelte ihn verschmitzt an. »Was für andere Phantasien sollte man an einem Ort wie Tintagel haben?«

Die Fältchen rund um seine blauen Augen verzogen sich zu einem leicht fragenden, amüsierten Lächeln. »Wer weiß, vielleicht haben wir ja dieselben Phantasien, Sie und ich.«

Unter dem scherzhaften Ton spürte sie eine tiefere Bedeutung, eine Einladung, seine Worte ernst zu nehmen, wenn sie wollte. Die Möglichkeiten, die sich dadurch auftaten, raubten ihr den Atem.

»Wir haben nur ein kleines Problem«, fuhr er fort. »Fahrtechnischer Art.« Ob sie etwas dagegen habe, mit dem Motorrad zu fahren?

Wieso sollte sie etwas dagegen haben, hätte sie am liebsten erwidert. Wo ihr das doch einen Vorwand gab, die Arme um ihn zu legen! Bei dem Gedanken lächelte sie, sagte aber nur, daß sie noch nie mit dem Motorrad gefahren sei, sich aber auf die Erfahrung freue.

Gut, antwortete er; er hoffe, es werde die erste von vielen Erfahrungen sein, die er ihr nahebringen dürfe. Wieder hörte sie aus einer eigentlich ganz normalen, höflichen Bemerkung jene verführerische Nuance heraus, die verborgene Anspielung auf zukünftige Freuden. Das machte sie so befangen, daß sie nicht in der Lage war, seinen Blick zu erwidern. Er deutete auf den Teller mit dem zerbröselten Toast. »Wenn Sie fertig sind, sollten wir bald aufbrechen, solange der Tag noch einigermaßen jung ist.«

»Ich hole meine Jacke und komme dann vors Haus.« Sie warf dem Spatzen den restlichen Toast hin und ging hinein, um neben Pascales Zettel in der Küche nun ihrerseits eine Nachricht zu hinterlassen. Als sie ein paar Minuten später wieder nach draußen kam, stand er neben einem großen roten Motorrad und zog gerade seine Lederjacke an. Während sie den Helm aufsetzte, den er ihr reichte, fragte sie ihn, ob sie etwas zu Essen mitnehmen sollten.

»In Tintagel gibt es eine Menge Restaurants. Aber wenn Sie lieber picknicken, weiß ich einen Laden, wo es gute walisische

Pasteten zum Mitnehmen gibt.« Er schwang ein Bein über den Sattel. »Sie könnten zum Beispiel die Sterngucker-Pastete nehmen. Sie wird mit ganzen Sardinen gemacht. Ihre Köpfe ragen aus der Kruste heraus, so daß einen ihre Augen anstarren, während man sie ißt. Oder die sogenannte Muggety-Pastete . . .«

»Wie bitte?« fragte sie, während sie sich hinter ihm auf die Maschine schwang.

»Muggety.« Grinsend drehte er sich zu ihr um. »Sie ist mit Schafinnereien und Sahne gefüllt –«

»Wenn Sie so weitermachen, werde ich kein Mittagessen brauchen.«

Zuerst fuhren sie Feldwege entlang, die sich durch bewaldete Täler und über wellige Hügel schlängelten, vorbei an verwitterten keltischen Kreuzen, einsamen Weggabelungen und alleinstehenden Bauernhäusern, aus denen beim Klang ihres Motors Hunde herausstürzten. Aber als der Weg zum Bodmin-Moor emporkletterte, wurden sowohl die menschlichen Behausungen als auch die Bäume immer weniger, und die Landschaft verwandelte sich in ein weites, wogendes Meer aus Gelb- und Grautönen, gesprenkelt mit Inseln aus Heide und leuchtendgrünem Moos. Als Daniel auf den langen, leeren Geraden der Landstraße Gas gab, schoß das Motorrad auf einen Horizont zu, der hinter Wellen aus Gras und Fels verborgen lag. Sie behielt diese Fahrt als pure Sinnesfreude in Erinnerung: Das Röhren des Motors dröhnte in ihren Ohren, ein Strom kühler, nach Stechginster duftender Luft streichelte ihr Gesicht, und Daniels Körper fühlte sich unter ihren Händen wie ein Versprechen zukünftiger Freuden an. Eine glorreiche, wortlose, berauschend schnelle Fahrt ins Unbekannte.

Sie blieben mehrmals stehen, damit Daniel Photos machen konnte. »Geht es noch?« fragte er dann jedesmal, bevor sie wieder losfuhren, mit einem Blick auf ihren Knöchel. »Wunderbar«, antwortete sie, meinte damit aber mehr als ihren Knöchel.

Schließlich wich die Moorlandschaft dem rauhen, zerklüfteten Fels der Küste, und sie fuhren zwischen hohen schwarzen Klippen hindurch, um schließlich in einem Wirrwarr aus modernen Bungalows und Campingplätzen wieder herauszukommen. Schon tauchten erste Schilder auf, die für Guinèveres Teestube, das Round Table Café, Gawains Geschenkladen und den »Rittersaal« warben.

Sie ließen die Yamaha auf dem öffentlichen Parkplatz stehen und gingen die langgezogene Hauptstraße hinunter. Mehrere Reisebusse spien ihre Passagiere auf einen Gehsteig, auf dem es bereits von Eisverkäufern und Souvenirständen wimmelte. Neben Postkarten und Rüstungen aus Plastik gab es all die Nippsachen zu kaufen, die in einer Küstenstadt üblicherweise angeboten wurden. Allmählich wünschte sich Dana, sie wären doch nicht gekommen. Keine Phantasie konnte soviel Realismus standhalten.

Vor ihnen drängte sich eine große Reisegruppe, die den ganzen Gehsteig und einen Teil der Straße blockierte. Ein schwitzender, rotgesichtiger Mann mit einer Coladose in der einen und einer Zigarette in der anderen Hand rempelte gegen Dana und ließ sie zur Seite stolpern. Ein stechender Schmerz fuhr durch ihren Knöchel. Einen Moment lang rang sie nach Luft. Daniel legte ihr beschützend den Arm um die Schultern und bahnte ihr mit seinem Körper einen Weg durch die Menge.

Vor ihnen ragte eine massive Felsenspitze mit schwarzen, steil abfallenden Klippen ins Meer hinaus. Das Felsgestein war mit einem dünnen, verwitterten Pelz aus Gras überzogen, durch den die Reste von Mauerruinen wie Knochen hervorstanden. Das Band aus bröckelndem Stein, das den Felsen mit dem Festland verband, war so schmal, daß man den Eindruck bekam, daß schon ein heftiger Herbststurm die Insel aus ihrer schwachen Verankerung reißen und aufs Meer hinaustreiben könnte.

Vom höchsten Punkt des steinigen Weges beobachteten sie

und Daniel, wie sich eine schmale, aber endlose Schlange von Touristen auf den Eingang der Burg zubewegte. Dana kamen sie vor wie Ameisen auf Urlaub. Vergeblich versuchte sie, sich Mariannas mit Umhang und Haube angetane Gestalt inmitten der modernen Menge vorzustellen, während Mrs. Biddicombe, die Wärterin, unentschlossen an der Stelle wartete, wo sie und Daniel jetzt standen. Der Anachronismus war zu deutlich. Nur einen Moment lang sah sie vor ihrem geistigen Auge ein Stück schwarzen Stoff flattern, dann war er verschwunden.

Sie bemerkte Daniels schuldbewußten Blick und zuckte mit den Achseln. »Sie haben mich ja gewarnt.«

»Sie müssen an einem stürmischen Novembernachmittag wiederkommen, kurz bevor die Sonne untergeht«, meinte er. »Wenn die Geister herauskommen.«

»Ich wette, die Geister sind schon vor Jahren ausgewandert.« Kaum hörbar fügte sie hinzu: »Auf einem düstren Kahn, schwarz wie ein Trauerflor.« Sie hatte einmal sämtliche dreihundertvierundfünfzig Zeilen von »Morte d'Arthur« auswendig gelernt, teils, um einen Englischlehrer zu beeindrucken, in den sie verliebt war, teils, weil Tennysons Dichtung sie wirklich begeistert hatte.

Irgend etwas war hier doch noch zu spüren, dachte sie. Wenn es auch nur Worte waren.

»Sie reden mit sich selbst. Ein schlechtes Zeichen«, sagte Daniel ernst. »Ich glaube, es wird Zeit, daß ich Sie in die Irrenanstalt bringe.«

Eine ältere Frau, die in ihrer Nähe stand, warf ihnen einen bestürzten Blick zu, der sich aber schnell in ein freundliches Lächeln verwandelte. Als Dana ihr Lächeln erwiderte, bemerkte sie, daß die Frau eine Taschenbuchausgabe von Berouls *Romance of Tristan* in der Hand hielt. Aus irgendeinem Grund besserte das ihre Laune. Plötzlich kamen ihr die Menschenmassen nicht mehr ganz so schrecklich vor. Sie erwähnte Beroul, während sie mit Daniel weiter durch das Dorf spazierte. Er hatte die Saga, die der Normanne im zwölften Jahrhundert über die Leidenschaft von Tristan und Isolde geschrieben hatte, nicht gelesen, aber er wußte, daß Tintagel in diesem Text als die Burg von König Marke genannt wurde und daß der Dichter selbst durch Cornwall gereist war. Vielleicht hatte Beroul dabei den Tristan-Stein gesehen, meinte er. Er erklärte ihr, daß es sich dabei um einen knapp zweieinhalb Meter hohen Gedenkstein aus dem sechzehnten Jahrhundert handle, auf dem Tristans Name zu lesen sei. Inzwischen stehe der Stein an einer Straße nicht weit von Kerreck Du.

»Die Inschrift ist lateinisch. Sie besagt, daß Tristan der Sohn von Cunomorus war. Was offensichtlich ein anderer Name für Marke war.«

Das gebe der Geschichte eine interessante Wendung, erklärte sie. Demnach hätten nicht Onkel und Neffe, sondern Vater und Sohn um dieselbe Frau gekämpft. »Man denke an all die faszinierenden Freudschen Implikationen.« Sofort biß sie sich auf die Lippe und wurde rot, weil sie an die Parallelen zu seinem eigenen Vater-Sohn-Konflikt denken mußte. Sie wünschte, sie hätte den Mund gehalten.

Er warf ihr einen ironischen, amüsierten Blick zu, hob aber bloß die Hand, um sie auf ein großes viktorianisches Haus aufmerksam zu machen, das etwas zurückgesetzt hinter einer niedrigen Steinmauer am Rand des Dorfes stand. Beacon House. Dahinter erstreckten sich bis an den Rand der Klippen baumlose, steinige Wiesen, auf denen Schafe weideten.

Aus Theophilus Veaseys Irrenanstalt war inzwischen das Pendragon-Hotel geworden. Auf dem gepflasterten Vorhof parkten Autos, und die rote Ziegelfront des Hauses wirkte blitzblank, die weiße Zierkante frisch gestrichen. Zu beiden Seiten der Tür standen Kübel mit Orangenbäumchen. Das Hotel strahlte eine gesunde, leicht luxuriöse Atmosphäre aus, die an saftige Rechnungen und Champagnerwochenenden denken ließ. Hier gibt es auch keine Geister mehr, dachte Dana, während sie das Haus betrachtete.

An der Rückseite einer Bäckerei, wo eine beruhigend lange Kundenschlange wartete, besorgte Daniel ein paar Pasteten zum Lunch. Sie aßen die wunderbar duftenden, mit Fleisch gefüllten Teighüllen auf einer Bank in der Sonne. Als Nachspeise teilten sie sich ein paar Äpfel und eine Tafel Schokolade. Inzwischen hatte sich Danas morgendliche Lethargie in eine angenehme Zufriedenheit verwandelt, eine allgemeine Vorfreude, die zwar noch vage war, ihren Ursprung aber eindeutig in Daniel hatte. Sie beobachtete, wie ein junges Paar die Straße heraufkam und voller Stolz die Köpfe über einem Kinderwagen zusammensteckte, den der Vater vor sich herschob. Ihre übliche Reaktion auf einen solchen Anblick, jener kleine, stechende Schmerz, blieb diesmal aus. Ungläubig horchte sie in sich hinein. Aber da war keine wunde Stelle mehr, nur noch eine leichte Narbe, die ihr sagte, wo sich die Wunde einmal befand.

»Ganz normales menschliches Glück«, bemerkte Daniel leise, als das Trio an ihnen vorbeikam. »Das wirkt hier fast deplaziert, finden Sie nicht auch? An einem Ort, wo die Leidenschaften immer hochdramatischer Natur waren.« Er bot ihr das letzte Stückchen Schokolade an.

»Vor allem, weil es sich dabei in erster Linie um die häßlicheren Leidenschaften gehandelt hat«, pflichtete sie ihm bei. »Begierde, Ehrgeiz, Eifersucht, Verrat, Wut. Und Rachsucht, die schlimmste von allen.« Nachdem sie die Schokolade verspeist hatte, sagte sie nachdenklich: »Ich glaube allmählich, daß *das* die Wurzel allen Übels ist. Nicht Geld. Der Drang zu bestrafen, sich sein Pfund Fleisch zu holen.«

Während sie beobachtete, wie das Paar mit dem Kind in einer Seitenstraße verschwand, begannen die Worte plötzlich aus ihr herauszusprudeln. Sie erzählte Daniel von der Fehlgeburt und ihren Folgen. Den Kopf halb in ihre Richtung gewandt, hörte er ihr schweigend zu. Sein linker Arm lag auf der Rückenlehne der Bank. Sie spürte seine Fingerspitzen an ihrem Ärmel, und obwohl es nur eine ganz leichte Berührung war, fühlte sie sich so tröstlich an, als hätte er den Arm um sie gelegt.

»Ich nehme an, das war einer der Gründe, warum Marianna mich so fasziniert hat«, erklärte sie, nachdem sie ihre Geschichte zu Ende erzählt hatte. »Obwohl Sie nicht glauben dürfen, daß ich mich auf übertriebene Weise mit meinem Forschungsgegenstand identifiziere. Zumindest«, fügte sie mit einem verlegenen Lachen hinzu, »nicht mehr.«

Nach einer kurzen Pause sagte er in nüchternem Ton: »Ich weiß, wie es sich anfühlt, verraten zu werden. Was für ein Gefühl es ist, so wütend zu sein. Als ich Ihnen kürzlich erzählt habe, meine Beziehung zu Solange sei nichts Ernstes gewesen, war ich nicht ganz ehrlich zu Ihnen. Zumindest am Anfang war es sehr wohl ernst.«

Sie erwartete, daß er fortfahren würde: »Und dann kam mein Vater des Weges.« Aber statt dessen sagte er zu ihrer Überraschung: »Und dann kam ich dahinter, daß sie mit einem Bekannten von mir ins Bett ging. Mit mehreren Bekannten, um genau zu sein«, fügte er trocken hinzu.

»Natürlich war ich wütend, und zwar aus verschiedenen Gründen. Verletzter Stolz spielte dabei wahrscheinlich die größte Rolle. Aber mir wurde ziemlich schnell klar, daß ich zugleich erleichtert war. Offenbar hatte ich schon länger den Wunsch gehabt, die Sache zu beenden, und nun präsentierte sie mir den Grund auf dem Silbertablett. Schwer zu verdauen, aber letztendlich gut für mich.

Solange war damals gerade in Paris«, fuhr er fort. »Als sie zurückkam, eröffnete sie mir, daß sie mit Finn dort gewesen sei. Daß sie heiraten wollten. Sie wies mich darauf hin, daß es ihm nichts ausmachen würde, wenn ich ihm von ihren Affären erzählte. Er würde entweder glauben, daß ich ihn aus reiner Boshaftigkeit anlog, oder es einfach mit einem Schulterzucken abtun. Es hatte ihn nie besonders interessiert, was eine Frau getan hatte, bevor sie ihn kennenlernte.«

Sie mußte an das denken, was Finn ihr erzählt hatte. Wußte Daniel, daß Solange seinem Vater ebenfalls untreu gewesen war? Ihr Instinkt sagte ihr, daß er es sehr wohl wußte und daß die vielen noch offenen Fragen eines Tages beantwortet werden würden, aber daß jetzt nicht der richtige Zeitpunkt war, diese Fragen zu stellen.

»Das war's«, fügte er mit einem humorvollen Blick hinzu. »Die Saga der Finns.« Er stand auf, als hätte er genug von dem Thema, und streckte ihr eine Hand entgegen, um ihr auf die Beine zu helfen. Irgendwie ließ es sich nicht vermeiden, daß ihre Hand in seiner blieb, während sie die Hauptstraße zurückschlenderten.

Sie gingen gerade an einem alten Hotel vorbei, einem weißen, zweistöckigen Gebäude mit einem großen Bogenfenster, als ihr Blick zufällig auf den Namen fiel, der in goldenen Lettern über der Tür stand. Das Shorncliff Arms. Es war das Gasthaus, in dem sich Marianna an jenem tosenden Nachmittag im Oktober 1870 mit ihrem Geliebten getroffen hatte. Überrascht schnappte Dana nach Luft. »Es existiert noch! O Daniel, es existiert noch!« Sie drehte sich zu ihm um und packte ihn am Arm. »Du weißt doch, was das heißt, oder? Vielleicht haben sie noch die alten Gästelisten. Dann wüßten wir ...«

Es schien zu schön, um wahr zu sein, aber als sie der netten jungen Frau hinter der Rezeption atemlos erklärten, was sie wollten, antwortete diese, sie glaube, die alten Unterlagen seien tatsächlich aufbewahrt worden. Für welches Datum sie sich denn interessierten? 1870? Sie runzelte die Stirn. »So weit zurück? Ich bin mir nicht sicher ... Oh, Joseph!« rief sie plötzlich einem alten Mann zu, der durch einen Gang aus dem hinteren Teil des Hotels geschlurft kam. »Wenn es jemand weiß«, erklärte sie ihnen, »dann Joseph. Er arbeitet schon seit vielen Jahren hier.«

Auf ihre Frage hin antwortete der alte Mann langsam und höflich, daß, soweit er wisse, nichts verlorengegangen sei, nicht einmal bei dem Brand von 1957, obwohl er natürlich nicht mit Sicherheit sagen könne, ob das spezielle Register, hinter dem sie her seien, noch existiere. Er wolle aber gern gehen und nachsehen, wenn sie das wünschten. Allerdings, so warnte er sie, werde er eine Zeitlang brauchen. Nicht jeder sei so ordentlich, alle Sachen wieder dorthin zurückzuräumen, wo sie hingehörten.

»Warum setzen Sie sich nicht in den Salon und bestellen sich eine Tasse Tee?« fragte die Dame an der Rezeption, nachdem Joseph davongeschlurft war. »Und vielleicht ein paar Sandwiches oder Kuchen?« Sie sahen sich an. In Anbetracht des Gefallens, der ihnen gerade erwiesen wurde, konnten sie kaum sagen, daß sie keinen Tee wollten und viel zu satt waren, um noch ein Stück Kuchen hinunterzubekommen.

Sie tranken ihre Pflichttasse Tee in einem kleinen Wohnzimmer, das mit dick gepolsterten, einheitlich flaschengrün bezogenen Sesseln vollgestopft war. Daniel bestand darauf, daß Dana einen kleinen Schemel unter ihren Fuß stellte. Sie merkte, wie gut es ihr tat, ihren Knöchel hochzulagern, der wieder leicht zu schmerzen begonnen hatte.

Nach einer scheinbar endlosen Wartezeit, die in Wirklichkeit nicht länger als zwanzig Minuten gedauert hatte, kam der alte Mann zurück. Zu ihrer Erleichterung und Freude hatte er eine abgenutzte Ledermappe in der Hand. Er legte sie vor ihnen auf den Tisch, schlug sie auf und beugte sich tief über die Mappe. Offenbar war er sehr kurzsichtig. »So, um welchen Tag geht es Ihnen denn?« Mit wachsender Aufregung sah sie zu, wie er bedächtig durch das Buch blätterte. Schließlich drehte er es um, so daß die Liste mit den Namen offen vor ihr lag.

Jemand anders hätte vielleicht Schwierigkeiten gehabt, die Liste zu entziffern, weil die Handschrift so fein und die Tinte verblaßt war, aber Dana war es gewohnt, alte Dokumente zu lesen. Rasch wanderte ihr Blick die Seite hinab. Sie suchte nach einem Namen mit den Initialen P. B. Plötzlich hielt sie inne; einer der Namen hatte sie stutzig gemacht. Verblüfft starrte sie auf das Papier, traute ihren Augen nicht. Zuerst erschien es ihr fast unmöglich, aber nachdem sie im Geist alle Fakten durchgegangen war, die dafür sprachen, wußte sie, daß es möglich war. Bestimmt war es so. Es mußte einfach so sein.

»Da!« sagte sie triumphierend. Sie deutete mit dem Zeigefinger auf den Namen.

»Robert Wiedemann Barrett«, las Daniel laut vor. Verwirrt blickte er sie an. Natürlich begriff er nicht, weshalb der Name sie so aufregte, aber das war nur verständlich. Schließlich hatte Dr. Veasey Mariannas Geliebten in seinen Briefen als P. B. bezeichnet und nicht als R. W. B.

»Wäre es möglich, daß wir eine Kopie von dieser Seite machen?« fragte sie Joseph.

Er sah sie mit einem verzweifelten Blick an. »Nun, ich weiß nicht recht . . .«

»Hätten Sie etwas dagegen, wenn ich sie photographiere?« fragte Daniel und deutete auf die Kamera, die er um den Hals hängen hatte.

»Ich wüßte nicht, was das für einen Schaden anrichten sollte«, antwortete der alte Mann.

Schnell legte Daniel einen anderen Film ein, veränderte einige Einstellungen und machte dann mehrere Aufnahmen von der betreffenden Seite. Zusätzlich photographierte er die darauf folgende Seite und den Deckel der Mappe. Als er fertig war und Joseph mit der Mappe, ihrem Dank und einem üppigen Trinkgeld entschwunden war, wandte sich Daniel an Dana. »Wieso glaubst du, daß dieser Robert Barrett der ist, den wir suchen?«

»Weil er mit vollem Namen Robert Wiedemann Barrett Browning hieß.«

Daniel zog fragend eine Augenbraue hoch, wirkte aber nach wie vor eher verwirrt als erstaunt. »Der Dichter?«

»Sein Sohn.«

»Was ist mit den Initialen? Sie lauten R. W. B., nicht P. B.«

Sie erklärte es ihm. »Er wurde Pen gerufen. Das war ein Spitzname, die Kurzform von Penini. So nannten ihn seine Eltern als Baby, als sie noch in Italien lebten.« Sie lehnte sich in ihrem Sessel vor. »Siehst du denn nicht, wie alles einen Sinn ergibt, Daniel? Wir können davon ausgehen, daß Marianna und Pen sich kannten. Denk an das Photo mit Elizabeth Barrett Browning. Es ist durchaus vorstellbar, daß sie sich irgendwo wieder getroffen haben, als sein Vater ihn nach dem Tod seiner Mutter nach London brachte. 1870 muß er zwanzig gewesen sein und in Oxford studiert haben.«

Ihre These schien ihr immer plausibler. Eifrig fuhr sie fort: »Allerdings dauerte sein Studium nicht allzulang. Er brach es ab und schloß sich einer ziemlich wilden Gruppe von jungen Leuten an, hatte viele Affären. Schließlich wurde er Künstler – seine Begabung hatte sich schon früh gezeigt – und arbeitete als Maler und Bildhauer. Seine Spezialität waren Akte. Angeblich hat er sich in seinem Studio einen drei Meter langen Python gehalten, den er seinen Modellen um den Hals drapierte, bis die Schlange eines Tages ein Modell zu erwürgen drohte und er sie erschießen mußte.

Irgendwann wurde er dann seßhaft, heiratete mit achtunddreißig eine reiche Amerikanerin und lebte in einem schönen Palazzo in Venedig. Aber die Ehe war nicht glücklich und ging ziemlich bald in die Brüche. Man erzählte sich damals, eine junge Dienerin im Palazzo sei entweder seine Geliebte gewesen oder aber seine Tochter aus einer Affäre, die er Ende der sechziger Jahre hatte . . .« Sie hielt inne, weil ihr plötzlich ein Gedanke gekommen war. »Was, wenn –? Nein, das ist zu weit hergeholt. Wie hätte Marianna ein Kind haben sollen, ohne daß jemand davon erfuhr?«

Obwohl diese Frage sie weiter beschäftigte, fuhr sie fort: »Weißt du, das Leben von Pen Browning ist mir immer ziemlich traurig vorgekommen. Als würde irgend etwas an ihm nagen. Ich habe immer geglaubt, daß er darunter litt, als Einzelkind gleich mit *zwei* berühmten Elternteilen fertig werden zu müssen. Berühmt nicht nur für ihre Arbeit, sondern auch für ihre Liebesgeschichte. Inzwischen frage ich mich . . . Vielleicht hat er sich nie davon erholt, nach seiner Mutter auch noch die Frau zu verlieren, die er liebte.«

Daniel hatte ihr zugehört, ohne sie zu unterbrechen. Daß er sich für das interessierte, was sie sagte, war offensichtlich, aber inzwischen fand sie, daß er dabei eher wie ein Lehrer wirkte, der einer begabten Schülerin zuhörte, weil er neugierig war, ob ihr Gedankengang zu demselben Schluß führen würde, den er selbst bereits gezogen hatte. Ihr fiel plötzlich auf, daß er das alles zu schnell akzeptierte, als würde es nur bestätigen, was er bereits vermutet hatte.

Vorwurfsvoll sagte sie: »Du hast es gewußt, nicht wahr? Verdammt noch mal, Daniel, das hättest du aber –«

»Vermutet«, unterbrach er sie ruhig. »Es gab keinen Beweis. Den hast du gerade geliefert.« Er faßte in die Innentasche seiner Lederjacke, die er über die Armlehne seines Sessels gelegt hatte, und zog einen Umschlag heraus. »Dieser Brief war immer der Joker im Spiel. Er war bei Veaseys Briefen, aber ich habe ihn herausgenommen, bevor du kamst.«

»Warum?«

»Ich habe mir eingeredet, daß ich sehen wollte, auf welche Art von Theorie du ohne diesen Brief kommen würdest. Aber es war mehr als das.« Er schwieg einen Moment. »In Wirklichkeit wollte ich einen Vorwand haben, dich wiederzusehen. Für den Fall ... nun, für den Fall, daß sich die Dinge anders entwickelt hätten, als sie es jetzt hoffentlich tun.«

Wortlos sah sie ihn an. Sie wußte, daß er auf ihrem Gesicht dasselbe Lächeln sah, das sich gerade langsam auf seinem ausbreitete. Sie schreckten erst wieder aus ihrer selbstvergessenen Versunkenheit auf, als die Bedienung an ihren Tisch trat, um zu fragen, ob sie noch etwas wünschten. Während Daniel den Tee bezahlte, nahm sie den Brief aus dem Umschlag.

Meine liebe Freundin,
wie kann ich die Tiefe meiner Dankbarkeit zum Ausdruck bringen? Das einzige, was ich Ihnen anbieten kann, ist mein einfacher Dank – aber ein Dank von der Art, wie man ihn nur ein- oder zweimal im Leben aussprechen kann. Sie haben mir einen Menschen zurückgegeben, den ich verloren glaubte.

Ich werde nie vergessen, welch unaussprechliche Freude ich empfand, als ich ihr teures Licht wieder durch Ihr segensreiches Medium leuchten sah. Mit ihr – und Ihnen – allein zu sein, hat mir ein unvergleichliches Glück beschert. Und trotzdem spürte ich eine Traurigkeit, die weder die ihre noch die meine war, sondern zu derjenigen gehörte, deren Gabe unsere Wiedervereinigung zustande gebracht hatte. Ich würde alles geben, was ich besitze, um diesen Kummer zu heilen, so, wie meiner geheilt worden ist. Vielleicht finden Sie es anmaßend von mir, mich auf diese Weise an Sie zu wenden. Mich spornt jedoch das Beispiel eines Mannes an, der viel größer ist als ich: mein Vater. Er würde sich durch nichts davon abhalten lassen, seinen Schwur zu erfüllen, einen eingesperrten Geist zu befreien, dessen gedämpftes Leuchten es verdient hat, in seinem ganzen Glanz zu erstrahlen, und ebensowenig werde ich mich davon abbringen lassen.

Ich werde morgen wie versprochen bei Ihnen sein. Möge Gott Sie bis zu dieser glücklichen Stunde segnen und beschützen.

Auf ewig der Ihre
Robert Wiedemann Browning

Als sie zu Daniel aufblickte, sagte er: »Er bezieht sich offensichtlich auf eine Séance, nicht wahr? Er muß in der Hoffnung zu Marianna gekommen sein, daß sie für ihn mit seiner toten Mutter in Verbindung treten würde. Und sie hat es geschafft oder ihn zumindest davon überzeugt, daß es ihr gelungen ist.« Er lächelte. »Ich finde, die beiden haben den Preis für die bizarrste Verführungsszene aller Zeiten verdient. Obwohl nicht ganz klar ist, wer da eigentlich wen verführt hat.«

»So bizarr ist das gar nicht«, antwortete Dana, »wenn man die damalige Zeit in Betracht zieht. Und Pen Brownings Vergangenheit. Seine Mutter hat ihn als Kind zu Séancen mitgenommen, bis sein Vater dem ein Ende setzte. Als Erwachsener hat er verkündet, Spiritismus sei Unsinn, aber vielleicht hat er das nur getan, um seinem Vater zu gefallen.«

Dana beschrieb die Treibhausatmosphäre, in der Pen aufgewachsen war, die Art, wie er verwöhnt wurde, in Satin und Schleifen gekleidet herumlief und sein Haar in langen Locken trug. Und wie sich mit zwölf, als seine Mutter starb, sein ganzes Leben, ja sogar sein Aussehen völlig verändert hatte. »Sein Vater ließ ihm die Haare abschneiden, warf seine spitzenbesetzten Jacken weg und brachte ihn nach England, weg von allem, was ihm vertraut war, einschließlich des italienischen Kindermädchens, das sich um ihn gekümmert hatte. Nicht, daß Robert Browning ihn nicht geliebt hätte – das tat er durchaus –, aber er war nach Elizabeths Tod so am Boden zerstört, daß er den Gedanken nicht ertragen konnte, ohne sie in Italien zu bleiben. Außerdem wollte er, daß Pen eine englische Erziehung erhielt. Aber nach dem Leben in Italien muß ihm England kalt und grau vorgekommen sein. Pen muß große Sehnsucht nach seiner Mutter gehabt haben.«

»Man denke an all die faszinierenden Freudschen Implikationen«, wiederholte Daniel ihre Worte von vorhin mit einem Grinsen. Dann fuhr er fort: »Grob ausgedrückt, haben wir also folgende Situation: Marianna ist schön und unglücklich. Pen ist verwirrt und leidenschaftlich. Beide sind verletzlich, aber er ist aus einem derberen Stoff gemacht. Und am Ende rettet er seine eigene Haut.«

»Aber nur kurzfristig. Man darf auch nicht vergessen, daß er erst zwanzig war«, erinnerte sie ihn, weil sie plötzlich für Pen ebensoviel Sympathie empfand wie für Marianna. Immerhin war er wahrscheinlich der einzige gewesen, der ihr, wenn auch nur vorübergehend, jemals wahres Glück und Liebe geschenkt hatte.

Während sie den Brief langsam zusammenfaltete und in den Umschlag zurücksteckte, wurde ihr klar, daß sie am Ende von Mariannas Geschichte angelangt war. Sie fühlte sich seltsam allein gelassen, als wäre die schemenhafte Weggefährtin, die sie die vergangenen zwei Jahre immer wieder vorangetrieben hatte, plötzlich verschwunden. Aber sie rief sich ins Gedächtnis, daß Mariannas Geschichte erst noch erzählt werden mußte und daß Daniel dabei zwangsläufig eine Rolle spielen würde. Sie sah ihm nach, als er zum Fenster hinüberging, und war plötzlich von der Hoffnung erfüllt, daß sie jetzt einen neuen Weggefährten hatte, diesmal einen lebendigen, realen Menschen, der ihr noch mehr als Marianna das Gefühl geben würde, daß eine vielversprechende Zukunft vor ihr lag.

Er wandte sich zu ihr. »Das Wetter schlägt um. Es sieht aus, als würden wir Regen bekommen. Ich glaube, wir brechen besser auf.«

Als sie ins Freie traten, sah sie, daß der dünne graue Film am Himmel dichter geworden war. Vom Meer her kam eine Wolkenwand auf das Land zugetrieben, herangeblasen von einem mißmutigen Wind, der allen möglichen Müll die Straße heraufwirbeln ließ. Auf dem Rückweg zum Parkplatz fiel Danas Blick auf die Schlagzeile einer Regionalzeitung, die an einem Zeitungskiosk angeboten wurde. »Möwe fordert weiteres Opfer«, verkündete die fette Schrift. Sie wollte Daniel darauf aufmerksam machen, überlegte es sich dann aber anders. Warum sollten sie sich von einer Tragödie, die nichts mit ihnen zu tun hatte, einen Tag verderben lassen, an dem die freudigen Überraschungen kein Ende zu nehmen schienen?

Während sie die Regensachen anzogen, die er aus den Satteltaschen holte, fragte er sie, ob sie auf dem Rückweg nach Kerreck Du kurz am Schulhaus haltmachen könnten. »Ich muß dort noch ein, zwei Dinge erledigen. Es wird nicht lange dauern.«

»Laß dir ruhig Zeit. Ich bin nicht in Eile.«

Er half ihr, einen Reißverschluß zu lösen, in dem sich ein Stück Stoff verklemmt hatte. Dabei kamen sich ihre Köpfe sehr nahe. Ihre Blicke trafen sich. »Das, was ich dich heute gefragt habe«, sagte er, »wegen unserer Phantasien –«

»Es sind dieselben«, flüsterte sie mit plötzlich trockener Kehle. »Da bin ich mir sicher.«

»Gut. Dann *werde* ich mir Zeit lassen.«

29

Die Wolken vom Meer holten sie ein, als sie noch auf der Landstraße über dem Moor waren. Der Regen peitschte schräg gegen den Windschutz der Yamaha und verwandelte die ohnehin schon gedämpften Farben des Moors in die Grautöne einer verblaßten Monochromaufnahme. Aus dem sumpfigen Moorboden stieg Nebel auf. Er ließ große Felsblöcke zu schemenhaften, düsteren Gestalten werden, die den Weg vor ihnen zu versperren schienen. Aber Dana war zu glücklich und vertraute zu sehr auf Daniels sichere Fahrweise, um sich von dem Regen aus der Ruhe bringen zu lassen oder Angst zu haben. Die Einsamkeit um sie herum ließ sie gewisse Empfindungen nur noch intensiver wahrnehmen: den metallischen Geschmack des Regens auf ihrer Zunge; Daniels glatten, nassen Regenmantel an ihrer Wange, wenn sie sich in einer Kurve an ihn lehnte; die süße Überzeugung, endlich zu wissen, was vor ihr lag. Sie hatte das unwirkliche Gefühl, als würden sie jeden Moment den Nebel durchbrechen und in ein lichterfülltes Tal inmitten des Moors gelangen.

Als sie schließlich die Straße zum Schulhaus hinunterfuhren, hatte sich der schwere Schauer zu einem leichten Nieseln abgeschwächt, das die Tropfen aus den Bäumen lustlos in die Pfützen darunter fallen ließ. Der Nebel streckte ihnen seine knochenlosen Finger entgegen; ohne ihre üblichen klaren Konturen wirkte die Landschaft seltsam bedrohlich. Während sie den Weg zum Haus hinaufgingen, sah Dana eine Möwe vorübersegeln. Der lautlose Flügelschlag des Vogels ließ sie wieder an die Schlagzeile denken, die sie in Tintagel gelesen hatte, und sie spürte, wie die Angst leicht wie eine Feder über ihre Wirbelsäule strich.

Das Schulhaus stand massiv und unerschütterlich wie ein Leuchtturm im Nebel. Nachdem sie die Haustür hinter sich zugezogen hatte, begann Dana ihre nassen Regensachen auszuziehen und zum Trocknen aufzuhängen, während Daniel einen Heizlüfter anschaltete und sich anschließend auf den Boden kniete, um ein Feuer zu machen. Diese einfachen häuslichen Tätigkeiten, die so wohltuend alltäglich waren, schienen die gestaltlose Welt jenseits der Hausmauern auszusperren.

Dana ging hinüber, um sich vor dem Heizlüfter aufzuwärmen.

Neugierig sah sie sich um. Die fast klösterliche Kargheit des sauberen, kahlen Raums, die durch das große Bogenfenster noch verstärkt wurde, überraschte sie ebenso wie die paradoxe Tatsache, daß das Schulhaus zwar von außen aussah wie für die Ewigkeit gebaut, innen aber so provisorisch eingerichtet war, als wohnte dort jemand, der darauf vorbereitet war, jederzeit seine Zelte abzubrechen. Alles in diesem Raum, dachte sie, ließ sich in weniger als einer Stunde zusammenpacken.

»Du scheinst hier sehr auf Ordnung zu achten«, meinte sie trocken.

Gerade ließ Daniels Zündholz das Feuer zum Leben erwachen. Er stand auf, stellte den Ofenschirm vor die Flammen und lächelte, als hätte sie gerade einen Witz gemacht, den nur er verstand.

»Ich habe vor, in Zukunft weniger ordentlich zu sein«, antwortete er. »Du könntest mir dabei helfen.«

Jetzt mußte sie lächeln. »Sind wir deswegen hergekommen? Damit ich bei dir für Unordnung sorge?«

»Nein. Aber das ist eine gute Idee.«

Er bemerkte, daß sie schauderte, und legte seine Hand auf den Ärmel ihrer Jacke. »Die ist ja feucht«, stellte er stirnrunzelnd fest. »Warum hast du das denn nicht gesagt?« Rasch durchwühlte er die Satteltaschen und zog ein T-Shirt und einen marineblauen Wollpullover heraus. Er bestand darauf, daß sie sich umzog. In der Zwischenzeit werde er Kaffee machen, meinte er. Als sie sich in seinem spartanischen Badezimmer den Pullover über den Kopf zog, roch sie seinen Duft in der Wolle, als hätte seine Haut darin einen Abdruck hinterlassen. Das und der Pullover selbst, der ihr viel zu groß war und sie wie eine Decke einhüllte, bewirkte, daß sie sich sofort darin wohl fühlte.

»Tut mir leid. Ich habe keinen Tropfen Milch mehr im Haus!« rief Daniel, als sie aus dem Bad kam. »Ist schwarzer Kaffee in Ordnung?«

So trinke sie ihn am liebsten, erklärte sie. Sie lehnte sich gegen die Holztheke, die die kleine Kochnische vom Rest des Raums abtrennte, und stützte ihre Arme auf die hölzerne Oberfläche. Daniel stellte von der anderen Seite zwei leere Tassen auf die Theke. Dann nahm er ihre Hände und sah ihr ins Gesicht.

»Gut«, sagte er. »Sie fühlen sich schon wärmer an.«

Sie warf einen Blick auf ihre Hände. »Das hilft.«

»Und das?« langsam ließ er seine Handflächen über ihre nackte Haut in die weiten Ärmel des Pullovers gleiten, bis seine Finger sich um ihre Ellbogen legten. Auf diese Weise verbunden, aber durch die Theke getrennt, standen sie einander gegenüber und sahen sich an. Die Frage in seinen Augen wurde drängender.

Bevor sie ihm eine Antwort geben konnte, kochte die Espressomaschine über. »Verdammt!« sagte er mit einem bedauernden Lächeln, bevor er sich umdrehte, um sich um den Kaffee zu kümmern. Sie setzte sich auf das Sofa vor dem Feuer, streifte ihre Schuhe und feuchten Socken ab und zog die Knie bis zum Kinn hoch, so daß sie ihren Knöchel massieren konnte, der wieder zu schmerzen begonnen hatte.

»Laß mich das machen.« Daniel stellte ihren Kaffee auf den kleinen Beistelltisch. Dann ließ er sich im Schneidersitz vor ihr auf dem Boden nieder, nahm ihren nackten Fuß auf seinen Schoß und begann den Knöchel zu massieren. Als sie sich dem Gefühl überließ, seine Hände auf ihrer Haut zu spüren, flutete die Wärme wie Brandy durch ihren Körper, während der Kaffee, den sie noch gar nicht probiert hatte, neben ihr kalt wurde.

Eine Explosion von Funken aus dem Kamin ließ hinter seinem Kopf einen Regenbogen aus Licht aufleuchten. Aus halb geschlossenen Augen sah sie auf seinen gesenkten Kopf hinunter und mußte daran denken, wie er ausgesehen hatte, als sie ihn bei der Auktion das erste Mal traf. Ein selbstbewußter Mann, fest entschlossen zu bekommen, was er wollte, egal, wie lange es dauern würde. Aber nicht um jeden Preis. Soviel wußte sie jetzt.

Er besaß die Entschlossenheit seines Vaters, aber nicht Finns Rücksichtslosigkeit.

Verlangen nach ihm stieg in ihr hoch. Plötzlich begehrte sie ihn so sehr, daß es ihr die Kehle zusammenschnürte. Heiser sagte sie seinen Namen, und als sie hochblickte, sah sie ein ebensogroßes Verlangen in seinen Augen. Zu ihren Füßen kniend, nahm er ihren Kopf in beide Hände, verschlang dabei seine Finger in ihrem Haar und zog ihr Gesicht sanft zu sich herab. Zärtlich begann er ihren Mund zu küssen, ihre geschlossenen Lider, ihren Hals. Es waren die intensiven, leidenschaftlichen Küsse eines Menschen, der ebenso nach ihr hungerte wie sie nach ihm. Sie ließ ihre Hände an den Seiten hinuntergleiten, um ihn zu sich heraufzuziehen, bis das Gewicht seines Körpers sie in die Kissen drückte.

Sie drehte den Kopf zur Seite und legte ihn gegen die kühle Haut seines muskulösen Halses und flüsterte: »Ich habe nichts –«

»Ich habe. Soll ich ...?«

Sie nickte. Während er holte, was er brauchte, stand sie auf. Als er zurückkam, wartete sie vor dem Kamin auf ihn. Sie ließ sich vor dem Feuer von ihm ausziehen, genoß die Berührung seiner geschickten Hände, die sie rasch aus dem Pullover und ihren übrigen Sachen befreiten, damit er seinen Mund über ihren Körper wandern lassen konnte. Es erregte sie, nackt zu sein, während er noch angezogen war, den rauhen Stoff seiner Jeans auf ihrer heißen Haut zu spüren. Dann kniete sie sich über ihn, und zusammen zerrten sie an seinen Sachen. Die Ungeduld machte sie beide fast linkisch, so sehr begehrten sie einander. Während des kurzen Augenblicks, als er sich halb von ihr abwandte, um sich das Präservativ überzuziehen, hatte sie das Gefühl, am Rand eines tiefen Abgrunds zu stehen, ohne auch nur eine Spur von Angst zu empfinden. Dann nahm er sie drängend, aber zugleich zärtlich in die Arme. Mit seiner eigenen Lust ließ er sich noch etwas Zeit, widmete sich zuerst der ihren. Als sie schließlich zusammen kamen, löste sich die Schwärze, die so lange ihre Seele überschattet hatte, endlich auf, und sie hatte das Gefühl, von Licht durchflutet zu werden.

Erschöpft blieben sie liegen und sahen zu, wie das Feuer langsam erlosch. Als ihr Blick auf seine Hand fiel, die auf ihrer Hüfte lag, mußte sie daran denken, wie er die Hand ausgestreckt hatte, um ihr zu helfen, sowohl im wörtlichen als auch im übertragenen Sinn: auf den Klippen, bei ihrer Suche nach Marianna, in ihrer Einsamkeit. Jetzt waren sie durch ein Band aus Licht miteinander verbunden, eine leuchtende, untrennbare Verbindung.

Sie drehte sich zu ihm, um ihm die Arme um den Hals zu schlingen und ihm zu sagen, aus welcher Tiefe er sie gerettet hatte.

Ihr Mund berührte sein Haar, als sie leise hinzufügte: »Du hast mich einmal gefragt, welchen Weg wir zusammen gehen sollen, nach oben oder nach unten. Damals auf den Klippen, als du mich gerettet hast. Erinnerst du dich?«

»Ich erinnere mich, daß du nicht so ausgesehen hast, als hättest du Rettung nötig.«

»O doch. Und du hast mich in die richtige Richtung geführt.«

Er sah an seinem Körper hinunter, auf das, was sich zwischen ihnen wieder zu regen begann, und lächelte. »Ich glaube, es ist offensichtlich, daß ich das auch so sehe.«

Und dann ließ er sie wissen – sowohl in Worten als auch in Taten, letzteres besonders ausführlich und phantasievoll –, daß die Rettung auf Gegenseitigkeit beruhte.

Als sie kurz vor sechs nach Kerreck Du zurückkehrten, fanden sie Finn und Pascale in der Küche vor, wo sie ein frühes Abendessen einnahmen. Die Art, wie die beiden quer über den Tisch miteinander sprachen, wirkte vertraulich, fast verschwörerisch.

Für Dana sahen sie aus wie ein lange verheiratetes Paar, zwei Menschen, die sich miteinander wohl fühlten und sich sehr nahe standen.

Als sie Daniel und Dana sahen, tauschten sie einen schnellen Blick. Finn beantwortete die Frage in Pascales Augen mit einem fast unmerklichen Kopfschütteln. Daraufhin stand Pascale auf und lud sie ein, ihnen beim Abendessen Gesellschaft zu leisten. Allerdings müßten sie in knapp einer Stunde zur Vernissage aufbrechen, vielleicht sogar ein bißchen eher, wegen des Nebels, fügte sie mit einem Blick auf ihre Armbanduhr hinzu. Sie holte Teller aus dem Schrank und tischte ihnen einen Eintopf aus Lamm und Pilzen auf. Ihre übliche Ruhe wirkte ein wenig krampfhaft, bemerkte Dana, und die ganze Zeit über hörte sie nicht zu reden auf, als hätte sie Angst vor dem, was in die Stille hinein gesagt werden könnte.

Finn erhob sich, um ihnen Wein einzuschenken. Ein trockenes Lächeln ließ seine Mundwinkel zucken. »Ich glaube, Pascale ist wegen dieser verdammten Ausstellung viel nervöser als ich. Also erzählt uns von eurem Tag. Wir können ein wenig Ablenkung gebrauchen.«

Während Dana und Daniel ihre Entdeckungen in Tintagel schilderten, hörten Finn und Pascale aufmerksam zu. Die Geschichte von Marianna und Pen Browning schien beide zu fesseln. Hinterher erzählte ihnen Finn, daß ihm die alte Miss Hobhouse, von der er Kerreck Du gekauft hatte, einmal von einem vertuschten Skandal erzählt habe, der, wäre er bekanntgeworden, den Familienfrieden für immer zerstört hätte. »Viktorianische Hysterie, dachte ich damals. Henry, der in seiner Senilität Nacktaufnahmen von kleinen Verkäuferinnen machte. Oder sich in seinen eigenen vier Wänden als Königin Viktoria verkleidete. Wahrscheinlich hätte sie es mir erzählt, wenn ich sie gedrängt hätte, aber ich war nicht wirklich interessiert. Daniel versuchte, mein Interesse zu wecken, aber die schmutzigen Details im Privatleben anderer Leute aufzustöbern ...« Er zuckte mit den Schultern und schob seinen leeren Teller weg. »Zeitverschwendung, wenn ihr mich fragt.«

Vielleicht war das eine der Erklärungen für seinen Erfolg, dachte Dana, während sie die Apfeltorte, die Pascale ihr als Nachspeise anbot, höflich ablehnte. Völlige Konzentration auf seine Arbeit. Andere Menschen waren ihm nicht so wichtig, die Lebenden ebensowenig wie die Toten. Mal abgesehen von den paar Leuten, die er an seinem Leben teilhaben ließ. Und selbst diesen wenigen Auserwählten war es letztendlich nicht gestattet, ihn von dem abzuhalten, was wirklich zählte.

Obwohl Finn und Pascale allem Anschein nach so gefesselt von der Geschichte waren, wurde Dana den Verdacht nicht los, daß die beiden mit ihren Fragen und Antworten ein tiefes Unbehagen überspielten, das nichts mit der bevorstehenden Vernissage zu tun hatte. Einmal sah sie, wie Finns Blick einen Moment lang auf Daniel ruhte, und dabei glaubte sie in seinen Augen fast so etwas wie Angst zu entdecken. Und während des ganzen Abendessens wirkten die beiden irgendwie verkrampft, als würden sie ihnen etwas verschweigen. Die schnellen Blicke, die Daniel ihr gelegentlich zuwarf, ließen keinen Zweifel daran, daß auch ihm das aufgefallen war.

Als sie mit dem Abendessen fertig waren, stellte sich heraus, daß ihr Gefühl sie nicht getrogen hatte. Während sie darüber diskutierten, ob sie mit einem oder zwei Wagen zur Vernissage fahren sollten – die Tatevics würden auch mit von der Partie sein –, trugen sie ihren Kaffee ins Wohnzimmer hinüber. Finn ließ sich auf dem Sofa nieder, und als sich Pascale neben ihn setzte, hatte Dana aus irgendeinem Grund den Eindruck – vielleicht lag es an ihrer Haltung, der Art, wie sie sich ihm zuneigte –, daß sie Finn beschützen wollte. Daniel und sie selbst ließen sich in zwei benachbarten Sesseln nieder.

Während sie ihren Kaffee tranken, senkte sich Schweigen

über die kleine Gruppe. Als Pascale schließlich ihren Blick zu Finn hinüberwarf, nickte dieser. An Daniel gewandt, erklärte er, daß sie schlechte Nachrichten hätten. »Wir haben es euch vorher nicht erzählt, weil –«, er schwieg einen Augenblick, und als er rasch von Daniel zu Dana blickte, huschte ein sarkastischer, zugleich aber auch nachsichtiger Ausdruck über sein Gesicht –, »nun, weil ich mir gedacht habe, daß ihr genausogut erst in Ruhe zu Abend essen könnt.« Dann erklärte er ihnen in nüchternem Ton, daß am frühen Nachmittag die Polizei in Kerreck Du gewesen sei. »Sie haben Karens Leiche auf den Felsen unterhalb des Küstenwegs gefunden. Sie ist letzte Nacht ermordet worden.«

Dana hatte das Gefühl, als würde eine eisige Hand nach ihrem Herzen greifen. Einen schwindelerregenden Moment lang drehte sich der Raum um seine eigene Achse, und sie glaubte, Karen noch einmal mit der Glaskugel in der Hand vor ihnen kreisen zu sehen. Sie mußte daran denken, wie die junge Frau die Runde höhnisch aufgefordert hatte, die Geister der Mordopfer herbeizuzitieren und sie zu fragen, wie sie gestorben seien. Gestern abend war tatsächlich ein Geist herbeigerufen worden, dachte Dana, und es war ein böser Geist gewesen. Er hatte Karens Tod mit sich gebracht.

Daniel fragte, wie sie gestorben sei. Erdrosselt, antwortete Finn. Das häßliche Wort schien einen Moment lang über ihnen in der Luft zu hängen. »Offenbar ist sie nicht vergewaltigt worden«, fuhr er fort. »Aber mit Sicherheit wissen sie das natürlich erst, wenn die Autopsie abgeschlossen ist.«

Obwohl Pascales Miene ausdruckslos blieb, verriet ihr hektisches Rühren im Kaffee, wie nervös sie war. »Sie haben uns zum gestrigen Abendessen befragt«, sagte sie.

»Was habt ihr ihnen erzählt?« fragte Daniel.

»Daß es ein nettes Treffen unter Freunden war.« Als Finn ein verächtliches Lachen ausstieß, wandte sich Pascale an ihn: »Ja, ich weiß, aber was hätte ich ihnen deiner Meinung nach sagen sollen? Daß Karen zweifellos mehr als einem der Anwesenden Grund genug gegeben hat, ihren Tod zu wünschen?« Ihr Kaffeelöffel klirrte leise, als sie ihn auf die Untertasse legte. »Der Wunsch ist nicht immer Vater der Tat.«

»Wissen sie von Mico und Karen?« fragte Daniel.

Diesmal antwortete Finn. Tim habe die Nachricht von Karens Tod sehr schlecht aufgenommen, sagte er, und der Polizei gegenüber ein paar unglückliche Anschuldigungen geäußert. »Er hat ihnen erzählt, daß Mico sich mit ihr eingelassen hatte. Der verdammte Narr hat sogar behauptet, ich hätte auch mit ihr geschlafen, obwohl er letztendlich zugeben mußte, daß Karen selbst das nie behauptet hat. Zum Glück schwört Nadia, daß Mico den ganzen Abend über bei ihr war, nachdem sie die Party gemeinsam verlassen hatten. Und ich habe ebenfalls ein Alibi.« Er sah zu Pascale hinüber, die überraschenderweise wie ein Schulmädchen errötete.

Daniel wies darauf hin, daß Karen mit Tim nach Hause gefahren sei und daß er ihretwegen offensichtlich sehr eifersüchtig gewesen sei, so daß Tim selbst bestimmt auch auf der Liste der Verdächtigen stehe.

Finn murmelte zustimmend. »Er sagt, sie habe sich seinen Wagen ausgeliehen und sei noch mal losgefahren, um sich mit jemandem zu treffen. Aber anscheinend ist sie später noch von einem spazierengehenden Paar gesehen worden. Demnach hat sie den Wagen allein zurückgebracht. Was bedeutet, daß Tim genauso am Haken hängt wie alle anderen.«

»Die Polizei hat sich auch nach dir erkundigt«, erklärte Pascale. »Natürlich habe ich ihnen gesagt, daß du die Nacht hier verbracht hast.« Als Finn einwarf, daß Pascale nur das gesagt habe, was sie für die Wahrheit hielt, sah sie ihn verständnislos an.

Daniel klärte sie auf. »Gegen ein Uhr nachts habe ich beschlossen, doch noch zum Schulhaus zurückzugehen. Nachdem du bereits im Bett warst.«

Bei seinen Worten lief es Dana kalt über den Rücken. Nicht, weil sie selbst an ihm zweifelte – es war völlig unmöglich, daß Daniel etwas mit Karens Tod zu tun haben sollte –, sondern, weil die Polizei Zweifel haben könnte.

»Ich hoffe, du hast nicht vor, der Polizei das zu erzählen«, sagte Finn in barschem Ton. »Warum die Dinge unnötig komplizieren? Es weiß doch sowieso keiner davon.«

»Und was ist mit dir und Dana?« fragte Daniel ruhig. »Pascale war der Meinung, die Wahrheit zu sagen. Aber wenn die Polizei euch direkt danach fragt... wir sind die letzten, die Karen lebend gesehen haben. Am Ende werden wir alle eine schriftliche Aussage unterschreiben müssen.«

Finn fuhr sich müde mit der Hand übers Gesicht. Er saß jetzt vornübergebeugt, den Kopf gesenkt. Neben ihm sagte Pascale mit einer ängstlichen Stimme, die kaum lauter als ein Flüstern war: »Die Polizei hat uns auch wieder zu Solanges Tod befragt.«

»Als ob das irgend etwas mit Karen zu tun hätte!« brauste Finn auf und hob den Kopf. »Himmel, wenn sie jetzt anfangen, jeden tödlichen Unfall hier an der Küste unter die Lupe zu nehmen, haben sie sich einiges vorgenommen.« Sein Gesicht war vor Ärger ganz rot, und seine blauen Augen schienen fast Funken zu sprühen.

Eine steile Furche stand zwischen Daniels Augenbrauen, als er sich seinem Vater zuwandte. Er schien etwas sagen zu wollen, zögerte dann aber. Schließlich stellte er seine Tasse ab und stand auf. »Am besten, ich bringe es gleich hinter mich.« Er wirkte völlig ruhig, als wäre das Ganze nur eine unangenehme Formalität, nichts, worüber man sich den Kopf zerbrechen mußte.

Finn starrte zu ihm hoch. Seine Miene wirkte plötzlich bekümmert. Zum erstenmal, dachte Dana, sah er aus wie ein Vater, der sich einfach nur Sorgen um sein Kind machte. »In

Gottes Namen, Daniel, wieso hast du es so eilig? Das hat doch bis morgen Zeit.«

»Das glaube ich nicht. Dann werden sie bloß wissen wollen, warum ich mich nicht gleich gemeldet habe.« Sein Lächeln wirkte leicht grimmig. »Außerdem möchte ich auf keinen Fall, daß sie heute abend in der Galerie auftauchen, um mich zu befragen.«

Dana stand auf. »Ich begleite dich.«

Er warf ihr einen dankbaren Blick zu, schüttelte aber den Kopf. »Lieber nicht. Fahr mit Finn und Pascale in die Galerie. Wir treffen uns dort.« Dann nahm er ihre Hand und fügte hinzu: »Aber du könntest mich zur Tür bringen.«

Sie stand auf der Treppe vor dem Haus und sah zu, wie das Rücklicht der Yamaha immer kleiner wurde. Als es schließlich ganz verschwunden war, schloß sich der Nebel um sie, und eine eisige, bis in die Knochen dringende Kälte ergriff von ihr Besitz.

30

Als Estelle an diesem Nachmittag anrief, war John Malzer allein in der Galerie. Es gab noch ein oder zwei Dinge, um die er sich persönlich kümmern mußte, kleinere, aber trotzdem entscheidende Veränderungen an der Beleuchtung, die nötig waren, wenn er das Maß an Erfolg erzielen wollte, mit dem er an diesem Abend rechnete. Es fiel ihm schwer, sich am Telefon nicht anmerken zu lassen, wie verärgert er über die Störung war.

Zuerst nahm er an, daß sie bloß anrief, um sich von ihm beruhigen zu lassen. Gegen Mittag waren sie alle zusammen in der Galerie gewesen, als einer der ortsansässigen Maler vorbeigeschaut hatte, angeblich, um ihnen seine Hilfe anzubieten. In Wirklichkeit, so vermutete Malzer, war er nur gekommen, um ihnen die schreckliche Neuigkeit von Karens Tod zu berichten, die er gerade von seinem Schwager erfahren hatte, einem Mitglied der örtlichen Rettungsmannschaft. Ein paar Wanderer, denen eine ungewöhnliche Ansammlung von Seevögeln an einem bestimmten Punkt am Fuß der Klippen aufgefallen sei, hätten dort, wo die Vögel am eifrigsten waren, ein Stück hellen Stoff unter den paar Büschen hervorlugen sehen. Die Polizei sei noch immer draußen auf den Klippen mit Karens Leiche beschäftigt, erzählte er ihnen. Das Ganze sehe aus wie das Werk der Möwe.

Estelle war sofort zusammengebrochen und hatte sich erst wieder erholt, als Thomas einen nassen Waschlappen auf ihr Gesicht legte. Der Maler, der nicht unglücklich darüber zu sein schien, als sie ihm versicherten, daß seine Hilfe nicht gebraucht werde, brach schnell wieder auf, um seine düsteren Nachrichten wie ein Ausrufer weiterzuverbreiten. Finn brach ebenfalls auf. Er wolle bei Sundy Best vorbeischauen, erklärte er ihnen – Tim solle nicht aus dem Mund eines Fremden oder am Telefon erfahren müssen, daß sich seine Befürchtungen bewahrheitet hatten. Thomas, der wahrscheinlich an das kurze Gerangel dachte, das am Vorabend vor Kerreck Du stattgefunden hatte, verzichtete darauf, ihm seine Begleitung anzubieten.

Malzer hatte Schwierigkeiten gehabt, Finns Reaktion auf die Nachricht von Karens Tod einzuschätzen. Finn hatte kaum eine Gefühlsregung gezeigt, nur sehr geistesabwesend gewirkt, was aber leicht darauf zurückzuführen sein konnte, daß er wie üblich mit sich selbst beschäftigt war. Vielleicht hatte er sich gefragt, wie sich dieser Todesfall auf seine Pläne auswirken würde. Weder er noch sonst jemand hatte vorgeschlagen, die Vernissage oder Estelles Party zu verschieben. Ein Hinweis darauf, wenn auch ein unnötiger, wie unbeliebt Karen gewesen war, dachte Malzer.

Thomas und Estelle waren bei ihm in der Galerie geblieben

und hatten weitergearbeitet, wobei beide für ihre Verhältnisse sehr still gewesen waren. Offenbar waren sie von dem Mord zu sehr erschüttert, um sich weiter gegenseitig zu attackieren. Malzer hatte den Eindruck, daß Thomas eigentlich beabsichtigte zu warten, bis Estelle weg war. Irgendwann war er dann doch aufgebrochen, hatte aber versichert, frühzeitig zurückzukehren, um dafür zu sorgen, daß die für die Vernissage angestellten Kellner wußten, was sie zu tun hatten.

Ihre eigenen Verpflichtungen wegen der nach der Vernissage geplanten Party hatten Estelle schließlich gezwungen, ebenfalls aufzubrechen. Mrs. Pargeter warte bestimmt schon auf sie, hatte sie gesagt. Ausnahmsweise sei sie sogar einmal froh, die Frau im Haus zu haben.

Kurz darauf war die Polizei in der Galerie eingetroffen, um eine kurze Aussage von Malzer aufzunehmen. Er hatte sich auf ein paar Sätze beschränkt. Ja, er sei mit den anderen in Kerreck Du gewesen und habe gesehen, wie Karen mit Timothy Sundy aufgebrochen sei. Er selbst habe Thomas Attery und Estelle Pinchot nach Hause gefahren und sei dann selbst schlafen gegangen. Nein, er wisse nicht, wieso irgend jemand einen Grund gehabt haben sollte, Karen umzubringen.

Die ganze Zeit über hatte er seine Emotionen unter Kontrolle gehalten und sich gefreut, wie ruhig er geblieben war. Er hatte das Gefühl gehabt, als könne nichts zu ihm durchdringen – als würde er ein kleines Stück über den Ereignissen schweben, bei denen er allein die Fäden in der Hand hielt. Er würde nicht zulassen, daß irgend etwas – ein Todesfall ebensowenig wie die Polizei – den glatten Ablauf der abendlichen Ereignisse störte, den Höhepunkt von drei Jahren Arbeit und gewissenhafter Planung.

Jetzt hatte er eine offenbar sehr aufgeregte Estelle an der Strippe. Ihre Stimme klang so schrill, daß er den Hörer ein Stück von seinem Ohr weghalten mußte. »Ich habe gerade mit Marcus Kitaen gesprochen.« Marcus Kitaen war ein Kunstdozent aus

Quarles, für den Barbara öfter als Modell gearbeitet hatte. Estelle hatte ihm einmal erzählt, daß Kitaen nach Barbaras Tod sehr nett zu ihr gewesen sei. »Hatte ich erwähnt, daß ich ihn kürzlich ganz spontan angerufen habe, um ihn als meinen Gast zu der Vernissage einzuladen?«

Malzers Hand klammerte sich noch fester um den Hörer. »Nein, das hast du nicht erwähnt.« Zuerst brachte er nichts heraus, und als die Worte dann kamen, klangen sie heiser. Er spürte, wie er unter den Armen und zwischen den Beinen zu schwitzen begann. Bestimmt würde sie ihm gleich sagen, daß der Mann die Einladung angenommen hatte.

Zu seiner Erleichterung erklärte sie, daß Kitaen abgesagt habe, weil er so mit Arbeit eingedeckt sei. Aber in irgendwelchen alten Collegemappen, fuhr sie fort, habe Kitaen ein paar Skizzen gefunden, die seine Studenten von Barbara gemacht hatten. In der Annahme, daß sie sie bestimmt gern hätte, habe er sie per Eilboten an sie abgeschickt.

»Sie müßten eigentlich am späten Nachmittag eintreffen. Ich möchte, daß du bei mir bist, wenn ich das Päckchen öffne, John. Du bist der einzige, der wirklich versteht, was diese Zeichnungen für mich bedeuten.« Ihre Stimme klang jetzt sanfter, fast schüchtern. »Vielleicht kannst du mir sogar helfen, Barbara noch einmal zu sehen.«

Malzers erster Impuls war abzulehnen, sich damit zu entschuldigen, er habe zuviel zu tun. Aber sein Instinkt sagte ihm, daß es klüger sei, zu ihr zu fahren. »Natürlich, Estelle. Ich bin schon unterwegs.«

»Gut. Stell deinen Wagen am Hintereingang ab. Demnächst kommt der Partyservice mit dem Essen, da möchte ich nicht, daß die Zufahrt blockiert ist.« Jetzt, da sie ihr Ziel erreicht hatte, sprach sie wieder in ihrer üblichen herrischen Art.

Er wollte gerade auflegen, als er auf die Idee kam, sie zu fragen, ob die Polizei schon bei ihr gewesen sei. Ja, antwortete sie.

»Sie haben mich gefragt, ob ich jemanden kenne, der etwas gegen Karen gehabt haben könnte. Jemanden, der den Wunsch gehabt haben könnte, Karen zu töten. Dutzende, hätte ich am liebsten geantwortet. Karen war ein Mensch, der gern Unruhe stiftete und es genoß, ihre Mitmenschen zu provozieren. Für sie waren wir doch alle nur Versuchskaninchen.« Das war scharfsinniger, als Malzer es von Estelle erwartet hätte. »Aber das habe ich ihnen natürlich nicht gesagt. Sie hätten bloß Beispiele gewollt, und ich hatte wirklich nicht die Zeit, ins Detail zu gehen. Was hätte es auch für einen Sinn gehabt? Dieser Mord ist eindeutig das Werk eines Verrückten. Eines Verrückten«, wiederholte sie. Dabei begann ihre vorher so energische Stimme plötzlich zu zittern, als würde allein schon das Wort ihr angst machen. »Ich kann nicht länger hierbleiben, John. Nicht, nachdem das passiert ist. Ich werde morgen alles Nötige in die Wege leiten, um nach London zurückzukehren.«

Er antwortete mit den üblichen beruhigenden Floskeln und fügte hinzu, daß sie nichts zu befürchten habe, weil sie nie auf die Klippen hinausgehe. Aber sie wiederholte nur, daß sie entschlossen sei, Trebartha zu verlassen. In vorwurfsvollem Ton fügte sie hinzu, daß die Sache vielleicht anders aussähe, wenn er sich dazu durchringen könnte, zu ihr zu ziehen. Um sie von diesem Thema abzulenken, fragte er sie, ob sie der Polizei erzählt habe, was bei dem Abendessen zwischen Mico und Karen vorgefallen sei.

»Nein, das habe ich nicht. Der arme Mann ist mit seiner Frau schon genug gestraft. Aber ich bin mir sicher, daß sich jemand finden wird, der es ihnen erzählt. Wahrscheinlich Thomas.« Dann schon eher Tim, dachte er. Sie wartete. Als er ihr keine Antwort gab, fuhr sie fort: »Ich kann mir sowieso nicht vorstellen, daß Mico etwas mit Karens Tod zu tun hat. Nadia hatte viel mehr Grund, sie zu töten. Aber sie kommt als Möwe wohl kaum in Frage.«

»Nein, Nadia kann ich mir als Möwe auch nicht vorstellen.«

Nachdem er sich von ihr verabschiedet hatte, stand er einen Augenblick reglos da und versuchte sich zu zwingen, ruhiger zu werden, aber die dunklen Gedanken, die sich in ihm regten, waren stärker als sein Wille. Er begann das erste Zittern einer Verzweiflung zu spüren, von der er wußte, daß sie tödlich sein konnte. Er durfte jetzt nicht in Panik geraten.

Bevor er aufbrach, ließ ihn derselbe Instinkt, der ihm geraten hatte, Estelles Bitte zu erfüllen, neben seiner Kamera noch zwei weitere Gegenstände herbeiholen. Die Kamera würde er im Auto lassen, aber die zwei anderen Dinge schob er in seine Jackentasche. Als er ins Freie trat, stellte er erschrocken fest, daß dichter Nebel über dem Ort lag. Er hatte das Prasseln des Regens zwar auf dem Dach gehört, aber später, nachdem es aufgehört hatte, keinen Gedanken mehr an das Wetter verschwendet. Seine anfängliche Besorgnis schwand jedoch, als er sich sagte, daß der Nebel, wenn überhaupt, für seine Pläne eher nützlich als hinderlich sein würde.

Vorsichtig lenkte er das Auto den knappen Kilometer bis zu Estelles Haus. Als er näher kam, sah er den Paketdienst gerade wegfahren. Seine Schlußlichter waren im Nebel bald nicht mehr auszumachen. Die hohe Hecke und die überhängenden Äste der Bäume und Sträucher sorgten dafür, daß das Haus von der Straße aus nicht einsehbar war, und verwandelten die Auffahrt in einen Tunnel. Durch den Nebel wirkte das Haus noch abgeschiedener als sonst. Kein Wunder, daß Estelle sich nachts fürchtete.

Estelle hatte wohl seinen Wagen gehört oder gesehen, denn sie wartete bereits an der Küchentür auf ihn. Sie schwenkte einen großen, wattierten Umschlag, während er über den Kiesweg auf sie zuging. »Was für ein perfektes Timing! Gerade ist das Päckchen angekommen.«

Die Deckenbeleuchtung in der Küche war so grell, daß seine

Augen davon schmerzten. Auf der Küchentheke standen mehrere zellophanbedeckte Tabletts mit verschiedenen Vorspeisen: kleine Lachsstückchen auf Blätterteig, gefüllte Pilze, Früchtekebabs und Petits fours. Auf anderen Tabletts waren blankpolierte Gläser aufgereiht, und durch die offene Tür der Speisekammer konnte er Weinflaschen und Mineralwasser sehen. Er spürte die ersten Anzeichen von Kopfschmerzen, und der Geruch des Essens verursachte ihm Übelkeit.

Der Partyservice und Mrs. Pargeter seien bereits wieder weg, erklärte ihm Estelle. »Mrs. P. hatte natürlich nur Karens Ermordung im Kopf. Es hat ihr ein geradezu makaberes Vergnügen bereitet, darüber zu sprechen. Schließlich konnte ich es nicht mehr ertragen und habe sie heimgeschickt. Du weißt, daß ich Karen nie besonders gemocht habe, aber auf diese Weise ums Leben zu kommen... Das würde ich nicht einmal meiner schlimmsten Feindin wünschen. Ich komme fast um vor Angst, seit ich davon erfahren habe. Und dazu noch dieser Nebel... Gott sei Dank war ich mit den Vorbereitungen für die Party beschäftigt.« Während sie ihn ins Wohnzimmer hinüberführte, sprach sie ununterbrochen davon, wie entsetzlich sie Karens Tod finde. Dabei wirkte sie auf ihn eher aufgeregt als entsetzt.

Sie nahmen nebeneinander auf dem Sofa Platz. Die goldenen Armreifen an ihren Gelenken klirrten laut, während ihre Hände sich abmühten, das Klebeband von Kitaens Päckchen zu entfernen. Malzer ließ seinen Blick durch das Zimmer schweifen. Einmal mehr wurde ihm bewußt, wie sehr er es verabscheute. Es war das Zimmer einer Frau, dachte er, einer Frau wie Estelle: überladen, ungemütlich, mit viel zu viel oberflächlichem Glamour. Was er am meisten haßte, war cremefarbener Chintz, sowohl das glitschige Gefühl, wenn man den Stoff anfaßte, als auch seine bläßliche Farbe. In seiner Kindheit hatte es ein verbotenes Zimmer gegeben, dessen Möbel mit eben diesem Stoff bezogen waren. Obwohl es ihm strengstens verboten war, sie auch nur anzufassen, hatte er die Unterseiten der Kissen heimlich mit Himbeermarmelade von seinem Brot beschmiert, bis die Untat eines Tages entdeckt und von der Frau bestraft wurde, die vorgab, seine Mutter zu sein.

Estelle ließ sich mit einem entnervten Ausruf zurücksinken. »Ich bekomme es nicht auf. Ich bin viel zu nervös.« Als Beweis streckte sie ihm ihre zitternde Hand entgegen.

»Laß mich das machen.« Er nahm ihr den Umschlag aus der Hand, riß fachmännisch das Klebeband ab und gab ihn ihr zurück. Das Vergnügen, den Inhalt selbst auszupacken, wollte sie sich bestimmt nicht nehmen lassen.

Wie üblich machte sie eine Staatsaffäre daraus. Erst öffnete sie den Umschlag und spähte fast verschämt hinein. Dann warf sie einen ängstlichen Blick in seine Richtung, um schließlich ganz langsam den kleinen Stapel Zeichnungen herauszuziehen. Lieber Himmel, hätte er am liebsten gesagt, mach doch endlich weiter. Aber bevor sie sich gestattete, einen Blick auf die Zeichnungen zu werfen, streckte sie den Arm aus und drückte seine Hand. »Ich bin so froh, daß du hier bist, John. Ohne dich hätte ich nicht den Mut dazu gehabt.«

Die ersten Blätter waren rein handwerkliche Übungen, qualitativ recht unterschiedlich ausgefallene Studien einer teils nackten, teils bekleideten Barbara. Estelle hielt sich jede Zeichnung ganz nah vors Gesicht. Natürlich konnte sie sich in seiner Gegenwart nicht dazu durchringen, ihre Brille aufzusetzen. Sie kommentierte die Blätter mit begeisterten Ausrufen und berührte sanft das Papier, als wäre es die Haut ihrer Tochter. Malzer mußte sich zwingen, die Zeichnungen anzusehen und die von ihm erwarteten bewundernden Worte zu sagen, während sich in seinem Kopf langsam ein Sturm aus Schmerz zusammenbraute, bis das Blut mit solcher Macht gegen seine Schläfen pochte, daß er das Gefühl hatte, Knochen und Fleisch würden jeden Augenblick zerbersten.

Estelle legte eine Zeichnung beiseite, um sich die nächste anzusehen, als ihre Hand plötzlich mitten in der Bewegung erstarrte. Er spürte, wie sie neben ihm ganz steif wurde, hörte sie nach Luft schnappen. Und als er seinerseits einen Blick auf die Zeichnung auf ihrem Schoß warf, war ihm klar, warum es eine weise Entscheidung gewesen war herzukommen. Das überschüssige Blut strömte aus seinem Gehirn und ließ eine kristallene Klarheit zurück. Plötzlich wußte er genau, was er zu tun hatte.

Auf dem Papier war eine Reihe kleiner Skizzen von männlichen und weiblichen Köpfen zu sehen, fünf oder sechs an der Zahl, jeweils aus verschiedenen Perspektiven gezeichnet. Einer dieser Köpfe gehörte Barbara. Sie war im Halbprofil zu sehen. Ein anderer, von vorn gezeichneter Kopf gehörte einem jungen Mann mit langem, wirrem Haar, hängenden Augen und einer schweren, vorstehenden Unterlippe. Ihm selbst.

Estelle hob das Blatt hoch und starrte es an. Dann drehte sie sich langsam zu Malzer um. »Das bist du«, sagte sie verwundert. Während sie wieder auf das Bild hinunterstarrte, wuchs die Verwirrung auf ihrem Gesicht. »Aber wie –? Du hast doch gesagt, daß du sie nicht gekannt hast.«

»Nein, das habe ich nie behauptet. Du hast es einfach vorausgesetzt.«

Klirrend glitten die Armreifen an ihrem Arm hinunter, als sie sich mit einer Hand an den Hals faßte und zitternd an ihrer Haut herumzupfte. »Ich verstehe das nicht. Woher hast du sie gekannt? Und wann?«

Er spielte mit dem Gedanken, sie wieder anzulügen, einfach zu behaupten, es müsse sich um einen Zufall handeln, der Künstler müsse ihn irgendwo gesehen haben, in der U-Bahn oder im Bus, und sein Gesicht aus dem Gedächtnis gezeichnet haben. Aber dazu fehlte ihm die Energie. Außerdem wollte er ihr endlich sagen, was er tatsächlich empfand.

»Ich habe auch in Quarles studiert«, sagte er. »Dort haben wir uns kennengelernt, Barbara und ich. Wir haben uns ein Zimmer geteilt. Oh, wir waren kein Liebespaar, zwischen uns lief überhaupt nichts. Wir wußten beide, daß Sex alles verderben konnte. Aber ich habe sie geliebt. Sie war auf eine Weise wichtig für mich, die du auch nicht annähernd verstehen würdest.« Die Geschichten, die sie ihm spät nachts zugeflüstert hatte, darüber, wie ihr Vater sie mißbraucht hatte, waren für ihn wie eine Droge gewesen; er hatte jede einzelne davon genossen. Manchmal hatte er sich allerdings gefragt, ob sie sie seinetwegen nicht ein bißchen aufgepeppt hatte, weil sie sah, welches Vergnügen sie ihm bereiteten. Damals hatte sie ihn ebenfalls gebraucht. »Wir waren füreinander da. Und sie machte Fortschritte, es ging ihr wirklich immer besser. Bis Finn sie zerstörte.«

Sie starrte ihn entsetzt an. »Finn? Wie meinst du das?«

»So, wie ich es gesagt habe. Wenn er nicht mit ihr geschlafen hätte, wäre sie nicht gestorben. Er hat ihr die Bestätigung für das geliefert, was sie schon wußte. Daß Sex bloß bedeutet, daß ein starker Mensch einen schwächeren benutzt, um seinen Spaß mit ihm zu haben. Daß Sex etwas Häßliches ist und die Macht immer auf einer Seite liegt... Finn hat mit ihr nicht Liebe gemacht, er hat sie einfach bloß gevögelt.«

»Nicht!« rief Estelle mit verzerrtem Gesicht. Sie hatte die Hände hochgerissen, als wollte sie seine Worte abwehren. »Erzähl mir nichts mehr. Ich will es nicht wissen.«

Aber er war entschlossen, ihr nichts zu ersparen. Endlich würde sie die Wahrheit hören und verstehen. Er würde über sie Gericht halten, dachte er, und nicht davor zurückschrecken, wie es so viele taten, alle diese Feiglinge, die einfach in die andere Richtung sahen und zuließen, daß böse Menschen Erfolg hatten und die schwachen verletzten. Er würde sie bestrafen. »Finn hat sie nur verführt, um mit ihr seinen Spaß zu haben. Wenn er sich die Mühe gemacht hätte, sie besser kennenzulernen, hätte er bemerkt, wie verletzlich sie war. Aber ihm ging es nie um sie. Nur um das, was er wollte. Er war genau wie ihr Vater.«

Estelle saß wie erstarrt da. Die Hand, mit der sie die Zeichnung hielt, öffnete und schloß sich krampfhaft. In dem sonst so stillen Raum klang das Knittern des Papiers wie das Knistern einer Flamme. Ihre Augen waren weit aufgerissen, und sie starrte ihn an wie ein hypnotisiertes Kaninchen.

Erbarmungslos sprach er weiter. »Sie hat mir erzählt, daß du kein einziges Mal eingeschritten bist, sie nie vor ihm beschützt hast. Du hast ihn einfach tun lassen, was er wollte. Du bist in dein Schlafzimmer gegangen und hast die Tür hinter dir –«

»Ich habe es doch nicht gewußt«, stöhnte sie. »Ich habe nicht gedacht –«

»Nein, du hast nicht gedacht. Und wenn, dann nur an dich selbst.«

»Aber sie war mir nicht egal«, widersprach sie in flehendem Ton. Inzwischen liefen ihr die Tränen übers Gesicht, und sie hob die Hände an die Wangen, um sie wegzuwischen.

»Zu spät«, erklärte er kühl. »Du hast erst geweint, als sie beerdigt wurde. Genau wie jetzt. Solche Tränen nützen nichts.«

Sie ließ die Hände sinken und blickte zu ihm auf. »Du warst nicht auf ihrer Beerdigung.«

»Natürlich nicht. Warum hätte ich mir einen Haufen Lügen anhören sollen? Ich habe auf meine eigene Weise um Barbara getrauert.«

Schaudernd sah sie auf die Zeichnung auf ihrem Schoß hinunter. Plötzlich zuckte sie zusammen, hob wieder den Kopf. »Das Photo –«

»War eines, das ich von ihr gemacht habe, als wir zusammen waren. Du wolltest mehr darin sehen, als es war. Ich habe deinem Wunsch entsprochen. Mit ein paar Tricks, die jeder einigermaßen beschlagene Photograph hätte anwenden können.« Stolz beschrieb er die winzige Innenlinse, mit der er seine

Kamera ausgerüstet hatte, bis er merkte, daß sie ihm gar nicht zuhörte. Sie hörte nie zu.

»Wie konntest du mir das bloß antun?« Ein Aufschrei, der tief aus ihrem eigenen Egoismus kam, dachte er.

»Vielleicht wollte ich dich einfach nur glücklich machen, Estelle.«

Er sah, wie gern sie das geglaubt hätte, sah, wie ihre Eitelkeit mit ihrer Überzeugung rang, daß er log. Schließlich schüttelte sie den Kopf, knüllte die Zeichnung mit einer heftigen Bewegung zusammen und warf damit nach ihm.

»Du meinst, du wolltest mein Geld! Glaub mir, ich werde dafür sorgen, daß du jeden Penny davon mit Zins und Zinseszins zurückbezahlst. Meine Anwälte wissen bestimmt, wie man so etwas regelt. Und wenn du glaubst, daß ich Finn weiterhin Barbaras Photo überlasse, hast du dich getäuscht. Ich fahre auf der Stelle hinunter und hole es.«

Er hob die zusammengeknüllte Zeichnung auf und strich sie wieder glatt. Langsam schüttelte er den Kopf. »Nein, ich kann nicht zulassen, daß du das tust. Diese Ausstellung ist mir zu wichtig.« Dann lächelte er, und vielleicht lag es an diesem Lächeln oder an seiner Stimme, die so kühl und sanft klang, daß ihr Gesicht plötzlich angsterfüllt aussah. »Du redest, als hätte ich ein Verbrechen begangen, wo ich dir in Wirklichkeit doch nichts als Glück gegeben habe. Finn ist derjenige, der dir geschadet hat. Nach allem, was ich dir erzählt habe, solltest du dich eigentlich über die Zerstörung seiner Arbeit freuen.«

Er sah, wie erschüttert sie war. Sie versuchte krampfhaft zu schlucken, und als sie schließlich wieder etwas herausbrachte, klangen ihre Worte dünn und ängstlich. »Zerstörung? Wie meinst du das? Was hast du vor?«

»Ich könnte Finn bestrafen. Dank seiner Arroganz ist das ziemlich einfach. Er bildet sich ein, ein großer Künstler zu sein, möchte, daß seine Photos einzigartig sind, wie ein Gemälde oder eine Statue. Das macht ihn ebenfalls verletzlich. Verstehst du das denn nicht? Ein Feuer in der Galerie heute abend wäre verheerend für ihn. Alles, wofür er gearbeitet hat, würde in Flammen aufgehen!«

Ihr Gesicht war zu einer ungläubigen Maske erstarrt. »Das meinst du doch nicht ernst?« unterbrach sie ihn. »Das ist eine Art Phantasie von dir, etwas, das du gern tun würdest!«

»Vielleicht. Aber es wäre eine angemessene Rache, meinst du nicht?«

»Rache?« Das Wort schien ihr angst zu machen. Er konnte sehen, wie sie sich verzweifelt zwang, ruhig zu bleiben. »Hör zu, John«, sagte sie schließlich in flehendem Ton. »Rache zu nehmen ist Wahnsinn –« Sie hielt abrupt inne, weil ihr das Wort im Halse steckengeblieben war. Dann fuhr sie rasch fort: »Wenn du Angst hast, daß ich es jemandem erzählen oder zur Polizei gehen könnte – da brauchst du keine Bedenken zu haben. Das mit meinen Anwälten war nur so im Zorn dahingesagt. Aber ich bin gar nicht wirklich wütend auf dich, wirklich nicht. Ich verstehe, daß Barbara dir viel bedeutet hat. Das ist mir inzwischen klargeworden. Außerdem«, fügte sie mit einem nervösen Lachen hinzu, »glaubst du, ich möchte, daß die Leute erfahren, wie leichtgläubig ich war?«

Er sah sie mit seinem gewinnendsten Kleinjungenblick an. »Du meinst, du könntest mir vergeben, Estelle? Das würde mich sehr glücklich machen.«

»Natürlich, natürlich.« Die Erleichterung ließ ihre Stimme töricht klingen. Sie streckte die Hand aus, als wollte sie sein Knie tätscheln, zog sie aber gleich wieder zurück. »Schließlich hast du das alles nur getan, weil du ... Barbara geliebt hast.«

»Und Finn? Wirst du dem auch verzeihen? Findest du nicht, daß er bestraft werden sollte?«

Sie starrte ihn hilflos an, als versuchte sie herauszufinden, welche Antwort er von ihr hören wollte. »Doch, natürlich. Aber vielleicht nicht so... so brutal. Warum warten wir nicht noch ein wenig, reden noch einmal darüber? Zusammen wird uns bestimmt etwas einfallen, da bin ich mir sicher.«

Er tat, als würde er über ihren Vorschlag nachdenken. »Ich nehme an, meine Idee ist tatsächlich ein bißchen extrem. Vielleicht hast du recht. Vielleicht wäre es die beste Strafe für ihn, wenn du ihm Barbaras Photo heute abend vor aller Augen wegnehmen würdest. Laß die Welt wissen, was für ein herzloser Bastard er ist.«

Sie wurde blaß, wahrscheinlich, weil sie sich die Szene bildlich vorstellte. »Nein, nein, ich habe es mir anders überlegt. Ich gehe nicht zu der Vernissage. Ich will ihn nicht wiedersehen.« Und dich auch nicht, schwang in ihrer Stimme mit. »Mach du es. Nimm das Photo für mich von der Wand und schick es mir nach. Ich verlasse Trebartha. Ich gehe wieder nach London.«

»Was, heute abend?«

Sie leckte sich über die Lippen. Ihr orangefarbener Lippenstift wirkte trocken und brüchig. »Ja, ich reise noch heute abend ab. Das ist wohl das beste.«

»Was ist mit der Party?«

»Die sage ich ab.« Ihr Blick wirkte fiebrig. Sie sah sich im Raum um, als würden sich dort bereits die erwarteten Gäste drängen, denen sie eine Erklärung schuldete. »Sag ihnen... sag ihnen die Wahrheit: daß Karens Tod mir solche angst gemacht hat, daß ich nach London zurückgefahren bin.«

Genauso war es, wenn man einen Fisch an der Angel hatte, dachte er. Man mußte ruhig bleiben und den Fisch mit ganz sanften Bewegungen lenken, ohne die Beherrschung zu verlieren. Er mußte an die Kamera in seinem Wagen denken; gut, daß er sie mitgebracht hatte.

Laut sagte er: »Besser, du schickst eine Nachricht. Dann kannst du es Finn selbst mitteilen.« Während sie ihn mit starrem Blick beobachtete, ging er zum Schreibtisch hinüber und nahm einen Stift und ein Blatt Papier heraus. Er legte beides vor sie auf den Tisch.

Ihre Hände zitterten noch immer, als sie die Zeichnungen von ihrem Schoß nahm, auf den Tisch legte und sich dann vorbeugte, um die Nachricht zu schreiben. Als sie fertig war und aufstand, sah er, daß es ihre ganze Willenskraft erforderte, nicht Hals über Kopf aus dem Raum zu stürzen. »Ich glaube, ich gehe jetzt nach oben und packe«, erklärte sie.

Er war inzwischen auch aufgestanden und kaute auf seiner Unterlippe herum. »Sehr schön. Ich schätze, ich breche wohl besser auf. Ich habe noch einiges zu erledigen.« Er machte ein paar Schritte in Richtung Tür, als wolle er tatsächlich aufbrechen.

»Ja, ja, du mußt wirklich zurück in die Galerie.« Sie stieß die Worte keuchend aus, und er konnte die Mischung aus Angst und Erleichterung in ihren Augen sehen.

»Oh«, sagte er, »beinahe hätte ich es vergessen. Die Nachricht.« Er warf einen Blick zurück zum Tisch.

Noch während sie sich umdrehte, zog er das Lederband aus der Hosentasche. Die Armreifen an ihrem Handgelenk machten mehr Lärm als sie. Er war froh, als sie endlich verstummten.

Knappe fünfzehn Minuten später hatte er die letzten Photos gemacht. Angetan mit Gummihandschuhen, hüllte er Estelles Leiche in ihren Mantel und hob sie hoch. Sie war im Tod genauso schwierig, wie sie es im Leben gewesen war, genauso unnachgiebig. Statt an seiner Brust zu ruhen, wie er eigentlich sollte, fiel ihr Kopf immer wieder nach hinten. Nachdem er sich vergeblich abgemüht hatte, die Küchentür zu öffnen, wurde er vorübergehend von einer seltsamen Erschöpfung übermannt. Schwitzend setzte er sich einen Moment lang auf einen der Küchenstühle, die Leiche im Arm. Estelles offene Augen starrten ihn vorwurfsvoll an.

»Du hast es verdient zu sterben«, sagte er zu ihr. »Du bist diejenige, die Barbara umgebracht hat, nicht ich. Du und Finn. Sie hätte niemals Drogen genommen, wenn du dich um sie gekümmert hättest, wie ich es getan habe.« Er hatte Barbara nur krank machen wollen, erklärte er, damit sie ihn wieder brauchen würde. Aber er hatte die Macht der Droge unterschätzt. »Es war nicht meine Schuld. Ich habe sie geliebt.«

Er sah, daß sie ihm noch immer nicht zuhörte.

Während er wieder aufstand, spielte er mit dem Gedanken, die Leiche zu den Klippen hinauszubringen. Aber dazu blieb ihm nicht genug Zeit. Außerdem bestand die Gefahr, daß ihn trotz des Nebels jemand sehen könnte. Das beste war, sie einfach nur in die Garage hinauszutragen. Die Nachricht verschaffte ihm ein wenig Zeit. Genug Zeit.

Er war kaum draußen, als er wieder ins Haus zurückgehen mußte, um die Außenbeleuchtung auszuschalten. Wieder draußen, stolperte er auf dem Kies der Auffahrt über eine unebene Stelle und wäre beinahe gestürzt. Estelles Kopf und ein Arm fielen nach hinten, und einen Moment lang schien sie ihn von unten anzulächeln wie eine Frau, die zu betrunken ist, um noch gehen zu können. Er begann wieder mit ihr zu reden, nicht laut, sondern in normalem Gesprächston. Er erzählte ihr in allen Einzelheiten, wie seine Pläne für den Abend aussahen, beschrieb ihr, wie er dafür gesorgt hatte, daß sich die Flammen schnell ausbreiten würden, beschrieb ihr den billigen, leicht entflammbaren Teppich, das defekte, absichtlich nicht reparierte Sprinklersystem und das alte Isoliermaterial in den Röhren, das er mit Reinigungsmittel getränkt hatte. Es war eine Wohltat, es endlich einmal jemandem zu erzählen.

Als er die Leiche hinter das Steuerrad des Wagens setzte, der in der Garage hinter dem Haus stand, redete er noch immer, inzwischen aber mehr mit sich selbst, um sich die einzelnen Schritte des Plans ins Gedächtnis zu rufen. Dann ging er noch einmal ins Haus, um ihren Koffer und ihre Tasche zu holen. Er hatte bereits ein paar Sachen zusammengepackt; schließlich sollte es so aussehen, als wäre sie für ein paar Tage verreist. Der Koffer kam in den Kofferraum des Wagens, die Tasche neben die Leiche auf den Beifahrersitz. Nachdem er das Garagentor geschlossen hatte, lehnte er sich ein paar Augenblicke dagegen, weil ihm vor Erschöpfung ganz schwindlig war.

Wieder im Haus, schob er alle Zeichnungen bis auf eine in den Umschlag zurück, den er anschließend zu den anderen Papieren auf den Schreibtisch legte. Sorgfältig wischte er seine Fingerabdrücke ab. Die Studie der Männer- und Frauenköpfe schob er in seine Tasche. Er würde sie später zusammen mit seinen Kleidern verbrennen. Dann nahm er den Telefonhörer ab und wählte die Nummer der Galerie. Er wartete, bis sich der Anrufbeantworter einschaltete, und ließ etwa eine Minute vergehen, ehe er wieder auflegte. British Telecom würde seine Aussage bestätigen, daß Estelle ihn um – er warf einen Blick auf seine Uhr – kurz vor halb sechs angerufen habe, um ihm mitzuteilen, daß sie unverzüglich nach London zurückfahren werde.

Mehr konnte er nicht tun. Zumindest würde ihm das die Zeit verschaffen, die er brauchte, um alles Nötige zu erledigen. Aus der Galerie in London würde nichts werden, das war ihm inzwischen klar. Aber es bestand durchaus Hoffnung, daß er bei sorgfältiger Planung anderswo einen ähnlichen Erfolg erzielen würde. Natürlich unter einem neuen Namen.

Bevor er aufbrach, sah er sich noch einmal um, um sicherzugehen, daß er nichts vergessen hatte. Dann schloß er die Tür hinter sich ab, ging zu seinem Wagen hinaus und fuhr langsam davon. Er entschied sich für die längere, umständlichere Route zurück zur Galerie, um zu verhindern, daß ihn jemand sah. Erst als er ein gutes Stück vom Haus entfernt war, schaltete er die Scheinwerfer ein.

31

Thomas schauderte. Das graue Licht des Nebels, das durch die Reispapierjalousien hereindrang, verlieh seinem Arbeitszimmer etwas winterlich Eisiges. Der Raum kam ihm tatsächlich kalt vor, kälter, als er ihn aus Gründen der Konservierung ohnehin schon hielt. Vielleicht, überlegte er, lag es einfach daran, daß die Ermordung eines Menschen, den man gekannt hatte, immer etwas Eisiges hatte, egal, ob man den Toten gemocht hatte oder nicht. Karens Tod bereitete ihm keinen großen Kummer, aber er befreite ihn auch nicht von den Spannungen, mit denen sie so gekonnt gespielt hatte. Die Bedrohung, die sie verkörpert hatte, hing weiterhin über ihm, auch wenn sie jetzt keine so konkrete Gestalt mehr hatte.

Er ging von einem Photo zum nächsten und starrte jedes an, als könnte es ihm sagen, warum er solche Angst hatte. Aber diesmal ließ ihn seine Sammlung im Stich. Zumindest eine Bedrohung war vorübergehend von ihm genommen. Finn hatte sich Gott sei Dank bereit erklärt, ihm Zeit zu lassen, das Geld zurückzuzahlen, das er von den Konten abgezogen hatte. Natürlich hatte Finn es hauptsächlich ihm, Thomas zu verdanken, daß er es sich leisten konnte, großzügig zu sein, denn dank seiner Hilfe war er finanziell ausreichend abgesichert.

Im Moment bereiteten Thomas andere, akutere Probleme Kopfzerbrechen. Er hatte für den Zeitpunkt von Karens Ermordung kein Alibi, auch wenn er der Polizei gegenüber behauptet hatte, zu Hause gewesen zu sein. Eigentlich hatte er vorgehabt, ins Bett zu gehen, aber dann hatte er plötzlich den – zugegebenermaßen törichen – Zwang verspürt, mit John zu reden, bei ihm so etwas wie Trost zu finden. Da er John telefonisch nicht erreichen konnte, war er zur Chapel Gallery hinübergegangen. Entweder John hatte so tief geschlafen, daß er Thomas' wiederholtes Klopfen nicht gehört hatte, oder – und das war der wahre Grund für sein Unbehagen – John war nicht zu Hause gewesen. Aus dem Bedürfnis heraus, seinen Verdacht zu bestätigen, hatte Thomas sofort, nachdem er wieder zu Hause gewesen war, bei Estelle angerufen, aber sie war auch nicht ans Telefon gegangen. Dafür konnte es nur einen einzigen Grund geben.

Sie mußte John unter dem Vorwand, sich vor der Möwe zu fürchten, überredet haben, noch einmal zu ihr zu kommen, und dann, als er bei ihr war, andere Druckmittel angewendet haben. Estelle war unersättlich, wenn es um ihre Bedürfnisse und Forderungen ging. Thomas wollte sich gar nicht im einzelnen vorstellen, welche Form diese Forderungen angenommen haben könnten. Aber er mußte unbedingt wissen, ob John bei ihr gewesen war.

Er überlegte, ob er sie jetzt noch einmal anrufen und nach dem gestrigen Abend fragen sollte, verwarf die Idee aber gleich wieder. Womöglich würde sie sich weigern, über das Thema zu sprechen, oder ihm nicht gestatten vorbeizukommen, um mit ihr darüber zu reden. Es war besser, einfach bei ihr zu erscheinen, und ihr keine Chance zu geben, ihn abzuwimmeln. Er würde an ihrem Gesicht sehen, ob sie ihn anlog, denn Estelle war keine gute Lügnerin.

Da sein Wagen noch in der Werkstatt war, würde er zu Fuß gehen müssen. Aber bei so dichtem Nebel war das sowieso fast sicherer als zu fahren, und vielleicht würden die Bewegung und die frische Luft sogar dafür sorgen, daß er wieder einen klaren Kopf bekam. Im Moment spürte er einen dumpfen Druck hinter den Augen, als wäre der Nebel bis in seinen Schädel gedrungen.

Er zog seinen Tweedmantel mit passender Kappe an, stellte den Kragen auf und trat dann in eine farb- und konturlose Welt hinaus. Die Nachbarhäuser, wie seines ein Stück von der Straße zurückversetzt, waren hinter ihren Hecken oder Mauern nur schemenhaft zu erkennen. Der Ort selbst, der etwas tiefer lag, war völlig unter der fetten grauen Wolke verschwunden, die auf ihm lastete. Wie ein geschwollener Schwamm schien der Nebel Wasser aus dem Meer aufgesogen zu haben und die überschüssige Feuchtigkeit nun Tropfen für Tropfen an die verborgene Landschaft abzugeben.

Thomas zog sich seine Kappe noch tiefer in die Stirn und knöpfte seinen Mantel bis zum Hals zu. Schließlich wollte er sich keine Erkältung holen. Während er ganz am Rand der Straße dahinmarschierte – einen Gehsteig gab es nicht –, achtete er ständig auf die Motorengeräusche näher kommender Wagen. Hier auf der Landstraße oberhalb der Stadt herrschte wenig Verkehr, aber die zwei Wagen, die langsam vorbeifuhren, warfen mit ihren Scheinwerfern nur einen matten Lichtkegel auf die Nebelwand. Einmal betätigte ein Junge auf einem Fahrrad seine Klingel so knapp hinter Thomas, daß er vor Schreck einen Satz zur Seite machte und im Straßengraben landete, während der Junge im Vorüberradeln über seinen empörten Aufschrei lachte.

»So ein frecher Lümmel«, meinte ein Mann, der gerade mit seinem Hund vorbeikam, voller Mitgefühl. »Aber Sie sollten wirklich aufpassen. Mit Ihrem Mantel sind Sie schlecht zu sehen.« Er selbst trug einen knallgelben Anorak.

Der Mann hatte recht, dachte Thomas, während er in dem langen Gras am Rand des Straßengrabens den Schlamm von seinen Schuhen wischte. Er hätte tatsächlich etwas anziehen sollen, das besser zu sehen war als grauer Tweed. Aber nun war es nicht mehr weit bis zu Estelles Haus. Während er weiterhastete, fluchte er über den Jungen, denn seine Schuhe waren im Straßengraben nicht nur schmutzig, sondern auch naß geworden. Außerdem verfluchte er den inneren Drang, der ihn gezwungen hatte, diesen abendlichen Ausflug zu unternehmen, der sich leicht als sinnloses Unterfangen erweisen konnte.

Nachdem er ein paar Minuten schnell marschiert war, erreichte er Estelles Haus, das hinter seiner hohen Hecke von der

Straße aus nicht zu sehen war. Als er in die Auffahrt einbog, blieb er einen Moment stehen, um das dichte Laub der Büsche beiseite zu schieben, das die Auffahrt vom Haus abschirmte. Ein schwaches Licht drang aus dem Wohnzimmerfenster. Aber seine Erleichterung schlug in Besorgnis um, als es plötzlich verlöschte. Brach sie schon auf? Er mußte sie unbedingt erwischen, bevor sie in ihr Auto stieg; es war wichtig, daß er mit ihr sprach.

Als er die Äste wieder zurückschnellen ließ, fegte ihm ein vorwitziger Zweig eines wilden Rosenstrauchs übers Gesicht und riß ihm die Brille herunter. Er sah auf den Boden, konnte sie aber in dem dichten Gestrüpp zu seinen Füßen nicht entdecken. Als er sich hinkniete und mit den Händen nach ihr tastete, fand er sie schließlich in einer Mulde unter dem Rosenstrauch. Die Gläser waren verschmiert und seine Hände von den dornigen Sträuchern zerkratzt. Während er im Aufstehen nach seinem Taschentuch suchte, hörte er an der Hinterseite des Hauses eine Tür aufgehen. Verdammt, dachte er, sie geht schon.

Hastig versuchte er die Brillengläser sauberzuwischen. Währenddessen starrte er mit zusammengekniffenen Augen zum Hintereingang des Hauses hinüber, der von der Außenbeleuchtung schwach erhellt war, und stellte fest, daß dort ein Auto parkte. Im selben Moment kam ein Mann aus dem Haus, der einen großen Gegenstand auf den Armen trug. Als Thomas seine Brille wieder auf die Nase schob, sah er, daß es sich bei dem Mann um John handelte und daß es sein Wagen war.

Dann traf es ihn wie ein Blitz: Die Last in Johns Armen war keine andere als Estelle. Ihr blondes Haar ruhte an seiner Brust.

Durch diese Erkenntnis wie gelähmt, konnte er nur durch seine verschmierten Gläser starren, unfähig, sich von der Stelle zu rühren oder ein Wort herauszubringen. Er hatte das Gefühl, als hätte sein unvorstellbarer Verdacht plötzlich Gestalt angenommen, um ihn mit seiner eigenen Dummheit zu konfrontieren. Den starren Blick weiterhin auf John gerichtet, sah er, wie dieser unvermittelt stehenblieb, umkehrte und ins Haus zurückging.

Thomas war vor Eifersucht und Wut ganz übel. Am liebsten hätte er seinem Zorn freien Lauf gelassen und John und Estelle zur Rede gestellt. Aber seine innere Stimme riet ihm zur Vorsicht. Erst beobachten, dann handeln, sagte diese Stimme. Leise schlich er sich näher an die Hintertür heran.

Nach wenigen Augenblicken erlosch die Außenbeleuchtung und John kam wieder heraus. Er hatte noch immer Estelle auf den Armen. Versteckt hinter den Zweigen eines großen Rhododendronstrauchs, der etwa fünf Meter neben der Tür an der Hauswand wuchs, beobachtete Thomas, wie er langsam die Treppe hinunterging. John hatte den Blick auf den Boden gerichtet und wirkte sehr konzentriert. Estelles linker Arm hing schlaff herunter und schwang bei jedem Schritt, den John machte, leicht mit. Thomas fiel auf, daß das Paar seltsam schweigsam war. Estelle sah aus, als würde sie schlafen oder als wäre sie ohnmächtig. Ihr Körper schien durchzuhängen wie... Noch ehe er den Gedanken zu Ende denken konnte, fiel Estelles Kopf zurück, und er sah ihr leichenblasses Gesicht, dessen schlaffer Mund zu einem lautlosen Schrei aufgerissen war. Ihre hervorquellenden Augen starrten ihn von unten herauf an. Es war das Gesicht des Todes, realer als jedes Photo.

Thomas' erster Gedanke war: John muß sie die ganze Zeit über gehaßt haben. Eine verschämte Welle des Triumphes lief durch seinen Körper, mußte aber sofort einer zweiten Welle der Übelkeit weichen, während er wie angewurzelt dastand und zusah, wie John an seinem Wagen vorbeiging und quer über den Rasen auf Estelles Garage zusteuerte. Zu seinem Erstaunen hörte er, wie John mit Estelle zu reden begann, auch wenn er die Worte selbst nicht verstehen konnte. Einen verwirrten Moment lang glaubte er, sich geirrt zu haben. Offenbar war sie doch nicht tot. Er wußte nicht, ob das Gefühl, das er in dem Moment empfand, Erleichterung oder Bedauern war.

Aber als John Estelles Körper auf seine Schultern hievte, um die Garagentür öffnen zu können, war Thomas endgültig klar, daß sie tot war. Dieses Wissen erschreckte ihn.

Sobald das groteske Paar in die Garage verschwunden war, verließ ihn das alptraumhafte Gefühl von Ohnmacht, das ihn so lange gelähmt hatte. Seinen Würgereiz unterdrückend, drehte er sich um und stolperte davon. Nach ein paar Schritten begann er wie wild zu rennen, ohne sich noch einmal umzusehen. Am Ende von Estelles Auffahrt flog ihm die Kappe vom Kopf, aber er ließ sie einfach liegen. Das Chaos seiner Gedanken wurde von einem verzweifelten Entschluß beherrscht: Er mußte diese Photos zerstören, jedes einzelne verbrennen, und seine ganze Sammlung verkaufen. Alles loswerden. Erst dann konnte er darüber nachdenken, was er tun und wem er es erzählen sollte.

Das Blut pochte so heftig in seinem Kopf, daß er den Wagen, der hinter ihm um die Kurve bog, erst hörte, als er ihn fast schon erreicht hatte. Er blickte sich gerade noch rechtzeitig um, um ein verschwommenes gelbes Licht zu sehen, das ihm direkt ins Gesicht schien und dann alles auslöschte.

32

Dana wanderte rastlos durch das Labyrinth der Ausstellungsräume in der Chapel Gallery. Es war fast schon neun Uhr, Daniel hätte längst von der Polizei zurück sein müssen. Sie hatte jedes Photo von Finns Ausstellung mindestens zweimal gesehen und machte sich inzwischen viel zu große Sorgen, um auch nur so zu tun, als würde sie weiterhin die Bilder betrachten.

Sie trug das kurze blaue Kasackkleid von gestern abend und ertappte sich dabei, wie sie unruhig mit den kleinen Falten spielte. Um ihren Händen eine Beschäftigung zu geben, ließ sie sich von einem vorbeikommenden Kellner ein Glas Wein reichen. Sie wußte, daß sie eigentlich etwas essen sollte, aber war viel zu nervös, um einen Bissen hinunterzubringen. Der Wein steigerte diese Nervosität nur noch, während sie sich durch die Menge kämpfte und nach Daniel Ausschau hielt.

Ein mittelalterliches Paar, das sich laut miteinander unterhielt, schob sich an ihr vorbei. »Bei weitem die beste Ausstellung, die ich dieses Jahr gesehen habe«, sagte der Mann zu seiner Begleiterin.

Kommentare wie diese und die große Zahl von Besuchern, die gekommen waren, um Finn ihre Ehrerbietung zu erweisen, ließen keinen Zweifel daran, daß die Retrospektive ein enormer Erfolg war. Allerdings fragte sich Dana, ob Finn an seinem Triumph viel Freude hatte. Für sie war offensichtlich, daß er sich genauso große Sorgen um seinen Sohn machte wie sie und daß ihn dieselbe Frage beunruhigte: Warum behielt die Polizei Daniel so lange da?

Sie stellte ihr halbleeres Glas auf einen Tisch. In dem Bemühen, sich abzulenken, studierte sie die Gesichter der Leute, die die Photos oder einander betrachteten, und folgte dabei dem Verlauf der großen Heizröhre, die sich an der Decke von Raum zu Raum zog. Ein unheimlicher Anblick, dachte Dana. Als würde eine riesige, aufgedunsene Schlange an der Decke hängen.

Durch eine Lücke in der Menge sah sie Mico und Nadia Arm in Arm hereinkommen. Nadia wirkte an diesem Abend fast hübsch. Sie hatte ihr Haar ordentlich hochgesteckt und trug ein Kleid mit einem blaßgrünen Blattmuster, das ihrer Figur schmeichelte. Als Nadia Dana entdeckte, winkte sie sie zu sich herüber.

Dana und die Tatevics waren an diesem Abend mit Finn und Pascale in Finns Bentley zur Galerie gefahren. Unterwegs hatte niemand viel gesagt – die schlechten Sichtverhältnisse und Karens Ermordung nahmen sie zu sehr in Anspruch. Aber Dana spürte, daß Karens Tod die Tatevics irgendwie näher zusammengebracht hatte. Daß die Polizei Mico als Verdächtigen in Betracht ziehen könnte, schien Nadias Beschützerinstinkt geweckt zu haben. Sie wirkte viel ruhiger, vielleicht, weil ihre Ehe nicht länger durch Karen bedroht wurde. Und Mico schien etwas behutsamer mit Nadia umzugehen. Allerdings war seinem wie aus Stein gemeißelten Gesicht nicht anzusehen, was er über Karens Tod dachte.

»Wo ist Elvina?« fragte Dana, als sie zu dem Paar trat.

»Draußen bei ihrem Buch«, antwortete Mico. »Sie weigert sich, mit uns hereinzukommen. Jeder Versuch, sie zu überreden, ist zwecklos.« Er zuckte mit den Achseln und breitete dann in einer hilflosen Geste die Hände aus. »Sie kann sehr starrköpfig sein. Wie Sie ja selbst wissen.« Nachdem sie in der Galerie angekommen waren, hatte Elvina sich sofort auf eine Bank im Foyer gesetzt, ein Buch aus ihrem rosa Rucksack genommen und von diesem Moment an nichts und niemanden mehr beachtet. Dana hatte versucht, mit ihr zu reden. Sie hatte das hübsche Blumenkleid bewundert, das Elvina trug, und sich dann nach ihrer Puppe erkundigt, deren flachsblondes Haar aus dem offenen Rucksack herauslugte, aber Elvina hatte auf jeden ihrer Versuche nur mit einem wortlosen, entschuldigenden Lächeln oder einem hilflosen Schulterzucken reagiert.

»Sie meint das nicht böse«, fuhr Mico fort. »Wir haben ihr gesagt, daß sie mit Ihnen sprechen soll.«

Dana schüttelte voller Mitgefühl den Kopf. »Nicht, wenn es ihr so schwerfällt.«

Nadia murmelte ihrem Mann ein paar Worte zu. Dabei klang ihre Stimme so sanft, wie Dana es bei ihr noch nie gehört hatte. Als sie fertig war, verkündete Mico in ernstem Ton: »Meine Frau möchte, daß Sie wissen, daß Elvina Ihnen dankbar ist, auch wenn sie im Moment nicht spricht. Elvina hat uns gesagt, daß sie gerne etwas für Sie tun würde, um Ihnen ihre Dankbarkeit zu zeigen. Wir hoffen, Sie werden zu uns zum Abendessen kommen, wenn wir in London wohnen.«

Erstaunt antwortete Dana, sie habe gar nicht gewußt, daß sie nach London gingen.

»Finn hat das für uns arrangiert. Wir gehen, sobald Elvina ihr Schuljahr hier beendet hat. Nadia hofft, in London wieder Klavierunterricht geben zu können.«

Seine Frau nickte lächelnd, als hätte sie einen Teil seiner Worte verstanden. Wenn man bedachte, wie unglücklich sie noch vor vierundzwanzig Stunden gewirkt hatte, machte sie jetzt einen bemerkenswert fröhlichen Eindruck. Vielleicht bestand für die Ehe der Tatevics doch noch Hoffnung, dachte Dana. Allmählich hatte sie auch wegen Elvina ein etwas besseres Gefühl. Dana sagte zu Mico, daß sie sich auf das Essen freue. Zu dritt schlenderten sie nach nebenan in den Hauptausstellungsraum.

Während die Tatevics zu der kleinen Weinbar hinübergingen, die auf einer Seite des Raums aufgebaut worden war, fühlte Dana sich einmal mehr von dem beunruhigenden Photo angezogen, das Finn von Barbara Pinchot gemacht hatte. Sie empfand es als ein Zeichen von Finns Genialität, daß das Photo auf so erschütternde Weise jene besondere Mischung aus Narzißmus, Selbstzweifel, Arroganz und Zerbrechlichkeit zum Ausdruck brachte, die für manche jungen Frauen charakteristisch war. Als Pascale bemerkt hatte, wie fasziniert Dana von dem Photo war, hatte sie ihr erklärt, wer das Modell war und wie es gestorben war. Aber Dana hätte gar nicht zu wissen brauchen, daß Barbara eine Überdosis Drogen genommen hatte, und sie war auch nicht auf die Symbolik des kopflosen Schattens angewiesen, um zu sehen, daß die junge Frau auf dem Photo keine Gewinnerin war.

Andererseits, dachte Dana, konnte man sich nie so sicher sein, wer am Ende zu den Gewinnern oder auch nur zu den Überlebenden gehörte. Karen hatte so zäh und gerissen gewirkt, und doch war sie anscheinend mit einem Mörder nachts allein spazierengegangen, was bedeutete, daß ihr Mörder jemand gewesen sein mußte, den sie kannte, jemand, vor dem ihr Instinkt sie nicht gewarnt hatte. Um Elvinas willen hoffte Dana, daß sich dieser Jemand nicht als Mico entpuppen würde.

Finns dröhnendes Lachen übertönte das allgemeine Stimmengewirr. Bekleidet mit einer schwarzen Jeans, einer schwarz-grau gestreiften Jacke und einer blauen Krawatte, die genau die Farbe seiner Augen hatte, hielt er in der Mitte des Raums hof. Pascale stand neben ihm. Ein unbeteiligter Beobachter hätte aus seiner ausgelassenen Art wahrscheinlich geschlossen, daß er die Aufmerksamkeit, die ihm zuteil wurde, in vollen Zügen genoß, aber Dana sah, wie er den Arm nach Pascale ausstreckte, um sie näher an sich heranzuziehen, als müßte er sich ihrer beruhigenden Gegenwart versichern.

»Finn ist ganz in seinem Element«, sagte eine Stimme neben ihr.

Sie wandte den Kopf. John Malzer sah ebenfalls zu Finn hinüber. Er trug einen dunklen Anzug, der ihn erwachsener wirken ließ als sonst, und hatte einen kleinen Stapel Ausstellungskataloge in der Hand. Sie beglückwünschte ihn zu dem erfolgreichen Abend.

Er hob abwehrend die Hand, als hätte er Angst, solche Glückwünsche könnten Unglück bringen, und fuhr sich dann nervös durchs Haar. »Ich hoffe, er wird ruhiger enden, als er begonnen hat. Schade, daß so viele aus unserer gestrigen Runde heute abend fehlen. Sie haben nicht zufällig Thomas gesehen?«

»Noch nicht.« Sie fand es eigenartig, daß bisher weder Attery noch Estelle erschienen waren. Beide hatten sich doch so für die Ausstellung engagiert. Estelles kurze, rätselhafte Nachricht hatte Finn sehr verblüfft. Er hatte vergeblich versucht, sie anzurufen, um sie zu überreden, doch noch zu kommen. Inzwischen fragte sich Dana, ob Estelles plötzlicher Entschluß abzureisen vielleicht nicht nur mit ihrer Angst vor der Möwe, sondern auch mit dem Photo von Barbara zu tun hatte. Vielleicht hatte sie der Mord an einer jungen Frau – selbst einer, die sie offensichtlich nicht ausstehen konnte – zu schmerzvoll an den Tod ihrer Tochter erinnert. Vielleicht war es ihr leichtergefallen, einfach zu gehen, als an diesem Abend hierherzukommen, wo sie gezwungen gewesen wäre, diesen enthüllenden Bildern gegenüberzutreten.

»Es ist wirklich schwierig, in dieser Menschenmenge jemanden zu finden«, sagte John gerade. »Durch den Nebel haben sich die Leute jedenfalls nicht abschrecken lassen.«

»Durch Karens Ermordung offenbar auch nicht.«

Er bedachte sie mit einem scharfen, fast verächtlichen Blick. Dann sagte er mit einem sardonischen Lächeln: »Wenn Sie mich fragen, hat der Mord eher dazu beigetragen, die Leute aus ihren Häusern zu locken. Meinen Sie nicht auch?« Ohne ihre Antwort abzuwarten, setzte er sich in Bewegung, um ein Photo, das leicht schief hing, wieder ins Lot zu bringen.

Dana sagte sich, daß es bestimmt nicht einfach war, eine solche Ausstellung zu organisieren, mit einem so egozentrischen und launischen Menschen wie Finn zusammenzuarbeiten und dann auch noch mit unerwarteten Schwierigkeiten wie dichtem Nebel und einem Mordfall fertig zu werden. Vielleicht war John gereizt, weil soviel Verantwortung auf seinen Schultern lastete oder weil Estelle und Thomas ihn im letzten Augenblick im Stich gelassen hatten. Andererseits war John derjenige gewesen, der vorgeschlagen hatte, die im Anschluß an die Vernissage geplante Party nun, da Estelle nicht mehr da war, in den Pickled Herring zu verlegen. Nachdem Finn sein Einverständnis gegeben hatte, hatte John sich persönlich mit dem Pub in Verbindung gesetzt, um alles zu organisieren. Vielleicht ließen ihn solche Komplikationen ja erst richtig aufblühen.

Jedenfalls, dachte sie, während sie den Blick durch den überfüllten Raum schweifen ließ, schien er recht zu haben, was Karens Tod betraf. Die Kombination aus Nebel und Mord ließ die Leute mehr denn je nach Licht und Gesellschaft lechzen. Immer noch besser, hier im Warmen zu sein, umgeben von lachenden Menschen, und sich von Finns brillanten Photos ablenken zu lassen, als allein zu Hause zu sitzen und an die Möwe zu denken. Nach dem heiseren Lachen der lauten Gruppe neben ihr zu urteilen, die sich gerade in makaberen Spekulationen über die Möwe ergangen hatte, erhöhte solch ein Mordfall nur die Entschlossenheit mancher Leute, sich zu amüsieren.

Während Dana sich entfernte, spürte sie, wie ihr Unbehagen, was Elvina betraf, von neuem erwachte. Es mußte doch einen Weg geben, zu dem Kind durchzudringen, ihr irgendwie zu helfen. Fest entschlossen, es noch einmal zu versuchen, bahnte sie sich einen Weg zurück zum Eingang der Galerie.

Elvinas Bank war leer. Von ihrem Aussichtspunkt oben an der Rampe ließ Dana ihren Blick langsam über die vielen Menschen im Foyer schweifen, von denen einige bereits in Aufbruchsstimmung waren und sich in ihre Mäntel kämpften, aber Elvina war nicht unter ihnen. Irgendwie mußte sie sie übersehen haben.

Sie wollte gerade zurückgehen, als die Tür aufging und Daniel hereinkam. Der grimmige Ausdruck auf seinem Gesicht ließ ihre Erleichterung und Freude sofort in Besorgnis umschlagen und verdrängte alle Gedanken an Elvina. Seine Miene verhieß nichts Gutes. Während der wenigen Augenblicke, die sie brauchte, um ihn zu erreichen, hatte sie das Gefühl, als würde eine kalte Hand den Atem aus ihrer Lunge pressen

Als er sie entdeckte, hellte sich seine Miene auf, und er befreite sich aus der Gruppe von Leuten, die ihn aufgehalten hatte, um die Ausstellung zu loben. Ohne auf weitere Zurufe zu achten, nahm er Dana am Arm und zog sie in den kleinen

Bereich hinter der Empfangstheke, wo sie niemand hören konnte.

»Bist du in Ordnung?« fragte sie.

Irgend etwas in ihrer Stimme, ihre offensichtliche Angst, bewirkte, daß sich sein Gesicht erneut verdüsterte, diesmal vor Reue, als wäre ihm erst jetzt klargeworden, wie sehr sie sich um ihn sorgte. Er berührte ihre Wange. »Die Polizei weiß, daß ich nicht die Möwe bin«, erklärte er. Mit einem langen, erleichterten Seufzer strömte die Luft in ihren Körper zurück. Doch ehe sie etwas sagen konnte, fügte er schnell hinzu: »Sie glauben, daß es Thomas ist.«

Mit leiser Stimme erklärte er ihr, daß Attery am frühen Abend nicht weit von Estelles Haus von einem Auto überfahren worden sei. Er sei nicht bei Bewußtsein, und seine Überlebenschancen stünden schlecht. »Der Fahrer des Wagens sagt, Thomas sei wie ein Irrer mitten auf der Straße gerannt. Die Polizei hat seinen Hut in der Nähe von Estelles Auffahrt neben der Straße gefunden, und die Fußabdrücke in ihrer Auffahrt stammen ebenfalls von ihm. Aber das Schlimmste kommt erst noch, fürchte ich.« Er schwieg einen Moment und blickte sich um, um sicherzustellen, daß ihnen niemand zuhörte. Dann erzählte er ihr in düsterem Ton, daß die Polizei in der Garage Estelles Leiche gefunden habe. »Sie ist erdrosselt worden. Wie die anderen.«

Dana schlug die Hand vor den Mund. In ihr Entsetzen mischte sich ungeheures Mitleid mit Estelle, die solche Angst gehabt hatte, auf eben diese Weise zu sterben, und ein bestürztes, ungläubiges Erstaunen darüber, daß ein Mann, der bisher durch nichts Schlimmeres als seine Scharfzüngigkeit aufgefallen war, in der Lage gewesen sein sollte, einen Mord zu begehen.

»Ich muß es Finn und John sagen«, erklärte Daniel gerade. »Weißt du, wo sie sind?«

»Im großen Ausstellungsraum. Pascale ist auch dort.«

Sie begannen sich die Rampe hochzukämpfen, aber Daniel wurde von so vielen Leuten aufgehalten, die ihm sagen wollten, wie wundervoll die Retrospektive sei, daß sie nur ganz langsam vorankamen. Jedesmal, wenn es ihm gelang, einen abzuschütteln, streckte bereits der nächste den Arm nach ihm aus. Schließlich einigten sie sich darauf, daß Dana die anderen zu ihm bringen sollte.

Sie schaffte es, Pascale ein Zeichen zu geben, die daraufhin Finn von seinen Bewunderern loseiste. »Daniel geht es gut«, sagte Dana schnell, um die beiden zu beruhigen. Sie sah, wie Finns Gesicht sich entspannte. »Er ist unten im Foyer. Die Polizei weiß, daß er nicht die Möwe ist. Aber er muß mit euch reden. Und mit Ihnen auch, John«, fügte sie hinzu, als der andere Mann zu ihnen trat. Er sah sie mit einem seltsamen, fast angsterfüllten Blick an, und sie zuckte innerlich zusammen, weil sie wußte, was für ein Schlag ihm und Finn bevorstand.

Bevor John jedoch irgendwelche Fragen stellen konnte, scheuchte Finn sie eilig durch die Menge, während er alle, die versuchten, sie aufzuhalten, brüsk abwimmelte. Daniel wartete im Foyer auf sie. Vater und Sohn wechselten einen kurzen Blick, ein Eingeständnis ihrer gegenseitigen Erleichterung, ehe Daniel John fragte, ob sie sein Büro benutzen könnten.

»Ja, natürlich.« John faßte in seine Hosentasche, runzelte die Stirn und fügte hinzu: »Das heißt, wenn wir hineinkommen. Ich scheine meine Schlüssel verlegt zu haben.« Er ging voraus, um nachzusehen, ob die Tür, die in seinen privaten Bereich führte, abgeschlossen war. Als er feststellen mußte, daß sie sich öffnen ließ, wirkte er sehr bestürzt, sagte aber nichts, sondern ließ die anderen eintreten. Noch während Daniel hinter ihnen die Tür schloß, begann er seinen Schreibtisch abzusuchen. Hektisch durchwühlte er das Durcheinander aus Papieren und leeren Kaffeetassen.

»Entspann dich, John!« sagte Finn gereizt. »Die verdammten

Schlüssel tauchen bestimmt wieder auf. Wir sollten uns lieber anhören, was Daniel zu sagen hat.« Doch der andere Mann ignorierte ihn. Finn zuckte mit den Schultern und bat Daniel loszulegen.

In knappen Worten erzählte ihnen Daniel, was passiert war. Finn und Pascale war anzusehen, wie schockiert sie waren, aber John hatte sich abgewandt und den Blick auf den Inhalt einer Schublade gerichtet. Mit einer schnellen Bewegung drehte er sich zu Daniel um und durchbrach das kurze, verblüffte Schweigen mit einer Reihe drängender Fragen.

»Wie geht es ihm? Wird er es überleben? Wie stehen seine Chancen?«

»Nicht gut«, antwortete Daniel ruhig. Falls es ihn überraschte, daß John ihn so mit Fragen bombardierte und wegen Estelles Tod keinerlei Gefühlsregung zeigte, ließ er es sich nicht anmerken. »Er liegt jetzt auf der Intensivstation.«

»Haben sie schon mit ihm gesprochen?« John zog seine Jacke aus und warf sie über einen Stuhl. Sein beißender Körpergeruch erfüllte den kleinen Raum. Dana sah, daß sein Hemd unter den Achseln schweißnaß war. »Woher wollen sie wissen, daß er die Möwe ist? Hat er es zugegeben?« Trotz seines heftigen Tons wirkte der Blick seiner stumpfen braunen Augen undurchdringlich.

»Die Polizei hat noch nicht mit ihm reden können«, erklärte Daniel. »Seit dem Unfall ist er noch nicht wieder zu Bewußtsein gekommen. Soviel ich weiß, haben sie nur Indizienbeweise. Aber die sind erdrückend genug. Und als sie dann auch noch sein Haus durchsucht und seine Sammlung gesehen haben . . . Na ja, ihr könnt euch ja vorstellen, was sie da gedacht haben.«

Stöhnend rieb Finn sich den Nacken. »Mir war immer klar, daß Thomas in mancher Hinsicht ein schwacher Mensch ist. Daß er eine spitze Zunge und ein paar seltsame Vorlieben hat. Aber ich will verdammt sein, wenn ich ihn mir als Möwe vorstellen kann. Und was Estelle betrifft, und Karen... Lieber Himmel! Ich darf gar nicht daran denken.«

Neben ihm sagte Pascale leise: »Sie muß tatsächlich vorgehabt haben wegzugehen, sich schon in Sicherheit gewiegt haben. Es ist zu grausam.«

John hatte währenddessen wieder begonnen, nach seinen Schlüsseln zu suchen. Zum drittenmal durchwühlte er seine Jackentaschen. Dann hielt er plötzlich inne und sagte: »Mist, ich muß sie irgendwo fallen gelassen haben.« Daß er angesichts der schrecklichen Nachricht von Estelles Ermordung und Thomas' Verwandlung in die Möwe derart auf seine Schlüssel fixiert war, kam Dana ausgesprochen seltsam vor. Sie konnte sich sein Verhalten nur damit erklären, daß er im Moment einfach nicht in der Lage war, sich mit diesen Neuigkeiten auseinanderzusetzen.

Finn hatte sich gegen die Tür sinken lassen. Mit müden Augen sah er zu seinem Sohn auf. »Was sollen wir tun, Daniel?«

Dana spürte, wie Daniel vor Überraschung leicht zusammenzuckte, als wäre er es nicht gewöhnt, daß Finn ihn um Rat fragte. »Das kommt darauf an. Möchtest du hierbleiben oder lieber zurück nach Kerreck Du? Oder möchtest du ins Krankenhaus fahren?«

»Um den Leuten zu zeigen, daß ich hinter Thomas stehe, meinst du?« Finn wirkte überrascht, aber es war offensichtlich, daß ihm die Idee gefiel.

»Zumindest, solange seine Schuld nicht bewiesen ist.«

Der blaue Funke war in Finns Augen zurückgekehrt. Er richtete sich auf und machte ein paar Schritte in den Raum hinein. Jetzt strahlte er wieder seine alte, kampfeslustige Energie aus. »Daniel hat recht«, sagte er zu Pascale. »Für Estelle können wir nichts mehr tun, aber ich will verdammt sein, wenn ich mich der Meinung der Herde anschließe und Thomas verurteile, ehe seine Schuld eindeutig bewiesen ist.«

Pascale sah ihn mit einem liebevollen, wenn auch leicht ironischen Lächeln an. »Wann hast du dich jemals der Meinung der Herde angeschlossen?«

»Dann fahre ich dich ins Krankenhaus«, sagte Daniel. »Meine Yamaha steht draußen. Pascale, bist du so lieb und fährst Dana und die Tatevics im Bentley nach Hause? Inzwischen ist Wind aufgekommen, und der Nebel hat sich etwas gelichtet.« Als sie sich einverstanden erklärte, riet er ihr, damit noch ein wenig zu warten. »Die Leute könnten sonst anfangen, Fragen zu stellen, wenn wir alle auf einmal verschwinden. Wenn jemand wissen will, wo Finn ist, dann sag einfach die Wahrheit. Daß Thomas einen Unfall gehabt hat und wir ins Krankenhaus gefahren sind. Das mit Estelle brauchst du ja nicht zu erwähnen. Diese Neuigkeit wird noch schnell genug die Runde machen.«

»Was ist mit dir, John?« fragte Finn den Galeriebesitzer, der noch immer mit gesenktem Kopf an seinem Schreibtisch stand und seinen Gedanken nachzuhängen schien.

»Was?« Zerstreut blickte er auf und sagte dann langsam: »Oh, ich komme nach, so schnell ich kann.« Er klimperte mit einem Schlüsselbund, den er aus einer der Schubladen genommen hatte. »Mein Ersatzschlüssel. Abschließen ist also kein Problem, aber ich möchte trotzdem nicht wegfahren, solange die anderen verschollen sind. Ich komme erst, wenn ich sie gefunden habe.«

Finn und Daniel sahen sich an. Dana fragte sich, ob sie Malzers abwesende Art und seine scheinbare Gleichgültigkeit angesichts von Estelles Tod und der Erkenntnis, daß sein Freund die Möwe war, genauso beunruhigend fanden wie sie.

John schloß seine private Hintertür auf, damit Finn und Daniel unbemerkt verschwinden konnten. »Ich werde versuchen, die Galerie so schnell wie möglich leer zu bekommen. Die Leute ermutigen, in den Pickled Herring umzuziehen. Natürlich werden sie dort zwangsläufig erfahren, was passiert ist.« Das bissige

Lächeln, das Dana an diesem Abend schon einmal auf seinem Gesicht gesehen hatte, kehrte zurück. Diesmal wirkte es fast grausam. »Allerdings glaube ich nicht, daß die Leute deswegen weniger in Trinklaune sein werden.«

Dana ging mit Daniel und Finn auf den Parkplatz hinaus. Sie behauptete, ein wenig frische Luft zu brauchen, aber der wahre Grund war, daß sie sich nicht von Daniel trennen wollte. Sie empfand noch immer dieses Gefühl von Unbehagen, obwohl sie inzwischen wußte, daß Daniel nicht in Gefahr war. Wenn auf der Yamaha noch Platz für sie gewesen wäre, hätte sie ihn gebeten, sie ebenfalls mitzunehmen.

Ein leichter Wind, der vom Meer hereinwehte, blies den Nebel langsam auseinander und ließ milchige Schwaden von der Stadt heraufziehen und lautlos um das Galeriegebäude wabern. Sooft sich der Nebel etwas lichtete, leuchteten unten in der unsichtbaren Stadt ein paar Lichter auf, die aber rasch erloschen, wenn sich der Nebel wieder verdichtete. Über ihnen gaben die fransigen, salzgesättigten Wolkenfetzen hin und wieder den Blick auf einen klaren, sternenhellen Nachthimmel frei. Der Wind trug das Geräusch des Meeres herauf, ein rastloses, tiefes Rauschen, das in Danas Ohren bedrückend sorgenvoll klang. Sie schauderte.

»Bist du auch warm genug angezogen?« fragte Daniel und legte einen Arm um ihre Taille. Er trug seine Lederjacke, aber sie hatte ihren Mantel in der Galerie gelassen.

Sie nickte, obwohl das nicht der Wahrheit entsprach, und lehnte sich an ihn, froh, seinen Körper neben ihrem zu spüren.

Er hatte sein Motorrad am äußersten Ende des Parkplatzes abgestellt, neben einer vom Wind verkrüppelten Kiefer. Während Finn seinen Helm aufsetzte, zog Daniel Dana zur Seite, schlang die Arme um sie und sah ihr in die Augen. Sein Lächeln wirkte ernst. »Es ist ein verdammt schlechter Zeitpunkt, um dir zu sagen, daß ich dich liebe. Aber es ist so. Ich liebe dich.«

»Es ist der perfekte Zeitpunkt«, flüsterte sie nahe an seinem Mund. Seine Worte und sein Körper kamen ihr vor wie ein Schutzschild, der plötzlich vor ihr aufragte, um alle Schrecken von ihr fernzuhalten.

Als sie schließlich zur Galerie zurückging, fiel ihr Elvina wieder ein. Im selben Augenblick bemerkte sie, daß aus dem letzten der drei Häuser ein schwaches Licht durch die geschlossene Jalousie des Fensters drang. Wie die anderen beiden Häuser in der Reihe war auch das dritte ein kleiner grauer Granitwürfel mit steil abfallendem Schindeldach und einem gedrungenen, massiven Kamin, der sich in das Tal zwischen den Dächern schmiegte. Im Nebel sahen die drei Dächer aus wie eine Kinderzeichnung von Berggipfeln, die aus einer Dunstschicht aufragten. Vielleicht war es dieses Bild in Kombination mit ihren Gedanken an Elvina, das sie neugierig machte und nach links abbiegen ließ, statt zum Eingang der Galerie weiterzugehen. Als sie an Johns Privaträumen vorbeikam, sah sie, daß dort kein Licht brannte. Dann, als sie nur noch wenige Meter von der Tür des letzten Hauses entfernt war, entdeckte sie Elvinas kleinen rosa Rucksack neben der Regenrinne, die an der Front des Hauses herablief. Aus der Öffnung des Rucksacks ragte der Kopf der Puppe heraus.

Eher verwirrt als ängstlich, drehte sie probeweise am Knauf der verwitterten Holztür und stellte fest, daß sie nicht abgeschlossen war. Ohne die Tür hinter sich zuzuziehen, trat sie in einen großen, karg eingerichteten Lagerraum, in dem eine einzelne, von der niederen Decke hängende Glühbirne schwaches Licht spendete. An den Wänden waren Metallregale angebracht. Es roch modrig und feucht und ganz leicht nach Chemikalien. Dana sah sich um. Vor kurzem schien ein kleinerer Wirbelwind durch den Raum gefegt zu sein. Geöffnete Schachteln und Plastikbehälter gaben den Blick auf ihren Inhalt frei; Papierpackungen waren aufgerissen worden; ein großer Plastikbehälter stand umgestürzt neben einem der Regale auf dem rauhen Steinboden, als hätte ihn jemand als Tritthocker benutzt.

Auf der gegenüberliegenden Seite des Raums bemerkte sie eine weitere, von Metallregalen eingerahmte Tür, die in einen begehbaren Schrank oder einen kleinen Nebenraum zu führen schien. Die Tür stand einen Spalt offen.

»Elvina?« rief sie leise.

Ein gedämpftes Geräusch, das wie das Schlurfen von Füßen klang, ließ sie zusammenzucken. Bevor sie sich von der Stelle rühren konnte, schwang die Schranktür weit auf, und sie sah Elvina wie einen kleinen, schweigenden Geist mit riesigen Augen und einem weißen, spitzen Gesicht auf der anderen Seite stehen. Wortlos drehte sich das Kind um und schaltete die Deckenbeleuchtung an.

Als Dana zu ihr hinüberstürzte, stellte sie fest, daß der Nebenraum doch kein begehbarer Schrank, sondern Malzers Dunkelkammer war. Fensterlos und fast klinisch sauber, war er nicht viel größer als eine kleine Speisekammer. Flaschen, Bechergläser und andere Ausrüstungsgegenstände waren fein säuberlich auf der Theke aufgereiht, und in einer Ecke des Raums war ein altes, zur Hälfte mit Tabletts bedecktes Porzellanspülbecken angebracht, dessen Hahn von einem roten Schlauch verlängert wurde. Inzwischen stand Elvina mit dem Rücken zu Dana an der Theke und versuchte auf Zehenspitzen, an einen Schrank heranzukommen, der für ihre Größe ein kleines Stück zu hoch hing. Ihre linke Faust, mit der sie sich auf der Theke abstützte, umklammerte einen Schlüsselbund.

Dana berührte sie an der Schulter. »Elvina, was tust du da?«

Stumm schüttelte Elvina sie ab. Sie erinnerte Dana an ein kleines, geschäftiges Tier, eine Maus oder einen Maulwurf, das sich so sehr auf seine Aufgabe konzentrierte, daß es jede Angst vergaß. Als das Mädchen versuchte, sich auf die hohe Theke zu schwingen, stieß sie gegen eine Flasche, die klirrend umfiel und auf den Rand der Theke zurollte. Dana konnte sie gerade noch rechtzeitig auffangen.

»Bitte, Elvina«, sagte sie, während sie die Flasche an ihren Platz zurückstellte, »sag mir, wonach du suchst. Ich möchte dir helfen.« Als das Kind sie weiter ignorierte, packte Dana sie an den Oberarmen, zog sie von der Theke und zwang sie, ihr ins Gesicht zu sehen.

»Deine Eltern haben gesagt, du würdest gerne etwas tun, um mir deine Dankbarkeit zu zeigen. Jetzt hast du Gelegenheit dazu. Sprich mit mir! Sag mir, wonach du suchst!«

Einen Moment lang erwiderte das Kind ihren Blick. Aus ihren Augen sprach soviel Angst und Verwirrung, daß Danas Herz sich vor Mitleid zusammenzog. Dana hatte schon fast die Hoffnung aufgegeben, als Elvina sagte: »Meine Kamera.«

»Wieso glaubst du, daß du sie hier finden wirst?«

»Weil er sie mir weggenommen hat.«

»Wer? Mr. Malzer?«

Elvina nickte. Dann packte sie verzweifelt Danas Arm. »Sie dürfen es ihm nicht sagen! Sonst schickt er uns zurück!«

Bemüht, sich ihre Ungeduld nicht anmerken zu lassen, zwang sich Dana, bewußt ruhig zu sprechen. »Das verstehe ich nicht. Du mußt mir schon erklären, was das alles zu bedeuten hat. Bitte.«

Stockend schilderte ihr Elvina, wie sie John Malzer auf den Klippen photographiert hatte und wie er ihr anschließend die Kamera abgenommen und zu ihr gesagt hatte, daß er ihre Familie in ihre Heimat zurückschicken würde, falls sie irgend jemandem erzählte, was er getan hatte. »Er hat gesagt, daß er das kann. Er hat mir ein Papier von der Regierung gezeigt.« Ihre Stimme klang wie die einer alten Frau, müde und fatalistisch.

Zu verblüfft, um zu verstehen, was Elvinas Worte bedeuteten, konnte Dana nur auf die Schlüssel deuten, die wahrscheinlich Malzer gehörten. »Wie bist du an die herangekommen?«

Der Anflug eines zufriedenen Lächelns huschte über Elvinas Gesicht. »Ich habe gesehen, wie sie ihm runtergefallen sind. Er selbst hat es nicht bemerkt, er war gerade mit irgendwelchen Leuten beschäftigt. Also habe ich sie aufgehoben.« Dann, als hätte sie Angst, daß Dana sie ihr wegnehmen könnte, drückte sie die Schlüssel gegen ihre Brust und fügte entschuldigend hinzu: »Schließlich hat er mir meine Kamera gestohlen. Warum kann ich sie nicht von ihm zurückstehlen?«

Darauf wußte Dana keine Antwort. »Was hat dich auf die Idee gebracht, ausgerechnet hier drinnen zu suchen?«

»Mein Vater. Er nimmt mich manchmal mit in die Galerie. Mr. Malzer läßt nie jemanden hier herein. Deswegen weiß ich, daß das seine Privaträume sind, wo er geheime Sachen versteckt.«

»Hattest du denn keine Angst vor dem, was er dir angedroht hat?«

Elvina zuckte mit den Achseln. »Ich weiß nicht. Ja, ein bißchen.« Zuerst wich sie Danas Blick aus und spielte verlegen mit den Schlüsseln herum. Dann hob sie den Kopf. Mit seltsam verschämter Miene stieß sie hervor: »Madonna hat mir befohlen, die Kamera zu suchen. Das ist meine Strafe.«

Dana wollte gerade fragen, wer Madonna war, als ihr die Puppe einfiel. »Ist das da draußen Madonna?«

Das Mädchen nickte. »Sie paßt auf, daß niemand kommt.«

»Warum sollte sie dich bestrafen wollen?«

»Weil ich sie habe sterben lassen.«

Dana hatte das Gefühl, durch einen Irrgarten zu stolpern. Jede Frage und jede Antwort führte nur zu noch größerer Verwirrung. Was sie da hörte, klang unglaublich: John Malzer stahl die billige Kamera eines Kindes und drohte ihr mit Ausweisung; eine Puppe fungierte gleichzeitig als Nachtwächterin und Richterin; Elvina glaubte, jemanden getötet zu haben. Nichts davon ergab einen Sinn.

»Wen hast du sterben lassen?« fragte sie mit einem Anflug von Verzweiflung. »Madonna?«

»Diese Karen.«

Dana konnte Elvina nur sprachlos anstarren. Bei dem Gedanken an all den Kummer, den dieses Mädchen mit sich herumtragen mußte, wurde ihr das Herz schwer. Sie nahm es in den Arm und erklärte mit fester Stimme: »Du hast Karen nicht sterben lassen. Die Polizei geht davon aus, daß es Mr. Attery war.«

»Sie verstehen das nicht«, erwiderte Elvina verzweifelt. »Ich habe Madonna gebeten, sie zu töten, und sie hat es getan.« Ihr magerer kleiner Körper wurde von Schluchzern geschüttelt.

Lieber Gott, laß mich jetzt das Richtige sagen, betete Dana, während sie das weinende Kind an sich drückte. Sie streichelte Elvinas Haar und murmelte ihr ins Ohr: »Wir alle wünschen uns manchmal schlimme Dinge. Das bedeutet noch lange nicht, daß wir schuld sind, wenn sich unser Wunsch erfüllt.« Aber noch während sie das sagte, wußte sie, daß mehr als Worte nötig sein würden, um Elvina zu überzeugen.

Sie fragte sich, ob es möglich war, daß Elvina Malzer mißverstanden hatte. Wenn nicht, was um alles in der Welt konnte ihn dazu veranlaßt haben, sich so zu verhalten? Wenn man die Möwe nicht schon erwischt hätte …

Plötzlich befreite sich Elvina aus ihrem Griff, und bevor Dana sie davon abhalten konnte, war sie bereits auf die Theke geklettert und streckte die Arme nach dem Hochschrank aus. Als Dana sie an der Taille packte, um sie wieder herunterzuziehen, begann die Theke auf sie zuzurollen. Dana verlor das Gleichgewicht und stolperte rückwärts, während Elvina wie wild in ihren Armen zappelte. Irgendwie schaffte sie es, nicht zu stürzen, aber der Trageriemen ihrer Tasche glitt ihr von der Schulter, und die Tasche fiel zu Boden. Elvina ließ die Schlüssel fallen.

Wütend setzte Dana Elvina ab. Sie wollte das Kind gerade auffordern, auf der Stelle mit ihr das Haus zu verlassen, als sie den kleinen, aus zwei Fächern bestehenden Aktenschrank bemerkte, der hinter der Theke verborgen gewesen war. Elvina sah ihn ebenfalls. Schnell hob sie die Schlüssel vom Boden auf, schob die Theke ganz beiseite und kauerte sich vor den Aktenschrank. Als sie zu Dana aufblickte, funkelten ihre Augen vor Aufregung. »Bitte!« sagte sie.

Dana wollte nein sagen. Aber die Kamera schien dem Kind so viel zu bedeuten, und Malzers unerklärliches Verhalten Elvina gegenüber hatte sie gegen ihn aufgebracht. Außerdem hatte es sie neugierig gemacht. Ein schneller Blick, dachte sie, dann würden sie gehen. Wider besseres Wissen nickte sie. »Aber laß es mich machen«, fügte sie hinzu, bevor Elvina mehr tun konnte, als dankbar zu lächeln. »Du steckst schon in genug Schwierigkeiten, weil du Mr. Malzers Schlüssel genommen hast.«

Endlich einsichtig, stand Elvina auf und gab ihr die Schlüssel. Dana probierte einen nach dem anderen aus. Sie wußte, daß ihr Tun nicht nur töricht, sondern auch ungesetzlich war, aber als der kleinste Schlüssel sich im Schloß drehte, lief eine Welle der Aufregung durch ihren Körper.

Wie sich herausstellte, waren beide Fächer voller Hängeakten, die nichts als Photos zu enthalten schienen. Sie schüttelte den Kopf und wollte gerade zu Elvina sagen, daß es keinen Sinn habe weiterzusuchen, als ihr Blick auf eine aufklaffende Aktenmappe fiel. Sie beugte sich vor, um besser sehen zu können. Das Entsetzen durchzuckte sie wie ein elektrischer Schlag, als ihr klar wurde, daß sie ein Photo von Karen Codys Leiche vor sich hatte.

Sie drehte sich um und stieß Elvina so heftig weg, daß das Kind gegen die Wand stolperte. »Geh zu deinen Eltern!« rief sie ihr zu. »Schnell! Lauf!« Aber Elvina blieb störrisch neben der Tür stehen und starrte Dana an, als wäre sie plötzlich verrückt geworden. Unfähig, ihren Augen zu trauen, riß Dana voller Panik andere Akten auf und fand weitere Photos von Frauenleichen. Dann starrte ihr plötzlich die bizarre Großaufnahme eines zerschmetterten Gesichts entgegen. Es war das Gesicht von Solange Finn.

Schnell stieß sie die Schublade zu und schob die Theke wieder vor den Aktenschrank. Sie war gezwungen, ihn unverschlossen zu lassen, weil ihre Hände so heftig zitterten, daß sie den Schlüssel auf keinen Fall wieder ins Schlüsselloch gebracht hätte. Dann griff sie nach ihrer Tasche, zerrte Elvina aus dem Raum und zog rasch die Tür hinter ihnen zu, als wollte sie die schreckliche Wahrheit versiegeln, die die Dunkelkammer enthielt.

Das Kind hinter sich herziehend, eilte sie auf den Ausgang zu. Aber es war zu spät. Sie hatten den Raum erst halb durchquert, als die Gestalt eines Mannes in der offenen Tür auftauchte. Dana blieb wie angewurzelt stehen. Instinktiv zog sie Elvina an ihre Seite, als John Malzer über die Schwelle trat.

33

»Ich habe Elvina hier drin gefunden. Sie hat nach ihrer Kamera gesucht«, stieß Dana aus, während Malzer die Tür hinter sich zuzog. Trotz ihrer panischen Angst wußte sie, daß es entscheidend war, ihn davon zu überzeugen, sie gehen zu lassen, bevor Dinge gesagt wurden, die das unmöglich machen würden. »Sie scheint da einiges durcheinanderzubringen, aber ich glaube, wir sind alle zu müde, um das jetzt zu klären.«

Sie brauchte Elvina gar nicht anzusehen, um zu wissen, wie entrüstet sie war. Sie spürte wie der kleine Körper unter ihrem schützenden Arm zitterte – wahrscheinlich mehr vor Wut als vor Angst. Sie verstärkte ihren Griff, um das Mädchen zu warnen, und versuchte gleichzeitig, die Angst niederzukämpfen, die wie eine tödliche Übelkeit in ihrem eigenen Körper aufstieg.

Er starrte sie einfach nur an. Ohne Jacke und mit hochgekrempelten Hemdsärmeln stand er in der Tür und ließ nacheinander die Knöchel seiner Finger knacken. Das Geräusch ließ die Übelkeit bis in ihre Kehle hochschwappen. Sie schluckte sie hinunter und zwang sich, seinem braunen, undurchdringlichen Blick zu begegnen und den übermächtigen Wunsch zu unterdrücken, an ihm vorbei zur Tür hinauszustürzen. Ihre Nervosität würde er vielleicht der Tatsache zuschreiben, daß er sie beim Herumschnüffeln erwischt hatte, aber wenn sie Angst zeigte, würde er wissen, was sie gesehen hatte.

Seine Augen schweiften einen Augenblick zur Wand hinter ihnen ab, und aus diesem Blick glaubte sie sein eigenes Dilemma herauslesen zu können. Er vermutete, daß sie in der Dunkelkammer gewesen waren, wußte es aber nicht mit Sicherheit. Um nachzusehen, würde er vorher die Tür absperren müssen, damit sie ihm nicht entwischten. Dadurch könnten sie jedoch in Panik geraten, und es könnte sich als schwierig erweisen, sie beide zu töten, bevor aufbrechende Galeriebesucher ihre Schreie hörten.

Einen langen Moment lang standen sie sich wortlos gegenüber, beide gleichermaßen unentschlossen. Dann streckte er ihnen seine Rechte entgegen. »Meine Schlüssel.«

Sich zu widersetzen würde ihn nur noch argwöhnischer machen. Sie zwang ihre bleiernen Glieder, sich vorwärts zu bewegen und ihm mit ausgestrecktem Arm den Schlüssel zu reichen. Dann wich sie langsam und ohne ihn aus den Augen zu lassen an Elvinas Seite zurück.

»Wie sind Sie an die Schlüssel gekommen?« fragte er, während er sie einschob.

»Es ist nicht ihre Schuld«, murmelte Elvina in mürrischem Ton. »Ich habe sie genommen. Ich wollte meine Kamera zurück.« Dann versuchte sie sich plötzlich aus Danas Griff zu befreien und schrie: »Sie haben kein Recht, sie zu behalten!« Zu Danas Erleichterung wirkte sie eher wütend als verängstigt. Statt vor Schreck zu erstarren, weil sie einem Mörder gegenüberstand, ärgerte sie sich bloß über seinen unbegreiflichen Diebstahl. Vielleicht würde Malzer zumindest in Elvinas Fall den Schluß ziehen, daß sie nichts wußte.

Schnell bevor er etwas antworten konnte, sagte Dana: »Wir können später darüber reden, Elvina. Deine Eltern suchen dich bestimmt schon. Pascale wartet darauf, uns alle zurück nach Kereck Du zu fahren.« Sie wollte ihn daran erinnern, daß die Leute ihre Abwesenheit bemerken würden, vor allem die von Elvina. Eine Hand gegen den Rücken des Kindes gepreßt, schob sie es nach vorn, während sie den Drang niederkämpfte, sie anzuschreien, endlich loszulaufen. Solange auch nur die geringste Chance bestand, ihn davon zu überzeugen, daß sein Geheimnis sicher war, durfte sie ihrem Entsetzen nicht nachgeben.

Er trat nicht beiseite, um sie durchzulassen, sondern blieb wie ein Felsblock im Türrahmen stehen, stur und unergründlich. Obwohl er schwer atmete, verriet sein Gesicht keine Wut über ihr unerlaubtes Eindringen und auch keine Angst vor dem, was sie gefunden haben könnten. Als er den Verlust seiner Schlüssel bemerkt hatte, schien er wesentlich aufgeregter gewesen zu sein.

Er starrte auf Elvina hinunter und sagte ruhig: »Du weißt bestimmt, daß Karen Cody letzte Nacht getötet worden ist. Die Polizei glaubt, ihren Mörder erwischt zu haben, aber sie sind sich nicht sicher. Wir wollen doch nicht, daß sie wieder anfangen, sich zu fragen, ob es vielleicht doch ein anderer war. Jemand, der ihr starke Gefühle entgegenbrachte.« Er schwieg einen Moment. Seine schlammbraunen Augen wurden plötzlich schmal und sehr kalt. »Verstehst du mich?«

Elvina nickte. Der dünne Körper unter Danas Hand war angespannt wie ein Bogen.

Er lächelte leicht. »Gut. Dann weißt du also, wie wichtig es ist, daß du mit mir zusammenarbeitest?«

»Sie wird nicht sagen, daß sie hiergewesen ist, wenn Sie das meinen«, antwortete Dana rasch, um einem weiteren Ausbruch

Elvinas zuvorzukommen. Ihre Stimme kam ihr hoch und dünn vor. An Elvina gewandt, fügte sie hinzu: »Es ist besser, wenn deine Eltern nichts davon erfahren. Wegen der Kamera können wir uns später etwas ausdenken, aber jetzt ist nicht die Zeit dafür.« Sie hielt inne, weil sie Angst hatte, zu beschwichtigend zu klingen. Lieber Gott, betete sie und wagte dabei nicht, Malzer anzusehen. Bitte mach, daß er sich nicht wundert, warum ich ihm so bereitwillig entgegenkomme.

Elvina nickte widerwillig, auch wenn der trotzige Ausdruck auf ihrem Gesicht keinen Zweifel daran ließ, wie sie über diese Kapitulation dachte.

»Wie ich sehe, hast du hier drin ganze Arbeit geleistet«, sagte er. Sein Blick wanderte über das Durcheinander aus Schachteln und Papieren, um dann noch einmal zu der geschlossenen Dunkelkammertür hinter ihnen abzuschweifen, ehe er wieder zu Elvinas Gesicht zurückkehrte. »Wo hast du sonst noch nachgesehen?«

Dana grub warnend ihre Finger in die Schulter des Mädchens.

Sie zuckte mit den Achseln und antwortete mit einer farblosen, gleichgültigen Stimme: »Nur hier drin.«

»Wir gehen jetzt besser«, erklärte Dana und zwang sich, energisch zu klingen. »Bestimmt suchen ihre Eltern schon voller Panik nach ihr. Schließlich liegt ihr Sturz an den Klippen noch nicht lange zurück. Ich bin mir sicher, daß Elvina gern bereit ist, morgen wieder herzukommen und das Chaos hier aufzuräumen.«

Zu ihrem Entsetzen ließ diese Bemerkung seine Augen amüsiert aufblitzen, als wäre ihm völlig klar, was sie da gerade versuchte. Hoffentlich war ihm ebenso klar, daß ihm keine andere Wahl blieb, als Elvina gehen zu lassen. Sie hierzubehalten würde bloß eine Suche auslösen, die die Leute zwangsläufig auch hierher in dieses Haus führen würde.

Seine nächsten Worte sagten ihr, daß ihm noch einiges mehr klar war.

»Dann lauf mal los, Elvina. Miss Morrow und ich kommen gleich nach. Es gibt da noch etwas, worüber sie und ich sprechen müssen.«

Elvina blickte zu ihr auf. Es war offensichtlich, daß sie nicht ohne sie gehen wollte. Dana sah die Verwirrung in ihrem Blick, aber zugleich sah sie in ihren Augen einen Verdacht aufkeimen, den das Mädchen auf keinen Fall aussprechen durfte, zumindest nicht hier in diesem Raum. Nicht, ehe es in Sicherheit war. Um Elvinas willen mußte sie ruhig bleiben.

Sie unternahm einen letzten verzweifelten Versuch. »Kann das nicht warten?« fragte sie ihn. »Ich ... ich bin jetzt wirklich zu müde zum Reden.«

»Nein, es kann nicht warten. Wenn wir nicht sofort darüber reden, könnte das Folgen haben.«

Seine Miene blieb gelassen, aber sein Kopf neigte sich leicht in Elvinas Richtung, als wollte er sagen: Konsequenzen für sie.

Dana nickte ergeben. Dann schob sie das Kind sanft nach vorn. »Tu, was er sagt. Geh zurück zu deinen Eltern. Ich komme bald nach.«

Widerwillig setzte sich Elvina in Bewegung. Obwohl Malzer beiseite getreten war, um sie durchzulassen, machte sie einen weiten Bogen um ihn. Als sie die Hand auf den Türknauf legte, sagte er ihren Namen, und sie wandte sich argwöhnisch zu ihm um.

»Erzähl deinen Eltern, was du willst. Aber erzähl ihnen nicht, daß du hier warst. Oder daß Miss Morrow bei dir war. Wenn du den Mund hältst, brauche ich die Polizei nicht darüber zu informieren, daß ihr beide hier widerrechtlich eingedrungen seid. Dich würden sie vielleicht gehen lassen, aber Miss Morrow müßten sie gerichtlich belangen.« Er wandte sich zu Dana um. »Habe ich nicht recht?«

Sie konnte nur nicken. Doch sobald Elvina draußen war, würde sie rufen: Lauf, Elvina! Lauf und hol Hilfe! Er ist die Möwe!

Als würde er spüren, was sie vorhatte, trat er schnell neben sie, den Blick auf die Tür gerichtet. Obwohl er sie nur ganz leicht am Arm berührte, zuckte sie zusammen. Als er sich ihr zuwandte, schüttelte er ganz leicht den Kopf, um sie zu warnen, und formte mit den Lippen das Wort: »Nicht!« Dann rief er Elvina zu, die Tür hinter sich zu schließen.

Noch bevor die Tür ganz zu war, klappte er eine Hand über Danas Mund und zog sie mit der anderen brutal zu sich heran, wobei er ihre Arme mit eisernem Griff gegen ihre Seiten preßte. »Wenn Sie sich wehren«, flüsterte er, »muß ich Sie erdrosseln.«

Es fiel ihr leicht zu gehorchen. Die Angst hatte längst jeden Knochen in ihrem Körper aufgelöst.

»Sie wissen etwas, nicht wahr? Aber die Kleine nicht. Ich frage mich, was Sie gesehen haben.« Sie spürte seinen heißen, feuchten Atem auf ihrer Haut. Sein übler Geruch und der Geschmack seiner Hand auf ihrem Mund ließen sie würgen.

Plötzlich zerrte er sie zur Rückseite des Raums und drängte sie gegen die Wand vor der Dunkelkammer, wobei er sie so grob in die Ecke drückte, die von der Wand und dem Stahlregal neben der Dunkelkammertür gebildet wurde, daß eine Kante des Regals hart in ihre Wange schnitt. Die Hand auf ihrem Mund drückte ihren Kopf so weit nach hinten, daß ihr Hals ungeschützt vor ihm lag. Während er sie mit dem Gewicht seines Körpers festhielt, zerrte er ihr die Tasche von der Schulter und warf sie zu Boden. Dann wanderte seine Hand zu seiner Hosentasche. Die ganze Zeit über ließ er sie keinen Moment aus den Augen.

Das Entsetzen vertrieb jeden klaren Gedanken aus ihrem Kopf. Das einzige, was übrigblieb, war die Sicherheit, daß er nach einer Waffe greifen und sie töten würde. Als sie das Klirren seiner Schlüssel hörte, wußte sie, daß ihr noch eine kurze Gnadenfrist blieb.

Vielleicht hatte er angenommen, daß die Tür der Dunkelkammer verschlossen sein würde, oder zumindest nicht damit gerechnet, daß sie so leicht aufgehen würde. Als sie schon beim ersten Kontakt mit seinem Schlüssel aufschwang, drehte er sich leicht in Richtung Tür, als wäre er überrascht. Das verringerte den Druck seines Körpers auf ihrem und gab ihr die Chance, die sie brauchte.

Sie riß ihren linken Arm los und schwang ihn in weitem Bogen in sein Gesicht, wobei sie mit den Fingern fest nach seinem rechten Auge stieß. Er riß den Kopf rechtzeitig zur Seite, um ihrem Schlag einigermaßen auszuweichen, aber dabei knallte seine Schläfe mit solcher Wucht gegen eine Kante des Stahlregals, daß er vor Schmerz aufschrie, nach hinten taumelte und mit der Hand, mit der er ihr den Mund zugehalten hatte, an seinen Kopf faßte. Aus seinem Griff befreit, warf sie sich nach links durch die offene Tür und streckte die Hand nach dem Türknauf aus, während sie nach hinten in die Dunkelkammer stürzte. Bevor er reagieren konnte, schaffte sie es irgendwie, die Tür hinter sich zuzuschlagen und den Riegel vorzuschieben. Als sich die Dunkelheit um sie schloß, geriet sie einen Moment in Panik, aber dann fiel ihr der Lichtschalter neben der Tür wieder ein. Nach kurzem Tasten fand sie ihn und schaltete das Licht ein. Jetzt mußte sie erkennen, daß der Riegel erbärmlich schwach aussah. Kein großes Hindernis für einen Mann, der entschlossen war, Gewalt anzuwenden. In panischer Angst packte sie den Türknauf fest mit beiden Händen, schleuderte ihre Schuhe zur Seite und stemmte die Füße gegen die Seiten des Türrahmens. Sie rechnete damit, jeden Moment das Ziehen von der anderen Seite zu spüren, das ein ungleiches, tödliches Tauziehen einleiten würde. Statt dessen hörte sie, wie sich der Schlüssel im Schloß drehte.

Natürlich. Warum sollte er Zeit damit verschwenden, die Tür aufzubekommen, wenn er sie sowieso in der Falle hatte und jederzeit mit einer Axt oder einem Hammer zurückkommen konnte, um die Tür problemlos aufzubrechen?

Der Schrei, der schon so lange in ihrer Kehle steckte, brach als langer, kreischender Hilferuf aus ihr heraus. Sie schrie, bis ihr die Stimme versagte und sie atemlos auf einen Hocker sank. Ihr war vor Verzweiflung ganz übel. Erschöpft lehnte sie den Oberkörper auf die Theke und ließ den Kopf auf ihre Arme sinken.

Von der anderen Seite der Tür durchbrach seine gedämpfte Stimme die Stille. »Niemand kann Sie hören. Nicht mit den doppelten Wänden. Sie sollten nicht so verschwenderisch mit Ihrer Atemluft umgehen. Sie werden sie noch brauchen.« In seiner Stimme schwang eine bizarre Sympathie mit. Seinem Ton nach zu urteilen, hätte man denken können, daß er ihr gerade einen Rat erteilte oder ihr Glück wünschte.

Sie hob den Kopf und starrte auf die dünne Schicht dunklen Holzes, die sie voneinander trennte. »Was haben Sie vor?« Sie haßte sich selbst für diese Frage, dafür, daß sie ihm die Befriedigung verschaffte, ihre Angst zu hören, aber sie mußte es wissen. Er schwieg eine ganze Weile, und als er schließlich antwortete, konnte sie mit seinen rätselhaften Worten nichts anfangen.

»Kohlen auf das Haupt meines Feindes zu häufen. Aber ohne Güte.« Er lachte leise und fuhr dann in ernsterem Ton fort, daß sie sich wegen Elvina keine Sorgen zu machen brauche, daß er einem Kind nichts tun werde. »Ich bewundere, was Sie für sie getan haben. Manch andere Leute hätten nur an sich selbst gedacht. Aber Sie sind nicht so.«

»Dann lassen Sie mich gehen.« Noch während sie das sagte, wurde sie sich der erniedrigenden Vergeblichkeit ihrer Bitte bewußt.

»Das kann ich nicht.« Dann wiederholte er seltsamerweise seine Worte von vorher, indem er mit einer Spur von Mitleid hinzufügte: »Es tut mir leid, es tut mir wirklich leid. Weil Sie nicht so sind wie die anderen.«

Trotz seines Tonfalls spendeten ihr die Worte selbst keinen Trost. Sie sagten ihr nur, daß ihr Anderssein nichts an ihrem Schicksal ändern würde. Sie spürte, wie die Verzweiflung ihre Kraft in das eisige schwarze Loch in ihrem Magen hinuntersaugte. Jetzt, während sie dem Klang seiner sich entfernenden Schritte lauschte und hörte, wie die Eingangstür geöffnet und wieder geschlossen wurde, sah sie vor ihrem geistigen Auge ein photographisches Bild nach dem anderen vorüberziehen. Wie Geister schienen die Bilder aus dem verborgenen Aktenschrank aufzusteigen, um sie mit grimmiger Stimme zu warnen: Sieh, was er uns angetan hat. Dasselbe wird er auch dir antun.

Wieviel Zeit blieb ihr noch? Eine Stunde, zwei? Weniger. Malzer hatte zu ihnen gesagt, er habe vor, die Galerie früh zu schließen, und nachdem Finn aufgebrochen und der Alkoholnachschub versiegt war, würden die Leute nur allzugern bereit sein, zum Pub hinunterzueilen. Er würde sich irgendeine Geschichte ausdenken, um ihre Abwesenheit zu erklären. Vielleicht würde er einfach behaupten, sie habe ebenfalls beschlossen, zum Pickled Herring zu gehen. Es war sinnlos zu hoffen, daß Elvina ihren Eltern erzählen würde, was passiert war. Ihre Angst vor den Folgen, die Malzer angedeutet hatte – Folgen für ihren Vater, sie selbst und sogar Dana –, würde dafür sorgen, daß das Kind schwieg.

Eine schreckliche Angst, begleitet von dem klaustrophobischen Gefühl, daß die Wände des kleinen Raums immer näher kamen, bewirkte, daß ihr schlagartig schwindlig und übel wurde. Sie vergrub den Kopf in den Händen und preßte die Handflächen fest gegen ihre geschlossenen Augen, während sie vor Angst stöhnte. Hinter ihren Lidern blitzte und funkelte Licht, umgeben von einer sprühenden Aura aus Farbe.

O Gott, sie wollte nicht sterben, nicht hier, nicht auf diese

Weise und nicht ausgerechnet jetzt, wo endlich einmal das Glück auf sie zu warten schien. Sie liebte Daniel. Sie wollte Kinder, ein Zuhause, ein ganzes Lebens mit ihm. Sie hatte eine Arbeit zu beenden, Mariannas Geschichte zu erzählen.

Marianna. Deren Leben ebenfalls zerstört wurde, als sie gerade auf der Schwelle zum Glück zu stehen schien.

Plötzlich hatte sie eine Vision von Mariannas leuchtendem ovalem Gesicht. Es schien sie anzustarren und sah dabei so real aus, daß sie das Gefühl hatte, als wäre es bei ihr im Raum. In den Augen des Mediums sah sie ein Drängen, das ihr wie eine Warnung vorkam. Passivität habe ihre Gabe geformt, schien Marianna zu sagen, aber sie habe nicht zugelassen, daß diese Passivität ihr Leben bestimmte. Sie habe gegen ihr Schicksal ebenso angekämpft wie gegen den Tod. Handle, sagten ihre Augen zu Dana. Solange du am Leben bist, darfst du nicht aufgeben.

Eine seltsame Ekstase schien von Dana Besitz zu ergreifen, während eine Welle neuer Stärke und Entschlossenheit durch ihre Adern strömte. Aus der Starre der Verzweiflung erwacht, begann sie wie wild durch die Schränke und Schubladen zu wühlen und unter den Plastikbechern, Flaschen, Bürsten und Zangen nach Waffen zu suchen. Eine Schere, eine scharfkantige Reißschiene und ein paar stabile metallene Meßlöffel mit langen flachen Griffen waren alles, was sie finden konnte. Sie würde irgendwie damit zurechtkommen müssen.

Während sie ein paar Flaschen mit Chemikalien aufschraubte und auf der Theke aufreihte – weitere Waffen in ihrem erbärmlichen Arsenal –, fiel ihr Blick auf einen Entlüfter, der auffallend weit oben an der Wand angebracht war. Der Entlüfter selbst hatte nur einen Durchmesser von gut vierzig Zentimeter, aber die große Metallmanschette, die ihn umgab, ließ vermuten, daß die Öffnung dahinter um einiges größer sein mußte als der Entlüfter selbst. Vielleicht hatte Malzer ihn einfach in eine jener großen gelben Lüftungsröhren einmünden lassen, die sich wie Schlangen durch die Galerie wanden. Falls dem so war, hatte sie vielleicht eine Möglichkeit zur Flucht gefunden.

In fieberhafter Eile schob sie die Theke an die Wand unterhalb des Entlüfters und stieg hinauf. Er befand sich jetzt auf Augenhöhe, und sie begann, mit dem flachen Ende eines Löffels die Schrauben zu attackieren, mit denen er befestigt war. Es war eine mühsame Arbeit, die viel Zeit in Anspruch nahm, aber irgendwann hatte sie die letzte Schraube in der Hand. Sie zog den Entlüfter heraus und ließ ihn an seinen elektrischen Kabeln von der Wand baumeln. Zu ihrer großen Erleichterung stellte sie fest, daß das runde Lüftungsrohr hinter dem Absauglüfter genau den Röhren im Hauptteil des Galeriegebäudes entsprach. Mit seinen gut sechzig Zentimetern Durchmesser war es gerade groß genug, um sich durchzuzwängen.

Sie machte sich daran, die Metallmanschette abzuschrauben. Bald bluteten ihre Finger, die Arme taten ihr vom langen Hochstrecken weh, und ein stechender Schmerz in ihrem angeschlagenen Knöchel sagte ihr, daß er jeden Augenblick den Dienst versagen konnte, aber schließlich spürte sie zu ihrer großen Freude, wie sich die letzte Schraube zu lösen begann. Sie zerrte das schwere Stück Metall aus der Öffnung, legte es auf der Theke ab und blickte dann durch das Loch.

Die Röhre mündete in undurchdringliche Schwärze. Sie wollte gar nicht erst daran denken, was in dieser Schwärze alles leben konnte, an die Spinnen, Tausendfüßler, ja sogar Ratten, an den Staub und den Dreck, der sich in Jahrzehnten angesammelt hatte, oder an die gar nicht so unwahrscheinliche Möglichkeit, in der schmalen, dunklen Röhre in eine Falle zu geraten und getötet zu werden. Aber es war ihre einzige Hoffnung.

Sie wollte sich gerade hochstemmen, als der Gedanke an die Photos sie innehalten ließ. Wenn sie sie nicht mitnahm, würde Malzer sie zerstören, und dann gäbe es keine Beweise mehr.

Ohne auf die drängende Stimme zu achten, die sie warnte, keine Zeit mehr zu verlieren, stieg sie von der Theke und öffnete den Aktenschrank. Obwohl die gräßlichen Bilder Schockwellen des Entsetzens und des Mitleids durch ihren Körper jagten, zwang sie sich, etwa ein Dutzend der belastendsten auszusuchen. Sie fragte sich, wie um alles in der Welt sie sie ohne ihre Tasche transportieren sollte, als ihr plötzlich ihre Strumpfhose einfiel. Sie streifte sie ab, stopfte die zusammengerollten Photos in eines der Nylonbeine, knotete es oben zu und band sich die Strumpfhose dann wie einen Gürtel um die Taille. Sie war jetzt barfuß, aber auf diese Weise würden ihre Füße besser Halt finden.

Der geringe Durchmesser der Röhre zwang sie, mit nach vorn ausgestreckten Armen flach auf dem Bauch zu liegen und sich mit ihren Knien, Zehen und Handflächen vorwärts zu schieben. Dabei lauschte sie ständig, ob Malzer schon versuchte, die Tür zur Dunkelkammer aufzubrechen, hörte aber nur das keuchende Geräusch ihres eigenen Atems, das laut in ihren Ohren dröhnte, und das Rascheln ihres Körpers, der sich über die gebogene Metallfläche schlängelte.

Ein plötzlicher kalter Luftzug an ihrem Kopf ließ sie innehalten und hochblicken. Über ihr erstreckte sich ein anderer Röhrenabschnitt nach oben in die Dunkelheit. Er schien mit ihrer eigenen Röhre ein umgekehrtes T zu bilden. Sie drehte sich auf den Rücken und schob sich langsam nach oben, bis sie aufstehen konnte. Plötzlich spürte sie unter ihren Händen nicht mehr Metall, sondern Stein. Einen Moment lang war sie verwirrt, aber dann wurde ihr klar, daß sich die Röhre in dem unbenutzten Kamin zwischen dem mittleren und dem letzten Haus befinden mußte.

Ein paar Zentimeter breiter als die Röhre, hatte der Kamin Ritzen, in denen ihre Finger und Zehen Halt finden würden. Es würde jedoch ihre ganze Kraft in Anspruch nehmen, den

Schacht hinaufzuklettern. Selbst wenn sie es bis nach oben schaffte, war die Öffnung vielleicht zu klein, um aufs Dach zu entkommen, oder mit einer festen Abdeckung gegen den Regen versehen.

Besser, sie sparte ihre Kraft, sagte sie sich, während sie wieder in die horizontale Röhre hinabglitt. Auf diesem Weg müßte sie irgendwann in den zentralen Teil der Galerie gelangen. Falls sich dort noch ein paar hartnäckige Besucher aufhielten oder die Leute vom Partyservice bereits mit dem Aufräumen begonnen hatten, würden sie ihre Stimmen hören und Hilfe herbeiholen. Bis dahin aber mußte sie achtgeben, keinen Lärm zu machen, weil jedes Geräusch die Röhre entlangwandern und Malzer sofort davon in Kenntnis setzen würde, was sie gerade tat. Leise und blind wie ein Maulwurf in seinem Tunnel schob sie sich durch die Dunkelheit, während ihre Hände und ihr Körper die dicken Matten aus Staub und Dreck aufwirbelten, die sich an den Seiten der Röhre angesammelt hatten. Staub erfüllte die abgestandene Luft und drang in Nase und Kehle. Tränen liefen ihr die Wangen hinunter, während sie gegen den Hustenreiz ankämpfte und ihre ausgetrocknete Zunge nach einem Schluck von dem Wasser unten in der Dunkelkammer lechzte. Das gebogene Metall der Röhre schien den Atem und das Leben aus ihrem Körper herauszupressen. Aber sie konnte nicht zurück, nur vorwärts.

Wie um sie zu widerlegen, stießen ihre Finger an etwas Weiches, Massiges. Vor Schreck nach Luft ringend, wich sie zurück, bis ihr der gesunde Menschenverstand sagte, daß das, was sie berührt hatte, was auch immer es sein mochte, nichts Lebendiges war. Ihr fiel auf, daß es einen scharfen chemischen Geruch verströmte, der sie an Reinigungsmittel erinnerte. Vorsichtig streckte sie die Hände aus, um das Ding abzutasten. Es schien sich dabei um eine Art Isoliermaterial zu handeln, dessen dichte Masse die ganze Röhre verstopfte wie Baumwolle einen Flaschenhals und ihr auf diese Weise den Fluchtweg versperrte. All ihre Versuche, das Zeug wegzuschieben, schlugen fehl.

Ihre letzte Hoffnung war nun die andere Röhre.

Sie stopfte den Rock ihres Kleides in ihren Slip, um nicht von ihm behindert zu werden, und schlängelte sich dann zurück, bis sie die Kreuzung mit dem vertikalen Schacht erreichte. Dort wartete eine schreckliche Erkenntnis auf sie. Der ganze Tunnel war in Schwärze getaucht. Aus der Dunkelkammer fiel kein Licht mehr in die Röhre. Das bedeutete entweder, daß Malzer den Strom abgeschaltet hatte oder daß er die Tür zur Dunkelkammer aufgebrochen und das Licht ausgeschaltet hatte. Und daß er dort wartete wie ein Monster in einem Alptraum, um ihre Beine zu packen und sie zu sich herunterzuziehen.

Instinktiv wandte sie den Kopf. Da roch sie es. Rauch. Ganz schwach, aber unverkennbar. Der Geruch schien von irgendwo hinter ihr zu kommen. Einen Moment lang überschlugen sich ihre Gedanken, aber dann fiel ihr Malzers seltsame Antwort auf ihre Frage ein. Er werde Kohlen auf das Haupt seines Feindes häufen, hatte er gesagt. Jetzt wurde ihr voller Entsetzen klar, was das hieß. Er hatte in der Dunkelkammer Feuer gelegt, um die Beweise für seine Verbrechen zu vernichten, und damit die ganze Galerie, Finns Arbeit und sie selbst.

Panisch wie ein Kaminkehrer, unter dem jemand ein Feuer angezündet hat, kletterte sie den vertikalen Schacht hinauf. Ihre Finger und Zehen suchten verzweifelt nach den Ritzen im Stein, während sie sich mit Rücken und Knien abstützte. Angetrieben von dem übermächtigen Wunsch, dem Rauch und den Flammen zu entkommen, die jeden Moment an ihren Füßen lecken konnten, spürte sie kaum, wie der Stein ihre Haut abschürfte und ihre Muskeln nach einer Ruhepause schrien.

Zum Glück war der Kaminschacht nicht besonders hoch, nur etwa zwei Meter, vielleicht auch etwas weniger. Oben traf ihr

Kopf auf eine Abdeckung, die aber sofort nachgab, als sie mit der Faust dagegenschlug, und krachend auf das Dach fiel. Unter Aufbietung ihrer letzten Kraftreserven stemmte sie ihren Körper über den Rand des Kamins in die Nacht hinaus und ließ sich dann in das Tal zwischen den Dächern sinken. Eine lokkere Schieferplatte löste sich und ratterte neben ihr nach unten, wo sie auf der Dachrinne liegenblieb, die in der Spalte zwischen den beiden Dächern verlief.

Sie blieb dort sitzen, den Rücken gegen den Kamin gelehnt, den Kopf himmelwärts gewandt, zu schwach und erschöpft, um sich von der Stelle zu rühren. Ihr Bedürfnis, sich auszuruhen, war im Moment sogar stärker als der erschreckende Gedanke an das Feuer, das vielleicht schon unter ihr brannte. Nach der erstickenden Dunkelheit kam ihr die kühle, feuchte Meerluft auf ihrer Haut so segensreich wie Weihwasser vor.

Ein unkontrolliertes Zittern lief durch ihren Körper. Mit tauben Fingern zog sie ihr Kleid aus ihrem Slip, um sich den zerrissenen und schmutzigen Stoff um die Knie zu wickeln. Hier in dem Tal zwischen den Dächern war sie vor der Gewalt des Windes ein wenig geschützt, aber der erkaltende Schweiß auf ihrer Haut begann bereits ihren Körper auszukühlen, und unter ihren aufgeschürften, blutenden Füßen spürte sie, daß sich die nassen Schieferplatten so kalt und glatt wie Eis anfühlten.

Sie mußte in Bewegung bleiben, nicht nur, um sich warm zu halten, sondern auch, um ihre Flucht fortzusetzen. Aber wohin konnte sie fliehen?

Wie schwarze Gletscher stiegen die Schieferhänge der steilen Dächer zu beiden Seiten an. Es war unmöglich, sie zu erklimmen, ohne abzustürzen. Sie saß also hier in dem schmalen Tal fest. Vom Kamin aus war es nicht weit bis zum Rand des Daches, aber als sie hinüberkroch, sah sie, daß es von dort aus etwa vier Meter in die Tiefe ging und daß der Boden an der

Rückseite der Häuser uneben war, womöglich sogar steinig. Wenn sie hinuntersprang, würde sie sich mit ziemlicher Sicherheit verletzen, falls der Sprung nicht sogar das Aus für ihren bereits angeschlagenen Knöchel bedeutete. Dann würde sie ihm nie entkommen.

Durch den windgepeitschten Nebel funkelten von den fernen Häusern unten im Ort schwache Nadelstiche aus Licht herauf, die ihren lichtentwöhnten Augen wie blendende Leuchtfeuer der Hoffnung erschienen. Am liebsten hätte sie zu ihnen hinabgerufen, aber der Wind wehte von Trebartha weg. Außerdem saßen die Leute um diese Stunde und bei diesem Wetter hinter geschlossenen Fenstern im Warmen. Niemand würde sie hören. Ihre Schreie würden nur Malzer herbeilocken.

Während sie auf Händen und Knien umkehrte, fiel ihr Blick auf das glitzernde Regenwasser in der Dachrinne, eine silbrige Spur, die zum vorderen Rand des Daches führte. Bis dorthin waren es etwa fünf Meter. Ihr fiel das Fallrohr der Dachrinne ein, das zwischen den Häusern nach unten verlief. Würde es ihr Gewicht tragen?

Sie sollte es nie erfahren.

Der Krach, den die Kaminabdeckung und die lose Schieferplatte gemacht hatten, mußte Malzer verraten haben, wo sie war, denn zu ihrem Entsetzen sah sie plötzlich dort, wo die Dachrinne endete, den schemenhaften Umriß seines Kopfes über dem Rand des Daches auftauchen. Er war beim Aufstellen seiner Leiter so leise gewesen, daß sie ihn nicht gehört hatte. Wenn sie nicht zufällig in die richtige Richtung gesehen hätte, hätte sie ihn wahrscheinlich erst entdeckt, wenn es zu spät gewesen wäre.

Geistesgegenwärtig griff sie nach der heruntergefallenen Schieferplatte und schleuderte sie wie einen scharfkantigen Diskus in seine Richtung. Der laute Fluch, mit dem er den Kopf einzog, sagte ihr, daß sie ihm etwas zum Nachdenken gegeben hatte und sich selbst ein bißchen Zeit, aber sie wußte, daß die Platte ihn nicht getroffen hatte. Er würde bald zurück sein.

Hinter den Kamin geduckt, versuchte sie, ihren ganzen Mut zusammenzunehmen und sich für jenen Vier-Meter-Sprung auf den Boden hinter den Häusern zu wappnen. Da blieb ihr Strumpfhosengürtel an einer rauhen Stelle des Steins hängen, und das Nylon, das bei ihrer Kletterpartie durch den Kamin schon ziemlich gelitten hatte, gab endgültig nach. Sie griff nach den sich entrollenden Photographien und glaubte, sie alle erwischt zu haben. Dabei entging ihr, daß ein einzelnes Photo bereits aus der Rolle gerutscht und vor ihre Füße aufs Dach gefallen war. Von der Feuchtigkeit festgehalten, klebte es wie eine Briefmarke auf der nassen Schieferplatte. Als sie, ohne es zu merken, mit dem Fuß darauf trat, glitt sie aus, konnte sich aber in letzter Sekunde am Kamin festhalten.

Mit klopfendem Herzen klammerte sie sich am Stein fest und ließ den Blick übers Dach schweifen. Malzer war noch nicht wieder aufgetaucht. Aber ihre Rettung in letzter Sekunde hatte in ihr eine Idee aufkeimen lassen.

Schnell pflasterte sie einen kleinen Bereich der Schieferplatten, die hinter dem Kamin zum Rand des Daches abfielen, mit Photos. Zwei Photos behielt sie zurück und schob sie unter ihr Kleid. Sie würden als Beweismaterial dienen, falls sie überlebte. Dann kauerte sie sich über die Photos auf den Schieferplatten, um sie vor Malzers Blicken zu verbergen, und spähte wieder am Kamin vorbei. Diesmal sah sie die buckelige Silhouette seines Körpers wie eine riesige, dunkle Spinne über den vorderen Rand des Daches kriechen.

Als er sie in ihrem Versteck hinter dem Kamin entdeckte, richtete er sich auf und knipste eine Taschenlampe an. Jetzt sah sie, daß er in der anderen Hand etwas hielt, das aussah wie ein Stock oder eine Metallstange. Er richtete den Strahl der Taschenlampe auf ihr Gesicht und balancierte entlang der Dachrinne auf sie zu. Dabei hielt er die Stange bereit, um weitere ihrer Wurfgeschosse abzuwehren, falls es nötig werden sollte. Sie begann zu schreien, um ihn abzulenken und zur Eile anzutreiben, aber vor allem, um endlich die aufgestaute Angst loszuwerden, an der sie langsam zu ersticken drohte.

Langsam kam sein Körper auf sie zu, tödlich und gnadenlos. Schon konnte sie sein Gesicht sehen, konnte sehen, wie seine mörderische Wut seine Züge in die eines Wahnsinnigen verwandelt hatte. Sein weit aufgerissener Mund grinste, und seine Augen wirkten dunkel wie ein Sumpf, fest entschlossen, sie in seine lichtlosen Tiefen zu saugen. Jetzt hatte er sie in der Falle, schienen diese Augen zu sagen. Warum also noch kämpfen?

Dann hörte sie durch ihre Schreie hindurch das entfernte Röhren eines Motorrads, und, noch weiter weg, das Heulen einer Sirene. Daniel! Ein Funke der Hoffnung erhellte plötzlich die Dunkelheit in ihr, die immer erdrückender geworden war, und gab ihr die Stärke und den Willen zurück, gegen die tödliche Versuchung anzukämpfen, endlich aufzugeben.

Malzer begann zu rennen. Der Strahl seiner Taschenlampe hüpfte wild über die glänzenden schwarzen Schieferplatten, während sein stoßweiser, keuchender Atem alle anderen Geräusche zu übertönen schien. Trotz ihrer panischen Angst hielt sie bis zur letzten Sekunde still, um die Photos zu verbergen. Erst, als er schon über ihr war, stemmte sie sich rückwärts das steile Dach hinauf, wobei sie den Kamin als Stütze benutzte, um nicht abzurutschen. Als er einen Satz auf sie zu machte und die Eisenstange nach ihr schwang, ließ sich Dana flach auf den Rücken fallen. Die Stange schnitt durch die Luft über ihrem Kopf. Malzers Fuß landete auf einem der Photos und rutschte unter ihm weg. Einen schrecklichen Augenblick lang glaubte sie, er würde auf sie stürzen. Statt dessen ließ ihn der Schwung der Stange zur Seite stolpern und auf weitere Photos treten, während er auf den Rand des Daches zustürzte.

Er ließ die Stange fallen, schaffte es aber nicht, sein Gleichgewicht wiederzufinden. Für den Bruchteil einer Sekunde stand er schwankend am Rand des Daches. Vor dem nächtlichen Himmel ließen ihn seine wild rudernden Arme aussehen wie eine sturmgebeutelte Vogelscheuche. Seine Taschenlampe flog in hohem Bogen in den Nebel hinaus. Mit einem wütenden und zugleich ungläubigen Schrei stürzte er in die Tiefe.

Dana hörte, wie sein Körper auf dem Boden aufschlug. Zunächst war sie so verblüfft, daß sie nur auf die Stelle starren konnte, wo er eben noch gestanden hatte. Sie konnte es kaum fassen, daß sie ihm wirklich entkommen war und er nicht plötzlich wie ein bösartiger Schachtelteufel wieder auftauchen würde. Als das immer näher kommende Röhren des Motorrads sie schließlich aus ihrer Starre erlöste, rutschte sie vorsichtig die Schieferplatten hinunter, kroch bis an den Rand des Daches und zwang sich hinunterzusehen.

Malzers Körper lag reglos und mit ausgestreckten Armen und Beinen auf dem Boden, das Gesicht nach unten. Dana drehte sich um. Da sie ihren Beinen noch nicht wieder traute, kroch sie auf allen vieren zu der Leiter hinüber und kletterte unsicher hinunter. Als sie wieder festen Boden unter den Füßen hatte, sah sie einen kräftigen, Nebel und Dunkelheit durchdringenden Lichtstrahl den Hügel heraufkommen. Schleudernd kam das Motorrad zum Stehen, und Daniel sprang herunter. Er rief ihren Namen so laut, daß seine Stimme sogar die heulende Sirene des Polizeiwagens übertönte, der neben ihm anhielt.

Sie konnte sich nicht bewegen, konnte nur auf ihn warten, während er im blendenden Licht der Scheinwerfer auf sie zugerannt kam. Benommen von dem Licht und der erstaunlichen Tatsache, daß sie überlebt hatte und er hier war, sah sie ihn wie einen strahlenden Erzengel näher kommen. Aber der Schock auf seinem Gesicht sagte ihr, wie sie selbst aussehen mußte. Schmutzig und blutend, kaum in der Lage, sich auf den Beinen zu halten. Als er sie in seine Arme schloß, klammerte sie sich mit der ganzen Leidenschaft und Dankbarkeit eines Menschen an ihn, dem gerade ein neues Leben geschenkt worden war.

Sie spürte, wie der letzte Rest von Kraft aus ihrem Körper wich. Das Licht vor ihren Augen begann zu flackern und dann immer schwächer zu werden. Irgendwie brachte sie es in den wenigen Augenblicken, bevor sie das Bewußtsein verlor, noch fertig, Daniel von dem Feuer und Malzers Sturz zu erzählen.

Erst dann, in der Sicherheit seiner Arme, erlaubte sie der Dunkelheit, von ihr Besitz zu ergreifen.

Sie wußte nicht, ob Stunden vergangen waren oder nur Minuten.

Neben sich hörte sie Daniels leise Stimme und dann eine andere, schroffere Männerstimme. Noch immer völlig fertig, schlug sie die Augen auf. Es dauerte einen Augenblick, bis sie begriff, daß sie sich, eingehüllt in Daniels Lederjacke, auf dem Rücksitz eines Polizeiwagens befand. Daniel saß neben ihr und hatte den Arm um sie gelegt. Jemand hatte die Schnittwunden verarztet und ihr eine Decke über die Beine gelegt. Draußen neben dem Wagen stand ein Polizist und sprach durch das offene Fenster mit Daniel. Ein Stück weiter vorn stand ein langes Feuerwehrauto mit blinkendem Blaulicht.

Schlagartig war sie hellwach. »Das Feuer! O Daniel, war noch jemand in der Galerie? Ist Finns Arbeit –?«

»Es ist alles in Ordnung«, antwortete Daniel beruhigend. »Sie konnten das Feuer noch rechtzeitig löschen. Niemand war mehr in der Galerie, und Finns Bildern ist nichts passiert. Hier, trink einen Schluck.« Er hielt ihr eine Thermoskanne an die Lippen.

Gehorsam nippte sie an dem heißen, süßen Tee und ließ sich dann wieder in seinen Arm sinken. »Und John Malzer?«

Die tiefe Stimme des Polizisten antwortete ihr. »Der Mistkerl hat sich seinen verdammten Hals gebrochen. Zu schade. Wir hätten ihm so gern ein paar Fragen gestellt.«

Mit steifen Fingern – jede noch so kleine Bewegung tat ihr weh – zog Dana die Photos aus ihrem Versteck. Sie waren stark verknittert, aber die häßlichen Dinge, die sie enthüllten, waren noch gut zu erkennen. Sie reichte sie dem Polizisten und erklärte ihm, wo sie sie gefunden hatte. »Oben auf dem Dach und in seiner Dunkelkammer sind noch mehr davon. Falls sie das Feuer überlebt haben.«

Nachdem er ihr murmelnd versichert hatte, daß er später, wenn sie sich ausgeruht habe, wiederkommen werde, um sie zu befragen, eilte er mit den Photos in der Hand davon.

Dann erzählte sie Daniel stockend, daß sie unter den Photos von Malzers Opfern auch Bilder von Solange gefunden habe. Sie konnte sein Gesicht nicht sehen, spürte aber, wie sich der Druck seiner Finger an ihrer Schulter verstärkte. Sie wußte, daß er an den Schmerz dachte, der seinem Vater bevorstand. Als sie ihm schließlich erzählte, wie Malzer ein letztes Mal versucht hatte, sie zu töten, zog er sie näher zu sich heran und stieß einen leisen, aber heftigen Fluch aus. Dann nahm er ihr Gesicht zärtlich in seine Hände und strich mit seinem Mund sanft und vorsichtig über die geschwollenen Stellen, als wollte er sie auf diese Weise heilen.

»Aber woher hast du gewußt –?« begann sie, als sie sich schließlich voneinander lösten.

»Elvina hat ihren Eltern zu Hause erzählt, was passiert war. Die haben es Pascale erzählt. Sie hat uns sofort im Krankenhaus angerufen. Die Polizei war natürlich auch dort. Thomas ist ein paarmal aus der Bewußtlosigkeit erwacht, wenn auch jeweils nur ganz kurz. Was er erzählt hat, hat nicht viel Sinn ergeben, aber zusammen mit Pascales Anruf reichte es, um die Polizei vermuten zu lassen, daß sie den falschen Mann hatten.«

Irgendwie hatte all das Schlimme, das Elvina zugestoßen war, ihren Mut wohl doch nicht zerstört. Vielleicht hatte das Mädchen ihre eigene Marianna, irgendeine Gestalt oder Vision, die sie durch die Dunkelheit zum Licht drängte. Dana versuchte, noch einmal jenen ekstatischen, halluzinatorischen Moment in der Dunkelkammer heraufzubeschwören, als Marianna zu ihr gekommen war, aber es gelang ihr nicht mehr, das Medium zu sehen. Nur ihre Worte blieben: Wir sind alle durch ein helles Band aus Licht verbunden.

Dana blickte zu Daniel auf. Da wußte sie plötzlich mit einer Gewißheit, die Mariannas eigener Überzeugung gleichkam, daß das Band, das ihn nun für alle Zeit mit ihr vereinte, kein trügerisches Licht war, sondern das wahre, dauerhafte Licht der Liebe.

DANKSAGUNG

Beim Verfassen dieses Buches hat mir Professor Peter Bunnell mit seinen freundlichen Ratschlägen und seiner faszinierenden Vortragsreihe über die Geschichte der Photographie einen unschätzbaren Dienst erwiesen. Mein Dank gilt außerdem Alison Speckman, die mir ihre Dunkelkammer erhellt hat.

Für ihre geduldige und scharfsinnige Kritik und Unterstützung danke ich Sally Branon, Flora Davis, Hanna Fox, Irene Lynch, Meg Pinto, Janet Stern, Virginia Stuart und vor allem Maggie Sullivan und Ted Champlin, die zusätzlich die letzte Version des Manuskripts gelesen und kommentiert haben.

Zu der Geschichte von Marianna Hobhouse hat mich insbesondere der Bericht über das Leben der Spiritistin Louisa Lowe in Alex Owens anregendem Buch *The Darkened Room: Women, Power and Spiritualism in Late Victorian England* inspiriert. Einige von Louisas überlieferten Worten habe ich Marianna in den Mund gelegt.